中国古典四大名剧
彩色插图本

长生殿

洪昇 著
徐朔方 校注

人民文学出版社

图书在版编目(CIP)数据

长生殿/(清)洪昇著;徐朔方校注. —北京:人民文学出版社,2022
(中国古典四大名剧:彩色插图本)
ISBN 978-7-02-015297-1

Ⅰ.①长… Ⅱ.①洪…②徐… Ⅲ.①传奇剧(戏曲)—剧本—中国—清代 Ⅳ.①I237.2

中国版本图书馆 CIP 数据核字(2022)第 025500 号

责任编辑　葛云波　李　昭
装帧设计　刘　静
责任印制　任　祎

出版发行　人民文学出版社
社　　址　北京市朝内大街 166 号
邮政编码　100705

印　　刷　三河市中晟雅豪印务有限公司
经　　销　全国新华书店等

字　　数　143 千字
开　　本　890 毫米×1290 毫米　1/32
印　　张　7.75　插页 13
印　　数　1—10000
版　　次　1958 年 5 月北京第 1 版
　　　　　1983 年 10 月北京第 2 版
印　　次　2022 年 4 月第 1 次印刷

书　　号　978-7-02-015297-1
定　　价　59.00 元

如有印装质量问题,请与本社图书销售中心调换。电话:010-65233595

《明皇幸蜀图》(唐) 李昭道 (传) / 绘

《蜀川佳丽图》〔明〕仇英/绘

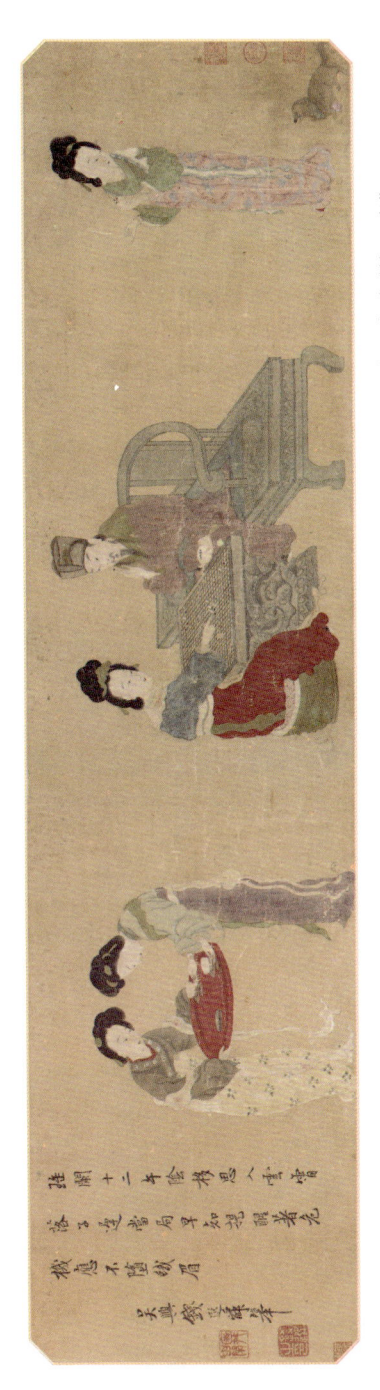

《明皇弈棋图卷》[明] 佚名/绘

《贵妃上马图》 〔元〕佚名/绘

《明皇避暑宫·界画》 〔北宋〕郭忠恕（传）/绘

《明皇幸蜀图》 〔明〕吴彬（传）/绘

《玄宗贵妃奏笛图立轴》 〔明〕佚名/绘

《贵妃晓妆图》 〔明〕仇英/绘

《贵妃出浴图》 〔清〕顾见龙/绘

《宫中行乐图》 〔北宋〕郭忠恕（传）/绘

《摹宋人明皇夜宴图轴》 〔清〕丁观鹏/绘

《太液荷风图》〔南宋〕冯大有 / 绘

前　　言

《长生殿》和《桃花扇》是清初剧坛的双璧,当时以"南洪北孔"齐名。洪昇(1645—1704)的《长生殿》完成于清康熙二十七年(1688),比《桃花扇》早十一年。

明朝的灭亡和新朝的建立,在剧作家的心灵上留下深刻的创伤。按照传统道德标准,他既对新朝表示效忠:"凌云无彩笔,向日有丹葵"(《恭遇皇上视学,释奠先圣,敬赋四十韵》),同时又对旧王朝寄托他的哀思:"白头遗老在,指点十三陵"(《京东杂感》),虽然他出生在明亡之后,连遗少也说不上。

明清之际的易代之感,如同宋元之际一样,不同于一家一姓的改朝换代,但它又是统一的中华民族形成过程中必不可少的催生的阵痛。《长生殿》借用唐代以来脍炙人口的唐明皇、杨贵妃的故事,将前半部写成历史剧的规模,为后来的《桃花扇》开拓了一条新路。《长生殿》写的是唐代的安禄山之乱,离开它已有八九个世纪之久,因此在第二十八龄《骂贼》和第三十四龄《刺逆》中可以不大有忌讳;《桃花扇》写的是不久前南明覆亡的历史,不能不接触到清军南下的史实,因此对某些情节,如史可法之死,不得不以曲笔出之。

《长生殿》第三十八龄《弹词》〔梁州第七〕"空对着六代园陵草树埋,满目兴哀",将杜甫诗《江南逢李龟年》的地点由潭州(今湖南长沙)改换为明朝的留都南京,作者明显地以《弹词》中

1

李龟年对天宝盛世的追怀,写出自己对明朝的追念。《长生殿》的演唱由此在清初产生了轰动性的效应,流行的谚语"家家'收拾起',户户'不隄防'"指此而言,"不隄防"是《弹词》的起句。

尽管如此,《长生殿》的中心却是唐明皇和杨贵妃的爱情故事。

白居易《长恨歌》是《长生殿》的最早依据。它和《哀江头》《丽人行》等诗的不同,正如白居易和杜甫的不同。如果说新兴的传奇(文言短篇小说)、说唱文学不曾对杜甫有过什么影响,白居易则显然受到这种新的文学空气的薰陶。白居易是通俗的说唱文学的爱好者,他的友人元稹、陈鸿、李公垂和弟弟白行简都是传奇的著名作家,传奇在白居易时代风行一时。正因为《长恨歌》和传奇、说唱有这样一层关系,它才能在后来为杂剧、诸宫调、传奇(戏曲)作家多次采用为题材。

《与元九书》可以看作是白居易的理论著作,它说:"今仆之诗,人所爱者,悉不过杂律诗与《长恨歌》已下耳。时之所重,仆之所轻。"白居易在这篇进步而略嫌狭隘的诗论中,重视的是自己的讽谕诗,而《长恨歌》不在其内。硬把《长恨歌》作为讽刺诗,只能降低它的价值。

还有人认为,《长恨歌》的思想性在于正确地反映安史之乱的史实。然而《长恨歌》最大最好的部分,写的是爱情故事,而且后半首诗完全缺乏历史根据。如果不是急于在这首诗里搜索思想性,很少有人会同意它的好处是写历史而不是写爱情。

应该从新兴文学的角度来理解《长恨歌》。如果唐人传奇可以说作我国最早的带有近代色彩的小说,那末《长恨歌》是继《孔雀东南飞》《木兰辞》等民间叙事诗之后,更加工整完美,具有传奇色彩的叙事诗了。它是作家的个人创作,它也比较通俗易懂，但是它没有民歌所独有的那种表现手法，不像民歌那样单纯朴素，也不像民歌那样常常具有直接的社会意义。但是更大的不同，是以它和传统的五七言诗比较而来的。传统诗歌一般是诗人感情的直接抒发，很少以第三者身份叙述一个故事，注意故事的情节和结构。《长恨歌》则以最大的努力追求故事本身的优美动人，它让故事本身来说明一些东西，诗人并不有意于言志或载道，它和许多唐人传奇一样，看起来好像没有什么深刻意义，其实是因为它所包含的某种东西，一方面已不是传统精神所能解释，另一方面又没有成熟到能够让自己的特征完全显露出来。像《莺莺传》《李娃传》《柳毅传》，要一直到金元杂剧作家手里，才能使人认识到它们的全部价值，虽然金元杂剧里的东西在唐人传奇里早就有了萌芽状态的存在。

唐明皇、杨贵妃的故事，最早在元代白朴的《梧桐雨》杂剧中得到成功的体现。它使它之前的《马践杨妃》《梅妃》以及时代略相先后的关汉卿的《唐明皇哭香囊》、白朴的《唐明皇游月宫》、岳伯川的《罗光远梦断杨贵妃》、庾天锡的《杨太真霓裳怨》《杨太真华清宫》等相形见绌而无法流传到后世。

如果说《长恨歌》的唐明皇是生活在传说的领域里，白朴则给他的人物以安史之乱为中心的历史背景，使戏曲具有较大的历史真实性。

《长恨歌》所描写的李、杨的爱情固然旖旎动人，但它没有像《梧桐雨》那样细致地展开唐明皇李隆基的精神活动，七言诗不可能像杂剧一样胜任愉快地为创造人物形象服务。在白朴的笔下，李、杨故事在杂剧里得到了新的面貌：抒情的人物描写进为完整的个性描写。

白朴把同情给予唐明皇，以讽刺的笔触指向文武百官，他大体上解决了《长恨歌》作者对唐明皇态度上的矛盾。破绽在于几句泄漏杨贵妃和安禄山的私情的说白,有损于李、杨爱情故事的主题。应该指出:既然以前的传奇、笔记都描写过杨贵妃和安禄山的暧昧关系,甚至正式的历史著作也不例外,白朴的这几句说白与其说是依从旧说的结果,不如说是删除未尽的一点残馀。这是《梧桐雨》的美中不足,但是不足以破坏剧作家那么成功地创造出来的悲剧气氛。唐明皇在第四折的抒情独唱,以及整个杂剧在艺术上的完整性,使得《梧桐雨》成为金元杂剧的最好作品之一,在后来居上的《长生殿》出现之后,它也仍旧有着不可替代的文学价值。

从《长生殿》以前的作品处理李、杨爱情故事的态度看来,它们主要可以分做两类:像《长恨歌》《梧桐雨》是一种,像《天宝遗事》诸宫调、《惊鸿记》则是另一种。后两者把安禄山、杨贵妃的私情加以夸张,而又以同情的态度写李、杨的爱情,未免自相矛盾。《长生殿》剔除了足以损害李、杨爱情的一切描写,对内容的完整性说是一个进步。但是洪昇并不以消极意义的加工为满足,他正确地接受了李、杨故事在以《长恨歌》《梧桐雨》为代表的前人作品所达到的成就,并且在这个基础上,坚定地按照传说的面目,给李、杨爱情故事作了新的发展。

杨贵妃这样一个重要人物,由于受到杂剧形式的限制,在《梧桐雨》里没有得力的描写,《长生殿》出色地补救了这一个缺陷。洪昇不仅有意不提她和寿王、安禄山的关系,而且在这个人物的整个处理上,都可以看出剧作家的匠心。试以《禊游》和《倖恩》两齣为例。

《禊游》描写杨氏姐妹和杨国忠的宠幸,对他们所代表的上层集团的奢靡、丑恶的生活,作了相当程度的揭发。所有这些描写都和杨贵妃有关,但是没有直接提到她本人。

再说《幸恩》。二《唐书》及《通鉴》都提到杨贵妃两次出宫,第一次天宝五年,第二次天宝九年。据乐史《杨太真外传》,前以"妒悍忤旨",后以"窃宁王紫玉笛吹"被谴,即唐明皇疑心她行为不检点。《长生殿》把两次被谴写成为一次,把原因说作是唐明皇勾搭上虢国夫人,贵妃搞得他们不欢,因此被赶出来。这样,杨贵妃这个人就多多少少值得人同情。作为最高统治集团的成员之一,洪昇对她是有批评的,但是他谨慎地肯定了他们的爱情传说。

唐明皇的形象比杨贵妃还要写得成功,他也是按照传说的人物面貌来描写的。剧作家有意不让他和政治发生太多关系,应该写在他身上的事情,几乎都写到宰相杨国忠身上。从杨国忠身上当然也可以看出唐明皇应负的责任,但这样处理,就使剧作家对唐明皇虽然不能无所责难,却不致破坏作品的爱情主题。

据历史记载,杨玉环册封为贵妃在天宝四年,那时李隆基六十三岁,杨玉环二十七岁。但是《长生殿》不把他们的爱情写得黯无光彩,而且恰恰相反。《长生殿》把李、杨爱情写得最好的几齣,唐明皇都是其中主角,如《闻铃》《哭像》《雨梦》等齣,简直是他一个人的独唱。这几齣戏的内心描写和抒情诗句,完全可以和白朴的《梧桐雨》第四折比美。

《长生殿》写的唐明皇对杨贵妃的爱情是真挚的。不言而喻,这里说的爱情不是真实的历史人物李隆基和杨玉环的关系。前半本唐明皇对梅妃、虢国夫人的关系说明了这时唐明皇的感情还比较浮浅。可以说作第二次定情的《密誓》,是一个新的进展。马嵬驿事变使《长生殿》的爱情主题得到深化,在失去爱人的不幸之后,真挚的不可抑制的爱情,愈益强烈地显出了自己的力量。剧作家那么细致准确地刻画出来的唐明皇爱情的成长过程,也就是他的精神活动的全部进程。他对贵妃的深深悼念,成为后半本《长生殿》的主要内容。

　　当然,李、杨的爱情故事很有它的局限性。它比不上梁山伯、祝英台的故事,和贾宝玉、林黛玉以至张生、崔莺莺的故事相比也未免逊色。这里说的是它的意义。但是这个故事在根本否定男女爱情的宗法社会里,仍有它的作用。《长生殿》一方面具有历史剧的规模,另一方面又同情地描写唐明皇、杨贵妃的故事,甚至要费那么多的笔墨为他们辩解,而且情致深厚地写到他们在月宫重圆而后已,这未始不和作家对故国的怀念和追思有关。

徐　朔　方

目　　录

自序 …………………………………………………………… 1
例言 …………………………………………………………… 1

第 一 龄　传概 ……………………………………………… 1
第 二 龄　定情 ……………………………………………… 4
第 三 龄　贿权 ……………………………………………… 11
第 四 龄　春睡 ……………………………………………… 16
第 五 龄　禊游 ……………………………………………… 20
第 六 龄　傍讶 ……………………………………………… 26
第 七 龄　倖恩 ……………………………………………… 28
第 八 龄　献发 ……………………………………………… 33
第 九 龄　复召 ……………………………………………… 38
第 十 龄　疑谶 ……………………………………………… 43
第 十 一 龄　闻乐 …………………………………………… 50
第 十 二 龄　制谱 …………………………………………… 55
第 十 三 龄　权哄 …………………………………………… 59
第 十 四 龄　偷曲 …………………………………………… 64
第 十 五 龄　进果 …………………………………………… 69
第 十 六 龄　舞盘 …………………………………………… 74
第 十 七 龄　合围 …………………………………………… 80

1

第十八龄	夜怨	85
第十九龄	絮阁	89
第二十龄	侦报	95
第二十一龄	窥浴	99
第二十二龄	密誓	103
第二十三龄	陷关	108
第二十四龄	惊变	110
第二十五龄	埋玉	114
第二十六龄	献饭	120
第二十七龄	冥追	124
第二十八龄	骂贼	129
第二十九龄	闻铃	134
第三十龄	情悔	136
第三十一龄	剿寇	140
第三十二龄	哭像	143
第三十三龄	神诉	149
第三十四龄	刺逆	153
第三十五龄	收京	157
第三十六龄	看袜	161
第三十七龄	尸解	165
第三十八龄	弹词	171
第三十九龄	私祭	178
第四十龄	仙忆	182
第四十一龄	见月	184
第四十二龄	驿备	187
第四十三龄	改葬	190

目　录

第四十四齣　怂合 …………………………………… *194*
第四十五齣　雨梦 …………………………………… *197*
第四十六齣　觅魂 …………………………………… *201*
第四十七齣　补恨 …………………………………… *211*
第四十八齣　寄情 …………………………………… *214*
第四十九齣　得信 …………………………………… *217*
第 五 十 齣　重圆 …………………………………… *220*

附录一　徐序 ………………………………………… *226*
附录二　吴序 ………………………………………… *227*
附录三　汪序 ………………………………………… *229*
附录四　毛序 ………………………………………… *231*

自　　序

　　余览白乐天《长恨歌》及元人《秋雨梧桐》剧，辄作数日恶。南曲《惊鸿》一记，未免涉秽。从来传奇家非言情之文，不能擅场；而近乃子虚乌有，动写情词赠答，数见不鲜，兼乖典则。因断章取义，借天宝遗事，缀成此剧。凡史家秽语，概削不书，非曰匿瑕，亦要诸诗人忠厚之旨云尔。然而乐极哀来，垂戒来世，意即寓焉。且古今来逞侈心而穷人欲，祸败随之，未有不悔者也。玉环倾国，卒至陨身。死而有知，情悔何极。苟非怨艾之深，尚何证仙之与有。孔子删《书》而录《秦誓》，嘉其败而能悔，殆若是欤？第曲终难于奏雅，稍借月宫足成之。要之广寒听曲之时，即游仙上升之日。双星作合，生忉利天，情缘总归虚幻。清夜闻钟，夫亦可以蘧然梦觉矣。

康熙己未仲秋稗畦洪昇题于孤屿草堂

例　　言

　　忆与严十定隅(曾榘)坐皋园,谈及开元、天宝间事,偶感李白之遇,作《沉香亭》传奇。寻客燕台,亡友毛玉斯谓排场近熟,因去李白,入李泌辅肃宗中兴,更名《舞霓裳》,优伶皆久习之。后又念情之所钟,在帝王家罕有,马嵬之变,已违凤誓,而唐人有玉妃归蓬莱仙院、明皇游月宫之说,因合用之,专为钗合情缘,以《长生殿》题名,诸同人颇赏之。乐人请是本演习,遂传于时。盖经十馀年,三易稿而始成,予可谓乐此不疲矣。

　　史载杨妃多污乱事。予撰此剧,止按白居易《长恨歌》、陈鸿《长恨歌传》为之。而中间点染处,多采《天宝遗事》、《杨妃全传》。若一涉秽迹,恐妨风教,绝不阑入,览者有以知予之志也。今载《长恨歌、传》,以表所由,其杨妃本传、外传及《天宝遗事》诸书,既不便删削,故概置不录焉。

　　棠村(梁清标)相国尝称予是剧乃一部闹热《牡丹亭》,世以为知言。予自惟文采不逮临川,而恪守韵调,罔敢稍有逾越。盖姑苏徐灵昭氏为今之周郎,尝论撰《九宫新谱》,予与之审音协律,无一字不慎也。

　　曩作《闹高唐》、《孝节坊》诸剧,皆友人吴子舒凫为予评点。今《长生殿》行世,伶人苦于繁长难演,竟为伧辈妄加节改,关目都废。吴子愤之,效《墨憨十四种》,更定二十八折,而以虢国、梅妃别为饶戏两剧,确当不易。且全本得其论文,发予意所涵蕴

1

者实多。分两日唱演殊快。取简便,当觅吴本教习,勿为伧误可耳。

是书义取崇雅,情在写真。近唱演家改换有必不可从者,如增虢国承宠、杨妃忿争一段,作三家村妇丑态,既失蕴藉,尤不耐观。其《哭像》折,以哭题名,如礼之凶奠,非吉祭也。今满场皆用红衣,则情事乖违,不但明皇钟情不能写出,而阿监宫娥泣涕皆不称矣。至于《舞盘》及末折演舞,原名《霓裳羽衣》,只须白袄红裙,便自当行本色。细绎曲中舞节,当一二自具。今有贵妃舞盘学《浣纱舞》,而末折仙女或舞灯、舞汗巾者,俱属荒唐,全无是处。

洪昇昉思父识

长生殿传奇

第一龃　传　概[1]

【南吕引子】【满江红】(末上)今古情场,问谁个真心到底?但果有精诚不散[2],终成连理。万里何愁南共北,两心那论生和死。笑人间儿女怅缘悭,无情耳。　　感金石,回天地。昭白日,垂青史。看臣忠子孝,总由情至[3]。先圣不曾删《郑》《卫》[4],吾侪取义翻宫徵[5]。借太真外传谱新词[6],情而已。

【中吕慢词】【沁园春】天宝明皇,玉环妃子,宿缘正当。自华清赐浴,初承恩泽,长生乞巧,永订盟香。妙舞新成,清歌未了,鼙鼓喧阗起范阳[7]。马嵬驿,六军不发[8],断送红妆[9]。　　西川巡幸堪伤[10],奈地下人间两渺茫。幸游魂悔罪,已登仙籍,回銮改葬,只剩香囊。证合天孙[11],情传羽客[12],钿盒金钗重寄将。月宫会,霓裳遗事,流播词场。

　　　唐明皇欢好霓裳宴,　　杨贵妃魂断渔阳变[13]。
　　　鸿都客引会广寒宫[14],织女星盟证长生殿[15]。

第 一 齣

注 释

〔1〕 传奇第一齣向例是家门引子,大致包括两个内容:一、创作缘起(见《满江红》),二、剧情提要(见《沁园春》)。传概,与家门引子同。

〔2〕 但——只要。

〔3〕 感金石……总由情至——即"情之所至,金石为开"的意思。

〔4〕 先圣不曾删《郑》《卫》——孔子不曾删去《诗经》中的《郑风》、《卫风》。《郑风》、《卫风》以活泼热烈的恋歌而著名,在封建时代却被人认为是"淫奔之诗"。

〔5〕 翻宫徵(zhǐ)——作曲。古代音乐以宫、商、角、徵、羽为音阶名。宫徵,泛指乐曲。

〔6〕 太真外传——宋代乐史(930—1007)作有《杨太真外传》。但这里"借太真外传",只是"借用杨贵妃的故事"的意思,并不专指乐史的作品。

〔7〕 鼙鼓喧阗起范阳——指安禄山在范阳起兵叛乱。范阳,今北京市大兴县。鼙鼓,战鼓。

〔8〕 马嵬驿,六军不发——唐明皇从长安逃走,到了都城西面百馀里的马嵬驿地方,军队不肯前进。马嵬驿在今陕西兴平县西。六军,指随驾的御林军。"六军不发"原当为五字句,下文"霓裳遗事"句,同。

〔9〕 断送红妆——红妆,这里指杨贵妃;断送,葬送。

〔10〕 西川巡幸——唐明皇到西川逃难。西川,四川的西部。巡幸,本来指皇帝出外巡历,这里讳言逃难。

〔11〕 证合天孙——天孙,天帝的孙女儿,即神话传说中的织女。她为唐明皇、杨贵妃的爱情作证,让他俩最后在月宫相会。故事见本剧《补恨》诸齣。

〔12〕 情传羽客——羽客,道士。道士杨通幽为唐明皇、杨贵妃传情达意,终于使他俩在月宫团圆。故事见本剧最后几齣。

〔13〕 渔阳变——渔阳,即范阳。渔阳变,即指安禄山在范阳起兵叛变。参看注〔7〕。

〔14〕 鸿都客——神仙中人,指道士杨通幽。鸿都,仙府。

〔15〕 在形式上,第一齣结尾四句与其他齣一样也是下场诗,但就内容而论,它们仍是全部剧情的概括,但比《沁园春》所写要简单得多。这四句诗在这里的作用相当于杂剧的"题目正名"。

第二齣　定　情

【大石引子】【东风第一枝】(生扮唐明皇引二内侍上)端冕中天,垂衣南面[1],山河一统皇唐。层霄雨露回春,深宫草木齐芳。《昇平》早奏[2],韶华好,行乐何妨。愿此生终老温柔,白云不羡仙乡[3]。

"韶华入禁闱,宫树发春晖。天喜时相合,人和事不违。《九歌》扬政要[4],《六舞》散朝衣[5]。别赏阳台乐[6],前旬暮雨飞[7]。"朕乃大唐天宝皇帝是也。起自潜邸[8],入缵皇图[9]。任人不二,委姚、宋于朝堂[10];从谏如流,列张、韩于省闼[11]。且喜塞外风清万里,民间粟贱三钱。真个太平致治,庶几贞观之年[12];刑措成风[13],不减汉文之世。近来机务馀闲,寄情声色。昨见宫女杨玉环[14],德性温和,丰姿秀丽。卜兹吉日,册为贵妃。已曾传旨,在华清池赐浴,命永新、念奴伏侍更衣。即着高力士引来朝见,想必就到也。

【玉楼春】(丑扮高力士,二宫女执扇,引旦扮杨贵妃上)恩波自喜从天降,浴罢妆成趋彩仗。(宫女)六宫未见一时愁[15],齐立金阶偷眼望。

(到介,丑进见生跪介)奴婢高力士见驾。册封贵妃杨氏,已到殿门候旨。(生)宣进来。(丑出介)万岁爷有旨,宣贵妃杨娘娘上殿。(旦进,拜介)臣妾贵妃杨玉环见驾,愿吾皇万岁!(内侍)平身。(旦)臣妾寒门陋质,充选掖庭[16],忽闻宠命之加,不胜陨越之惧。(生)妃子世胄名家,德容兼备。取供内职[17],深惬朕心。(旦)万岁。(丑)平身。(旦起介,生)传旨排宴。(丑传介)(内奏乐。旦送生酒,宫女送旦酒。生正坐,旦傍坐介)

【大石过曲】【念奴娇序】(生)寰区万里,遍徵求窈窕[18],谁堪领袖嫔嫱?佳丽今朝,天付与,端的绝世无双[19]。思想,擅宠瑶宫,褒封玉册[20],三千粉黛总甘让。(合)惟愿取,恩情美满,地久天长。

【前腔】【换头】[21](旦)蒙奖。沉吟半晌,怕庸姿下体,不堪陪从椒房[22]。受宠承恩,一霎里身判人间天上。须仿,冯媛当熊,班姬辞辇,永持彤管侍君傍[23]。(合)惟愿取,恩情美满,地久天长。

【前腔】【换头】(宫女)欢赏,借问从此宫中,阿谁第一?似赵家飞燕在昭阳[24]。宠爱处,应是一身承当。休让,金屋装成,玉楼歌彻,千秋万岁捧霞觞。(合)惟愿取,恩情美满,地久天长。

【前腔】【换头】(内侍)瞻仰,日绕龙鳞,云移雉尾[25],天颜有喜对新妆。频进酒,合殿春风飘香。堪赏,圆月摇金,馀霞散绮[26],五云多处易昏黄[27]。(合)惟愿取,恩情美满,地久天长。

(丑)月上了。启万岁爷撤宴。(生)朕与妃子同步阶前,玩月一回。(内作乐。生携旦前立,众退后,齐立介)

【中吕过曲】【古轮台】(生)下金堂,笼灯就月细端相[28],庭花不

第　二　齣

及娇模样。轻偎低傍,这鬓影衣光,掩映出丰姿千状。(低笑,向旦介)此夕欢娱,风清月朗,笑他梦雨暗高唐[29]。(旦)追游宴赏,幸从今得侍君王。瑶阶小立,春生天语,香萦仙仗[30],玉露冷沾裳。还凝望,重重金殿宿鸳鸯。

(生)掌灯往西宫去。(丑应介,内侍、宫女各执灯引生、旦行介)(合)

【前腔】【换头】辉煌,簇拥银烛影千行。回看处珠箔斜开[31],银河微亮。复道回廊,到处有香尘飘飏。夜色如何?月高仙掌[32]。今宵占断好风光[33],红遮翠障,锦云中一对鸾凰。《琼花》《玉树》,《春江夜月》[34],声声齐唱,月影过宫墙。褰罗幌[35],好扶残醉入兰房。

(丑)启万岁爷,到西宫了。(生)内侍回避。(丑)"春风开紫殿,(内侍)天乐下珠楼。"(同下)

【馀文】(生)花摇烛,月映窗,把良夜欢情细讲。(合)莫问他别院离宫玉漏长。

(宫女与生、旦更衣,暗下,生、旦坐介,生)"银烛回光散绮罗,(旦)御香深处奉恩多。(生)六宫此夜含颦望,(合)明日争传《得宝歌》[36]。"(生)朕与妃子偕老之盟,今夕伊始。(袖出钗、盒介)特携得金钗、钿盒在此,与卿定情。

【越调近词】【绵搭絮】(生)这金钗钿盒百宝翠花攒。我紧护怀中,珍重奇擎有万般[37]。今夜把这钗呵,与你助云盘[38],斜插双鸾;这盒呵,早晚深藏锦袖,密裹香纨。愿似他并翅交飞,牢扣同心结合欢。(付旦介,旦接钗、盒谢介)

【前腔】【换头】谢金钗钿盒赐予奉君欢。只恐寒姿,消不得

定　　情

天家雨露团。(作背看介)恰偷观,凤翥龙蟠,爱杀这双头旖旎,两扇团圞[39]。惟愿取情似坚金,钗不单分盒永完。

(生)胧明春月照花枝,　元　稹　(旦)始是新承恩泽时。
　　　白居易
(生)长倚玉人心自醉,　雍　陶　(合)年年岁岁乐于斯。
　　　赵彦照[40]

注　释

〔１〕　端冕中天,垂衣南面——天下太平,无为而治。中天,喻盛世;南面,帝王的座位朝南,作统治解;端冕,帝王的冠服。垂衣,表示无为之治。

〔２〕　《昇平》——歌颂太平的曲调。词牌有《昇平乐》。

〔３〕　愿此生终老温柔,白云不羡仙乡——温柔即温柔乡,指和杨贵妃在一起。白云不羡仙乡,即不羡白云仙乡。

〔４〕　《九歌》——夏代的庙堂乐曲。

〔５〕　《六舞》——周代的舞乐,即武王的《大武》,共六章。

〔６〕〔７〕　阳台、暮雨——指男女欢会。"韶华入禁闱……前句暮雨飞"为唐明皇本齣的上场诗,原诗见《全唐诗》卷一明皇帝《首夏花萼楼观群臣宴宁王山亭回楼下,又申之以赏乐赋诗》。上、下场诗,有的是集句,有的就前人诗句改易数字而成,有的是剧作家自己写的,本书不一一注明。但加引号,以资辨别。

〔８〕　潜邸——"潜"字是从《易经·乾卦》"初九,潜龙勿用"中来的。从前把皇帝比作龙,潜龙指未作皇帝之前。潜邸,皇帝在即位以前所住的府第。唐明皇李隆基是唐睿宗李旦的第三个儿子,原为临淄郡王。因起兵诛杀韦氏,被封为平王。李旦即位,隆基立为皇太子,先天元年(712)立为皇帝。

〔９〕　缵(zuǎn)——继承。

〔10〕 姚、宋——姚崇、宋璟,唐开元时著名的贤相。

〔11〕 列张、韩于省闼——张说、韩休,或指张九龄、韩休,唐开元时的贤相。省闼,中央政府。

〔12〕 贞观——唐太宗年号,627—649年。历史上著名的所谓太平盛世,号称"贞观之治"。

〔13〕 刑措——刑法不用。措,废置。汉文帝时,传说人民生活安定,刑法很宽。

〔14〕 杨玉环——(719—756),开元二十三年(735)册为寿王李瑁的妃子。李瑁是唐明皇的儿子。唐明皇看中了她,先要她入宫做女道士,号为太真。然后,占为己有,在七四五年册为贵妃。以上据历史记载,和戏曲所写不同。

〔15〕 六宫未见一时愁——原句见王建《宫词》一百首之一。

〔16〕 掖庭——皇宫里妃嫔所住的地方。

〔17〕 内职——宫内妇女的职务,此指贵妃。

〔18〕 窈窕——形容女人体态美好。这里作名词用,指美女。

〔19〕 端的——正是。

〔20〕 玉册——刻在玉版上的文书,此指册封贵妃的证书。

〔21〕 前腔——南曲中和前面一个乐调曲牌相同的叫前腔。和前面曲调相同而开头略有改变的叫换头。

〔22〕 椒房——花椒果实繁多,象征多生男子,又且性质温暖,气味芳香,古时用来涂抹后妃居室的墙壁,所以称后妃居室为椒房。

〔23〕 须仿,冯嫕(nì)当熊,班姬辞辇,永持彤(tóng)管侍君傍——须仿,要学习。以下二个短句是"须仿"的宾语。冯嫕当熊,冯嫕是汉元帝的婕妤(女官名),后来封为昭仪(皇妃)。有一天,熊从兽圈中出来,她怕元帝受到伤害,自己挺身而出,站在熊的前面。嫕,通妷;钩妷,女官名。班姬,汉成帝的婕妤。有一天在花园里,皇帝要和她坐在同一辆车子里,她推辞了。她说皇帝应该常常和贤臣在一起,不该宠幸女色。彤管,红笔杆的笔。在后宫里,女史(官名)拿着这样的笔,把事情记下来。

〔24〕 赵家飞燕在昭阳——赵飞燕,汉成帝的皇后,她和妹妹昭仪曾长期受到成帝的宠幸,用来和杨贵妃相比。昭阳舍,原是赵昭仪所居的房子,此作后宫讲。

〔25〕 日绕龙鳞,云移雉尾——龙鳞,龙,指皇帝。雉尾,雉尾扇,皇帝仪仗队所用。句本杜甫《秋兴》八首之一:"云移雉尾开宫扇,日绕龙鳞识圣颜。"

〔26〕 馀霞散绮——句本谢朓诗《晚登三山还望京邑》:"馀霞散成绮。"

〔27〕 五云多处——相传天子所在的地方有五色的云彩。

〔28〕 笼灯就月细端相——周邦彦词:"笼灯就月,子细端相。"

〔29〕 笑他梦雨暗高唐——梦雨暗高唐,用楚王游高唐,梦中与神女欢会事,指男女交欢。以"风清月朗"和"梦雨暗高唐"相对照,剧中人物唐明皇认为他俩的爱情比前代君王的传说故事更美妙。

〔30〕 仙仗——指皇帝的仪仗。

〔31〕 珠箔——珠帘。

〔32〕 仙掌——即仙人掌,汉代宫中的一种装置,作仙人以手掌举盘接天上甘露的样子。月高仙掌,形容夜深。

〔33〕 占断——占尽。

〔34〕 《琼花》《玉树》《春江夜月》——都是歌曲的名称。《玉树》即《玉树后庭花》,《春江夜月》即《春江花月夜》,以上两曲陈后主作。《琼花》,据清代陈文述《秣陵集》卷四《青溪吊江总宅》:"当时玉树临春曲,异日琼花水调歌",当也是歌曲名。

〔35〕 罗幌——罗帷,门幕之类的东西。

〔36〕 《得宝歌》——即《得宝子》。宋代乐史《杨太真外传》:"是夕(定情之夕),……上喜甚,谓后宫人曰:'朕得杨贵妃,如得至宝也。'乃制曲子曰《得宝子》。"

〔37〕 奇擎——奇是擎的声母,奇擎即擎。

〔38〕 云盘——云,形容头发像云那样黑;盘,盘髻。

〔39〕 双头旖旎,两扇团圞——双头,指两股金钗;两扇,指钿盒。

〔40〕 这四句是本齣结尾的下场诗,用来概括一齣戏的大意。它们可以是剧作家自己写的,也可以是集句。《长生殿》各齣的下场诗都是集句,采自唐诗。

第三齣　贿　权[1]

【正宫引子】【破阵子】(净扮安禄山箭衣、毡帽上)失意空悲头角[2],伤心更陷罗罝[3]。异志十分难屈伏,悍气千寻怎蔽遮[4]?权时宁耐些[5]。

"腹垂过膝力千钧,足智多谋胆绝伦。谁道孽龙甘蠖屈[6],翻江搅海便惊人。"自家安禄山,营州柳城人也。俺母亲阿史德,求子轧荦山中,归家生俺,因名禄山。那时光满帐房,鸟兽尽都鸣窜。后随母改嫁安延偃[7],遂冒姓安氏。在节度使张守珪帐下投军。他道我生有异相,养为义子。授我讨击使之职,去征讨奚契丹。一时恃勇轻进,杀得大败逃回。幸得张节度宽恩不杀,解京请旨。昨日到京,吉凶未保。且喜有个结义兄弟,唤作张千,原是杨丞相府中干办。昨已买嘱解官,暂时松放。寻他通个关节[8],把礼物收去了。着我今日到彼候覆,不免前去走遭。(行介)咳,俺安禄山,也是个好汉,难道便这般结果了么?想起来好恨也!

【正宫过曲】【锦缠道】莽龙蛇,本待将河翻海决,反做了失水瓮中鳖,恨樊笼霎时困了豪杰。早知道失军机要遭斧钺,倒不如丧沙场免受缧絏,蓦地里脚双跌。全凭仗金投暮夜[9],把一身离阱穴。算有意天生吾也,不争待半路柱摧折[10]。

11

第　三　齣

来此已是相府门首,且待张兄弟出来。(丑扮张千上)"君王舅子三公位,宰相家人七品官。"(见介)安大哥来了。丞相爷已将礼物全收,着你进府相见。(净揖介)多谢兄弟周旋。(丑)丞相爷尚未出堂,且到班房少待。"全凭内阁调元手[11],(净)救取边关失利人。"(同下)

【仙吕引子】【鹊桥仙】(副净扮杨国忠引袛从上)荣夸帝里,恩连戚畹[12],兄妹都承天眷。中书独坐揽朝权[13],看炙手威风赫烜[14]。

"国政归吾掌握中,三台八座极尊崇[15]。退朝日晏归私第,无数官僚拜下风。"下官杨国忠,乃西宫贵妃之兄也。官居右相,秩晋司空[16]。分日月之光华,掌风雷之号令。(冷笑介)穷奢极欲,无非行乐及时;纳贿招权,真个回天有力。左右回避。(从应下)(副净)适才张千禀说,有个边将安禄山,为因临阵失机,解京正法。特献礼物到府,要求免死发落。我想胜败乃兵家常事,临阵偶然失利,情有可原。(笑介)就将他免死,也是为朝廷爱惜人才。已曾分付令他进见,再作道理。(丑暗上,见介)张千禀事:安禄山在外伺候。(副净)着他进来。(丑)领钧旨。(虚下,引净青衣、小帽上,丑)这里来。(净膝行进见介)犯弁安禄山[17],叩见丞相爷。(副净)起来。(净)犯弁是应死囚徒,理当跪禀。(副净)你的来意,张千已讲过了。且把犯罪情由,细说一番。(净)丞相爷听禀:犯弁遵奉军令,去征讨奚契丹呵,(副净)起来讲。(净起介)

【仙吕过曲】【解三酲】恃勇锐冲锋出战,指征途所向无前。不隄防番兵夜来围合转,临白刃剩空拳[18]。(副净)后来怎生得脱?(净)那时犯弁杀条血路,奔出重围。单枪匹马身幸免,只指望鉴录微功折罪愆。谁想今日呵,当刑宪!(叩首介)望高抬贵手,曲赐矜怜。

【前腔】[换头](副净起介)论失律丧师关钜典,我虽总朝纲敢擅专?况刑书已定难更变,恐无力可回天。(净跪哭介)丞相爷若肯救援,犯弁就得生了。(副净笑介)便道我言从计听微有权,这就里机关不易言。(净叩头介)全仗丞相爷做主!(副净)也罢。待我明日进朝,相机而行便了。乘其便,便好开罗撤网,保汝生全。

(净叩头介)蒙丞相爷大恩,容犯弁犬马图报。就此告辞。(副净)张千引他出去。(丑应,同净出介)"眼望捷旌旗,耳听好消息[19]。"(同下)(副净想介)我想安禄山乃边方末弁,从未著有劳绩。今日犯了死罪,我若特地救他,必动圣上之疑。(笑介)哦,有了。前日张节度疏内[20],曾说他通晓六番言语,精熟诸般武艺,可当边将之任。我就授意兵部,以此为辞,奏请圣上,召他御前试验。于中乘机取旨,却不是好。

专权意气本豪雄,卢照邻　万态千端一瞬中。吴　融
多积黄金买刑戮,李咸用　不妨私荐也成公。杜荀鹤

注　释

〔1〕　幽州节度使张守珪,派他的部下平卢讨击使、左骁卫将军安禄山,去攻打奚契丹部落。安禄山由于轻敌,吃了败仗。他应该被处死。长官张守珪是他的义父,为了使他有从宽发落的可能,把他解到京师问罪。丞相张九龄主张把他杀了。李隆基宽赦了他,只解除他的官职,仍旧叫他带兵。这是唐玄宗开元二十四年(736)的事。据史实,这时,杨玉环还是李隆基的儿子寿王李瑁的妃子,杨国忠还没有在朝做官(据《通鉴》卷二

一四)。

〔2〕 头角——指高贵的相貌。全句,仕途失意,想到自己仪表堂堂,只有更加悲切。

〔3〕 罗罝——罗网。指解京问罪。为协韵,罝,读作 jū。

〔4〕 千寻——八尺为一寻。千寻,千寻高,形容悍气之盛。

〔5〕 权时——暂时。

〔6〕 蠖屈——不得志。蠖,尺蠖,虫名,行动时一伸一缩(屈)。

〔7〕 安延偃——突厥族一个部落的酋长。

〔8〕 通个关节——买通官员,以求得包庇。

〔9〕 金投暮夜——东汉时昌邑令王密以金十斤送给东莱太守杨震。震不收。王密说:"收下不要紧,在这个晚上没有人会知道的。"杨震说:"天知地知,我知你知,怎么没有人知道呢?"见《后汉书·杨震传》。这里只是指安禄山通过张千,私下向杨国忠行贿。

〔10〕 不争——不曾,不至于,那见得。

〔11〕 调元——调和阴阳,指宰相治理国家。

〔12〕 戚畹——即戚里,外戚所居的地方。

〔13〕 中书——唐代中书省的长官叫中书令,是仅次于皇帝的最高执政。杨国忠曾任命为右相兼文(吏)部尚书。右相相当于中书令。

〔14〕 炙手——炙手可热,形容气焰很盛,权势很大。

〔15〕 三台八座——封建皇朝的最高政权机关。汉代以尚书、御史、谒者为三台;唐代以左右仆射及左右相、六尚书为八座。

〔16〕 官居右相,秩晋司空——杨国忠原名钊,杨玉环的从祖兄。杨氏册为贵妃,亲属例有封赠,杨钊不在其内。天宝十一载,杨氏册为贵妃的第八年,杨国忠才做上了右相兼文部尚书,十三载进位司空。秩,官阶。

〔17〕 弁——下级武官。一般武官也自称弁,以表示对对方的尊重。

〔18〕 临白刃剩空弮——奋勇不屈,战到最后。空弮,箭射完了,只剩下一张弓。弮(quān),弓弦,指弓。

〔19〕 眼望捷旌旗,耳听好消息——等待好消息。古代小说、戏曲中的熟语。

〔20〕 张节度疏——节度使张守珪的奏章。

第四齣 春　睡

【_{越调}_{引子}】【祝英台近】_(旦引老旦扮永新、贴旦扮念奴上)梦回初,春透了,人倦懒梳裹。欲傍妆台,羞被粉脂涴^[1]。_(老旦、贴旦)趁他迟日房栊,好风帘幕,且消受薰香闲坐。

永新、念奴叩头。_(旦)起来。〔海棠春〕"流莺窗外啼声巧,睡未足,把人惊觉。_(老)翠被晓寒轻,_(贴)宝篆沉烟袅^[2]。_(旦)宿醒未醒宫娥报^[3],_(老、贴)道别院笙歌会早。_(旦)试问海棠花,_(合)昨夜开多少?"_(旦)奴家杨氏,弘农人也。父亲元琰,官为蜀中司户。早失怙恃^[4],养在叔父之家。生有玉环,在于左臂,上隐"太真"二字。因名玉环,小字太真。性格温柔,姿容艳丽。漫揩罗袂,泪滴红冰;薄试霞绡,汗流香玉。荷蒙圣眷,拔自宫嫔。位列贵妃,礼同皇后。有兄国忠,拜为右相,三姊尽封夫人,一门荣宠极矣。昨宵侍寝西宫,_(低介)未免云娇雨怯。今日晌午时分,才得起来。_(老、贴)镜奁齐备,请娘娘理妆。_(旦行介)绮疏晓日珠帘映^[5],红粉春妆宝镜催。

【_{越调}_{过曲}】【祝英台】_(坐对镜介)把鬓轻撩,鬟细整,临镜眼频睃^[6]。_(老)请娘娘贴上这花钿。_(旦)贴了翠钿,_(贴)再点上这胭脂。_(旦)注了红脂,_(老)请娘娘画眉。_(旦画眉介)着意再描双蛾。_(旦立起介)延俄^[7],慢支持杨柳腰身。_(贴)呀,娘娘花儿

也忘戴了。(代旦插花介)好添上樱桃花朵。(老、贴作看旦介)看了这粉容嫩,只怕风儿弹破。(老、贴)请娘娘更衣。(与旦更衣介)

【前腔】【换头】飘堕,麝兰香,金绣影,更了杏衫罗。(旦步介)(老、贴看介)你看小颤步摇[8],轻荡湘裙,(旦兜鞋介)低蹴半弯凌波[9],停妥。(旦顾影介)(老、贴)袅临风百种娇娆,(旦回身临镜介)(老、贴)还对镜千般婀娜。(旦作倦态,欠伸介)(老、贴扶介)娘娘,恁恹恹,何妨重就衾窝。

(旦)也罢,身子困倦,且自略睡片时。永新、念奴,与我放下帐儿。正是:"无端春色薰人困,才起梳头又欲眠。"(睡介)(老、贴放帐介)(老)万岁爷此时不进宫来,敢是到梅娘娘那边去么[10]?(贴)姐姐,你还不知道,梅娘娘已迁置上阳楼东了!(老)哦,有这等事!(贴)永新姐姐,这几日万岁爷崇爱杨娘娘,不时来往西宫,连内侍也不教随驾了。我与你须要小心伺候。(生行上)

【前腔】【换头】欣可[11],后宫新得娇娃,一日几摩挲!(生作进,老、贴见介)万岁爷驾到。娘娘刚才睡哩。(生)不要惊他。(作揭帐介)试把绡帐慢开,龙脑微闻[12],一片美人香和[13]。瞧科,爱他红玉一团,压着鸳衾侧卧。(老、贴背介)这温存,怎不占了风流高座!

【前腔】【换头】(旦作惊醒、低介)谁个?蓦然揭起鸳帏,星眼倦还揉。(作坐起、摩眼、撩鬓介)(生)早则浅淡粉容[14],消褪唇朱,掠削鬓儿欹嚲[15]。(老、贴作扶旦起,旦作开眼复闭,立起又坐倒介)(生)怜他,侍儿扶起腰肢,娇怯怯难存难坐[16]。(老、贴扶旦坐介)(生扶住介)恁朦腾,且索消详停和[17]。

第 四 齣

（旦）万岁！（生）春昼晴和，正好及时游赏，为何当午睡眠？（旦低介）夜来承宠，雨露恩浓，不觉花枝力弱。强起梳头，却又朦胧睡去。因此失迎圣驾。（生笑介）这等说，倒是寡人唐突了。（旦娇羞不语介）（生）妃子，看你神思困倦，且同到前殿去，消遣片时。（旦）领旨。（生、旦同行，老、贴随行介）（生）"落日留王母，（旦）微风倚少儿。（老、贴）宫中行乐秘，少有外人知[18]。"（生、旦转坐介）（丑上）"昼漏稀闻高阁报，天颜有喜近臣知。"[19]启万岁爷：国舅杨丞相，遵旨试验安禄山，在宫门外回奏。（生）宣奏来。（丑宣介）杨丞相有宣。（副净上）"天下表章经院过，宫中笑语隔墙闻。"[20]（拜见介）臣杨国忠见驾。愿吾皇万岁，娘娘千岁！（丑）平身。（副）臣启陛下：蒙委试验安禄山，果係人才壮健，弓马熟娴，特此覆旨。（生）朕昨见张守珪奏称：禄山通晓六番言语，精熟诸般武艺，可当边将之任。今失机当斩，是以委卿验之。既然所奏不诬，卿可传旨禄山，赦其前罪。明日早朝引见，授职在京，以观后效。（副）领旨。（下）（丑）启万岁爷：沉香亭牡丹盛开，请万岁爷同娘娘赏玩。（生）今日对妃子，赏名花。高力士，可宣翰林李白，到沉香亭上，立草新词供奉。（丑）领旨。（下）（生）妃子，和你赏花去来。

　　倚槛繁花带露开，罗　虬（旦）相将游戏绕池台。
　　　　孟浩然
（生）新歌一曲令人艳，万　楚（合）只待相如奉诏来。
　　　　李商隐

注　释

〔1〕　羞被粉脂涴——嫌脂粉沾污了天然的肤色。羞，嫌。涴(wò)，

春　　睡

沾污。

〔2〕宝篆沉烟袅——珍贵的沉水香上升起了袅袅的烟缕。篆,形容烟缕在空中蜿蜒飘扬好像篆字的样子。

〔3〕宿酲——宿醉。

〔4〕怙(hù)恃——父母。

〔5〕绮疏——纱窗。

〔6〕睃(suō)——斜视。

〔7〕延俄——俄延,待会儿。

〔8〕步摇——一种首饰,插在鬓后,行走时会摇动的。

〔9〕半弯凌波——指纤小的脚;凌波,形容行走时袅袅婷婷,好像仙女洛神在水波上行走一样。曹植《洛神赋》:"凌波微步,罗袜生尘"。

〔10〕梅娘娘——梅妃,即江采蘋。参看本书第十八齣《夜怨》、第十九齣《絮阁》。

〔11〕欣可——表示满意。

〔12〕龙脑——即冰片,一种香料。当时非常难得。

〔13〕美人香和——形容贵妃一身清香。

〔14〕早则——早是、原来是。

〔15〕掠削——梳理。

〔16〕难存难坐——行动不得。上句"他",协韵,读作 tōu。

〔17〕恁朦腾,且索消详停和——这样睡昏昏的,还得休息一会儿。消详停和,消停,休息。

〔18〕"落日留王母,微风倚少儿。宫中行乐秘,少有外人知"——原是杜甫七律《宿昔》的后四句。王母指杨贵妃;少儿,即卫少儿,汉武帝皇后卫子夫的姊姊;"微风倚少儿",指杨氏三国夫人因贵妃而得宠。

〔19〕"天颜有喜近臣知"——见杜甫诗《紫宸殿退朝口号》。

〔20〕"宫中笑语隔墙闻"——见王建诗《赠郭将军》。

19

第五齣　禊　游

【双调引子】【贺圣朝】(丑上)崇班内殿称尊,天颜亲奉朝昏。金貂玉带蟒袍新,出入荷殊恩。

咱家高力士是也,官拜骠骑将军[1]。职掌六宫之中,权压百僚之上。迎机导窾[2],摸揣圣情;曲意小心,荷承天宠。今乃三月三日,万岁爷与贵妃娘娘游幸曲江[3],命咱召杨丞相并秦、韩、虢三国夫人,一同随驾。不免前去传旨与他。"传声报戚里,今日幸长杨[4]。"(下)

【前腔】(净冠带引从上)一从请托权门,天家雨露重新。累臣今喜作亲臣[5],壮怀会当伸。

俺安禄山,自蒙圣恩复官之后,十分宠眷。所喜俺生的一个大肚皮,直垂过膝。一日圣上见了,笑问此中何有?俺就对说,惟有一片赤心。天颜大喜,自此愈加亲信,许俺不日封王。岂不是非常之遇!左右,回避。(从应下)(净)今乃三月三日,皇上与贵妃游幸曲江,三国夫人随驾。倾城士女,无不往观。俺不免换了便服,单骑前往,游玩一番。(作更衣、上马行介)出得门来,你看香尘满路,车马如云,好不热闹也。正是:"当路游丝萦醉客,隔花啼鸟唤行人。"(下)(副净、外扮王孙,末扮公子;各丽服,同行上)(合)

【仙吕入双调】【夜行船序】春色撩人,爱花风如扇,柳烟成阵。

行过处,辨不出紫陌红尘[6]。(见介)请了。(副净、外)今日修禊之辰[7],我每同往曲江游玩。(末、小生)便是,那边簇拥着一队车儿,敢是三国夫人来了。我每快些前去。(行介)纷纭,绣幕雕轩,珠绕翠围,争妍夺俊。氤氲,兰麝逐风来,衣綵珮光遥认。(同下)

(老旦绣衣扮韩国,贴白衣扮虢国,杂绯衣扮秦国,引院子、梅香各乘车行上[8])(合)

【前腔】【换头】安顿,罗绮如云,斗妖娆,各逞黛蛾蝉鬓。蒙天宠,特敕共探江春。(老旦)奴家韩国夫人,(贴)奴家虢国夫人,(杂)奴家秦国夫人,(合)奉旨召游曲江。院子把车儿趱行前去。(院)晓得。(行介)(合)朱轮,碾破芳堤,遗珥坠簪,落花相衬。荣分,戚里从宸游[9],几队宫妆前进。(同下)

【黑蟆序】【换头】(净策马上,目视三国下介)妙啊,回瞬,绝代丰神,猛令咱一见,半响销魂。恨车中马上,杳难亲近。俺安禄山,前往曲江,恰好遇着三国夫人,一个个天姿国色。咳,唐天子,唐天子!你有了一位贵妃,又添上这几个阿姨,好不风流也!评论,群花归一人,方知天子尊。且赶上前去,饱看一回。望前尘,馋眼迷奚,不免挥策频频。

(作鞭马前奔,杂扮从人上,拦介)咄,丞相爷在此,什么人这等乱撞!(副净骑马上)为何喧嚷?(净、副净作打照面,净回马急下)(从)小的方才见一人,骑马乱撞过来,向前拦阻。(副净笑介)那去的是安禄山。怎么见了下官,就疾忙躲避了。(作沉吟介)三位夫人的车儿在那里?(从)就在前面。(副净)呀,安禄山那厮怎敢这般无礼!

【前腔】【换头】堪恨,藐视皇亲,傍香车行处,无礼厮混。

第 五 齣

陡冲冲怒起,心下难忍。叫左右,紧紧跟随着车儿行走,把闲人打开。(众应行介)(副净)忙奔,把金鞭辟路尘[10],将雕鞍逐画轮。(合)语行人,慎莫来前,怕惹丞相生嗔。(同下)

【锦衣香】(净扮村妇,丑扮丑女,老旦扮卖花娘子,小生扮舍人,行上[11])(合)妆扮新,添淹润[12];身段村[13],乔丰韵[14]。更堪怜芳草沾裾,野花堆髻。(见介)(净)列位都是去游曲江的么?(众)正是。今日皇帝、娘娘,都在那里,我每同去看一看。(丑)听得皇帝把娘娘爱的似宝贝一般,不知比奴家容貌如何?(老旦笑介)(小生作看丑介)(丑)你怎么只管看我?(小生)我看大姐的脸上,倒有几件宝贝。(净)什么宝贝?(小生)你看眼嵌猫睛石,额雕玛瑙纹,蜜蜡装牙齿,珊瑚镶嘴唇。(净笑介)(丑将扇打小生介)小油嘴,偏你没有宝贝。(小生)你说来。(丑)你后庭像银矿,掘过几多人!(净笑介)休得取笑。闻得三国夫人的车儿过去,一路上有东西遗下,我每赶上寻看。(丑)如此快走。(行介)(丑作娇态与小生诨介)(合)和风徐起荡晴云,钿车一过,草木皆春。(小生)且在这草里寻一寻,可有什么?(老旦)我先去了。向朱门绣阁,卖花声叫的殷勤。(叫卖花下)(众作寻、各拾介)(丑问净介)你拾的什么?(净)是一枝簪子。(丑看介)是金的,上面一粒绯红的宝石。好造化!(净问丑介)你呢?(丑)一只凤鞋套儿。(净)好好,你就穿了何如?(丑作伸脚比介)啐,一个脚指头也着不下。鞋尖上这粒真珠,摘下来罢。(作摘珠、丢鞋介)(小生)待我袖了去[15]。(丑)你倒会作揽收拾!你拾的东西,也拿出来瞧瞧。(小生)一幅鲛绡帕儿,裹着个金盒子。(净接作开看介)咦,黑黑的黄黄的薄片儿[16],闻着又有些香,莫不是耍药么[17]?(小生笑介)是香茶。(丑)待我尝一尝。(净争吃、各吐介)呸,稀苦的,吃他怎么!(小生作收介)罢了,大家再往前去。(行介)(合)蜂蝶闲相趁,柳迎花引,望龙楼倒写,曲江将近。

(小生、净先下,丑吊场[18],叫介)你们等我一等。阿呀,尿急了,且在这里打个沙窝儿去[19]。(下)(老旦、贴、杂引院子、梅香行上)

【浆水令】扑衣香花香乱熏,杂莺声笑声细闻。看杨花雪落覆白蘋,双双青鸟,衔堕红巾。春光好,过二分[20],迟迟丽日催车进。(院)禀夫人,到曲江了。(老旦)丞相爷在那里?(院)万岁爷在望春宫,丞相爷先到那边去了。(老旦、杂、贴作下车介)你看果然好风景也!环曲岸,环曲岸,红酣绿匀。临曲水,临曲水,柳细蒲新。

(丑引小内侍、控马上)"敕传玉勒桃花马,骑坐金泥蛱蝶裙[21]。"(见介)皇上口敕:韩、秦二国夫人,赐宴别殿。虢国夫人,即令乘马入宫,陪杨娘娘饮宴。(老旦、杂、贴跪介)万岁!(起介)(丑向贴介)就请夫人上马。(贴)

【尾声】内家官[22],催何紧。姐姐妹妹,偏背了春风独近[23]。(老旦、杂)不枉你淡扫蛾眉朝至尊[24]。

(贴乘马,丑引下)(杂)你看裴家姐姐,竟自扬鞭去了。(老旦)且自由他。(梅香)请夫人别殿里上宴。

红桃碧柳禊堂春,沈佺期 (老旦)一种佳游事也均。
张谔
(杂)愿奉圣情欢不极,武平一 (合)向风偏笑艳阳人。
杜牧

注　释

〔1〕 高力士——原为左监门大将军知内侍省事,天宝七载加骠骑

大将军,从一品。他对唐玄宗时代的政治大有影响。当时的宰相、大臣,要得到他的支持,才能巩固自己的地位。但在《长生殿》和以前的传说中,他往往只作为一个普通的亲信太监出场。

〔2〕 导窾(kuǎn)——窾,骨节中空处。杀牛时,刀可以比较方便地从这里过去。导窾,在这里看人眼色,见机行事讲。

〔3〕 曲江——曲江池,在长安东南。汉武帝在这里造了宜春苑,唐玄宗时重加疏凿。它的周围有紫云楼、芙蓉苑、杏园、慈恩寺等名胜。在唐代,曲江是长安的风景区,每逢中和节(二月初一日)、上巳节(三月初三日)游人特别多。现在,曲江已经淤塞。

〔4〕 长杨——秦、汉时代的一个宫殿。"今日幸长杨",指游曲江池。

〔5〕 累臣——被囚的臣子,指自己以前解京问罪。

〔6〕 辨不出紫陌红尘——形容夹道花、柳很盛。紫陌,都城的道路;红尘,指都城中闹市。

〔7〕 修禊——三月上巳在水边被除邪祟的一种古代祭礼。上巳,阴历三月上旬的巳日,魏代以后以三月三日为上巳。

〔8〕 仆人叫院子,梅香指丫鬟。

〔9〕 宸——皇帝的住处,此指皇帝。

〔10〕 辟(pì)路尘——辟,叫行人走开。辟路尘,开路。

〔11〕 舍人——公子、少爷。

〔12〕 淹润——丰韵。

〔13〕 村——土里土气。

〔14〕 乔丰韵——怪模样。

〔15〕 袖——作动词用,把东西放在袖子里。

〔16〕 黑黑的黄黄的薄片儿——当是槟榔,吃了助消化。

〔17〕 耍药——疑即春药。

〔18〕 吊场——一齣戏,其他角色先下场,只留下一、二人独唱下场诗(或打诨),称吊场。这里是一齣戏中的一场的结束,后面是转到另一场

戏了。

〔19〕 打个沙窝儿——俗语,指女人就地小便。
〔20〕 过二分——过了三分之二。指春光灿烂的时候。
〔21〕 金泥——金屑做的一种颜料。
〔22〕 内家官——宫内官,此指传旨的小内侍。
〔23〕 偏背了——意即我独个儿去了。
〔24〕 "淡扫蛾眉朝至尊"——见张祜咏虢国夫人的《集灵台》诗。

第六齣　傍　訝

【中吕过曲】【缕缕金】(丑上)欢游罢,驾归来。西宫因个甚,恼君怀?敢为春筵畔,风流尴尬。怎一场乐事陡成乖[1]?教人好疑怪,教人好疑怪。

　　前日万岁爷同杨娘娘游幸曲江,欢天喜地。不想昨日娘娘忽然先自回宫,万岁爷今日才回,圣情十分不悦。未知何故?远远望见永新姐来了,咱试问他。(老旦上)

【前腔】宫帏事[2],费安排。云翻和雨覆,蓦地闹阳台。(丑见介)永新姐,来得恰好。我问你,万岁爷为何不到杨娘娘宫中去?(老)唉,公公,你还不知么!两下参商后[3],装幺作态。(丑)为着甚来?(老)只为并头莲傍有一枝开。(丑)是那一枝呢?(老笑介)公公,你聪明人自参解,聪明人自参解。

　　(丑笑介)咱那里得知!永新姐,你可说与我听。(老)若说此事,原是我娘娘自己惹下的。(丑)为何?(老)只为娘娘把那虢国夫人呵,

【剔银灯】常则向君前喝采,妆梳淡天然无赛。那日在望春宫,教万岁召他侍宴。三杯之后,便暗中筑座连环寨[4],哄结上同心罗带。(丑拍手笑介)阿呀,咱也疑心有此。却为何烦恼哩?(老)后来娘娘恐怕夺了恩宠,因此上嫌猜。恩情顿乖,热打对鸳鸯散开。

（丑）原来虢国夫人,在望春宫有了言语,才回去的。（老）便是。那虢国夫人去时,我娘娘不曾留得。万岁爷好生不快[5],今日竟不进西宫去了。娘娘在那里只是哭哩。（丑）咱想杨娘娘呵,

【前腔】娇痴性天生忒利害。前时逼得个梅娘娘,直迁置楼东无奈。如今这虢国夫人,是自家的妹子,须知道连枝同气情非外,怎这点儿也难分爱。（老）这且休提。只是往常,万岁爷与娘娘行坐不离,如今两下不相见面,怎生是好？（丑）吾侪,如何布摆,且和你从旁看来。

（内）有旨宣高公公。（丑）来了。

　　　狎宴临春日正迟[6], 韩　偓 （老旦）宠深还恐宠先衰。
　　罗　虬
（丑）外头笑语中猜忌, 陆龟蒙 （老旦）若问傍人那得知!
　　崔　颢

注　释

〔1〕 陡成乖——突然闹起别扭来。上句尴尬,暧昧、可疑的意思。

〔2〕 宫帏事——宫帏,即宫闱,后妃所居的地方。宫帏事,指皇帝和后妃之间的事。

〔3〕 两下参商——两人意见不合,闹别扭。下句装幺作态,装腔作势。

〔4〕 筑座连环寨——军队分兵屯扎,以便互相呼应。这里用来比喻两相勾结。

〔5〕 好生——非常。

〔6〕 临春——南朝陈后主的宫殿名。

第七齣　倖　恩

【商调引子】【遶池游】(贴上)瑶池陪从[1],何意承新宠！怪青鸾把人和哄[2]。寻思万种,这其间无端噘动[3],奈谣诼蛾眉未容[4]。

"玉燕轻盈弄雪辉,杏梁偷宿影双依。赵家姊妹多相妒[5],莫向昭阳殿里飞。"奴家杨氏,幼适裴门。琴断朱弦[6],不幸文君早寡[7];香含青琐,肯容韩掾轻偷[8]？以妹玉环之宠,叨膺虢国之封。虽居富贵,不爱铅华[9]。敢夸绝世佳人,自许朝天素面[10]。不想前日驾幸曲江,敕陪游赏。诸姊妹俱赐宴于外,独召奴家,到望春宫侍宴。遂蒙天眷,勉尔承恩。圣意虽浓,人言可畏。昨日要奴同进大内[11],再四辞归。仔细想来,好侥倖人也。

【商调过曲】【字字锦】恩从天上浓,缘向生前种。金笼花下开,巧赚娟娟凤[12]。烛花红,只见弄盏传杯。传杯处,蓦自里话儿唧哝。匆匆,不容宛转[13],把人央入帐中。思量帐中,帐中欢如梦。绸缪处两心同。绸缪处两心暗同。奈朝来背地,有人在那里,人在那里,妆模作样,言言语语,讥讥讽讽。咱这里羞羞涩涩,惊惊恐恐,直恁被他抟弄。

【不是路】(末扮院子、副净扮梅香暗上)(老旦引外扮院子,丑扮梅香上)吹透春风,戚畹花开别样秾[14]。前日裴家妹子独承恩幸。我约柳家妹子,同去打觑一番[15]。不料他气的病了,因此独自前去。(外)禀夫人,到虢府了。(老旦)通报去。(外报介)(末传介)韩国夫人到。(贴)道有请。(副净请介)(外、末暗下)(贴出,迎老旦进介)(贴)姊姊请。(副净、丑诨下)[16](老旦)妹妹喜也。(贴)有何喜来?(老旦)邀殊宠,一枝已傍日边红[17]。(贴作羞介)姊姊,说那里话!我进离宫,也不过杯酒相陪奉,湛露君恩内外同。(老旦笑介)虽则一般赐宴,外边怎及里边。休调哄,九重春色偏知重[18],有谁能共?(贴)有何难共?

(老旦)我且问你,看见玉环妹妹,在宫光景如何?

【满园春】(贴)春江上景融融。催侍宴望春宫。那玉环妹妹呵,新来倚贵添尊重。(老旦)不知皇上与他怎生恩爱?(贴)春宵里,春宵里,比目儿和同。谁知得雨云踪[19]?(老旦)难道一些不觉?(贴)只见玉环妹妹的性儿,越发骄纵了些。细窥他个中[20],漫参他意中,使惯娇憨。惯使娇憨,寻瘢索绽[21],一谜儿自逗心胸[22]。

(老旦)他自小性儿是这般的,妹妹,你还该劝他才是。(贴)那个耐烦劝他?

【前腔】【换头】(老旦)他情性多骄纵,恃天生百样玲珑,姊妹行且休傍作诵[23]。况他近日呵,昭阳内,昭阳内,一人独占三千宠[24],问阿谁能与竞雌雄?(贴)谁与他争!只是他如此性儿,恐怕君心不测!(老旦起,背介)细听裴家妹子之言,必有缘故。细窥他个中,漫参他意中,使恁骄嗔。恁使骄嗔,藏头露尾,敢别有一段心胸[25]!

(末上)"意外闻严旨,堂前报贵人。"(见介)禀夫人,不好了。贵妃娘娘忤旨,圣上大怒,命高公公送归丞相府中了。(老旦惊介)有这等事!(贴)我说这般心性,定然惹下事来。(老旦)虽然如此,我与你姊妹之情,且是关系大家荣辱,须索前去看他才是[26]!(贴)正是,就请同行。(老旦)

【尾声】忽闻严谴心惊恐,(贴)整香车同探吉凶。姊姊,那玉环妹妹,可不被梅妃笑杀也!(合)倒不如冷淡梅花仍开紫禁中!

(贴)传闻阙下降丝纶[27],刘长卿 (老旦)出得朱门入戟门[28]。贾岛

(贴)何必君恩能独久,乔知之 (老旦)可怜荣落在朝昏。李商隐

注释

〔1〕 瑶池——仙境,相传是西王母所住的地方。"瑶池陪从",指曲江池侍宴。

〔2〕 青鸾——即青鸟。传说西王母来看汉武帝,先有青鸟飞来报信。和哄,诱骗。

〔3〕 噷(xīn)动——暖红室本作歆动。歆动,动情。

〔4〕 奈谣诼蛾眉未容——无奈有人造谣说坏话,使我不能容身。蛾眉,虢国夫人指自己。语本屈原《离骚》:"众女嫉余之蛾眉兮,谣诼谓余以善淫。"

〔5〕 赵家姊妹多相妒——赵家姊妹,赵飞燕、赵昭仪都受汉成帝宠幸,两人相互妒忌。这里用来譬喻杨贵妃和虢国夫人自己。

〔6〕 琴断朱弦——比喻配偶死了。

〔7〕 文君早寡——卓文君是司马相如的妻子,她遇到相如之前,寡居在家。这一句虢国夫人说自己寡居。

〔8〕 香含青琐,肯容韩掾(yuàn)轻偷——说自己行为规矩。韩掾,名寿,他和长官贾充的女儿贾午爱上了,贾午把她父亲的御赐奇香偷出来送给韩寿。后来偷香用来指恋爱、调情。青琐,原为宫殿门窗上的装饰物;香含青琐,意指深闺独处。掾,相当于科员、书记的一种职位。

〔9〕 不爱铅华——不爱打扮。铅华,搽面的粉。

〔10〕 朝天素面——当时虢国夫人以美貌自许,她不加修饰就去朝见天子。

〔11〕 大内——皇宫。

〔12〕 金笼花下开,巧赚娟娟凤——在花下打开了金笼,狡猾地把美丽的凤鸟骗了进去。凤鸟,虢国夫人指自己。这一句,虢国夫人说自己受唐明皇哄骗,和他发生了关系。

〔13〕 宛转——这里作迟疑讲。上句唧哝,话儿多,说得很融洽。

〔14〕 戚畹花开别样秾——花,指虢国夫人。秾(nóng),花木很盛。戚畹,见第三龋注〔12〕。

〔15〕 打觑——探看。

〔16〕 副净、丑诨下——两家婢女打诨着下场去。诨,由演员即兴添加的令人发笑的对话,但也可以是意味深长的幽默、讽刺的句子。

〔17〕 一枝已傍日边红——你这朵花已经开到皇帝那边去了。日,喻皇帝。

〔18〕 九重春色偏知重——在许多花里面,皇帝就只看重了你。九重,本指天子住处。《楚辞·九辩》:"君之门以九重。"这里指天子。

〔19〕 谁知得雨云踪——谁知道他们怎样欢爱?

〔20〕 个中——就里,其中底细。

〔21〕 寻瘢索绽——挑剔人,找人家的不是。

〔22〕 一谜儿自逞心胸——一味任性。

〔23〕 姊妹行且休傍作诵——我们姊妹且不要在一边说她。作诵,

说人不好。

〔24〕 一人独占三千宠——皇帝对后宫三千美人的宠爱,集中在她一个人身上。

〔25〕 敢别有一段心胸——怕是她别有用心吧。这一段话所提到的"他",指虢国夫人。

〔26〕 须索——须要。

〔27〕 丝纶——圣旨。《礼记·缁衣》:"王言如丝,其出如纶。"阙,宫阙。

〔28〕 朱门、戟门——都指贵显之家。戟,武器名。唐代官阶勋三品以上的可以私门立戟。这里借作譬喻:杨贵妃出了宫门,进入丞相府门。

第八齣　献　发

（副净急上）"天有不测风云，人有旦夕祸福。"下官杨国忠，自从妹子册立贵妃，权势日盛。不想今早，忽传贵妃忤旨，被谪出宫，命高内监单车送到门来。未知何故，好生惊骇！且到门前迎接去。（暂下）

【仙吕过曲】【望吾乡】（丑引旦乘车上）无定君心，恩光那处寻？蛾眉忽地遭撧窨[1]，思量就里知他怎？弃掷何偏甚！长门隔，永巷深[2]。回首处愁难禁。

（副净上，跪接介）臣杨国忠迎接娘娘。（丑）丞相，快请娘娘进府，咱家还有话说。（副）院子，分付丫鬟每，迎接娘娘到后堂去。（丫鬟上，扶旦下车，拥下）（副净揖丑介）老公公请坐，不知此事因何而起？（丑）娘娘呵，

【一封书】君王宠最深，冠椒房专侍寝。昨日呵，无端忤圣心，骤然间商与参。丞相不要怪咱家多口，娘娘呵，生性娇痴多习惯，未免嫌疑生抱衾[3]。（副净）如今谪遣出来，怎生是好？（丑）丞相且到朝门谢罪，相机而行。（副净）老公公，全仗你进规箴，悟当今[4]。（丑）这个自然。（合）管重取宫花入上林[5]。

（丑）就此告别。（副净）下官同行。（向内介）分付丫鬟，好生伺候娘娘。（内应介）（副净）"乌鸦与喜鹊同行，吉凶事全然未

33

保。"(同丑下)

【中吕引子】【行香子】(旦引梅香上)乍出宫门,未定惊魂,渍愁妆满面啼痕。其间心事,多少难论。但惜芳容,怜薄命,忆深恩。

"君恩如水付东流,得宠忧移失宠愁。莫向樽前奏《花落》[6],凉风只在殿西头。"我杨玉环,自入宫闱,过蒙宠眷。只道君心可托,百岁为欢。谁想妾命不犹[7],一朝逢怒。遂致促驾宫车,放归私第。金门一出,如隔九天[8]。(泪介)天那,禁中明月,永无照影之期;苑外飞花,已绝上枝之望。抚躬自悼,掩袂徒嗟。好生伤感人也!

【中吕过曲】【榴花泣】【石榴花】罗衣拂拭犹是御香熏。向何处谢前恩?想春游春从晓和昏,【泣颜回】岂知有断雨残云。我含娇带嗔,往常间他百样相依顺,不隄防为着横枝[9],陡然把连理轻分。

丫鬟,此间可有那里望见宫中?(梅)前面御书楼上,西北望去,便是宫墙了。(旦)你随我楼上去来。(梅)晓得。(旦登楼介)"西宫渺不见,肠断一登楼。"(梅指介)娘娘,这一带黄设设的琉璃瓦,不是九重宫殿么?(旦作泪介)

【前腔】凭高洒泪遥望九重阍,咫尺里隔红云。叹昨宵还是凤帏人,冀回心重与温存。天乎太忍,未白头先使君恩尽。(梅指介)呀,远远望见一个公公,骑马而来,敢是召娘娘哩!(旦叹介)料非他丹凤衔书[10],多又恐乌鸦传信。

(旦下楼介)(丑上)"暗将怀旧意,报与失欢人。"(见介)高力士叩见娘娘。(旦)高力士,你来怎么?(丑)奴婢恰才覆旨,万岁爷细问娘娘回府光景,似有悔心。现今独坐宫中,长吁短叹。一定是思想娘娘,因此特来报知。(旦)唉,那里还想着我!(丑)奴婢愚不谏贤,娘娘未可太执意了。倘有什么东西,付与奴婢,乘间进上,或者感动圣心,也未可知。(旦)高力士,你教我进什么东西去好?(想介)

【喜渔灯犯】[喜渔灯]思将何物传情悃,可感动君?我想一身之外,皆君所赐,算只有愁泪千行,作珍珠乱滚;又难穿成金缕,把雕盘进。哦,有了,[剔银灯]这一缕青丝香润,曾共君枕上并头相偎衬,曾对君镜里撩云。丫鬟,取镜台金剪过来。(梅应,取上介)(旦解发介)哎,头发,头发![渔家傲]可惜你伴我芳年,剪去心儿未忍。只为欲表我衷肠,(作剪发介)剪去心儿自悯。(作执发起,哭介)头发,头发![喜渔灯]全仗你寄我殷勤[11]。(拜介)我那圣上呵,奴身,止鬖鬖发数根,这便是我的残丝断魂。

(起介)高力士,你将去与我转奏圣上。(哭介)说妾罪该万死,此生此世,不能再睹天颜!谨献此发,以表依恋。(丑跪接发搭肩上介)娘娘请免愁烦,奴婢就此去了。"好凭缕缕青丝发,重结双双白首缘。"(下)(旦坐哭介)(老旦、贴上)

【榴花灯犯】[剔银灯]听说是贵妃妹忤君,[石榴花]听说是返家门,[普天乐]听说是失势兄忧悯,听说是中官至[12],未审何云?(进介)贵妃娘娘那里?(梅)韩、虢二国夫人到了。(旦作哭不语介)(老旦、贴见介)(老旦)贵妃请免愁烦。(同哭介)(贴)前日在望春宫,皇上十分欢喜,为何忽有此变?[渔家傲]我只道万岁千秋欢无尽,[尾犯序]我只道任伊行笑颦[13],[石榴花]我只道纵差池[14],谁和你评论!(老旦)裴家妹子,【锦缠道】休只管闲言絮陈。贵妃,你逢薄怒其中有甚根因[15]?(旦作不理介)(贴)贵妃,你莫怪我说,【剔银灯】自来宠多生嫌衅,可知道秋叶君恩?恁为人,怎趋承至尊?(老旦合)【雁过声】姊妹每情切来相问,为什么耳畔哝哝总似不闻!(旦)

【尾声】秋风团扇原吾分,多谢连枝特过存[16]。总有万语千言只在心上忖。

(竟下)(贴)姊姊,你看这个样子,如何使得?(老旦)正是,我每特来看他,他心上有事,竟自进房去了。妹子,你再到望春宫时,休要学他。(贴羞介)啐!

   今朝忽见下天门,张 籍 (老旦)相对那能不怆神。
  廖匡图
(贴)冷眼静看真好笑,徐 夤 (老旦)中含芒刺欲伤人。
  陆龟蒙

注 释

[1] 搌窨(diān yìn)——挫折,指被谴。

[2] 长门隔,永巷深——长门宫,指失宠的后妃所居的地方;永巷,有罪的宫女的禁闭处。这句话说,现在连长门、永巷都进不去了。

[3] 未免嫌疑生抱衾——未免因抱衾而生嫌疑。抱衾,指虢国夫人与唐明皇偷偷地发生关系。《诗·召南·小星》二章:"抱衾与裯",朱注:"众妾进御于君,不敢当夕。见星而往,见星而还。"

[4] 当今——称在位的皇帝。

[5] 上林——上林苑,御花园。以宫花喻贵妃。

[6] 《花落》——乐曲名,即《梅花落》。用李商隐诗《宫辞》原句。

[7] 不犹——不同平常,比平常坏。见《诗·召南·小星》二章:

"实命不犹。"

〔8〕 九天——九重天。

〔9〕 横枝——枒杈,喻虢国夫人。

〔10〕 丹凤衔书——指赦免的圣旨。

〔11〕 全仗你寄我殷勤——全靠你把我的殷勤之意寄去。

〔12〕 中官——太监。

〔13〕 伊行——她。行,用在人称词之后,本有这边、那边的意思,但往往不表示确定的意义。

〔14〕 纵差池——纵然有了过失。差池,即参差,不齐一。

〔15〕 薄怒——怒。《诗·邶风·柏舟》:"薄言往愬,逢彼之怒。"薄、言都是语词,不表示意义。

〔16〕 多谢连枝特过存——多谢姊姊们特地来慰问我。

第九齣　复　　召

【南吕引子】【虞美人】(生上)无端惹起闲烦恼,有话将谁告?此情已自费支持,怪杀鹦哥不住向人提。

"辇路生春草[1],上林花满枝。凭高何限意,无复侍臣知。"寡人昨因杨妃娇妒,心中不忿[2],一时失计,将他遣出。谁想佳人难得,自他去后,触目总是生憎,对景无非惹恨。那杨国忠入朝谢罪,寡人也无颜见他。(叹介)咳,欲待召取回宫,却又难于出口,若是不召他来,教朕怎生消遣,好刮划不下也[3]!

【南吕过曲】【十样锦】【绣带儿】春风静宫帘半启,难消日影迟迟。听好鸟犹作欢声[4],睹新花似斗容辉。追悔,【宜春令】悔杀咱一划儿粗疏[5],不解他十分的娇殢[6],枉负了怜香惜玉,那些情致。(副净扮内监上)"脍下玉盘红缕细[7],酒开金瓮绿醅浓。"(跪见介)请万岁爷上膳。(生不应介)(副净又请介)(生恼介)嗏,谁着你请来!(副净)万岁爷自清晨不曾进膳,后宫传催排膳伺候。(生)嗏,什么后宫!叫内侍。(二内侍应上)(生)揣这厮去,打一百,发入净军所去[8]。(内侍)领旨。(同揣副净下)(生)哎,朕在此想念妃子,却被这厮来搅乱一番。好烦恼也!【降黄龙换头】思伊,纵有天上琼浆,海外珍馐知他甚般滋味!除非可意[9],

复召

立向跟前,方慰调饥[10]。(净扮内监上)"尊前绮席陈歌舞[11],花外红楼列管弦。"(见跪介)请万岁爷沉香亭上饮宴,听赏梨园新乐。(生)哦,说甚沉香亭,好打!(净叩头介)非干奴婢之事,是太子诸王,说万岁爷心绪不快,特请消遣。(生)哦,我心绪有何不快!叫内侍。(内侍应上)(生)揣这厮去,打一百,发入惜薪司当火者去[12]。(内侍)领旨。(同揣净下)(生)内侍过来。(内侍应上)(生)着你二人看守宫门,不许一人擅入,违者重打。(内侍)领旨。(作立前场介)(生)唉,朕此时有甚心情,还去听歌饮酒。【醉太平】想亭际,凭阑仍是玉阑干,问新妆有谁同倚?就有新声呵,知音人逝,他鹍弦绝响[13],我玉笛羞吹。(丑肩搭发上)【浣溪纱】离别悲,相思意,两下里抹媚谁知[14]!我从旁参透个中机,要打合鸾凤在一处飞。(见内侍介)万岁爷在那里?(内侍)独自坐在宫中。(丑欲入,内侍拦介)(丑)你怎么拦阻咱家?(内侍)万岁爷十分着恼,把进膳的连打了两个,特着我每看守宫门,不许一人擅入。(丑)原来如此,咱家且候着。(生)朕委无聊赖,且到宫门外闲步片时。(行介)看一带瑶阶依然芳草齐,不见蹴裙裾珠履追随。(丑望介)万岁爷出来了,咱且闪在门外[15],觑个机会。(虚下,即上,听介)(生)寡人在此思念妃子,不知妃子又怎生思念寡人哩!早间问高力士,他说妃子出去,泪眼不干,教朕寸心如割。这半日间,无从再知消息。高力士这厮,也竟不到朕跟前,好生可恶!(丑见介)奴婢在这里。(生)(作看丑介)(生)高力士,你肩上搭的什么东西?(丑)是杨娘娘的头发。(生笑介)什么头发?(丑)娘娘说道:自恨愚昧,上忤圣心,罪应万死。今生今世,不能够再睹天颜,特剪下这头发,着奴婢献上万岁爷,以表依恋之意。(献发介)(生执发看,哭介)哎哟,我那妃子呵!【啄木儿】记前宵枕边闻香

39

气,到今朝剪却和愁寄。觑青丝肠断魂迷。想寡人与妃子,恩情中断,就似这头发也。一霎里落金刀长辞云髻。(丑)万岁爷!【鲍老催】请休惨凄,奴婢想杨娘娘既蒙恩幸,万岁爷何惜宫中片席之地,乃使沦落外边!春风肯教天上回,名花便从苑外移[16]。(生作想介)只是寡人已经放出,怎好召还?(丑)有罪放出,悔过召还,正是圣主如天之度。(生点头介)(丑)况今早单车送出,才是黎明,此时天色已暮,开了安庆坊,从太华宅而入,外人谁得知之。(叩头介)乞鉴原,赐迎归,无淹滞[17]。稳情取一笑愁城自解围[18]。(生)高力士,就着你迎取贵妃回宫便了。(丑)领旨。(下)(生)咳,妃子来时,教寡人怎生相见也!【下小楼】喜得玉人归矣,又愁他惯娇嗔,背面啼,那时将何言语饰前非!罢,罢,这原是寡人不是,拚把百般亲媚[19],酬他半日分离。(丑同内侍、宫女纱灯引旦上)【双声子】香车曳,香车曳,穿过了宫槐翠。纱笼对,纱笼对,掩映着宫花丽。(内侍、宫女下)(丑进报介)杨娘娘到了。(生)快宜进来。(丑)领旨。杨娘娘有宣。(旦进见介)臣妾杨氏见驾。死罪,死罪!(俯伏介)(生)平身。(丑暗下)(旦跪泣介)臣妾无状[20],上干天谴。今得重睹圣颜,死亦瞑目。(生同泣介)妃子何出此言?(旦)【玉漏迟序】念臣妾如山罪累,荷皇恩如天容庇。今自艾[21],愿承鱼贯敢妒蛾眉[22]?

(生扶旦起介)寡人一时错见,从前的话,不必再提了。(旦泣起介)万岁!(生携旦手与旦拭泪介)

【尾声】从今识破愁滋味,这恩情更添十倍。妃子,我且把这一日相思诉与伊[23]!

(宫娥上)西宫宴备,请万岁爷、娘娘上宴。

(生)陶出真情酒满尊,李　中　(旦)此心从此更何言。
　　罗　隐

(生)别离不惯无穷忆,苏　颋　(旦)重入椒房拭泪痕。
　　柳公权

注　释

〔1〕 "辇路生春草"上场诗一首,见《全唐诗》卷一文宗皇帝《宫中题》。

〔2〕 不忿——不满。

〔3〕 刣(bǎi)划——即摆划,作决断解。

〔4〕 欢——鸟鸣声,双关所欢,即情人。南朝乐府民歌的习用手法。

〔5〕 一划(chàn)儿——一味。

〔6〕 娇媂(tì,一读dì)——媂,纠缠。娇媂,与撒娇词意相近。

〔7〕 红缕——指脍,细切的肉。

〔8〕 净军所——监禁太监的地方。

〔9〕 可意——即中意,引申为心上人,指贵妃。

〔10〕 调(chōu)饥——朝饥,早上没吃东西时的饥饿状态,意义双关。

〔11〕 尊前——即樽前,筵前。

〔12〕 惜薪司——明朝设置的一个太监服役机关,专管供应柴炭之类的事情。

〔13〕 鹍弦——鹍鸡筋做的弦,用在琵琶上。这里用来指琵琶。

〔14〕 抹媚——形容害相思的痴迷状态。

〔15〕 闪——躲。

〔16〕 春风肯教天上回,名花便从苑外移——只要您皇帝回心转意,

第 九 齣

贵妃就可以从外面回来。

〔17〕 无淹滞——不要停留。

〔18〕 稳情取一笑愁城自解围——包管她一笑就使您消愁。愁城,愁;解围,因愁城而取譬,解愁。

〔19〕 拚——甘愿。

〔20〕 无状——无善状,一无是处。

〔21〕 自艾——自怨。

〔22〕 愿承鱼贯——愿意依次而进,不再嫉妒。

〔23〕 伊——此作你讲。

第十齣　疑　讖[1]

（外扮郭子仪将巾、佩剑上）"壮怀磊落有谁知，一剑防身且自随。整顿乾坤济时了，那回方表是男儿。"自家姓郭名子仪，本贯华州郑县人氏。学成韬略，腹满经纶。要思量做一个顶天立地的男儿，干一桩定国安邦的事业。今以武举出身，到京谒选[2]。正值杨国忠窃弄威权，安禄山滥膺宠眷。把一个朝纲，看看弄得不成模样了。似俺郭子仪，未得一官半职，不知何时，才得替朝廷出力也呵！

【商调】【集贤宾】论男儿壮怀须自吐，肯空向杞天呼[3]？笑他每似堂间处燕[4]，有谁曾屋上瞻乌[5]！不隄防柙虎樊熊，任纵横社鼠城狐[6]。几回家听鸡鸣起身独夜舞[7]。想古来多少乘除[8]，显得个勋名垂宇宙，不争便姓字老樵渔！

且到长安市上，买醉一回。（行科）

【逍遥乐】向天街徐步，暂遣牢骚，聊宽逆旅。俺则见来往纷如，闹昏昏似醉汉难扶，那里有独醒行吟楚大夫[9]！俺郭子仪呵，待觅个同心伴侣，怅钓鱼人去，射虎人遥，屠狗人无[10]。

（下）（丑扮酒保上）"我家酒铺十分高，罚誓无赊挂酒标。只要有钱凭你饮，无钱滴水也难消。"小子是这长安市上，新丰

43

馆大酒楼,一个小二哥的便是。俺这酒楼,在东、西两市中间,往来十分热闹。凡是京城内外,王孙公子,官员市户,军民百姓,没一个不到俺楼上来吃三杯。也有吃寡酒的,吃案酒的[11],买酒去的,包酒来的,打发个不了。道犹未了,又一个吃酒的来也。(外行上)

【上京马】遥望见绿杨斜靠画楼隅,滴溜溜一片青帘风外舞[12],怎得个燕市酒人来共沽[13]!(唤科)酒家么?(丑迎科)客官,请楼上坐。(外作上楼科)是好一座酒楼也。敞轩窗日朗风疏。见四周遭粉壁上都画着醉仙图。

(丑)客官自饮,还是待客?(外)独饮三杯,有好酒呵取来。(丑)有好酒。(取酒上科)酒在此。(内叫科)小二哥,这里来。
(丑应忙下)(外饮酒科)

【梧叶儿】俺非是爱酒的闲陶令[14],也不学使酒的莽灌夫[15],一谜价痛饮兴豪粗。撑着这醒眼儿谁偢倸?问醉乡深可容得吾?听街市恁喧呼,偏冷落高阳酒徒[16]。

(作起看科)(老旦扮内监,副净、末、净扮官,各吉服,杂捧金币,牵羊担酒随行上,绕场下)(丑捧酒上)客官,热酒在此。(外)酒保,我问你咱[17],这楼前那些官员,是往何处去来?(丑)客官,你一面吃酒,我一面告诉你波。只为国舅杨丞相,并韩国、虢国、秦国三位夫人,万岁爷各赐造新第。在这宣阳里中,四家府门相连[18],俱照大内一般造法。这一家造来,要胜似那一家的;那一家造来,又要赛过这一家的。若见那家造得华丽,这家便拆毁了,重新再造。定要与那家一样,方才住手。一座厅堂,足费上千万贯钱钞。今日完工,因此合朝大小官员,都备了羊酒礼物,前往各家称贺,打从这里过去。(外惊

科)哦,有这等事!(丑)待我再去看热酒来波。(下)(外叹科)
呀,外戚宠盛,到这个地位[19],如何是了也!

【醋葫芦】怪私家恁僭窃[20],竞豪奢夸土木。一班儿公卿甘作折腰趋[21],争向权门如市附[22]。再没有一个人呵,把舆情向九重分诉[23]。可知他朱甍碧瓦总是血膏涂!

(起科)心中一时忿懑,不觉酒涌上来,且向四壁闲看一回。(作看科)这壁厢细字数行,有人题的诗句。我试觑波。(作看念科)"燕市人皆去,函关马不归。若逢山下鬼,环上系罗衣。"呀,这诗是好奇怪也!

【幺篇】[24]我这里停睛一直看,从头儿逐句读。细端详诗意少祯符[25]。且看是什么人题的?(又看念科)李遐周题[26]。(作想科)李遐周,这名字好生识熟!哦,是了,我闻得有个术士李遐周,能知过去未来,必定就是他了。多则是就里难言藏谶语[27],猜诗谜杜家何处[28]?早难道醉来墙上信笔乱鸦涂[29]!

(内作喧闹科)(外唤科)酒保那里?(丑上)客官,做甚么?(外)楼下为何又这般喧闹?(丑)客官,你靠着这窗儿,往下看去就是。(外看科)(净王服、骑马、头踏职事前导引上[30],绕场行下科)(外)那是何人?(丑笑指科)客官,你不见他那个大肚皮么?这人姓安名禄山。万岁爷十分宠爱他,把御座的金鸡步障,都赐与他坐过[31],今日又封他做东平郡王。方才谢恩出朝,赐归东华门外新第[32],打从这里经过。(外惊怒科)呀,这、这就是安禄山么?有何功劳,遽封王爵?唉,我看这厮面有反相,乱天下者,必此人也!

【金菊香】见了这野心杂种牧羊的奴[33],料蜂目豺声定

45

是狡徒。怎把个野狼引来屋里居？怕不将题壁诗符？更和那私门贵戚一例逞妖狐。

（丑）客官，为甚事这般着恼来？（外）

【柳叶儿】哎，不由人冷嗖嗖冲冠发竖，热烘烘气夯胸脯[34]，咭哨哨把腰间宝剑频频觑。（丑）客官，请息怒，再与我消一壶波。（外）呀，便教俺倾千盏，饮尽了百壶，怎把这重沉沉一个愁担儿消除！

（作起身科）不吃酒了，收了这酒钱去者。（丑作收科）别人来"三杯和万事"，这客官"一气惹千愁"。（下）（外作下楼、转行科）我且回到寓中去波。

【浪来里】见着那一桩桩伤心的时事迓[35]，凑着那一句句感时的诗谶伏，怕天心人意两难摸，好教俺费沉吟、趑趄地将眉对蹙[36]。看满地斜阳欲暮，到萧条客馆兀自意踌蹰。

（作到寓进坐科）（副净扮家将上）（见科）禀爷，朝报到来。（外看科）"兵部一本：为除授官员事。奉圣旨，郭子仪授为天德军使。钦此。"原来旨意已下，索早收拾行李，即日上任去者。（副净应科）（外）俺郭子仪虽则官卑职小，便可从此报效朝廷也呵！

【高过随调煞】赤紧似尺水中展鬣鳞，枳棘中拂毛羽[37]。且喜奋云霄有分上天衢，直待的把乾坤重整顿，将百千秋第一等勋业图。纵有妖氛孽蛊[38]，少不得肩担日月[39]，手把大唐扶。

　　马蹄空踏几年尘，胡　宿　长是豪家据要津[40]。司空图
　　卑散自应霄汉隔[41]，王　建　不知忧国是何人？吕　温

注　释

〔1〕　本齣提到的史事：一、天宝九载,安禄山封为东平郡王,唐代以将帅而封王的,他是第一个人；二、天宝十二载,郭子仪任天德军使。(在此之前,天宝八载,郭子仪已经做了将军——横塞军使。以后,他升任朔方右厢兵马使,兼九原郡太守。安史之乱一爆发,他就被任为卫尉卿、灵武郡太守,充朔方节度使。)戏曲把这两件事处理为同时发生,而且某些事实有意加以改动,一方面是由剧情发展的内在逻辑所决定,另一方面,还反映了安史之乱前夕,用人不当,政治腐败的部分真相。

〔2〕　谒选——等候任用。

〔3〕　杞天——全句,自己不是杞人忧天,无所作为。原出《列子·天瑞》。

〔4〕　堂间处燕——喻不知所处的危险。原出《孔丛子》。

〔5〕　屋上瞻乌——为国家的前途担忧。用《诗·小雅·正月》："瞻乌爰止,于谁之屋"的意思。

〔6〕　不隄防柙虎樊熊,任纵横社鼠城狐——柙虎、樊熊,喻野心家安禄山,虽然一时驯服,有机会就要作乱；社鼠、城狐,倚势横行的奸臣,喻杨国忠等。

〔7〕　几回家听鸡鸣,起身独夜舞——闻鸡起舞,东晋祖逖的故事,用来表示有救国的大志。

〔8〕　乘除——消长、成败、兴衰。

〔9〕　闹昏昏似醉汉难扶,那里有独醒行吟楚大夫——醉汉,指对时局没有认识的人；独醒行吟楚大夫,指屈原,只有他知道国家的危机,郭子仪自喻。

〔10〕　钓鱼人,吕尚,西周的开国功臣；射虎人,李广,西汉名将；屠狗人,樊哙,汉初功臣。都是古代有作为的人物。郭子仪引他们为"同心伴侣"。

〔11〕　也有吃寡酒的,吃案酒的——吃寡酒,光喝酒不买菜；案酒,下酒的小菜。

〔12〕 青帘——酒旗。

〔13〕 燕市酒人——指战国时的侠士荆轲。燕市,当时燕国的首都。

〔14〕 闲陶令——悠闲自在的陶潜,他曾任彭泽令。

〔15〕 莽灌夫——鲁莽的灌夫,他是西汉人,性刚直,曾在酒后骂丞相田蚡,因而被害。

〔16〕 高阳酒徒——郦食其,刘邦的谋士,高阳人。这里指自己。

〔17〕 我问你咱——这里"咱"和下文"我一面告诉你波"的"波",都是语词,相当于"啊"或"吧"。

〔18〕 除了已经提到的杨国忠、三国夫人外,还有贵妃的宗兄铦、锜共六家。《长生殿》仅提到四家,是为了使人物描写不至过于分散。后面写的他们造房子的奢侈、浪费,有正史记载作依据。

〔19〕 地位——地步。

〔20〕 怪私家恁僭窃——僭窃,滥冒名位,作非分的享受。私家,指臣子。诸杨是臣子,房子"照大内皇宫一般造法",所以是僭窃。

〔21〕 折腰——卑躬屈节,此指奉迎权势。

〔22〕 市附——赶集。

〔23〕 舆情——群众意见。

〔24〕 北曲和前一个曲调相同的,叫么篇。

〔25〕 端详——端相,细看。少祯符,不吉利。

〔26〕 李遐周——相传是唐玄宗时的术士,预言家。

〔27〕 多则是就里难言藏谶(chèn)语——多半是(多则是)不好说出底细(就里),只好把意思包含在谶语里面。谶语,包含着未来的徵兆的语句。

〔28〕 猜诗谜杜家何处——懂得这几句诗的意思的人在哪儿呢?《辍耕录》录金元院本,猜诗谜有"杜大伯"一种。杜家,指这个杜大伯。

〔29〕 早难道——即难道。早,用来加强语气。

〔30〕 头踏——古代官员出行时排在前面的仪仗队。

〔31〕 把御座的金鸡步障都赐与他坐过——《通鉴》卷二一五天宝六载条:"上尝宴勤政楼,百官列坐楼下。独为禄山于御座东间设金鸡障,置

榻,使坐其前,仍命卷帘以示荣宠。"原书在"金鸡障"下注道:"障,坐障也,画金鸡为饰。"

〔32〕 赐归东华门外新第——《通鉴》卷二二六天宝十载条:"上命有司为安禄山治第于亲仁坊。敕令:但穷壮丽,不限财力。既成,具幄帘器皿,充牣其中:有帖白檀床二,皆长丈、阔六尺;银平脱屏风、帐方丈六尺;于厨厩之物皆饰以金银,金饭罂二、银淘盆二,皆受五斗,织银丝筐及笊篱各一;它物称是。虽禁中服御之物,殆不及也。……禄山入新第,置酒,乞降墨敕请宰相至第。是日,上欲于楼下击毬,遽为罢戏,命宰相赴之。日遣诸杨与之选胜游宴。侑以梨园教坊乐。"本齣所写,当以此作为根据,但亲仁坊在城内。天宝九年,李隆基曾在昭应(今陕西西安临潼区)为安禄山建造府第。东华门,唐代长安没有这样一个城门。

〔33〕 杂种——安禄山的父亲是胡人,母亲是突厥人,所以叫杂种(《通鉴》卷二一六天宝十一载条)。安禄山年轻时,曾经因盗羊而被捕(《新唐书》本传)。——洪昇对安禄山的个别描写,如"杂种"等语句,带着狭隘的民族主义色彩,这是他所受到的时代限制,但生活在清朝统治下,剧作家的这种心情是可以理解的。

〔34〕 气夯(hāng)胸脯——气胀满了胸脯。

〔35〕 迕(wǔ)——不顺遂,不满意。

〔36〕 疙瘩——即疙瘩,形容眉头紧皱。

〔37〕 赤紧似尺水中展鬣鳞,枳棘中拂毛羽——赤紧似,正如;鱼游浅水、鸟入荆棘丛中,两个譬喻用来说明自己处境之难。鬣,鱼的头部附近的鳍。

〔38〕 妖氛孽蛊——指安禄山。孽蛊(gǔ),祸害。

〔39〕 肩担日月——一身担当国家大事。

〔40〕 要津——政府中的重要职位。

〔41〕 卑散——卑官散职,不重要的低级闲散官员。

49

第十一齣　聞　乐

【南吕引子】【步蟾宫】(老旦扮嫦娥,引仙女上)清光独把良宵占,经万古纤尘不染。散瑶空风露洒银蟾[1],一派仙音微飐[2]。"药捣长生离劫尘[3],清妍面目本来真。云中细看天香落[4],仍倚苍苍桂一轮[5]。"吾乃嫦娥是也。本属太阴之主,浪传后羿之妻[6]。七宝团圞,周三万六千年内[7];一轮皎洁,满一千二百里中。玉兔、金蟾,产结长明至宝;白榆、丹桂,种成万古奇葩。向有《霓裳羽衣》仙乐一部[8],久秘月宫,未传人世。今下界唐天子,知音好乐。他妃子杨玉环,前身原是蓬莱玉妃,曾经到此。不免召他梦魂,重听此曲。使其醒来记忆,谱入管弦。竟将天上仙音,留作人间佳话。却不是好!寒簧过来。(贴)有。(老旦)你可到唐宫之内,引杨玉环梦魂到此听曲。曲终之后,仍旧送回。(贴)领旨。(老旦)"好凭一枕游仙梦,暗授千秋法曲音[9]。"(引丑下)(贴)奉着娘娘之命,不免出了月宫,到唐宫中走一遭也。(行介)

【南吕过曲】【梁州序犯】【本调】明河斜映[10],繁星微闪,俯将尘世遥觇。只见空濛香雾,早离却玉府清严。一任珮摇风影,衣动霞光,小步红云垫。待将天上乐授宫襜[11],密召芳魂入彩蟾[12]。来此已是唐宫之内。【贺新郎】你看鱼钥闭[13],龙帷掩,那杨妃呵,似海棠睡足增娇艳。【本序尾】轻唤起,拥冰簟。

(唤介)杨娘娘起来。(旦扮梦中魂上)

【渔灯儿】恰才的追凉后雨困云淹,畅好是酣眠处粉腻黄黏[14]。(贴)娘娘有请。(旦)呀,深宫之内,檐下何人叫唤?悄没个宫娥报轻来画檐。(贴)娘娘快请。(旦作倦态欠身介)我娇怯怯朦胧身欠,慢腾腾待自起开帘。

(作出见贴介)呀,原来是一个宫人!(贴)

【前腔】俺不是隶长门帚奉曾嫌[15],(旦)不是宫人,敢是别院的美人?(贴)俺不是列昭容御座曾瞻[16]。(旦)这等你是何人?(贴)儿家月中侍儿[17],名唤寒簧,则俺的名在瑶宫月殿念[18]。(旦惊介)原来是月中仙子,何因到此?(贴)恰才奉姮娥口敕亲传点,请娘娘到桂宫中花下消炎[19]。

(旦)哦,有这等事!(贴)娘娘不必迟疑。儿家引导,就请同行。(引旦行介)(合)

【锦渔灯】指碧落足下云生冉冉[20],步青霄听耳中风弄纤纤。乍凝眸星斗垂垂似可拈,早望见烂辉辉宫殿影在镜中潜[21]。

(旦)呀,时当仲夏,为何这般寒冷?(贴)此即太阴月府,人间所传广寒宫者是也。就请进去。(旦喜介)想我浊质凡姿,今夕得到月府,好侥幸也。(作进看介)

【锦上花】清游胜满意忺[22]。(想介)这些景物都似曾见过来!环玉砌绕碧檐,依稀风景漫猜嫌[23]。那壁桂花开的怎早!(贴)此乃月中丹桂,四时常茂,花叶俱香。(旦看介)果然好

51

花也。看不足喜更添[24]。金英缀翠叶兼[25]。氤氲芳气透衣襟[26],人在桂阴潜。

(内作乐介)(旦)你看一群仙女,素衣红裳,从桂树下奏乐而来,好不美听。(贴)此乃《霓裳羽衣》之曲也。(杂扮仙女四人、六人或八人,白衣、红裙、锦云肩、璎珞、飘带[27],各奏乐,唱,绕场行上介)(旦、贴旁立看介)(众)

【锦中拍】携天乐花丛斗拈,拂霓裳露沾。迥隔断红尘荏苒,直写出瑶台清艳。纵吹弹舌尖玉纤韵添,惊不醒人间梦魇,停不驻天宫漏签[28]。一枕游仙曲终闻盐[29],付知音重翻检。

(同下)(旦)妙哉此乐。清高宛转,感我心魂,真非人间所有也!

【锦后拍】缥缈中簇仙姿宛曾觇。听彻清音意厌厌,数琳琅琬琰;数琳琅琬琰,一字字偷将凤鞋轻点,按宫商掐记指儿尖。晕羞脸,枉自许舞娇歌艳,比着这钧天雅奏多是歉[30]。

请问仙子,愿求月主一见。(贴)要见月主还早。天色渐明,请娘娘回宫去罢。

【尾声】你攀蟾有路应相念,(旦)好记取新声无欠,(贴)只误了你把枕上君王半夜儿闪[31]。

(旦下)(贴)杨妃已回唐宫,我索向月主娘娘覆旨则个。

碧瓦桐轩月殿开,曹 唐　还将明月送君回。丁仙芝
钧天虽许人间听,李商隐　却被人间更漏催。黄　滔

52

注　释

〔1〕　银蟾——银色的月亮。相传月宫里有蟾蜍,因此蟾用来指月亮。

〔2〕　微飐(zhǎn)——飐,微微摇动。此指音乐轻轻地飘送过来。

〔3〕　药捣长生——相传月宫里有白兔捣长生药。

〔4〕　天香——指月宫里的桂花。

〔5〕　一轮——一般指月亮,这里谓月中桂树。

〔6〕　浪传后羿之妻——传说嫦娥是后羿之妻,偷吃了西王母的仙药,飞奔到月宫。浪传,不可信的传说。

〔7〕　七宝团圞,指月宫;周三万六千年内,指月宫由来已久。

〔8〕　《霓裳羽衣》——唐代的一种舞曲。原名《婆罗门》,可能由印度传入,但是到天宝时代已经作了几次修改和加工。北宋时失传。白居易《长恨歌》最早以这个舞和李、杨故事联在一起。但是他只以诗句"风吹仙袂飘飘举,犹似霓裳羽衣舞",暗示杨贵妃曾舞过这一个舞。《杨太真外传》才有在月宫听曲、归来作谱的传说,但这是唐明皇的事,到《长生殿》才把这件事归到杨贵妃身上。

〔9〕　法曲——原来是道观所奏的音乐,唐明皇取原来法曲加以改造而成。他选了坐部乐伎子弟三百人,在梨园教习,称梨园法部,这些人称为皇帝梨园弟子。《霓裳羽衣》也是法曲中的一种。在堂上坐奏的乐部叫坐部伎,在堂下立奏的叫立部伎。

〔10〕　明河——银河。

〔11〕　宫襜(chān)——宫帷,此指杨贵妃。

〔12〕　彩蟾——月宫。

〔13〕　鱼钥——锁。古代锁多作鱼形。鱼目不闭,警守的象征。

〔14〕　畅好是——正是。粉腻黄黏,形容脸上的残妆。黄,花黄,贴在脸上。

〔15〕　俺不是隶长门帚奉曾嫌——我不是失宠的宫女。长门宫,汉武帝陈皇后失宠时所住。帚奉曾嫌,指汉成帝时班婕妤失宠,退侍太后于

长信宫。帚奉,洒扫之类的事,指奉侍太后。

〔16〕 俺不是列昭容——我不在昭容之列。昭容,比贵妃的地位略低的一种女官。

〔17〕 儿家——我,女性自称词。

〔18〕 金——金名,注籍的意思。

〔19〕 消炎——避暑。

〔20〕 指碧落——向天空。全曲由四句上三下七的十字句组成,首句缺一字。

〔21〕 早望见烂辉辉宫殿影在镜中潜——已经看见了月亮里面亮煌煌的宫殿影子。镜,指月亮;潜,隐隐约约地在着。

〔22〕 忺(xiān)——满意。

〔23〕 漫猜嫌——徒然地在猜疑。

〔24〕 看不足——看不厌,看不够。

〔25〕 金英缀——金黄色的花朵开了。

〔26〕 此句应为九字句。

〔27〕 锦云肩、璎珞——云肩,古代妇女的一种披肩。璎珞,用珍珠、宝石串起来的项圈。

〔28〕 纵吹弹舌尖玉纤韵添,惊不醒人间梦魇,停不驻天宫漏签——纵然仙女们舌尖吹,纤手(玉纤)弹,风韵很美;(但是)既不能把人(指贵妃)从迷梦中惊醒,也不能叫时间停住。漏刻是古代的计时器,用漏箭表示时间,漏签即漏箭。这几句曲文,含有劝贵妃不要贪恋富贵,及早回到天上做神仙的意思。"舌尖玉纤韵添"六字,二字一韵,叫短柱体。

〔29〕 曲终闻盐——盐即艳,曲引,本在一支曲子的开头。这里似乎是指"霓裳"曲结尾的"长引"。

〔30〕 枉自许舞娇歌艳,比着这钧天雅奏多是歉——徒然地自以为歌舞娇艳,和天乐(钧天雅奏)一比,正是自愧不如了。

〔31〕 闪——丢下。

第十二齣　制　譜

【仙吕过曲】【醉罗歌】【醉扶归】(老旦上)西宫才奉传呼罢,安排水榭要清佳。慢卷晶帘散朝霞[1],玉钩却映初阳挂。奴家永新是也。与念奴妹子同在西宫,承应贵妃杨娘娘。我娘娘再入宫闱,万岁爷更加恩幸。真乃"三千宠爱在一身,六宫粉黛无颜色"。今早娘娘分付,收拾荷亭,要制曲谱。念奴妹子在那里伏侍晓妆,奴家先到此间,不免将文房四宝[2],摆设起来。【皂罗袍】你看笔床初拂,光分素剡[3];砚池新注,香浮墨华——绿阴深处多幽雅。【排歌尾】竹风引,荷露洒,对波纹帘影弄参差[4]。

呀,兰麝香飘,珮环风定,娘娘早则到也。(旦引贴上)

【正宫引子】【新荷叶】幽梦清宵度月华,听《霓裳羽衣》歌罢。醒来音节记无差,拟翻新谱消长夏。

"斗画长眉翠淡浓,远山移入镜当中[5]。晓窗日射胭脂颊,一朵红酥旋欲融。"我杨玉环自从截发感君之后,荷宠弥深。只有梅妃《惊鸿》一舞,圣上时常夸奖。思欲另制一曲,掩出其上。正在推敲,昨夜忽然梦入月宫。见桂树之下,仙女数人,素衣红裳,奏乐甚美。醒来追忆,音节宛然。因此分付永新,收拾荷亭,只待细配宫商,谱成新曲。(老旦)启娘娘:纸、墨、笔、砚,已安排齐备了。(旦)你与念奴一同在此伺候。(老旦、贴应、作打扇、添香介)(旦作制谱介)

55

【正宫
过曲】【刷子带芙蓉】[刷子序]荷气满窗纱,鸾笺慢伸犀管轻拏,待谱他月里清音,细吐我心上灵芽。这声调虽出月宫,其间转移过度[6],细微曲折之处,须索自加细审。安插,一字字要调停如法,一段段须融和入化。这几声尚欠调匀,拍忝怎下[7]?(内作莺啼,旦执笔听介)呀,妙阿!(作改介)【玉芙蓉】听宫莺、数声恰好应红牙[8]。

(搁笔介)谱已制完,永新,是什么时候了?(老旦)晌午了。(旦)万岁爷可曾退朝?(老旦)尚未。(旦)永新,且随我更衣去来。念奴在此伺候,万岁爷到时,即忙通报。(贴)领旨。(旦)"好凭晚镜增蛾翠,漫试香纱换蝶衣。"(引老旦随下)(生行上)

【渔灯映芙蓉】[山渔灯]散千官,朝初罢。拟对玉人,长昼闲话。寡人方才回宫,听说妃子在荷亭上,因此一径前来。依流水待觅胡麻[9],把银塘路踏。(作到介)(贴见介)呀,万岁爷到了。(生)念奴,你娘娘在何处闲耍?怎堆香几有笔砚交加?(贴)娘娘在此制谱,方才更衣去了。(生)妃子,妃子!美人韵事,被你都占尽也。但不知制甚曲谱,待寡人看来。(作坐翻看介)消详从头觑咱。妙哉,只这锦字荧荧银钩小,更度羽换宫没半米差[10]。好奇怪,这谱连寡人也不知道。细按音节,不是人间所有,似从天下,果曲高和寡。妃子,不要说你娉婷绝世,只这一点灵心,有谁及得你来?【玉芙蓉】恁聪明、也堪压倒上阳花[11]。

【普天赏芙蓉】[普天乐](旦换妆,引老旦上)换轻妆,多幽雅。试生绡添潇洒。(见生介)臣妾见驾。(生扶介)妃子坐了。(坐介)(生)

妃子,看你晚妆新试,妩媚益增。似迎风袅袅杨枝,宛凌波濯濯莲花。芳兰一朵斜把云鬟压,越显得庞儿风流煞。(旦)陛下今日退朝,因何恁晚?(生)只为灵武太守员缺,地方紧要,与廷臣议了半日,难得其人。朕特擢郭子仪,补授此缺[12],因此退朝迟了。(旦)妾候陛下不至,独坐荷亭,爱风来一弄明纱[13],闲学谱新声奏雅。【玉芙蓉】怕输他舞《惊鸿》、曲终满座有光华[14]。

(生)寡人适见此谱,真乃千古奇音,《惊鸿》何足道也!(旦)妾凭臆见,草草创成。其中错误,还望陛下更定[15]。(生)再同妃子,细细点勘一番。(老旦、贴暗下)(生、旦并坐翻谱介)

【朱奴折芙蓉】【朱奴儿】倚长袖香肩并亚[16];翻新谱玉纤同把。(生)妃子,似你绝调佳人世真寡,要觅破绽并无毫发。再问妃子,此谱何名?(旦)妾于昨夜梦入月宫,见一群仙女奏乐,尽着霓裳羽衣。意欲取此四字,以名此曲。(生)好个"霓裳羽衣"!非虚假,果合伴天香桂花[17]。【玉芙蓉】(作看旦介)觑仙姿、想前身原是月中娃。

此谱即当宣付梨园,但恐俗手伶工,未谙其妙。朕欲令永新、念奴,先抄图谱,妃子亲自指授。然后传与李龟年等,教习梨园子弟,却不是好。(旦)领旨。(生携旦起介)天已薄暮,进宫去来。

【尾声】晚风吹,新月挂,(旦)正一缕凉生凤榻。(生)妃子,你看这池上鸳鸯早双眠并蒂花。

(生)芙蓉不及美人妆, 王昌龄 (旦)杨柳风多水殿凉。
　　　　刘长卿
(老旦)花下偶然歌一曲, 曹　唐 (合)传呼法部按《霓

第十二齣

裳》。王　建

注　释

〔1〕　慢卷——漫卷。漫,且。

〔2〕　文房四宝——纸、墨、笔、砚。

〔3〕　素劄(zhá)——白纸。

〔4〕　参差——协韵,差读作 chà。

〔5〕　远山——画起来的眉毛的一种式样,好像淡淡的一弯远山。

〔6〕　过度——即音调转移之意。

〔7〕　拍棨(qí)怎下——节拍差了,怎样安排呢?唱曲不合拍节,叫棨拍。

〔8〕　红牙——拍板,用来打拍子。

〔9〕　依流水待觅胡麻——传说刘晨、阮肇到天台山采药,见水上流来一杯胡麻饭,因此遇见仙女。依流水待觅胡麻,想看见仙女。仙女,指贵妃。胡麻,芝麻。

〔10〕　更度羽换宫没半米差——作曲没半点儿差错。

〔11〕　恁聪明,也堪压倒上阳花——(不说你美貌,)单凭你这样聪明,也足以胜过后宫里别的美女了。上阳,宫殿名。

〔12〕　朕特擢郭子仪,补授此缺——郭子仪做灵武郡太守,事实是在安禄山事变爆发之后(见《新唐书·郭子仪传》)。

〔13〕　一弄——一派。

〔14〕　怕输他舞《惊鸿》,曲终满座有光华——前一句,怕不及梅妃的《惊鸿》舞;后一句,形容《惊鸿》舞。

〔15〕　更定——改定。

〔16〕　香肩并亚——挨着肩膀。亚,压。

〔17〕　果合伴天香桂花——这样的曲子,果然只有天上月宫才配得上。

第十三齣　权　哄[1]

【双调引子】【秋蕊香】(副净引衹从上)狼子野心难料,看跋扈渐肆咆哮,挟势辜恩更堪恼,索假忠言入告[2]。

下官杨国忠。外凭右相之尊,内恃贵妃之宠。满朝文武,谁不趋承!独有安禄山这厮,外面假作痴愚,肚里暗藏狡诈。不知圣上因甚爱他,加封王爵!他竟忘了下官救命之恩,每每遇事欺凌,出言挺撞。好生可恨!前日曾奏圣上,说他狼子野心,面有反相,恐防日后酿祸,怎奈未见听从。今日进朝,须索相机再奏,必要黜退了他,方快吾意。来此已是朝门,左右回避。(从下)(内喝道介)(副净)呀,那旁呵殿之声[3],且看是谁?(净引衹从上)

【玉井莲后】宠固君心,暗中包藏计狡。

左右回避。(从下)(净见副净介)请了。(副净笑介)哦,原来是安禄山!(净)老杨,你叫我怎么?(副净)这是九重禁地,你怎敢在此大声呵殿?(净作势介)老杨,你看我:"脱下御衣亲赐着[4],进来龙马每教骑。常承密旨趋朝数,独奏边机出殿迟。"我做郡王的,便呵殿这么一声,也不妨。比似你右相还早哩[5]!(副净冷笑介)好,好个"不妨"!安禄山,我且问你,这般大模大样是几时起的?(净)下官从来如此。(副净)安禄山,你也还该自去想一想!(净)想甚么?(副净)你只想

当日来见我的时节,可是这个模样么?(净)彼一时,此一时,说他怎的。(副净)唉,安禄山,

【仙吕入双调过曲】【风入松】你本是刀头活鬼罪难逃,那时节长跪阶前哀告。我封章入奏机关巧,才把你身躯全保。(净)赦罪复官,出自圣恩,与你何涉?(副净)好,倒说得干净!只太把良心昧了。恩和义付与水萍飘。

(净)唉,杨国忠,你可晓得,

【前腔】世间荣落偶相遭?休夸着势压群僚。你道我失机之罪,可也记得南诏的事么[6]?胡卢提掩败将功冒[7],怪浮云蔽遮天表[8]。(副净)圣明在上,谁敢蒙蔽?这不是谤君么!(净)还说不蒙蔽,你卖爵鬻官多少?贪财货竭脂膏。(副净)住了,你道卖官鬻爵,只问你的富贵,是那里来的?(冷笑介)(净)也非止这一桩。若论你、恃戚里,施奸狡,误国罪,有千条。(副净)休得把、诬蔑语,凭虚造。(扯净介)我与你、同去面当朝[9]!

(净)谁怕你来,同去,同去!(作同扭进朝俯伏介)(副净)臣杨国忠谨奏:

【前腔】【本调】禄山异志腹藏刀[10],外作痴愚容貌。奸同石勒倚东门啸[11]。他不拜储君公然桀傲[12],这无礼难容圣朝。望吾皇立赐罢斥,除凶恶早绝祸根苗。

(净伏介)臣安禄山谨奏:

【前腔】念微臣谬荷主恩高,遂使嫌生权要[13],愚蒙触忤知难保[14]。(泣介)陛下呵,怕孤立终落他圈套。微臣呵,寸心赤只有吾皇鉴昭。容出镇犬马效微劳。(内)圣旨道

来:杨国忠、安禄山互相评奏,将相不和,难以同朝共理。特命安禄山为范阳节度使[15],剋期赴镇。谢恩。(净、副净)万岁!(起介)(净向副净拱手介)老丞相,下官今日去了,你再休怪我大模大样。朝门内,一任你、张牙爪,我去开幕府[16],自逍遥。(副净冷笑介)(净欲下,复转向副净介)还有一句话儿,今日下官出镇,想也仗、回天力、相提调。(举手介)请了,我且将冷眼,看伊曹。

(下)(副净看净下介)呀,有这等事!

【前腔】【本调】一腔块垒怎生消[17]。我待把他威风抹倒,谁知反分节钺添荣耀[18]。这话靶教人嘲笑[19]。咳,但愿禄山此去,做出事来[20],方信我忠言最早!圣上,圣上,到此际可也悔今朝[21]!

　　去邪当断勿狐疑, 周　昙　祸稔萧墙竟不知[22]。储嗣宗
　　壮气未平空咄咄,徐　铉　甘言狡计奈娇痴! 郑　嵎

注　释

　　〔1〕本齣的有关史实:安禄山以天宝九载封王,"是时,杨国忠为御史中丞,方承恩用事。禄山登降殿阶,国忠常扶掖之。"(《通鉴》卷二一六)可见,安禄山的权势本来比杨国忠还大些,他们还谈不上甚么利害冲突。他们有时倒是联合起来对付共同的政敌李林甫。从开元二十二年到天宝十一载,李林甫一直是宰相。等到杨国忠接替李林甫执政以后,他和安禄山才成为势均力敌的对手。一个是朝中的执政者,一个是当时最大的军事集团的首领。彼此都想削弱对方,以加重自己的权势。杨国忠几次告发安禄山有反心,以致皇帝几次派中使去看他动静,但是安禄山对付得很好,博得玄宗更大的信任。另一方面,由于杨国忠的阻挠,他却始终没有实现做宰相的野心。不消说,杨国忠之所以反对他为相,仅仅是为了自己大权独揽,不让他人插手。天宝十三载,为了韦涉的案子,事情闹到

第 十 三 齣

这样一个地步:杨国忠斥退了倾向安禄山的吉温,而且揭发了他们的勾结;安禄山则为吉温呼冤,责备杨国忠诬害人。结果是唐玄宗两不过问。"面圣"那样的事是没有的,但是这件事和传奇所写却很有相似的地方。"但愿禄山此去,做出事来,方信我忠言最早"等等,本齣结尾所写的杨国忠的心理,也与正史所载相符(见《通鉴》卷二一七天宝十四载十月条)。

〔2〕 索假忠言入告——(杨国忠对安禄山的不满,原是由于个人利益有矛盾,忌妒他,但是)要装作自己是尽忠的样子,奏给皇帝听。

〔3〕 呵殿——呵,从人在前面喝道;殿,殿后,从人在后面拥卫。呵殿,前呼后拥,喝道而来。

〔4〕 "脱下御衣亲赐着"四句见《全唐诗》王建《赠王枢密》诗。

〔5〕 我做郡王的……比似你右相还早哩——我封王的,喝道一下,没关系的;至于你做右相的,要在宫殿里喝道,自然还谈不上哩。

〔6〕 可也记得南诏的事么——"四月……剑南节度使鲜于仲通讨南诏(哀牢彝族,在现在云南省西部),大败于泸南……士卒死者六万人,仲通仅以身免。杨国忠掩其败状,仍叙其功。"(《通鉴》卷二一六天宝十载条)同年冬季,杨国忠指使他的亲信鲜于仲通,奏请遥领剑南节度使。

〔7〕 胡卢提——糊里糊涂。

〔8〕 怪浮云蔽遮天表——喻杨国忠蒙蔽皇帝的耳目。

〔9〕 上文"若论你"句起,是《急三枪》二支。再下一曲,同。

〔10〕 异志——想造反。曲牌名后,注"本调",指不带《急三枪》曲。

〔11〕 奸同石勒倚东门啸——石勒"年十四,随邑人行贩洛阳,倚啸上东门。王衍见而异之,顾谓左右曰:'向者胡雏,吾观其声视有奇志,恐将为天下之患。'"(《晋书》卷一〇四)石勒在五胡十六国时代,自立为后赵国皇帝,又是羯人,所以用来比喻安禄山。

〔12〕 他不拜储君——储君,太子。"(唐玄宗)又尝命见太子,禄山不拜。左右趣之拜,禄山拱立曰:'臣胡人,不习朝仪,不知太子者何官?'上曰:'此储君也。朕千秋万岁后,代朕君汝者也。'禄山曰:'臣愚,曩者惟知有陛下一人,不知乃更有储君。'不得已,然后拜。"(《通鉴》卷二一五天

62

宝六载条)

〔13〕 权要——指杨国忠。

〔14〕 愚蒙——指自己。

〔15〕 特命安禄山为范阳节度使——安禄山早在天宝三载,就被任为范阳节度使、河北采访使兼平卢节度使,这时杨玉环还没有册为贵妃,杨国忠还没有登上政治舞台。

〔16〕 开幕府——即开府,建立府署,独当一面。这里,指担任节度使。

〔17〕 块垒——郁积在心头的牢骚、不平。

〔18〕 节钺——符节与斧钺,授给大将,表示他的威权。

〔19〕 话靶——即话把,话柄。

〔20〕 做出事来——指造反。

〔21〕 此际——那时。

〔22〕 祸稔萧墙竟不知——内部积成的祸患,竟一点也不知道!稔,积久而成;萧墙,这里指宫廷内部的祸患。《论语·季氏》:"吾恐季孙之忧,不在颛臾,而在萧墙之内也。"

第十四齣　偷　　曲[1]

【仙吕过曲】【八声甘州】(老旦、贴携谱上)(老旦)霓裳谱定,(贴合)向绮窗深处秘本翻誊。香喉玉口,亲将绝调教成。(老旦)奴家永新,(贴)奴家念奴。(老旦)自从娘娘制就《霓裳》新谱,我二人亲蒙教授。今驾幸华清宫,即日要奏此曲。命我二人,在朝元阁上,传谱与李龟年,连夜教演梨园子弟。(贴)散序俱已传习[2],今日该传拍序了[3]。(老旦)你看月明如水,正好演奏。我和你携了曲谱,先到阁中便了。(行介)(合)凉蟾正当高阁升,帘卷薰风映水晶[4]。高清,恰称广寒宫仙乐声声。(下)

【道宫近词】【鱼儿赚】(末苍髯,扮李龟年上)乐部旧闻名,班首新推独老成。早暮趋承,上直更番入内廷[5]。自家李龟年是也。向作伶官,蒙万岁爷点为梨园班首。今有贵妃娘娘《霓裳》新曲,奉旨令永新、念奴传谱出来,在朝元阁上教演,立等供奉。只得连夜趱习,不免唤齐众兄弟每同去。兄弟每那里?(副净扮马仙期上)仙期方响鬼神惊[6],(外扮雷海青上)铁拨争推雷海青[7]。(净白须扮贺怀智上)贺老琵琶擅场屋[8],(丑扮黄幡绰上)黄家幡绰板尤精[9]。(同见末介)李师父拜揖。(末)请了。列位呵,君王命,《霓裳》催演不教停。那永新、念奴呵,两娉婷,把红牙小谱携端正,早向朝元待月明。(众)如此,我每就去便了。(末)

请同行。(同行介)趁迟迟宫漏夜凉生,把新腔敲订,新腔敲订。(同下)

【仙吕过曲】【解三酲犯】(小生巾服扮李暮上)〔10〕【解三酲】逞风魔少年逸兴,借曲中妙理陶情。传闻今夜蓬莱境,翻妙谱奏新声。小生李暮是也,本贯江南,遨游京国。自小谙通音律,久以铁笛擅名。近闻宫中新制一曲,名曰《霓裳羽衣》。乐工李龟年等,每夜在朝元阁中演习。小生慕此新声,无从得其秘谱。打听的那阁子,恰好临着宫墙,声闻于外。不免袖了铁笛,来到骊山,趁此月明如昼,窃听一回。一路行来,果然好景致也。(行介)林收暮霭天气清,山入寒空月彩横。真佳景,【八声甘州】宛身从画里游行。

(场上设红帷作墙,墙内搭一阁介)(小生)说话之间,早来到宫墙下了。

【道宫调近词】【应时明近】只见五云中,宫阙影,窈窕玲珑映月明。光辉看不定,光辉看不定。想潜通御气,处处仙楼,阑干畔有玉人闲凭。

闻那朝元阁,在禁苑西首,我且绕着红墙,迤逦行去。(行介)【前腔】花阴下,御路平,紧傍红墙款款行。(望介)只这垂杨影里,一座高楼露出墙头,想就是了。凝眸重细省,凝眸重细省,只见画帘缥缈,文窗掩映。(指介)兀的不是上有红灯〔11〕!

(老旦、贴在墙内上阁介)(末众在内云)今日该演拍序,大家先将散序,从头演习一番。(小生)你看上面灯光隐隐,似有人声。一定是这里了。我且潜听一回。(作潜立听介)

【双赤子】悄悄冥冥[12],墙阴窃听。(内作乐介)(小生作袖出笛介)不免取出笛来,倚声和之[13]。就将音节,细细记明便了。听到月高初更后,果然弦索齐鸣。恰喜禁垣夜深人静,琤瑽齐应[14]。这数声恍然心领,那数声恍然心领。

(内细十番[15],小生吹笛和介)(乐止,老旦、贴在内阁上唱后曲,小生吹笛合介)(老旦、贴)

【画眉儿】骊珠散迸[16],入拍初惊。云翻袂影,飘然回雪舞风轻。飘然回雪舞风轻,约略烟蛾态不胜[17]。(小生接唱)这数声恍然心领,那数声恍然心领。

(内细十番如前,老旦、贴内唱,小生笛介)(老旦、贴)

【前腔】珠辉翠映,凤翥鸾停。玉山蓬顶,上元挥袂引双成。上元挥袂引双成,蕚绿回肩招许琼[18]。(小生接唱)这数声恍然心领,那数声恍然心领。

(内又如前十番,老旦、贴内唱,小生笛合介)(老旦、贴)

【前腔】音繁调骋,丝竹纵横。翔云忽定,慢收舞袖弄轻盈。慢收舞袖弄轻盈,飞上瑶天歌一声。(小生接唱)这数声恍然心领,那数声恍然心领。

(内又十番一通,老旦、贴暗下)(小生)妙哉曲也。真个如敲秋竹,似戛春冰[19],分明一派仙音,信非人世所有。被我都从笛中偷得,好侥幸也!

【鹅鸭满渡船】霓裳天上声,墙外行人听。音节明,宫商正,风内高低应。偷从笛里写出无馀剩。呀,阁上寂然无声,想是不奏了。人散曲终红楼静,半墙残月摇花影。

你看河斜月落,斗转参横[20],不免回去罢。(袖笛转行介)

【尾声】却回身,寻归径。只听得玉河流水韵幽清,犹似

《霓裳》袅袅声。

倚天楼殿月分明，杜　牧　歌转高云夜更清。赵　嘏

偷得新翻数般曲，元　稹　酒楼吹笛有新声。张　祜

注　释

〔1〕　本齣李暮傍宫墙偷谱法曲事，本《全唐诗》元稹《连昌宫词》注，惟未注明为《霓裳曲》。

〔2〕　散序——《霓裳羽衣》舞的序曲。《全唐诗》白居易《霓裳羽衣歌》自注："散序，六遍，无拍，故不舞也。"无拍，即散板。

〔3〕　拍序——《霓裳羽衣》舞的另一个组成部分。同诗自注："中序始有拍，亦名拍序。"

〔4〕　薰风——南风，和风。

〔5〕　上直更番——上直，值班；更番，轮流。

〔6〕　方响——古代打击乐器，主要由十六块铁片组成。

〔7〕　铁拨——雷海青弹的是一种特制的琵琶，"以石为槽，鹍鸡筋为弦，用铁拨弹之"。他以铁拨代替指甲（据《太真外传》）。

〔8〕　擅场屋——压倒全场。场屋，奏乐的地方。

〔9〕　板——拍板。

〔10〕　李暮（mò）——唐代著名的笛师。事迹不详。关于他的传说见李肇《国史补》。

〔11〕　兀的——那边，含有表示惊异的语气。

〔12〕　悄悄冥冥——暗地里。

〔13〕　倚声和之——照听到的乐调那样吹起来。

〔14〕　玎璁——玎琮，乐器声。

〔15〕　细十番——即十番鼓，由笛、管、箫、弦、提琴、云锣、汤锣、木鱼、檀板、大鼓等十种乐器组成，可奏多种乐曲。

〔16〕　骊珠散迸——骊珠，传说骊龙（黑色的龙）颔下有宝珠，叫骊

珠。骊珠散迸,形容入拍以后的《霓裳羽衣》曲的音乐。

〔17〕 约略烟蛾——画得淡淡的黑色的眉毛。

〔18〕 凤翥鸾停……萼绿回肩招许琼——翥(zhù),飞舞。蓬顶,蓬莱山顶。玉山,西王母住的仙山。董双成、萼绿华、许飞琼,都是仙女的名字。上元,上元夫人,仙女的名字,传说在仙班中,她的地位很高。老旦、贴所唱的三支《画眉儿》,都描写《霓裳羽衣》舞的舞态。白居易诗《霓裳羽衣歌》:"中序擘騞初入拍,秋竹竿裂春冰拆。飘然转旋回雪轻,嫣然纵送游龙惊。小垂手后柳无力,斜曳裾时云欲生。(四句皆霓裳舞之初态。)烟蛾敛略不胜态,风袖低昂如有情。上元点鬟招萼绿,王母挥袂别飞琼。繁音急节十二遍,跳珠撼玉何铿铮。(霓裳曲十二遍而终。)翔鸾舞了却收翅,唳鹤曲终长引声。(凡曲将毕,皆声拍促速,唯《霓裳》之末,长引一声也。)"等诗句,是戏曲中这些描写的依据。

〔19〕 戛(jiá)——敲。

〔20〕 斗转参横——形容夜深。斗,北斗星;参,参宿;从北斗、参宿的转动,可以看出时间迟早。

第十五齣 进　　果

【过曲】【柳穿鱼】(末扮使臣持竿挑荔枝篮,作鞭马急上)一身万里跨征鞍,为进离支受艰难[1]。上命遣差不由己,算来名利怎如闲!巴得个到长安,只图贵妃看一看。

　　自家西州道使臣,为因贵妃杨娘娘,爱吃鲜荔枝,奉敕涪州[2],年年进贡。天气又热,路途又远,只得不惮辛勤,飞马前去。(作鞭马重唱"巴得个"三句跑下)

【撼动山】(副净扮使臣持荔枝篮,鞭马急上)海南荔子味尤甘,杨娘娘偏喜啖。采时连叶包,缄封贮小竹篮。献来晓夜不停骖,一路里怕耽,望一站也么奔一站[3]!

　　自家海南道使臣。只为杨娘娘爱吃鲜荔枝,俺海南所产,胜似涪州,因此敕与涪州并进。但是俺海南的路儿更远,这荔枝过了七日,香味便减,只得飞驰赶去。(鞭马重唱"一路里"二句跑下)

【十棒鼓】(外扮老田夫上)田家耕种多辛苦,愁旱又愁雨。一年靠这几茎苗,收来半要偿官赋,可怜能得几粒到肚!每日盼成熟,求天拜神助。

　　老汉是金城县东乡一个庄家。一家八口,单靠着这几亩薄田过活。早间听说进鲜荔枝的使臣,一路上捎着径道行走,不知踏坏了人家多少禾苗!因此,老汉特到田中看守。(望

69

第十五齣

介)那边两个算命的来了。(小生扮算命瞎子手持竹板,净扮女瞎子弹弦子,同行上)

【蛾郎儿】住褒城,走咸京,细看流年与五星[4]。生和死,断分明,一张铁口尽闻名[5]。瞎先生,真灵圣,叫一声,赛神仙,来算命。

(净)老的,我走了几程,今日脚疼,委实走不动。不是算命,倒在这里挣命了。(小生)妈妈,那边有人说话,待我问他。(叫介)借问前面客官,这里是什么地方了?(外)这是金城东乡,与渭城西乡交界。(小生斜揖介)多谢客官指引。(内铃响,外望介)呀,一队骑马的来了。(叫介)马上长官,往大路上走,不要踏了田苗!(小生一面对净语介)妈妈,且喜去京不远,我每叫向前去,雇个毛驴子与你骑。(重唱"瞎先生"三句走介)(末鞭马重唱前"巴得个"三句急上,冲倒小生、净下)(副净鞭马重唱前"一路里"二句急上,踏死小生下)(外跌脚向鬼门哭介[6])天啊,你看一片田禾,都被那厮踏烂,眼见的没用了。休说一家性命难存,现今官粮紧急,将何办纳!好苦也!(净一面作爬介)哎呀,踏坏人了,老的啊,你在那里?(作摸着小生介)呀,这是老的。怎么不做声,敢是踏昏了?(又摸介)哎呀,头上湿渌渌的。(又摸闻手介)不好了,踏出脑浆来了!(哭叫介)我那天呵,地方救命[7]。(外转身作看介)原来一个算命先生,踏死在此。(净起斜福介[8])只求地方,叫那跑马的人来偿命。(外)哎,那跑马的呵,乃是进贡鲜荔枝与杨娘娘的。一路上来,不知踏坏了多少人,不敢要他偿命。何况你这一个瞎子!(净)如此怎了!(哭介)我那老的呵,我原算你的命,是要倒路死的。只这个尸首,如今怎么断送!(外)也罢,你那里去叫地方,就是老汉同你抬去埋了罢。(净)如此多谢,我就跟着你

做一家儿〔9〕,可不是好!(同抬小生)(哭,诨下〔10〕)(丑扮驿卒上)

【小引】驿官逃,驿官逃,马死单单剩马膫〔11〕。驿子有一人,钱粮没半分。拚受打和骂,将身去招架,将身去招架!

自家渭城驿中,一个驿子便是。只为杨娘娘爱吃鲜荔枝,六月初一是娘娘的生日,涪州、海南两处进贡使臣,俱要赶到。路由本驿经过,怎奈驿中钱粮没有分文,瘦马刚存一匹。本官怕打,不知逃往那里去了,区区就便权知此驿。只是使臣到来,如何应付?且自由他!(末飞马上)

【急急令】黄尘影内日衔山,赶赶赶,近长安。(下马介)驿子,快换马来。(丑接马,末放果篮,整衣介)(副净飞马上)一身汗雨四肢瘫,趱趱趱,换行鞍。

(下马介)驿子,快换马来。(丑接马,副净放果篮,与末见介)请了,长官也是进荔枝的?(末)正是。(副净)驿子,下程酒饭在那里?(丑)不曾备得。(末)也罢,我每不吃饭了,快带马来。(丑)两位爷在上,本驿只剩有一匹马,但凭那一位爷骑去就是。(副净)哦,偌大一个渭城驿,怎么只有一匹马!快唤你那狗官来,问他驿马那里去了?(丑)若说起驿马,连年都被进荔枝的爷每骑死了。驿官没法,如今走了。(副净)既是驿官走了,只问你要。(丑指介)这棚内不是一匹马么?(末)驿子,我先到,且与我先骑了去。(副净)我海南的来路更远,还让我先骑。(末作向内介)

【恁麻郎】我只先换马,不和你斗口。(副净扯介)休恃强,惹着我动手。(末取荔枝在手介)你敢把我这荔枝乱丢!(副净取荔枝向末介)你敢把我这竹笼碎扭!(丑劝介)请罢休,免气吼,不如

71

把这匹瘦马同骑一路走!（副净放荔枝打丑介）哦,胡说!
【前腔】我只打你、这泼腌臜死囚[12]!（末放荔枝打丑介）我也打你这放刁顽贼头!（副净）尅官马嘴儿太油。（末）误上用胆儿似斗[13]。（同打介）（合）鞭乱抽,拳痛殴,打得你难捱那马自有!
【前腔】（丑叩头介）向地上连连叩头,望台下轻轻放手[14]。（末、副净）若要饶你,快换马来。（丑）马一匹驿中现有。（末、副净）再要一匹。（丑）第二匹实难补凑。（末、副净）没有只是打!（丑）且慢扭[15],请听剖,我只得脱下衣裳与你权当酒!

（脱衣介）（末）谁要你这衣裳!（副净作看衣,披在身上介）也罢,赶路要紧。我原骑了那马,前站换去。（取果上马,重唱前"一路里"二句跑下）（末）快换马来我骑。（丑）马在此。（末取果上马,重唱前"巴得个"三句跑下）（丑弔场）咳,杨娘娘,杨娘娘,只为这几个荔枝呵!

铁关金锁彻明开,崔　液　黄纸初飞敕字回[16]。
　　元　稹
驿骑鞭声砉流电[17],李　郢　无人知是荔枝来。
　　杜　牧

注　释

〔1〕　离支——荔枝。因为要用平声字,所以改了。
〔2〕　涪（fú）州——即今重庆市涪陵区。
〔3〕　也么——有声无义的语词。
〔4〕　细看流年与五星——"流年"、"五星"是星相学的术语。流年,一年所行的运;五星,金、木、水、火、土,星相家根据一个人出生时所值

的星位,来推算他的禄命。

〔5〕 铁口——说自己算命很准。

〔6〕 鬼门——即古门,戏场上演员的出入口。

〔7〕 地方——地保。

〔8〕 福——妇女向人敛衽致敬叫福,即万福。

〔9〕 做一家儿——做夫妻。

〔10〕 诨——打诨,调笑。这一些描写歪曲了劳动人民的形象,是一个缺点。说白中偶然几句无聊的甚至是猥亵的打诨,在戏曲中早已成为陋习,不能特别用来说明剧作家的思想。

〔11〕 马嬲(diǎo)——马屌,牡马的生殖器。

〔12〕 泼腌(ā)臜(zɑ)——腌臜,肮脏。在这儿,泼、腌臜都有"坏蛋"的"坏"字的意思。

〔13〕 上——皇帝。

〔14〕 台下——对官长的尊称。和"阁下"的意思相近。

〔15〕 纽——即扭,扭打。

〔16〕 黄纸——唐代用黄麻纸写的皇帝敕令。

〔17〕 耗(huā)——形容动作迅疾。

第十六齣　舞　盤

【仙吕引子】【奉时春】(生引二内侍、丑随上)山静风微昼漏长,映殿角火云千丈。紫气东来[1],瑶池西望,翩翩青鸟庭前降[2]。

朕同妃子避暑骊山。今当六月朔日,乃是妃子诞辰。特设宴在长生殿中,与他称庆,并奏《霓裳》新曲。高力士,传旨后宫,宣娘娘上殿。(丑)领旨。(向内传介)(内应"领旨"介)(旦盛妆,引老旦、贴上)

【唐多令】日影耀椒房,花枝弄绮窗。门悬小帨赭罗黄[3]。绣得文鸾成一对,高傍着五云翔。

(见介)臣妾杨氏见驾。愿陛下万岁,万万岁!(生)与妃子同之。(旦坐介)(生)紫云深处婺光明[4],(旦)带露灵桃倚日荣。(老旦、贴)岁岁花前人不老,(丑合)长生殿里庆长生。(生)今日妃子初度[5],寡人特设长生之宴,同为竟日之欢。(旦)薄命生辰,荷蒙天宠。愿为陛下进千秋万岁之觞。(丑)酒到。(旦拜、献生酒,生答赐,旦跪饮,叩头呼"万岁",坐介)(生)

【高平过曲】【八仙会蓬海】【八声甘州】风薰日朗,看一叶阶蓂摇动炎光[6]。华筵初启,南山遥映霞觞。【玩仙灯】(合)果合欢桃生千岁,花并蒂莲开十丈[7]。【月上海棠】宜欢赏,恰好殿号长生,境齐蓬阆。

（小生扮内监，捧表上）"手捧金花红榜子，齐来宝殿祝千秋。"（见介）启万岁爷、娘娘，国舅杨丞相，同韩、虢、秦三国夫人，献上寿礼贺笺，在外朝贺。（丑取笺送生看介）（生）生受他每。丞相免行礼，回朝办事。三国夫人，候朕同娘娘回宫筵宴。（小生）领旨。（下）（净扮内监捧荔枝、黄袱盖上）"正逢瑶圃千秋宴[8]，进到炎州十八娘[9]。"（见介）启万岁爷，涪州、海南贡进鲜荔枝在此。（生）取上来。（丑接荔枝去袱，送上介）（生）妃子，朕因你爱食此果，特敕地方飞驰进贡。今日寿宴初开，佳果适至，当为妃子再进一觞。（旦）万岁！（生）宫娥每，进酒。（老、贴进酒介）（旦）

【杯底庆长生】【倾杯序】【换头】盈筐，佳果香，幸黄封[10]，远敕来川广。爱他浓染红绡，薄裹晶丸[11]，入手清芬，沁齿甘凉。【长生导引】（合）便火枣交梨应让[12]，只合来万岁台前，千秋筵上，伴瑶池阿母进琼浆[13]。

高力士，传旨李龟年，押梨园子弟上殿承应。（丑）领旨。（向内传介）（末引外、净、副净、丑各锦衣、花帽，应"领旨"上）"红牙待拍筝排柱[14]，催着红罗上舞筵，换戴柘枝新帽子[15]，随班行到御阶前。"（见介）乐工李龟年，押领梨园子弟，叩见万岁爷、娘娘。（生）李龟年，《霓裳》散序昨已奏过，《羽衣》第二叠可曾演熟[16]？（末）演熟了。（生）用心去奏。（末）领旨。（起介）（暗下）（旦）妾启陛下，此曲散序六奏，止有歇拍而无流拍[17]。中序六奏，有流拍而无促拍，其时未有舞态[18]。

【八仙会蓬海】【换头】只是悠扬，声情俊爽。要停住彩云飞绕虹梁[19]。至羽衣三叠，名曰饰奏[20]。一声一字，都将舞态含藏。其间有慢声，有缠声，有衮声[21]，应清圆骊珠

第十六齣

一串,有入破,有摊破,有出破[22],合嫋娜齹鯢千状[23]。还有花犯,有道和,有傍拍,有间拍,有催拍,有偷拍[24],多音响,皆与慢舞相生,缓歌交畅。

(生)妃子所言,曲尽歌舞之蕴。(旦)妾制有翠盘一面,请试舞其中,以博天颜一笑。(生)妃子妙舞,寡人从未得见。永新、念奴,可同郑观音、谢阿蛮伏侍娘娘,上翠盘来者。(老、贴)领旨。(旦起福介)告退更衣。"整顿衣裳重结束[25],一身飞上翠盘中。"(引老、贴下)(生)高力士,传旨李龟年,领梨园子弟按谱奏乐。朕亲以羯鼓节之[26]。(丑)领旨。(向内传介)(生起更衣,末、众在场内作乐介)(场上设翠盘,旦花冠、白绣袍、璎珞、锦云肩、翠袖、大红舞裙,老、贴同净、副净扮郑观音、谢阿蛮,各舞衣、白袍,执五彩霓旌、孔雀云扇,密遮旦簇上翠盘介)(乐止,旌扇徐开,旦立盘中舞,老、贴、净、副唱,丑跪捧鼓,生上坐击鼓,众在场内打细十番合介)

【羽衣第二叠】【画眉序】罗绮合花光,一朵红云自空漾[27]。【皂罗袍】看霓旌四绕,乱落天香。【醉太平】安详,徐开扇影露明妆。【白练序】浑一似天仙,月中飞降。(合)轻飔,彩袖张,向翡翠盘中显伎长。【应时明近】飘然来又往,宛迎风菡萏,【双赤子】翩翩叶上。举袂向空如欲去,乍回身侧度无方。(急舞介)【画眉儿】盘旋跌宕,花枝招飐柳枝扬,凤影高骞鸾影翔[28]。【拗芝麻】体态娇难状,天风吹起众乐缤纷响。【小桃红】冰弦玉柱声嘹亮,鸾笙像管音飘荡,【花药栏】恰合着羯鼓低昂。按新腔,度新腔,【怕春归】袅金裙齐作留仙想[29]。(生住鼓,丑携去介)【古轮台】舞住敛霞裳,(朝上拜介)重低颡,山呼万岁拜君王[30]。

(老、贴、净、副扶旦下盘介)(净、副暗下)(生起、前携旦介)妙哉,舞也!

逸态横生,浓姿百出。宛若翩风回雪,恍如飞燕游龙。真独擅千秋矣。宫娥每,看酒来,待朕与妃子把杯。(老、贴奉酒,生擎杯介)

【千秋舞霓裳】(千秋岁)把金觞,含笑微微向,请一点点檀口轻尝。(付旦介)休得留残,休得留残,酬谢你舞怯腰肢劳攘[31]。(旦接杯谢介)万岁!(舞霓裳)亲颁玉醖恩波广,惟惭庸劣怎承当!(生看旦介)俺仔细看他模样,只这持杯处,有万种风流赚人肠。

(生)朕有鸳鸯万金锦十疋,丽水紫磨金步摇一事[32],聊作缠头[33]。(出香囊介)还有自佩瑞龙脑八宝锦香囊一枚,解来助卿舞珮。(旦接香囊谢介)万岁。(生携旦行介)

【尾声】(生)霓裳妙舞千秋赏,合助千秋祝未央[34]。(旦)徽幸杀亲沐君恩透体香。

(生)长生秘殿倚青苍。吴 融 (旦)玉体还分献寿觞。
　　　张　说
(生)饮罢更怜双袖舞,韩　翃 (旦)满身新带五云香。
　　　曹　唐

注　释

〔1〕 紫气东来——相传函谷关吏尹喜,有一天看见有紫气从东方过来,知道就要有"真人"来了,果然遇到了老子。

〔2〕 瑶池西望,翩翩青鸟庭前降——传说西王母住在瑶池。她来看汉武帝时,先有一只青鸟飞来报信。这几句只是用来描写宫殿的气象,原诗见杜甫《秋兴》。

〔3〕 帨(shuì)——佩巾。

〔4〕 紫云深处婺光明——喻贵妃在宫庭里得宠,并且含有祝贺的

第十六齣

意思。婺光,女宿(一个星座)的亮光。

〔5〕 初度——生日。

〔6〕 一叶阶蓂——蓂荚,生在阶前。据说前半月每日长一荚,后半月每日落一荚。杨贵妃的生日是六月初一,所以是"一叶阶蓂摇动炎光"。

〔7〕 果合欢桃生千岁,花并蒂莲开十丈——两个果结在一起,即一个果实有两个果仁,叫合欢果,此指桃子;两朵花开在一个蒂上,叫并蒂花,此指莲花。

〔8〕 正逢瑶圃千秋宴——瑶圃,传说是仙人住的地方,这里指宫殿;千秋宴,指贵妃的寿筵。

〔9〕 进到炎州十八娘——炎州,南方;十八娘,荔枝的著名品种之一。

〔10〕 黄封——此作黄袱包裹解。

〔11〕 浓染红绡,薄裹晶丸——红绡,荔枝的果皮;晶丸,鲜荔枝的白色果肉。

〔12〕 火枣、交梨——神仙果,据说吃了可以上天。

〔13〕 瑶池阿母——西王母,此借喻贵妃。

〔14〕 筝排柱——筝,乐器,有十三根弦线固定在小柱上。排柱,演奏前,把弦调好的动作。

〔15〕 柘(zhè)枝——柘枝的色素所染成的黄颜色,此指乐人的冠色。

〔16〕 叠——即遍,也即下文所说"六奏"的奏。这是"叠"的原来解释。据陈寅恪《元白诗笺证稿》的考证,《霓裳羽衣》曲共有十八遍,以六遍为一大段。洪昇所说的第二叠,指第二大段——中序。

〔17〕 歇拍——歇拍及下文提到的流拍、促拍都是用来表明节拍速度的古代音乐术语。

〔18〕 其时未有舞态——中序已有舞态,洪昇的这个说法不知有什么根据。请参看白居易《霓裳羽衣歌》及王灼《碧鸡漫志》卷三。

〔19〕 飞绕虹梁——形容乐声悠扬,馀音绕梁。

〔20〕 饰奏——据现存文献,《霓裳羽衣》第三大段不叫"饰奏"。

〔21〕〔22〕〔24〕 慢声、缠声、衮声、入破、摊破、出破、花犯、道和、傍拍、间拍、催拍、偷拍等都是古代音乐的术语。其中入破是《霓裳羽衣》曲第三大段的第一遍,出破是全曲的最后一遍;催拍当是第三大段的虚催、实催;衮声当是衮遍,有前衮、中衮、衮遍三部分。其馀术语是否与《霓裳羽衣》曲有关,无从考证。

〔23〕 氍(qú)毹(shū)——地毯,全句形容地毯上演员的舞态。

〔25〕 重结束——重新穿戴起来。

〔26〕 朕亲以羯鼓节之——羯鼓,一种乐器,从"羯"族传来。("羯"字从羊,是对少数民族的侮辱。)唐明皇李隆基是一个音乐家,尤长于羯鼓。

〔27〕 一朵红云自空漾——指贵妃。以下两曲都用来描写她的舞态。

〔28〕 高骞(qiān)——高飞。骞,飞举。

〔29〕 齐作留仙想——一次,赵飞燕舞蹈时,几乎乘风飞去,汉成帝叫左右拖住她的裙子。这条裙子后来就叫留仙裙。全句,形容贵妃舞态。

〔30〕 山呼——高呼万岁,祝颂皇帝。据说汉武帝登嵩山,臣下听见空中有呼"万岁"的声音三次。见《汉书·武帝纪》。

〔31〕 劳攘——辛苦。

〔32〕 一事——一件。丽水紫磨金,最好的金子。丽水,即金沙江,我国著名的沙金产地。

〔33〕 缠头——赏给歌伎的财物。

〔34〕 未央——没有完,此指年寿。

第十七齣　合　围

(外末、副净、小生扮四番将上)(外)三尺镔刀耀雪光,(末)腰间明月角弓张。(副净)葡萄酒醉胭脂血,(小生)貂帽花添锦绣装。(外)俺范阳镇东路将官何千年是也[1]。(末)俺范阳镇西路将官崔乾祐是也。(副净)俺范阳镇南路将官高秀岩是也。(小生)俺范阳镇北路将官史思明是也。(各弯腰见科)请了,昨奉王爷将令,传集我等,只得齐至帐前伺候。道犹未了,王爷升帐也。(内鼓吹、掌号科)(净戎装引番姬、番卒上)

【越调】【紫花拨四】统貔貅雄镇边关。双眸觑破番和汉,掌儿中握定江山,先把这四周围爪牙迭办[2]。

我安禄山夙怀大志,久蓄异谋。只因一向在朝[3],受封东平王爵,宠幸无双,富贵已极,咱的心愿倒也罢了。叵耐杨国忠那厮[4],与咱不合,出镇范阳。且喜跳出樊笼,正好暗图大事。俺家所辖,原有三十二路将官,番汉并用,性情各别,难以任为腹心。因此奏请一概俱用番将[5]。如今大小将领,皆咱部落。(笑科)任意所为,都无顾忌了。昨日传集他每俱赴帐前,这咱敢待齐也[6]。(众进见科)三十二路将官参见。(净)诸将少礼。(众)请问王爷,传集某等,不知有何钧令?(净)众将官,目今秋高马壮,正好演习武艺。特召你等,同往沙地,大合围场,较猎一番[7]。多少是好!(众)谨

遵将令。(净)就此跨马前去。(同众作上马科)(净)

【胡拨四犯】紫韁轻挽,(合)双手把紫韁轻挽,骗上马[8],将盔缨低按。(行科)闪旗影云殷,没揣的动龙蛇[9],一直的通霄汉。按奇门布下了九连环[10],觑定了这小中原在眼,消不得俺众路强蕃。(众四面立,净指科)这一员身材慓悍,那一员结束牢拴,这一员莽兀喇拳毛高鼻[11],那一员恶支沙雕目胡颜[12],这一员会急进格邦的弓开月满,那一员会滴溜扑硃的锤落星寒,这一员会咭吒克擦的枪风闪烁,那一员会悉力飒刺的剑雨澎滩,端的是人如猛虎离山涧,显英雄天可汗[13]!(众行科)(合)振军威,扑通通鼓鸣,惊魂破胆;排阵势,韵悠悠角声,人疾马闲。抵多少雷轰电转,可正是海沸也那河翻。折末的铜作壁[14],铁作垒,有甚么攻不破、攻不破也雄关!(净)这里地阔沙平,就此摆开围场,射猎一回者。(净同番姬立高处,众排围射猎下)(净)摆围场这间、这间,四下里来挤趱、挤趱。马蹄儿泼剌剌旋风趐[15],不住的把弓来紧弯,弦来急攀。一回呵滚沙场兔鹿儿无头赶,都难动弹,就地里踠跧[16]。(众射鸟兽上)(净)把鹰、犬放过去者。(众应,放鹰、犬科,跑下)(净)呀呀呀,疾忙里一壁厢把翅摩霄的玉爪腾空散[17],一壁厢把足驾雾的金猰逐路拦,霎时间兽积、兽积如山。(众上献猎物科)禀王爷众将献杀[18]。(净)打的鸟兽,散给众军。就此高坡上,把人马歇息片时。大家炙肉暖酒,番姬每歌的歌,舞的舞,洒落一回者[19]。(众)得令。(同席地坐,番姬送净酒,众作拔刀割肉,提背壶斟酒,大饮唉科)(番姬弹琵琶、浑不是[20],众打太平鼓板[21])(合)斟起这酪浆儿,满满的浮金盏,满满的浮金盏。更把那连毛带血肉生餐,笑拥着番姬双颊丹,把琵琶忒楞楞弹也么弹,唱新声《菩萨蛮》[22]。(净起科)吃了一会,酒醉肉饱。天色已晚,诸将各回汛地[23]。须要整顿兵器,练习军马,听候将令便了。(众应科)得令。(作同上马吹海螺、侧帽、摆手绕场疾行科)听罢了令,疾翻身跃登锦鞍,侧着帽、摆手轻偄[24]。各自里回还,镇守定疆藩。摆搠些旗竿,装摺着轮镔[25],听候传番,施逞凶顽。天降摧残,地起波澜。把渔阳凝盼[26],一飞羽箭,争赴兵坛,专等你个抱赤心的将军、将军来调拣。

(众下)(净)你看诸路番将,一个个人强马壮,眼见得(俺)的羽翼已成。(笑科)唐天子,唐天子,你怎当得也!

【煞尾】没照会,先去了那掣肘汉家官[27];有机谋,暗添上这助臂番儿汉。等不的宴华清《霓裳》法曲终,早看俺闹鼓鼙渔阳骁将反。

　　六州番落从戎鞍[28], 薛　逢 战马闲嘶汉地宽。
　　　刘禹锡
　　倏忽抟风生羽翼, 骆宾王 山川龙战血漫漫。
　　　胡　曾

注　释

〔1〕 何千年、崔乾祐、高秀岩都是安禄山部下的将官。东、西、南、北路将官用来概括安禄山的所有部将,并不是真正的官衔。史思明,突厥人。他和安禄山是同乡,原来同是张守珪的部下。在天宝十年,他已经做到平卢兵马使,次年兼北平太守,充兵龙军使。他的地位显然比何千年等人高得多。至德二载,安庆绪杀死他的父亲安禄山而自立。乾元二年,史

思明又杀安庆绪而自立。《长生殿》在安禄山被刺之后,就不再写到安庆绪、史思明、史朝义等人的继续叛乱。

〔2〕 先把这四周围爪牙迭办——爪牙,指何千年等人;迭办,办到,准备好,布置好。此二曲本汤显祖《邯郸梦》第十五齣及《幽闺记》第七齣,或题《绛都春》、《混江龙》,曲牌错乱,今据稗畦草堂原本照排。

〔3〕 只因一向在朝——安禄山是节度使,一向在范阳。"只因一向在朝",是《长生殿》对这个人物的新的处理,和本齣以前的情节有关系。

〔4〕 叵(pǒ)耐——无奈,可以作可恨讲。

〔5〕 一概俱用番将——《通鉴》卷二一七天宝十四载条:"二月,辛亥,安禄山使副将何千年入奏,请以蕃将三十二人代汉将。上命立进画(立刻送皇帝签字批准),给告身(委任状)。"

〔6〕 这喒(zá)——这时。

〔7〕 较猎——角猎,比赛谁野兽打得多。

〔8〕 骗上马——疾跳上马。

〔9〕 没揣的动龙蛇——没揣的,无端,有"忽然"之意。龙蛇,指旗上的图案;下接"一直的通霄汉",龙蛇又用作安禄山的野心的象征,是双关语。

〔10〕 按奇门布下了九连环——奇门,即奇门遁甲,一种神秘的术数。九连环,九宫连环八卦阵。

〔11〕 莽兀剌拳毛——兀剌,用来加强语气,本身无意义。拳毛,鬈发。

〔12〕 恶支沙雕目胡颜——恶支沙,凶狠的;支沙,本身无意义。雕,即鹏,一种猛禽。胡颜,外族人的脸相。

〔13〕 显英雄天可汗——安禄山以天可汗自居。天可汗,唐代时外族尊称中国皇帝为天可汗。

〔14〕 折末的——不管。

〔15〕 赸(shàn)——跳跃。

〔16〕 踠(wǎn)跧(quán)——屈伏。

83

第 十 七 齣

〔17〕 玉爪——指猎鹰。下文金獒(áo),指猎犬。

〔18〕 献杀——献猎获物。

〔19〕 洒落——不拘束;疏散开休息一回。

〔20〕 浑不是——乐器名,一作吴拨四。《辍耕录》:"达达乐器有浑不是。"

〔21〕 太平鼓板——疑是太平宴时奏的乐曲,以它的主要乐器鼓板而得名。

〔22〕 《菩萨蛮》——唐代教坊曲调的名称。后来,词牌、曲牌中也有这个乐调。

〔23〕 汛地——军队驻防的地方。

〔24〕 轻儇(xuān)——轻快。

〔25〕 轓(fān)——车旁障泥板。

〔26〕 把渔阳凝盼——静待安禄山的命令。渔阳即范阳,指节度使安禄山。

〔27〕 没照会,先去了那掣肘汉家官——除去了汉人官员的牵制,朝廷上就不知道己方的动静了。照会,对勘,有"知道"的意思。

〔28〕 六州番落——六州的番人部落。六州,伊州(今新疆维吾尔自治区哈密境)、梁州(凉州,今甘肃武威)、甘州(今甘肃张掖)、石州(今山西离石)、胡渭州、氐州(都在甘肃境内);这里泛指安禄山所统辖的各部落。

第十八齣　夜　怨

【正宫引子】【破齐阵】【破阵子头】(旦上)宠极难拚轻舍,欢浓分外生怜[1]。【齐天乐】比目游双,鸳鸯眠并,未许恩移情变。【破阵子尾】只恐行云随风引,争奈闲花竞日妍[2],终朝心暗牵。

【清平乐】"卷帘不语,谁识愁千缕。生怕韶光无定主,暗里乱催春去。心中刚自疑猜,那堪踪迹全乖。凤辇却归何处?凄凉日暮空阶。"奴家杨玉环,久邀圣眷,爱结君心。叵耐梅精江采蘋,意不相下[3]。恰好触忤圣上,将他迁置楼东。但恐采蘋巧计回天,皇上旧情未断,因此常自隄防。唉,江采蘋,江采蘋,非是我容你不得,只怕我容了你,你就容不得我也!今早圣上出朝,日色已暮,不见回宫,连着永新、念奴打听去了。此时情绪,好难消遣也!

【仙吕入双调】【风云会四朝元】【四朝元头】烧残香串,深宫欲暮天。把文窗频启,翠箔高卷,眼儿几望穿。但常时此际,但常时此际,【会河阳】定早驾到西宫,执手齐肩。【四朝元】花映房栊,春生颜面,【驻云飞】百种耽欢恋。嗏,今夕问何缘,【一江风】芳草黄昏,不见承回辇?(内作鹦哥叫"圣驾来也"介)(旦作惊看介)呀,圣上来了!(作看介)呸,原来是鹦哥弄巧言,把愁人

85

故相骗。【四朝元尾】只落得徘徊伫立,思思想想画栏凭遍。

（老旦上）"闻道君王前殿宿,内家各自撤红灯[4]。"（见介）启娘娘:万岁爷已宿在翠华西阁了。（旦呆介）有这等事!（泣介）

【前腔】君情何浅,不知人望悬!正晚妆慵卸,暗烛羞剪,待君来同笑言。向琼筵启处,向琼筵启处,醉月觞飞,梦雨床连。共命无分,同心不舛,怎蓦把人疏远!（老旦）万岁爷今夜偶不进宫,料非有意疏远,娘娘请勿伤怀!（旦）嗏,若不是情迁,便宿离宫,阿监何妨遣。我想圣上呵,从来未独眠,鸳衾厌孤展,怎得今宵枕畔,清清冷冷竟无人荐[5]!

（贴上）"雪隐鹭鸶飞始见,柳藏鹦鹉语方知。"（见介）娘娘,奴婢打听翠阁的事来了。（旦）怎么说?（贴）娘娘听启,奴婢方才呵,【月临江】"悄向翠华西阁,守将时近黄昏[6],急闻密旨遣黄门[7]。"（旦）遣他何处去呢?（贴）"飞鞭乘戏马,灭烛召红裙。"（旦急问介）召那一个?（贴）"贬置楼东怨女,梅亭旧日妃嫔。"（旦惊介）呀,这是梅精了。他来也不曾?（贴）"须臾簇拥那佳人,暗中归翠阁。"（老旦问介）此话果真否?（贴）"消息探来真。"（旦）唉,天那,原来果是梅精复邀宠幸了。（做不语闷坐、掩泪介）（老旦、贴）娘娘请免愁烦。（旦）

【前腔】闻言惊颤,伤心痛怎言。（泪介）把从前密意,旧日恩眷,都付与泪花儿弹向天。记欢情始定,记欢情始定,愿似钗股成双,盒扇团圆。不道君心,霎时更变。总是奴当谴,嗏,也索把罪名宣。怎教冻蕊寒葩,暗识东风面[8]。可知道身虽在这边,心终系别院。一味虚情假意,瞒瞒昧昧只欺奴善[9]。

夜　　怨

（贴）娘娘还不知道，奴婢听得小黄门说，昨日万岁爷在华萼楼上，私封珍珠一斛去赐他，他不肯受。回献一诗，有"长门自是无梳洗，何必珍珠慰寂寥"之句，所以致有今夜的事。（旦）哦，原来如此，我那里知道！

【前腔】他向楼东写怨，把珍珠暗里传。直恁的两情难割，不由我寸心如剪。也非咱心太褊，只笑君王见错；笑君王见错，把一个罪废残妆，认是金屋婵娟。可知我守拙鸾凰，斗不上争春莺燕！（老旦）万岁爷既不忘情于他，娘娘何不迎合上意，力劝召回。万岁爷必然欢喜，料他也不敢忘恩。（旦）唉，此语休提。他自会把红丝缠[10]。嗏，何必我重牵。只怕没头兴的媒人[11]，反惹他憎贱。你二人随我到翠阁去来。（贴）娘娘去怎的？（旦）我到那里，看他如何逞媚妍，如何卖机变，取次把君情鼓动[12]，颠颠倒倒暗中迷恋。

（贴）奴婢想今夜翠阁之事，原怕娘娘知道。此时夜将三鼓，万岁爷必已安寝。娘娘猝然走去，恐有未便。不如且请安眠，到明日再作理会。（旦作不语，掩泪叹介）唉，罢罢，只今夜教我如何得睡也！

【尾声】他欢娱只怕催银箭[13]，我这里寂寥深院，只索背着灯儿和衣将空被卷。

　　紫禁迢迢宫漏鸣，_{戴叔伦}　碧天如水夜云生。　_{温庭筠}
　　泪痕不与君恩断，_{刘　皂}　斜倚薰笼坐到明[14]。_{白居易}

注　释

〔1〕　分外——特别。
〔2〕　争奈——怎奈。

87

〔3〕 意不相下——争持不下,不肯退让。

〔4〕 闻道君王前殿宿,内家各自撤红灯——内家,指后、妃、宫嫔等,她们在自己门口点起红灯,准备接待皇帝。皇帝到某一个妃嫔那边去以后,各人就把红灯收起来。

〔5〕 荐——荐枕席,同寝。

〔6〕 守将——等到。

〔7〕 黄门——太监。

〔8〕 怎教冻蕊寒葩,暗识东风面——冻蕊寒葩,梅花,指梅妃;冻、寒,含有轻薄她的意思。东风,暗喻唐明皇。

〔9〕 全句指唐明皇说。

〔10〕 红丝——喻爱情、姻缘。

〔11〕 没头兴——没兴头,倒运。

〔12〕 取次——随便,轻易。

〔13〕 催银箭——时间很快过去。银箭,银子做的漏箭。

〔14〕 薰笼——用来薰衣的竹笼子或铁丝笼。

第十九齣　絮　閤

（丑上）"自閉昭陽春復秋，罗衣湿尽泪还流。一种蛾眉明月夜[1]，南宫歌舞北宫愁。"咱家高力士，向年奉使闽粤，选得江妃进御，万岁爷十分宠幸。为他性爱梅花，赐号梅妃，宫中都称为梅娘娘。自从杨娘娘入侍之后，宠爱日夺，万岁爷竟将他迁置上阳宫东楼。昨夜忽然托疾，宿于翠华西閤，遣小黄门密召到来。戒饬宫人，不得传与杨娘娘知道。命咱在閤前看守，不许闲人擅进。此时天色黎明，恐要送梅娘娘回去，只索在此伺候咱。（虚下）（旦行上）

【北黃鍾】【醉花陰】一夜无眠乱愁搅，未拔白潜踪来到[2]。往常见红日影弄花梢，软哈哈春睡难消，犹自压绣衾倒[3]。今日呵，可甚的凤枕急忙抛，单则为那筹儿撇不掉[4]。

（丑一面暗上望科）呀，远远来的，正是杨娘娘，莫非走漏了消息么？现今梅娘娘还在閤里，如何是好？（旦到科）（丑忙见科）奴婢高力士，叩见娘娘。（旦）万岁爷在那里？（丑）在閤中。（旦）还有何人在内？（丑）没有。（旦冷笑科）你开了閤门，待我进去看者。（丑慌科）娘娘且请暂坐。（旦坐科）（丑）奴婢启上娘娘，万岁爷昨日呵，

南【画眉序】只为政勤劳，偶尔违和厌烦扰。（旦）既是圣体

违和,怎生在此驻宿?(丑)爱清幽西阁,暂息昏朝。(旦)在里面做甚么?(丑)偃龙床静养神疲。(旦)你在此何事?(丑)守玉户不容人到。(旦怒科)高力士,你待不容我进去么?(丑慌叩头科)娘娘息怒,只因亲奉君王命,量奴婢敢行违拗!

北【喜迁莺】(旦怒科)咦,休得把虚脾来掉[5],嘴喳喳弄鬼妆么。(丑)奴婢怎敢?(旦)焦也波焦,急的咱满心越恼。我晓得你今日呵,别有个人儿挂眼梢,倚着他宠势高,明欺我失恩人时衰运倒。(起科)也罢,我只得自把门敲。

　　(丑)娘娘请坐,待奴婢叫开门来。(做高叫科)杨娘娘来了,开了阁门者。(旦坐科)(生披衣引内侍上,听科)

南【画眉序】何事语声高,蓦忽将人梦惊觉。(丑又叫科)杨娘娘在此,快些开门。(内侍)启万岁爷,杨娘娘到了。(生作呆科)呀,这春光漏泄怎地开交?(内侍)这门还是开也不开?(生)慢着。(背科)且教梅妃在夹幕中,暂躲片时罢。(急下)(内侍笑科)哎,万岁爷,万岁爷,笑黄金屋恁样藏娇,怕葡萄架霎时推倒[6]。(生上作伏桌科)内侍,我着床傍枕伴推睡,你索把兽环开了[7]。

　　(内侍)领旨。(作开门科)(旦直入,见生科)妾闻陛下圣体违和,特来问安。(生)寡人偶然不快,未及进宫。何劳妃子清晨到此。(旦)陛下致疾之由,妾倒猜着几分了。(生笑科)妃子猜着何事来?(旦)

北【出队子】多则是相思萦绕,为着个意中人把心病挑。(生笑科)寡人除了妃子,还有甚意中人?(旦)妾想陛下向来锺爱,无过梅精。何不宣召他来,以慰圣情牵挂。(生惊科)呀,此女久置楼东,岂有复召之理!(旦)只怕悄东君偷泄小梅梢,单只待望着梅来把渴消。(生)寡人那有此意。(旦)既不沙[8],怎得那一斛珍珠去慰寂寥!

(生)妃子休得多心。寡人昨夜呵,

南【滴溜子】偶只为微疴,暂思静悄。恁兰心蕙性,慢多度料,把人无端奚落。(作欠伸科)我神虚懒应酬,相逢话言少。请暂返香车,图个睡饱。

(旦作看科)呀,这御榻底下,不是一双凤舄么?(生急起,作欲掩科)在那里?(怀中掉出翠钿科)(旦拾看科)呀,又是一朵翠钿!此皆妇人之物,陛下既然独寝,怎得有此?(生作羞科)好奇怪!这是那里来的?连寡人也不解。(旦)陛下怎么不解?(丑作急态,一面背对内侍低科)呀,不好了,见了这翠钿、凤舄,杨娘娘必不干休。你每快送梅娘娘,悄从阁后破壁而出,回到楼东去罢。(内侍)晓得。(从生背后虚下)(旦)

北【刮地风】子这御榻森严宫禁遥[9],早难道有神女飞度中宵。则问这两般信物何人掉?(作将舄、钿掷地,丑暗拾科)(旦)昨夜谁侍陛下寝来?可怎生般凤友鸾交,到日三竿犹不临朝?外人不知呵,都只说孅君王是我这庸姿劣貌。那知道恋欢娱别有个雨窟云巢!请陛下早出视朝,妾在此候驾回宫者。(生)寡人今日有疾,不能视朝。(旦)虽则是蝶梦馀,鸯浪中,春情颠倒,困迷离精神难打熬,怎负他凤墀前鹄立群僚!

(旦作向前背立科)(丑悄上与生耳语科)梅娘娘已去了,万岁爷请出朝罢。(生点头科)妃子劝寡人视朝,只索勉强出去。高力士,你在此送娘娘回宫者。(丑)领旨。(向内科)摆驾。(内应科)(生)"风流惹下风流苦,不是风流总不知。"(下)(旦坐科)高力

第十九齣

士,你瞞着我做得好事!只問你這翠鈿、鳳舄,是那一個的?(丑)

南【滴滴金】告娘娘省可閑煩惱[10]。奴婢看萬歲爺與娘娘呵,百縱千隨真是少。今日這翠鈿、鳳舄,莫說是梅亭舊日恩情好,就是六宮中新窈窕,娘娘呵,也只合佯裝不曉,直恁破工夫多計較!不是奴婢擅敢多口,如今滿朝臣宰,誰沒有個大妻小妾,何況九重,容不得這宵!

北【四門子】(旦)呀,這非是衾裯不許他人抱,道的咱量似斗筲[11]!只怪他明來夜去裝圈套,故將人瞞的牢。(丑)萬歲爺瞞着娘娘,也不過怕娘娘着惱,非有他意。(旦)把似怕我焦[12],則休將彼邀。卻怎的劣雲頭只思別岫飄[13]。將他假做拋[14],暗又招,轉關兒心腸難料。

(作掩淚坐科)(老旦上)清早起來,不見了娘娘,一定在這翠閣中,不免進去咱。(作進見旦科)呀,娘娘呵,

南【鮑老催】為何淚拋,無言獨坐神暗消?(問丑科)高公公,是誰觸着他情性嬌?(丑低科)不要說起。(作暗出鈿、舄與老旦看科)只為見了這兩件東西,故此發惱。(老旦笑,低問科)如今那人呢?(丑)早已去了。(老旦)萬歲爺呢?(丑)出去御朝了。永新姐,你來得甚好,可勸娘娘回宮去罷。(老旦)曉得了。(回向旦科)娘娘,你慢將眉黛顰,啼痕滲,芳心惱。晨餐未進過清早,怎自將千金玉體輕傷了?請回宮去尋歡笑。

(內)駕到。(旦起立科)(生上)"媚處嬌何限,情深妒亦真。且將個中意,慰取眼前人。"寡人圖得半夜歡娛,反受十分煩惱。欲待呵叱他一番,又恐他反道我偏愛梅妃,只索忍耐些罷。高力士,楊娘娘在那裡?(丑)還在閣中。(老旦、丑暗下)(生作見

旦,旦背立不语掩泣科)(生)呀,妃子,为何掩面不语?(旦不应科,生笑科)妃子休要烦恼,朕和你到华萼楼上看花去。(旦)

北【水仙子】问、问、问、问华萼娇,怕、怕、怕、怕不似楼东花更好。有、有、有、有梅枝儿曾占先春,又、又、又、又何用绿杨牵绕。(生)寡人一点真心,难道妃子还不晓得!(旦)请、请、请、请真心向故交,免、免、免、免人怨为妾情薄。(跪科)妾有下情,望陛下俯听。(生扶科)妃子有话,可起来说。(旦泣科)妾自知无状,谬窃宠恩。若不早自引退,诚恐谣诼日加,祸生不测,有累君德鲜终[15],益增罪戾。今幸天眷犹存,望赐斥放。陛下善视他人,勿以妾为念也。(泣拜科)拜、拜、拜、拜辞了往日君恩天样高。(出钗、盒科)这钗、盒是陛下定情时所赐,今日将来交还陛下。把、把、把、把深情密意从头缴。(生)这是怎么说?(旦)省、省、省、省可自承旧赐福难消。

(旦悲咽,生扶起科)妃子何出此言,朕和你两人呵,

南【双声子】情双好,情双好,纵百岁犹嫌少。怎说到,怎说到,平白地分开了。总朕错,总朕错,请莫恼,请莫恼。(笑觑旦科)见了你这颦眉泪眼,越样生娇。

妃子可将钗、盒依旧收好。既是不耐看花,朕和你到西宫闲话去。(旦)陛下诚不弃妾,妾复何言。(袖钗、盒,福生科)

北【尾煞】领取钗盒再收好,度芙蓉帐暖今宵,重把那定情时心事表。

(生携旦并下)(丑复上)万岁爷同娘娘进宫去了。咱如今且把这翠钿、凤舄,送还梅娘娘去。

柳色参差映翠楼,　司马札　君王玉辇正淹留。　钱　起

第 十 九 齣

岂知妃后多娇妒，段成式 恼乱东风卒未休。罗 隐

注 释

〔1〕 一种——同是。

〔2〕 拔白——发白，天亮。

〔3〕 倒——卧。

〔4〕 那筹儿——那一件事，指唐明皇和梅妃的事。

〔5〕 虚脾来掉——献假殷勤，掉枪花。

〔6〕 葡萄架霎时推倒——倒了葡萄架，元代以来的曲中用来指争风吃醋。

〔7〕 兽环——宫门上的装饰，此指宫门。

〔8〕 既不沙——不然，否则。

〔9〕 子——应作只，不过。

〔10〕 省可——免得，不要。

〔11〕 斗筲(shāo)——斗、筲，两种不大的容器，用来形容气量之小。

〔12〕 把似怕我焦——把似，如果。焦，心焦。

〔13〕 却怎的劣云头，只思别岫飘——劣云头，喻唐明皇；别岫，指梅妃。

〔14〕 他——指梅妃。

〔15〕 鲜终——(有始)无终。

第二十齣　偵　报

(外引末扮中军,四杂执刀棍上)"出守岩疆典巨城,风闻边事实堪惊。不知忧国心多少,白发新添四五茎。"下官郭子仪,叨蒙圣恩,擢拜灵武太守。前在长安,见安禄山面有反相,知其包藏祸心。不想圣上命彼出镇范阳,分明纵虎归山。却又许易番将,一发添其牙爪。下官自天德军升任以来,日夜担忧。此间灵武,乃是股肱重地,防守宜严。已遣精细哨卒,前往范阳采听去了。且待他来,便知分晓。

【双调】【夜行船】(小生扮探子,执小红旗上)两脚似星驰和电捷,把边情打听些些。急离燕山,早来灵武。(作进见外,一足跪叩科)向黄堂爆雷般唱一声高喏[1]。

(外)探子,你回来了么?(小生)我"肩挑令字小旗红,昼夜奔驰疾似风。探得边关多少事,从头来报主人公。"(外)分付掩门。(众掩门科下)(外)探子,你探的安禄山军情怎地,兵势如何?近前来,细细说与我听者。(小生)爷爷听启,小哨一到了范阳镇上呵,

【乔木查】见枪刀似雪,密匝匝铁骑连营列。端的是号令如山把神鬼慑。那知有朝中天子尊,单逞他将军令阃外哧嗻[2]。

(外)那禄山在边关,近日作何勾当?(小生)

【庆宣和】他自请那番将更来把那汉将撒,四下里牙爪排设。每日价跃马弯弓斗驰猎,把兵威耀也耀也。

(外)还有什么举动波?(小生)

【落梅风】他贼行藏真难料[3],歹心肠忒肆邪。诱诸番密相勾结,更私招四方亡命者,巢窟内尽藏凶孽。

(外惊科)呀,有这等事!难道朝廷之上,竟无人奏告么?(小生)闻得一月前,京中有人告称禄山反状,万岁爷暗遣中使,去到范阳,瞰其动静[4]。那禄山见了中使呵,

【风入松】十分的小心礼貌假妆呆,尽金钱遍布盖奸邪。把一个中官哄骗的满心悦,来回奏把逆迹全遮。因此万岁爷愈信不疑,反把告叛的人,送到禄山军前治罪。一任他横行傲桀,有谁人敢再弄唇舌!

(外叹介)如此怎生是了也!(小生)前日杨丞相又上一本,说禄山叛迹昭然,请皇上亟加诛戮。那禄山见了此本呵,

【拨不断】也不免脚儿跌,口儿嗟,意儿中忐忑心儿里怯。不想圣旨倒说禄山诚实,丞相不必生疑。他一闻此信,便就呵呵大笑,骂这谗臣奈我耶,咬牙根誓将君侧权奸灭,怒轰轰急待把此仇来雪。

(外)呀,他要诛君侧之奸,非反而何?且住,杨相这本怎么不见邸抄[5]?(小生)此是密本,原不发抄。只因杨丞相要激禄山速反[6],特着塘报抄送去的[7]。(外怒科)唉,外有逆藩,内有奸相,好教人发指也!(小生)小哨还打听的禄山近有献马一事,更利害哩!

【离亭宴歇拍煞】他本待逞豺狼魆地里思抄窃[8]。巧

借着献骅骝乘势去行强劫。(外)怎么献马？可明白说来者。(小生)他遣何千年赍表，奏称献马三千匹，每马一匹，有甲士二人，又有二人御马，一人刍牧，共三五一万五千人，护送入京。一路里兵强马劣，闹汹汹怎隄防！乱纷纷难镇压，急攘攘谁拦截。生兵入帝畿，野马临城阙，怕不把长安来闹者！(外惊科)唉，罢了，此计若行，西京危矣[9]。(小生)这本方才进去，尚未取旨[10]。只是禄山呵，他明把至尊欺，狡将奸计使，险备机关设。马蹄儿纵不行，狼性子终难帖。逗的鼙鼓向渔阳动也[11]，爷爷呵，莫待传白羽始安排[12]。小哨呵，准备闪红旗再报捷。

(外)知道了。赏你一坛酒，一腔羊，五十两花银，免一月打差。去罢。(小生叩头科)谢爷。(外)叫左右，开门。(众应上，作开门科)(小生下)(外)中军官。(末应介)(外)传令众军士，明日教场操演，准备酒席犒赏。(末)领钧旨。(先下)

(外)数骑渔阳探使回，杜　牧　威雄八阵役风雷。刘禹锡
　　　胸中别有安边计，曹　唐　军令分明数举杯。杜　甫

注　释

〔1〕　黄堂——太守。

〔2〕　将军令阃(kǔn)外阵(chē)嚇(zhè)——阃，郭门门槛。都城之外都是将军所管，用来形容他的权威之大。阵嚇，厉害、了不起。

〔3〕　行藏——行为。

〔4〕　万岁爷暗遣中使……瞰其动静——天宝十四年二月，宰相韦见素、杨国忠奏告安禄山有反叛的阴谋。唐明皇派中使辅璆琳以赐安禄山柑子为名，去察看他的动静。璆琳受到贿赂，竭力为他辩解。于是，明

97

皇对安禄山更加信任不疑(《通鉴》)。

〔5〕 邸抄——邸,唐代藩镇在京师的留守处。邸中传抄诏、令、奏章等传送给藩镇,这种抄件叫邸抄,一名邸报。

〔6〕 杨丞相要激禄山速反——《通鉴》天宝十四载十月条:"杨国忠与禄山不相悦,屡言禄山且反,上不听。国忠数以事激之,欲其速反,以取信于上。"但下一句所写的事实,则不一定有具体的根据。

〔7〕 塘报——驿报。塘,古代官设的通信站。

〔8〕 魆(xū)地里思抄窃——企图暗中偷袭。魆地里,暗暗地。抄窃,绕道袭击。

〔9〕 西京——唐以洛阳为东都,因此京师长安也称西京。

〔10〕 这本方才进去,尚未取旨——《通鉴》天宝十四载七月条:"禄山表献马三千匹,每匹执控夫二人,遣蕃将二十二人部送。河南尹达奚珣疑有变,奏请谕禄山,以进车马宜俟至冬,官自给夫,无烦本军。于是上稍寤,始有疑禄山之意。"

〔11〕 逗的——到,等到。

〔12〕 白羽——羽檄,古代征调军队的文书。

第二十一齣　窥　　浴

【仙吕入双调】【字字双】(丑扮宫女上)自小生来貌天然,花面;宫娥队里我为先,扫殿。忽逢小监在阶前,胡缠;伸手摸他裤儿边,不见[1]。

"我做宫娥第一,标致无人能及。腮边花粉糊涂,嘴上胭脂狼藉。秋波俏似铜铃,弓眉弯得笔直。春纤十个擂槌,玉体浑身糙漆。柳腰松段十围,莲瓣滩船半只。杨娘娘爱我伶俐,选做《霓裳》部色。只因喉咙太响,歌时嘴边起个霹雳。身子又太狼伉[2],舞去冲翻了御筵桌席。皇帝见了发恼,打落子弟名籍[3]。登时发到骊山,派到温泉殿中承值。昨日銮舆临幸,同杨娘娘在华清驻跸。传旨要来共浴汤池[4],只索打扫铺陈收拾。"道犹未了,那边一个宫人来也。【雁儿舞】(副净扮宫女上)担阁青春[5],后宫怨女,漫跌脚捶胸,有谁知苦。拚着一世没有丈夫,做一只孤飞雁儿舞。

(见介)(丑)姐姐,你说甚么《雁儿舞》!如今万岁爷,有了杨娘娘的《霓裳》舞,连梅娘娘的《惊鸿》舞,也都不爱了。(副净)便是。我原是梅娘娘的宫人。只为我娘娘,自翠阁中忍气回来,一病而亡,如今将我拨到这里。(丑)原来如此,杨娘娘十分妒忌,我每再休想有承幸之日。(副净)罢了。(丑)万岁爷将次到来[6],我和你且到外厢伺候去。(虚下)(末、小

第二十一齣

(生扮内侍,引生、旦、老旦、贴随行上)

【<small>羽调
近词</small>】【四季花】别殿景幽奇:看雕梁畔,珠帘外,雨卷云飞。逶迤,朱阑几曲环画溪,修廊数层接翠微。绕红墙,通玉扉。(末、小生)启万岁爷,到温泉殿了。(生)内侍回避。(末、小生应下)(生)妃子,你看清渠屈注,洄澜皱漪,香泉柔滑宜素肌。朕同妃子试浴去来。(老、贴与生、旦脱去大衣介)(生)妃子,只见你款解云衣[7],早现出珠辉玉丽,不由我对你爱你,扶你觑你怜你!

(生携旦同下)(老旦)念奴姐,你看万岁爷与娘娘恁般恩爱,真令人羡杀也。(贴)便是。(老旦)

【凤钗花络索】【金凤钗】花朝拥,月夜偎,尝尽温柔滋味。【胜如花】(贴合)镇相连似影追形,分不开如刀划水。【醉扶归】千般捆纵百般随[8],两人合一副肠和胃。【梧叶儿】密意口难提,写不迭鸳鸯帐[9],绸缪无尽期。(老旦)姐姐,我与你伏侍娘娘多年,虽睹娇容,未窥玉体。今日试从绮疏隙处,偷觑一觑何如?(贴)恰好,(同作向内窥介)【水红花】(合)悄偷窥,亭亭玉体,宛似浮波菡萏,含露弄娇辉。【浣溪纱】轻盈臂腕消香腻,绰约腰身漾碧漪。【望吾乡】(老旦)明霞骨,沁雪肌。【大胜乐】(贴)一痕酥透双蓓蕾,(老旦)半点春藏小麝脐。【傍妆台】(贴)爱杀红巾罅,私处露微微。永新姐,你看万岁爷呵,【解三醒】凝睛睇,【八声甘州】恁孜孜含笑浑似呆痴。【一封书】(合)休说俺偷眼宫娥魂欲化,则他个见惯的君王也不自持。【皂罗袍】(老旦)恨不把春泉翻竭,(贴)恨不把玉山洗颓[10],(老旦)不住的香肩呜嗫[11],(贴)不住的纤腰抱围,【黄莺儿】(老旦)俺娘娘

100

无言匿笑含情对。(贴)意怡怡,【月儿高】灵液春风,澹荡恍如醉。【排歌】(老旦)波光暖,日影晖,一双龙戏出平池。【桂枝香】(合)险把个襄王渴倒阳台下,恰便似神女携将暮雨归[12]。

(丑、副净暗上笑介)两位姐姐,看得高兴啊,也等我每看看。(老旦、贴)姐姐,我每伺候娘娘洗浴,有甚高兴。(丑、副净笑介)只怕不是伺候娘娘,还在那里偷看万岁爷哩。(老旦、贴)啐,休得胡说,万岁爷同娘娘出来也。(丑、副净暗下)(生同旦上)

【二犯掉角儿】(掉角儿)出温泉新凉透体,睹玉容愈增光丽。最堪怜残妆乱头,翠痕干晚云生腻[13]。(老旦、贴与生、旦穿衣介)(旦作娇软态,老旦、贴扶介)(生)妃子,看你似柳含风,花怯露。软难支,娇无力,倩人扶起。(二内侍引杂推小车上)请万岁爷、娘娘上如意小车,回华清宫去。(生)将车儿后面随着。(二内侍)领旨。(生携旦行介)妃子,【排歌】朕和你肩相并,手共携,不须花底小车催,【东瓯令】趁扑面好风归。

【尾声】(合)意中人,人中意。则那些无情花鸟也情痴,一般的解结双头学并栖。

(生)花气浑如百和香,杜 甫 (旦)避风新出浴盆汤。
　　王 建
(生)侍儿扶起娇无力,白居易 (旦)笑倚东窗白玉床。
　　李 白

注　释

〔1〕 这里以及本龂别的地方的一些猥亵的描写,是书中的缺点。
〔2〕 狼伉——粗大,笨拙。

〔3〕 子弟——教坊子弟,皇家音乐舞蹈演员。

〔4〕 汤池——指骊山温泉。

〔5〕 担阁——耽搁,耽误。

〔6〕 将次——快要。

〔7〕 款——慢慢地。

〔8〕 捆纵——迁就、放任的意思。

〔9〕 写不迭——形容不尽。

〔10〕 玉山洗颓——玉山颓本来譬喻人醉倒,见《世说新语·容止》篇关于嵇康的记载。这里形容洗浴困倦,有如白居易《长恨歌》:"温泉水滑洗凝脂,侍儿扶起娇无力"的描写。

〔11〕 呜嗾(zuō)——吻。

〔12〕 险把个襄王渴倒……暮雨归——襄王,楚襄王。他和神女,被用来指恋爱中的男女。云雨、阳台指男女欢会。见宋玉《高唐赋》。

〔13〕 晚云——指头发。

第二十二齣　密　誓

【越调引子】【浪淘沙】(贴扮织女,引二仙女上)云护玉梭儿,巧织机丝。天宫原不着相思,报道今宵逢七夕,忽忆年时[1]。

【鹊桥仙】"纤云弄巧,飞星传信,银汉秋光暗度。金风玉露一相逢,便胜却人间无数。柔肠似水,佳期如梦,遥指鹊桥前路。两情若是久长时,又岂在朝朝暮暮[2]。"吾乃织女是也。蒙上帝玉敕,与牛郎结为天上夫妇。年年七夕,渡河相见。今乃下界天宝十载[3],七月七夕。你看明河无浪,乌鹊将填,不免暂撤机丝,整妆而待。(内细乐扮乌鹊上,绕场飞介)(前场设一桥,乌鹊飞止桥两边介)(二仙女)鹊桥已驾,请娘娘渡河。(贴起行介)

【越调过曲】【山桃红】【下山虎头】俺这里乍抛锦字,暂驾香辀[4]。(合)趁碧落无云滓,新凉暮飔,(作上桥介)踹上这桥影参差,俯映着河光净泚。【小桃红】更喜杀新月纤,华露滋,低绕着乌鹊双飞翅也,【下山虎尾】陡觉的银汉秋生别样姿。(做过桥介)(二仙女)启娘娘,已渡过河来了。(贴)星河之下,隐隐望见香烟一簇,摇飏腾空,却是何处?(仙女)是唐天子的贵妃杨玉环,在宫中乞巧哩。(贴)生受他一片诚心[5],不免同了牛郎,到彼一看。(合)天上留佳会,年年在斯,却笑他人世情缘顷刻时。(齐下)

【商调过曲】【二郎神】(二内侍挑灯,引生上)秋光静,碧沉沉轻烟送暝。雨过梧桐微做冷,银河宛转,纤云点缀双星。(内作笑

第 二 十 二 齣

声,生听介)顺着风儿还细听,欢笑隔花阴树影。内侍,是那里这般笑语?(内侍问介)万岁爷问,那里这般笑语?(内)是杨娘娘到长生殿去乞巧哩。(内侍回介[6])杨娘娘到长生殿去乞巧,故此笑语。(生)内侍每不要传报,待朕悄悄前去。撤红灯,待悄向龙墀觑个分明。(虚下)

【前腔】【换头】(旦引老旦、贴同二宫女各捧香盒、纨扇、瓶花、化生金盆上[7])宫庭,金炉篆霭,烛光掩映。米大蜘蛛厮抱定[8],金盘种豆[9],花枝招飐银瓶[10]。(老旦、贴)已到长生殿中,巧筵齐备,请娘娘拈香。(作将瓶花、化生盆设桌上,老旦捧香盒,旦拈香介)妾身杨玉环,虔爇心香,拜告双星,伏祈鉴祐。愿钗盒情缘长久订,(拜介)莫使做秋风扇冷。(生潜上窥介)觑娉婷,只见他拜倒在瑶阶暗祝声声。

(老旦、贴作见生介)呀,万岁爷到了。(旦急转,拜生介)(生扶起介)妃子在此,作何勾当?(旦)今乃七夕之期,陈设瓜果,特向天孙乞巧。(生笑介)妃子巧夺天工,何须更乞。(旦)惶愧。

(生、旦各坐介)(老旦、贴同二宫女暗下)(生)妃子,朕想牵牛、织女隔断银河,一年才会得一度,这相思真非容易也。

【集贤宾】秋空夜永碧汉清,甫灵驾逢迎[11],奈天赐佳期刚半顷,耳边厢容易鸡鸣。云寒露冷,又趱上经年孤另[12]。(旦)陛下言及双星别恨,使妾凄然。只可惜人间不知天上的事。如打听,决为了相思成病。

(做泪介)(生)呀,妃子为何掉下泪来?(旦)妾想牛郎织女,虽则一年一见,却是地久天长。只恐陛下与妾的恩情,不能够似他长远。(生)妃子说那里话!

【黄莺儿】仙偶纵长生,论尘缘也不恁争[13]。百年好占风流胜,逢时对景,增欢助情,怪伊底事翻悲哽?(移坐近旦低介)问双星,朝朝暮暮,争似我和卿!

(旦)臣妾受恩深重,今夜有句话儿……(住介)(生)妃子有话,但说不妨。(旦对生呜咽介)妾蒙陛下宠眷,六宫无比。只怕日久恩疏,不免白头之叹[14]!

【莺簇一金罗】【黄莺儿】提起便心疼,念寒微侍掖庭,更衣傍辇多荣幸。【簇御林】瞬息间,怕花老春无剩,【一封书】宠难凭。(牵生衣泣介)论恩情,【金凤钗】若得一个久长时死也应,若得一个到头时死也瞑。【皂罗袍】抵多少平阳歌舞,恩移爱更[15];长门孤寂,魂销泪零:断肠枉泣红颜命!

(生举袖与旦拭泪介)妃子,休要伤感。朕与你的恩情,岂是等闲可比。

【簇御林】休心虑,免泪零,怕移时,有变更。(执旦手介)做酥儿拌蜜胶粘定,总不离须臾顷。(合)话绵藤,花迷月暗,分不得影和形。

(旦)既蒙陛下如此情浓,趁此双星之下,乞赐盟约,以坚终始。(生)朕和你焚香设誓去。(携旦行介)

【琥珀猫儿坠】(合)香肩斜靠,携手下阶行。一片明河当殿横[16],(旦)罗衣陡觉夜凉生。(生)惟应,和你悄语低言,海誓山盟。

(生上香揖同旦福介)双星在上,我李隆基与杨玉环,(旦合)情重恩深,愿世世生生,共为夫妇,永不相离。有渝此盟[17],双星鉴之。(生又揖介)在天愿为比翼鸟,(旦拜介)在地愿为连

105

理枝。(合)天长地久有时尽,此誓绵绵无绝期。(旦拜谢生介)深感陛下情重,今夕之盟,妾死生守之矣。(生携旦介)

【尾声】长生殿里盟私订。(旦)问今夜有谁折证[18]?(生指介)是这银汉桥边双双牛女星。(同下)

【越调过曲】【山桃红】(小生扮牵牛,云巾、仙衣,同贴引仙女上)只见他誓盟密矢[19],拜祷孜孜,两下情无二,口同一辞。(小生)天孙,你看唐天子与杨玉环,好不恩爱也!悄相偎倚着香肩,没些缝儿。我与你既缔天上良缘,当作情场管领[20]。况他又向我等设盟,须索与他保护。见了他恋比翼,慕并枝,愿生生世世情真至也,合令他长作人间风月司[21]。(贴)只是他两人劫难将至,免不得生离死别。若果后来不背今盟,决当为之缩合。(小生)天孙言之有理。你看夜色将阑,且回斗牛宫去。(携贴介)(合)天上留佳会,年年在斯,却笑他人世情缘顷刻时!

何用人间岁月催,罗邺　星桥横过鹊飞回。李商隐
莫言天上稀相见,李郢　没得心情送巧来。罗隐

注　释

〔1〕　年时——从前,当年。

〔2〕　用宋代秦观《鹊桥仙》词。"飞星传信,银汉秋光暗度"句中"信"、"秋光"原作"恨"、"迢迢";"遥指鹊桥前路"原作"忍顾鹊桥归路"。洪昇改动这几个字,是使这首词更适合剧中情景。上场诗(词)搬用前人作品或略加改作,早已成为传奇的通例。

〔3〕　本齣定为天宝十载,以史实论,是不对的。以前《合围》、《侦报》中所提到的事件,大都发生在天宝十四载,下一齣《陷关》则在天宝十五载。但从李、杨的爱情故事看来,《密誓》可说是一次新的《定情》,则又

不能太迟,这可能是洪昇之所以这样处理的一个主要理由。

〔4〕 香辎(zī)——香车。

〔5〕 生受——原有为难的意思。这里"生受他"作"亏得他"解,含有赞许的口气。

〔6〕 回——回覆。

〔7〕 化生金盆——唐代风俗,七月七日,妇女以蜡做的婴儿放在水中,据说,可以求子。这儿,仅用来点明七夕的风光。

〔8〕 米大蜘蛛厮抱定——七月七日,把蟢子(蜘蛛)捉在小盒子里。第二天早上,看蛛网多少。多的,乞来的巧就多些。这叫乞巧。厮,相;抱定,捉住。

〔9〕 金盘种豆——以菉豆、小豆、小麦浸在盆内,芽长三、四寸时,再用彩色丝线绕起来,叫"种生"。

〔10〕 招飐——招展。

〔11〕 甫——刚才。

〔12〕 趱(zǎn)上——赶上。

〔13〕 仙偶纵长生,论尘缘也不恁争——仙偶,指牛郎织女。尘缘,指自己和贵妃的爱情。不恁争,差不了多少。

〔14〕 白头之叹——相传汉代的辞赋作家司马相如想娶妾,他的妻子卓文君写了一篇《白头吟》。白头之叹,为夫妻爱情不能始终如一而发的感叹。

〔15〕 抵多少平阳歌舞,恩移爱更——抵多少,胜过。汉武帝的皇后卫子夫,原是平阳公主的歌女。在公主家得幸后,一年多没有见到武帝。后来又有宠,封为皇后。许多年之后,以年长色衰而失宠。

〔16〕 明河——银河。

〔17〕 渝——改变,违背。

〔18〕 折证——作证。

〔19〕 矢——发誓,动词。

〔20〕 情场管领——管领恋爱的神。

〔21〕 风月司——管理风月(恋爱)的人。

107

第二十三齣　陷　关[1]

【越调引子】【杏花天】(净领二番将,四军执旗上)狼贪虎视威风大,镇渔阳兵雄将多。待长驱直把殽函破[2],奏凯日齐声唱歌。

咱家安禄山,自出镇以来,结连塞上诸蕃,招纳天下亡命,精兵百万[3],大事可举。只因唐天子待我不薄,思量等他身后方才起兵。叵耐杨国忠那厮,屡次说我反形大著,请皇上急加诛戮。天子虽然不听,只是咱在边关,他在朝内,若不早图,终恐遭其暗算。因此假造敕书,说奉密旨,召俺领兵入朝诛戮国忠。乘机打破西京,夺取唐室江山,可不遂了我平生大愿!今乃黄道吉日,蕃将每,就此起兵前去[4]。(众)得令。(发号行介)(净)

【越调过曲】【豹子令】只为奸臣酿大祸,(众)酿大祸,(净)致令边镇起干戈,(众)起干戈。(合)逢城攻打逢人剁,尸横遍野血流河,烧家劫舍抢娇娥。(喊杀下)

【水底鱼】(丑白须扮哥舒老将引二卒上[5])年纪无多,刚刚八十过。渔阳兵至,认咱这老哥。自家老将哥舒翰是也,把守潼关。不料安禄山造反,杀奔前来,决意闭关死守。争奈监军内侍,立逼出战。势不由己,军士每,与我并力杀上前去。(卒)得令。(行介)(净领众杀上)(丑迎杀大战介)(净众擒丑绑介)(净)拿这老东西过来。我今饶你老命,快快献关降顺。(丑)事已至此,只得投降。(众推丑下)(净)且喜潼关已得,势如破竹,大小三军,就此杀奔西京便了。(众应,呐喊行介)跃马挥戈,精兵百万多。靴尖略动,踏残山与河,踏残山与河。

平旦交锋晚未休,王 遒 动天金鼓逼神州。韩 偓
潼关一败番儿喜,司空图 倒把金鞭上酒楼。薛 逢

注　释

〔1〕　天宝十四载十一月,安禄山在范阳起兵,在次年六月初八日攻破潼关。

〔2〕　殽函——即函谷关,在潼关的东面。安禄山要攻占长安,函谷关是必经之地。

〔3〕　精兵百万——安禄山起兵时有十五万军队,号称二十万。

〔4〕　安禄山以天宝十四载十一月甲子日在范阳起兵。这一段自述,和正史的有关记载是相符的。当然,安禄山事变的原因决不这样简单。

〔5〕　哥舒老将——哥舒翰原任河西、陇右两镇节度使。因年老多病,住在家里。安禄山占领洛阳,长安震动。哥舒翰才被任命为兵马副元帅,率军防守潼关。

第二十四齣　惊　变

(丑上)"玉楼天半起笙歌,风送宫嫔笑语和。月殿影开闻夜漏,水晶帘卷近秋河。"咱家高力士,奉万岁爷之命,着咱在御花园中安排小宴,要与贵妃娘娘同来游赏,只得在此伺候。(生、旦乘辇,老旦、贴随后,二内侍引,行上)

【北中吕】【粉蝶儿】天淡云闲,列长空数行新雁。御园中秋色斓斑:柳添黄,蘋减绿,红莲脱瓣。一抹雕阑,喷清香桂花初绽。

(到介)(丑)请万岁爷娘娘下辇。(生、旦下辇介)(丑同内侍暗下)(生)妃子,朕与你散步一回者。(旦)陛下请。(生携旦手介)(旦)

南【泣颜回】携手向花间,暂把幽怀同散。凉生亭下,风荷映水翩翩。爱桐阴静悄,碧沉沉并绕回廊看。恋香巢秋燕依人,睡银塘鸳鸯蘸眼[1]。

(生)高力士,将酒过来,朕与娘娘小饮数杯。(丑)宴已排在亭上,请万岁爷娘娘上宴。(旦作把盏,生止住介)妃子坐了。

北【石榴花】不劳你玉纤纤高捧礼仪烦,子待借小饮对眉山[2]。俺与你浅斟低唱互更番,三杯两盏,遣兴消闲。妃子,今日虽是小宴,倒也清雅。回避了御厨中,回避了御厨中烹龙炰凤堆盘案,呀呀哑哑乐声催趱。只几味脆生生[3],

只几味脆生生蔬和果清肴馔,雅称你仙肌玉骨美人餐[4]。
妃子,朕与你清游小饮,那些梨园旧曲,都不耐烦听他。记得那年在沉香亭上赏牡丹,召翰林李白草《清平调》三章,令李龟年度成新谱,其词甚佳。不知妃子还记得么?(旦)妾还记得。(生)妃子可为朕歌之,朕当亲倚玉笛以和。(旦)领旨。(老旦进玉笛,生吹介)(旦按板介)

南【泣颜回】[换头] 花繁,秾艳想容颜。云想衣裳光璨。新妆谁似,可怜飞燕娇懒。名花国色,笑微微常得君王看。向春风解释春愁,沉香亭同倚阑干。

(生)妙哉,李白锦心,妃子绣口,真双绝矣。宫娥,取巨觥来,朕与妃子对饮。(老旦、贴送酒介)(生)

北【斗鹌鹑】畅好是喜孜孜驻拍停歌[5],喜孜孜驻拍停歌,笑吟吟传杯送盏。妃子干一杯,(作照干介)不须他絮烦烦射覆藏钩[6],闹纷纷弹丝弄板。(又作照杯介)妃子,再干一杯。(旦)妾不能饮了。(生)宫娥每,跪劝。(老旦、贴)领旨。(跪旦介)娘娘,请上这一杯。(旦勉饮介)(老旦、贴作连劝介)(生)我这里无语持觥仔细看,早子见花一朵上腮间。(旦作醉介)妾真醉矣。(生)一会价软咍咍柳軃花欹[7],软咍咍柳軃花欹,困腾腾莺娇燕懒。

妃子醉了,宫娥每,扶娘娘上辇进宫去者。(老旦、贴)领旨。(作扶旦起介)(旦作醉态呼介)万岁!(老旦、贴扶旦行)(旦作醉态介)

南【扑灯蛾】态恹恹轻云软四肢,影濛濛空花乱双眼,娇怯怯柳腰扶难起,困沉沉强抬娇腕,软设设金莲倒褪,乱松松香肩軃云鬟,美甘甘思寻凤枕,步迟迟倩宫娥搀入绣帏间。

(老旦、贴扶旦下)(丑同内侍暗上)(内击鼓介)(生惊介)何处鼓声骤发？(副净急上)"渔阳鼙鼓动地来,惊破霓裳羽衣曲。"(问丑介)万岁爷在那里？(丑)在御花园内。(副净)军情紧急,不免迳入。(进见介)陛下,不好了。安禄山起兵造反,杀过潼关,不日就到长安了。(生大惊介)守关将士何在？(副净)哥舒翰兵败,已降贼了。(生)

北【上小楼】呀,你道失机的哥舒翰……称兵的安禄山,赤紧的离了渔阳,陷了东京,破了潼关。唬得人胆战心摇,唬得人胆战心摇,肠慌腹热,魂飞魄散,早惊破月明花粲。

卿有何策,可退贼兵？(副净)当日臣曾再三启奏,禄山必反,陛下不听,今日果应臣言。事起仓卒,怎生抵敌？不若权时幸蜀,以待天下勤王[8]。(生)依卿所奏。快传旨,诸王百官,即时随驾幸蜀便了。(副净)领旨。(急下)(生)高力士,快些整备军马。传旨令右龙武将军陈元礼,统领羽林军士三千,扈驾前行[9]。(丑)领旨。(下)(内侍)请万岁爷回宫。(生转行叹介)唉,正尔欢娱,不想忽有此变,怎生是了也！

南【扑灯蛾】稳稳的宫庭宴安,扰扰的边廷造反。冬冬的鼙鼓喧,腾腾的烽火黫[10]。的溜扑碌臣民儿逃散,黑漫漫乾坤覆翻,碜磕磕社稷摧残[11],碜磕磕社稷摧残。当不得萧萧飒飒西风送晚,黯黯的,一轮落日冷长安。

(向内问介)宫娥每,杨娘娘可曾安寝？(老旦、贴内应介)已睡熟了。(生)不要惊他,且待明早五鼓同行。(泣介)天那,寡人不幸,遭此播迁,累他玉貌花容,驱驰道路。好不痛心也！

南【尾声】在深宫兀自娇慵惯,怎样支吾蜀道难！(哭介)我那妃子呵,愁杀你玉软花柔要将途路趱。

惊　　变

宫殿参差落照间，卢　纶　渔阳烽火照函关。
吴　融
遏云声绝悲风起[12]，胡　曾　何处黄云是陇山[13]。
武元衡

注　释

〔1〕　蘸(zhàn)眼——耀眼，引人注目。和"照眼"的词意相近，但语气更强。

〔2〕　子待借小饮对眉山——子待，只待、只要。眉山，眉毛，与前句玉手高捧，暗合"举案齐眉"的典故。举案齐眉，妻子(孟光)把食案高高举过头，表示对丈夫(梁鸿)的尊敬，后来引申作夫妇互相敬爱讲。

〔3〕　脆生生——生生，形容脆的程度。

〔4〕　雅——甚。

〔5〕　畅好是——正好是。

〔6〕　射覆藏钩——射覆，类似猜(射)字谜的一种酒令；藏钩，猜东西藏在谁那儿的一种游戏。

〔7〕　一会价软哈哈柳軃花欹——一会价，一会儿。软哈(hāi)哈，软绵绵。軃(duǒ)，垂下。柳、花和下句莺、燕都用来比杨贵妃。

〔8〕　勤王——朝廷有难，各地起兵去援救。

〔9〕　扈驾——随驾。

〔10〕　黫(yān)——黑色。

〔11〕　磣(cǎn)磕(kē)磕——或作磣可可；磕磕，不表示意义。磣，惨的同音异写。悲惨、惨痛的意思。

〔12〕　遏(è)云——停住了行云。形容音乐的美妙。

〔13〕　何处黄云是陇山——陇山，在陕西、甘肃一带，由长安往成都，经陇山东麓而南行。

第二十五齣　埋　玉

【南吕过曲】【金钱花】(末扮陈元礼引军士上)拥旄仗钺前驱[1],前驱,羽林拥卫銮舆,銮舆。匆匆避贼就征途。人跋涉,路崎岖。知何日,到成都。

> 下官右龙武将军陈元礼是也。因禄山造反,破了潼关,圣上避兵幸蜀,命俺统领禁军扈驾。行了一程,早到马嵬驿了。(内鼓噪介)(末)众军为何呐喊?(内)禄山造反,圣驾播迁,都是杨国忠弄权,激成变乱。若不斩此贼臣,我等死不扈驾。(末)众军不必鼓噪,暂且安营。待我奏过圣上,自有定夺[2]。(内应介)(末引军重唱"人跋涉"四句下)(生同旦骑马,引老旦、贴、丑行上)

【中吕过曲】【粉孩儿】匆匆的弃宫闱珠泪洒,叹清清冷冷半张銮驾,望成都直在天一涯。渐行来渐远京华[3],五六搭剩水残山,两三间空舍崩瓦。

> (丑)来此已是马嵬驿了,请万岁爷暂住銮驾。(生、旦下马,作进坐介)(生)寡人不道,误宠逆臣,致此播迁,悔之无及。妃子,只是累你劳顿,如之奈何!(旦)臣妾自应随驾,焉敢辞劳。只愿早早破贼,大驾还都便好。(内又喊介)杨国忠专权误国,今又交通吐蕃,我等誓不与此贼俱生。要杀杨国忠

的,快随我等前去。(杂扮四军提刀赶副净上,绕场奔介)(军作杀副净,呐喊下)(生惊介)高力士,外面为何喧嚷?快宣陈元礼进来。(丑)领旨。(宣介)(末上见介)臣陈元礼见驾。(生)众军为何呐喊?(末)臣启陛下:杨国忠专权召乱,又与吐蕃私通。激怒六军,竟将国忠杀死了。(生作惊介)呀,有这等事。(旦作背掩泪介)(生沉吟介)这也罢了,传旨起驾。(末出传旨介)圣旨道来,赦汝等擅杀之罪。作速起行。(内又喊介)国忠虽诛,贵妃尚在。不杀贵妃,誓不扈驾。(末见生介)众军道,国忠虽诛,贵妃尚在,不肯起行。望陛下割恩正法。(生作大惊介)哎呀,这话如何说起!(旦慌牵生衣介)(生)将军,

【红芍药】国忠纵有罪当加,现如今已被刳杀。妃子在深宫自随驾,有何干六军疑讶。(末)圣谕极明,只是军心已变,如之奈何!(生)卿家,作速晓谕他,恁狂言没些高下。(内又喊介)(末)陛下呵,听军中恁地喧哗,教微臣怎生弹压!

(旦哭介)陛下呵,

【耍孩儿】事出非常堪惊诧。已痛兄遭戮,奈臣妾又受波查[4]。是前生,事已定薄命应折罚。望吾皇急切抛奴罢,只一句伤心话……

(生)妃子且自消停。(内又喊介)不杀贵妃,死不扈驾。(末)臣启陛下:贵妃虽则无罪,国忠实其亲兄,今在陛下左右,军心不安。若军心安,则陛下安矣。愿乞三思。(生沉吟介)

【会河阳】无语沉吟,意如乱麻。(旦牵生衣哭介)痛生生怎地舍官家[5]!(合)可怜,一对鸳鸯,风吹浪打,直恁的遭强霸!(内又喊介)(旦哭介)众军,逼得我心惊唬,(生作呆想,忽抱旦哭介)贵妃,好教我难禁架[6]!

(众军呐喊上,绕场、围驿下)(丑)万岁爷,外厢军士已把驿亭围了。若再迟延,恐有他变,怎么处?(生)陈元礼,你快去安抚三军,朕自有道理!(末)领旨。(下)(生、旦抱哭介)(旦)

【缕缕金】魂飞颤,泪交加。(生)堂堂天子贵,不及莫愁家[7]。(合哭介)难道把恩和义,霎时抛下!(旦跪介)臣妾受皇上深恩,杀身难报。今事势危急,望赐自尽,以定军心。陛下得安稳至蜀,妾虽死犹生也。算将来无计解军哗,残生愿甘罢,残生愿甘罢!

(哭倒生怀介)(生)妃子说那里话!你若捐生,朕虽有九重之尊,四海之富,要他则甚!宁可国破家亡,决不肯抛舍你也!

【摊破地锦花】任谨哗,我一谜妆聋哑,总是朕差。现放着一朵娇花,怎忍见风雨摧残,断送天涯。若是再禁加[8],拚代你陨黄沙。

(旦)陛下虽则恩深,但事已至此,无路求生。若再留恋,倘玉石俱焚,益增妾罪。望陛下舍妾之身,以保宗社[9]。(丑作掩泪、跪介)娘娘既慷慨捐生,望万岁爷以社稷为重,勉强割恩罢。(内又喊介)(生顿足哭介)罢罢,妃子既执意如此,朕也做不得主了。高力士,只得但、但凭娘娘罢!(作哽咽、掩面哭下)
(旦朝上拜介)万岁!(作哭倒介)(丑向内介)众军听着,万岁爷已有旨,赐杨娘娘自尽了。(众内呼介)万岁,万岁,万万岁!(丑扶旦起介)娘娘,请到后边去。(扶旦行介)(旦哭介)

【哭相思】百年离别在须臾,一代红颜为君尽![10]

(转作到介)(丑)这里有座佛堂在此。(旦作进介)且住,待我礼拜佛爷。(拜介)佛爷,佛爷!念杨玉环呵,

【越恁好】罪孽深重,罪孽深重,望我佛度脱咱。(丑拜介)愿娘娘好处生天。(旦起哭介)(丑跪哭介)娘娘,有甚话儿,分付奴婢儿句。(旦)高力士,圣上春秋已高,我死之后,只有你是旧人,能体圣意,须索小心奉侍。再为我转奏圣上,今后休要念我了。(丑哭应介)奴婢晓得。(旦)高力士,我还有一言。(作除钗、出盒介)这金钗一对,钿盒一枚,是圣上定情所赐。你可将来与我殉葬[11],万万不可遗忘。(丑接钗盒介)奴婢晓得。(旦哭介)断肠痛杀,说不尽恨如麻。(末领军拥上)杨妃既奉旨赐死,何得停留,稽迟圣驾。(军呐喊介)(丑向前拦介)众军士不得近前,杨娘娘即刻归天了。(旦)唉,陈元礼,陈元礼,你兵威不向逆寇加,逼奴自杀。(军又喊介)(丑)不好了,军士每拥进来了。(旦看介)唉,罢、罢,这一株梨树,是我杨玉环结果之处了。(作腰间解出白练,拜介)臣妾杨玉环,叩谢圣恩。从今再不得相见了。(丑泣介)(旦作哭缢介)我那圣上啊,我一命儿便死在黄泉下,一灵儿只傍着黄旗下[12]。

(做缢死下)(末)杨妃已死,众军速退。(众应同下)(丑哭介)我那娘娘啊!(下)(生上)"六军不发无奈何,宛转蛾眉马前死。"(丑持白练上,见生介)启万岁爷,杨娘娘归天了。(生作呆不应介)(丑又启介)杨娘娘归天了。自缢的白练在此。(生看大哭介)哎哟,妃子,妃子,兀的不痛杀寡人也[13]!(倒介)(丑扶介)(生哭介)

【红绣鞋】当年貌比桃花,桃花,(丑)今朝命绝梨花,梨花。(出钗盒介)这金钗、钿盒,是娘娘分付殉葬的。(生看钗盒哭介)这钗和盒,是祸根芽。长生殿,恁欢洽,马嵬驿,恁收煞!

(丑)仓卒之间,怎生整备棺椁?(生)也罢,权将锦褥包裹。须要埋好记明,以待日后改葬。这钗盒就系娘娘衣上罢。

（丑）领旨。（下）（生哭介）

【尾声】温香艳玉须臾化,今世今生怎见他!（末上跪介）请陛下起驾。（生顿足恨介）咳,我便不去西川也值甚么!（内呐喊、掌号,众军上）

【仙吕入双调过曲】【朝元令】（丑暗上,引生上马行介）（合）长空雾黏,旌旆寒风飐。长征路淹[14],队仗黄尘染。谁料君臣,共尝危险。恨贼寇横兴逆焰,烽火相兼,何时得将豺虎歼。遥望蜀山尖,回将凤阙瞻[15],浮云数点,咫尺把长安遮掩,长安遮掩。

翠华西拂蜀云飞[16],　　章　碣　天地尘昏九鼎危[17]。

　　　吴　融

蝉鬓不随銮驾去[18],　　高　骈　空惊鸳鹭忽相随。

　　　钱　起

注　释

[1]　拥旄（máo）仗钺（yuè）——旄,旄节,毛编成竹节的样子;钺,大斧。两者都是古代帝王、元帅、将军所有,象征权威。

[2]　定夺——决定。

[3]　京华——京都。

[4]　波查——波折。

[5]　官家——皇帝。

[6]　难禁架——难受,难以对付。

[7]　堂堂天子贵,不及莫愁家——爱上皇帝,不及莫愁那样爱上一个普通的人,相爱到老。唐李商隐诗《马嵬》:"如何四纪为天子,不及卢家有莫愁。"

埋　　玉

〔8〕　若是再禁加——如果军队再闹下去。

〔9〕　宗社——宗庙、社稷,两者是封建主义国家的象征。宗社,即国家。

〔10〕　句本唐乔知之诗《绿珠篇》。

〔11〕　将来——拿来。

〔12〕　黄旗下——指天子的行踪。

〔13〕　兀的不——表示惊叹的语气,犹如岂不、怎么不。兀的,本身没有意义。

〔14〕　淹——迟留,在路上走得缓慢。

〔15〕　回将凤阙瞻——回过头来看宫殿。

〔16〕　翠华——装饰着翠鸟羽毛的旗子,天子所用。此句又见崔橹《华清宫三首》其二。

〔17〕　九鼎——相传夏禹铸的九鼎是历代传国之宝。此指国家。

〔18〕　蝉鬓——古代妇女鬓发的一种式样,梳起来像蝉翼一样薄。此指杨贵妃。

第二十六齣　献　饭[1]

【黄锺引子】【西地锦】(生引丑上)懊恨蛾眉轻丧,一宵千种悲伤。早来慵把金鞭飐,午馀玉粒谁尝[2]。

寡人匆匆西幸,昨在马嵬驿中,六军不发。无计可施,只得把妃子赐死。(泪介)咳,空做一朝天子,竟成千古忍人。勉强行了一程,已到扶风地面。驻跸凤仪宫内,不免少息片时。(外扮老人持麦饭上)"炙背可以见天子,献芹由来知野人。"[3]老汉扶风野老郭从谨是也。闻知皇上西巡,暂驻凤仪宫内。老汉煮得一碗麦饭,特来进献,以表一点敬心。(见丑介)公公,烦乞转奏一声,说野人郭从谨特来进饭。(丑传介)(生)召他进来。(外进见介)草莽小臣郭从谨见驾[4]。(生)你是那里人?(外)念小臣呵,

【黄锺过曲】【降黄龙】生长扶风,白首躬耕,共庆时康。听蓦然变起,凤辇游巡,无限惊惶。聊将,一盂麦饭,匍匐向旗门陈上。愿吾君不嫌粗粝,野人供养。

(生)生受你了,高力士取上来。(丑接饭送生介)(生看介)寡人晏处深宫,从不曾尝着此味。

【前腔】【换头】寻常,进御大官[5],馔玉炊金[6],食前方丈[7],珍羞百味,犹兀自嫌他调和无当。(泪介)不想今日,

却将此物充饥。凄凉,带麸连麦,这饭儿如何入嗓?(略吃便放介)抵多少滹沱河畔,失路萧王[8]!

(外)陛下,今日之祸,可知为谁而起?(生)你道为着谁来?
(外)陛下若赦臣无罪,臣当冒死直言。(生)但说不妨。(外)只为那杨国忠呵,

【前腔】[换头]猖狂,倚恃国亲,纳贿招权,毒流天壤。他与安禄山十年构衅[9],一旦里兵戈起自渔阳。(生)国忠构衅,禄山谋反,寡人那里知道。(外)那禄山呵,包藏,祸心日久,四海都知逆状。去年有人上书,告禄山逆迹,陛下反赐诛戮[10]。谁肯再甘心铁钺[11],来奏君王!

(生作恨介)此乃朕之不明,以致于此。

【前腔】[换头]斟量,明目达聪,原是为君的理当察访。朕记得姚崇、宋璟为相的时节,把直言数进,万里民情,如在同堂。不料姚、宋亡后,满朝宰相,一味贪位取容[12]。郭从谨呵,倒不如伊行,草野怀忠,直指出逆藩奸相。(外)若不是陛下巡幸到此,小臣那里得见天颜。(生泪介)空教我噬脐无及[13],恨塞饥肠。

(外)陛下暂息龙体,小臣告退。(叹介)"从饶白发千茎雪[14],难把丹心一寸灰。"(下)(副净扮使臣、二杂抬彩上)

【太平令】鸟道羊肠,春彩驮来驿路长。连山铃铎频摇响,看日近帝都旁。

自家成都道使臣,奉节度使之命,解送春彩十万定到京。闻得驾幸扶风,不免就此进上。(向丑介)烦乞启奏一声,说成都使臣,贡春彩到此。(丑进奏介)(生)春彩照数收明,打发使臣回去。(二杂抬彩进介)(副净同二杂下)(生)高力士,可召集将士,朕有面谕。

121

第二十六齣

(丑)万岁爷宣召龙武军将士听旨。(众扮将士上)"晓起听金鼓,宵眠抱玉鞍。"龙武军将士叩见万岁爷。(生)将士每,听朕道来,

【前腔】变出非常,远避兵戈涉异方。劳伊仓卒随行仗[15],今日呵,别有个好商量。

(众)不知万岁爷有何谕旨?(生)

【黄龙衮】征人忆故乡,征人忆故乡,蜀道如天上。不忍累伊每,把妻儿父母轻撇漾[16]。朕待独与子孙中官,慢慢的捱到蜀中。尔等今日,便可各自还家。省得跋涉程途,饥寒劳攘。高力士,可将使臣进来春彩,分给将士,以为盘费。没军资,分彩币,聊充饷。

(丑应分彩介)(众哭介)万岁爷圣谕及此,臣等寸心如割。自古养军千日,用在一朝。臣等呵,

【前腔】无能灭虎狼,无能灭虎狼,空愧熊罴将。生死愿从行,军声齐恃天威壮。这春彩,臣等断不敢受。请留待他时论功行赏,若有违心,皇天鉴,决不爽。

(生)尔等忠义虽深,朕心实有不忍,还是回去罢。(众)呀,万岁爷,莫不因贵妃娘娘之死,有些疑惑么?(生)非也,

【尾声】他长安父老多悬望[17],你每回去呵,烦说与翠华无恙。(众)万岁爷休出此言,臣等情愿随驾,誓无二心。(合)只待净扫妖氛一同返帝乡。

(生)天色已晚,今夜就此权驻,明日早行便了。(众)领旨。

  万里飞沙咽鼓鼙, 钱 起 (丑)沉沉落日向山低。
     骆宾王
  (生)如今悔恨将何益, 韦 庄 (丑)更忍车轮独向西?

献　饭

周　昙

注　释

〔1〕 本齣内容见《通鉴》卷二一八天宝十五载六月条。

〔2〕 玉粒——指饭。

〔3〕 炙背可以见天子,献芹由来知野人——相传有人觉得太阳晒在背上(炙背)很舒服,就去告诉皇帝,让他也可以享受一下。野人(老百姓)吃了很普通的芹菜,以为很好,就去献给别人。全句,礼物虽轻,情意很深。

〔4〕 草莽——不做官的臣民。

〔5〕 大官——即太官,主管皇帝膳食的官员。

〔6〕 馔玉炊金——形容食品的珍贵,奢华。

〔7〕 食前方丈——方丈,一方丈,形容一道一道的菜摆得很多。

〔8〕 抵多少滹沱河畔,失路萧王——更始二年(公元24年),刘秀(东汉光武帝)部队在滹沱河边遇到困难,饥寒交迫。部将冯异送豆粥给他吃。在此之后,刘秀被刘玄封为萧王。抵多少,好比是。

〔9〕 十年构衅——安禄山与杨国忠的矛盾,开始在天宝十一载,到安史之乱爆发,前后不过四年。

〔10〕 去年有人上书,告禄山逆迹,陛下反赐诛戮——《通鉴》卷二一七天宝十三载三月条:"自是有言禄山反者,上皆缚送。由是人皆知其将反,无敢言者。"

〔11〕 甘心铁钺——甘冒死刑。铁钺,即斧钺,古代处死刑的刑具。

〔12〕 取容——讨好人。

〔13〕 噬脐无及——噬脐,自己的肚脐是咬不到的,譬喻事情做错,后悔已迟。

〔14〕 从(zòng)饶——纵然让。

〔15〕 伊——你们。

〔16〕 撇漾——丢掷、抛弃。

〔17〕 他——他们,指长安父老。

123

第二十七齣 冥 追

【南商调过曲】【山坡五更】【山坡羊】(魂旦白练系颈上,服色照前"埋玉"折)恶噷噷一场喽啰[1],乱匆匆一生结果。荡悠悠一缕断魂,痛察察一条白练香喉锁[2]。【五更转】风光尽,信誓捐,形骸涴。只有痴情一点一点无摧挫,拚向黄泉,牢牢担荷。

　　我杨玉环随驾西行,刚到马嵬驿内,不料六军变乱,立逼投缳[3]。(泣介)唉,不知圣驾此时到那里了!我一灵渺渺,飞出驿中,不免望着尘头,追随前去。(行介)

【北双调】【新水令】望銮舆才离了马嵬坡,咫尺间不能飞过。俺悄魂轻似叶,他征骑疾如梭。刚打个磨陀[4],翠旗尖又早被树烟锁。(虚下)

【南仙吕入双调】【步步娇】(生引丑、二内侍、四军拥行上)没揣倾城遭凶祸,去住浑无那[5],行行唤奈何。马上回头,两泪交堕。(丑)启万岁爷,前面就是驻跸之处了。(生叹介)唉,我已厌一身多,伤心更说甚今宵卧。(齐下)

北【折桂令】(旦行上)一停停古道逶迤[6],俺只索虚趁云行,弱倩风驮。(向内望科)呀,好了,望见大驾,就在前面了也。这不是羽盖飘扬,鸾旌荡漾,翠辇嵯峨!不免疾忙赶上者。

(急行科)愿一灵早依御座,便牢牵衮袖黄罗[7]。(内鸣锣作风起科)(旦作惊退科)呀,我望着銮舆,正待赶上,忽然黑风过处,遮断去路,影都不见了。好苦呵,暗濛濛烟障林阿,杳沉沉雾塞山河。闪摇摇不住徘徊,悄冥冥怎样腾挪[8]?

(贴在内叫苦介)(旦)你看那边愁云苦雾之中,有个鬼魂来了,且闪过一边。(虚下)(贴扮虢国夫人魂上)

南【江儿水】艳冶风前谢,繁华梦里过。风流谁识当初我?玉碎香残荒郊卧,云抛雨断重泉堕。(二鬼卒上)哦,那里去?(贴)奴家虢国夫人。(鬼卒笑介)原来就是你。你生前也忒受用了,如今且随我到柱死城中去[9]。(贴哭介)哎哟,好苦呵,怨恨如山堆垛。只问你多大幽城[10],怕着不下这愁魂一个!

(杂拉贴叫苦下)(旦急上看科)呀,方才这个是我裴家姊姊,也被乱兵所害了。兀的不痛杀人也!

北【雁儿落带得胜令】想当日天边夺笑歌,今日里地下同零落。痛杀俺冤由一命招,更不想惨累全家祸。呀,空落得提起着泪滂沱,何处把恨消磨!怪不得四下愁云裏,都是俺千声怨气呵[11]。(望科)那边又是一个鬼魂,满身鲜血,飞奔前来。好怕人也!悲么,泣孤魂独自无回和。惊么,只落得伴冥途野鬼多。(虚下)

南【侥侥令】(副净扮杨国忠鬼魂跑上)生前遭劫杀,死后见阎罗。(牛头执钢叉、夜叉执铁槌、索上、拦介)(副净跑下)(牛头、夜叉复赶上)杨国忠那里走!(副净)呀,我是当朝宰相,方才被乱兵所害。你每做甚又来拦我?(牛头)奸贼,俺奉阎王之命,特来拿你。还不快

125

走。(副净)那里去?(牛头、夜叉)向小小酆都城一座[12],教你去剑树与刀山寻快活。

　　(牛头拉副净,执叉叉背,夜叉锁副净下)(旦急上看科)呵呀,那不是我的哥哥。好可怜人也!(作悲科)

北【收江南】呀,早则是五更短梦瞥眼醒南柯[13]。把荣华抛却只留得罪殃多。唉,想我哥哥如此,奴家岂能无罪?怕形消骨化忏不了旧情魔。且住,一望茫茫,前行无路,不如仍旧到马嵬驿中去罢。(转行科)待重转驿坡,心又早怯懦。听了这归林暮雀犹错认乱军呵。

　　(虚下)(副净扮土地上)"地下常添枉死鬼,人间难觅返魂香[14]。"小神马嵬坡土地是也。奉东岳帝君之命,道贵妃杨玉环原系蓬莱仙子,今死在吾神界内,特命将他肉身保护,魂魄安顿,以候玉旨,不免寻他去来。(行介)

南【园林好】只他在翠红乡欢娱事过,粉香丛冤孽债多[15],一霎做电光石火[16]。将肉质护泉窝,教魂魄守坟窠。(虚下)

北【沽美酒带太平令】(旦行上)度寒烟蔓草坡,行一步一延俄。(看介)呀,这树上写的有字,待我看来。(作念科)贵妃杨娘娘葬此。(作悲科)原来把我就埋在此处了。唉,玉环,玉环!(泣科)只这冷土荒堆树半棵,便是娉婷嫋娜,落来的好巢窝。我临死之时,曾分付高力士,将金钗、钿盒与我殉葬,不知曾埋下否?怕旧物向尘埃抛堕,则俺这真情肯为生死差讹?就是果然埋下呵,还只怕这残尸败蜕,抱不牢同心并朵。不免叫唤一声,(叫科)杨玉环,你的魂灵在此。我呵,悄临风叫他,唤他[17]。(泣科)可知道伊原是我,呀,直恁地推眠妆卧!

(副净上唤科)兀那啼哭的,可是贵妃杨玉环鬼魂么?(旦)奴家正是。是何尊神?乞恕冒犯。(副净)吾神乃马嵬坡土地。(旦)望尊神与奴做主咱。(副净)贵妃听吾道来:"你本是蓬莱仙子,因微过谪落凡尘。今虽是浮生限满,旧仙山隔断红云。(代旦解白练科)吾神奉岳帝敕旨,解冤结免汝沉沦。"(旦福科)多谢尊神,只不知奴与皇上,还有相见之日么?(副净)此事非吾神所晓。(旦作悲科)(副净)贵妃,且在马嵬驿暂住幽魂。吾神去也。(下)(旦)苦呵,不免到驿中佛堂里,暂且栖托则个。(行科)

南【尾声】重来绝命庭中过,看树底泪痕犹渍。怎能够飞去蓬山寻旧果!

土埋冤骨草离离, 储嗣宗　回首人间总祸机。 薛　能
云雨马嵬分散后, 韦　绚　何年何路得同归。 韦　庄

注　释

〔1〕 恶噷(hěn)噷一场喽啰——恶狠狠的一场啰唣。喽啰,这里作啰唣解释,指军士哗变。

〔2〕 痛察察——痛煞煞。

〔3〕 投缳——自缢。

〔4〕 打个磨陀——兜个圈子,打个转儿。

〔5〕 无那(nuó)——无可奈何。

〔6〕 一停停——即一亭亭,一站站。

〔7〕 衮袖黄罗——衮袖,龙袍上的袖口。黄罗,指黄龙袍。

〔8〕 腾挪——走动。

〔9〕 枉死城——阴间,枉死鬼所住的地方。

〔10〕 幽城——阴间(与阳世相对)。

〔11〕 呵——吐出来,嘘气成云的意思。

〔12〕 酆都——相传阎罗王住在这里。不指四川省酆都县。

〔13〕 瞥眼醒南柯——一眨眼就梦醒了,喻人生短促。南柯,喻人生一梦。语本唐代李公佐《南柯太守传》。

〔14〕 返魂香——相传是返魂树的根煎成的一种香料,可以使死人复活。

〔15〕 翠红乡、粉香丛——指享乐的生活。佛家否定物质生活,认为这是"冤孽债"。

〔16〕 电光石火——电光、石火,一闪即灭,佛家用来譬喻人生短促。

〔17〕 他——为协韵,读作 tuō。

第二十八齣　骂　贼[1]

（外扮雷海青抱琵琶上）"武将文官总旧僚，恨他反面事新朝。纲常留在梨园内，那惜伶工命一条。"自家雷海青是也。蒙天宝皇帝隆恩，在梨园部内做一个供奉。不料禄山作乱，破了长安，皇帝驾幸西川去了。那满朝文武，平日里高官厚禄，荫子封妻，享荣华，受富贵，那一件不是朝廷恩典！如今却一个个贪生怕死，背义忘恩，争去投降不迭。只图安乐一时，那顾骂名千古。唉，岂不可羞，岂不可恨！我雷海青虽是一个乐工，那些没廉耻的勾当，委实做不出来。今日禄山与这一班逆党，大宴凝碧池头[2]，传集梨园奏乐。俺不免乘此，到那厮跟前，痛骂一场，出了这口愤气。便粉骨碎身，也说不得了。且抱着琵琶，去走一遭也呵！

【北仙吕】【村里迓鼓】虽则俺乐工卑滥，硁硁愚暗[3]，也不曾读书献策，登科及第，向鹓班高站[4]。只这血性中，胸脯内，倒有些忠肝义胆。今日个睹了丧亡，遭了危难，值了变惨，不由人痛切齿，声吞恨衔。

【元和令】恨子恨泼腥膻莽将龙座淹[5]，癞虾蟆妄想天鹅啖，生克擦直逼的个官家下殿走天南[6]。你道恁胡行堪不堪？纵将他寝皮食肉也恨难劗[7]。谁想那一班儿没揣三[8]，歹心肠，贼狗男，

【上马娇】平日价张着口将忠孝谈,到临危翻着脸把富贵贪。早一齐儿摇尾受新衔[9],把一个君亲仇敌当作恩人感。咱,只问你蒙面可羞惭?

【胜葫芦】眼见的去做忠臣没个敢。雷海青呵,若不把一肩担,可不枉了戴发含牙人是俺[10]。但得纲常无缺,须眉无愧[11],便九死也心甘。(下)

【南中吕引子】【绕红楼】(净引二军士上)抢占山河号大燕,袍染赭冠戴冲天[12]。凝碧清秋,梨园小部,歌舞列琼筵。

孤家安禄山。自从范阳起兵,所向无敌。长驱西入,直抵长安。唐家皇帝,逃入蜀中去了,锦绣江山归吾掌握。(笑介)好不快活。今日聚集百官,在凝碧池上做个太平筵宴,酒乐一回。内侍每,众官可曾齐到?(杂)都在外殿伺候。(净)宣过来。(军)领旨。(宣介)主上宣百官进见。(四伪官上)"今日新天子,当时旧宰臣。同为识时者,不是负恩人。"(见介)臣等朝见。愿主上万岁,万万岁!(净)众卿平身。孤家今日政务稍闲,特设宴在凝碧池上,与卿等共乐太平。(四伪官)万岁。(军)筵宴完备,请主上升宴。(内奏乐,四伪官跪送酒介)(净)

【中吕过曲】【尾犯序】龙戏碧池边,正五色云开,秋气澄鲜。紫殿逍遥,暂停吾玉鞭。开宴,走绯衣鸾刀细割,揎锦袖犀盘满献。(四伪官献酒再拜介)瑶池下,熊罴鹓鹭拜送酒如泉[13]。

(净)内侍每,传旨唤梨园子弟奏乐。(军)领旨。(向内介)主上有旨,着梨园子弟奏乐。(内应,奏乐介)(军送净酒介)(合)

【前腔】【换头】当筵,众乐奏钧天[14]。旧日霓裳,重按歌遍[15]。半入云中,半吹落风前。稀见,除却了清虚洞府,只有那沉香亭院。今日个,仙音法曲不数大唐年。

（净）奏得好。（四伪官）臣想天宝皇帝,不知费了多少心力,教成此曲,今日却留与主上受用。真乃齐天之福也。（净笑介）众卿言之有理。再上酒来。（军送酒介）（外在内泣唱介）

【前腔】幽州鼙鼓喧,万户蓬蒿,四野烽烟。叶堕空宫,忽惊闻歌弦,奇变。真个是天翻地覆,真个是人愁鬼怨。（大哭介）我那天宝皇帝呵,金銮上,百官拜舞何日再朝天[16]？

（净）呀,什么人啼哭？好奇怪！（军）是乐工雷海青。（净）拿上来。（军拉外上,见介）（净）雷海青,孤家在此饮太平筵宴,你敢擅自啼哭,好生可恶！（外骂介）咳,安禄山,你本是失机边将,罪应斩首。幸蒙圣恩不杀,拜将封王。你不思报效朝廷,反敢称兵作乱,秽污神京,逼迁圣驾。这罪恶贯盈[17],指日天兵到来诛戮,还说什么太平筵宴！（净大怒介）咳,有这等事。孤家入登大位,臣下无不顺从。量你这一个乐工,怎敢如此无礼！军士看刀伺候。（二军作应,拔刀介）（外一面指净骂介）

【扑灯蛾】怪伊忒负恩,兽心假人面,怒发上冲冠。我虽是伶工微贱也,不似他朝臣腼腆[18]。安禄山,你窃神器上逆皇天[19],少不得顷刻间尸横血溅。（将琵琶掷净介）我掷琵琶,将贼臣碎首报开元[20]。

（军夺琵琶介）（净）快把这厮拿去砍了。（军应,拿外砍下）（净）好恼,好恼！（四伪官）主上息怒。无知乐工,何足介意。（净）孤

第 二 十 八 齣

家心上不快,众卿且退。(四伪官)领旨。臣等恭送主上回宫。(跪送介)(净)酒逢知己千锺少,话不投机半句多。(怒下)(四伪官起介)杀得好,杀得好。一个乐工,思量做起忠臣来,难道我每吃太平宴的,倒差了不成!

【尾声】大家都是花花面,一个忠臣值甚钱。(笑介)雷海青,雷海青,毕竟你未戴乌纱识见浅[21]!

　　三秦流血已成川,罗　隐　为虏为王事偶然[22]。李山甫
　　世上何人怜苦节,陆希声　直须行乐不言旋。　　　薛　稷

注　释

[1]　本齣取材于唐代郑处诲《明皇实录》中的一则记载:"天宝末,群贼陷两京。大掠文武朝臣及黄门宫嫔,乐工骑士。每获数百人,以兵仗严卫,送于洛阳。至有逃于山谷者,而卒能罗捕追胁,授以冠带。禄山尤致意乐工,求访颇切,于旬日获梨园子弟数百人。群贼因相与大会于凝碧池,宴伪官十数人。大陈御库珍宝,罗列于前后。乐既作,梨园旧人,不觉歔欷,相对泣下。群贼皆露刃持满以胁之,而悲不能已。有乐工雷海青者,投乐器于地,西向恸哭。逆党乃缚海青于戏马殿,肢解以示众。闻之者莫不伤痛。……"

[2]　凝碧池——在东都洛阳。

[3]　硁硁(kēng)——固执不化。

[4]　向鹓班高站——鹓班,上朝时官员排列的行次。鹓,凤的一种;鹓、鹭飞行时行列整齐,所以用来比喻朝官陛见的行次。

[5]　泼腥膻莽将龙座溰——腥膻,当时对外族的詈辞,指安禄山。泼,表示蔑视。莽,横蛮地。溰,形容腥膻之气像云雾一样把皇帝的宝座遮掩了。

[6]　生克擦——活生生。

[7]　恨难劖(chán)——恨难消。劖,断。

〔8〕 没掯三——没头脑的。

〔9〕 衔——官衔。

〔10〕 可不枉了戴发含牙人是俺——戴发含牙,用来强调"人"这个庄严的字眼。

〔11〕 须眉无愧——不愧为堂堂男子汉。

〔12〕 袍染赭冠戴冲天——冲天冠、赭黄袍,都是皇帝所用。

〔13〕 熊罴鵷鹭——熊罴,指武将;鵷鹭,指文官。

〔14〕 钧天——天上的音乐,指梨园子弟所奏的音乐。

〔15〕 歌遍——在这里遍就是歌。

〔16〕 朝天——朝见皇帝。皇帝指唐玄宗。

〔17〕 贯盈——满贯,好像绳子串东西,串满了。形容罪大恶极。

〔18〕 腼腆——羞耻,害臊的意思。这里用以形容不知羞耻的朝臣。

〔19〕 窃神器——抢帝位。

〔20〕 开元——唐玄宗的年号,此指玄宗。

〔21〕 未戴乌纱——未做官。乌纱,乌纱帽。

〔22〕 为虏为王事偶然——全句有"成则为王,败则为寇"的意思。

第二十九齣　聞　铃

(丑内叫介)军士每趱行,前面伺候。(内鸣锣,应介)(丑)万岁爷,请上马。(生骑马,丑随行上)

【双调近词】【武陵花】[1]万里巡行[2],多少悲凉途路情。看云山重叠处,似我乱愁交并。无边落木响秋声,长空孤雁添悲哽。寡人自离马嵬,饱尝辛苦。前日遣使臣赍奉玺册,传位太子去了[3]。行了一月,将近蜀中。且喜贼兵渐远,可以缓程而进。只是对此鸟啼花落,水绿山青,无非助朕悲怀。如何是好!(丑)万岁爷,途路风霜,十分劳顿。请自排遣,勿致过伤。(生)唉,高力士,朕与妃子,坐则并几,行则随肩。今日仓卒西巡,断送他这般结果,教寡人如何撇得下也!(泪介)提起伤心事,泪如倾。回望马嵬坡下,不觉恨填膺。(丑)前面就是栈道了,请万岁爷挽定丝缰,缓缓前进。(生)袅袅旗旌,背残日风摇影。匹马崎岖怎暂停,怎暂停!只见阴云黯淡天昏暝,哀猿断肠,子规叫血,好教人怕听。兀的不惨杀人也么哥,兀的不苦杀人也么哥!萧条恁生[4],峨眉山下少人经,冷雨斜风扑面迎。

(丑)雨来了,请万岁爷暂登剑阁避雨。(生作下马,登阁坐介)(丑作向内介)军士每,且暂驻扎,雨驻再行。(内应介)(生)"独自登临意转伤,蜀山蜀水恨茫茫。不知何处风吹雨,点点声

闻　　铃

声迸断肠。"(内作铃响介)(生)你听那壁厢,不住的声响,聒的人好不耐烦。高力士,看是甚么东西?(丑)是树林中雨声,和着檐前铃铎,随风而响。(生)呀,这铃声好不做美也!

【前腔】淅淅零零,一片凄然心暗惊。遥听隔山隔树,战合风雨高响低鸣。一点一滴又一声,一点一滴又一声,和愁人血泪交相迸。对这伤情处,转自忆荒茔。白杨萧瑟雨纵横,此际孤魂凄冷。鬼火光寒草间湿乱萤。只悔仓皇负了卿,负了卿! 我独在人间委实的不愿生。语娉婷[5],相将早晚伴幽冥。一恸空山寂,铃声相应,阁道崚嶒,似我回肠恨怎平!

(丑)万岁爷且免愁烦。雨止了,请下阁去罢。(生作下阁、上马介,丑向生介)军士每,前面起驾。(众内应介)(丑随生行介)(生)

【尾声】迢迢前路愁难罄,招魂去国两关情。(合)望不尽雨后尖山万点青。

(生)剑阁连山千里色,　骆宾王　离人到此倍堪伤。　罗　邺
　　空劳翠辇冲泥雨,　秦韬玉　一曲淋铃泪数行。　杜　牧

注　释

〔1〕　二曲大同小异,用《金印记》第二十一龄《负剑》句格。
〔2〕　万里,一作玉辇。
〔3〕　传位太子去了——天宝十五年(唐肃宗至德元年)七月,李亨在灵武即皇帝位。八月,李隆基派韦见素、房琯等送传国宝、玉册到灵武,传位给李亨。那时李隆基已经到成都,与本龄所写,略有出入。
〔4〕　萧条恁生——恁生萧条。恁生,这样。
〔5〕　娉婷——指杨贵妃。

第三十齣　情　悔

【<small>仙吕入
双调</small>】【普贤歌】(副净上)马嵬坡下太荒凉,土地公公也气不扬。祠庙倒了墙,没人烧炷香,福礼三牲谁祭享[1]！

小神马嵬坡土地是也,向来香火颇盛。只因安禄山造反,本境人民尽皆逃散,弄得庙宇荒凉,香烟断绝。目今野鬼甚多,恐怕出来生事,且往四下里巡看一回。正是"只因神倒运,常恐鬼胡行"。(虚下)(魂旦上)

【<small>双调
引子</small>】【捣练子】冤叠叠,恨层层,长眠泉下几时醒？魂断苍烟寒月里,随风窣窣度空庭。

"一曲霓裳逐晓风,天香国色总成空。可怜只有心难死,脉脉常留恨不穷。"奴家杨玉环鬼魂是也。自从马嵬被难,荷蒙岳帝传敕,得以栖魂驿舍,免堕冥司。(悲介)我想生前与皇上在西宫行乐,何等荣宠！今一旦红颜断送,白骨冤沉,冷驿荒垣,孤魂淹滞。你看月淡星寒,又早黄昏时分,好不凄惨也！

【<small>过
曲</small>】【三仙桥】古驿无人夜静,趁微云,移月暝,潜潜越越暂时偷现影。蓦地间,心耿耿,猛想起我旧丰标教我一想一泪零。想、想当日那态娉婷,想、想当日那妆艳靓,端

情　　悔

得是赛丹青描成画成[2]。那晓得不留停,早则肌寒肉冷。(悲介)苦变做了鬼胡由[3],谁认得是杨玉环的行径[4]!

(泪介)(袖出钗盒介)这金钗、钿盒,乃皇上定情之物,已从墓中取得。不免向月下把玩一回。(副净潜上,指介)这是杨贵妃鬼魂,且听他说些甚么。(背立听介)(旦看钗盒介)

【前腔】看了这金钗儿双头比并,更钿盒同心相映。只指望两情坚如金似钿,又怎知翻做断绠。若早知为断绠,枉自去将他留下了这伤心把柄。记得盒底夜香清,钗边晓镜明,有多少欢承爱领。(悲介)但提起那恩情,怎教我重泉目瞑!(哭介)苦只为钗和盒,那夕的绸缪[5],翻成做杨玉环这些时的悲哽。

(副净背听,作点头介)(旦)咳,我杨玉环,生遭惨毒,死抱沉冤。或者能悔前愆,得有超拔之日,也未可知。且住,(悲介)只想我在生所为,那一桩不是罪案。况且弟兄姊妹,挟势弄权,罪恶滔天,总皆由我,如何忏悔得尽!不免趁此星月之下,对天哀祷一番。(对天拜介)

【前腔】对星月发心至诚,拜天地低头细省。皇天,皇天!念杨玉环呵,重重罪孽折罚来遭祸横。今夜呵,忏愆尤,陈罪眚[6],望天天高鉴有我垂证明。只有一点那痴情,爱河沉未醒。说到此悔不来惟天表证。纵冷骨不重生,拚向九泉待等。那土地说,我原是蓬莱仙子,谴谪人间。天呵,只是奴家恁般业重[7],敢仍望做蓬莱座的仙班,只愿还杨玉环旧日的匹聘!

（副净）贵妃,吾神在此。(旦)原来是土地尊神。(副净)

【越调过曲】【忆多娇】我趁月明,独夜行。见你拜祷深深仔细听,这一悔能教万孽清。管感动天庭,感动天庭,有日重圆旧盟。

（旦）多蒙尊神鉴悯。只怕奴家呵,

【前腔】业障萦,凤慧轻[8]。今夕徒然愧悔生,泉路茫茫隔上清[9]。(悲介)说起伤情,说起伤情,只落得千秋恨成。

（副净）贵妃不必悲伤,我今给发路引一纸[10]。千里之内,任你魂游便了。(作付路引介)听我道来,

【斗黑麻】你本是蓬莱籍中有名,为堕落皇宫,痴魔顿增。欢娱过,痛苦经。虽谢尘缘,难返仙庭。喜今宵梦醒,教你逍遥择路行。莫恋迷途,莫恋迷途,早归旧程。

【前腔】(旦接路引谢介)深谢尊神与奴指明,怨鬼愁魂,敢望仙灵!(背介)今后呵,随风去,信路行。荡荡悠悠,日隐宵征。依月傍星,重寻钗盒盟。还怕相逢,还怕相逢,两心痛增。

（副净）吾神去也。

（旦）晓风残月正清然,韩琮　(副净)对影闻声已可怜。李商隐

（旦）昔日繁华今日恨,司空图　(副净)只应寻访是因缘。方干

注　释

〔1〕　福礼三牲——祀神的牲物叫福礼;三牲,指牛、羊、猪。

情　　　悔

〔2〕　端得是——端的是，正是。

〔3〕　鬼胡由——这里作鬼解。

〔4〕　行径——此指模样。

〔5〕　绸缪——恩爱。全句指第二十二齣。

〔6〕　陈罪眚(shěng)——陈，陈述；眚，罪过。

〔7〕　业——罪孽。

〔8〕　夙慧——佛家语，指前世所作的善业。

〔9〕　隔上清——上清，道家所说的三天之一。隔上清，隔了一重天。

〔10〕　路引——类似通行证的一种凭单。

第三十一齣　剿　寇

【^{中吕}_{引子}】【菊花新】(外戎装、领四军上)谬承新命陟崇阶[1],挂印催登上将台[2]。惭愧出群才,敢自许安危全赖。

"建牙吹角不闻喧[3],三十登坛众所尊。家散万金酬士死,身留一剑答君恩。"下官郭子仪,叨蒙圣恩,特拜朔方节度使,领兵讨贼。现今上皇巡幸西川[4],今上即位灵武[5]。当此国家多事之秋,正我臣子建功之日。誓当扫清群寇,收复两京,再造唐家社稷,重睹汉官威仪,方不负平生志愿也。众将官,今乃黄道吉日,就此起兵前去。(众应、呐喊、发号启行介)(合)

【^{中吕}_{过曲}】【驮环着】拥鸾旂羽盖,蹴起尘埃。马挂征鞍,将披重铠,画戟雕弓耀彩。军令分明,争看取奋鹰扬堂堂元帅[6]。端的是孙吴无赛[7],管净扫妖氛毒害。机谋运,阵势排。一战收京,万方宁泰。(齐下)

【前腔】(丑末扮番将、引军卒行上)倚兵强将勇,倚兵强将勇,一鼓前来。阵似推山,势如倒海,不断征云叆叇[8]。鬼哭神号,到处里染腥风杀人如芥。自家大燕皇帝麾下大将史思明、何千年是也。唐家立了新皇帝,遣郭子仪杀奔前来。奉令着我二人迎敌。(末)闻得郭子仪兵势颇盛,我等二人分作两队,

剿　　寇

待一人与他交战,一人横冲出来,必获大胜。(丑)言之有理。大小三军,就此分队杀上前去。(四杂应,做分行介)向两下分兵迎待,先一合拖刀佯败。磨旗惨[9],战鼓哀。奋勇先登,振威夺帅。

　　(末领众先下)(外领军上,与丑对战一合介)(丑)来将何名?(外)吾乃大唐朔方节度使郭。天兵到此,还不下马受缚,更待何时?(丑)不必多讲,放马过来。(战介,丑败介,走下)(末领卒上,截外战介)(外)来的贼将,快早投降。(末)郭子仪,你可赢得我么?(外)休得饶舌。(战介,丑复上混战介)(丑、末大败逃下)(外)且喜贼将大败而逃,此去长安不远,连夜杀奔前去便了。(众)得令。(行介)(合)

【添字红绣鞋】三军笑口齐开,齐开,旌旗满路争排,争排。拥大将,气雄哉。合图画上云台[10]。把军书忙裁,忙裁,捷奏报金阶,捷奏报金阶。

【尾声】两都早慰云霓待[11],九庙重瞻日月开[12],复立皇唐亿万载。

　　悲风杀气满山河,白居易　师克由来在协和。胡　曾
　　行望凤京旋凯捷,贺　朝　千山明月静干戈。杜荀鹤

注　释

　　〔1〕谬承新命陟崇阶——新命,新的任命。崇阶,指官阶很高。
　　〔2〕上将台——帝王任命大将时所筑的坛场。
　　〔3〕建牙——军前的大旗叫牙旗。建牙,指被任命为节度使。全句,形容军纪严明。
　　〔4〕上皇——唐肃宗即位后,尊李隆基为太上皇。

141

〔5〕 今上——指肃宗。

〔6〕 鹰扬——鹰一般的飞扬,形容将军很威武。

〔7〕 孙、吴——春秋时的孙武,战国时的吴起,都是著名的古代军事家。

〔8〕 叆叆——形容浓云密布。全句,喻战争不休。

〔9〕 磨旗——旌旗。原作挥动旗帜解。

〔10〕 合图画上云台——东汉明帝时,南宫云台上画了二十八位将军的图像。合,应该。

〔11〕 云霓待——若大旱之望云霓,表示渴望。

〔12〕 九庙——天子的宗庙。代表皇室。

第三十二齣　哭　像

（生上）"蜀江水碧蜀山青，嬴得朝朝暮暮情。但恨佳人難再得，豈知傾國與傾城。"寡人自幸成都，傳位太子，改稱上皇。喜的郭子儀兵威大振，指日蕩平。只念妃子為國捐軀，無可表白，特敕成都府建廟一座。又選高手匠人，將旃檀香雕成妃子生像。命高力士迎進宮來，待寡人親自送入廟中供養。敢待到也。（嘆科）咳，想起我妃子呵，

【北正宮】【端正好】是寡人昧了他誓盟深，負了他恩情廣，生拆開比翼鸞凰。說甚麼生生世世無拋漾[1]，早不道半路裏遭魔障[2]。

【滾繡球】恨寇逼的慌，促駕起的忙。點三千羽林兵將，出延秋便沸沸揚揚[3]。甫傷心第一程到馬嵬驛舍傍，猛地裏爆雷般齊吶起一聲的喊響，早子見鐵桶似密圍住四下裏刀槍[4]。惡嗷嗷單施逞著他領軍元帥威能大，眼睜睜只逼拶的俺失勢官家氣不長，落可便手腳慌張[5]。

恨子恨陳元禮呵，

【叨叨令】不催他車兒馬兒一謎家延延挨挨的望，硬執著言兒語兒一會裏喧喧騰騰的謗，更排些戈兒戟兒一哄中重重疊疊的上，生逼個身兒命兒一霎時驚驚惶惶的喪。（哭科）兀

143

的不痛杀人也么哥[6]，兀的不痛杀人也么哥！闪的我形儿影儿这一个孤孤凄凄的样[7]。

寡人如今好不悔恨也！

【脱布衫】羞杀咱掩面悲伤，救不得月貌花庞。是寡人全无主张，不合呵将他轻放。

【小梁州】我当时若肯将身去抵搪[8]，未必他直犯君王；纵然犯了又何妨，泉台上，倒博得永成双。

【幺篇】如今独自虽无恙，问馀生有甚风光！只落得泪万行愁千状。(哭科)我那妃子呵，人间天上，此恨怎能偿！

(丑同二宫女、二内监捧香炉、花籥，引杂抬杨妃像，鼓乐行上)(丑见生科)启万岁爷，杨娘娘宝像迎到了。(生)快迎进来波。(丑)领旨。(出科)奉旨：宣杨娘娘像进。(宫女)领旨。(做抬像进、对生，宫女跪，扶像略俯科)杨娘娘见驾。(丑)平身。(宫女起科)(生起立对像哭科)我那妃子呵，

【中吕】【上小楼】别离一向，忽看娇样。待与你叙我冤情，说我惊魂，话我愁肠……(近前叫科)妃子，妃子，怎不见你回笑庞，答应响，移身前傍。(细看像，大哭科)呀，原来是刻香檀做成的神像！

(丑)銮舆已备，请万岁爷上马，送娘娘入庙。(杂扮校尉、瓜、旗、伞、扇、銮驾队子上)(生)高力士传旨，马儿在左，车儿在右，朕与娘娘并行者。(丑)领旨。(生上马，校尉抬像、排队引行科)(生)

【幺篇】谷碌碌凤车呵紧贴着行，袅亭亭龙鞭呵相对着扬。依旧的辇儿厮并，肩儿齐亚，影儿成双。情暗伤，心自想。想当时联镳游赏[9]，怎到头来刚做了恁般随倡[10]！

哭　　　像

(到科)(丑)到庙中了,请万岁爷下马。(生下马科)内侍每,送娘娘进庙去者。(銮驾队子下)(内侍抬像,同宫女、丑随生进,生做入庙看科)

【满庭芳】我向这庙里抬头觑望,问何如西宫南苑,金屋辉光?那里有鸳帏绣幙芙蓉帐!空则见颤巍巍神幔高张,泥塑的宫娥两两,帛装的阿监双双。剪簌簌旛旌飏,招不得香魂再转,却与我摇曳吊心肠。

(生前坐科)(丑)吉时已届,候旨请娘娘升座。(生)宫人每,伏侍娘娘升座者。(宫女应科)领旨。(内细乐,宫女扶像对生,如前略俯科)杨娘娘谢恩。(丑)平身。(生起立,内鼓乐,众扶像上座科)(生)

【快活三】俺只见宫娥每簇拥将,把团扇护新妆。犹错认定情初夜入兰房。(悲科)可怎生冷清清独坐在这彩画生绡帐!

(丑)启万岁爷,杨娘娘升座毕。(生)看香过来。(丑跪奉香,生拈香科)

【朝天子】爇腾腾宝香,映荧荧烛光,猛逗着往事来心上。记当日长生殿里御炉傍,对牛女把深盟讲。又谁知信誓荒唐,存殁参商!空忆前盟不暂忘。今日呵,我在这厢,你在那厢,把着这断头香在手添凄怆。

高力士看酒过来,朕与娘娘亲奠一杯者。(丑奉酒科)初赐爵[11]。(生捧酒哭科)

【四边静】把杯来擎掌,怎能够檀口还从我手内尝。按不住凄惶,叫一声妃子也亲陈上。泪珠儿溶溶满觞[12],怕添不下半滴葡萄酿。

145

（丑接杯献座科）(生)我那妃子呵，

【般涉调】【耍孩儿】一杯望汝遥来享，痛煞煞古驿身亡。乱军中抔土便埋藏[13]，并不曾灑半碗凉浆[14]。今日呵，恨不诛他肆逆三军众，祭汝含酸一国殇[15]。对着这云帏像，空落得仪容如在，越痛你魂魄飞扬。

（丑又奉酒科）亚赐爵。（生捧酒哭科）

【五煞】碧盈盈酒再陈，黑漫漫恨未央，天昏地暗人痴望。今朝庙宇留西蜀，何日山陵改北邙[16]！（丑又接杯献座科）(生哭科)寡人呵，与你同穴葬，做一株塚边连理，化一对墓顶鸳鸯。

（丑又奉酒科）终赐爵。（生捧酒科）

【四煞】奠灵筵礼已终，诉衷情话正长。你娇波不动可见我愁模样？只为我金钗钿盒情辜负，致使你白练黄泉恨渺茫。（丑接杯献科）(生哭科)向此际搥胸想，好一似刀裁了肺腑，火烙了肝肠。

（丑、宫女、内侍俱哭科）（生看像惊科）呀，高力士，你看娘娘的脸上，兀的不流出泪来了。（丑同宫女看科）呀，神像之上，果然满面泪痕。奇怪，奇怪！（生哭科）哎呀，我那妃子呵，

【三煞】只见他垂垂的湿满颐，汪汪的含在眶，纷纷的点滴神台上。分明是牵衣请死愁容貌，回顾吞声惨面庞。这伤心真无两，休说是泥人堕泪，便教那铁汉也肠荒！

（丑）万岁爷请免悲伤，待奴婢每叩见娘娘。（同宫女、内侍哭拜科）（生）

【二煞】只见老常侍双膝跪[17]，旧宫娥伏地伤。叫不出娘

娘千岁一个个含悲向。(哭科)妃子呵,只为你当日在昭阳殿里施恩遍,今日个锦水祠中遗爱长[18]。悲风荡,肠断杀数声杜宇,半壁斜阳。

(丑)请万岁爷与娘娘焚帛。(生)再看酒来。(丑奉酒焚帛,生酹酒科[19])

【一煞】叠金银山百座,化幽冥帛万张。纸铜钱怎买得天仙降?空着我衣沾残泪鹃留怨,不能勾魂逐飞灰蝶化双,蓦地里增悲怆。甚时见鸾骖碧汉,鹤返辽阳[20]?

(丑)天色已晚,请万岁爷回宫。(生)宫娥,可将娘娘神帐放下者。(宫娥)领旨。(做下神幔,内暗抬像下科)(生)起驾。(丑应科)(生作上马,銮驾队子复上,引行科)(生)

【煞尾】出新祠泪未收,转行宫痛怎忘?对残霞落日空凝望!寡人今夜呵,把哭不尽的衷情,和你梦儿里再细讲。

　　数点香烟出庙门,_{曹 邺}　巫山云雨洛川神[21]。
　　　　　　　　　　　　权德舆
　　翠蛾仿佛平生貌,_{白居易}　日暮偏伤去住人[22]。
　　　　　　　　　　　　封彦冲

注　释

〔1〕 抛漾——抛弃。
〔2〕 早不道——却不料。
〔3〕 延秋——延秋门,在长安,唐代禁苑的西门。
〔4〕 早子见——早,强调语气用。子见,只见。
〔5〕 落可——语词,本身无意义。
〔6〕 也么哥——语词,本身无意义。

147

〔7〕 闪的——丢下。

〔8〕 抵搪——抵当。

〔9〕 联镳——并骑。镳,马衔。

〔10〕 刚做了恁般随倡——刚,偏;随倡,夫唱妇随,本来形容爱情很深。

〔11〕 初赐爵——初献爵、亚献爵、终献爵,斟三次酒,祭礼的仪式。皇帝祭贵妃,所以是赐爵。爵,酒杯之类。

〔12〕 觞——酒杯。

〔13〕 抔(póu)土——一捧土。

〔14〕 并不曾灒(jiǎn)半碗凉浆——并不曾奠半杯冷酒。灒,倒在地上。

〔15〕 国殇——为国家而牺牲的人。

〔16〕 何日山陵改北邙——北邙山在洛阳北,东汉时恭王刘祉葬在这儿,后来王侯公卿葬在这儿的很多。山陵,帝王后妃的坟墓。全句,甚么时候改葬,做好正式的陵墓。

〔17〕 老常侍——唐代置内侍省,管领内常侍。常侍,俗称太监。

〔18〕 锦水——在四川成都。遗爱,这里指对死者的感恩和怀念。

〔19〕 酹(lèi)酒——祭奠时把酒倒在地上。

〔20〕 甚时见鸾骖碧汉,鹤返辽阳——甚么时候能看见你回来?鸾骖碧汉,用西王母来见汉武帝的故事。鸾骖,乘鸾;碧汉,碧天。鹤归辽阳,相传仙人丁令威化做白鹤回到他的故乡辽阳。

〔21〕 洛川神——洛水之神宓妃,指贵妃。

〔22〕 去住人——游子,指唐明皇。

第三十三齣　神　訴

【南仙吕入双调】【柳摇金】(贴引二仙女、二仙官队子行上)工成玉杼,机丝巧殊。呈锦过天除[1],摇珮还星渚,云中引凤舆。却望着银河一缕,碧落映空虚。俯视尘寰,山川米聚。吾乃天孙织女是也。织成天锦,进呈上帝。行路中间,只见一道怨气,直冲霄汉。不知下界是何地方?(叫介)仙官,(官应介)(贴)你看这非烟非雾,怨气糢糊,试问下方何处?

(官应、作看介)启娘娘,下界是马嵬坡地方。(贴)分付暂驻云车,即宣马嵬坡土地来者。(官应,众拥贴高处坐介)(官向内唤介)马嵬坡土地何在?(副净应上)来也。

【北越调】【斗鹌鹑】则俺在庙里安身,忽听得空中唤取。则他那天上宣差,有俺甚地头事务?(官唤科)土地快来。(副)他不住的唱叫扬疾[2],唬的我慌忙急遽。只索把急张拘诸的袍袖来拂[3],乞留屈碌的腰带来束。整顿了这破丢不答的平顶头巾,扶定了那滴羞扑速的齐眉拐拄。

(见官科)仙官呼唤,有何使令?(官)织女娘娘呼唤你哩。(副净)

【紫花儿序】听说道唤俺的是天孙织女,我又不曾在河边去掌渡司桥,可因甚到坡前来觅路寻途?(背科)哦,是了波,敢

149

只为云中驾过,道俺这里接待全疏,(哭科)待将咱这卑职来勾除[4]。(回向官科)仙官可怜见波,小神官卑地苦,接待不周,特带得一陌黄钱在此[5],送上仙官,望在娘娘前方便咱。则看俺庙宇荒凉鬼判无,常只是尘蒙了神案,土塞在台基,草长在香炉。

(官笑科)谁要你的黄钱。娘娘有话问你哩,快去,快去。(引副净见介)(副净)马嵬坡土地叩见。愿娘娘圣寿无疆。(仙女)平身。(副净起科)(贴)土地,我在此经过,见你界上有怨气一道,直冲霄汉。是何缘故?(副净)娘娘听启,

【天净沙】这的是艳晶晶《霓裳》曲里娇姝,袅亭亭翠盘掌上轻躯。(贴)是那一个?(副净)是唐天子的贵妃杨玉环,碜磕磕黄土坡前怨屈,因此上痛咽咽幽魂不去,霭腾腾黑风在空际吹嘘。

(贴)原来就是杨玉环。记得天宝十载渡河之夕,见他与唐天子在长生殿上,誓愿世世为夫妇。如今已成怨鬼,甚是可怜。土地,你将死时光景说与我听者。(副净)

【调笑令】子为着往蜀,侍銮舆,鼎沸般军声四下里呼。痛红颜不敢将恩负,哭哀哀拜辞了君主。一霎时如花命悬三尺组[6],生擦擦为国捐躯[7]。

(贴)怎生为国捐躯,你再细细说来。(副净)

【小桃红】当日个闹镬铎激变羽林徒[8],把驿庭四面来围住。若不是慷慨佳人将难轻赴,怎能够保无虞,扈君王直向西川路,使普天下人心悦服。今日里中兴重睹,兀的不是再造了这皇图。

(贴)虽如此说,只是以天下之主,不能庇一妇人,长生殿中之誓安在?李三郎畅好薄情也[9]。(副净)娘娘,那杨妃呵,

【秃厮儿】并不怨九重上情违义忤,单则捱九泉中恨债冤逋[10]。痛只痛情缘两断不再续,常则是悲此日,忆当初,欷歔。

(贴)他可说些甚来?(副净)

【圣药王】他道是恩已虚,爱已虚,则那长生殿里的誓非虚。就是情可辜,意可辜,则那金钗钿盒的信难辜。抈抱恨守冥途。

(贴)他原是蓬莱仙子,只因尘孽,迷失本真[11]。今到此地位,还记得长生殿中之誓。有此真情,殊堪鉴悯。(副净)再启娘娘,杨妃近来,更自痛悔前愆。(贴)怎见得?(副净)

【麻郎儿】他夜夜向星前扪心泣诉,对月明叩首悲呼。切自悔愆尤积聚,要祈求罪业消除。

【幺篇】因此上怨呼恨吐意苦[12]。虽不能贯白虹上达天都[13],早则是结紫字冲开地府[14]。不隄防透青霄横当仙路。

(贴)原来如此。既悔前非,诸愆可释。吾当保奏天庭,令他复归仙位便了。(副净)娘娘呵,

【络丝娘】虽则保奏他仙班再居,他却还有痴情几许。只恐到仙宫但孤处,愿永证前盟夫妇。

(贴)是儿好情痴也。你且回本境,吾自有道理。(副净)领法旨。

【尾声】代将情事分明诉,幸娘娘与他做主。早则看马嵬坡少一个苦游魂,稳情取蓬莱山添一员旧仙侣。

(下)(贴)分付起驾,回璇玑宫去。(众应引行介)

151

第 三 十 三 齣

【南仙吕入双调过曲】【金字段】【金字令】红颜薄命,听说真冤苦。黄泉长恨,听说多酸楚。更抱贞心,初盟不负。【三段子】悔深顿令真元露[15],情坚炼出金丹固,只合登仙把人天恨补。

往来朝谒蕊珠宫,赵 嘏　乌鹊桥成上界通。刘 威

纵目下看浮世事,方 干　君恩已断尽成空。卢 弼

注　释

〔1〕 天除——天上的阶除。

〔2〕 唱叫扬疾——大叫大闹。

〔3〕 急张拘诸——形容慌张;下文乞留屈碌,弯弯曲曲;破丢不答,破破烂烂;滴羞扑速,拐杖落在地上的声态。

〔4〕 勾除——免职。

〔5〕 一陌黄钱——一串纸钱。一陌,一百。

〔6〕 命悬三尺组——以三尺白练自缢而死。

〔7〕 生擦擦——活生生。

〔8〕 闹镬(huò)铎——闹闹吵吵。

〔9〕 李三郎畅好薄情也——三郎,唐明皇的乳名。畅好薄情也,真好薄情呵。

〔10〕 冤逋(bū)——冤债。

〔11〕 本真——仙人的本性。

〔12〕 〔麻郎儿〕〔幺篇〕此句按例用短柱体,二字一韵。

〔13〕 贯白虹上达天都——战国时荆轲为燕国的太子丹去刺秦始皇,相传有白虹贯日。白虹贯日,表示怨气冲天。

〔14〕 紫孛(bèi)——紫气。即织女说的"见你界上有怨气一道,直冲霄汉"。孛,彗星。

〔15〕 真元——本性。

第三十四齣　刺　逆[1]

(丑扮李猪儿太监帽、毡笠、箭衣上[2])"小小身材短短衣,高檐能走壁能飞。怀中匕首无人见,一皱眉头起杀机。"自家李猪儿便是,从小在安禄山帐下。见俺人材俊俏,性格聪明,就与儿子一般看待。一日禄山醉后,忽然现出猪首龙身[3],自道是个猪龙,必有天子之分。因此把俺名字,就顺口唤做猪儿。不想他如今果然做了皇帝,却宠爱着段夫人,要立他儿子庆恩为太子。眼见这顶平天冠,不要说俺李猪儿没福戴他,就是他长子大将军庆绪,也轮不到头上了。因此大将军心怀忿恨,与俺商量,要俺今夜入宫行刺。唉,安禄山,安禄山,你受了唐天子那样大恩,尚且兴兵反叛,休怪俺李猪儿今日反面无情也。(内打二更介)你听,谯楼已打二鼓[4],不免乘此夜静,沿着宫墙前去走一遭也呵。(行介)

【双调】【二犯江儿水】阴森夹道,行不尽阴森夹道,更深人静悄。(内作鸟声介)怕惊飞宿鸟,(内作犬吠介)犬吠哤哤,祸机儿包贮好。(内打更介)那边巡军来了,俺且闪在大树边,躲避一回。(躲介)(小生、末、中净、老旦扮四军,巡更上)"百万军中人四个,九重门外月三更。"(末)大哥每,你看那御河桥树枝,为何这般乱动?(老)莫不有甚奸细在内。(中净)这所在那得有奸细,想是柳树成精了。(小生)呔,你每不听得风起么?(众)不要管,一路巡去就是

153

了。(绕场走下)(丑出行介)好唬人也。只见刁斗暗中敲[5],巡军过御桥。星影云飘,月影花摇,险些儿漏风声难自保。一路行来,此处已近后殿,不免跳过墙去。苑墙恁高,那怕他苑墙恁高,翻身一跳,(作跳过介)已被俺翻身一跳。(内作乐介)你听,恁般时候,还有笙歌之声。喜得宫中都是熟路,且自慢慢而去。等待他醉糢糊把锦席抛[6]。

(虚下)(净作醉态、老旦、中净、二宫女扶侍,二杂扮内侍,提灯上)(净)孤家醉了,到便殿中安息去罢。(杂引净到介)(净坐介)(二杂先下)(净)宫娥,段夫人可曾回宫?(老旦、中净)回宫去了。(净)看茶来吃。(老旦、中净应下)(净作醒叹介)唉,孤家原不曾醉。只为打破长安之后,便想席卷中原。不料各路诸将,连被郭子仪杀得大败,心中好生着急。又因爱恋段夫人,酒色过度,不但弄得孤家身子疲软,连双目都不见了。因此今夜假装酒醉,令他回宫,孤家自在便殿安寝,暂且将息一宵。(老旦、中净捧茶上)皇爷,茶在此。(净作饮介)(内打三更介)(中净)夜已三更,请皇爷安寝罢。(净)宫娥每,把殿门紧闭了。(老旦、中净应作闭门介)(净睡介)(老旦、中净坐地盹介)(净作惊介)为何今夜睡卧不宁,只管肉飞眼跳?(叫介)宫娥,宫娥!(中净惊醒介)想是皇爷独眠不惯,在那里唤人哩。姐姐你去。(老旦)姐姐,还是你去。(推、浑介)(净又叫介)宫娥,是什么人惊醒孤家?(老旦、副净)没有人。(净)传令外面军士,小心巡逻。(老旦、副净)领旨。(作开门出,向内传介)(内应介)(老旦、副净进,忘闭门,复坐地盹介)(净做睡不着介)又记起一事来,段夫人要孤家立他的儿子庆恩为太子,这事明日也要定了。(做睡着介)(丑潜上)俺李猪儿在黑影里,等了多时。才听得笙歌散后,段夫人

回宫,说禄山醉了在便殿安息。是好机会也呵。(行介)
【前腔】潜身行到,悄不觉潜身行到。(内喊小心巡逻介)巡更的空闹吵,怎知俺宫闱暗绕,苑路斜抄,凑昏君沉醉倒。这里已是便殿了。且喜门儿半开在此,不免捱身而入。(进介)莫把兽环摇,(作听介)听鼾声殿角高。你看守宿的宫女,都是睡着。(作剔灯介)咱剔醒兰膏[7],(揭帐介)揭起鲛绡[8],(出刀介)管教他泼残生登时了[9]。(净作梦语,丑惊,伏地,徐起细听介)梦中絮叨,原来是梦中絮叨。(内打四更介)残更频报,趁着这残更频报,赤紧的向心窝刺一刀。

(刺净急下)(净作大叫一声跌地,连跳作死介)(老旦、中净惊醒介)那里这般响动?(看介)阿呀,不好了!(向外叫介)外厢值宿军士快来。(四杂军上)为何大惊小怪?(老旦、中净)皇爷忽然梦中大叫,急起看时,只见鲜血满身,倒在地下。(四杂)有这等事!(作进看介)呀,原来被人刺中心窝而死。好奇怪,我每紧守外厢,还有许多巡军拦路,这贼从那里进来?毕竟是你每做出来的。(老旦、副净)好胡说,你每在外厢护卫,放了贼进来。明日大将军查问,少不得一个个都是死。(军)难道你每就推得干净?(诨介)(杂扮将官上)"凶音来紫殿[10],令旨出青宫[11]。"大将军有令:主上被唐朝郭子仪遣人刺死,即着军士抬往段夫人宫中收殓,候大将军即位发表。(四杂)得令。(抬净尸,随杂下)(老旦、副净向内介)

鱼文匕首犯车茵[12], 刘禹锡 当值巡更近五云。
王　建
胸陷锋芒脑涂地,陆龟蒙 已无踪迹在人群。
赵　嘏

注　释

〔1〕 本齣所写见《通鉴》卷二一九至德二年正月条。
〔2〕 箭衣——古代弓箭手的服装。
〔3〕 忽然现出猪首龙身——《通鉴》卷二一七天宝十三年正月条《附录》："上尝大宴禄山。禄山醉卧，化为龙而猪首。"
〔4〕 谯楼——一作谯门，古代的瞭望台。
〔5〕 刁斗——古代军中用具。日间用作炊具，晚上敲着巡更。
〔6〕 把锦席抛——离开筵席。
〔7〕 兰膏——合兰香而炼膏，以为照明之用。指油灯。
〔8〕 鲛绡——鲛绡帐的省称，指用轻绡做的帐子。
〔9〕 了——结果。
〔10〕 凶音来紫殿——凶音，死讯；紫殿，即紫宫，皇帝住的宫殿。
〔11〕 青宫——即东宫，太子所住。
〔12〕 鱼文匕首犯车茵——用饰有鱼形花纹的匕首拦路行刺。车茵，车子里的坐褥。

第三十五齣　收　京

【仙吕过曲】【甘州歌】【八声甘州】（外金盔、袍服，生、小生、净、末扮四将，各骑马，二卒执旗行上）宣威进讨，喜日明帝里，风静皇郊。欃枪涤尽[1]，看把乾坤重造。扬鞭漫将金镫敲，整顿中兴事正饶[2]。（外）下官郭子仪，奉命统兵讨贼。且喜禄山授首，庆绪奔逃，大小三军就此振旅进城去。（众应，行介）【排歌】收驰辔，近弔桥，只见长安父老拜前旄。欢声动，笑语高，卖将珠串奉香醪。

（到介）（众）启元帅，已进京城。请在龙虎卫衙门，权时驻扎。（外、众下马，作进，外正坐，四将傍坐介）（外）"忆昔长安全盛时，（生、小生）今朝重到不胜悲。（净、末）漫挥满目河山泪，（外）始悟新丰壁上诗。"（四将）请问元帅，什么新丰壁上诗？（外）诸将不知，本镇当年初到西京，偶见酒楼壁上，有术士李遐周题诗一首。（四将）题的是何诗句？（外）那诗上说："燕市人皆去，函关马不归。若逢山下鬼，环上系罗衣。"（四将）这却怎么解？（外）当时也详解不出。如今看来，却句句验了。（将）请道其详。（外）禄山统燕、蓟军马，入犯两京，可不是"燕市人皆去"么？后来哥舒兵败潼关，正是"函关马不归"了。（四将）是，果然不差。后面两句，却又何解？（外）"山下鬼"者，嵬字也。"环"乃贵妃之名，恰应马嵬赐死之事。（四将）

157

第 三 十 五 齣

原来如此,可见事皆前定。今仗元帅洪威,重收宫阙,真乃不世之勋也[3]。(外叹介)唉,西京虽复,只是天子暂居灵武[4],上皇远狩成都;千官尚窜草莱,百姓未归田里。必先肃清宫禁,洒扫园陵[5],务使钟簴不移[6],庙貌如故,上皇西返,大驾东回,才完得我郭子仪身上的事也。(四将打恭介)全仗元帅。"只手重扶唐社稷,一肩独荷李乾坤。"(外)说便这般说,这中兴事,大费安排。诸公何以教我?(四将)不敢。(外)

【商调过曲】【高阳台】九庙灰飞[7],诸陵尘暗,腥羶满目狼藉。久阙宫悬[8],伤心血泪时滴。(合)今日,妖氛幸喜消尽也,索早自扫除修葺。(外)左营将官过来。(生)有。(外)你将这令箭一枝,前去星夜雇募人夫扫除陵寝,修葺宗庙,候圣驾回来致祭。(合)待春园,樱桃熟绽,荐陈时食[9]。

(外付令箭,生收介)领钧旨。(末)元帅在上,帝京初复,十室九空。为今要务,先当招集流移,使安故业。(外)言之然也。

【前腔】【换头】堪惜,征调千家,流离百室,哀鸿满路悲戚。须早招徕,闾阎重见盈实。(合)安辑,春深四野农事早,恰趁取甲兵初释。(外)右营将官过来。(小生)有。(外)你将这令箭一枝,前去出榜安民,复归旧业。(合)遍郊圻安宁妇子[10],勉修耕织。

(外付令箭,小生接介)领钧旨。(净)元帅在上,国家新造,纲纪宜张,还须招致旧臣,共图更始[11]。(外)此言正合我意。

【前腔】【换头】虽则,暂总纲维,独肩弘巨[12],同心早晚协力。百尔臣工,安危须仗奇策。(合)欣得,南阳已自佳气满[13],好共把旧章重饬。(外)后营将官过来。(末)有。(外)你将这令箭一枝,榜示百官,限三日内,齐赴军前,共襄国事。(合)佐中兴升平泰运,景从云集[14]。

(外付令箭,末接介)领钧旨。(生、小生)元帅在上,长安久无天日,士民渴仰圣颜。庶政以渐举行,銮舆必先反正。(外)二位所言,乃中兴大本也。本镇早已修下迎驾表文在此。

【前腔】【换头】目极,云蔽行宫,尘蒙西蜀,臣心凤夜难释[15]。反正銮舆,群情方自归一。(众共泣介)(合)凄恻,无君久切人痛愤,愿早把圣颜重识。(外)前营将官过来。(净)有。(外)你将这令箭一枝,带领龙虎军士五千,备齐法驾[16],赍我表文,前往灵武,奉迎今上皇帝告庙[17]。并候圣旨,遣官前往成都,迎请上皇回銮。(净接令箭介)领钧旨。(外)左右看香案过来,就此拜发表文。(杂应、设香案,丑扮礼生上[18],赞礼)(外同四将拜表介)(合)就军前瞻天仰圣,共尊明辟[19]。

(丑下)(净捧表文介)(四将)小将等就此前去。

削平妖孽在斯须[20],方 干 (外)依旧山河捧帝居。
皮日休

(合)听取满城歌舞曲,杜 牧 风云长为护储胥[21]。
李商隐

注　释

〔1〕 欃(chán)枪——彗星。古代相传彗星主兵灾。欃枪涤尽,肃清叛乱。

〔2〕 饶——多。

〔3〕 不世——非常。

159

〔4〕 天子暂居灵武——按史实,这时唐肃宗已在凤翔。

〔5〕 园陵——陵墓。

〔6〕 钟簴(qù)不移——钟,宗庙里祭祀用的乐器。簴,挂钟的木架。钟簴不移,即下句庙(宗庙)貌如故的意思。

〔7〕 九庙灰飞——"太庙为贼所焚"(《通鉴》卷二二〇肃宗至德二年条)。

〔8〕 久阙宫悬——礼乐制度久缺。宫悬,天子宫殿里悬挂乐器的一种特定方式。

〔9〕 荐陈时食——以时新食品祭享祖先。

〔10〕 郊圻(qí)——郊外。下句妇子,指男的女的。

〔11〕 更始——再造,中兴。

〔12〕 弘巨——重大的(责任)。

〔13〕 南阳已自佳气满——汉光武帝刘秀是南阳人,他重建汉代的统治。全句用来譬喻唐肃宗已有中兴气象。

〔14〕 景从——景同影,景从,如影子跟人一样,这句话的意思表示追随者很多。

〔15〕 夙夜——朝夕,有时时刻刻的意思。

〔16〕 法驾——皇帝的仪仗队。

〔17〕 告庙——古代帝王及诸侯在外出和外出回来时祭告宗庙的一种仪式。

〔18〕 礼生——司仪。

〔19〕 明辟——明君。辟,皇帝。

〔20〕 斯须——顷刻。

〔21〕 储胥——军营外的藩篱。此指郭子仪营帐。

第三十六齣　看　袜[1]

【商调过曲】【吴小四】(老旦扮酒家妪上)驿坡头,门巷幽,拾得娘娘锦袜收。开着店儿重卖酒,往来客人尽见投。聊度日不用愁。

老身王嬷嬷,一向在这马嵬坡下,开个冷酒铺儿度日。自从安禄山作乱,人户奔逃。那时老身躲入驿内佛堂,只见梨树之下有锦袜一只,是杨娘娘遗下的。老身收藏到今,谁想是件至宝。如今郭元帅破贼收京,太平重见,老身仍旧开张酒铺在此。但是远近人家,闻得有锦袜的,都来铺中饮酒,兼求看袜。酒钱之外,另有看钱,生意十分热闹。(笑介)也算是老身交运了。今早铺设下店儿,想必有人来也。(虚下)(小生巾、服行上)

【中吕过曲】【驻马听】翠辇西临,古驿千秋遗恨深。叹红颜断送,一似青冢荒凉[2],紫玉销沉[3]。小生李暮,向因兵戈阻路,不能出京。如今渐喜太平,闻得马嵬坡下王嬷嬷酒店中,藏有贵妃锦袜一只,因此前往借观。呀,那边一个道姑来了。(丑扮道姑上)"满目沧桑都换泪,空留锦袜与人看。"(见介)(小生)姑姑何来?(丑)贫道乃金陵女贞观主,来京请藏[4],兵阻未归。今闻王嬷嬷店中,有杨娘娘锦袜,特来求看。(小生)原来也是看袜的,就请同行。(同行介)(合)玉人一去杳难寻,伤心野店留残锦。

161

第三十六齣

且买酒徐斟,暂时把玩端详审。

(小生)此间已是,不免径入。(同作进介)(老旦迎上)里面请坐。(小生、丑作坐介)(外上)老汉郭从谨,喜得兵戈宁息,要往华山进香。经过这马嵬坡下,走的乏了。有座酒店在此,且吃三杯前去。(进介)店主人取酒来。(老旦)有酒。(外与小生、丑见介)请了。(小生向老旦介)王嬷嬷,我等到此,一则饮酒,二则闻有太真娘娘的锦袜,要借一观。(老旦笑介)锦袜果有一只。只是老身呵,

【前腔】宝护深深,什袭收藏直至今[5]。要使他香痕不减,粉泽常留,尘涴无侵。果然堪爱又堪钦,行人欲见争投饮。客官,只要不惜囊金,愿与君把玩端详审。

(小生)这个自然。我每酒钱之外,另有青蚨便了[6]。(老旦)如此待老身去取来。(虚下)(持袜上)"玉趾罢穿还带腻,罗巾深裹便闻香。"客官,锦袜在此。请看。(小生作接,展开同丑看介)呀,你看锦文缜致,制度精工。光艳犹存,异香未散。真非人间之物也。(丑)果然好香!(外作饮酒不顾介)(小生作持袜起,看介)

【驻云飞】你看薄衬香绵,似一朵仙云轻又软。昔在黄金殿,小步无人见。怜,今日酒垆边,等闲携展。只见线迹针痕,都砌就伤心怨。可惜了绝代佳人绝代冤,空留得千古芳踪千古传。

(外作恼介)唉,官人,看他则甚!我想天宝皇帝,只为宠爱了贵妃娘娘,朝欢暮乐,弄坏朝纲。致使干戈四起,生民涂炭。老汉残年向尽,遭此乱离。今日见了这锦袜,好不痛恨也。

【前腔】想当日一捻新裁,紧贴红莲着地开,六幅湘裙盖,行动君先爱。唉,乐极惹非灾[7],万民遭害。今日里事去人亡,一物空留在。我蓦睹香袦重痛哀,回想颠危还泪揩。

(老旦)呀,这客官见了锦袜,为何着恼?敢是不肯出看钱么!(外)什么看钱?(老旦)原来是个村老儿,看钱也不晓得。(小生)些须小事,不必斗口。(向丑介)姑姑也请细观。(向老旦介)待小生一并送钱便了。(递袜介)(丑接起看介)唉,我想太真娘娘,绝代红颜,风流顿歇。今日此袜虽存,佳人难再。真可叹也。

【前腔】你看琐翠钩红,叶子花儿犹自工。不见双跌莹[8],一只留孤凤。空,流落恨何穷,马嵬残梦。倾国倾城,幻影成何用!莫对残丝忆旧踪,须信繁华逐晓风。

(递袜与老旦介)嬷嬷,我想太真娘娘,原是神仙转世。欲求喜舍此袜,带到金陵女贞观中,供养仙真。未知许否?(老旦笑介)老身无儿无女,下半世的过活都在这袜儿上,实难从命。(小生)小生愿出重价买去。如何?(外)这样遗臭之物,要他何用。(老旦)老身也不卖的。(外作交钱介)拿酒钱去。(小生作交钱介)我每看袜的钱,一总在此。(老旦收介)多谢了。

一醉风光莫厌频, 鲍　溶　(丑)几多珠翠落香尘。
　　卢　纶
(小生)惟留坡畔弯环月[9],李　益　(外)郊外喧喧引看人。
　　宋之问

注　释

〔1〕　本齣故事见《全唐诗》刘禹锡《马嵬行》。

〔2〕　青冢——汉元帝以王昭君嫁给匈奴单于。传说她死了以后，坟墓上面草色青青，叫青冢。在现在呼和浩特市的南面。

〔3〕　紫玉——相传春秋时代吴王夫差的女儿紫玉（小玉）爱上了青年韩重。后来不能嫁他，悒郁而死。韩重在坟墓旁看见了她，但又和轻烟一样消失了。紫玉在古代文学作品中，常常用来比喻早死的少女。

〔4〕　请藏——请购道藏。藏，指道教经典。

〔5〕　什袭——十件，形容重重叠叠地包裹起来。珍藏的意思。

〔6〕　青蚨——钱。

〔7〕　非灾——横祸。

〔8〕　双趺（fū）——双足。趺，足背。

〔9〕　弯环月——指锦袜。

第三十七齣　尸　解

【_{正宫}_{引子}】【梁州令】(魂旦上)风前荡漾影难留,叹前路谁投。死生离别两悠悠,人不见,情未了,恨无休。

　　【如梦令】"绝代风流已尽,薄命不须重恨。情字怎消磨?一点嵌牢方寸。闲趁,闲趁,残月晓风谁问!"我杨玉环鬼魂,自蒙土地给与路引,任我随风来往。且喜天不收,地不管,无拘无系,煞甚逍遥。只是再寻不到皇上跟前,重逢一面。(悲介)好不悲伤!今日且顺着风儿,看到那一处也。(行介)

【_{正宫}_{过曲}】【雁鱼锦】[雁过声全]悄魂灵御风似梦游,路沉沉不辨昏和昼。经野树片时权栖宿,猛听冷烟中鸟啾啾,唬得咱早难自停留。青燐荒草浮,倩他照着我向前冥冥走。是何处殿角几重云影覆?(看介)呀,原来就是西宫门首了。不免进去一看。(作欲进,二门神黑白面,金甲,执鞭、简上)(立高处介)"生前英勇安天下,死后威灵护殿门。"(举鞭、简拦旦介)何方女鬼,不得擅入。(旦出路引介)奴家杨玉环,有路引在此。(门神)原来是杨娘娘。目今禄山被刺,庆绪奔逃,郭元帅扫清宫禁,只太上皇远在蜀中,新天子尚留灵武,因此大内寂无一人,宫门尽扃锁钥。娘娘请自进去,吾神回避。(下)(旦作进介)你看"宫花都是断肠枝,帘幕无人窣地垂。行到画屏回合处,分明钗盒奉恩时。"(泪介)(场上先设宫中旧床帷、器物介)【二犯渔家傲】[雁过声换头]踌躇,往日风流。

165

【普天乐】(作坐床介)记盒钗初赐,种下这恩深厚。痴情共守,(起介)又谁知惨祸分离骤!唉,你看沉香亭、华萼楼都这般荒凉冷落也。(作登楼介)并没有人登画楼,并没有花开并头,【雁过声】并没有奏新讴——端的有,荒凉满目生愁!凄然,不由人泪流!呀,这里是长生殿了。我想起来,(泪介)(场上先设长生殿乞巧香案介)这壁厢是咱那日陈瓜果夜香来乞巧,那壁厢是他怎时向牛女凭肩私拜求。(哭介)我那皇上呵,怎能够霎时一见也!方才门神说,上皇犹在蜀中。不免闪出宫门,到渭桥之上,一望西川则个。(行介)【二犯倾杯序】【雁过声换头】凝眸,一片清秋,(登桥介)【渔家傲】望不见寒云远树峨眉秀。【倾杯序】苦忆蒙尘[1],影孤体倦。病马严霜,万里桥头[2],知他健否?纵然无恙,料也为咱消瘦。待我飞将过去。(作飞,被风吹转介)(哭介)哎哟,天呵!【雁过声】我只道轻魂弱魄飞能去,又谁知千水万山途转修。(作看介)呀,你看佛堂虚掩,梨树欹斜。怎么被风一吹,仍在马嵬驿内了!(场上先设佛堂梨树介)【喜渔灯犯】【喜渔灯】驿垣夜冷一灯微漏。佛堂外,阴风四起。看月暗空厩,【朱奴儿】猛伤心泪垂。【玉芙蓉】对着这一株靠檐梨树幽,(坐地泣介)【渔家傲】这是我断香零玉沉埋处。好结果一场厮耨[3],空落得薄命名留。【雁过声】当日个红颜艳冶千金笑,今日里白骨抛残土半丘。我想生受深恩,死亦何悔。只是一段情缘,未能终始,此心耿耿,万劫难忘耳。

【锦缠道犯】【锦缠道】漫回首,梦中缘花飞水流,只一点故情留。似春蚕到死尚把丝抽。剑门关离宫自愁,马嵬坡夜台空守[4],想一样恨悠悠。【雁过声】几时得金钗钿盒完

尸　　解

前好,七夕盟香续断头!

(副净上)"天边传敕使,泉下报幽魂。"(见介)贵妃,有天孙娘娘赍捧玉旨到来,须索准备迎接。吾神先去也。(旦)多谢尊神。(分下)(杂扮四仙女、执水盂、旛节、引贴捧敕上)

【南吕引子】【生查子】玉敕降天庭,鸾鹤飞前后。只为有情真,召取还蓬岫。

(副净上,跪接介)马嵬坡土地迎接娘娘。(贴)土地,杨妃魂灵何在？速召前来,听宣玉敕。(副)领法旨。(下)(引旦去魂帕上[5],跪介)(贴宣敕介)玉旨已到,跪听宣读。玉帝敕曰:咨尔玉环杨氏,原系太真玉妃,偶因微过,暂谪人间。不合迷恋尘缘,致遭劫难。今据天孙奏尔吁天悔过,夙业已消,真情可悯。准授太阴炼形之术,复籍仙班,仍居蓬莱仙院。钦哉谢恩。(旦叩头介)圣寿无疆。(见贴介)天孙娘娘叩首。(贴)太真请起。前天宝十载七夕,我正渡河之际,见你与唐天子在长生殿上,密誓情深。昨又闻马嵬土地诉你悔过真诚,因而奏闻上帝,有此玉音。(旦)多谢娘娘提拔。(贴取水盂、付副净介)此乃玉液金浆。你可将去,同玉妃到坟前,沃彼原身,即得炼形度地[6],尸解上升了[7]。炼毕之时,即备音乐、旛幢,送归蓬莱仙院。我先缴玉敕去也。(副净)领法旨。(贴)"驾回双凤阙,云拥七襄衣[8]。"(引仙女下)(副净)玉妃恭喜,就请同到塚上去。(副净捧水盂,引旦行介)

【南吕过曲】【香柳娘】往郊西道北,往郊西道北,只见一拳培塿[9]。(副净)到了。(旦作悲介)这便是我前生宿艳藏香薮。(副净)小神向奉西岳帝君敕旨,将仙体保护在此。待我去扶将出来。(作向古门扶杂[10],照旦妆饰,扮旦尸锦褥包裹上)(副净解去锦褥,扶尸立

167

第三十七齣

介)(旦见作惊介)看原身宛然,看原身宛然,紧紧合双眸,无言闭檀口。(副净将水沃尸介)把金浆点透,把金浆点透,神光面浮,(尸作开眼介)(旦)秋波忽溜。

(尸作手足动,立起向旦走一二步介)(旦惊介)呀,

【前腔】果霎时再活,果霎时再活,向前移走,觑形模与我无妍丑。(作迟疑介)且住,这个杨玉环已活,我这杨玉环却归何处去?(尸作忽走向旦,旦作呆状,与尸对立介)(副净拍手高叫介)玉妃休迷,他就是你,你就是他。(指尸向旦介)这躯壳是伊,(指旦向尸介)这魂魄是伊,真性假骷髅,当前自分剖。(尸逐旦绕场急奔一转,旦扑尸身作跌倒,尸隐下)(副净)看元神入彀[11],看元神入彀,似灵胎再投,双环合凑。

【前腔】(旦作起,立定徐唱介)乍沉沉梦醒,乍沉沉梦醒,故吾失久[12],形神忽地重圆就。猛回思惘然,猛回思惘然,现在自庄周,蝴蝶复何有[13]。我杨玉环,不意今日冷骨重生,离魂再合。真谢天也。似亡家客游,似亡家客游,归来故丘,室庐依旧[14]。

土地请上,待吾拜谢。(副净)小神不敢。(旦拜,副净答拜介)(旦)

【前腔】谢经年护持,谢经年护持,保全枯朽,更断魂落魄蒙拼覆。(副净)音乐、旛幢已备,候送玉妃归院。(旦欲行又止介)且住,我如今尸解去了,日后皇上回銮,毕竟要来改葬。须留下一物在此,做个记验才好。土地,你可将我裹身的锦褥,依旧埋在塚中,不可损坏。(副净)领仙旨。(作取褥,褥作飞下介)(副净看介)呀,奇哉,奇哉!那锦褥化作一片彩云,竟自腾空飞去了。(旦看介)哦,是了。方才炼形之时,那锦褥也沾着金浆,故此得了仙

168

气。化飞空彩云,化飞空彩云,也似学仙游,将何更留后?我想金钗、钿盒,是要随身紧守的,此外并无他物……(想介)哦,也罢,我胸前有锦香囊一个,乃翠盘试舞之时,皇上所赐,不免解来留下便了。(作解香囊看介)解香囊在手,解香囊在手,(悲介)他日君王见收,索强似人难重觏。

(将香囊付副净介)土地,你可将此香囊,放在塚内。(副净接介)领仙旨。(虚下,即上)启娘娘,香囊已放下了。(杂扮四仙女,音乐、旛幢上)(见旦介)蓬莱山太真院中仙姬叩见。请娘娘更衣归院。(内作乐,旦作更仙衣介)(副净)小神候送。(旦)请回。(副下,仙女、旦行介)

【单调风云会】【一江风】指瀛洲,云气空濛覆,金碧开群岫。【驻云飞】嗏,仙家岁月悠,与情同久。情到真时,万劫还难朽。牢把金钗钿盒收,直到蓬山顶上头。(从高处行下)

销耗胸前结旧香,张　祜　多情多感自难忘。陆龟蒙
蓬山此去无多路,李商隐　天上人间两渺茫。曹　唐

注　释

〔1〕　蒙尘——皇帝出奔。
〔2〕　万里桥——在成都。
〔3〕　厮耨(nòu)——此作相爱解。
〔4〕　夜台——墓穴。剑门关句指唐明皇,马嵬坡句指自己。
〔5〕　魂帕——戴在演员头上,表示扮演的角色是鬼魂。本齣以后杨贵妃成为仙人,不再是鬼魂了。
〔6〕　炼形度地——炼形,道家修炼隐身的法术;度地,道家离尘飞升的法术。
〔7〕　尸解——意思说尸形解化,不再存在。道家用语,指离开形体

而成仙。

〔8〕 七襄衣——织女仙以自己的织物制成的衣裳。七襄,指花纹之多。

〔9〕 一拳——一堆。

〔10〕 古门——即鬼门,戏台上演员的出入口。

〔11〕 元神入彀——元神,灵魂;彀,指躯壳。

〔12〕 故吾——原来的我。

〔13〕 现在自庄周,蝴蝶复何有——庄子梦见自己变成了蝴蝶,是《庄子·齐物论》中一个著名的比喻。

〔14〕 室庐——用来喻躯体。

第三十八齣　弹　词

（末白须、旧衣帽抱琵琶上）"一从鼙鼓起渔阳，宫禁俄看蔓草荒。留得白头遗老在，谱将残恨说兴亡。"老汉李龟年，昔为内苑伶工，供奉梨园，蒙万岁爷十分恩宠。自从朝元阁教演《霓裳》，曲成奏上，龙颜大悦。与贵妃娘娘，各赐缠头，不下数万。谁想禄山造反，破了长安，圣驾西巡，万民逃窜。俺每梨园部中，也都七零八落，各自奔逃。老汉来到江南地方，盘缠都使尽了。只得抱着这面琵琶，唱个曲儿餬口。今日乃青溪鹫峰寺大会[1]，游人甚多，不免到彼卖唱。（叹科）哎，想起当日天上清歌，今日沿门鼓板，好不颓气人也。（行科）

【南吕】【一枝花】不隄防馀年值乱离，逼拶得岐路遭穷败。受奔波风尘颜面黑，叹衰残霜雪鬓须白。今日个流落天涯，只留得琵琶在。揣羞脸上长街又过短街[2]。那里是高渐离击筑悲歌[3]，倒做了伍子胥吹箫也那乞丐[4]。

【梁州第七】想当日奏清歌趋承金殿，度新声供应瑶阶。说不尽九重天上恩如海：幸温泉骊山雪霁，泛仙舟兴庆莲开[5]，玩婵娟华清宫殿[6]，赏芳菲花萼楼台。正担承雨露深泽，蓦遭逢天地奇灾：剑门关尘蒙了凤辇鸾舆，马嵬坡血污了天姿国色。江南路哭杀了瘦骨穷骸。可哀落魄，只得把《霓裳》御谱沿门卖，有谁人喝声采！空对着六代园陵草树埋[7],满目兴衰。

(虚下)(小生巾服上)"花动游人眼,春伤故国心。《霓裳》人去后,无复有知音。"小生李暮,向在西京留滞,乱后方回。自从宫墙之外,偷按《霓裳》数叠,未能得其全谱。昨闻有一老者,抱着琵琶卖唱。人人都说手法不同,像个梨园旧人。今日鹫峰寺大会,想他必在那里,不免前去寻访一番。一路行来,你看游人好不盛也。(外巾服,副净衣帽,净长帽、帕子包首,扮山西客,携丑扮妓上)(外)"闲步寻芳惜好春",(副净)"且看胜会逐游人"。(净)大姐,咱和你"及时行乐休空过"。(丑)客官,"好听琵琶一曲新"。(小生向副净科)老兄请了。动问这位大姐,说甚么"琵琶一曲新"？(副净)老兄不知,这里新到一个老者,弹得一手好琵琶。今日在鹫峰寺赶会,因此大家同去一听。(小生)小生正要去寻他,同行何如？(众)如此极好。(同行科)行行去去,去去行行,已到鹫峰寺了。就此进去。(同进科)(副净)那边一个圈子,四围板凳,想必是波。我每一齐捱进去,坐下听者。(众作坐科)(末上见科)列位请了,想都是听曲的。请坐了,待在下唱来请教波。(众)正要领教。(末弹琵琶唱科)

【转调货郎儿】唱不尽兴亡梦幻,弹不尽悲伤感叹,大古里凄凉满眼对江山[8]。我只待拨繁弦传幽怨,翻别调写愁烦,慢慢的把天宝当年遗事弹。

(外)《天宝遗事》,好题目波。(净)大姐,他唱的是甚么曲儿,可就是咱家的西调么[9]？(丑)也差不多儿。(小生)老丈,天宝年间遗事,一时那里唱得尽者。请先把杨贵妃娘娘,当时怎生进宫,唱来听波。(末弹唱科)

【二转】想当初庆皇唐太平天下,访丽色把蛾眉选刷[10]。有佳人生长在弘农杨氏家,深闺内端的玉无瑕。那君王一见了欢无那[11],把钿盒金钗亲纳,评跋做昭阳第一花。

(丑)那贵妃娘娘,怎生模样波?(净)可有咱家大姐这样标致么?(副净)且听唱出来者。(末弹唱科)

【三转】那娘娘生得来仙姿佚貌,说不尽幽闲窈窕。真个是花输双颊柳输腰,比昭君增妍丽,较西子倍风标,似观音飞来海峤,恍嫦娥偷离碧霄。更春情韵饶,春酣态娇,春眠梦悄。总有好丹青[12],那百样娉婷难画描。

(副净笑科)听这老翁说的杨娘娘标致,恁般活现,倒像是亲眼见的,敢则谎也。(净)只要唱得好听,管他谎不谎。那时皇帝怎么样看待他来,快唱下去者。(末弹唱科)

【四转】那君王看承得似明珠没两,镇日里高擎在掌。赛过那汉宫飞燕倚新妆,可正是玉楼中巢翡翠[13],金殿上锁着鸳鸯,宵偎昼傍。直弄得个伶俐的官家颠不刺懵不刺撇不下心儿上[14]。弛了朝纲,占了情场,百支支写不了风流账[15]。行厮并,坐厮当。双,赤紧的倚了御床,博得个月夜花朝同受享。

(净倒科)哎呀,好快活,听的咱似雪狮子向火哩。(丑扶科)怎么说?(净)化了。(众笑科)(小生)当日宫中有《霓裳羽衣》一曲,闻说出自御制,又说是贵妃娘娘所作。老丈可知其详?请唱与小生听咱。(末弹唱科)

【五转】当日呵,那娘娘在荷庭把宫商细按,谱新声将霓裳调翻。昼长时亲自教双鬟[16]。舒素手拍香檀,一字字都吐自朱唇皓齿间。恰便似一串骊珠,声和韵宋,恰便似莺与燕弄关关,恰便似鸣泉花底流溪涧,恰便似明月下泠泠清梵[17],恰便似缑岭上鹤唳高寒[18],恰便似步虚仙珮夜珊珊。传集了梨园部、教坊班,向翠盘中高簇拥着个娘娘,引得那君王带笑看。

(小生)一派仙音,宛然在耳,好形容波。(外叹科)哎,只可惜当日天子宠爱了贵妃,朝欢暮乐,致使渔阳兵起。说起来令人痛心也!(小生)老丈,休只埋怨贵妃娘娘。当日只为误任边将,委政权奸,以致庙谟颠倒[19],四海动摇。若使姚、宋犹存,那见得有此。(外)这也说的是波。(末)嗨,若说起渔阳兵起一事,真是天翻地覆,惨目伤心。列位不嫌絮烦,待老汉再慢慢弹唱出来者。(众)愿闻。(末弹唱科)

【六转】恰正好呕呕哑哑《霓裳》歌舞,不隄防扑扑突突渔阳战鼓。划地里出出律律纷纷攘攘奏边书[20],急得个上上下下都无措。早则是喧喧嗾嗾,惊惊遽遽,仓仓卒卒,挨挨拶拶出延秋西路,銮舆后携着个娇娇滴滴贵妃同去。又只见密密匝匝的兵,恶恶狠狠的语,闹闹炒炒、轰轰骉骉四下喧呼[21],生逼散恩恩爱爱疼疼热热帝王夫妇。霎时间画就了这一幅惨惨凄凄绝代佳人绝命图。

(外、副净同叹科)(小生泪科)哎,天生丽质,遭此惨毒。真可怜也!(净笑科)这是说唱,老兄怎么认真掉下泪来!(丑)那贵妃娘娘死后,葬在何处?(末弹唱科)

【七转】破不剌马嵬驿舍,冷清清佛堂倒斜。一代红颜为君绝,千秋遗恨滴罗巾血。半棵树是薄命碑碣,一抔土是断肠墓穴。再无人过荒凉野,莽天涯谁吊梨花谢!可怜那抱幽怨的孤魂,只伴着呜咽咽的望帝悲声啼夜月[22]。

(外)长安兵火之后,不知光景如何?(末)哎呀,列位,好端端一座锦绣长安,自被禄山破陷,光景十分不堪了。听我再弹波。(弹唱科)

【八转】自銮舆西巡蜀道,长安内兵戈肆扰。千官无复紫宸朝,把繁华顿消,顿消。六宫中朱户挂蟏蛸[23],御榻傍白日狐狸啸。叫鸱鸮也么哥,长蓬蒿也么哥。野鹿儿乱跑,苑柳宫花一半儿凋。有谁人去扫,去扫!玳瑁空梁燕泥儿抛,只留得缺月黄昏照。叹萧条也么哥,染腥臊也么哥!染腥臊,玉砌空堆马粪高。

(净)呸,听了半日,饿得慌了。大姐,咱和你喝烧刀子[24],吃蒜包儿去。(做腰边解钱与末,同丑诨下)(外)天色将晚,我每也去罢。(送银科)酒资在此。(末)多谢了。(外)"无端唱出兴亡恨,(副净)引得傍人也泪流。"(同外下)(小生)老丈,我听你这琵琶,非同凡手。得自何人传授?乞道其详。(末)

【九转】这琵琶曾供奉开元皇帝,重提起心伤泪滴。(小生)这等说起来,定是梨园部内人了。(末)我也曾在梨园籍上姓名题,亲向那沉香亭花里去承值,华清宫宴上去追随。(小生)莫不是贺老?(末)俺不是贺家的怀智。(小生)敢是黄旛绰?(末)黄旛绰同咱皆老辈。(小生)这等想必是雷海青?(末)我虽是弄琵琶却不姓雷。他呵,骂逆贼久已身死名垂。(小生)这等,想必是马仙期了。(末)我也不是擅场方响马仙期,那些旧相识都休话起。(小生)因何来到这里?(末)我只为家亡国破兵戈沸,因

175

第三十八齣

此上孤身流落在江南地。(小生)毕竟老丈是谁波?(末)您官人絮叨叨苦问俺为谁,则俺老伶工名唤做龟年身姓李。

(小生揣科)呀,原来却是李教师。失瞻了。(末)官人尊姓大名,为何知道老汉?(小生)小生姓李,名暮。(末)莫不是吹铁笛的李官人么?(小生)然也。(末)幸会,幸会。(揣科)(小生)请问老丈,那《霓裳》全谱可还记得波?(末)也还记得,官人为何问他?(小生)不瞒老丈说,小生性好音律,向客西京。老丈在朝元阁演习《霓裳》之时,小生曾傍着宫墙,细细窃听,已将铁笛偷写数段。只是未得全谱,各处访求,无有知者。今日幸遇老丈,不识肯赐教否?(末)既遇知音,何惜末技。(小生)如此多感,请问尊寓何处?(末)穷途流落,尚乏居停[25]。(小生)屈到舍下暂住,细细请教何如?(末)如此甚好。

【煞尾】俺一似惊乌绕树向空枝外,谁承望做旧燕寻巢入画栋来。今日个知音喜遇知音在,这相逢,异哉!恁相投,快哉!李官人呵,待我慢慢的传与你这一曲霓裳播千载。

(末)桃蹊柳陌好经过, 张 籍 (小生)聊复回车访薜萝。
　　　　白居易

(末)今日知音一留听, 刘禹锡 (小生)江南无处不闻歌。
　　　顾 况

注　释

〔1〕 鹫峰寺——明英宗天顺五年(1461)建,在南京钞库街南青溪旁。

〔2〕 揣(chuāi)羞脸——用衣袖把脸遮掩起来。

〔3〕 那里是高渐离击筑悲歌——高渐离,战国时代燕国人。他的

友人荆轲去刺秦始皇。送别时,高渐离击筑(乐器),荆轲唱"风萧萧兮易水寒,壮士一去兮不复还"。

〔4〕 倒做了伍子胥吹箫也那乞丐——伍子胥,春秋时代楚国人,楚王害死了他的父、兄,他出奔到吴国,相传曾在吴市吹箫乞食。

〔5〕 兴庆——兴庆池,即龙池,它和兴庆宫都在长安城内。

〔6〕 玩婵娟——赏月。

〔7〕 六代——即六朝,吴、东晋、宋、齐、梁、陈,先后以建康(南京)为京都。

〔8〕 大古里——总是。

〔9〕 西调——甘肃一带的地方性曲调。

〔10〕 选刷——选取。

〔11〕 无那——无奈。欢无奈,乐得很。

〔12〕 丹青——画手。

〔13〕 翡翠——鸟名。

〔14〕 颠不剌懵不剌——颠颠倒倒,糊里糊涂。不剌,语助词,本身无意义。

〔15〕 百支支——形容话儿多。写不了风流账,说不尽风流话。

〔16〕 双鬟——指宫女。

〔17〕 梵——即梵呗,诵经(歌赞)的声音。

〔18〕 缑岭——即缑氏山,相传周灵王太子晋在这里驾鹤成仙。

〔19〕 庙谟——朝政。

〔20〕 划地里——平白地。

〔21〕 骅骅(huà)——象声词,此作大声喧闹解。

〔22〕 望帝——相传古代蜀国国王杜宇,号望帝,后来禅位给人,自己变成了杜鹃。

〔23〕 蟏蛸——一种身子很小脚很长的蜘蛛。

〔24〕 烧刀子——烧酒。

〔25〕 居停——这里作寄寓的地方解释。

177

第三十九齣　私　祭

【_{南吕}_{引子}】【小女冠子】(老旦、贴道扮同上)(老旦)旧时云髻抛宫样,(贴)依古观共焚香。(合)叹夜来风雨催花葬,洗心好细翻经藏。

(老旦)"寂寂云房掩竹扃[1],(贴)春泉漱玉响泠泠。(老旦)舞衣施尽馀香在,(贴)日向花前学诵经。"(老旦)吾乃天宝旧宫人永新是也。与念奴妹子,逃难出宫,直至金陵,在女贞观中做了女道士。且喜十分幽静,尽可修持。此间观主,昨自西京购请道藏回来。今日天气晴和,着我二人检晒经函。且索细细翻阅则个。(场上先设经桌,老旦、贴同作翻介)

【_{双调}_{过曲}】【孝南枝】(孝顺歌)金函启,玉案张,临风细翻春昼长。只见尘影弄晴光,灵花满空降。(老旦)想当日在宫中,听娘娘教白鹦哥念诵《心经》。若是早能学道,倒也免了马嵬之难。(贴)那热闹之时,那个肯想到此。(老旦)便是。昨日听得观主说,马嵬坡酒家拾得娘娘锦袜一只,还有游人出钱求看哩,何况生前!(合)枉了雪衣提唱[2]。是色非空,谁观法相?【琐南枝】赢得锦袜香残,犹动行人想。(杂扮道姑捧茶上)"玉经日下晒,香茗雨前烹。"二位仙姑,检经困乏了。观主教我送茶在此。(老旦、贴)劳动了。(作饮茶介)(杂)呵呀,一片黑云起来,要下雨哩。(老旦、贴)快把经函收拾罢。(作收拾介)(杂)你看莺乱飞,草正芳,恰好应清明,雨漂荡。

(下)(场上收经桌介)(老旦)不是小道姑说起,倒忘了今日是清明佳节哩。此时家家扫墓,户户烧钱。妹子,我与你向受娘娘之恩,无从报答。就把一陌纸钱,一杯清茗,遥望长安哭奠一番,多少是好。(贴)姐姐,这是当得的,待我写个牌位儿供养。(作写位供介)(同拜哭介)娘娘呵,

【前腔】想着你恩难罄,恨怎忘,风流陡然没下场。那里是西子送吴亡,错冤做宗周为褒丧[3]。(贴)呀,庭下牡丹,雨中开了一朵。此花最是娘娘所爱,不免折来供在位前。(合)名花无恙,倾国佳人,先归黄壤。总有麦饭香醪,浇不到孤坟上。(哭叫介)我那娘娘嘎,只落得望断眸,叫断肠,泪如泉,哭声放!(暗下)

【锁南枝】(末行上)江南路,偶踏芳,花间雨过沾客裳。老汉李龟年,幸遇李謩官人,相留在家。今日清明佳节,出门闲步一回。却好撞着风雨。懊恨故国云迷,白首低难望。且喜一所道院在此,不免进去避雨片时。(作进介)松影闲,鹤唳长,且自暂徘徊,石坛上。

你看座列群真,经藏万卷,好不庄严也。(作看牌念介)皇唐贵妃杨娘娘灵位。(哭介)哎哟,杨娘娘,不想这里颠倒有人供养[4]!(拜介)

【前腔】[换头]一朝把身丧,千秋抱恨长。(老旦、贴一面上)那个啼哭?(作看惊介)这人好似李师父的模样,怎生至此?(末)恨杀六军跋扈,生逼得君后分离,奇变惊天壤。可怜小人李龟年,(老旦、贴)原来果是李师父,(末)不能够逢令节,奠一觞,没

179

揣的过仙宫,拜灵爽。

(老旦、贴出见介)李师父,弟子每稽首。(末)姑姑是谁?(作惊认介)呀,莫非永、念二娘子么?(老旦、贴)正是。(各泪介)(末)你两个几时到此?(老旦、贴)师父请坐。我每去年逃难南来,出家在此。师父因何也到这里?(末)我也因逃难,流落江南。前在鹫峰寺中,遇着李䔩官人,承他款留到家,不想又遇你二人。(老旦、贴)那个李䔩官人?(末)说起也奇。当日我与你每在朝元阁上演习《霓裳》,不想这李官人,就在宫墙外面窃听。把铁笛来偷记新声数段。如今要我传授全谱,故此相留。(老旦、贴悲介)唉,《霓裳》一曲倒得流传,不想制谱之人已归地下,连我每演曲的也都流落他乡。好伤感人也。(各悲介)(老旦、贴)

【供玉枝】【五供养】言之痛伤,记侍坐华清,同演《霓裳》。玉纤抄秘谱,檀口教新腔。【玉交枝】他今日青青墓头新草长,我飘飘陌路杨花荡。【五供养】(合)蓦地相逢处各沾裳,【月上海棠】白首红颜,对话兴亡。

(末)且喜天色晴霁,我告辞了。(老旦、贴)且自消停。请问师父,梨园旧人,都怎么样了?(末)贺老与我同行,途中病故;黄幡绰随驾去了;马仙期陷在城中,不知下落;只有雷海青骂贼而死。

【前腔】追思上皇,泽遍梨园,若个能偿[5]!(泣介)那雷老呵,他忠魂昭白日,羞杀我遗老泣斜阳。(老旦、贴)师父,可晓得秦、虢二夫人都被乱兵杀死了?(末)便是。朱门丽人都可伤,长安曲水谁游赏?(合)蓦地相逢处各沾裳。白首红颜,对话兴亡。

（老旦、贴）不知万岁爷，何日回銮？（末）李官人向在西京，近因郭元帅复了长安，兵戈宁息，方始得归。想上皇不日也就回銮了。（老旦、贴）如此，谢天地。（末）日晚途遥，就此去了。（老旦、贴）待与娘娘焚了纸钱，素斋少叙。

（末）**南来今祇一身存**，韩　愈　（老、贴）**新换霓裳月色裙**。王　建

（末）**人世几回伤往事**，刘禹锡　（老、贴）**落花时节又逢君**。杜　甫

注　释

〔1〕　云房——道士的住所。

〔2〕　雪衣——雪衣女，相传是杨贵妃所宠爱的白鹦鹉的名字。

〔3〕　宗周为褒亡——传说周幽王宠爱妃子褒姒，因而亡国。宗周，周天子是当时许多分封国家的宗主。

〔4〕　颠倒——反倒。

〔5〕　若个——哪个。

第四十齣　仙　忆

【南吕引子】【挂真儿】(旦仙扮、老旦扮仙女随上)驾鹤骖鸾去不返,空回首天上人间。端正楼头[1],长生殿里,往事关情无限。

【浣溪沙】"缥缈云深锁玉房,初归仙籍意茫茫。回头未免费思量。忽见瑶阶琪树里,彩鸾栖处影双双。几番抛却又牵肠。"我杨玉环,幸蒙玉旨,复位仙班,仍居蓬莱山太真院中。只是定情之物,身不暂离;七夕之盟,心难相负。提起来好不话长也!

【高平过曲】【九回肠】【解三酲】没奈何一时分散,那其间多少相关。死和生割不断情肠绊,空堆积恨如山。他那里思牵旧缘愁不了,俺这里泪滴残魂血未干,空嗟叹。【三学士】不成比目先遭难,拆鸳鸯说甚仙班。(出钗盒看介)看了这金钗钿盒情犹在,早难道地久天长盟竟寒。【急三枪】何时得,青鸾便,把缘重续,人重会,两下诉愁烦!

(贴上)"试上蓬莱山顶望,海波清浅鹤飞来。"自家寒簧,奉月主娘娘之命,与太真玉妃索取《霓裳》新谱。来此已是,不免径入。(进见介)玉妃,稽首。(旦)仙子何来?(贴笑介)玉妃还认得我寒簧么?(旦想介)哦,莫非是月中仙子?(贴)然也。(旦)请坐了。(贴坐介)(旦)梦中一别,不觉数年。今日

远临，乞道来意。(贴)玉妃听启，

【清商七犯】【簇御林】只为霓裳乐，在广寒，羡灵心，将谱细翻。特奉月主娘娘之命，【莺啼序】访知音远叩蓬山，借当年图谱亲看。(旦)原来为此。当日幸从梦里获听仙音，虽然摹入管弦，尚愧依稀错误。【高阳台】何烦，蟾宫谬把遗调拣，我寻思起转自潸潸。(泪介)(贴)呀，玉妃为何掉下泪来？(旦)【降黄龙】痛我历劫遭磨，宫冷商残。【二郎神】朱弦已断，羞将此调重弹。烦仙子转奏月主，说我尘凡旧谱，不堪应命。伏乞矜宥。(贴)玉妃休得固拒，我月主娘娘呵，慕你聪明绝世罕，【集贤宾】度新声占断人间。求观恨晚，休辜负云中青盼。(旦)既蒙月主下访，前到仙山，偶然追忆，写出一本在此。(贴)如此甚好。(旦)侍儿，可去取来。(老应下，取上)谱在此。(旦接介)仙子，谱虽取到，只是还须誊写才好。(贴)为何？(旦)你看呵，【黄莺儿】字阑珊，模糊断续，都染就泪痕斑。

  (贴)这却不妨。(旦付谱介)如此，即烦呈上月主，说梦中窃记，音节多讹，还求改正。(贴)领命，就此告别。

  (贴)从初直到曲成时，王　建　(旦)争得姮娥子细知。
　　唐彦谦

  (贴)莫怪殷勤悲此曲，刘禹锡　(旦)月中流艳与谁期。
　　李商隐

  (贴持谱下)(旦)侍儿，闭上洞门，随我进来。(老应随下)

注　释

〔1〕　端正楼——"华清宫有端正楼，即贵妃梳洗之所。"(见《杨太真外传》卷下)

183

第四十一齣　见　月

【仙吕入双调过曲】【双玉供】【玉胞肚】(杂扮四将、二内侍、引生骑马、丑随行上)(合)重华迎待[1],促归程把回銮仗排。离南京不听鹃啼[2],怕西京尚有鸿哀[3]。【五供养】喜山河未改,复睹这皇图风采。(众百姓上,跪接介)扶风百姓迎接老万岁爷。(生)生受你每,回去罢。(百姓叩头呼"万岁"下)(生众行介)【玉胞肚】纷纷父老竞拦街,叩首齐呼"万岁"来。

(丑)启万岁爷,天色已晚,请銮舆就在凤仪宫驻跸。(生下马介)众军士,外厢伺候。(军)领旨。(下)(生进介)高力士,此去马嵬,还有多少路?(丑)只有一百多里了。(生)前已传旨,令该地方官建造妃子新坟。你可星夜前往,催督工程,候朕到时改葬。(丑)领旨。"暂辞凤仪去,先向马嵬行。"(下)(内侍暗下)(生)"西川出狩乍东归,驻跸离宫对夕晖。记得去年尝麦饭[4],一回追想一沾衣。"寡人自幸蜀中,不觉一载有馀。幸喜西京恢复,回到此间。你看离宫寥寂,暮景苍凉。好伤感人也!

【摊破金字令】黄昏近也,庭院凝微霭。清宵静也,钟漏沉虚籁。一个愁人有谁偢睬?已自难消难受,那堪墙外,又推将这轮明月来。寂寂照空阶,凄凄浸碧苔。独步增哀,双泪频揩,千思万量没布摆。

见　　月

寡人对着这轮明月,想起妃子冷骨荒坟,愈觉伤心也!

【夜雨打梧桐】霜般白,雪样皑,照不到冷坟台。好伤怀,独向婵娟陪待。蓦地回思当日,与你偶尔离开,一时半刻也难打捱,何况是今朝,永隔幽明界。(泣介)我那妃子呵,当初与你钗、盒定情,岂料遂为殉葬之物。欢娱不再,只这盒钗,怎不向人间守,翻教地下埋?

(叹介)咳,妃子,妃子,想你生前音容如昨,教我怎生忘记也!

【摊破金字令】[换头]休说他娇嗔妍笑,风流不复偕,就是颊颜微怒,泪眼慵抬,便千金何处买。纵别有佳人,一般姿态,怎似伊情投意解,恰可人怀。思量到此呆打孩[5]。我想妃子既殁,朕此一身虽生犹死,倘得死后重逢,可不强如独活。孤独愧形骸,馀生死亦该。惟只愿速离尘埃,早赴泉台,和伊地中将连理栽。

记得当年七夕,与妃子同祝女牛,共成密誓,岂知今宵月下,单留朕一人在此也!

【夜雨打梧桐】长生殿,曾下阶,细语倚香腮。两情谐,愿结生生恩爱。谁想那夜双星同照,此夕孤月重来。时移境易人事改。月儿,月儿,我想密誓之时,你也一同听见的!记鹊桥河畔,也有你姮娥在,如何厮赖[6]!索应该,撺掇他牛和女[7],完成咱盒共钗。

(内侍上)夜色已深,请万岁爷进宫安息。

(生)银河漾漾月辉辉,　崔　橹　万乘凄凉蜀路归。崔道融
　　香散艳消如一梦,　王　遒　离魂渐逐杜鹃飞。韦　庄

注　释

〔1〕 重华——虞舜名,此指唐肃宗。

〔2〕 南京——当时的成都。

〔3〕 鸿哀——借喻人民流离失所。

〔4〕 去年——唐明皇出奔西川在天宝十五载(即至德元载),回到长安在至德二载。

〔5〕 呆打孩——发呆。

〔6〕 厮赖——抵赖。

〔7〕 撏掇——怂恿。

第四十二齣　驛　備

【越调过曲】【梨花儿】(副净扮驿丞上)我做驿丞没僥倖[1],缺供应付常吃打。今朝驾到不是耍,嗏,若有差迟便拿去杀。

自家马嵬驿丞,从小衙门办役。考了杂职行头[2],挖选马嵬大驿。虽然陆路冲繁,却喜津贴饶溢。送分例[3],落下些折头[4];造销算,开除些马匹[5]。日支正项俸薪,还要月扣衙门工食[6]。怕的是公吏承差,吓的是徒犯驿卒。求买免,设定常规[7];比月钱,百般威逼。及至摆站缺人,常把屁都急出。今更有大事临头,太上皇来此驻跸。连忙唤各色匠人,将驿舍周围收拾。又因改葬贵妃娘娘,重把坟茔建立。恐土工窥见玉体,要另选女工四百。报道高公公已到,催办工程紧急。若还误了些儿,(弹纱帽介)怕此头要短一尺。(末扮驿卒上)(见介)老爷,我已将各匠催齐,你放心,不须忧戚。(副净)还有女工呢?(末)现有四百女工,都在驿门齐集。(副净)快唤进来。(末唤介)女工每走动。(贴、净、杂扮村妇,丑短须女扮,各携锹锄上)"本是村庄妇,来充埋筑人。"(见介)女工每叩头。(末)起来点名。(副净点介)周二妈。(净应)(副净)吴姥姥。(贴应)(副净)郑胖姑。(杂应)(副净)尤大姐。(丑掩口作娇声应介)(副净作细看介)咦,怎么这个女工掩着了嘴答应,一定有些蹊跷。驿子与我看来。(末应扯丑手开看

187

第四十二齣

(介)老爷,是个胡子。(副净)是男,是女?(丑)是女。(副净)女人的胡子,那里有生在嘴上的,我不信。驿子,再把他裤裆里搜一搜。(末应作搜丑,诨介)老爷,这胡子是假充女工的。(副净)哎呀,了不得,这是上用钦工,非同小可。亏得我老爷精细,若待皇帝看见,险些把我这颗头,断送在你胡子嘴上了。好打,好打。(丑)只因老爷这里催得紧,本村凑得三百九十九名,单单少了一名,故此权来充数。明日另换便了。(副净)也罢,快打出去。(末应,打丑下)(副净看众笑介)如今我老爷疑心起来,只怕连你每也不是女人哩。(众笑介)我每都是女人。(副净)口说无凭,我老爷只要用手来大家摸一摸,才信哩。(作捞摸,众作躲避走笑介)(净)笑你老爷好长手,(杂)刚刚摸着一个鬃剔帚。(副净)弄了一手白鲞香,(贴)拿去房中好下酒。(诨介)(老旦一面上)"欲将锦袜献天子,权把铧锹充女工。"老身王嬷嬷,自从拾得杨娘娘锦袜,过客争求一看,赚了许多钱钞。目今闻说老万岁爷回来,一则收藏禁物,恐有祸端;二则将此锦袜献上,或有重赏,也未可知。恰好驿中金报女工,要去撺上一名。葬完就好进献,来此已是驿前了。(末上见介)你这老婆子,那里来的?(老旦)来投充女工的。(末)住着。(进介)老爷,有一个投充女工的老婆子在外。(副净)唤进来。(末出,唤老旦进见介)(副净)你是投充女工的么?(老旦)正是。(副净)我看你年纪老了些,怕做不得工。只是现少一名,急切里没有人,就把你顶上罢。你叫甚名字?(老旦)叫做王嬷嬷。(副净)好,好!恰好周、吴、郑、王四人。你四人就做个工头,每一人管领女工九十九人。住在驿中操演,伺候驾到便了。(众)晓得。(做各见诨介)(副净)你每各拿了锹锄,待我老爷亲自教演一番。(众应

驿　　备

(各拿锹锄,副净作教演势,众学介)(副净)

【亭前柳】锹镢手中拿,挖掘要如法。莫教侵玉体,仔细拨黄沙。(合)大家,演习须熟滑,此奉钦遵,切休得有争差。

(众)老爹,我每呵,

【前腔】田舍业桑麻,惯见弄泥沙。小心齐用力,怎敢告消乏[8]。(合)大家,演习须熟滑,此奉钦遵,切休得有争差。

(副净)且到里边连夜操演去。(众应介)

玉颜虚掩马嵬尘,　高　骈　云雨虽亡日月新。　郑　畋
晓向平原陈祭礼,　方　干　共瞻銮驾重来巡。　僧广宣

注　释

〔1〕　没偺(tā)僆(sǔ)——没出息。
〔2〕　行头——指役吏中的首领。
〔3〕　分例——下级照规矩送给上级的钱叫分例钱,其实是贪污的一种方式。
〔4〕　落下——私自把钱拿给自己。驿丞在他经手的下级役吏送给官长的分例银里,给自己扣下了一部分。
〔5〕　开除些马匹——虚报马匹。
〔6〕　月扣衙门工食——剋扣下级役吏的薪工、食粮。
〔7〕　求买免,设定常规——被差往别处的役吏,可以按规矩依路程远近,交给他银钱,要求免役。
〔8〕　消乏——疲乏。告消乏,有叫苦、叫吃力的意思。

第四十三齣 改　　葬

【商调引子】【忆秦娥】(生引二内侍上)伤心处,天旋日转回龙驭[1]。回龙驭,踟蹰到此,不能归去。

寡人自蜀回銮,痛伤妃子仓卒捐生,未成礼葬。特传旨另备珠襦玉匣[2],改建坟茔,待朕亲临迁葬,因此驻跸马嵬驿中。(泪介)对着这佛堂梨树,好凄惨人也!

【商调过曲】【山坡羊】恨悠悠江山如故,痛生生游魂血污。冷清清佛堂半间,绿阴阴一本梨花树。空自吁,怕夜台人更苦。那里有珮环夜月归朱户,也慢想颜面春风识画图。(丑暗上)(见介)奴婢奉旨,筑造贵妃娘娘新坟,俱已齐备。请万岁爷亲临启墓。(生)传旨起驾。(丑)领旨。(传介)军士每,排驾。(杂扮军士上,引行介)"马嵬坡下泥土中,不见玉容空死处。"(到介)(丑)启万岁爷,这白杨树下,就是娘娘埋葬之处了。(生)你看蔓草春深,悲风日薄。妃子,妃子,兀的不痛杀寡人也。(哭介)号呼,叫声声魂在无?欷歔,哭哀哀泪渐枯。

(老旦、杂、贴、净四女工带锄上)(老旦)老万岁爷来了。我每快些前去,伺候开坟。(丑)你每都是女工么?(众应介)(丑启生介)女工每到齐了。(生)传旨,军士回避。高力士,你去监督女工,小心开掘。(丑应传介)(军士下)(众女工作掘介)(众)

【水红花】向高冈一谜下锹锄,认当初,白杨一树。怕香销翠冷伴蚍蜉[3],粉肌枯,玉容难睹。(众惊介)掘下三尺,只有一个空穴,并不见娘娘玉体!早难道为云为雨,飞去影都无,但只有芳香四散袭人裾也啰。

(净)呀,是一个香囊。(丑)取来看。(净递囊,丑接看哭介)我那娘娘呵!你每且到那厢伺候去。(众应下)(丑启生介)启万岁爷,墓已启开,却是空穴。连裹身的锦褥和殉葬的金钗、钿盒都不见了。只有一个香囊在此。(生)有这等事!(接囊看,大哭介)呀,这香囊乃当日妃子生辰,在长生殿上试舞《霓裳》,赐与他的。我那妃子呵,你如今却在何处也!

【山坡羊】惨凄凄一匡空墓,杳冥冥玉人何去?便做虚飘飘锦褥儿化尘,怎那硬撑撑钗盒也无寻处。空剩取,香囊犹在土。寻思不解缘何故,恨不得唤起山神责问渠。(想介)高力士,你敢记差了么?(丑)奴婢当日,曾削杨树半边,题字为记。如何得差!(生)敢是被人发掘了?(丑)若经发掘,怎得留下香囊?(生呆想不语介)(丑)奴婢想来,自古神仙多有尸解之事。或者娘娘尸解仙去,也未可知。即如桥山陵寝[4],止葬黄帝衣冠。这香囊原是娘娘临终所佩,将来葬入新坟之内,也是一般了。(生)说的有理。高力士,就将这香囊裹以珠襦,盛以玉匣,依礼安葬便了。(丑)领旨。(生哭介)号呼,叫声声魂在无?欷歔,哭哀哀泪渐枯。

(丑持囊出介)(作盛囊入匣介)香囊盛放停当,女工每那里?(众上)(丑)你每把这玉匣,放在墓中,快些封起坟来。(众作筑坟介)

【水红花】当时花貌与香躯,化虚无,一抔空墓;今朝玉匣与珠襦,费工夫,重泉深锢。更立新碑一统,细把泪痕

第四十三齣

书。从今流恨满山隅也啰。

（丑）坟已封完，每人赏钱一贯。去罢。（众谢赏，叩头介）（净、贴、杂先下）（丑问老旦介）你这婆子，为何不去？（老旦）禀上公公，老妇人旧年在马嵬坡下，拾得杨娘娘锦袜一只，带来献上老万岁爷。（丑）待我与你启奏。（见生介）启万岁爷，有个女工，说拾得杨娘娘锦袜一只，带来献上。（生）快宣过来。（丑唤老旦进见介）婢子叩见老万岁爷。（献袜介）（生）取上来。（丑取送生介）（老旦起立介）（生看，哭介）呀，果然是妃子的锦袜，你看芳香未散，莲印犹存。我那妃子呵，（哭介）

【山坡羊】俊弯弯一钩重睹，暗濛濛馀香犹度。袅亭亭记当年翠盘，瘦尖尖稳逐红鸳舞。还忆取，深宵残醉馀，梦酣春透勾人觑。今日里空伴香囊留恨俱。（哭介）号呼，叫声声魂在无？欷歔，哭哀哀泪渐枯。

高力士，赐他金钱五千贯，就着在此看守贵妃坟墓。（老旦叩头介）多谢老万岁爷。（起出看锄介）"无心再学持锄女，有钞甘为守墓人。"（下）（外引四军上）"见辟乾坤新定位，看题日月更高悬。"（见介）臣朔方节度使郭子仪，钦奉上命，带领卤簿，恭迎太上皇圣驾。（生）卿荡平逆寇，收复神京，宗庙重新，乾坤再造，真不世之功也。（外）臣忝为大帅，破贼已迟。负罪不遑，何功之有！（生）卿说那里话来。高力士，分付起行。（丑）领旨。（传介）（生更吉服介）（众引生行介）

【水红花】五云芝盖簇銮舆，返皇都，旌旗溢路。黄童白叟共相扶，尽欢呼，天颜重睹。从此新丰行乐，少帝奉兴居[5]。千秋万载巩皇图也啰。

肠断将军改葬归[6]，徐　夤　　下山回马尚迟迟。杜　牧

改　　葬

经过此地千年恨，刘　沧　空有香囊和泪滋。郑　嵎

注　释

〔1〕　天旋日转回龙驭——天旋日转，指大乱敉平,唐室中兴；回龙驭，皇帝返驾。龙驭，驾龙。

〔2〕　珠襦玉匣——古代帝王和后妃的葬衣。

〔3〕　蚍蜉——蚂蚁的一种。

〔4〕　桥山陵寝——即桥陵，在陕西省中部县西北，以沮水穿山而过，像桥状而得名。相传是黄帝的陵墓。

〔5〕　从此新丰行乐，少帝奉兴居——汉高祖刘邦定都长安，他的父亲很想念故乡丰邑。刘邦就在陕西兴建了一个城市，街道和丰邑一样，而且有丰人迁移来，地名就叫新丰。这里少帝，借指肃宗。兴居，起居。

〔6〕　将军——此指骠骑大将军太监高力士。

193

第四十四齣　怂　合

【南吕引子】【阮郎归】(小生上)碧梧天上叶初飞,秋风又报期。云中遥望鹊桥齐,隔河影半迷。

"岂是仙家好别离,故教迢递作佳期。只缘碧落银河畔,好在金风玉露时。"[1]吾乃牵牛是也。今当下界上元二年七月七夕,天孙将次渡河,因此先在河边伺候。记得天宝十载,吾与天孙相会之时,见唐天子与贵妃杨玉环,在长生殿上拜祷设誓,愿世世为夫妇。岂料转眼之间,把玉环生生断送,好不可怜人也。

【南吕过曲】【香遍满】佳人绝世,千秋第一冤祸奇。把无限绸缪轻抛弃,可怜非得已。死生无见期,空留万种悲,枉罚下多情誓。

【朝天懒】【朝天子】(贴引杂扮二仙女上)好会年年天上期,不似尘缘浅,有变移。【水红花】见仙郎河畔独徘徊,把驾频催。(杂报介)天孙到。(小生迎介)天孙来了。(同织女对拜介)(合)【懒画眉】相逢一笑深深拜,隔岁离情各自知。

(小生)天孙,请同到斗牛宫去。(携贴行介)"携手步云中,(贴)仙裾飏好风。(合)河明乌鹊渚,星聚斗牛宫。"(到介)(杂暗下)(小生)天孙请坐。(坐介)

【二犯梧桐树】【金梧桐】琼花绕绣帷,霞锦摇珠珮。(贴合)斗府星宫,岁岁今宵会。【梧桐树】银河碧落神仙配,地久天长岂但朝朝暮暮期。【五更转】愿教他人世上夫妻辈,都似我和伊,永远成双作对。

(小生)天孙,

【浣溪沙】你且慢提,人间世,有一处怎偏忘记?(贴)忘了何处?(小生)可记得长生殿里人一对,曾向我焚香密誓齐?(贴)此李三郎与杨玉环之事也,我怎不记得。(小生)天孙既然记得,须念彼,堕万古伤心地,他愿世世生生,忍教中路分离。

(贴)提记玉环之事,委实可伤。我前因马嵬土地之奏,

【刘泼帽】念他独抱情无际,死和生守定不移,含冤流落幽冥地。因此呵,为他奏玉墀,令再证蓬莱位。

(小生笑介)天孙虽则如此,只是他呵,

【秋夜月】做玉妃,不过群仙队,寡鹄孤鸾白云内,何如并翼鸳鸯美。念盟言在彼,与圆成仗你。

(贴)仙郎,我岂不欲为他重续断缘。只是李三郎呵,

【东瓯令】他情轻断,誓先隳,那玉环呵,一个钟情枉自痴。从来薄倖男儿辈,多负了佳人意。伯劳东去燕西飞[2],怎使做双栖!

(小生)天孙所言,李三郎自应知罪。但是当日马嵬之变呵,

【金莲子】国事危,君王有令也反抗逼,怎救的,佳人命摧。想今日也不知,怎生般悔恨与伤悲。

(贴)仙郎恁般说,李三郎罪有可原。他若果有悔心,再为证完前誓便了。(二杂上)启娘娘,天鸡将唱,请娘娘渡河。(贴)

第四十四齣

就此告辞。(小生)河边相送。(携手行介)

【尾声】没来由将他人情事闲评议,把这度良宵虚废。唉,李三郎、杨玉环,可知俺破一夜工夫都为着你!

　　云阶月地一相过,杜　牧　争奈闲思往事何!白居易

　　一自仙娥归碧落,刘　沧　千秋休恨马嵬坡。徐　夤

注　释

〔1〕　句本唐李商隐诗《辛未七夕》,个别文字略有改动。

〔2〕　伯劳——一名鵙,鸣禽的一种。全句喻两人分离。古乐府诗《东飞伯劳歌》:"东飞伯劳西飞燕。"

第四十五齣　雨　梦

【越调引子】【霜天晓角】(生上)愁深梦杳,白发添多少?最苦佳人逝早,伤独夜,恨闲宵。

"不堪闲夜雨声频,一念重泉一怆神[1]。挑尽灯花眠不得,凄凉南内更何人[2]?"朕自幸蜀还京,退居南内,每日只是思想妃子。前在马嵬改葬,指望一睹遗容,不想变为空穴,祇剩香囊一个。不知果然尸解,还是玉化香消?徒然展转寻思,怎得见他一面?今夜对着这一庭苦雨、半壁愁灯,好不凄凉人也!

【越调过曲】【小桃红】冷风掠雨战长宵,听点点都向那梧桐哨也。萧萧飒飒,一齐暗把乱愁敲,才住了又还飘。那堪是凤帏空,串烟销,人独坐,厮凑着孤灯照也,恨同听没个娇娆。(泪介)猛想着旧欢娱,止不住泪痕交。

(内打初更介)(小生内唱,生作听介)呀,何处歌声,凄凄入耳,得非梨园旧人乎?不免到帘前,凭阑一听。(作起立凭阑介)此张野狐之声也[3],且听他唱的是甚曲儿?(作一面听,一面欷歔掩泪介)(小生在场内立高处,唱介)

【下山虎】万山蜀道,古栈岧峣。急雨催林杪,铎铃乱敲。似怨如愁,碎聒不了。响应空山魂暗消。一声儿忽慢袅,一声儿忽紧摇。无限伤心事,被他逗挑,写入清商

197

第四十五齣

传恨遥。

(内二鼓介)(生悲介)呀,原来是朕所制《雨淋铃》之曲。记昔朕在栈道,雨中闻铃声相应,痛念妃子,因采其声,制成此曲。今夜闻之,想起蜀道悲凄,愈加肠断也。

【五韵美】听淋铃,伤怀抱。凄凉万种新旧绕,把愁人禁虐得十分恼[4]。天荒地老,这种恨谁人知道。你听窗外雨声越发大了。疏还密,低复高。才合眼,又几阵窗前把人梦搅。

(丑上)"西宫南苑多秋草,夜雨梧桐落叶时。"(见介)夜已深了,请万岁爷安寝罢。(内三鼓介)(生)呀,漏鼓三交,且自隐几而卧[5]。哎,今夜呵,知甚梦儿得到俺眼里来也!(仰哭介)

【哭相思】悠悠生死别经年,魂魄不曾来入梦。

(睡介)(丑)万岁爷睡了,咱家也去歇息儿咱。(虚下)(小生、副净扮二内侍带剑上)"幽情消未得,入梦感君王。"(向上跪介)万岁爷请醒来。(生作醒看介)你二人是那里来的?(小生、副净)奴婢奉杨娘娘之命,来请万岁爷。

【五般宜】只为当日个乱军中,祸殃惨遭,悄地向人丛里,换妆隐逃,因此上流落久蓬飘。(生惊喜介)呀,原来杨娘娘不曾死,如今却在那里?(小生、副净)为陛下朝想暮想,恨萦愁绕,因此把驿庭静扫,(叩头介)望銮舆幸早。说要把牛女会深盟,和君王续未了[6]。

(生泪介)朕为妃子百般思想,那晓得却在驿中。你二人快随朕前去,连夜迎回便了。(小生、副净)领旨。(引生行介)

【山麻秸】[换头]喜听说,如花貌,犹兀自现在人间,当面堪

198

邀。忙教,潜出了御苑内夹城复道[7],顾不得夜深人静,露凉风冷,月黑途遥。

(末上拦介)陛下久已安居南内,因何深夜微行,到那里去?(生惊介)

【蛮牌令】何处泼官僚,拦驾语哓哓?(末)臣乃陈元礼,陛下快请回宫。(生怒介)嗹,陈元礼,你当日在马嵬驿中,暗激军士逼死贵妃,罪不容诛。今日又待来犯驾么?君臣全不顾,辄敢肆狂骁。(末)陛下若不回宫,只怕六军又将生变。(生)嗹,陈元礼,你欺朕无权柄闲居退朝,只逞你有威风卒悍兵骄。法难恕,罪怎饶。叫内侍,快把这乱臣贼子,首级悬枭[8]。

(小生、副净)领旨。(作拿末杀下,转介)启万岁爷已到驿前了。请万岁爷进去。(暗下)(生进介)

【黑麻令】只见没多半空寮废寮,冷清清临着这荒郊远郊。内侍,娘娘在那里?(回顾介)呀,怎一个也不见了。单则听飒剌剌风摇树摇,啾唧唧四壁寒蛩,絮一片愁苗怨苗。(哭介)哎哟,我那妃子呵,叫不出花娇月娇,料多应形消影消。(内鸣锣,生惊介)呀,好奇怪,一霎时连驿亭也都不见,倒来到曲江池上了。好一片大水也。不提防断砌颓垣,翻做了惊涛沸涛。

(望介)你看大水中间,又涌出一个怪物。猪首龙身,舞爪张牙,奔突而来。好怕人也!(内鸣锣,扮猪龙,项带铁索,跳上扑生,生惊奔,赶至原处睡介)(二金甲神执锤上,击猪龙喝介)嗹,孽畜,好无礼!怎又逃出到此,惊犯圣驾,还不快去。(作牵猪龙,打下)
(生作惊叫介)哎哟,唬杀我也。(丑急上,扶介)万岁爷,为何梦中大叫?(生作呆坐,定神介)高力士,外边什么响?(丑)是梧桐上的雨声?(内打四更介)(生)

【江神子】【别体】我只道谁惊残梦飘,原来是乱雨萧萧。恨杀他枕边不肯相饶,声声点点到寒梢,只待把泼梧桐锯倒。

高力士,朕方才梦见两个内侍,说杨娘娘在马嵬驿中来请朕去。多应芳魂未散。朕想昔时汉武帝思念李夫人,有李少君为之召魂相见,今日岂无其人!你待天明,可即传旨,遍觅方士来与杨娘娘召魂。(丑)领旨。(内五鼓介)(生)

【尾声】纷纷泪点如珠掉,梧桐上雨声厮闹。只隔着一个窗儿直滴到晓。

半壁残灯闪闪明,吴　融　雨中因想雨淋铃。罗　隐

伤心一觉兴亡梦,方壶居士　直欲裁书问杳冥。魏　朴

注　释

〔1〕　重泉——黄泉,死者,指贵妃。

〔2〕　南内——内,皇帝的宫禁。南内,即兴庆宫,因其在大明宫(东内)之南,称南内。

〔3〕　此张野狐之声也——《杨太真外传》:"又至斜谷口,属霖雨涉旬,于栈道雨中闻铃声隔山相应。上既悼念贵妃,因采其声为《雨霖铃》曲,以寄恨焉。……至德中,复幸华清宫。从官嫔御,多非旧人。上于望京楼下命张野狐奏《雨霖铃》曲。曲半,上四顾凄凉,不觉流涕。"张野狐即张徽,梨园子弟中他最善吹筚(觱)篥。

〔4〕　禁虐——缠扰、害得。

〔5〕　隐几——凭几。

〔6〕　续未了——续未了的姻缘。

〔7〕　夹城复道——唐明皇从西苑到南内、曲江筑有夹城。在里面行走,外人看不见。

〔8〕　悬枭——斩首,把头悬在木杆上示众。

第四十六齣　觅　魂

(净扮道士、小生、贴扮道童、执幡引上)"临邛道士鸿都客[1],能以精诚致魂魄。为感君王展转思,便教遍处殷勤觅。"贫道杨通幽是也。籍隶丹台[2],名登紫箓[3]。呼风掣电,御气天门。摄鬼招魂,游神地府。只为太上皇帝思念杨妃,遍访异人召魂相见,俺因此应诏而来。太上皇十分欢喜,诏于东华门内,依科行法。已曾结就法坛,今晚登坛宣召。童儿,随我到坛上去来。(童捧剑、水同行科)(净)

【北仙吕】【点绛唇】仔为他一点情缘,死生衔怨。思重见,凭着咱道力无边,特地把神通显。

(场上建高坛科)(小生、贴)已到坛了。(净)是好一座法坛也。

【混江龙】这坛本在虚空辟建,象涵太极法先天。无中有阴阳攒聚,有中无水火陶甄[4]。(童)基址从何而立?(净)基址呵,遣五丁,差六甲[5],运戊己中央当下立[6]。(童)用何工夫而成?(净)用工夫,养婴儿,调姹女[7],配乙庚金木刹那全[8]。(童)坛上可有户牖?(净)户牖呵,对金鸡,朝玉兔[9],坎离卯酉。(童)方向呢?(净)方向呵,镇黄庭,通紫极[10],子午坤乾。(童)这坛可有多少大?(净)虽只是倚方隅,占基阶,壇场咫尺,却可也纳须弥[11],藏世界,道里由延[12]。(童)原来包

第四十六齣

罗恁宽!(净)上包着一周天三百六十躔度[13],内星辰日月[14]。(童)想那分统处量也不小。(净)中分统四大洲[15],亿万百千阎浮界岳渎山川[16]。(童)坛上谁听号令?(净)听号令,则那些无稽滞,司风司火,司雷司电。(童)谁供驱遣?(净)供驱遣,无非这有职掌,值时值日,值月值年。(童)绕坛有何景象?(净)半空中绕嘒嘒鸾吟凤啸,两壁厢列森森虎伏龙眠。端的是一尘不染,众妄都蠲。(童)若非吾师无边道力,安能建此无上法坛。(净)这全托赖着大唐朝君王分福,敢夸俺小鸿都道力精虔。(童)请吾师上坛去者。(内细乐,二童引净上坛科)(净)趁天风,随仙乐,双引着鸾旌高步斗。(内钟鼓科)(净)响金钟,鸣法鼓,恭擎象简回朝元。(童献香科)请吾师拈香。(净拈香科)这香呵,不数他西天竺旃檀林青狮窟根蟠鹭鸶[17],东洋海波斯国瑞龙脑形似蚕蝉[18]。结祥云,腾宝雾,直冲霄汉;透清微,紫碧落,普供真玄。第一炷,祝当今皇帝、享无疆圣寿,保洪图社稷,巩国祚延绵。第二炷,愿疆场静,烽燧销,普天下各道、各州、各境里,民安盗息无征战;禾黍登,蚕桑茂,百姓每若老、若幼、若壮者,家封户给乐田园。第三炷,单只为死生分,情不灭,待凭这香头一点,温热了夜台魂;幽明隔,情难了,思倩此香烟百转,吹现出春风面。(童献花介)散花。(净散花科)这花呵,不学他老瞿昙对迦叶糊涂笑捻[19],谩劳他诸天女访维摩撒漫飞旋[20]。俺特地采蘼芜,踏穿阆苑,几度价寻怀梦摘遍琼田[21]。显神奇,要将他残英再接相思树,施伎俩,管教他落花重放并头莲。(童献灯科)献灯。(净捧灯科)这灯呵,烂辉辉灵光常向千秋照,灿荧荧心灯只为一情

觅　魂

传[22]。抵多少衡遥石怀中秘授,还形烛帐里高燃[23]。他则要续痴情,接上这残灯焰,俺可待点神灯,照彻那旧冤愆。(童献法盏科)请吾师咒水。(净捧水科)这水呵,曾游比目,曾泛双鸳。你漫道当日个如鱼也那得水,可知道到头来,水、米也没有半点交缠。数不尽情河爱海波终竭,似那等幻泡浮沤浪易掀。他只道曾经沧海难为水,怎如俺这一滴杨枝彻九泉[24]。(童)供养已毕,请问吾师如何行法召魂咱?(净)你与我把招魂衣摄,遗照图悬,龙墀净扫,凤幄高搴。等到那二更以后,三鼓之前,眠猧不吠,宿鸟无喧,叶宁树杪,虫息阶沿,露明星黯,月漏风穿,潜潜隐隐,冉冉翩翩,看步珊珊是耶非一个佳人现,才折证人间幽恨,地下残缘。

(内奏法音科)(丑捧青词上[25])"九天青鸟使,一幅紫鸾书[26]。"(进跪科)高力士奉太上皇之命,谨送青词到此。(童接词进上科)(净向丑拱科)中官,且请坛外少候片时。(丑应下)(净)

【油葫芦】俺子见御笔青词写凤笺,漫从头仔细展。单子为死离生别那婵娟,牢守定真情一点无更变。待想他芳魂两下重相见,俺索召李夫人来帐中[27],煞强如西王母临殿前,稳情取汉刘郎遂却心头愿[28],向今宵同款款话因缘。

(动法器科)(净作法、焚符念科)此道符章,鹤骖鸾翔,功曹符使,速莅坛场。(杂扮符官骑马舞上,见科)仙师,有何法旨?(净付符科)有烦使者,将此符命,速召贵妃杨氏阴魂到坛者。(杂接符科)领法旨。(做上马绕场下)(净)

203

【天下乐】俺只见力士黄巾去召宣[29],扬也波鞭,不暂延。管教他闪阴风一灵儿勾向前。俺这里静悄悄坛上躬身等,他那里急煎煎宫中望眼穿。呀,怎多半日云头不见转?

为何此时还不到来,好疑惑也!

【那吒令】阔迢迢山前水前,望香魂渺然。黯沉沉星前月前,盼芳容杳然。冷清清阶前砌前,听灵踪悄然。不免再烧一道催符去者。(焚符科)蠢硃符不住烧,歹剑诀空掐遍[30],枉念杀波没准的真言[31]。

(杂上见科)覆仙师:小圣人间遍觅杨氏阴魂,无从召取。(净)符使且退。(杂)领法旨。(舞下)(净下坛科)童儿,请高公公相见者。(童向内请科)高公公有请。(丑上)"玉漏听长短,芳魂问有无?"(见科)仙师,杨娘娘可曾召到么?(净)方才符使到来,说娘娘无从召取。(丑)呀,如此怎生是好?(净)公公且去覆旨,待贫道就在坛中,飞出元神,不论上天入地,好歹寻着娘娘。不出三日,定有消息回报。(丑)太上皇思念甚切,仙师是必用意者[32]。"且传方士语,去慰上皇情。"(下)(内细乐,净更鹤氅科)童儿在坛小心祗候,俺自打坐出神去也。(童)领法旨。(内鸣钟、鼓各二十四声,净上坛端坐,叩齿作闭目出神科)(童)你看我师出神去了。不免放下云帏,坛下伺候则个。(作放坛上帐幔,净暗下)(童)"坛上钟声静,天边云影闲。"(同下)(末扮道士元神从坛后转行上)

【鹊踏枝】暝子里出真元,抵多少梦游仙。俺则待踏破虚空,去访婵娟。贫道杨通幽,为许上皇寻觅杨妃魂魄,特出元神,到处遍求。如今先到那里去者?(思科)嗄,有了,且慢自叫阊阖轻干玉殿[33]，索先去赴幽冥大索黄泉。

　　来此已是酆都城了。（向内科）森罗殿上判官何在？（判跳上，小鬼随上）"善恶细分铁算子，古今不出大轮回。"仙师何事降临？（末）贫道特来寻觅大唐贵妃杨玉环鬼魂。（判）凡是宫嫔妃后，地府另有文册。仙师请坐，且待呈簿查看。（末坐科，鬼送册，判递册科）（末看科）

【寄生草】这是一本宫嫔册，历朝妃后编。有一个槂弧箕服把周宗殄[34]，有一个牝鸡野雉把刘宗煽[35]，有一个蛾眉狐媚把唐宗变[36]。好奇怪，看古今来椒房金屋尽标题，怎没有杨太真名字其中现。

　　地府既无，贫道去了。不免向天上寻觅一遭也。（虚下）（判跳舞下，鬼随下）（二仙女旌幢，引贴朝服，执拂上）"高引霓旌朝绛阙，缓移凤舄踏红云。"吾乃天孙织女，因向玉宸朝见，来到天门。前面一个道士来了。看是谁也？（末上）

【幺篇】拔足才离地，飞神直上天。（见贴科）原来是织女娘娘，小道杨通幽叩首。（贴）通幽免礼，到此何事？（末）小道奉大唐太上皇之命，寻访玉环杨氏之魂。适从地府求之不得，特来天上找寻。谁知天上亦无，因此一径出来。若不是伴嫦娥共把蟾宫恋，多敢是趁双成同向瑶池现。（贴）通幽，那玉环之魂，原不在地下，不在天上也。（末）呀，早难道逐梁清又受天曹谴[37]，要寻那《霓裳》善舞的俊杨妃，到做了留仙不住的乔飞燕[38]。

　　（贴）通幽，杨妃既无觅处，你索自去复旨便了。（末）娘娘，复旨不难。不争小道呵[39]——

【后庭花滚】没来由向金銮出大言，运元神排空如电转。一口气许了他上下里寻花貌，莽担承向虚无中觅丽娟。（贴）

第四十六齣

谁教你弄嘴来？(末)非是俺没干缠，自寻驱遣，单则为老君王钟情生死坚，旧盟不弃捐。(贴)马嵬坡下既已碎玉揉香，还讨甚情来？(末)娘娘，休屈了人也。想当日乱纷纷乘舆值播迁，翻滚滚羽林生闹喧，恶狠狠兵骄将又专，焰腾腾威行虐肆煽，闹炒炒不由天子宣，昏惨惨结成妃后冤。扑剌剌生分开交颈鸳，格支支轻扯扯并蒂莲[40]，致使得娇怯怯游魂逐杜鹃，空落得哭哀哀悲啼咽楚猿。恨茫茫高和太华连[41]，泪漫漫平将沧海填。(贴)如今死生久隔，岁月频更，只怕此情也渐淡了。(末)那上皇呵，精诚积岁年，说不尽相思累万千。镇日家把娇容心坎镌，每日里将芳名口上编。听残铃剑阁悬，感衰梧秋雨传。暗伤心肺腑煎，漫销魂形影怜。对香囊呵惹恨绵，抱锦袜呵空泪涟，弄玉笛呵怀旧怨，拨琵琶呵忆断弦。坐凄凉，思乱缠，睡迷离，梦倒颠。一心儿痴不变，十分家病怎痊！痛娇花不再鲜，盼芳魂重至前。(贴)前夜牛郎曾为李三郎辨白，今听他说来，果如此情真。煞亦可怜人也！(末)小道呵，生怜他意中人缘未全[42]，打动俺闲中客情慢牵，因此上不辞他往返蹎，甘将这辛苦肩。猛可把泉台踏的穿，早又将穹苍磨的圆。谁知他做长风吹断鸢，似晴曦散晓烟。莽桃源寻不出花一片，冷巫山找不着云半边。好教俺向空中难将袖手展，伫云头惟有睁目延。百忙里幻不出春风图画面，捏不就名花倾国妍。若不得红颜重出现，怎教俺黄冠独自还[43]！娘娘呵，则问他那精灵何处也天？

(贴)通幽，你若必要见他，待我指一个所在，与你去寻访者。

（末稽首科）请问娘娘，玉环见在何处？

【青哥儿】谢娘娘与咱与咱方便，把玉人消息消息亲传，得多少花有根芽水有源。则他落在谁边，望赐明言。我便疾到跟前，不敢留连。（贴）通幽，你不闻世界之外，别有世界，山川之内，另有山川么？（末）听说道世外山川，另有周旋，只不知洞府何天，问渡何缘？（贴）那东极巨海之外，有一仙山，名曰蓬莱。你到那里，便有杨妃消息了。（末）多谢娘娘指引。枉了上下俄延，都做了北辙南辕。元来只隔着弱水三千，溟渤风烟，在那麟凤洲偏[44]，蓬阆山巅。那里有蕙圃芝田，白鹿玄猿，琪树翩翩，瑶草芊芊，碧瓦雕檐[45]，月馆云轩，楼阁蜿蜒，门闼勾连。隔断尘喧，合住神仙。（贴）虽这般说，只怕那里绝天涯，跨海角，途路遥远，你去不得。（末）哎，娘娘，他那里情深无底更绵绵，谅着这蓬山路何为远。

（贴）既如此，你自前去咱。"又闻人世无穷恨，待绾机丝补断缘"。（引仙女下）（末）不免御着天风，到海外仙山，找寻一遭去也。（作御风行科）

【煞尾】稳踏着白云轻，巧趁取罡风便[46]，把碗大沧溟跨展。回望齐州何处显[47]，淡濛濛九点飞烟。说话之间，早来到海东边，万仞峰巅。这的是三岛十洲别洞天[48]，俺只索绕清虚阆苑，到玲珑宫殿。是必破工夫找着那玉天仙。

与招魂魄上苍苍，黄　滔　谁识蓬山不死乡？赵　嘏
此去人寰知远近，秦　系　五云遥指海中央。韦　庄

第 四 十 六 齣

注　释

〔1〕　临邛——地名,在四川。鸿都门,在洛阳北宫,此指宫殿。

〔2〕　丹台——道家的炼丹台。

〔3〕　紫箓——道家的秘籍。

〔4〕　水火陶甄——水火相作用。

〔5〕　遣五丁,差六甲——五丁,神话中的大力士;六甲,风雹之神。

〔6〕　戊己——十天干中戊、己居中。

〔7〕　养婴儿,调姹女——婴儿,指人的心血;姹女,指肾精。两者都是道家用语,也可用来指丹汞。婴儿、姹女,和本齣提到的阴、阳、水、火、金、木、金鸡、玉兔、坎（☵）、离（☲）、子、午、坤（☷）、乾（☰）、卯、酉等都是道家相对的概念。

〔8〕　乙庚金木——乙、庚,属天干;金、木,属五行。庚、金主西方,乙、木主东方。

〔9〕　对金鸡,朝玉兔——金鸡,日;玉兔,月。

〔10〕　镇黄庭,通紫极——黄庭,中央;紫极,天宫。

〔11〕　须弥——即须弥山。佛经说,山在四大部洲的中心,高三百三十六万里。

〔12〕　由延——即由旬,古印度的长度单位,我国古有八十里、六十里、四十里等诸说,见南宋僧法云编《翻译名义集·数量》。

〔13〕　一周天三百六十躔度——躔度,度;周天,整个天体。

〔14〕　内——纳。

〔15〕　四大洲——佛家以为须弥山四方大海中有四大部洲:东胜身洲、南赡部洲、西牛货洲、北拘卢洲。

〔16〕　阎浮界——即三千大千世界,和世界的概念差不多。

〔17〕　西天竺旃檀林青狮窟根蟠鸳鸾——西天竺（西印度）青狮窟所产的旃檀木,以它的根部做成的香料叫旃檀香。根蟠鸳鸾,根蟠成鸳鸾（凤的别名）的形状,形容树很老。

〔18〕　东洋海波斯国瑞龙脑形似蚕蝉——《酉阳杂俎》卷一:"交趾

贡龙脑,如蝉蚕形。波斯言老龙脑树节方有,禁中呼为瑞龙脑。上唯赐贵妃十枚。"

〔19〕 老瞿昙对迦叶糊涂笑捻——瞿昙,一译乔答摩,释迦牟尼的姓氏,此指释迦。据说,有一国王以金色波罗花献给释迦,请他说法。释迦"拈花示众",众人不知所措,独有弟子摩诃迦叶微笑,释迦即以"正法眼藏"传给他。

〔20〕 谩劳他诸天女访维摩撒漫飞旋——用不着诸天女访维摩诘撒花漫飞旋。维摩诘,释迦时代的大居士。有一次,佛命大弟子文殊到维摩诘那里问病。天女在室内散花,花沾在佛法浅的人身上。全句,献上的花并不像天女一样,为了试探维摩诘的法力高强。

〔21〕 俺特地采蘅芜,踏穿阆苑,几度价寻怀梦摘遍琼田——传说汉武帝梦见李夫人给他蘅芜香,醒来,香气经久不灭。这儿,蘅芜当作能召回死人魂魄的一种香料。怀梦,也是一种仙草,传说汉武帝得到东方朔献的怀梦草,就梦见了李夫人。琼田,仙人种仙草的地方。

〔22〕 心灯——心灵能烛照一切事物,佛家以灯作比喻。

〔23〕 衡遥石怀中秘授,还形烛帐里高燃——传说杨贵妃死后,唐明皇很想念她。有道士用五色石(衡遥石)研粉做成烛,叫还形烛。还形烛在帐子里点起来,唐明皇进去,就看见了杨贵妃。

〔24〕 这一滴杨枝彻九泉——杨枝净水,请佛时用。全句,这杨枝净水能从九泉之下,把杨玉环召回来。曾经沧海难为水,句本唐·元稹《离思》五首。

〔25〕 青词——斋醮时用的一种文体。祈祷文之类。

〔26〕 紫鸾书——疑即紫书,道家的一种文书。此指青词。

〔27〕 李夫人——汉武帝的宠姬。她死后,武帝很想念她。传说,方士齐人李少翁为他召来了李夫人的魂魄,在帷帐中出现。

〔28〕 汉刘郎——以汉武帝喻唐明皇。

〔29〕 力士、黄巾——天使的名称。

〔30〕 剑诀——原为击剑者左手手掌、手指的一种特殊的姿势;道家仗剑作法时也持剑诀。

〔31〕 没准的真言——没有灵验的咒语。

〔32〕 是必——务必。

〔33〕 阊阖——天门。

〔34〕 有一个糁弧箕服把周宗殄——褒姒把西周灭亡了。褒姒,西周最后一个国王周幽王所宠爱的妃子。相传周宣王时有民谣:"糁弧箕服,实亡周国。"糁弧,山桑做的弓;箕服,箭袋。周宣王因此命令捕杀贩卖糁弧、箕服的夫妇俩,但是给逃走了。这一对夫妇在路上收留了一个弃婴,她就是后来的褒姒。(见《史记·周本纪》)

〔35〕 有一个牝鸡野雉把刘宗煽——封建时代有人以牝鸡司晨指女人专权用事。牝鸡、野雉指汉高祖的皇后吕雉。汉高祖死后,她曾害死了许多姓刘的宗族。煽,有构陷的意思。

〔36〕 有一个蛾眉狐媚把唐宗变——指唐代武则天,她原来是唐高宗(李治)的皇后,后来自立称帝,改国号为周。

〔37〕 逐梁清——指杨贵妃的馀音绕梁的歌声。

〔38〕 到做了留仙不住的乔飞燕——留仙不住,留不住,成仙去了;乔,坏家伙的"坏";飞燕,赵飞燕。全句,找不到杨贵妃。

〔39〕 不争——只为。

〔40〕 挦(xún)擦(chě)——扯开。擦,通扯。

〔41〕 太华——即陕西华山,我国著名的大山。

〔42〕 生——最。

〔43〕 黄冠——道士。

〔44〕 麟凤洲——即凤麟洲,据说是西海中央的仙山。

〔45〕 樆(mián)——屋檐。

〔46〕 罡(gāng)风——即刚风,高空的风,道家用语。

〔47〕 齐州——即中州,指中国。全句本李贺诗《梦天》:"遥望齐州九点烟。"九点烟指九州。

〔48〕 三岛十洲——仙山。相传蓬莱、方丈、瀛洲为三神山,巨海之中祖、瀛、玄、炎、长、元、流、生、凤麟、聚窟为十洲。

第四十七齣　補　恨

【^{正宫}引子】【燕归梁】(贴扮织女上)怜取君王情意切,魂遍觅,费周折。好和蓬岛那人说[1],邀云珮,赴星阙。

前夕渡河之时,牛郎说起杨玉环与李三郎长生殿中之誓,要我与彼重续前缘。今适在天门外,遇见人间道士杨通幽,说上皇思念贵妃一意不衰,令他遍觅幽魂。此情实为可悯。已指引通幽到蓬山去了,又令侍儿召取太真到此,说与他知。再细探其衷曲,敢待来也。(仙女引旦上)

【锦堂春】闻说璇宫有命,云中忙驾香车。强驱愁绪来天上,怕眉黛恨难遮。

(仙女报,旦进见介)娘娘在上,杨玉环叩见。(贴)太真免礼,请坐了。(旦坐介)适蒙娘娘呼唤,不知有何法旨?(贴)一向不曾问你,可把生前与唐天子两下恩情,细说一遍与我知道。(旦)娘娘听启,

【^{正宫}过曲】【普天乐】叹生前,冤和业。(悲介)才提起声先咽。单则为一点情根,种出那欢苗爱叶。他怜我慕两下无分别。誓世世生生休抛撇,不提防惨凄凄月坠花折,悄冥冥云收雨歇,恨茫茫只落得死断生绝。

【雁过声】【换头】(贴)听说,旧情那些。似荷丝劈开未绝,

211

第四十七齣

生前死后无休歇。万重深,万重结。你共他两边既恁疼热,况盟言曾共设,怎生他陡地心如铁,马嵬坡便忍将伊负也?

【倾杯序】[换头](旦泪介)伤嗟,岂是他顿薄劣!想那日遭磨劫,兵刃纵横,社稷阽危,蒙难君王怎护臣妾?妾甘就死,死而无怨,与君何涉!(哭介)怎忘得定情钗盒那根节。

(出钗盒与贴看介)这金钗、钿盒,就是君王定情日所赐。妾被难之时,带在身边。携入蓬莱,朝夕佩玩,思量再续前缘。只不知可能够也?(贴)

【玉芙蓉】你初心誓不赊,旧物怀难撇。太真,我想你马嵬一事,是千秋惨痛此恨独绝。谁道你不将殒骨留微憾,只思断头香再爇。蓬莱阙,化愁城万叠。(还旦钗盒介)只是你如今已证仙班,情缘宜断。若一念牵缠呵,怕无端又令从此堕尘劫。

(旦)念玉环呵,

【小桃红】位纵在神仙列,梦不离唐宫阙。千回万转情难灭。(起介)娘娘在上,倘得情丝再续,情愿谪下仙班。双飞若注鸳鸯牒,三生旧好缘重结。(跪介)又何惜人间再受罚折!

(贴扶介)太真,坐了。我久思为你重续前缘。只因马嵬之事,恨唐帝情薄负盟,难为作合。方才见道士杨通幽,说你遭难之后,唐帝痛念不衰,特令通幽升天入地,各处寻觅芳魂。我念他如此钟情,已指引通幽到蓬莱山了。还怕你不无遗憾,故此召问。今知两下真情,合是一对。我当上奏天庭,使你两人世居忉利天中[2],永远成双,以补从前离别之恨。

【催拍】那壁厢人间痛绝,这壁厢仙家念热:两下痴情恁奢,痴情恁奢。我把彼此精诚,上请天阙。补恨填愁,万古无缺。(旦背泪介)还只怕孽障周遮[3],缘尚蹇,会犹赊。

(转向贴介)多蒙娘娘怜念,只求与上皇一见,于愿足矣。(贴)也罢。闻得中秋之夕,月中奏你新谱《霓裳》,必然邀你。恰好此夕正是唐帝飞升之候。你可回去,令通幽届期径引上皇,到月宫一见。何如?(旦)只恐月宫之内,不便私会。(贴)不妨。待我先与姮娥说明。你等相见之时,我就奏请玉音到来,使你情缘永证便了。(旦)多谢娘娘,就此告辞。(贴)

【尾声】团圆等待中秋节,管教你情偿意惬。(旦)只我这万种伤心见他时怎地说!

(旦)身前身后事茫茫,_{天竺牧童} 却厌仙家日月长。
　　曹　唐
(贴)今日与君除万恨,_{薛　逢} 月宫琼树是仙乡。
　　薛　能

注　释

〔1〕　那人——指杨贵妃。

〔2〕　忉利天——直译为第三十三天,是欲界六重天的第二重。佛家语。

〔3〕　周遮——这里作深重解。

第四十八齣　寄　情

【_{南吕过曲}】【懒画眉】(末扮道士元神上)海外曾闻有仙山，山在虚无缥缈间。贫道杨通幽，适见织女娘娘，说杨妃在蓬莱山上。即便飞过海上诸山，一迳到此。见参差宫殿彩云寒。前面洞门深闭，不免上前看来。(看介)试将银榜端详觑。(念介)"玉妃太真之院"。呀，是这里了。(做抽簪叩门介)不免抽取琼簪轻叩关。

【前腔】(贴扮仙女上)云海沉沉洞天寒，深锁云房鹤径闲。(末又叩介)(贴)谁来花下叩铜环？(开门介)是那个？(末见介)贫道杨通幽稽首。(贴)到此何事？(末)大唐太上皇帝，特遣贫道问候玉妃。(贴)娘娘到璇玑宫去了，请仙师少待。(末)原来如此。我且从容伫立瑶阶上。(贴)远远望见娘娘来了。(末)遥听仙风吹珮环。

【前腔】(旦引仙女上)归自云中步珊珊，闻有青鸾信远颁。(见末介)呀，果然仙客候重关。(贴迎介)(旦)道士何来？(贴)正要禀知娘娘，他是唐家天子人间使，衔命迢遥来此山。

　　(旦进介)既是上皇使者，快请相见。(仙女请末进介)(末见科)贫道杨通幽稽首。(旦)仙师请坐。(末坐介)(旦)请问仙师何来？（末）贫道奉上皇之命,特来问候娘娘。（旦）上皇安否？（末）上皇朝夕思念娘娘,因而成疾。

【宜春令】自回銮后,日夜思,镇昏朝潜潜泪滋。春风秋雨,无非即景伤心事。映芙蓉人面俱非,对杨柳新眉谁试？特地将他一点旧情,倩咱传示。

【前腔】（旦泪介）肠千断,泪万丝。谢君王钟情似兹。音容一别,仙山隔断违亲侍。蓬莱院月悴花憔,昭阳殿人非物是。漫自将咱一点旧情,倩伊回示。

（末）贫道领命。只求娘娘再将一物,寄去为信。（旦）也罢。当年承宠之时,上皇赐有金钗、钿盒,如今就分钗一股,劈盒一扇,烦仙师代奏上皇。只要两意能坚,自可前盟不负。（作分钗盒,泪介）侍儿,将这钗盒送与仙师。（贴递钗盒与末介）（旦）仙师请上,待妾拜烦。（末）不敢。（拜介）

【三学士】旧物亲传全仗尔,深情略表孜孜。半边钿盒伤孤另,一股金钗寄远思。幸达上皇,只愿此心坚似始,终还有相见时。

（末）贫道还有一说,钗盒乃人间所有之物,献与上皇,恐未深信。须得当年一事,他人不知者,传去取验,才见贫道所言不谬。（旦）这也说得有理。（旦低头沉吟介）

【前腔】临别殷勤重寄词,词中无限情思。哦,有了。记得天宝十载,七月七夕长生殿,夜半无人私语时。那时上皇与妾并肩而立,因感牛女之事,密相誓心:愿世世生生,永为夫妇。（泣介）谁知道比翼分飞连理死,绵绵恨无尽止。

（末）有此一事,贫道可覆上皇了。就此告辞。（旦）且住,还有一言。今年八月十五日夜,月中大会,奏演《霓裳》,恰好

215

此夕,正是上皇飞升之候。我在那里专等一会,敢烦仙师届期指引上皇到彼。失此机会,便永无再见之期了。(末)贫道领命。(旦)仙师,说我

含情凝睇谢君王,_{白居易} 尘梦何如鹤梦长。_{曹　唐}
(末)密奏君王知入月,_{王　建} 众仙同日听《霓裳》。_{李商隐}

第四十九齣　得　信

【仙吕引子】【醉落魄】(生病装,宫女扶上)相思透骨沉疴久,越添消瘦。蘅芜烧尽魂来否？望断仙音,一片晚云秋。

"黯黯愁难释,绵绵病转成。哀蝉将落叶,一种为伤情。"寡人梦想妃子,染成一病。因令方士杨通幽摄召芳魂,谁料无从寻觅。通幽又为我出神访求去了。唉,不知是方士妄言,还不知果能寻着？寡人转展萦怀,病体越重。已遣高力士到坛打听,还不见来。对着这一庭秋景,好生悬望人也！

【仙吕过曲】【二犯桂枝香】【桂枝香】叶枯红藕,条疏青柳。渐刺刺满处西风,都送与愁人消受。【四时花】悠悠,欲眠不眠欹枕头。非耶是耶睁望眸。问巫阳[1],浑未剖。【皂罗袍】活时难救,死时怎求？他生未就,此生顿休。【桂枝香】可怜他渺渺魂无觅,量我这恹恹病怎瘳。

【不是路】(丑持钗盒上)鹤转瀛洲,信物携将远寄投。忙回奏,(见生叩介)仙坛传语慰离忧。(生)高力士,你来了么？问音由,佳人果有佳音否？莫为我淹煎把浪语诌。(丑)万岁爷听启,那仙师呵,追寻久,遍黄泉碧落俱无有。(生惊哭介)呀,这等说来,妃子永无再见之期了。兀的不痛杀寡人也！(丑)

217

万岁爷,请休僝僽[2]。

那仙师呵,

【前腔】御气遨游,遇织女传知在海上洲。(生)可曾得见?(丑)蓬莱岫,见太真仙院牓高头。(生)元来妃子果然成仙了。可有什么说话?(丑)说来由,含情只谢君恩厚,下望尘寰两泪流。(生)果然有这等事?(丑)非虚谬,有当年钗盒亲分授,寄来呈奏。

(进钗盒介)这钿盒、金钗,就是娘娘临终时,付奴婢殉葬的。不想娘娘携到仙山去了。(生执钗盒大哭介)我那妃子嘎,

【长拍】钿盒分开,钿盒分开,金钗拆对,都似玉人别后,单形只影,两载寡侣,一般儿做成离愁。还忆付伊收,助晓妆云鬟,晚香罗袖。此际轻分远寄与,无限恨个中留,见了怎生释手。枉自想同心再合,双股重俦。

且住。这钗盒乃人间之物,怎到得天上?前日墓中不见,朕正疑心,今日如何却在他手内?(丑)万岁爷休疑,那仙师早已虑及,向娘娘问得当年一件密事在此。(生)是那一事,你可说来。(丑)娘娘呵,把

【短拍】天宝年间,天宝年间,长生殿里,恨茫茫说起从头。七夕对牵牛,正夜半凭肩私咒。(生)此事果然有之。谁料钗分盒剖!(泣介)只今日呵,翻做了孤雁汉宫秋[3]。

(丑)万岁爷,且省愁烦。娘娘还有话说。(生)还说什么?(丑)娘娘说,今年中秋之夕,月宫奏演《霓裳》,娘娘也在那里。教仙师引着万岁爷,到月宫里相会。(生喜介)既有此话,你何不早说。如今是几时了?(丑)如今七月将尽,中秋

之期只有半月了。请万岁爷将息龙体。(生)妃子既许重逢,我病体一些也没有了。

【尾声】广寒宫,容相就。十分愁病一时休。倒捱不过人间半月秋!

海外传书怪鹤迟,<small>卢　纶</small>　词中有誓两心知。<small>白居易</small>
更期十五团圆夜,<small>徐　夤</small>　纵有清光知对谁!<small>戴叔伦</small>

注　释

〔1〕　巫阳——相传是古代善于卜筮的人。

〔2〕　儴(chán)僽(zhòu)——烦恼。

〔3〕　孤雁汉宫秋——指昭君出塞以后,汉元帝在后宫听见雁叫而伤感的故事。元代马致远有"破幽梦孤雁汉宫秋"杂剧。

第五十齣　重　圓

【双调引子】【谒金门】(净扮道士上)情一片,幻出人天姻眷。但使有情终不变,定能偿夙愿。

贫道杨通幽,前出元神在于蓬莱。蒙玉妃面嘱,中秋之夕引上皇到月宫相会。上皇原是孔升真人[1],今夜八月十五数合飞升。此时黄昏以后,你看碧天如水,银汉无尘,正好引上皇前去。道犹未了,上皇出宫来也。(生上)

【仙吕入双调】【忒忒令】碧澄澄云开远天,光皎皎月明瑶殿。

(净见介)上皇,贫道稽首。(生)仙师少礼。今夜呵,只因你传信,约蟾宫相见,急得我盼黄昏,眼儿穿。这青霄际,全托赖引步辇。

(净)夜色已深,就请同行。(行介)(净)"明月在何许?挥手上青天。(生)不知天上宫阙,今夕是何年?(净)我欲乘风归去,只恐琼楼玉宇,高处不胜寒。(合)起舞弄清影,何似在人间。"[2](生)仙师,天路迢遥,怎生飞渡?(净)上皇,不必忧心。待贫道将手中拂子,掷作仙桥,引到月宫便了[3]。
(掷拂子化桥下)(生)你看,一道仙桥从空现出。仙师忽然不见,只得独自上桥而行。

【嘉庆子】看彩虹一道随步显,直与银河霄汉连,香雾濛濛不辨。(内作乐介)听何处奏钧天,想近着桂丛边。

重　圆

（虚下）（老旦引仙女，执扇随上）

【沉醉东风】助秋光玉轮正圆，奏《霓裳》约开清宴。吾乃月主嫦娥是也。月中向有《霓裳》天乐一部，昔为唐皇贵妃杨太真于梦中闻得，遂谱出人间。其音反胜天上。近贵妃已证仙班。吾向蓬山觅取其谱，补入钧天。拟于今夕奏演。不想天孙怜彼情深，欲为重续良缘。要借我月府，与二人相会。太真已令道士杨通幽引唐皇今夜到此，真千秋一段佳话也。只为他情儿久，意儿坚，合天人重见。因此上感天孙为他方便。仙女每，候着太真到时，教他在桂阴下少待。等上皇到来见过，然后与我相会。（仙女）领旨。（合）桂华正妍，露华正鲜。撮成好会在清虚府洞天。

（老旦下）（场上设月宫，仙女立宫门候介）（旦引仙女行上）

【尹令】离却玉山仙院，行到彩蟾月殿，盼着紫宸人面[4]。三生愿偿，今夕相逢胜昔年。

（到介）（仙女）玉妃请进。（旦进介）月主娘娘在那里？（仙女）娘娘分付，请玉妃少待。等上皇来见过，然后相会。请少坐。

（旦坐介）（仙女立月宫傍候介）（生行上）

【品令】行行度桥，桥尽漫俄延。身如梦里，飘飘御风旋。清辉正显，入来翻不见。只见楼台隐隐，暗送天香扑面。（看介）"广寒清虚之府"，呀，这不是月府么？早约定此地佳期，怎不见蓬莱别院仙！

（仙女迎介）来的莫非上皇么？（生）正是。（仙女）玉妃到此久矣，请进相见。（生）妃子那里？（旦）上皇那里？（生见旦哭介）我那妃子呵！（旦）我那上皇呵！（对抱哭介）（生）

【豆叶黄】乍相逢执手，痛咽难言。想当日玉折香摧，都

第 五 十 齣

只为时衰力软,累伊冤惨,尽咱罪愆。到今日满心惭愧,到今日满心惭愧,诉不出相思万万千千。

(旦)陛下,说那里话来!

【姐姐带五马】【好姐姐】是妾孽深命蹇,遭磨障累君儿不免。梨花玉殒,断魂随杜鹃。【五马江儿水】只为前盟未了,苦忆残缘,惟将旧盟痴抱坚。荷君王不弃,念切思专,碧落黄泉,为奴寻遍。

(生)寡人回驾马嵬,将妃子改葬。谁知玉骨全无,只剩香囊一个。后来朝夕思想,特令方士遍觅芳魂。

【玉交枝】才到仙山寻见,与卿卿把衷肠代传。(出钗盒介)钗分一股盒一扇,又提起乞巧盟言。(旦出钗、盒介)妾的钗盒也带在此。(合)同心钿盒今再联,双飞重对钗头燕。漫回思,不胜黯然,再相看,不禁泪涟。

(旦)幸荷天孙鉴怜,许令断缘重续。今夕之会,诚非偶然也。

【五供养】仙家美眷,比翼连枝,好合依然。天将离恨补,海把怨愁填。(生合)谢苍苍可怜,泼情肠翻新重建。添注个鸳鸯牒,紫霄边,千秋万古证奇缘。

(仙女)月主娘娘来也。(老旦上)"白榆历历月中影,丹桂飘飘云外香。"(生见介)月姐拜揖。(老旦)上皇稽首。(旦见介)娘娘稽首。(老旦)玉妃少礼,请坐了。(各坐介)(老旦)上皇,玉妃,恭喜仙果重成,情缘永证。往事休提了。

【江儿水】只怕无情种,何愁有断缘。你两人呵,把别离生死同磨炼,打破情关开真面,前因后果随缘现。觉会合

重圆

寻常犹浅,偏您相逢,在这团圆宫殿。

（仙女）玉旨降。（贴捧玉旨上）"织成天上千丝巧,绾就人间百世缘。"（生、旦跪介）（贴）"玉帝敕谕唐皇李隆基、贵妃杨玉环:咨尔二人,本系元始孔升真人、蓬莱仙子。偶因小谴,暂住人间。今谪限已满,准天孙所奏,鉴尔情深,命居忉利天宫,永为夫妇。如敕奉行。"（生、旦拜介）愿上帝圣寿无疆。

（起介）（贴相见,坐介）（贴）上皇,太真,你两下心坚,情缘双证。如今已成天上夫妻,不比人世了。

【三月海棠】忉利天,看红尘碧海须臾变。永成双作对总没牵缠。游衍,抹月批风随过遣,痴云腻雨无留恋。收拾钗和盒,旧情缘,生生世世消前愿。

（老旦）群真既集,桂宴宜张。聊奉一觞,为上皇、玉妃称贺。看酒过来。（仙女捧酒上）酒到。（老旦送酒介）

【川拨棹】清虚殿,集群真,列绮筵。桂花中一对神仙,桂花中一对神仙,占风流千秋万年。（合）会良宵人并圆,照良宵月也圆。

【前腔】【换头】（贴向旦介）羡你死抱痴情犹太坚,（向生介）笑你生守前盟几变迁。总空花幻影当前,总空花幻影当前,扫凡尘一齐上天。（合）会良宵人并圆,照良宵月也圆。

【前腔】【换头】（生、旦）敬谢嫦娥把衷曲怜,敬谢天孙把长恨填。历愁城苦海无边,历愁城苦海无边,猛回头痴情笑捐。（合）会良宵人并圆,照良宵月也圆。

【尾声】死生仙鬼都经遍,直作天宫并蒂莲,才证却长生殿里盟言。

（贴）今夕之会，原为玉妃新谱《霓裳》。天女每那里？（众天女各执乐器上）"夜月歌残鸣凤曲，天风吹落步虚声。"天女每稽首。（贴）把《霓裳羽衣》之曲，歌舞一番。（众舞介）

【高平调】【羽衣第三叠】〔锦缠道〕桂轮芳，按新声分排舞行。仙珮互趋跄，趁天风，惟闻遥送叮珰。〔玉芙蓉〕宛如龙起游千状，翩若鸾回色五章。霞裙荡，对琼丝袖张。〔四块玉〕撒团团翠云，堆一溜秋光。〔锦渔灯〕袅亭亭现猴岭笙边鹤氅，艳晶晶会瑶池筵畔虹幢，香馥馥蕊殿群姝散玉芳[5]。〔锦上花〕呈独立鹄步昂，偷低度凤影藏。敛衣调扇恰相当，〔一撮棹〕一字一回翔。〔普天乐〕伴洛妃，凌波样；动巫娥，行云想。音和态宛转悠扬。〔舞霓裳〕珊珊步蹑高霞唱，更泠泠节奏应宫商。〔千秋岁〕映红蕊，含风放；逐银汉，流云漾。不似人间赏，要铺莲慢踏[6]，比燕轻扬。〔麻婆子〕步虚步虚瑶台上[7]，飞琼引兴狂。弄玉弄玉秦台上[8]，吹箫也自忙。凡情仙意两参详，〔滚绣球〕把钧天换腔，巧翻成馀弄儿盘旋未央。〔红绣鞋〕银蟾亮，玉漏长，千秋一曲舞《霓裳》。

（贴）妙哉此曲，真个擅绝千秋也。就借此乐，送孔升真人同玉妃，到忉利天宫去。（老旦）天女每，奏乐引导。（天女鼓乐引生、旦介）

【黄钟过曲】【永团圆】神仙本是多情种，蓬山远，有情通。情根历劫无生死，看到底终相共。尘缘倥偬，忉利有天情更永。不比凡间梦，悲欢和哄，恩与爱，总成空。跳出痴迷洞，割断相思鞚。金枷脱，玉锁松。笑骑双飞凤[9]，潇洒到天宫。

【尾声】旧《霓裳》,新翻弄。唱与知音心自懂,要使情留万古无穷。

谁令醉舞拂宾筵,张　说　　上界群仙待谪仙。方　干

一曲《霓裳》听不尽,吴　融　　香风引到大罗天。韦　绚

看修水殿号长生,王　建　　天路悠悠接上清。曹　唐

从此玉皇须破例,司空图　　神仙有分不关情。李商隐

注　释

〔1〕　上皇原是孔升真人——见《杨太真外传》下卷。

〔2〕　以上九句本苏轼词《水调歌头》("明月几时有"),略有改动。

〔3〕　引到月宫便了——"罗公远,天宝初侍玄宗。八月十五日夜,宫中玩月,曰:'陛下能从臣月中游乎?'乃取一枝桂,向空掷之,化为一桥,其色如银。请上同登。约行数十里,遂至大城阙。公远曰:'此月宫也。'"(《杨太真外传》引《逸史》)类似的传说,在别的唐人笔记中也可以找到。元代白朴曾经写过杂剧《唐明皇游月宫》(今佚)。

〔4〕　紫宸——唐代一个宫殿的名称。紫宸人面,指唐明皇。

〔5〕　蕊殿——蕊珠宫,相传是仙女所住。

〔6〕　要铺莲慢踏——要用金片做的莲花铺在地上,让她在上面轻轻地舞蹈。用潘妃的故事。

〔7〕　步虚——仙乐。相传西王母见汉武帝时,叫仙女许飞琼演奏叫"簧"的一种乐器。

〔8〕　弄玉——相传是春秋时代秦穆公的女儿,嫁给善吹箫的萧史为妻。萧史在凤楼上教弄玉吹箫。后来夫妇成仙,骑凤鸟一起升天。秦台,指凤楼。

〔9〕　笑骑双飞凤——用秦弄玉与萧史的故事。

附录一

徐序（据光绪庚寅上海文瑞楼刊本）

元人多咏马嵬事。自丹丘先生《开元遗事》外，其馀编入院本者毋虑十数家，而白仁甫《梧桐雨》剧最著。迄明则有《惊鸿》、《彩毫》二记。《惊鸿》，不知何人所作，词不雅驯，仅足供优孟衣冠耳。《彩毫》乃屠赤水笔，其词涂金缋碧，求一真语、隽语、快语、本色语，终卷不可得也。

稗畦洪先生以诗鸣长安，交游宴集，每白眼踞坐，指古摘今，无不心折。又好为金、元人曲子。尝作《舞霓裳》传奇，尽删太真秽事。予爱其深得风人之旨。岁戊辰，先生重取而更定之。或用虚笔，或用反笔，或用侧笔、闲笔，错落出之，以写两人生死深情，各极其致。易名曰《长生殿》。一时朱门绮席、酒社歌楼，非此曲不奏，缠头为之增价。若夫措词协律，精严变化，有未易窥测者。自古作者大难，赏音亦复不易。试杂此剧于元人之间，直可并驾仁甫，俯视赤水。彼《惊鸿》者流，又乌足云！

长洲同学弟徐麟（灵昭）题

附 录 二

吴序（据光绪庚寅上海文瑞楼刊本）

南北曲之工者，莫如《西厢》、《琵琶》矣。世既目《西厢》为淫书，而《尧山堂杂记》又谓《琵琶》寓刺王四、不花，重诬蔡氏。此皆伎刻之论。夫则成感刘后村诗："死后是非谁管得，满街争唱蔡中郎"而成，牛、赵名氏自宋人弹词已然，岂高臆造哉。余友洪子昉思，工诗，以其馀波填南北曲词，乐人争唱之。近客长安，采摭天宝遗事，编《长生殿》戏本。芟其秽嫚，增益仙缘。亦本白居易、陈鸿《长恨歌、传》，非臆为之也。

元剧如《汉宫秋》、《梧桐雨》多写天子钟情，而南曲绝少。每以闺秀、秀才剿说不已，间及宫闱，类如韩夫人、小宋事。数百年来，歌筵舞席间，戴冕披衮，风流歇绝。伶玄序《飞燕外传》云："淫于色，非慧男子不至也。"汉以后，竹叶、羊车，帝非才子；《后庭》、《玉树》，美人不专。两擅者，其惟明皇、贵妃乎！倾国而复平，尤非晋、陈可比。稗畦取而演之，为词场一新耳目。其词之工，与《西厢》、《琵琶》相掩映矣。

昔则成居栎社沈氏楼，清夜按歌，几上蜡炬二枝，光忽交合，因名楼曰"瑞光"。明太祖尝称《琵琶记》如珍玉百味，富贵家不可阙。然则成以"不寻宫数调"自解，韵每混通，遗误来学。昉思句精字研，罔不谐叶。爱文者喜其词，知音者赏其律。以是传闻益远,畜家乐者攒笔竞写,转相教习。优伶能是,升价什佰。他友游西川,数见演此,北边、南越可知已。是剧虽传情艳,而其间本之温厚,不忘劝惩。或未深窥厥旨,疑其诲淫,忌口滕说。余故于暇日评论之,并为之序。

同里弟吴人(舒凫)题

附 录 三

汪序（据人民文学出版社影印稗畦草堂本）

曾闻秋士最易兴悲,况说倾城由来多怨。青天恨满,已无寻乐之区;碧海泪深,孰是寄愁之所。所以郑生马上,诗纪《津阳》;白傅筵中,歌传《长恨》。踬为填词,良有以也。迨余泛览天宝之事,流连秘殿之盟,见夫元人杂剧多演太真,明代传奇亦登阿荦。而或缘情之作,聊资子野清歌;累德之辞,间杂温公秽语。春华秋实,未可相兼;乐旨潘辞,尤难互济。今读稗畦先生《长生殿》院本,事与曩符,意随义异。声传水际,渊鱼听而耸鳞;响遏云端,皋禽闻而振羽。曲调之工,畴能方驾。至所载钗合定情之后,羽霓奏曲之时,梦雨台边,朝朝荐枕;避风殿上,夜夜留裾。氏妁参媒,笑匏瓜之无匹;可离独活,羡连理之交荣。今古情缘,非兹谁属? 或谓虚后宫而故剑是求,得遗世而倾国不惜。岂有他生未卜,旋叹芝焚;此世难期,忍看玉碎。得无小过,取笑双星? 不知尘坌入而时异处堂,宗社危而势难完璧。徐温之刃,已渐及于杨庭;鹭拳之兵,行将凌于楚子。此而隐忍,不几覆后稷之宗;若更依回,将且致夫差之踣。权衡常变,夫岂渝盟;审察机宜,乃为善后。推斯意也,知其黄土之封,荣于金屋;白杨之覆,等于碧城。然吾于此窃有慨焉:设使包胥告急,依墙之计不行;烛武如秦,围城之师未解。则是珠襦玉匣,安能对香佩以伤心;碧水青山,何止听淋铃而出涕。就令乘舆无恙,南内深居,而天孙无补恨之方,方士乏返魂之术,亦只吊盛姬于泉下,何由效叔宝于台边?千古悲凉,何堪胜道。即如班姬失宠,感团扇之微风;陈后辞恩,望长门之明月。许婕妤不平之曲,泪涩朱弦;卫庄姜太息之言,心忧黄里。他若明妃毳帐,侯媛锦囊,或辽落于江南,或飘零乎塞北。啜其泣矣,伤如之何。兹乃补娲皇之石,赖有蜀笺;填精卫之波,幸存江笔。繁弦哀玉,适足写其绸缪;短拍长歌,亦正形其怨咽。嗟乎!《郑》《卫》岂导淫之作,楚《骚》非变雅之音。是以归荑赠芍,每托谕于美人;扈苣滋兰,原寄情于君父。而孔公正乐,不尽删除;屈子抽思,竝存比兴。犹之子虚乌有,未尝实有其人;回雪凌波,要亦绝无是事。于是循环宝帙,似属寓言;倡叹雕章,无非雅则。马郑王白之外,饶有渊源;施高汤沈之间,相推甲乙。使逢季札,定观止而无讥;若遇周郎,亦低徊而罔顾。故知群推作者,询为唐帝功臣;事竟硁然,恐是玉妃说客。

同里门人汪熷拜识

附录四

毛序（录自毛奇龄《西河合集》序二十四《长生殿院本序》）

才人不得志于时，所至诎抑，往往借《鼓子》《调笑》为放遣之音。原其初，本不过自摅其性情，并未尝怨尤于人。而人之嫉之者，目为不平，或反因其词而加诎抑焉。然而，其词则往往藉之以传。

洪君昉思好为词，以四门弟子遨游京师。初为《西蜀吟》，既而为大晟乐府，又既而为金、元间人曲子。自散套、杂剧以至院本，每用之作长安往来歌咏酬赠之具。尝以不得事父母，作《天涯泪》剧，以寓其思亲之旨。予方哀其志而为之序之。暨予出国门，相传应庄亲王世子之请，取唐人《长恨歌》事作《长生殿》院本。一时勾栏多演之。

越一年，有言日下新闻者，谓长安邸第，每以演《长生殿》曲，为见者所恶。会国恤止乐，其在京朝官大红小红已浃日，而纤练未除。言官谓遏密读曲大不敬，赖圣明宽之，第褫其四门之员，而不予以罪。然而京朝诸官则从此有罢去者。或曰，牛生《周秦行》其自取也；或曰，沧浪无过，恶子美，意不在子美也。今其事又六七年矣。康熙乙亥，予医疗杭州，遇昉思于钱湖之滨。道无恙外，即出其院本，固请予序。曰："予敢序哉！虽然，在圣明固宥之矣。"

予少时选越人诗,而越人恶之,讼予于官。捕者执器就予家,捆予所为诗釁毁之。姜黄门赠予序曰:"膏以明自煎,所煎者固在膏也。然而象有齿以焚其身,未闻并其齿而尽焚之也。"昉思之齿未焚矣。

唐人好小说,争为乌有。而史官无学,率摭而入之正史。独是词不然,诬罔秽亵概屏之而勿之及,与世之所为淫词艳曲者大不相类。惟是世好新闻,因其词以及其事;亦遂因其事,而并求其词。则其词虽幸存,而或妍或否,任人好恶。予又安得而豫为定之。

的一个重要原因,在某种程度上对社会主义文学创作的繁荣起着阻碍作用。近些年来我力图在自己的习作中少一些它的束缚,但进展甚微,今后还需要花大力气,做长时间的探索。

许多湖南籍的老作家,总是要求、劝导我们年轻一辈,要植根于生活的土壤,开阔艺术视野,写出生活色彩来,写出生活情调来。他们言传身教,以自己的作品为我们提供了范例。"写出色彩来,写出情调来",这是前辈的肺腑之言,艺术的金石之音。要达到这一要求,包含着诸种因素,有语言功力问题,生活阅历、生活地域问题,思想素养问题等等。这绝不是说习作《芙蓉镇》就已经写出了什么色彩和情调。恰恰相反,我的习作离老一辈作家们的教诲甚远,期待甚远,正需要我竭尽终生心力来执着地追求。好些读者和评论工作者曾经热情地指出了《芙蓉镇》的种种不足,我都在消化中,并做认真的修改、订正。

"看世界因作者而不同,读作品因读者而不同"。应当说,广大读者最有发言权,是最公正的评论者。以上所述,只不过是一篇有关《芙蓉镇》的饭后的"闲话"而已。

一九八一年十一月初于北京
一九八二年七月重版校阅

调了他作为"普通人"的一面？我觉得这确是一个值得评论家们进行探讨的问题。毫无疑义，在我们当代的文学作品中已经塑造出了许多感人的老干部形象。这些形象大都是从战争年代的叱咤风云的指挥员们身上脱颖出来的，具有气壮山河的英雄气概和高屋建瓴的雄才大略。而我要写的却是和平时期，工作、生活在南方小山镇上的一位南下老干部。没有枪林弹雨，也不是千军万马大会战的建设工地。谷燕山首先是个普通人，是山镇上百姓们中间的一员，跟山镇上的百姓们共命运，也有着个人的喜好悲欢。然而他主要的是一个关心人、体贴人、乐于助人的正直忠诚的共产党员。他的存在，无形中产生了一种使小山镇的生活保持平衡、稳定的力量。在山民们的心目中，他成了新社会、共产党的化身，是群众公认的"领袖人物"。当然，这样写党的基层领导者形象，特别是毫无隐讳地写了他个人生活的种种情状，喜怒哀乐。或许容易产生一种疑问：在"英雄人物"、"正面人物"、"中间人物"、"转变人物"等有限的几个文艺人物品种里头，他到底应该归到哪一类、入到哪一册去呢？要是归不到哪一类、入不了哪一册又怎么办？由此，使我联想到我们的文学究竟应当写生活里的活人还是写某些臆想中的概念？是写真实可信的新人还是写某种类别化了的模式人、"套中人"？所以我觉得，谷燕山这个人物尽管有种种不足，但作为我们党的基层干部的形象，并无不妥。

简单地给人物分类，是左的思潮在文艺领域派生出来的一种形而上学观点，一种习惯势力，是人物形象概念化、雷同化、公式化

《芙蓉镇》在今年年初发表后,有段时间我颇担心读者能否习惯这种"土洋结合"的情节结构以及整块整块的叙述文字。但是不久后,读者的热情来信消除了我的这种担心,大都说"一口气读了下去"。当然也有些不同的看法,比方一位关心我的老作家基本肯定之余,指出我把素材浪费了,本来可以写成好几部作品的生活,都压缩进十几万字的篇幅里去了。还有,前些时一位文学评论家转告我,《人才》杂志有位同志全家人都看了《芙蓉镇》,十分喜欢,却又说"这位作家在这部作品里,大约是把他的生活都写尽了"。

　　还有些读者来信说,《芙蓉镇》就像是他们家乡的小镇,里边的几个主要人物,如胡玉音、秦书田、谷燕山、黎满庚、王秋赦、李国香等,他们都很熟悉,都像是做过邻居、当过街坊似的……今年四月里的一天,我正在人民文学出版社的客房里修订书稿,忽然闯进来一个中年汉子,自报姓名,说是内蒙古草原上的一位中学教员。他说:"老古同志,我就是你写的那个秦书田……我因一本历史小说稿,'文革'中被揪斗个没完没了,坐过班房,还被罚扫了整整六年街道……"说着,他泪水盈眶,泣不成声。我也眼睛发辣,深深地被这位内蒙草原上的"秦书田"的真挚感情所打动。

　　《芙蓉镇》里所写的几个主要人物,都有生活原型,有的还分别有好几个生活原型。社会科学院文学研究所一位从事当代文学研究的同志曾经向我转达过这样一个问题,谷燕山是《芙蓉镇》里老干部的正面形象,是个令人同情、受人敬重的老好人,是否过分强奏和速度都是较快的,读者也读着痛快习惯。

前面已经说过,《芙蓉镇》最初发端于一个寡妇平反昭雪的故事。那些年我一直没有写它,是考虑到如果单纯写成一个妇女的命运遭际,这种作品古往今来已是屡见不鲜了,早就落套了。直到去年夏天,我才终于产生了这样一种设想:即以某小山镇的青石板街为中心场地,把这个寡妇的故事穿插进一组人物当中去,并由这些人物组成一个小社会,写他们在四个不同年代里的各自表演,悲欢离合,透过小社会来写大社会,来写整个走动着的大的时代。有了这个总体构思,我暗自高兴了许久,觉得这部习作日后写出来,起码在大的结构上不会落套。于是,我进一步具体设计,决定写四个年代(一九六三年、一九六四年、一九六九年、一九七九年),每一年代成一章,每一章写七节,每一节都集中写一个人物的表演。四章共二十八节。每一节、每个人物之间必须紧密而自然地互相连结,犬齿交错,经纬编织。

当然,这种结构也许是一次艺术上的铤而走险。它首先要求我必须调动自己二三十年来的全部的乡镇生活积蓄,必须灌注进自己的生活激情,压缩进大量的生活内容。同时,对我驾驭语言文字的能力,也是一次新的考验。时间跨度大,叙述必然多。我觉得叙述是小说写作——特别是中长篇小说写作的主要手段,叙述最能体现一个作家的语言风格和文字功力。我读小说就特别喜欢巴尔扎克作品中的浮雕式的叙述,自己写小说时也常常津津乐道于叙述。

人民在思考，党和国家在回顾，在总结建国三十年来的经验教训。而粉碎"四人帮"以来的文学呢，则早已经以其敏感的灵须，在触及、探究生活的也是艺术的重大课题了。我也在回顾、在小结自己所走过的写作道路。三中全会的路线、方针，使我茅塞顿开，给了我一个认识论的高度，给了我重新认识、剖析自己所熟悉的湘南乡镇生活的勇气和胆魄。我就像上升到了一处山坡上，朝下俯视清楚了湘南乡镇上二三十年来的风云聚会，山川流走，民情变异……

一九八〇年七、八月间，正值酷暑，我躲进五岭山脉腹地的一个凉爽幽静的林场里，开始写作《芙蓉镇》草稿。当时确有点"情思奔涌、下笔有神"似的，每日含泪而作，嬉笑怒骂，激动不已。短短十五六万字，囊括、浓缩进了二三十年来我对社会和人生的体察认识，爱憎情怀，泪水欢欣。从这个意义上讲，说我是花了二十几年的心血才写出了《芙蓉镇》，也不为过分。

不少读者对《芙蓉镇》的结构感兴趣，问这种"不中不西、不土不洋"的写法是怎么得来的。我觉得结构应服务于生活内容。内容是足，形式是履。足履不适是不便行走的。既不能削足适履，也不宜光了脚板走路。人类已经进入了现代化社会。科学文明的突飞猛进，加快了人类生活的速度与节奏。人们越来越讲求效率与色彩。假若我们的文学作品还停留或效仿十七八世纪西方文学的那种缓慢的节奏、细致入微的刻画，今天的读者（特别是中青年读者）是会不耐烦的了。而且，我国古典文学作品中，故事发展的节又来唉声叹气!"果然几天后初稿一完,我也就从妄自得意走到了反面——心灰意冷。直到很多日子过去,才又不甘失败地将稿子拿出来,请朋友看看有无修改价值。我的不少小说,都是受了朋友的鼓励,才二稿三稿地另起炉灶,从头写起。我甚至不能在原稿的天头地角上做大的修改,而习惯于另展纸笔,边抄边改,并把相当一部分精力花在了字句的推敲上。我由衷地羡慕那些写作速度快的同行,敬佩他们具有"一次成"的本领和天分。假若不是社会主义制度的优越性保障了我的基本生活,而到别的什么制度下去参与什么生存竞争,非潦倒饿饭不可。

一九七八年秋天,我到一个山区大县去采访。时值举国上下进行"真理标准"的大讨论,全国城乡开始平反一二十年来由于左的政策失误而造成的冤假错案。该县文化馆的一位音乐干部跟我讲了他们县里一个寡妇的冤案。故事本身很悲惨,前后死了两个丈夫,这女社员却一脑子的宿命思想,怪自己命大,命独,克夫。当时听了,也动了动脑筋,但觉得就料下锅,意思不大。不久后到省城开创作座谈会,我也曾把这个故事讲给一些同志听。大家也给我出了些主意,写成什么"寡妇哭坟"啦,"双上坟"啦,"一个女人的昭雪"啦,等等。我晓得大家没真正动什么脑筋,只是讲讲笑笑而已。

党的具有历史意义的三中全会的召开,制定了"实事求是、解放思想"的正确路线,使我们国家的政治生活发生了历史性转折。

洪流里,经历着时代的风云变幻,大地的寒暑沧桑。我幼稚、恭顺、顽愚,偶尔也在内心深处掀起过狂热的风暴,还曾经在"红色恐怖"的獠牙利爪面前做过轻生的打算。山区小镇古老的青石板街,新造的红砖青瓦房,枝叶四张的老樟树,歪歪斜斜的吊脚楼,都对我有着一种古朴的吸引力,一种历史的亲切感。居民们的升迁沉浮、悲欢遭际、红白喜庆、鸡鸣犬吠,也都历历在目、烂熟于心。我发现,山镇上的物质生产进展十分缓慢,而人和人的关系则在发生着各种急骤的变幻,人为的变幻。

"文化大革命"前和"文化大革命"中,我都曾深深陷入在一种苦闷的泥淖中,也可以说是交织着感性和理性的矛盾。一是自己所能表现的生活是经过粉饰的,苍白无力的,跟自己平日耳濡目染的真实的社会生活相去甚远,有时甚至是完全相反——这原因今天已经是不言自明的了。二是由于自己的文学根底不足,身居偏远山区,远离通都大邑,正是求师无望,求教无门。因之二十年来,我每写一篇习作,哪怕是三两千字的散文或是四五千字的小说,总是在写作之前如临大考,处于一种诚惶诚恐的紧张状态。写作过程中,也不乏"文衢通达"、"行云流水"的时刻,却总是写完上一节,就焦虑着下一章能否写得出(且不论写得好不好)。初稿既出,也会得意一时,但过上三五天就唉声叹气,没有了信心,产生出一种灰色的"失败感"。爱人摸准了这个心性,每当我按捺不住写作过程中的自我陶醉,眉飞色舞地向她讲述自己所写的某个人物、某个情节或是某段文字时,她就会笑骂一声"看你鬼神气!不出三天,说，志怪传奇，倒也庆幸没有被"武侠"引入歧途，去峨眉山寻访异人领授异术。接着下来读《三国演义》《水浒传》《西游记》《红楼梦》，读"五四"以来的名作，才稍许领味到一点文学的价值所在，力量所在。至于走马观花地涉猎十八、十九世纪的西方文学，沉迷流连于屠格涅夫、列夫·托尔斯泰、梅里美、巴尔扎克、乔治·桑等等巨匠所创造的艺术世界、人物画廊，则是中学毕业以后的事了。后来年事稍长，生出些新的癖好，鸡零狗碎地读过一点历史的、哲学的著作，中外人物传记，战争回忆录，世界大事纪等等。又因生性好奇好游，却无缘亲眼见到美利坚的月亮、"日不落帝国"的太阳、法兰西的水仙、古罗马的竞技场，只好在书的原野上心驰神往。还追踪着报刊上披露的一则则有关航天、巡海、核弹、飞碟、外星人、玛雅文化、金字塔和百慕大魔三角奥秘的各种消息，来做一个乡下小知识分子"精神自我会餐"的梦……叫做"好读书，不求甚解"，以读书自乐自慰。日积月累，春秋流转，不知不觉中，我就跟文学结下了一种前世未了之缘似的关系。

就这样，我麻着胆子，蹒跚起步，学着做起小说来了。甚至还坐井观天地自信自己经历的这点生活、认识的这点社会和人生，是前人——即便是古代的哲人们所未见、所未闻的，不写出来未免可惜。我的年纪不算大，经历中也没有什么性命攸关的大起大落，却也是从生活的春雨秋霜、运动的峡谷沟壑里走将出来的。我生长在湘南农村，参加工作后又在五岭山区的一个小镇子旁一住就是一十四年，劳动、求知、求食，并身不由己地被卷进各种各样的运动这些问题，使我犹如面对着读者朋友们一双双沉静的、热烈的、含泪的、严峻的眼睛，引我思索，令我激动。文学就是作者对自己所体验的社会生活的思考和探索，也是对所认识的人生的一种"自我问答"形式。当然这种认识，思考和探索是在不断地前进、发展着的。

面对后两类问题，我不禁很有些感叹、戚然。因为自己这样一个写作速度缓慢、工作方法笨拙的人，居然被戴上了"才思敏捷"、"日产万言"的桂冠。"平生无大望，日月有小酌。"以我一个乡下人的愚见，一年能有个三两篇、十来万字的收获，即算是风调雨顺、五谷丰登的好年景了，小康人家式的满足也就油然而生并陶然自得了。其实，一部作品的写作时间是不能仅仅从下笔到写毕来计算的。《芙蓉镇》里所写的社会风俗、世态民情、人物故事，是我从小就熟悉，成年之后就开始构思设想的。正如清人金圣叹在第五才子书的卷首所论及的："然而经营于心，久而成习，不必伸纸执笔，然后发挥。盖薄暮篱落之下，五更卧被之中，垂首捻带、睥目观物之际，皆有所遇矣。"我觉得，不论后人怎样评价金圣叹在《水浒》问题上的功过，他所悟出的这个有关小说创作的道理，却是十分精辟独到，值得后世借鉴的。

我是怎样学起做小说，又怎样写出《芙蓉镇》来的？这要从我的阅读兴趣谈起。我读过一点书，可说是胃口颇杂，不成章法。起初，是小时候在家乡农村半生不熟、囫囵吞枣地读过一些剑侠小

话说《芙蓉镇》

长篇小说《芙蓉镇》在今年《当代》第一期刊载后,受到全国各地读者的注意,数月内《当代》编辑部和我收到了来信数百封。文艺界的师友们也极为热情,先后有新华社及《光明日报》《中国青年报》《当代》《文汇报》《作品与争鸣》《湖南日报》等报刊发了有关的消息、专访或评论。这真使我这个土头土脑、默默无闻的乡下人愕然惶然了,同时也体味到一种友善的情谊和春天般的温暖。来信的读者朋友们大都向我提出这样一些问题:

你走过什么样的创作道路?是怎样写出《芙蓉镇》来的?《芙蓉镇》"寓政治风云于风俗民情图画,借人物命运演乡镇生活变迁",你的生活经历和小说里所描绘的乡镇风物有些什么具体的联系?你的这部小说结构有些奇怪,不大容易找到相似的来类比,可以说是不中不西、不土不洋吧,这种结构是怎么得来的?你在文学语言上有些什么师承关系?喜欢读哪些文学名著?小说中"玩世不恭的右派秦书田是不是作者本人的化身"?接近文艺界的同志讲,你写这部小说只花了二十几天时间,是一气呵成的急就章,是这样吗?

学的真实当然不是给生活拍摄原始图片,它是经作者思想感情、艺术构思筛选、提炼出来的结晶体。当然,有时文学对于社会生活的真实描写,是会让人害羞和痛心的。我觉得,在今天我们这个特定的历史年代里,害羞是一种颇为可贵的感情,是富有自尊心的表现。它可以成为一种跟过去的过失诀别的心灵的感召力,从而记取那些令人心悸的教训,卸却身上因袭的重负,为振兴中华、实现"四化"奋斗不息。还有,就是对于我们的下一代,也可起到一种引以为鉴的效益。

《芙蓉镇》是我在创作道路上的一次新的尝试。既是尝试,则难免幼稚,会伴随些谬误。好在鲁迅先师有言:唯其幼稚,正好寄希望于这一面。这是我的自慰,亦是我的自勉。

借着这次出版单行本的机会,我对曾经支持、关怀过这部书稿写作、修订的前辈作家和编辑同志,对所有给我以鞭策鼓励的读者以及我家乡民歌的搜集整理者,表示诚挚的谢意。但愿在春的盛会里,这部习作能如一支柔弱的石楠竹,探身于群芳竞彩的文学花园的竹篱边,绽放出有些羞涩然而却是深情的微笑。

一九八一年五月七日于北京

人,著文叙事,无不瞻前顾后,谨小慎微,唯恐稍有疏漏触犯了多如牛毛的戒律,招来灾祸。是党的三中全会的思想路线解放了我,给了我一些认识生活的能力,剖析社会和人生的"胆识"。然而我的这点在"四个坚持"原则指导下的"胆识",比起同辈作家和广大读者来仍然是有限得很。我是个南方的乡下人,身处江湖之远,既有乡下人纯朴、勤奋的一面——恕我在这里自诩;也有乡下人笨拙、迟钝的一面——恕我在这里妄言。去年,我有幸参加中国作家协会文学讲习所第五期学习,跟一群来自全国各地的中青年作家朝夕相处。学友才高,京华纸贵,我看到了自己和这些优秀同窗之间的差距。我虽然于五十年代末期即开始学习写作,一九六二年开始发表短篇习作,但起点很低,染有粉饰生活的文学苍白症。"四人帮"倒台后,我们的党和国家进入了一个崭新的历史时期,我们的社会主义文学艺术翻开了崭新的篇页。发展之快,变革之烈,已是恍若隔世。大批中青年作家继承老一辈作家开创的现实主义传统,直面复杂的社会和人生,写出了许多光华耀目、感奋人心的好作品。新的时代提出了新的文学要求。就我来说,面对着这种新的文学要求,既有重新认识生活、剖析生活的问题,也有艺术素养、表现手段的问题。于是我探索着,尝试着把自己二十几年来所熟悉的南方乡村里的人和事,囊括、浓缩进一部作品里,寓政治风云于风俗民情图画,借人物命运演乡镇生活变迁,力求写出南国乡村的生活色彩和生活情调来。这样,便产生了《芙蓉镇》。

　　有的朋友出于对我的爱护,指出我的习作写得过于真实。文

后　记

习作《芙蓉镇》在今年《当代》第一期发表后,承蒙广大读者和首都文艺界师友们的热情关心,给了我许多鼓励和鞭策。我在感激的同时,也觉得十分愧疚。盼着多出现一些反映当代农村生活的作品,大约是促成许多省市的读者给我来信的原因——殊不知我只是个文学战线的散兵游勇而已。还有的读者来信祝作者幸福,仿佛在替我担忧着某种隐患似的。真是些热心肠的同志哥、同志姐哟。

农村的情况如何,八亿人口的生养栖息、衣食温饱,对我们国家来讲是举足轻重的。特别是当前农村正经历着经济管理体制的深刻变革,九百六十万平方公里的广袤土地,寒带、温带、亚热带、热带,平原、高原、山地、丘陵,水稻、旱粮、瓜果、森林植被,不再按一个模式搞生产运动了,不再搞既违农时、又背地利的"规范化作业"了,实在是我们社会的一个了不得的进步。在新的形势之前,回顾一下过去的教训,展望一下业已来到的良辰,不也是有益处的么?

记得前些年,我自己就有一个颇为"规范化"的头脑,处世待他凄厉的叫喊,心里就发麻,浑身就哆嗦。已经当了青石板街街办米豆腐店服务员的胡玉音,听见王疯子的叫声,还失手打落过汤碗。新近落实政策回到镇上来的税务所长一家,供销社主任一家,更是一听这叫声就大人落泪娃儿哭,晚上难入睡……吊脚楼主仍旧是芙蓉镇上的一大祸害。

山镇上的街坊们在疑惧,在诅咒。

"芙蓉姐子"抚着小军军稚气的头,在担忧:"王疯子冻不死,饿不死,还有好长的寿啊?"

黎满庚的女人"五爪辣"也在问:"难道他剁脑壳、打炮子的王疯子还想当镇长、支书,赶着我们去做语录操,去跳忠字舞?"

本镇大队党支部书记黎满庚说:"疯得活该!我们是新社会,有党领导,王秋赦这色人物终究成不了气候。教训深刻啊!"

镇委书记、"北方大兵"谷燕山正在忙着治理芙蓉河、玉叶溪,他没有发表这方面的言论,只打算立即派人把王秋赦送到州立精神病院去治病,叫做送瘟神。

县文化馆副馆长秦书田新近回到芙蓉镇来搜集民歌,倒说了一句颇为见多识广的话:"如今哪座大城小镇,没有几个疯子在游荡、叫喊?他们是一个可悲可叹的时代的尾音。"

      一九八〇年七月十八日——八月四日初稿于莽山;
        九月初整理于全国作协文学讲习所;
        十月修改于北京朝内大街一六六号。

的膘厚油肥,皮薄肉嫩。"老表!这头猪总怕有三百上下吧?""三五百!再养下去不合算了。""呵呵,尽是肥冬瓜,精肉太少了,女人家嫌油腻……""你同志真是人心难足喽,不想想两年前,一月半斤肉票,你家炒红锅子菜哩,如今却嫌肥,怨精肉少了!"真是上哪座岭唱哪山歌。就是不逢圩的日子,新街老铺的猪肉也是从天光卖到天黑。产供销出现了新矛盾:社员要交猪,食品站不收。理由是小镇地方小,没有冷库,私人的猪肉都卖不脱,公家杀猪哪来的销路?和前些年相比,供销关系颠倒了过来……山镇上的人们啊,不晓得"四个现代化"具体为何物,但已经从切身的利益上,开始品尝到了甜头。

没有近忧,却有远虑。旧的阴影还没有从人们的心目中消除,还有余悸预悸。人们还担心着,谈论着,极左的魔爪,会不会突然在哪个晚上冒出来掐灭这未艾方兴的蓬勃生机。口号和标语,斗争和运动,会不会重新发作膨胀,来充塞人们的生活,来代替油盐柴米这些赖以生存的必需品……阴影确是存在着。吊脚楼主王秋赦发疯后,每天都在新街、老街游来荡去,褴褛的衣衫前襟上挂满了金光闪闪的像章,声音凄凉地叫喊着:

"千万不要忘记啊!——"

"'文化大革命',五六年又来一次啊!——"

"阶级斗争,你死我活啊!——"

王疯子的声音,是幽灵,是鬼魂,徘徊在芙蓉镇。镇上的大人小孩,白天一见了王疯子,就朝屋里跑,就赶紧关铺门;晚上一听见了派购任务,除非瘟死,才会到圩场上去卖那种发红的"灾猪肉"。城镇人口每人每月半斤肉票,有时还要托人从后门才买到手。说来有趣,对于这种物资的匮乏、贫困,报纸、《参考消息》则来宣传现代医学道理:动物脂肪胆固醇含量高,容易造成动脉硬化、高血压、心脏病,如今一些以肉食为主的国家都主张饮食粗淡,多吃杂粮菜蔬,植物纤维对人体有利。红光满面不定哪天突然死去,黄皮寡瘦才活得时月长久,延年益寿……

时间真像在变魔术!"四人帮"倒台才短短两年多一点,山镇上的人们却是恍若隔世,进到了一个崭新的时代里了啊。如今芙蓉镇逢圩,一月三旬,每旬一六,那些穿戴得银饰闪闪、花花绿绿的瑶家阿妹、壮家大姐,那些衣着笔笔挺挺的汉家后生子,那些丰收之后面带笑容、腰里装着满鼓鼓钱荷包的当家嫂子、主事汉子们,或三五成群,或两人成对,或担着嫩葱水灵的时鲜白菜,或提着满筐满篮的青皮鸭蛋、麻壳鸡子,或推着辆鸡公车,车上载着社队企业活蹦乱跳的鱼鲜产品,或一阵风踩着辆单车,后座上搭一位嘻哈女客……人们从四乡的大路、小路上赶来,在芙蓉镇的新街、老街上占三尺地面,设摊摆担,云集贸易。那人流、人河,那嗡嗡的闹市声哟,响彻偌大一个山镇……圩场上最为惹人注目的,是新出现了米行、肉行。白米,红米,糙米,机米,筐筐担担,排成队,任人们挑选议价。新政策允许社员们在完成国家的征购派购任务后,到市场上出售富余的粮油农副产品。肉行更是蔚为壮观,木案板排成两长行,就像在开着社员家庭养猪的展销会、评比会,看谁案板上

胡玉音这时没有哭,一种母性的慈爱感情,在她身上油然而生。她抚着秦书田乱蓬蓬的头发,劝慰了起来:

"书田哥,我都不哭了,你还哭?'郎心挂在妹心头'。记得我娘早就跟我讲过,一个被人爱着、想着的人,不管受好大的难,都会平平安安……这么多年,我心里就是这么想着、爱着的,我们才平平安安相会了!我们快点起来吧。这个样子坐在供销社阶沿上,叫起早床的街坊们看见了,会当作笑话来讲!"

秦书田又哭了。他们双双站起来,像一对热恋着的年轻人,依偎着朝老胡记客栈走去。

"军军满八岁了,对吧?他肯不肯喊爸爸?"

"我早就都告诉他了。他天天都问爸爸几时回来,都等急了……话讲到头里,你若是见了崽娃就是命,把我晾到一边,我就不依……"

"傻子,你尽讲傻话,尽讲傻话!"

七 一个时代的尾音

芙蓉镇今春逢圩,跟往时不大相同。往时逢圩,山里人像赶"黑市",出卖个山珍野味,毛皮药材,都要脑后长双眼睛,留心风吹草动。粮食、茶油、花生、黄豆、棉花、苎麻、木材、生猪、牛羊等等,称为国家统购统销的"三类物资",严禁上市。至于猪肉牛肉,则连社员们自己一年到头都难得沾几次荤腥,养的猪还在吃奶时就订火车赶汽车,下了汽车走夜路,只恨自己没有生翅膀……但比生翅膀还快,一千多里路只赶了三天!玉音,你不高兴,你还不高兴?"

"书田哥!我就是为了你才活着!"

"我也是!我也是!要不,早一头栽进了洞庭湖!"

胡玉音忽然停止了哭泣,一下子双臂搂住了秦书田的颈脖,一口一口在他满脸块上亲着,吻着。

"哎呀,玉音,我的胡子太长了,没顾上刮。"

"你一个男人家,哪晓得一个女人的心!"

"你的心,我晓得。"

"我每天早晨扫街,都喊你的名字,都和你讲话,你晓得?"

"晓得。我每天早起去割湖草,去挑湖泥,总是在和你答话,我们有问有答。我晓得你在扫街,每早晨从哪块扫起,扫到哪里歇了歇。我听得见竹枝扫把刮得青石板沙沙沙……"

"你抱我呀!抱我呀,抱紧点!我冷。"

胡玉音依偎在秦书田怀里,生怕秦书田突然撒开了双手,会像影子一样突然消失似的。

"玉音,玉音……我的好玉音,苦命的女人……"

这时,秦书田倒哭起来了,双泪横流:

"你为了我,吃了多少苦,受了多少罪……今生今世,我都还你不起,还你不起……多少年来,我只想着,盼着,能回到你身边,看上你一眼,我就心甘情愿……万万想不到,老天开了眼,我们还有做人的一天……"

"玉音,玉音!玉音!——"

那人的声音越来越大,张开两手,像要朝自己扑过来。胡玉音眼睛糊住了,她好恨!怎么面对面都看不清,认不准人啦。她心都木啦,该死,心木啦!这个男人是不是书田哥?自己又在做梦?书田哥,书田哥,日盼夜盼的书田哥?不是的,不是的,哪会这么突然,这么轻易?她浑身颤战着,嘴皮打着哆嗦,心都跳到了喉咙管,胸口上憋着气,快憋死人了。她终于发出了一声石破天惊的呼喊:

"书——田——哥!——"

秦书田粗壮结实的双臂,把自己的女人抱住了,紧紧抱住了,抱得玉音的两脚都离了地。玉音一身都软塌塌,像根藤。她闭着眼睛,脸盘白净得像白玉石雕塑成。她任男人把她抱得铁紧,任男人的连鬓胡子在自己的脸上触得生痛。她只有一个感觉,男人回来了,不是梦,实实在在地回来了。就是梦,也要梦得久一点,不要一下子就被惊醒……

竹枝扫把横倒在青石板街上,秦书田把胡玉音抱在近边的供销社门口的石阶上坐下来,就像怀里搂着一个妹儿。胡玉音这才哇的一声哭了起来:

"书田哥!书田哥!你、你……"

"玉音!玉音!莫哭,莫哭,莫哭……"

"你回来也不把个信!我早也等,晚也等……我晓得你会连天连夜赶回来!"

"我哪里顾得上写信?哪里顾得上写信?坐了轮船坐火车,下了不赢……

　　这天清早,有雾,打了露水霜,有点冷人。胡玉音又去打扫青石板街。她晚上没有睡好,拖着疲惫的双腿,没精打采。盼男人盼得都厌倦了。一早一晚的失望。她晚上总是哭,天天都换枕头帕。男人不回来,她算什么改正、平反呀! 这一切有什么意思、有什么用处呀! 她真想跑到镇革委去吵,去闹:我的书田哥怎么还不回来? 你们的政策是怎么落实的呀? 你们还不去把他放回来? ……竹枝扫把刮着青石板,沙、沙、沙,一下,一下,她扫到了供销社围墙拐角的地方,身子靠在墙上歇了歇。她不由地探出身子去看了看小巷子里的那条侧门,当年王秋赦拐断脚的地方。如今侧门已经用砖头砌严实了,只留下了一框门印。管它呢,那些老事,还去想它去做什么……回转身子,拿起扫帚,忽然前边一个人影,提着旅行袋什么的,匆匆地朝自己走来。大约是个赶早车的旅客。哟,这客人,也不问问清楚,走错啦,汽车站在那一头,应该掉过身子去才对呀。但那人仍在匆匆地朝自己走来。唉,懒得喊,等他走到了自己的身边,才告诉他该向后转……竹枝扫把刮着青石板,沙沙沙,沙沙沙……

　　"玉音? 玉音,玉音!"

　　哪个在喊? 这样早就喊自己的名字? 胡玉音眼睛有些发花,有些模糊,一个瘦高的男子汉站在自己面前,一口连鬓胡子,穿着一身新衣新裤,把一只提包放在脚边。这男子汉呆里呆气,站在那里像截木头……胡玉音不由地后退了一步。

碎了。他还有不连天连夜赶回来的？玉音整夜整夜地睡不着。小军军却睡得像个小蠢子,任玉音抱他、亲他都不醒。玉音既是整晚整晚都没听见脚步声、敲门声,没等着书田哥回来,就有了一种预感:书田哥会早晨回来!听人家讲,州里开往县城的客班车是下午到。县城到芙蓉镇还有六十里,书田哥会顾不得在城里落伙铺,他会连夜顺着公路赶回来!是的,连夜赶回来……扫完一条街,天都大亮了,玉音也失望了。她就在心里抱怨:男人家呀男人家,总是粗心大意。你手续没办妥,一下子脱不开身,也该先来封信呀,先拍封电报呀。免得人家整晚整晚、一早一早地望呀,颈骨都望长啦,没良心的!或许书田哥回到县里,就先去办了恢复工作的手续? 唉呀,男人家的心,比天高,比天大。玉音不喜欢你去做那个鬼工作,免得又惹祸。你就守在玉音身边,带着小军军,种自留地,养猪养鸡养鸭,出集体工,把我们的楼屋都绣上花边,配上曲子,把日子打发得流水快活……

　　这些年来的折磨,也使得胡玉音心虚胆怯,多疑。自给她改正、去帽那天起,她就怕变,怕人家忽然又喊"打倒新富农婆!"怕民兵又突然来给她挂黑牌,揪她去开批斗会,去罚跪……她时时胆战心惊,神经质。她急切地盼着书田哥回来,回来一起过过这好日子!哪怕过上两天三天,十天半月,挺直腰板,像人家那些夫妻一样,并排走在街上,有讲有笑,进出百货商店。书田哥呀,你快些回来,你还不回来!万一有朝一日,我又重新戴上了新富农婆的帽子,你又当了右派才见面,生成的"八字"铸成的命,那就哭都哭起,当街打了几个转转,又在娃娃的脸上亲着,才打着响啵回老胡记客栈去了。

胡玉音回到屋里,就倒在床上哭,放声大哭。哭什么?伤心绝望的时候哭,喜从天降的时候也哭!人真是怪物。哭,是哪个神仙创造的?应该发给生理学大奖,感情金杯,人文学勋章。要不,大悲大喜无从发泄,真会把人憋得五脏淤血。

第二天清早,胡玉音仍旧拖着竹枝扫把去打扫青石板街。往时她是默默无声地扫着街,如今她是高高兴兴地扫着街。她就有种傻劲,平了反还来扫街,不扫街就骨头痒?才不是呐。做一个女人,她有她的想头,她是要感谢街坊邻居们,这些年来多亏你们发善心,讲天良,才没有把玉音往死里踩。玉音不是吃了你们的亏,你们多多少少还护了护玉音,给留了一条命。玉音不是吃了哪个人的亏,是吃了上级政策的亏……这些年来,胡玉音就是每天清早起来扫街,街坊们才晓得有这个黑女人在,新富农婆还在。既是玉音背时倒霉的时候扫过街,如今行运顺心了也可以扫街。扫街有什么丑?有什么不好?那些在新社会讨饭、讨救济、讨补助的人才丑。听讲北京、上海那些大口岸管扫街的人叫清洁工,还当人民代表,相片还上报,得表扬。

其实,胡玉音仍旧清早起来扫青石板街,还有个心里的秘密。她晓得,书田哥在千里之外的洞庭湖滨劳改,接到平反改正的通知后,他会连天连夜地赶回来,生起翅膀飞回来。亲生的骨肉还没见过面,一别九年的女人老没老?玉音晓得,书田哥早就心都焦了,了过去。她身子晃了几晃，没有倒下。搭帮这些年她被斗滑了，斗硬了。她忽然脸盘涨得通红，明眸大眼，伸出双手去，声音响亮（响亮得她自己都有点惊奇）地说：

"先不忙退楼屋，不忙退款子，你们先退我的男人！还我的男人，我要人，要人！"

镇革委的几个干部吓了一跳，以为这个多少年来蚊子都不哼一声似的女人，是在向他们讨还一九六四年自杀了的黎桂桂，是要索回黎桂桂的性命！他们一个个脸色发白，有些狼狈：看看，这个女人，刚给她摘帽，刚给她落实政策，她不感恩，不磕头，而是在这里无理取闹！

胡玉音伸出的双手没有缩回，声音却低了下来："还我的男人……我的男人是你们抓去坐牢的，十年徒刑，还有一年就坐满了，他没有罪，没有罪……"

镇革委的人这才叹了一口气，连忙笑着告诉她："秦书田也平反，也摘帽。他的右派也是错划了，还要给他恢复工作。省电台前天晚上已经播放了《喜歌堂》。"

"哈哈哈！都错了！书田哥也划错了！哈哈哈！天呀，天呀，新社会回来啦！共产党回来啦！哈哈哈！新社会又没有跑到哪里去，我是讲他的政策回来啦……"

四十出头了，胡玉音还从没在青石板街上这么放肆地笑过，闹过，张狂过。披头散发，手舞足蹈。街坊们都以为她疯了，这个可怜可悲的女人。直到她娃儿小军军来拉她，扯她，她才把娃儿抱胡玉音每天清早起来,默默地打扫着青石板街。她不光光是在扫街,她是在寻找、辨认着青石板上的脚印,她男人的脚印……"四人帮"倒台后的第二年,大队部、镇革委、派出所都有人吩咐过她:"胡玉音,你可以不扫街了。"但她还是天天清早起来扫。她一来怕今后变,人家讲她翻案;二来也仿佛习惯了,仿佛执拗地在向街坊们表示:要扫,要扫,要扫到我男人回来,我书田哥回来!一个性情温顺、默默无声的女人,那内心世界,是一座蕴藏量极大的感情的宝库。

今年春上——一九七九年的春上,镇革委派人来找她去,由过去整过她,把她划作富农成分的人通知她:你的成分搞错了,扩大化,给你改正,恢复你的小业主成分,楼屋产权也归还,暂时镇革委还借用。她都吓蒙了,双手捂住眼睛,不相信,不相信,不可能,不可能!这是在白日做梦……泪水从她手指缝缝里流下来,流下来,但没有哭出声。她不敢松开捂着眼睛的双手,害怕睁开眼睛一看,真是个梦!不可能,不可能……她作古正经当了十四五年的富农婆,挨了那么多斗打,罚了那么多跪,受了那么多苦罪,怎么是搞错了?红口白牙一句话,搞错了!而且他们也爱捉弄人,当初划富农的是这些人,如今宣布划错了的也是这些人。这些人嘴皮活,什么话都讲得出,什么事都做得出。他们总是没有错。是哪个错了?错在哪里?所以胡玉音不相信这神话。这是梦。

直到镇革委的人拿出县政府的公文来给她看,亮出公安局的鲜红大印给她认,她才相信了,这是真的。天啊,天啊,她差点昏厥了当,下世投胎,也好吃懒做,直扫帚不支,横扫帚不竖,也伸手向政府要吃,向政府要穿,向王秋赦学,吊脚楼歪斜了,竖根木桩撑着,也总是当现贫农,好让上级的人看了顺眼顺心,当亲崽亲女,当根子好搞运动……

好死不如赖活,赖着脸皮也要活,人家把你当作鬼、当作黑色的女鬼也要活。胡玉音如今有了"心伴",那个还在坐牢的书田哥,书田哥还给她留下了命根——小军军。她才不死哪,再苦再贱,她都活得有意思,值得。小军军是在她的搂抱、抚摩下长大的,在她没完没了的亲吻里笑啊,闹啊,吃啊,睡啊,牙牙学语,蹒跚起步,长到了八岁啊。勾起指头算,政府判了小军爸爸十年刑,坐过九年了,他快回来了。书田哥在洞庭湖劳改农场,月月都有信,封封信尾上都写着"亲亲小军军"。难道仅仅是"亲亲小军军"?玉音有一颗温柔的妻子的心,男人的意思她懂……玉音月月都给书田哥回信,封封都写上:"书田,军军亲亲你。你要保重身子,好好改造,政府早点放你回来。我和军军天天都在等你,望你。心都快等老了,眼睛都快望穿了。但是你放心,军军在一年年长大,我却还没有一年年变老。我的心还年轻,这年轻是留把你的,等着你的。你放心,放心,放心……"对了,玉音还记得唱《喜歌堂》,一百零八曲,曲曲都没忘,还会唱。也是留着唱给书田哥听的,留着等书田哥出了牢,回到家里一起唱。这个心思,这份情意,玉音啊,你的封封信里,有没有写上?你不要怕,《喜歌堂》不是什么暗语代号,只反一点封建,看守人员会把信交给书田哥看……

子,她就会扑通一声先跪下。人家打她的右耳光,她也等着左边还有一下……她也被斗油了,斗滑了,是个老运动员了,该授予她"运动健将"的金牌。——连续十年十几年的极左大竞赛为什么不颁布竞赛成绩,不设置各种金牌、银牌、铜牌?这一来她却少吃了一些苦头。而且每次在批斗会上,她一动不动地朝乡亲们跪着,脸色寡白,表情麻木,不哭,像一尊石膏像。她的两只黑白分明的大眼睛有时抬起头来望望大家,眼神里充满了凄楚、哀怨,表示她还活着。她这双眼睛是妄图赢得乡亲们的怜惜,瓦解人们的斗志?还是在做着无声的抗议:"街坊父老姐妹们,你们看,我就是那个摆小摊卖米豆腐的芙蓉姐子……我就这样向你们跪着,跪着,直到你们有海量,宽怀大度,饶恕了我,放开了我……"的确,每逢镇上开批斗大会有她在台上跪着,会场气氛往往不激烈,群众斗志不高昂,火药味不浓。有的人还会红了眼眶,低下头去不忍心看。还有的人会找了各种借口,中途离开会场,尽管门口有民兵把守。

　　树上的鸟雀、沟里的花草都有命。胡玉音也有一条命。万事万物都是命。命是注定的。要不,芙蓉镇上比她坏、比她懒、比她刁、比她心肠歹毒的女人都没有倒霉,偏偏她胡玉音起早贪黑、抓死抓活卖了点米豆腐就倒了霉?那些年年在队里超支、年年向国家讨救济的人就是好货?政府看得起、当宝贝的就是这号货?当亲崽亲女的就是这号角色!过去的衙门嫌贫爱富,如今有人把它倒了过来,一味地斗富爱贫,也不看看为什么富,为什么贫,而把王秋赦一号人当根本,当命根。好咧,胡玉音这一世人就当了傻子上灾了!

黎满庚卷了裤脚,披了蓑衣,戴了斗笠正准备出门,只听街上有人尖着嗓音,报喜似的叫嚷:

"吊脚楼倒了!吊脚楼塌了!——"

六 "郎心挂在妹心头"

胡玉音独自一人清早起来打扫青石板街,有多少个年头了?她默默地扫着,扫着,不抬头,不歇手。她有思维活动么?她在想着念着些什么?在想着往日里秦书田挥动竹枝扫帚时那舞台上摇桨一般的身影?在回忆他们那一年捉弄那一对掌权男女的开心的一幕?还是在寻找秦书田在青石板街上留下的足迹?这种足迹满街都是啊,密密麻麻,重重叠叠。正是这些足迹把一块块青石块踩得光光溜溜啊。还分得出来吗?哪是书田哥的?哪是自己的?这些足迹是怎么也扫不去的哪,它们都镶在青石板上了,镶在胡玉音的心田上了,越扫越鲜明……对于亲人的思念,成了滋润她心灵的养分。奇怪的是,在这样漫长的岁月里,她尝尽了一个"阶级敌人"应分的精神和肉体的"粮食",含垢忍耻,像石缝里的一棵草一样生活着,竟再也没有起过"死"的念头。她也学得了书田哥应付这些场面时的那一手,喊她去接受批斗,她也像去队上出工那样平常。不等人家揪头发,她预先把脑壳垂下。不等人家从身后来踢腿肚

"听讲你又当官了？那顶烂乌纱帽,人家扔到岭上,你又捡来戴到脑门顶上？"回到家,"五爪辣"一边看着他换衣服,一边问。

"哪来的消息,这样子快？"

"你和王秋蛇去开会,满镇子上的人就讲开了,还来问我哪。我又哪里晓得？反正我不管,自留地归你种,柴禾归你打。要不,我们娘女七个不准你进屋。你也莫想像过去似的,在家里也是'脱产'干部！"

"好的,好的,都依你。你放心,这几年我种自留地都种出了瘾……何况今后当这个芝麻绿豆官,也要参加生产了。上级已经批准我们山区搞包产到组,个别的还到户,哪个还会偷懒？"

"王秋蛇这条懒蛇,从雨里跑回来,满街大喊大叫,你不晓得？"

"喊什么？"

"他重三倒四叫什么'放跑了大的,抓着了小的','放跑了大的,抓着了小的'！还喊'千万不要忘记啊——','文化革命五六年再来一次啊——','阶级斗争,你死我活啊——'！这回老天报应了,这个挨千刀的疯了！"

"他不疯怎么办？春上就包产到组,哪个组肯收他,敢要他？给他几亩田,也只会长草……他吃活饭、当根子的年月过去了！"

两夫妇正说着,忽然听得窗外的狂阔风雨中,发出了一阵轰隆隆楼屋倒塌似的巨响！

"谁家的屋倒了？"黎满庚浑身一抖。"五爪辣"脸块吓得寡白。在古老的青石板街上,大都是些年久失修的木板铺面啊,谁家又遭骂,就讲我像小叫花……"看来胡玉音是默许了。有一回,黎家请来裁缝,给六个妹儿做过年衣服,也顺带着给小军军做了一件。比着尺寸做好了,却没有给小军军穿上,而是用张纸包了,叫小军军拿回家去给娘看。不一会儿,军军就穿着那新崭崭的衣服回来了,回来给黎满庚夫妇看。"你娘给你穿上的?""嗯。娘叫我回来谢谢叔叔和婶娘……"

开春了,冰化雪消的解冻季节到了。今年春天的春雷响得早,春雨下得急。这天下午,公社党委通知黎满庚和王秋赦去参加公社党委扩大会。会议是公社党委和镇委联合召开的。新来的公社党委书记严厉批评了吊脚楼主给胡玉音和秦书田落实政策时搞拖延战术,留尾巴,至今不归还新楼屋和那一千五百元现款;并代表县委宣布,撤销王秋赦的芙蓉镇大队党支书、芙蓉镇革委会主任两个职务。芙蓉镇大队今后划归镇革委管辖,大队党支部暂时由老支书黎满庚负责,日内进行一次选举。镇党委、革委的负责人,县委另行委任。县委的决定还没宣布完,王秋赦就丢魂失魄地跑了,雨具都没有顾上拿,就光着脑壳跑到风雨里去了。人们拼命鼓掌,大声叫好。一时间,会场上的叫好声、巴掌声,盖过了会场外那风声雨声和动地的雷声。

党委扩大会开到天黑才散。来去十里路,黎满庚虽戴了个笋壳斗笠,一身还是淋得透湿。可是他身上暖,心里热。自己恢复支书职务,虽然有些抱愧,但撤掉了王秋赦,除掉了镇上一害,这是镇上一大喜事啊。说不定还会有人给他打鞭炮,送邪神。

"军军,来,给你果子吃!"黎满庚有时给家里的千金们零食吃,也给小军军留一份。"不,娘会骂的,娘不准我讨人家的东西吃,免得人家看不起。"小军军口齿伶俐,没有伸出巴掌来,但眼睛却盯住果子,分明十分想吃。小小年纪,就开始陷入感性和理性的矛盾。"五爪辣"在旁看着,也觉得这娃儿可怜可疼:"军军,你娘儿俩只一个人的口粮,你在家里吃得饱吗?""娘总是等我先吃。我吃剩了娘才吃。有时我不肯吃,娘就打我,打了又抱起我哭……"讲到这里,娃儿眼眶红了。黎满庚和"五爪辣"听着,也都红了眼眶。他们体会得出,一个寡妇带着这么个正吃长饭的娃儿,两人吃一人的口粮,每天还要受管制、扫大街,是在苦煎苦熬着过日子啊。"五爪辣"自己呢,自男人不当干部后,日子好过得多。黎满庚是个好劳力,除了出集体工工分挣得多,自留地更是种得流金走银,四时瓜菜一家八口吃不赢,圩圩都有卖。"五爪辣"和妹儿们经管猪栏、鸡埘出息也大,像办了个小储蓄所。夫妇两个算是共得患难,同得甘苦。再者娃娃多了,年纪大了,年轻时候那醋劲妒意也消减了,所以家事和睦了。

千金难买回头看。"四人帮"倒台后,人,都在重新认识自己啊。经过这些年来的文唱武打,运动斗争,人人都有一本账。有过的补过,有罪的悔罪。问心无愧的,高枕无忧。作恶多端的,逃不脱历史的惩罚。

黎满庚和"五爪辣",如今常留小军军在家里吃饭,和妹儿们玩耍。"军军,你娘晓得你是在哪里吃饭吗?""晓得。""骂没骂?""没他真的得下了什么病。"五爪辣"这女人也颇具复杂性。胡玉音"走运"卖米豆腐那年月,她怕男人恋旧,经常舌头底下挂马蹄,嘴巴"踢打踢打",醋劲十足。对那一千五百元现款,她大吵大闹,又哭又嚷,逼着男人去告发,去上缴。她甚至幸灾乐祸地有了一种安全感。这一来,男人就对"芙蓉精"死了心。可是接着下来,她一年又一年地看着胡玉音戴着黑鬼帽子扫大街,又觉得作孽。纵是坏女人,也不应当一生一世受这份报应……男人一年四季阴沉着脸,从不跟她议论这些。但她晓得男人害的是什么心病。她有时觉得自己也是亏了心。胡玉音生娃娃那年,她还像做贼一样溜进老胡记客栈去看望过一回,那崽娃好胖哟,红头花色,手脚巴子和莲藕一样,巴壮巴紧。该叫什么?私生子,野崽?不,人家叫军军,有主,判刑劳改去了的右派分子秦书田是父亲。后来小军军一年年长大了,会跑会跳了,"五爪辣"还把他叫进自己屋里来,给他片糖吃。真是贱人有贱命。娃儿眼睛溜圆,样子像他娘又像他爷老倌,很俊。"五爪辣"对这娃儿有点子喜欢。因她后来又养过两胎,仍是"过路货"。如今一共"六千金(斤)"。有时人家问男人有几个崽女,男人总是闷声闷气地举起指头,报田土产量一样:"三吨"。"五爪辣"慢慢地看出来,男人也喜欢小军军。每回小军军一进屋,他就眼角、嘴角都挂上了笑。头回笑,二回抱,三回四回就不分老和少了。看着男人开心,"五爪辣"也高兴。男人再要郁郁闷闷、唉声叹气呆下去,真的惹下一身病来,她"五爪辣"拖着六个妹娃去讨吃,都不会有人给啊!

蛋,你能怨谁?

黎满庚经常这样自责自问,诅咒自己。可是,就能全都怨自己吗?他是个天生的歹徒、坏坯、恶棍?对胡玉音,对芙蓉镇上的父老乡亲,自己就没有做过一件好事,就不曾有过赤子之心,没有过真诚、纯洁的感情?显然不是。胡玉音啊,这个当年胡记客栈老板的娇娇女,对他始终是一个生活的苦果,始终在他心底里凝聚着爱、怨、恨。就是她成了富农寡妇,她挂黑牌游街,戴高帽子示众,上台挨斗,自己都没有去凶过她,恶过她,作践过她……为了这,大队党支部、镇革委会,对他黎满庚进行了多次批判教育,批他的右倾,批他的"人性论"和"熄灭论",直至撤销他的大队秘书职务,只差没有开除党籍。"人性论"啊"人性论","人性论"是个什么东西?什么形状、颜色?圆的、方的、扁的?黄的、白的、黑的?他黎满庚只有高小文化,头脑简单,四肢发达,想象力十分贫乏。只觉得"人性论"像团糠菜粑粑似的堵在他喉咙管,嚼不烂,吐不出,吞不下,怕要恶变成咽喉癌哟。他好狼狈啊,有苦难言,有口难辩。左右都不是人。岩层夹缝里的黄泥,被夹得成了干燥的薄片片,不求滋润,只求生存。这世事,这运动,这斗争,真是估不准、摸不着啊,你想紧跟它,忠实于它,它却捉弄你,把你当猴儿耍……

"可怜虫!黎满庚,你这条可怜虫!"好几年,他都郁郁寡欢,自怨自愧,像病魔缠身。一个五大三粗、挑得百斤、走得百里的汉子,背脊佝偻了下来,宽阔的肩头仿佛负不起一个无形而又无比沉重的包裹。后来就连他的女人"五爪辣",都被他的神色吓住了,担心年他当区民政干事时,就是为了对组织忠诚,而牺牲了刻骨铭心的爱情。在组织和个人、革命和爱情面前,他总是理性战胜感性,革命排斥了爱情。他不加考虑地把组织观念看得重于一切,盲从到了愚昧的地步,从来没有去怀疑、去探究过这个所谓的"组织"执行的是什么路线。他没有这个水平。习惯于服从。诚然,他也曾经想过,许多领导同志也出身不好,社会关系复杂,他们却在战火纷飞的年代,把革命和爱情、理性和感性,结合得那样好,那样和谐,甚至举行刑场上的婚礼。他们是在为着同一项事业、同一个目标而爱,而恨。可那是打天下呀,需要流血牺牲呀!打天下当然要扩大队伍,什么人都可以参加,不能把门关得太严,而是要敞开大门……如今是坐天下,守江山。队伍就当然要纯而又纯,革命就需要不断地对内部进行斗争、整肃、清理。查清三代五服,才能保证纯洁性。因而就需要牺牲革命者个人的爱情,以至良心。良心看不见,摸不着,算几斤几两?而且小资产阶级才讲天地良心……就这样,黎满庚出卖了胡玉音,而且把她推进了无情打击的火坑。

可是今天,历史做出结论,生活做出更正:胡玉音是错划富农,黎桂桂是被迫害致死。黎满庚呀黎满庚,你这个卑鄙的出卖者,你这个自私自利的小人,你这个双手沾着血腥气的帮凶!你算个什么共产党员?你还配做一个真正的共产党员?是党章上的哪条哪款、党的哪一号文件要求你这样做了?你怨谁?能怨谁啊?中国有三千八百万党员,没有几个人像你一样去背叛自己的兄弟姐妹、道德良心啊,没有几个人像你一样去助桀为虐啊。你能怨谁?混头头,担子也太重啊。这镇上的工作是个烂摊子,都要从头做起。头件事,就是要治理芙蓉河……这些天,我晚上都睡不着……"

还没上任,"北方大兵"就睡不着了。胡玉音含着眼泪笑了。娃儿也笑了。娃娃忽然嚷嚷说:

"娘!亲爷!听讲黎叔叔也要当回他的大队支书了!黎叔叔昨晚上还答应给我上户口,我就不是黑人了!"

五 吊脚楼塌了

生活往往对不贞的人报以刻薄的嘲讽。

这些年来,羞耻和懊恼,就像一根无形而又无情的鞭子,不时地抽打在黎满庚身上和心上。他的心蒙上了一层污垢。他出卖过青春年代宝贵的感情,背叛了自己立下的盟誓。在胡玉音划成新富农、黎桂桂自杀这一冤案上,他是火上浇油,落井下石,做了帮凶。他有时甚至神经质地将双手巴掌凑在鼻下闻闻,仿佛还闻到一丁点儿血腥味似的。

但是,忠诚和背叛,在黎满庚的生活里总是纠缠在一起。他背叛了对胡玉音的兄妹情谊(而且是由纯洁的爱情转化来的),背叛了站在芙蓉河岸边立下的盟誓,也就背叛了自己的良心。可是,向县委工作组交出了胡玉音托他保管的一千五百元现款,却是向党组织呈上了自己的忠诚。多么巨大而复杂的矛盾!早在一九五六止组织生活"的处分。

这一来，倒是无形中造成了谷燕山从生活上适当照料胡玉音母子的合法性。后来逐渐成为习惯，为镇上居民们所默认。一直到了"四人帮"倒台，一直到娃儿长到七八岁，谷燕山和胡玉音虽然非亲非故，却是互相体贴，厮亲厮敬。谷燕山说：秦书田也快刑满回家了，再在崽娃的名字前边加个姓：秦。反正娃娃一直是个"黑人"，公社、大队不承认他，不给登记户口。谷燕山却是这"小黑鬼"的"义父"。这情况，被人们列为芙蓉镇地方"文化大革命"中后期的一件怪事。

"亲爷，"有天，胡玉音拉着娃儿，依着娃儿的口气对谷燕山说，"满街上的人都在传悄悄话，讲是镇上百姓上了名帖，上级批下文来，要升你当镇上的书记、主任。王秋赦要溜回他那烂吊脚楼去了！其实，新社会，人民政府，本就该由你这一色的老干部掌权、管印啊！"

"莫信，莫信，玉音！"谷燕山苦笑着摇了摇头，"我连组织生活都没有恢复，还挂着哪。除非李国香、杨民高他们撤职或是调走……"

"亲爷，都是我和娃儿连累了你……为了我们，你才背了这么多年的黑锅……"说着，胡玉音红了眼眶，抽抽咽咽哭了起来。

"呵呵，这么多年了，你的眼泪像眼井水，流不干啊……"谷燕山劝慰着。他双手抚着娃儿，也是在劝慰着自己："如今世道好了。上级下了文，要给你和书田平反了。我么，假若真派我当了镇上的士进来告诉这对"夫妇",昨晚上生的是个胖小子,爱哭。编号是"7011"。这可好了,胡玉音哭了,谷燕山也眼眶红了,落下泪来。小护士颇有经验:这没有什么奇怪的,所有中年得子的夫妻都会像他们这样哭,高兴得哭。小护士给胡玉音注射了催眠针,并问:"给你们的胖小子取个什么名字?"胡玉音看了谷燕山一眼,也没商量一下,就对小护士说:"谷军。他的姓,解放军的军。"说着,很快就入睡了。

由于伤口需要愈合调养,加上大雪封山,更主要是由于谷燕山的有意拖延,胡玉音在部队医院里住了五十几天。这段时间里,谷燕山每天早出晚归,往来于芙蓉镇和部队医院。好在这时他是粮站顾问,实际上一直靠边站,没有具体的工作负担。镇上的街坊们都晓得新富农婆胡玉音生了个胖崽娃,是劳改分子秦书田的种。其余,他们都不大感兴趣。就是有几位心地慈善的老嫫嫫,也只在胡玉音从部队医院回到老胡记客栈后,才偷偷地来看了看投生在苦难里的崽娃,留下点熟鸡子什么的。

谷燕山却被传到县粮食局和公安局去问过一次情况。但粮食局长和公安局长都是和他一起南下的,属于自由主义第一种:同乡,同事,战友。他们都深知谷燕山是个老实而没大出息的人,虽然糊涂也断乎做不出什么大坏事,又兼"缺乏男性功能",送个女人给他都白搭,就拿他开了一顿玩笑,没再追究。后来芙蓉镇和公社革委会还继续往县里送过材料,也没有引起重视。就连杨民高书记都嗤之以鼻:窝囊废,不值一提。但组织部门还是给了他个"停不起。她们孕育着新的生命,生产新的人。有了人,这世界才充满了欢乐,也充满了痛苦。这世界为什么要有痛苦?而且还有仇恨?特别是在我们共产党、工人农民自己打出的天下、自己坐着的江山里,还要斗个没完,整个没完,年复一年。有的人眼睛都熏红了,心都成了铁,以斗人整人为职业、为己任。这都是为了什么?为了什么?他不懂。他文化不高,不知"人性论"为何物,水平有限,思想不通窍。"一脑壳的高粱花子",竟也中"阶级斗争熄灭论"、"人性论"的毒害这样深……

他苦思苦熬地度过了漫长的四个钟头。天快亮时,胡玉音被手推车推了出来。一个用医院洁白的棉裙包裹着的小生命,就躺在她身边。可是胡玉音脸色白得像张纸,双目紧闭,就和死了一样。"死了?"谷燕山的心都一下子蹦到了喉咙口,他眼里充满了泪水。推车的小护士心细,注意到了他脸上的绝望神情,立即告诉他:"大小平安。产妇是全麻,麻药还没有醒……""活着!活着!"他没有大喊大叫,连生了个男娃女娃都忘了问。"活着!活着!"医院的长廊里静悄悄的,却仿佛回荡着他心灵深处的这种大喊大叫。

按医院的规定,产妇和婴儿是分别护理的。婴儿的纱布棉裙上连着一块写有编号的小纸牌。谷燕山被允许进病房照料产妇。床头支架上吊着玻璃瓶,在给胡玉音打"吊针"。直到中午,胡玉音才从昏睡中醒了转来。她第一眼就看到了谷燕山。她伸出了那只没有输液的软塌塌的手,放在谷燕山的巴掌上。谷燕山像个温存而幸福的丈夫那样,在胡玉音的手背上轻轻地抚摩着。这时,小护个病历卡出来找他,直到军医解下大口罩,他才发觉是个女的,很年轻。

"你是产妇的爱人吗?叫什么名字?什么单位?"

谷燕山脸块火烧火辣,一时不知所措,胡乱点了点头。事已至此,不点头怎么办?救人要紧。他结口结舌地报上了自己的姓名和单位。女医生一一地写在病历卡上,接着告诉他:"你爱人由于年纪较大,妊娠期间营养不良,婴儿胎位不正,必须剖腹。请签字。"

"剖腹?"谷燕山倒抽了一口冷气,眼睛瞪得很大。他顾不上脸红耳赤了。他心口怦怦跳着,望着军医领口上的红领章好一刻,才定了定神。自己也是这支队伍里出来的。这支队伍历来都是人民子弟兵,对人民负责,爱人民。十几二十年来虽然有了种种变化,他相信这根本的一点没有变。于是他又点了点头,并从女军医手里接过笔,歪歪斜斜地签上了"谷燕山"三个字。在这种场合,管他误会不误会,他都要临时负起作为丈夫和父亲的责任。

胡玉音平躺在一辆手推车上,从诊断室里被推了出来。在走廊里,胡玉音紧紧捏着谷燕山的手臂。谷燕山跟着手推车,送到手术室门口。医生、护士全进去了,手术室的门立即关上了。他又守在门口,来来回回地走动,心如火焚。他多么盼着能隔着一道道门,听到婴儿被取出来时的哇哇啼叫声啊,胡玉音一定会流很多血,很多很多血……老天爷,这晚上,生活在他的感情深处,开拓出了一个崭新的领域……他感觉到了生命的伟大,做一个母亲真了他站在华北平原的雪地里,是在以浴血奋战来迎接一个新国家、新社会的诞生;二十年后的今天,他却是站在南方山区小镇的铺着白雪的公路上,等候着一辆过路的汽车,用以迎接一个新的小生命。然而这是一个什么样的新的生命?黑五类的后代,非法同居的婴儿,他的出世本身就是一种罪孽……世事真是太复杂、太丰富了,解释不清。他不时地回过头去望望老胡记客栈。他急切地盼着听到汽车的隆隆声,见到车灯在雪地里扫射出的强烈光柱。前些时他还为了汽车带来的尘土、泥浆而诅咒过。可如今他把汽车当作了解救胡玉音母子性命、也是解救他脱离困境的神灵之物。可见无论是物质的文明还是精神的文明,都是诅咒不得的。

过了好一会儿,他终于拦下了一辆卡车,而且还是解放军部队上的。一年前附近山洞里修了座很大的军用地下仓库。解放军驾驶员听着这位操着一口纯正北方话的地方干部模样的人解释了情况,就立即让他上了车,并把车子倒退到老街口。

果然,谷燕山刚把胡玉音连扶带架,塞进了驾驶室,胡玉音的阵痛就又发作了,在他怀里痉挛着,呻吟着。多亏了解放军战士把车子开得既快又稳,径直开进了深山峡谷的部队医院里。

胡玉音立即被抬进了二楼诊断室。安静的长长的走廊里,灯光净洁明亮。穿白大褂的男女医生、护士,在一扇玻璃门里出出进进,看来产妇的情况严重。谷燕山守候在玻璃门边,一步也不敢离开。诊断室就像仙阁琼楼,医生、护士就像仙姑仙子,他这个俗人不得进入。不一会儿,一位白大褂领口上露出红领章的医生,拿着胡玉音在谷燕山手里喝下一大碗蛋花汤后,阵痛仿佛停息了。她脸上现出了一种奇怪的笑容,好像有点羞涩似的。然而产妇在临盆前,母性的自慰自豪感能叫死神望而却步。孕育着新生命的母体是无所畏惧的。胡玉音半卧半仰,张开双腿,指着挺得和个大圆球似的肚子说:"这个小东西,在里头踢腿伸拳的,淘气得很,八成是个胖崽娃!全不管他娘老子的性命……"

"恭喜你,玉音,恭喜你,老天爷保佑你母子平安……"谷燕山这个在战争年代出生入死过来的人,竟讲出一句带迷信色彩的话来。

"有你在……我就不怕了。不是你,今晚上,我就是痛死在这铺里,邦硬了,都没有人晓得……"胡玉音说着,眼睛蒙蒙眬眬的,竟然睡去了。或许是挣扎、苦熬了一整天,婴儿在母体里也疲乏了。或许是更大的疼痛前的一次短暂的憩息。

谷燕山这可焦急起来了。他一直在留心倾听公路上有无汽车开过的声音。胡玉音睡下后,他索性转出铺门,顶风冒雪来到公路上守候。哪怕是横睡在路上,他都要把随便哪一辆夜行的车子截住。过了一会儿,雪停了,风息了。满世界的白雪,把夜色映照得明晃晃的。谷燕山双手笼进旧军大衣里,焦急地在雪地里来回走动……这时刻他就像一个哨兵。是啊,当年在平津战场上,他也是穿着这件军大衣,也是站在雪地里,等候发起总攻的信号,盼望着胜利的黎明……日子过得真快,世事变化真大啊!一个人的生活,有时对他本人来说都是一个谜,一个百思不解的谜。二十多年前,

"我、我去喊个接生婆来!"谷燕山这时也急出一身汗来了。

"不,不!恩人……你不要走!不要走……镇上的女人们,早就朝我吐口水了……我怕她们……你陪陪我,我反正快死了,大的小的都活不成……娘啊,娘啊,你为什么留我在世上造孽啊!……"

"玉音!莫哭,莫哭。莫讲泄气话。痛,你就喊'哎哟'……"谷燕山这个北方大兵,顿时心都软了,碎了。他身上陡涨了一股凛然正气,决定把拯救这母子性命的担子挑起来,义不容辞。什么新富农婆,去他个毬!老话讲:急人一难,胜造七级浮屠。顶多,为这事吃批判,受处分。人一横了心,就无所疑惧了:"玉音,玉音,你莫急。你若是同意,我就来给你……"

"恩人……大恩人……政府派来的工作同志,就该都是你这一色的人啊,可他们……恩人,你好,你是我的青天大人……有你在,我今晚上讲不定还熬得过去……你去烧一锅水,给我打碗蛋花汤来……我一天到黑水米不沾牙……听人家讲,养崽的时候就是要吃,要吃,吃饱了才有力气……"

谷燕山就像过去在游击队里听到了出击的命令一般,手脚利索地去烧开水、打蛋花汤,同时提心吊胆地听着睡房里产妇的呻吟。不知为什么,他神情十分振奋,头脑也十分清醒。他充满着一种对一个新的生命出世的渴望和信心。柴灶里的火光,把他胡子拉碴的脸块照得通红。他觉得自己是在执行一项十分重要的使命,而且带点神秘性。他自己都有些奇怪,竟一下子这么劲冲冲、喜冲冲的。

和忠诚并没有泯灭,也没有沉沦,只是表现为各种不同的方式。"北方大兵"谷燕山是"醉眼看世情"。那一年,铁帽右派秦书田被判刑劳改去了,胡玉音被管制劳动。老谷好些日子胆战心惊,因为他给这对黑夫妻主过媒。但后来事实证明黑夫妻两个还通人性、守信用,并没有把他老谷揭发交代出来,使他免受了一次审查。要不,他谷燕山可就真会丢掉了党籍、干籍。就是这一年年底的一天晚上吧,刮着老北风,落着鹅毛雪。老谷不晓得又是在哪里多喝了二两回来,从老胡记客栈门口路过,忽然听见里头"娘啊,娘啊,救救我……我快要死了啊"的痛苦呻吟,声音很惨,听起来叫人毛骨悚然。"胡玉音这新富农婆要生产了?"这念头闪进了他脑瓜里。他立即走上台阶,抖了抖脚上、身上的雪花,推了推铺门。门没有上闩。他走进黑咕隆咚的长铺里,才在木板隔成的卧室里,见昏黄的油灯下,胡玉音挺着个大肚子睡在床上,双手死命地扳住床梯,满头手指大一粒的汗珠,痛得快要晕过去了。这可把谷燕山的酒都吓醒了。他一个男子汉从来没有经见过这场合:

"玉音,你、你、你这是快、快了?"

"谷主任,恩人……来扶我起来一下,倒口水给我、给我喝……"

谷燕山有些胆战,身上有些发冷,真懊恼不该走进这屋里来。他摸索着兑了碗温开水给胡玉音喝。胡玉音喝了水,又叫扯毛巾给她擦了汗。胡玉音就像个落在水里快要淹死了的人忽然见到了一块礁石一样,双手死死地抓住了谷燕山:

"谷主任,大恩人……我今年上三十三了……这头胎难养……"

千五百元当初交在了谁手里？谁打了收据？哈哈，一笔无头账，糊涂账……胡玉音，党和政府给你平了反，昭了雪，恢复小业主成分，归还楼屋产权，还准许你和秦书田合法同居，你还有什么不满足？"

话虽这样讲，王秋赦的日子越来越难混了。近些日子新街、老街出现的各种小道消息、马路新闻也于他十分不利，纷纷传说上级即将委任"北方大兵"谷燕山为镇委书记兼镇革委主任。上级并没有下什么公文，但居民们已经在眉开眼笑了。这人心的背向，王秋赦不痴不傻，是感觉得出来的。真是如芒在背，如剑悬颈。如今他也不敢轻易在大会小会上追谣、辟谣、肃谣了。打了几次电话到县委去问，县委办公室的人也含糊其词，没有给个明确的回答。他神思恍惚，心躁不安，真是到了食不甘味、卧不安枕的地步了。他经常坐在办公室里呆痴痴地，脸色有些浮肿，眼睛发直，嘴里念念有词，谁也不晓得他念些什么。他神思都有些迷离、错乱……有一天，他终于大声喊了出来：

"老子不，老子不！老子在台上一天，你们就莫想改正，莫想平反！"

四 义父谷燕山

就是在大劫大难的年月，人们互相检举、背叛、摧残的年月，或是龟缩在各自的蜗居里自身难保的年月，生活的道德和良心，正义在平反冤假错案,报纸上天天登,广播里天天喊,你王秋赦不过是个眼屎大的"工分镇长",颈骨上长了几个脑壳?

"娘卖乖,这么讲,秦书田右派改正,胡玉音改变成分,供销社主任复职,税务所所长平反……还有'北方大兵'谷燕山哪!带出来这么一大串。十几、二十几年来山镇上谁没有错?就只那个'北方大兵'谷燕山好像没大错。但若不是十几年来这么斗来斗去,自己能斗到今天这个职务?还不是个鸡狗不如的'吊脚楼主'?要一分为二哪,要一分为二。"

王秋赦最为烦恼的还不是这个。他还有个经济利害上的当务之急:要退赔错划富农胡玉音的楼屋,镇革委早就将"阶级斗争展览室"改做了小小招待所。小招待所每月有个一两百元的收入,又无须上税,上级领导来镇上检查、指导工作,跟兄弟单位搞协作,大宴小宴,烟酒开支,都指望这一笔收入。"向胡玉音讲清楚道理,要求她顾全大局,楼屋产权归还她,暂时仍做小招待所使用,今后付给她一点房租,五块八块的,估计问题不大……"

王秋赦迫在眉梢的经济问题还有一个,就是要退赔社教运动中没收的胡玉音的一千五百元款子。十几年来,这笔款子已经去向不明。前些年自己没有职务补贴,后些年每月也只三十六元,吃吃喝喝,零碎花用,奉送各种名目的礼物……哪里够?你当王秋赦还买了一部印票机么!

"娘卖乖!这笔款子从哪里出?从哪里出?先欠着?对了,先欠着,拖拖再说。十几年来搞政治运动,经济上是有些模糊……一的手里。这些批语,大都也是一样的口气:"请查实情况,予以处理。""根据党的有关政策查实处理。""责成党委有关部门处理。""转所在公社酌处。"……年月日当然不同,是批文当日填写上去的,就是鲜红、权威的印鉴,虽然都是标准的圆形,但也还有个大小之分,印泥颜色也有浓有淡。

状子还是起到了一定的作用。县委有关部门呈报到地区有关部门的关于提拔、任命王秋赦同志为公社革委副主任的呈文,一直没有批下。连杨民高书记都只好摇头叹气,压制新生力量的顽固势力是何等的根深蒂固啊。后来随着形势的发展,县委决定把芙蓉镇设置为小于公社一级乡镇,就把王秋赦安排为拿工分、吃补贴的新型干部——镇革委会主任。县委职权范围的事,也就无须什么上级批准了。当时学生兴"社来社去",新干部兴"不拿工资拿工分",是"文化大革命"后期为着向资产阶级法权挑战而树立起来的新生事物。王秋赦既是新型干部,多在基层锻炼锻炼,日后前程无量……

"娘卖乖,斗来斗去二十几年,倒是斗错了?秦癫子不但判刑判错了,就连一九五七年的右派帽子也戴错了!不但要出牢房,还要恢复工作!工资还不会低,比我这一镇头头的收入还高得多……而且,看来杨民高书记对我还留了一手,当了几年镇长,连个国家干部也没给转。还是吃的农村粮,拿工分,每月只三十六块钱的补助……"

王秋赦在镇革委办公室里,面对着县委的两份"摘帽改正"材料,拿不起,放不下。办?还是不办?拖着,等等看?可是全国都线情报提供得不确切。杨民高书记的批评,他一直听到"既往不咎、下不为例、今后注意注意",才觉察到事情有了转机。接着下来,杨书记亲自陪他吃了早饭。早饭当然只是富强粉馒头、豆浆、皮蛋、臭豆腐乳、一小碟白糖,简简单单。席间杨民高书记还关切地问了问王秋赦的工作、个人生活上有没有什么困难等等。当然,有关"笋壳党"的传闻,王秋赦是被谣言所中伤,杨民高同志则是受了蒙蔽,只字不知。他只晓得冬笋长在竹山里,山里社员用锄头一棵一棵从土里刨出来的,而且对春竹的生长还很有些影响呢。

不久,李国香就被杨民高书记召回县里,详细汇报了公社干部队伍的基本情况,当然包括了芙蓉镇大队支书王秋赦近些年来悔改前非、力求上进、对上级领导忠心耿耿等等有关情况。杨书记自然是根据"不能把活人看死"、也"不能把死人看活"的原则,对王秋赦在"文化大革命"初期搞"三忠于"讲用时的"鹦鹉学舌",予以谅解。重在现实表现。过了些日子,芙蓉镇上就传出了风声,说是为了培养和重用立场坚定、爱憎分明的基层干部,县委准备提拔本镇大队支书王秋赦为公社革委会副主任。可是世上没有不透风的墙,也是好事多磨。王秋赦为了收缴冬笋,擅自在芙蓉镇实行紧急戒严的事,还是被人告到了省里和地区。十里之郡,必有良才。何况芙蓉镇还是个三省十八县的贸易集镇。究竟是谁个告的?当日赶圩的人鱼龙混杂,什么阶级成分、社会关系的没有?难以一一查实。根据当时政府办事的一般手续,人民群众告到省里的状子,必定批转地区,地区再又批转县里,县里批转公社,都落到了李国香个小道消息透露出来，一传十，十传百，人们交头接耳，添枝加叶，神色鬼祟慌乱，说是新近山里侦破了一个反动组织，叫笋壳党。反革命分子们把秘密文件匿藏在冬笋壳里进行反革命联络。所以这一圩上撒下了天罗地网，还不知要捕获多少反动组织的头头脑脑、脚脚爪爪呢！那些丢失了冬笋的人，哪里还顾得上那点子经济损失？只恨不得生出一双翅膀来，飞离圩场这是非之地，回到自己的家里去。在家千日好，出门动步难呢。

"笋壳党"的高级绝密，是谁制造出来的？是民兵小分队的个别不忠分子有意给王镇长出难题？还是纯属赶圩群众的臆造，以讹传讹，弄假成真？倒搞得王秋赦和李国香也面面相觑，十分尴尬，怕事情闹大捅穿了。后来不停地在大会、小会上辟谣、追谣、肃谣，声明这次的芙蓉镇戒严纯系为了打击投机倒把，才算把事情平息了下去。

再说芙蓉镇收缴冬笋后的当夜，由王秋赦亲自出马，把所获一百多斤珍贵的冬笋分装两只麻袋，用一辆自行车绑了，赶五六十里夜路送进县城，交在杨民高书记的小厨房里。真是人不知，鬼不觉。杨民高书记第二天早晨起来看见了，皱着眉头把王秋赦批评了一顿：尊敬领导，爱护上级，不要来这一套嘛。奉送农副产品，是不正之风嘛，庸俗嘛。反对法权，负责干部尤其不要搞特殊化嘛。杨民高书记还把两麻袋冬笋提到路线觉悟、反修防修的高度来认识，并当即亲自和王秋赦抬扁担过了秤，按供销部门的收购价格算了账，只是没有立即付款。王秋赦心都凉了半截，只怨李国香的内香在杨民高书记面前好说歹说,一力推荐。要依了杨民高同志原来的性子,王秋赦这种扶不上墙的稀牛屎,易反易复的小人,是再也不得起用的。黎满庚就是一例,还不是一九五六年撤区并乡时不听老杨一句话,就一辈子都脱不了脚上的草鞋、背上的蓑衣?王秋赦又怎么啦?若单是论品德、才干,他还赶不上黎满庚一指头呢。但是"批林批孔"那年的春节前的一件事,彻底改变了杨民高书记对王秋赦的看法。

原来杨民高书记全家,又特别是杨书记本人,每年冬春两季,有个酷爱吃冬笋的嗜好。片儿丝儿,嫩嫩的,脆脆的,炒瘦肉片,焖红烧鸭块、鸡块,炖香菇木耳片儿汤,都是绝不可少的。吃在嘴里嘎嘣脆,美不可言。冬笋又不是燕窝银耳,海参熊掌,山里土家伙,什么稀罕东西?本来作为一县首长,一冬一春吃个一两百斤冬笋何足挂齿?可巧那年竹子开花结米,自然更新换代,一山一山的都枯死了。冬笋竟和鱼翅一样成了稀罕之物。李国香在一个晚上,口角噙香地向王秋赦提供了表忠进身的机缘。第二天正逢芙蓉镇圩日,王秋赦在女主任的默许下,为了打击投机倒把,维护社会治安,堵塞资本主义,派出民兵小分队,把守圩场的各个进出口,宣布了一次紧急戒严。其时正是年关节下,山里社员们挑了点山货土产,来圩上换几个钱花。谁知圩场路口只准进,不准出。而且每个进圩场的人都要接受佩黄袖章的民兵的检查,凡窝藏在筐筐箩箩里的冬笋一律予以没收,其余一概不问。为什么单单没收冬笋,纯属上级机密,不得过问。一时,满圩场上人人失色,面面相觑。一上打得粉碎。

其实，王秋赦也是错怪了李国香。党中央三令五申平反历次政治运动积存下来的冤假错案，如春雷动地，春风浩阔，岂是小小的李国香们所能阻挡得住的？

李国香倒是深知王秋赦的为人心性的。彼此都还有点藕断丝连，"恋旧"。这些年来，王秋赦本来是可以找个女人成家的，可是为了对李国香的感情专一，死心塌地，他做出了牺牲。单单这一点，李国香就心领神会，十分感动。因此隔了几天，李国香又从县委给他挂来一个电话，声音清晰和悦。电话里讲了些什么，因是"专线"，电讯局总机的接线生尚且不敢偷听，其余人就更是不得而知了。但见王秋赦接过电话，跌坐在藤围椅里，额头上冷汗直冒。这回王秋赦没有关起办公室房门来擂桌子，震落玻璃杯，而是在心里咒骂：

"娘卖乖！有意思，给他们平了反，摘了帽，仍是个内专对象，脑门上还有道白印子，有道黑箍箍……话是这么讲，可你们拉下一摊稀屎屁屁，叫我来舔屁股！你倒好，快要调到省里工作去了，把我丢在这芙蓉镇，来办这些改正、平反、昭雪的冤案假案错案……李国香，你真是朵国香，总是香啊！三十六策，你走为上策。你走，你走，公鹅和金鸡，公牛和母大虫，反正也成不了长久的夫妻……"

平心而论，王秋赦这些年来和李国香明来暗往，是互为需要，有得有失。有什么可抱怨的呢？而且得重于失。失掉的是什么？自己的泥脚杆子身份，得到的却是芙蓉镇镇长一职。这全亏李国复的冤假错案里,首先抽出《关于一九五七年错划右派、在押犯人秦书田的改正材料》和《关于一九六四年错划新富农胡玉音的平反报告》两份呈文来。她觉得这两份材料沉甸甸的,像两块铅板,拿着十分吃力。她拿起又放下,放下又拿起,迟疑不决。她转动着手里的铅笔,铅笔也很沉,像一根金属棒。力鼎千钧、断人生死的笔啊,为什么有时大气磅礴、字走龙蛇,有时却枯竭虚弱、万分艰涩?

摆弄了半天,李国香也没有批出一个字来。她决定先给芙蓉镇革委会王秋赦挂个电话,通个气。

"什么?给他们平反、改正?"谁想王秋赦这宝贝一听电话,就冲着话筒气汹汹地直叫喊,"我想不通!想不通!你们上头变一变,我们下边乱一片!"

三　王镇长

"娘卖乖!搞得我姓王的人不像人,鬼不像鬼!本乡本土的,今后在芙蓉镇还有什么威信、脸面?"

王秋赦习惯于镇上的人称呼他为"王镇长",却不知居民们私下里喊他"王秋蛇"。众人嘴难封,耳不听为干净。尽管李国香书记事先跟他挂了电话打了招呼,他接到县委关于给秦书田、胡玉音落实政策的两个材料后,还是心急火燎,暴跳如雷。关上办公室的房门,独自一人擂了一顿办公桌,把一只玻璃杯都震落下水泥地板了,也是错在心脏、大脑。我们离心脏、大脑远着哪。我们只是执行问题,责任不在我们。关于地富摘帽及其子女改变成分的问题,叫摘就摘,叫改就改嘛。万一将来又叫戴,就再给戴嘛。过去叫抓,是革命的需要。今天叫放,也是革命的需要嘛。我们生是党组织的人,死是党组织的鬼嘛……"

舅舅就是舅舅,水平就是水平。对斗争规律烂熟于心。只有学会了在政治湖泊里游泳的人,才有这种自由。要不然,舅舅怎能当上地委副书记兼县委第一书记?李国香就还没有达到这个水平,还没有赢得这种自由,还是个"三成生、七成熟"的干部。所以她还只是个县委副书记。但她终归会完全成熟的,会学得一手在政治湖泊里自由游泳的好本领。

杨民高书记对李国香同志这次没能敏捷、及时地跟上形势、服从路线的转变,感到懊恼、担心。不识时务,不辨风向的死脑筋!作为上级,加上骨肉情分,他想得比较远,考虑也颇周全:县委机关里,对外甥女和王秋赦的暧昧关系,近来又有些风言风语。小李子和省里的丈夫继续分居下去,也不是长策。应当跟省里那位"外甥女婿"把利弊摆摆,上下一齐活动,通过组织部门先把小李子再提一下,调到省里去算个正处级。今后再到地、县来检查指导工作,见官大三级,何乐而不为?杨民高书记把自己这意思委婉地(因有个组织原则问题)和外甥女透了透,外甥女心有灵犀一点通,顿然领悟。

第二天一早上班,李国香从县公安局呈报上来的大叠等待批就是对于给农村的地、富摘帽,地富子女改变成分这一项,李国香怎么也想不通,接受不了。今后革命还有什么对象?拿谁来当活靶子、反面教员?离开了阶级斗争这个纲,今后农村工作怎么搞?怎么在大会小会上做报告?讲些什么?阶级斗争是威力无穷的法宝啊,丢掉了这个法宝,就有如一个双目失明的人丢失了手里的拐杖。难道真的到了四十几岁,在政治运动的大课堂里学到的一套套经验、办法、浑身的解数,过时了?报废了?还得像小学生那样去从头学起,去面壁苦吟,绞尽脑汁,苦思苦熬地啃书本,钻研农业技术,学习经济管理?对于这个问题,她连想都不愿意想,毫无兴趣,并有一种本能的反感。一个隐隐约约的可怕的念头钻进了她的脑子里:变了,修了,复辟了。她白天若无其事,不动声色,晚上却犯了睡觉磨牙齿的毛病,格格响。

李国香是从自身的经历、地位、利益来看待问题的。地委副书记兼县委第一书记杨民高,明察秋毫,及时发现了外甥女的不健康的思想动向,危险苗头。在一个深夜,做了一次高屋建瓴式的谈话:

"怎么?对党的路线、政策怀疑了?动摇了?这次就转不过弯来了?不行啊!根据我们党的路线斗争历来的教训,适应不了每次伟大的战略性转变的干部,必然为党、为时代所淘汰。这种例子,这种人,你还见少了?县委分工你主管落实政策,你不能个人意气,不能以个人感情代替党的政策,任何时候都要服从党的决议。我们是下级,是细胞,不是心脏、大脑。就是万一将来又说错加破鞋,投在五类分子、牛鬼蛇神的队伍里游街示众;在芙蓉河拱桥工地上搞重体力劳动,为了请求加三两糙米饭,在铜头皮带的威逼下不会跳"黑鬼舞",就被勒令四脚走路,做狗爬……谁听了不怒火烧胸膛?丧尽天良的帮派体系黑爪牙们就是这样作践党的好干部、好女儿……当然,李国香的"左派整左派的误会"——帮派体系的"左"是打了引号的法西斯的极左,她的左是正统的革命的左,有着本质的不同。还有,李国香下令要用铁丝把新富农婆胡玉音的两只发育正常的乳房穿起来——这是对待当时的阶级敌人嘛,出于革命的义愤嘛,不能心慈手软嘛,对敌人的仁慈就是对人民的残忍嘛。当然,这些她都不便在三级扩干会上控诉揭发。不值一提。跟"四人帮"帮派体系无关。而且在那种年头,谁又能没有一点过头的言论、过火的行为呢?连革命导师都是人,不是神,何况她李国香呢。她也是富有七情六欲的人。

　　党的十一届三中全会的前后,县委常委分下工来,由她负责落实全县的冤假错案的平反昭雪,右派分子改正,地富摘帽,改变成分。女同志总是细心些,适宜于做这项工作。冤假错案平反昭雪,理所当然。为无辜死去的同志申张正义、恢复名誉,为存活下来的亲属子女安排生活、工作,义不容辞。一九五七年错划右派改正,这也不难理解,本来都是国家干部,讲了几句错话、写了点错文章也不是阶级敌人嘛,今后吸取教训、加强思想改造嘛,注意摆正和党组织的关系就行了嘛。搞"四化",提倡科学文化,这些知识分子尚是可以利用之才,为何不用?

出来的,或者说是在这专门学校里严酷磨炼、痛苦反省、刻意自修过来的呢?

前些年,北京有位女首长,险些儿步吕雉、武则天、慈禧后尘登基当了皇帝。女首长在"批林批孔"前前后后,十分强调培养有棱有角的女接班人。她说:"你们男人有什么了不起?不就多了一条精虫?"真是彻底的唯物主义。女首长恩泽施于四海,在各级三结合领导班子中体现出来。于是原公社书记李国香就升任为县委女书记。一个县委书记才多大一点?九百六十万平方公里的国土上设有数千个县市,各业各界这一级别的干部不下百十万。好些她这种年纪、学历的女同行,都当过地革委、省革委的大头头,名字常上电台广播,照片常登报纸呢。甚至有一位官拜副总理,在日本医学界朋友面前出过"李时珍同志从五七干校回来没有"的笑话呢。还不都是同一所专业学校培养、造就出来的?修的不都是同一门"主课"?革命的需要,能怪某一个人?李国香是因为没有进过紫禁城,所以谁也不能断定她就不是块副总理的材料。

不过话讲回来,李国香这些年来能够矮子上楼梯,也是颇为不容易的。几次大风大浪的历史转折关头,她都适应下来了,转变过来了。她已经正式结了婚,爱人是省里的一位"文化大革命"初期丧妻的中年有为的负责干部。他们暂时还分居着。李国香还想在基层锻炼两年,进步快些。"四人帮"倒台后,她在全县三级扩干大会上,对极左路线、帮派势力罪行的控诉、批判,使许多人落了泪。一个三十出头的女干部啊,公社女书记啊,竟然被揪了出来,黑牌碱白泡泡,据说偶尔还有不足月份的私生子,漂浮在平静的河面上。原先河里盛产"芙蓉红鲤",如今却连跳虾、螃蟹都少见了。

有人解释说:污染和噪音,是现代化社会进程中的附属品。先进的工业国家,第一世界、第二世界无不如此。据前些年报纸上宣传,日本、美国的天空连麻雀都找不到一只了。英国则要进口氧气。属于第三世界的中国内地、边远山区的芙蓉镇,何以能另辟蹊径?而且也还没有到那种天空里找不见一只麻雀的田地,氧气大约也不缺。麻雀在芙蓉镇地方还是一种害鸟,每年夏初麦熟季节,社员们还要在麦田边扎起一个个的草人来吓唬呢。如果说科学、民主是一对孪生姐妹,封建、愚昧则是圣殿佛前的两位金童玉女。批斗了二十几年的资本主义,才明白资本主义比起封建主义来还是个进步;实际上是根深蒂固的封建主义批斗了年纪轻轻的社会主义呢。

二 李国香转移

前些年,北京有所名牌大学,准备开设一个"阶级斗争系",作为教育革命史上的一大壮举。其实这是见木不见林,小巫不见大巫。阶级斗争早就是一门全国性的普及专业,称之为"主课",而且办学形式不拘一格,学习方法多种多样,学生年龄有老有少。平心而论,我们的千百万干部又有几位不是从这所专门学校培养、造就溪上游开初竟然谁也不曾想到有什么问题。相隔都有四里远啊,又是两条水路,两个厂的青年工人谈恋爱在河边溜溜达达,都要半天,谁还碍得了谁?可是纸厂一开工,排出的碱水白泡泡满河流了下来,汇流到芙蓉河里,哪里管什么四里二十里?酒厂酿出的粮白酒、二锅头带苦涩味,喊老爷。酒厂要求纸厂赔偿损失,纸厂要求酒厂迁移厂址。你们酒厂嫌芙蓉河水不好,我们纸厂可把玉叶溪水当宝。官司打到县委,县委责成镇委解决;官司打到地委,地委责成县委解决,县委又责成镇委解决。镇革委主任王秋赦也没有长三头六臂,他能解决?算老几?酒厂搬迁动辄上百万,一个小小芙蓉镇革委会有权印钞票?还是王秋赦害怕两厂打群架,出人命,才跑到县革委去哭丧,请来杨民高书记、李国香副书记,组织两厂头头办学习班,提高思想。结果却又是按批臭了的孔夫子的"中庸之道"行事,由纸厂出财力,酒厂出人力,用水泥涵管从三里外的峡谷里接来清悠悠的山泉水解决问题。当然两厂头头还背着县里两位书记私下达成了一项谅解:今后纸厂干部到酒厂购买内销酒,次品酒,处理酒,享受酒厂干部的同等待遇。

至于绿豆色的芙蓉河,玉叶溪,古老温顺、绿荫夹岸、风光绮丽的芙蓉河、玉叶溪,如今成了什么样子?人们已经在议论纷纷。却还暂时排不上镇革委繁忙的议事日程。由于各工厂都朝河里倾注废渣废水,河岸上已是寸草不生,而且在崩塌。沿岸还一排排倾倒了各种垃圾,据说河床水面不要那么宽,可以适当扩大一些陆地面积。人家还搞围湖造田、围海造田呢。各种纸张、纸盒,纸厂的烧出的声音,都在它的面前黯然失色,退避三舍。新街、老街,街坊邻居们站在当街面对面地讲话都不易听见,减少了交头接耳、窃窃私议,有利于治安管理。

前进中自然会出现一系列的新问题。没有公路就没有汽车,没有汽车就扬不起滚滚浊尘。如今汽车、拖拉机从泥沙路面上一开过,满街黄蒙蒙的飞灰就半天不得消失,叫做"扬灰路",系"洋灰路"的谐音。老街还好点。新街的屋脊、瓦背、阳台、窗台,无不落了厚厚一层灰。等到大雷雨天气才来一次自然清洗。新十字街没有下水道,住户、店铺,家家都朝泥沙街面泼污水。晴天倒还好,泥沙街面渗水力极强。一到落雨天,街面就真正的成了"水泥路",汤汤水水四方流淌。那些喜欢雨天飞车的司机们,更是把泥块、泥水飞溅到街道两旁的建筑物上,墙壁、玻璃门窗无不溅满了星星点点。也好,省钱又省事,免得居民们费布挂窗帘。据说镇长王秋赦和同僚们正在制订市镇建设规划,设想在新十字街两旁各挖一条浅浅的阳沟,好使污水畅通。有人提出要挖下水道。王镇长说:"下水道?阳沟不就是下水道?我们不是广州、上海,不要追求洋派!"而且做出了决议,一俟阳沟的设计图纸画了出来,经镇革委常委会议审议批准,即责成镇派出所集中全镇的地、富、反、坏、"四人帮"帮派爪牙出义务工,限月限日完成。

工厂和工厂之间也经常闹矛盾,起纠纷,还两厂对垒打过群架。工厂一般都是沿芙蓉河而建,抽水、排水方便,还有水路运输。还便于倾倒各种废料垃圾。但是造纸厂盖在离酒厂四里远的玉叶芙蓉河水含有某种矿物成分,出酒率高,酒味香醇。一座铁工厂,一座小水电站。这一来,镇上的人口就像蚂蚁搬家似的,陆续增加了许多倍。于是车站、医院、旅店、冷饮店、理发馆、缝纫社、新华书店、邮电所、钟表修理店等等,都相继出现,并以原先的逢圩土坪为中心,形成了十字交叉的两条街,称为新街。原先的青石板街称为老街。

芙蓉镇成立了镇革命委员会,成为一级地方政府,却又尚未和公社分家,机构体制还有点乱。镇革委会主任就是王秋赦。居民们习惯称他为王镇长。镇革委会下设派出所、广播站,还有几科几办。叫做麻雀虽小五脏俱全。派出所管理全镇户籍人丁,打击投机倒把,兼训练全镇武装民兵,侦破"反标"案件多起。广播站则在新街、老街各处都安了些高音喇叭,后又在各家各户墙上都装了四方木匣,早、中、晚三次,播放革命样板戏、革命歌曲以及镇革委的各种会议通知、重要决议,还有本镇新闻。本镇新闻内容丰富,政治色彩浓烈,前些年是联系实际批林批孔,批儒评法,对资产阶级实行全面专政,宣传本镇"文化大革命"的丰硕成果,接着是宣传"批邓、反击右倾翻案风"和"既定方针"。如今呢,还是同一个女广播员,操着同一口夹了本地腔的普通话,按本镇革委会定下的口径,在深揭狠批林彪、"四人帮"的滔天罪行,批极左路线,讲十年浩劫;在宣传抓纲治国、新时期总任务,在号召新长征、"四化"建设。高音喇叭的功率很大,在声音的世界里占压倒优势,居统治地位,便是街道上的汽车、拖拉机、铁工厂的汽锤、造纸厂的粉碎机所发大海。解决问题必须找到一把万能钥匙:斗。自上而下,五六年一次,急风暴雨,斗斗斗。其乐无穷,上了瘾。你看看:斗,像不像一把古老的铜挂锁的钥匙?中国方块字几经简化,却还保存着一点象形文字的特征。山海关城门,故宫禁苑,孔子文庙,乡村祠堂,财老倌的谷仓、钱柜,乡公所土牢、水牢的铁门,都是一个形状的铜挂锁,一把大同小异的铜钥匙:斗。真是国粹国宝,传世杰作。叫做斗则进,不斗则退、则修。斗斗斗,一直斗到猴年马月,天下一统,世界大同。但马克思主义日月经天,江河行地,光辉永在,绝不会被一个膨胀了的"斗"字所简化、缩小、代替。历史有其自身的规律,决定着人类社会万事万物的扬弃、取舍。多么的严峻无情啊!到了公元一九七六年十月,历史就在神州大地上打了一个大惊叹号和句号。接着又出现了一长串的大问号。党的"三中全会"扭转乾坤,力排万难,打破坚冰。生活的河流活跃了,欢腾了。

  应当说,即便是人们在盲目、狂热地进行着全国规模的极左大竞赛的年月,时间的河流,生活的河流还是在前进,没有停息,更不是什么倒流。偏远的五岭山脉腹地的芙蓉镇,也前进了。芙蓉河上的车马大桥建成了,公路通了进来。起初走的是板车、鸡公车、牛车、马车,接着是拖拉机、卡车、客车,偶尔还可以看到一辆吉普车。吉普车一来,镇上的小娃娃就跟着跑,睁大了眼睛围观。一定是县委副书记李国香回"根据地",来检查指导工作。跟随大小汽车而来的,是镇上建起了好几座工厂。一座是造纸厂,利用山区取之不尽的竹木资源。一座是酒厂,用木薯、葛根、杂粮酿酒。据说脸,花头黑头。人人都显露出了自己的芳颜尊容,叫做"亮相"。夫人揭发首长。儿子检举老子。青梅竹马、至友亲朋成了生死对头。灵魂当了妓女。道德成了淫棍。人性论、人情味属于资产阶级。群众运动,运动群众。运动群众的人自己也被运动。地球在公转和自转,岂能不动?念念不忘你死我活。权力的天地只有拳头那么大,岂能人人都活?右派不臭,左派能香?史无前例、规模空前的"左"的竞走啊,"左"的赛跑。"右"就像无所不在的幽魂鬼怪,必须撒下天罗地网来擒拿。从穿衣吃饭,香水,发型,直到红唇皓齿,文件报告,无休无止的大会小会,如火如荼的政治洪流,都是为着灭资兴无。直到公社社员房前屋后的南瓜、辣椒是资本主义。应该种向日葵,向日葵有象征性。但谁嗑瓜子有罪。谁说没有资本家?从发展的观点看小摊贩就是资本家。自留地、自由市场就是温床。应当主动出击。寸土必争,寸权必夺。把资本主义消灭在萌芽状态、摇篮里。难道要等着它蓬蓬勃勃、泛滥成灾?户户种辣椒、南瓜卖(南瓜还可以酿酒),集体田地不是会荒芜?辣椒、南瓜就成为灾害。粮和钱、穷和富有个辩证关系。如果人人都有钱、都富,生活水平都赶上、超过了解放前的地主、富农,饱食终日,谁还革命?谁还斗争?还有什么阶级阵线?干部下乡,蹲点搞运动,依靠谁?团结谁?争取谁?孤立打击谁?还怎么搞人员的政治排队?怎么能没有了这法宝、仙杖啊。贫下中农就是贫下中农,他们应当永远是大多数。他们上升成了中农、富裕中农,天下大乱,革命断送。中国的问题成堆,是一个资产阶级和小资产阶级的汪洋

第四章　今春民情

(一九七九年)

一　芙蓉河啊玉叶溪

　　时间也是一条河,一条流在人们记忆里的河,一条生命的河。似乎是涓涓细流,悄然无声,花花亮眼。然而你晓得它是怎么穿透岩缝渗出地面来的吗?多少座石壁阻它、压它、挤它?千回百转,不回头,不停息。悬崖最是无情,把它摔下深渊,粉身碎骨,化成迷蒙的雾。在幽深的谷底,它却重新结集,重整旗鼓,发出了反叛的吼叫,陡涨了汹涌的气势。浪涛的吼声明确地宣告,它是不可阻挡的。猕猴可以来饮水,麋鹿可以来洗澡,白鹤可以来梳妆,毒蛇可以来游弋,猛兽可以来斗殴。人们可以来走排放筏,可以筑起高山巨壁似的坝闸截堵它,可以把它化成水蒸气。这一切,都不能改变它汇流巨川大海的志向。

　　生活也是一条河,一条流着欢乐也流着痛苦的河,一条充满凶险而又兴味无穷的河。人人都在这条河上表演,文唱武打,红脸白哭。几年来,他们已经被斗油了,斗臭斗滑了,什么场合都经见过,成了死不改悔的顽固派,反革命修正主义路线的社会基础。秦书田不服罪,不肯低头。胡玉音则挺起腰身,已经耀武扬威地对着整个会场现出她的肚子来了。劣根孽种!审判员在宣读着判决书。公检法是一家,高度一元化,履行一个手续。民兵暂时没有能按下他们的狗头。

胡玉音、秦书田两人对面站着,眼睛对着眼睛,脸孔对着脸孔。他们没有讲话,也不可能让他们讲话。但他们反动的心相通,彼此的意思都明白:

"活下去,像牲口一样地活下去。"

"放心。芙蓉镇上多的还是好人。总会熬得下去的,为了我们的后人。"

"来几个民兵！拿铁丝来！把富农婆的衣服剥光，把她的两个奶子用铁丝穿起来！"

胡玉音发育正常的乳房，母性赖以哺育后代的器官，究竟被人用铁丝穿起来没有？读者不忍看，笔者不忍写。反正比这更为原始酷烈的刑罚，都确实曾经在二十世纪六十年代中下叶的中国大地上发生过。

遵照上级的战略部署，公社的"一批两打、清理阶级队伍"运动开始时，秦书田、胡玉音这对黑夫妻立时成了开展运动的活靶子，反革命犯罪典型。在芙蓉镇圩坪戏台上开了宣判大会。反动右派、现反分子秦书田被判处有期徒刑十年。反动富农婆胡玉音判处有期徒刑三年，因有身孕，监外执行。芙蓉镇上许多熟知他们案情的人，都偷偷躲在黑角落流泪，包括黎满庚和他女人"五爪辣"都流了泪。他们是立场不稳，爱憎不明，敌我不分。他们不懂得在和平时期，对秦书田这些手无寸铁的敌人的仁慈，就是对人民的残忍。他们不懂得若还秦书田、胡玉音们翻了天，复了辟，千百万革命的人头就会落地，就会血流成河，尸横遍野。秦书田就会重新登台指挥表演《喜歌堂》，把社会主义当作封建主义来反，红彤彤的江山就改变了颜色，变成紫色、蓝色、黄色、绿色。胡玉音就会重新五天一圩，在芙蓉镇上架起米豆腐摊子，一角钱一碗，剥削鱼肉人民的血汗，再去起新楼屋，当新地主、新富农。

秦书田、胡玉音被押在宣判台上，态度顽固，气焰嚣张，都没有料货！给老子跪下！给老子跪下！我今天才算看清了你的狼心狗肺！呸！跪下！你敢不跪下？"

胡玉音拉了拉秦书田。秦书田当右派十多年来，第一次直起腰骨，不肯跪下，甚至不肯低头。过去命令他下跪的是政治，今天喝叫他下跪的是淫欲。胡玉音仿佛也懂得了他的这层意思，胆子也就大了。王秋赦怒不可遏，晃着两只铁锤似的拳头，奔了过来。

"王秋赦！要打要杀，我也要讲一句话！"胡玉音这时挡了上去，眼睛直盯住吊脚楼主，面色坚定沉静。王秋赦面对着这双眼睛，一时呆住了。"我们认识有多少年了？我们面对面地这么站着，不是头一回了吧？可我从没有张扬过你的丑事……今后也不会张扬！我今天倒是想问问，男女关系，是在镇上摆白摆明、街坊父老都看见了、认可了、又早就向政府请求登记的犯了法，还是那些白天做报告、晚上开侧门的犯了法？"

"反了！翻天了！"一时，就连一向遇事不乱、老成持重的女主任，这时也实在没有耐性了，竟降下身份像个泼妇撒野似的骂道，"反动富农婆！摆地摊卖席子的娼妇！妖精！骚货！看我撕不撕你的嘴巴！看我撕不撕你的嘴巴！"

真不成体统。更谈不上什么斗争艺术，领导风度，政策水平。玷污了公社办公室的几尺土地。但李国香毕竟咬着牙镇住了自己，浑身战栗着，手指缝缝挤出了血，才没有亲自动手。她是个聪明人，林副统帅教导过她：政权就是镇压之权。她决定行使镇压之权：

早晓得你上当了!"女主任冷笑了一声骂道,"愚蠢的东西!供销社高围墙侧门的那条小巷子才多宽一点?平日从没有人牵牛从那巷子里过,牛拉屎远不拉、近不拉,偏偏拉在那门口?你那时经常到门市部楼上过夜……肯定被铁帽右派盯住了,才设下了这个圈套!你呀,力气如牛,头脑简单,少了一根阶级斗争的弦!"王秋赦当场被女主任数落得无地自容,恨不得把圆脑壳缩进衣领去。同时也暗暗叹服,这女上级就是比他高强。"阶级报复!明天我就派民兵捉住秦癫子吊半边猪!"王秋赦想到被右派分子算计,吃了两个多月的苦头,就睁大了三角眼,暴跳如雷。"要文斗,不能光想着去触及敌人的皮肉。"女主任倒是胸有成竹,平静地说,"他不是申请和胡玉音结婚,而且已经公然住在一起了?我们就先判他个服法犯法,非法同居!他去劳改个十年八年,还不是我们跟县里有关部门讲一句话?到了劳改队,看他五类分子还去守人家的高围墙、矮围墙!"于是,秦书田和胡玉音就被传到公社来了。

"秦书田!胡玉音!你们非法同居,是不是事实?"女主任继续厉声问。

秦书田抬起了头,辩解说:"上级领导,我有罪……我们向大队干部呈过请罪书,大队送了我们白纸对联,认可了我们是'黑夫妻'……我们原以为,她是寡妇,我是四十出头的老单身,同是五类分子,我们没有爬墙钻洞……公社领导会批准我们……"

"放屁!"王秋赦听秦书田话里有话,就拳头在桌上一擂,站了起来,"无耻下流的东西!你这个右派加流氓,反革命加恶棍的双缝石隙里,几乎连指甲片那么一小块泥土都没有啊,只靠了岩石渗出的那一点儿潮气,就发胀了,冒芽了,长根了。那是什么样的根系?犹如龙须虎爪,穿山破石,深深插入岩缝,钻透石隙,含辛茹苦,艰难万分地去获取生命的养分。抽茎了,长叶了,铁骨青枝,傲然屹立。木质细密,坚硬如铁。看到这种树木的人,无不惊异这生命的奇迹。伐木人碰上它,常常使得油锯断齿,刀斧卷刃呢。

一个月后,秦书田、胡玉音被传到了公社。开初,他们以为是通知他们去办理婚姻登记手续。只是秦书田有些经验,多了个心眼,用一个粗布口袋装了两套换洗衣服。

"秦书田!你这个铁帽右派狗胆包天,干下了好事!"

秦书田和胡玉音刚进办公室,公社主任李国香就桌子一拍,厉声呵斥。大队支书王秋赦满脸盛怒地和女主任并排坐着。旁边还有个公社干部陪着,面前放着纸笔。

秦书田、胡玉音低下了头,垂手而立。秦书田不知头尾,只好连声说:"上级领导,我请罪,我认罪……"

"在管制劳动期间,目无国法,目无群众,公然与富农分子胡玉音非法同居,对无产阶级专政猖狂反扑……"女主任宣判似的继续说。原来昨天晚上,王秋赦来个别汇报、请示工作时,女主任才详细问起了他的脚扭伤的经过。王秋赦便把那一大早从供销社侧门出来,滑倒在一堆稀牛粪上,被早起扫街的铁帽右派发现并背回吊脚楼去的经过讲了一遍。还说秦书田近一段表现不错等等。"我来来,喝酒,喝酒!如今粮站里反正不要我管什么事,我今晚上就要好好喝几杯,尽个兴。"

秦书田立即重整杯盘。夫妻俩双双敬了满满一杯红葡萄酒。谷燕山一仰脖子喝下后,就从屁股后取下了自己的酒葫芦(秦书田、胡玉音这时好恨白天没有准备下一瓶白烧酒啊):

"你们这是红糖水。你们两口子喝了和睦甜亲。我可是要喝我的二锅头,过瘾,得劲!"

你劝我敬,一人一杯轮着转,三人都很激动。谷燕山喝得眼眨眉毛动,忽然提议道:"老秦!早听说你是因了个什么《喜歌堂》打成右派的,玉音也有好嗓子,你们两个今晚既是成亲,就唱上几曲来,庆贺庆贺,快乐快乐!"

恩人的要求,还有什么不答应的?夫妻两个不知是被酒灌醉了,还是被幸福灌醉了,红光满面地轻轻唱起一支节奏明快、曲调诙谐的《轿伕歌》来:

  新娘子,哭什么?我们抬轿你坐着,
  眼睛给你当灯笼,肩膀给你当凳坐。
  四人八条腿,走路像穿梭。
  拐个弯,上个坡,肩膀皮,层层脱。
  你笑一笑,你乐一乐,
  洞房要喝你一杯酒,路上先喊我一声哥……

生命的种子,无比顽强。五岭山区的花岗岩石脊上,常常不知要从哪儿飞来一粒几颗油茶籽那么大的树籽。这些树籽撒落进岩下去,磕着头。在这个动辄"你死我活"的世界上,还是有好人。人的同情心,慈善心,还是没有绝迹……

谷燕山没有谦让,带着几分酒意地笑着:"起来,起来,你们这是老礼数、老规矩。是不是要我保媒啊?这几年,我是醉眼看世人,越看越清醒。你们的媒人,其实是手里的竹扫把,街上的青石板……也好,今晚上嘛,我就来充个数,认了这个份儿!"

黑夫妻两个又要双双跪了下去,谷燕山连忙把他们拉住了,倒真像个主婚人似的安排他们都坐好了。

"我还带了份薄礼来。"谷燕山打开纸盒,从中取出四块布料来,还有一辆小汽车,一架小飞机,一个洋娃娃。"不要嫌弃。这些年来,镇上人家收亲嫁女,我都是送的这么一份礼……你们也不例外。我是恭贺你们早生贵子……既是成了夫妻,不管是红是黑,孽根孽种,总是要有后的。"

胡玉音心里一阵热浪翻涌,几乎要昏厥过去……但她还是镇住了自己。她又走到谷燕山面前,双膝跪了下去,抽泣着说:

"谷主任!你要单独受我一拜……你为了我,为了碎米谷头子,背了冤枉啊……是我连累了你,害苦了你……你一个南下老干部……若是干部们都像你,共产党都是你这一色的人,日子就太平……呜呜呜,谷主任,日后,你不嫌我黑,不嫌我贱,今生今世,做牛做马,都要报答你……"

谷燕山这时也落下泪来,却又强作欢颜:"起来,起来,欢欢喜喜的,又来讲那些事做什么?自己是好是歹,总是自己最明白……

罪书",但估计人家对他们这一等人的结合不会感什么兴趣。真要感兴趣,才是抬举了他们呢。反正生米煮成熟米饭,清水浊水混着流,大队干部和镇上街坊们都已经认可了。物以类聚,人以群分。黑鬼对黑鬼,又不碍着谁。因之胡玉音、秦书田两人的脸上也泛起了一点红光喜气……他们正依古老的习俗,厮亲厮敬地喝了交杯酒,铺门外边就有人嗒嗒、嗒嗒地敲门。夫妻两个立时吓得魂不附体。胡玉音浑身打着哆嗦,秦书田赶忙把她搂着,好像能护着她似的……嗒嗒、嗒嗒的敲门声仍在响着,却又听不见有人叫喊,秦书田才定了定神。他咬着胡玉音的耳朵说:"听听,这声音不同。若是民兵小分队来押我们,总是凶声恶气地大喊大叫,脚踢、枪托子顿,门板砰砰砰……"胡玉音这才定了定神,点了点头。男人就是男人,遇事有主见,不慌乱。"我去开门?""嗯。"

秦书田壮着胆子去开了门,还是吃了一惊:原来是"北方大兵"谷燕山!他手上提着个纸盒盒,屁股上吊着酒葫芦。这真是太出乎意料了。秦书田赶忙迎了进来,闩好门。胡玉音脸色发白,颤着声音地请老谷入席。老谷也不客气,不分上首下首就坐下了:

"上午和下午,我都看见你们偷偷摸摸的,一会儿买鱼,一会儿称高价肉……我就想,这喜酒,我还是要来讨一杯喝。如今镇上的人,都以为我是酒鬼,好酒贪杯……我想,我想,你们大约也不会把我坦白、交代出去……你们呢,依我看,也不是那种真牌号的五类分子……成亲喜事,人生一世,顶多也只一两回……"

黑夫妻两个听这一说,顿时热泪涟涟,双双在谷燕山面前跪了

"玉音,你先莫哭,看看这对联上写的什么?对我们有利没有害呢!"秦书田边开导边把对联展开来,"大队干部的文墨浅,无形中就当众承认了我们的关系。你看上联是'两个狗男女',下联是'一对黑夫妻',横批是'鬼窝'。'一对黑夫妻',管它红、白、黑,人窝、鬼窝,反正大队等于当众宣布了我们两个是'夫妻',是不是?"

秦书田真是有他的鬼聪明。胡玉音停止了哭泣。是哪,书田哥是个有心计的人。

征得了胡玉音的同意,秦书田才舀了半勺米汤,把白纸对联端端正正地糊在铺门上。

老胡记客栈门口贴了一副白纸对联,这消息立即轰动了整个芙蓉镇。大人、小娃都来看热闹,论稀奇:"'两个狗男女,一对黑夫妻',这对子切题,合乎实际。""也是哟,一个三十出头的寡婆子,一个四十来岁的老单身,白天搭伙煮锅饭,晚上搭伙暖双脚!""他们成亲办不办酒席?""他们办了酒席,哪个又敢来吃?""唉,做人做到这一步,只怕是前世的报应!"

镇上的人们把这件事当作头条新闻,出工收工,茶余饭后,谈论了整整半个来月。只有仍然挂着个粮站副主任衔的谷燕山,屁股上吊着个酒葫芦,来铺门口看了两回对联,什么话也没有讲。

街坊邻居们的议论,倒是提醒了秦书田和胡玉音。在一个镇上人家都早早地关上了铺门的晚上,他们备下了两瓶葡萄酒,一桌十来样荤腥素菜,在各自的酒杯底下垫了一块红纸,像是也要履行一下手续仪式似的,喝个交杯酒。虽然公社还没有批下他们的"告先在大队革委里头研究研究,再交公社去审批。不过先跟你打个招呼,中央下了文件,马上就要开展'一批两打'、清理阶级队伍运动了,批不批得下来,还难讲哪!"

秦书田诚惶诚恐,恳求着王秋赦:"王书记,我们的事,全仗你领导到公社开个口,讲句话……我们已经有了,有了……"

王秋赦瞪圆了眼睛,拐杖在地上顿了顿:"有了?你们有了什么了?"

秦书田低下了头。他决定把事情捅出来,迟捅不如早捅,让王秋赦们心里有个底:"我们有了那回事了……"

果然,王秋赦一听,就气愤地朝地上啐了一口:"两个死不老实的家伙!江山易改,本性难移。当了阶级敌人还偷鸡摸狗……滚回去吧!明天我叫人送副白纸对联给你,你自己去贴在老胡记客栈的门口!"

站在矮檐下,哪有不低头?生活是颠倒的,淫邪男女主宰着他们爱情的命运。第二天,大队部就派民兵送来了一副白纸对联,交给了秦书田。秦书田需要的正是这副对联。他喜上眉梢,获得了一线生机似的到老胡记客栈来找胡玉音。胡玉音正在灶门口烧火,一看白纸对联就伤心地哭泣了起来。

原来镇上贴白纸对联,是横扫"四旧"那年兴起的一种新风俗,是为了惩罚、警告街坊上那些越墙钻洞、偷鸡摸狗的男女,把他们的丑事公诸于众,使其在革命群众中臭不可闻而采取的一项革命化措施。

"放屁！你们什么时候开始的,嗯？"

"也记不清楚了,我向上级坦白,我们每天早晨打扫青石板街,扫来扫去,她是个寡妇,我一直打单身,就互相都有了这个要求。"

"烂箩筐配坯扁担。都上手几次了？"

"不……不敢,不敢。上级没有批准,不敢。"

"死不老实！这号事你骗得过谁？何况那女人又没有生育,一身细皮嫩肉,还不喂了你这只老猫公？"

秦书田听到这里,微微红了红脸："上级莫要取笑我们了。鸡配鸡,凤配凤……大队能不能给我们出张证明,放我们到公社去登记？"

王秋赦拄着拐棍,一跛一颠地走到一块青条石上坐下来,圆圆胖胖的脸块上眉头又打了结,眼睛又眯成两个小三角形。他看了看秦书田呈上的"告罪书",仿佛碰到了政策上的难题："两个五类分子申请结婚……婚姻法里有没有这个规定？好像只讲到年满十八岁以上的有政治权利的公民……可是你们哪能算什么公民？你们是专政对象,社会渣滓！"

秦书田咬了咬嘴皮,脸上再没有讨好的笑意,十分难听地说："王支书,我们、我们总还算是人呀！再坏再黑也是个人……就算不是人,算鸡公、鸡婆,雄鹅、雌鹅,也不能禁我们婚配呀！"

王秋赦听了哈哈大笑,眼泪水都笑了出来："娘卖乖！秦癫子,我可没有把你们这些人当畜生,全中国都是一个政策……你不要讲得这样难听。这样吧,这回我老王算对你宽大宽大,把你的报告那天，王秋赦正拄了一根拐棍，在吊脚楼前一跛一颠地走动，活活筋骨血脉，铁帽右派秦书田就走了来，双手捧着一纸"告罪书"，朝他一鞠躬。他倚着拐杖站住了，接过"告罪书"一看，惊奇得圆圆的脸块像个老南瓜，嘴巴半天合不拢，眼睛直眨巴：

"什么？什么？你和富农寡婆胡玉音申请登记结婚？"

秦书田勾头俯脑，规规矩矩地回答："是，王书记，是。"为了缓和气氛，又恭恭敬敬地问，"王书记的脚大好了？还要不要我进山去挖几棵牛膝、吊马墩？"

王秋赦的胖脸上眉头打了结，眼睛停止了眨巴，眯成两个小三角形。他对这个"铁帽右派"的看法颇为复杂。在那个倒霉的大清早，自己一屁股滑倒在稀牛屎上，是秦书田把他从小巷子里背回家，还算替他保了密，并编了一套话：大队支书早起到田里看禾苗，踩虚了脚，拐在涵洞里，因公负伤。大队因此给他记了工伤，报销医疗费用……但是对于胡玉音呢？对于这个至今还显得年轻的、不乏风韵的寡妇，王秋赦也曾经私下里有过一些非分之想。可是他和女主任的特殊关系在时时制约着他。世事的变化真大，生活就像万花筒。这么个妙可的女人，从一个不中用的屠户手里，竟然又落到了秦书田的黑爪爪里。

"你们，你们已经有了深浅了？"吊脚楼主以一种行家的眼光逼住秦书田，仿佛看穿了对方的阴私、隐情。

"这种事，自然是瞒不过王书记的眼睛的……"秦书田竟然厚颜无耻地笑了笑，讨好似的说。

起,秦书田承担起了一个男子汉的义务,没再让胡玉音早起扫街。玉音又有点子"娇"了,也要睡睡"天光觉",像一般"坐了喜"、身子"出了脾气"的女人那样,将息一下子了。秦书田却是在有意无意地做给镇上的街坊们看看:胡玉音已经是秦某人的人了,她的那一份街道归秦某人打扫了。

七 人和鬼

王秋赦支书在镇供销社的高围墙下崴了脚,整整两个月出不得门。李国香主任来芙蓉镇检查工作时顺便进吊脚楼来看了看他,讲了几句好好休息、慢慢养伤、不要性急之类的公事公办的话。对他的肿得像小水桶一样粗的脚,只看了两眼,连摸都没有摸一下,毫无关切怜悯之情。"老子这脚是怎么崴的?是我大清早赶路不小心?"若是换了另一个女人,王秋赦说不定会破口大骂,斥责她寡情薄义,冷了血。俗话说"一夜夫妻百日恩",何况岂止一夜。什么丑话、丑事没讲没做?但对女上级,他倒觉得自己是受了一种"恩赐",上级看得起自己,无形中抬高了自己的身价呢。女上级来看他一次,就够意思的了,难道还要求堂堂正正一个县革委常委、公社主任,也和街坊婆娘们那样动不动就来酸鼻子、红眼睛?女上级不动声色,正好说明了她的气度和胆识。自己倒是应当跟着她操习操习,学点上下周旋、左右交游的本领呢。

死,死。"你是聪明的姐",你算什么"聪明的姐"啊?

　　整整过了一个月,胡玉音对自己的身孕有了确信无疑的把握之后,也是她把这个甜蜜的秘密独自享用了一个月之后,才在一个清早,把自己"坐了喜"的事告诉了秦书田。秦书田如梦初醒,这才明白了玉音这段时间既对他亲密又和他疏远的原因。他扫把一扔,竟在当街就"天啊,天啊"地叫着,紧紧地抱住胡玉音,又是笑,又是哭。玉音连忙制止住了他的狂喜,哭笑也不看看是什么地方,什么场合。

　　"玉音,我们向大队、公社请罪,申请登记结婚吧!"秦书田把脸埋在玉音的胸前,像梦呓一样地说,"这本来是我想都不敢想的事情……"

　　"人家会不会准?或许,我们这是罪上加罪。"胡玉音平静地回答。她已经把什么都反复想过了,也就不怕了,心安理得了。

　　"我们也还是人。哪号文件上,哪条哪款,规定了五类分子不准结婚?"秦书田双手扶着她,颇有把握地说。

　　"准我们登记就好。就怕这年月,人都像红眼牛,发了疯似的,只是记仇记恨……管他呢。书田哥,不要为这事烦恼。不管人家怎么着,准不准,反正娃娃是我们的。我要,我就是要!"

　　胡玉音说着,一下子扑倒在秦书田怀里,浑身都在颤战,哭泣了起来。仿佛立即就会有人伸过了一双可怕的大手,从她怀里把那尚未出生的胎儿抢走似的。

　　自然,这早上的青石板街没有能好好清扫。也就是从这早上的,都已经时过境迁、不存任何痴心妄想了,"喜"却悄然无声地姗姗来迟了,而且是在这种苟且偷生、好死不如赖活的年月里来了。为什么不早点来?要是在摆米豆腐摊子那年月就巴了肚,生了三个、四个娃娃,新楼屋就不会盖了。多了三四张小嘴巴要喂要填,她就是困难户了,能向政府要救济,要补助呢。有了后代,桂桂也就不会走了那条路。做父亲的,哪能不为了后代活着?……"八字"先生讲她"命里不主子","子"究竟来了,虽然来得迟,来得不是时候。是祸,是福?她诚惶诚恐。但她心甘情愿承担由此而产生的任何痛苦,甚至付出性命。为了不育,人们朝她身上泼过多少污水啊。就是自己,也总是把生育看作为一个女人头号紧要的事。自古以来就是"不孝有三,无后为大"啊。

胡玉音没有立即把自己"坐了喜"的信息告诉秦书田。这件事太重大了,必须是有了十足的把握、拿定了准信以后才告诉他。她对秦书田越来越温存,有事没事就要依偎着他。常常做点好的给他吃,哄他吃,而自己不舍得吃,就像招待一位立了功的英雄。女人就是这样痴心。同时,胡玉音还像在迎候着一个神圣的宗教节日的来临,清心净欲,不再和秦书田同居,使秦书田如堕五里雾中。她喜欢一个人单独住在老胡记客栈,安安静静地平躺在床上,什么东西也不盖,双手轻轻地、轻轻地在自己的腹部抚摩着,试探着,终于触摸着了小生命寄生的那个角落……她好高兴啊。她眼睛里溢满了幸福、欣慰的泪水。自从桂桂死后,她还从来没有这样兴奋过,觉得活着是多么地好,多么地有意思。真傻,从前却总是想到

> 明日花轿过门去,天上狮子配麒麟。
> 红漆凳子配交椅,衡州花鼓配洋琴。
> 洞房端起交杯酒,酒里新人泪盈盈。
> 我姐生得像朵云,随风飘荡无定根……

胡玉音不觉地跟着唱,跟着和。他们都唱得很轻,铺外边不易听得见。他们有时唱的词不同,曲不同。胡玉音唱的是原曲原词,秦书田唱的是他自己改编过的词曲,大同小异。唱到不同处,他们只是互相推一推,看一眼,却又谁都不去更正谁。谁说他们只有苦难,没有幸福?他们也像世界上所有真诚相爱的人那样,在畅饮着人生最甜蜜的乳汁、最珍贵的琼浆。他们爱唱他们的歌:

> 天下有路一百条呦,能走的有九十九。
> 剩下一条绝命路呦,莫要选给我姐走。
> 生米煮成熟米饭,杉木板子已成舟!
> 嫁鸡随鸡,嫁狗随狗,嫁块门板背起走。
> 生成的"八字"铸成的命,清水浊水混着流。
> 陪姐流干眼窝泪,难解我姐忧和愁……

有罪的人过的日子,就像一根黑色长带,无休无止地向前延伸着。大约是春天过完了,夏天开始的时候,胡玉音开始觉得身子不舒服,心里经常作反,想吐,怕油腻,好吃酸东西。把去年冬下浸的酸萝卜、酸白菜帮子吃了又吃。开初她还没有觉得是怎么回事。后来无意中想到这是"巴了肚"、"坐了喜"的症候时,她都差点晕了过去。真是又惊又喜,想笑又想哭。原先盼了多少年都没有盼来抱着,发疯似的亲着,吻着。长期压抑的感情一旦爆发,就表现为不可思议的狂热,表现为一种时间上的紧迫。好像随时都可能有一只巨手把他们分开,永生永世不得见面。他们是在抢时间。只有畸形的生活才有畸形的爱。他们明白这种胆大妄为是对他们的政治身份、社会等级的一次公然的挑战和反叛。晚上,他们从来不点灯。他们习惯,甚至喜欢在黑暗里生活。胡玉音总是枕着秦书田的手臂睡。有时睡梦里还叫着"桂桂,桂桂"。秦书田不会生气,还答应,仿佛他真的就是桂桂。桂桂还没有死,还在娇他、疼他的女人。桂桂的魂附在书田哥身上。书田哥常常哼《喜歌堂》给玉音听。一百零八支曲子,两百多首词,曲曲反封建。他曲曲都记得住,唱得出。胡玉音佩服他的好记性,好嗓音。

"玉音,你的嗓音才好哪。那一年,我带着演员们来搜集整理《喜歌堂》,你体态婀娜,声清如玉,我们真想把你招到歌舞团去当演员哪。可你,却是十八岁就招郎,就成亲……"

"都是命。怪就怪你们借人家的亲事,来演习节目、坏了彩头……我和桂桂命苦……"

"你又哭了?又哭。唉,都是我不好,总是爱提些老话,引得你来哭。"

"书田哥,不怪你。是我自己不好,我命大,命独。我不哭了,你再唱支《喜歌堂》来听……"

秦书田又唱了起来:

> 我姐生得像朵云,映着日头亮晶晶。

两座小山峰。她真恨死自己了,简直还跟一个刚出嫁的大闺女一样……好可厌,她恨不能把它抹平。可是抹不平。哪里像个五类分子?五类分子一个个佝腰拱背,手脚像干柴棍,胸脯荒凉得像冬天的草地。就她和秦书田还像个人。这以后,她又恢复了照镜子的习惯。有时对着镜子自怨自艾,多半时候是对着镜子哭。哭什么?她哭心里还有一把火,没有熄。她唯愿这把火早些熄灭。

大雷雨的那个早上,那个漆黑的伸手不见五指的早上,她和秦书田身上都湿得不剩一根干纱,老天爷成全了他们的罪孽……人世间的事物,"第一"总是最可宝贵的。有了第一,就不愁第二。做得初一,就做得十五。镇上的人们的警惕性侧重于政治方面。阶级斗争真是无所不在,无孔不入。谁会想到罚两个"新五类分子"打扫青石板街,还会发生这类男女欢媾?他们被瞒过了,骗住了。也许是大环套小环一般的运动,走马灯一般的上台和下台,反复无定、朝是夕非的口号,使他们眼花缭乱,神经疲乏了。他们只觉得青石板街打扫得一天比一天干净,净洁得青石板发出暗光,娃娃们掉粒饭在上头都不会脏。还有秦书田和胡玉音两个五类分子出工非常积极,还抢队上的重活、脏活做。胡玉音脸蛋上的皱纹熨平了,泛出了一层芙蓉花瓣似的红润。她就像已经得到了准信,某月某日就会给她摘掉"新富农分子"的黑帽子一样。

铁帽右派和新富农寡妇,背着镇上的革命群众非法同居了。他们就像一对未经父老长者认可就偷情的年轻人,既时时感到胆战心惊,又觉得每分每秒都宝贵、甜蜜。只要在一起,他们就搂着,开手指去理理梳梳。人家按下她的颈脖,弯腰九十度,她一直起腰,就要扯扯衣襟,扣好衣扣。人家罚她下跪,一允许她站起来,她立即就把双膝盖上的尘土拍拍干净。为了这习惯,她多挨了不少打,就是改不了。有人讲"这个新富农婆真顽固"。这时她就想着要早点死,叫人家骂不成,批不成,斗不成。

她所以还活着,还因为另一件事给了她强烈的刺激。就是那一回,外地来的那班无法无天似的男女红卫兵,讲着北方话或是操着长沙口音,把公社书记李国香也揪了出来,颈脖上挂着双破鞋游街!这算哪样回事啊,世界真是大,没听过、没见过的新奇事情真多。原来是你斗我,我斗你,斗人家,也斗自己……这天游街回来,不晓得为什么,她心里竟然感到快活。坏心眼,幸灾乐祸。她洗了脸,就去照镜子。镜子是妈妈留下来的。"四清"时只没收了新楼屋,改做了本镇的小招待所,而把老铺子留给她。她总怕有两三年没有照过镜子了。她发觉自己老多了,额角、眼角、嘴角都爬上了鱼尾细纹……但整个脸盘的大样子没变。头发还青黝,又厚又软。眼睛还又大又亮,两颊也还丰润。她自己都感到惊奇。她甚至有时神思狂乱地想:嗯,要是李国香去掉她的官帽子,自己去掉头上的富农帽子,来比比看!叫一百个男人闭着眼睛来摸、来挑,不怕不把那骚货、娼妇比下去……

有时候,她晚上睡得早,睡不着。天气燥热,她光着身子平躺在被盖上。她双手巴掌习惯地蒙住眼睛,像害羞似的,然后慢慢地往下抹,一直抹到胸脯上才停下来。胸脯还肉鼓鼓、高耸耸的,像头……如今,秦书田大约就是要来悔补自己的过失。但过失是这样重大,即便是死三回,生三回,也找补不回来。其实,秦书田也是物伤其类啊,惺惺惜惺惺,造孽人怜惜造孽人。在胡玉音的病床边,秦书田还轻轻地哼《喜歌堂》里的《铜钱歌》给她听:"正月好唱《铜钱歌》,铜钱有几多?一个铜钱四个角,两个铜钱几个角?快快算,快快说,你是聪明的姐,她唱哩《铜钱歌》……"秦书田三个铜钱、四个铜钱地唱下去,一直唱到十个铜钱打止。"你是聪明的姐、聪明的姐啊",每唱到这一句,秦癫子就眼里含着泪花,忧伤地看着胡玉音。什么意思?"你是聪明的姐"啊,为什么要作践自己?为什么不活下去?世界不只是一个芙蓉镇。世界很大,天长日久啊。而且世界的存在也不能只靠搞运动,专门搞斗争。天底下还有许许多多别的事情。聪明的姐啊,聪明的姐,你是聪明的姐啊!……

古老的民歌,一声声呼唤着,叮咛着。生命的歌。也许正是这古老的从小就会唱、爱唱的歌,唤醒了胡玉音对生的渴望。她开始留心秦书田这个人。当了五类分子,做了人下人,还总是那么快活、积极。好像他的黑鬼世界里就不存在着凄苦、凌辱、惨痛一样。游街示众他总是俨然走在前头。接受批斗总是不等人吆喝、挥动拳脚,扑通一声先跪下,低垂下脑壳。人家打他的左边耳光,他就等着右边还有一下。本镇大队的革命群众和干部讲他不算死顽固,只是个老运动油子。开初胡玉音有些看不起他,以为他下作。但后来慢慢地亲身体会到秦书田的办法对头,可以少挨打,少吃苦。就是自己学不起。人家揪她的头发,刚一松手,她就忍不住伸势利、刻薄,吝啬钱财,当初还周济过不少人……那又是为哪样啊?你不害人,不恨人,不势利,没有生死对头,人家还要整你、恨你、斗你?把你当作世界上最下作、最卑贱的女人?使你走路都抬不起头,人前人后扬不起脸,连笑都要先看看四周围……你是作了什么孽啊,要落得这样苦命,得到这样的报应!这个世道对自己太不公道,太无良心!每每想到这里,她就哭啊,哭啊,感到委屈,感到不平,就有了气!"我偏不死!我偏不死!我为什么要死?我犯了哪样法,哪样罪?我为什么活不得?"她站在孤女桥上,几次都没有跳下去。她就是不该一眼就看清了水里的那个自己……

她还曾经用别的法子作践过自己。有一回她三天三晚水米不沾牙。可是每天早晨起来都梳头、洗脸,每晚上都洗澡、换衣。第四天早上,她去扫街,晕倒在青石板街上。是秦书田把她背回老胡记客栈来,像劝亲人一样地劝她,像哄妹儿一样地哄她,打了一碗蛋花汤喂她。秦书田一边喂她一边哭。她还从没见过秦书田哭。这个铁帽右派无论是跪砖头挨批斗,挂黑牌游街,都是笑眯眯的,就和去走亲家、坐酒席一样。他乐天,不知愁苦。可如今,秦书田为了她,反倒哭了,使胡玉音冷却了的心,感到了一点点人世的温存。她从小就心软。她对人家心软,对自己也心软。原先桂桂在世、日子好过的时候,她最怕看得、最怕听得人家屋里的伤心事。秦书田,秦癫子……早就在护着她了。有段时间,她恨秦癫子。仿佛自己的不幸,就是秦癫子带来的。就是那年她成亲,秦癫子却带着歌舞团的妖精们来唱《喜歌堂》,反封建,开坏了她新婚的彩一早醒来,简直不敢相信似的睁开眼睛:奇怪,还活着?为什么还不死啊!她伸手摸摸自己的胸口,胸口里边还在扑通、扑通地跳着。这就是说,她还应当起来,还应当去扫街……

她自艾自怜,曾经打算选下一个好点的日子死去,初一,或是十五。是的,死是自己的最后一件紧要事,一定要选个好点的日子。而且要死个好样子。不能用索子上吊,不能在胸口上戳剪刀,不能去买老鼠药吃。那样会死得凶,会破相。最好是投水。人家会打捞上来,会放得规规整整,干干净净。就像睡着了一样摆在块门板上,头发都不大乱。就只脸盘白得像张纸,而且有点发青,有点肿。胡玉音曾经是个观音菩萨跟前的玉女一般的人儿,死了,也应当是个玉女。变了鬼,都不会难看、吓人。

因之,她曾经好几次走到玉叶溪的白石桥上,望着溪水发呆。白石桥有三四丈高,溪水绿得像匹缎子。溪水两岸是湿漉漉的岩壁,岩壁上爬满了虎耳草、凤尾巴、藤萝花。若从岩岸边上看下去,水上水下,一倒一顺,有两座白石桥,四堵岩壁。人站在桥上,水里的倒影清楚得连脸上的酒窝都看得见。桥高,岸陡,水深。所以历朝历代,都有苦命女子到这桥上来寻自尽。久而久之,镇上居民就给这白石桥另取了个名字:孤女桥。每一次,胡玉音来到孤女桥上,低头一见自己落进水里的影子,就伤心,就哭:玉音啊,玉音,这就是你吗?你是个坏女人?你害过人?在镇上,你有什么生死对头?没有啊,没有!玉音在镇上蚂蚁子都怕踩得,脸都很少和人红,讲话都没有起过高腔,小娃儿都没有欺负过一个。你为人并不

纱。他们都脱着各自的湿衣服。脱下来的衣服都拧得出水。胡玉音在黑地里冷得浑身打哆嗦,牙齿也打战战:

"书田哥……书田哥,你来扶我一下,我、我冻得就像结了冰凌……"

"哎呀,病刚刚好,又来冻着。我扶你到床上去睡,在被窝里暖和暖和……"

秦书田摸索着,真是黑得伸手不见五指。他双手接触到胡玉音时,两人都吓了一跳,他们都忘记了身上的衣服已经脱光了……

风雨如磐,浩大狂阔。雷公电母啊,不要震怒,不要咆哮……雨雾雨帘,把满世界都遮拦起来吧。人世间的这一对罪人,这一对政治黑鬼啊,他们生命的源流还没有枯竭,他们性灵的火花还没有熄灭,他们还会撞击出感情的闪电,他们还会散发出生命的光热。爱情的枯树遇上风雨还会萌生出新枝嫩叶,还会绽放瘦弱的花朵,结出酸涩的苦果……

六 "你是聪明的姐"

胡玉音对于自己能够活下来,能够熬下去,还居然会和秦书田相爱,常常感到惊奇。每次挨斗挨打、游街示众后,她被押回老胡记客栈,就觉得自己活够了,只剩下一丝丝气没断了。有时连颈脖上的黑牌子都不爱取下来,就昏昏糊糊地和衣睡去。可是第二天沉寂、默然是暂时的,表面的。大约过了半个来月,秦书田仿佛冷静了下来。胡玉音就对他笑了,又叫开了"秦大哥"。而且那笑容里,那声音里,比原先多出了一种浓情蜜意。从此,他们仿佛达成了一种默契,不再提那要把人引入火坑的罪恶。反倒彼此都觉得坦然、亲近。生活又回到了旧的轨迹。他们就像这青石板街上的两台扫街机,不晓得自己为什么活着,为什么还能活着。但这种局面没有维持多久。不久,胡玉音害了伤风,发着高烧,睡在床上说胡话。难为秦书田每天早起一人服两人的劳役,挥着竹枝扫把从街头扫到街尾。而后又发挥自己的一点可怜的医药知识,上山采来药草,料理"同犯"吃喝。山镇上的人们早就不大关心这两个人物了,因此谁都没有注意。胡玉音病得每天只能歪在床上就着秦书田的双手吃喝汤药。每天,胡玉音都要含着眼泪、颤着声音喊几声"书田哥……"

贵人有贵命,贱人有贱命。过了十来天,胡玉音的病好了,又天天早起扫街了。一天早晨五点钟左右,秦书田又去叫醒了胡玉音,两人又来到了街心。可是这时电闪雷鸣,狂风大作。马上就有倾盆大雨了。今年春上的雨水真多。他们仍在机械地打扫着街道。不同的是,如今他们是肩并着肩地扫了,一边一个。暴雨说来就来,黑糊糊的天空就像一只满是砂眼的锅底,把箭杆一般的雨柱雨丝筛落了下来。

胡玉音忽然拉了秦书田就走,就跑!跑回老胡记客栈,两个人都成了落汤鸡。屋里还是一片漆黑。他们身上已经没有一根干她,顺着她,娇她,疼她。桂桂的魂,也会保佑她,谅解宽恕她,她盼着桂桂晚上给她托个梦……第二天大清早,秦书田来敲门,约她去扫街时,她三下两下就把花的确良衬衫穿上了,当里衣,贴心又贴肉。可是她连衣领子都塞了进去,叫人看不出。

他们默默地扫着青石板街……本来都好好的,秦书田却突然手里的扫把一丢,张开双臂,胆大包天,紧紧搂住了她!"你疯了?天呀,秦大哥,你疯了?书田哥……"胡玉音颤着声音,眼里噙满了泪花……她抽泣着,让秦书田搂抱爱抚了好一会儿,才把他推开了,推开了。她好狠心,但不能不推开呀。天,这算哪样一回事呀?都当了反革命,沦为人下人,难道还能谈恋爱,还可以有人的正常感情?不行,不行,不行……她好恨,她好恨呀,恨自己心里还有一把火没有熄灭!为什么还不熄灭?为什么不变成一个木头人,一个石头人?你这磨难人的鬼火!生活把什么都夺走了,剥去了,生活已经把她像个麻风病患者似的从正常人的圈子里开除出来了,入了另册,却单单剩下了这把鬼火。整整一早晨,她都一边扫街一边哭。

出了这件事后,连着好几天早晨,他们都只顾各自默默地扫着街,谁都不理睬谁。他们心里都很痛苦。他们却渴望着过上一个"人"的生活。秦书田倒是跟往常一样,每天清早照例到老胡记客栈门口来默默地守候着,直到胡玉音起了床,开了门,他才默默地转身离去……时间,像一位生活的医生,它能使心灵的伤口愈合,使绝望的痛楚消减,使某些不可抵御的感情沉寂、默然。尽管这种路鬼啊！"

"少讲屁话！你走快点,叫人家看见了,五类分子背党支书,影响不大好……回头,回头你还要给我上山去寻两服跌打损伤的草药！"

伤筋动骨一百天。吊脚楼主在床上整整躺了两个多月。幸亏有大队合作医疗的赤脚医生送医上门,并照顾他的起居生活。李国香因工作忙,暂时抽不出时间来看望。她离开了镇供销社楼上的"蹲点办",回到县革委坐班去了。

秦书田和胡玉音照旧每天天不亮起床,把青石板街打扫得干干净净。开初,他们两人都很高兴。每天早晨拖着竹枝扫帚在老胡记客栈门口一碰面,就你看着我,我看着你,脸发热,心发慌。通过定计捉弄王秋赦,他们一天比一天地亲近了。简直有点谁也不愿意离开谁似的了。他们心里都压抑着一种难以言状的痛苦,一种磨人的情感啊……有一天天落黑时,秦书田竟给她送来了一件浅底隐花的确良衬衫,玻璃纸袋装着,一根红丝带扎着……天啊,她都吓慌了。从没见过这种料子的衣服。自己成了这号人还配穿吗？穿得出吗？秦书田走后,她把衬衫从玻璃纸袋里取出来,料子细滑得就和绸子一样。她没舍得穿。她把衣服紧紧地搂在胸口,捂在被窝里哭了整整一夜。她像捧着一颗热烈的心,她有了一种犯罪的感觉。她决定第二天乘人不备时去上一次坟,去桂桂的坟头上烧点纸,把心事和桂桂讲讲,打打商量。桂桂生前总是依着发现了什么似的,拖着个竹枝扫把,大步朝供销社围墙跑来,一迭连声地问:"那是哪个?那是哪个?"

他来到巷子围墙下,故作吃惊地轻声叫道:"王支书呀!怎么走路不小心跌倒在这里呀?快起来!快起来!"

"你们两个五类分子扫的好街!门口的牛粪滑倒人……"王秋赦坐了一屁股的稀家伙,浑身臭不可闻。他恨恨地骂着,又不敢高声。

"我请罪,我请罪。来来,王支书,我、我扶你老人家起来。"秦书田用手去托了托王秋赦那卡在阴沟里的一只脚。

"哎哟喂!痛死我了!这只脚扭歪筋了!"王秋赦痛得满头冷汗。

秦书田连忙放开脚,不怕脏和臭,双手托住王秋赦的屁股,把他扶坐在门槛上。

"怎么搞?王支书,回家去?还是送你老人家去卫生院?"秦书田关切地问。

"家里去!家里去!这回你秦癫子表现好点,把我背回去。哎哟,日后有你的好处。哎哟……"王秋赦疼痛难忍,又不敢大声呼喊,怕惊动了街坊。

秦书田躬下身子,把王秋赦背起就走。他觉得吊脚楼主身体强壮得像头公牛,都是这几年活学活用油水厚了啊,难怪要夜夜打栏出来寻野食,吃露水草。

"王支书!你老人家今天起得太早,运气不好,怕是碰到了倒脚就会踩着的地方。然后,两人躲到门市部拐弯的墙角,露出半边脸子去盯守着。真讨嫌,这早晨又有雾。他们的身子不觉地偎依在一起,都没有留意。等了好一会儿,他们听到了门市部楼上有脚步声,下楼来了。秦书田个头高,半蹲下身子。胡玉音把腮帮靠在他的肩膀上,朝同一个方向看着。他们都很兴奋,也很紧张,仿佛都感觉到了彼此心房跳动的声音。胡玉音的半边身子都探出了墙角,秦书田站起身子伸出手臂把她搂了回来,再也没有松开,还越搂越紧,真坏!胡玉音狠狠地拍了两下,才拍开。小巷侧门吱呀一声开了,那黑影闪将出来,肯定是头一脚就踩在那稀家伙上边了,砰咚一声响,就像倒木头似的,跌翻在青石板上。那人肯定是脑壳被重重地撞了一下,倒在石板上哼着哎哟,好一刻都没见爬起来。"活该!活该!天杀的活该!"胡玉音竟像个小女孩似的拍着双手,格格地轻轻笑了起来。秦书田连忙捂住她的嘴巴,捉住她的手,瞪了她一眼。秦书田的手热乎乎的,不觉的有一股暖流传到了胡玉音的身上,心上。

两个扫街人继续躲在墙角观看,见那人哼哼哟哟,爬了几下都没有爬起来,看来是跌着什么地方了。秦书田起初吓了一跳,跟着心里一动,觉得这倒是个"立功赎罪"的机会,便又附在胡玉音的耳朵上"如此这般"地说了说。不过他的腮帮已经刮得光光溜溜了,再没有用胡子戳得人家的脸巴子生痛。胡玉音听了他的话,就推开他的双手,转身到街口扫街去了。

秦书田轻手轻脚地走回街心,然后一步一步地扫来。忽然,他也不敢吱声。这天中午,他还特意到供销社门口去转了转,也没有听见供销社里的人讲丢失了什么东西。

过了几天。早晨没有雾。秦书田和胡玉音又从街心分手,各自朝街口扫去。他扫到供销社围墙的拐角处,又身子靠在墙上歇了歇。这回,他不等围墙的侧门吱呀响,就从墙角侧出半边脸块去盯着。不一会儿,侧门吱呀一声响,一个身坯粗大的黑影又从门里闪了出来,反手关了门,匆匆地顺着小巷墙根走了。秦书田这可看清楚了,暗暗吃了一惊,是他!天呀,天天钻进这围墙里去做什么?事关重大,秦书田不敢声张。但他毕竟是"人还在,心不死",就拖着扫帚跑到另一头去,把胡玉音叫到一个僻静的角落,对着年轻寡妇的耳朵,透出了这个"绝密"。讲后又有些怕,一再叮嘱:"千万千万不能告诉第三个人。这号事,街坊邻居都管不了,我们只能当睁眼瞎。何况,我们又是这种身份……""是他?""是他。""那一个呢?""是她。""他,她,他,鬼晓得你指的是哪个他,她。"胡玉音却很开心似的,脸盘有点微微泛红:"鬼!你对着人家耳朵讲话,满口的胡子也不刮刮,戳得人家的脸巴子生痛!""啊,啊啊,我的胡子……一定刮干净,天天都刮!"他们脸块对着脸块,眼睛对着眼睛,第一次挨得这么近。

又是一天清早,秦书田想出了一个鬼主意。他和胡玉音在街心会齐了,把这鬼主意说了。胡玉音只笑了笑,说了声"由便你"。他们头一回犯例违禁,没有先扫街,而是用铲子从生产队的牛栏门口刮来了一堆稀家伙,放在供销社小巷围墙侧门的门口,开门第一

"大哥,你起得真早。回回都是你来喊门……"

"玉音,你比我小着十把岁,哪有不贪睡的。"

"看样子你是晚上睡不大好啰?"

"我?唉,从前搞脑力劳动,就犯有失眠的毛病。"

"晚上睡不着,你怎么过?"

"我就哼唱《喜歌堂》里的歌……"

提起《喜歌堂》,他们就都住了口。《喜歌堂》,这给他们带来苦难、不幸的发灾歌……渐渐地,他们每天早晨的相聚,成了可怜的生活里的不可缺少的一课。偶尔某天早晨,谁要是没有来扫街,心里就会慌得厉害,像缺了什么一大块……就会默默地一人把整条街扫完,然后再去打听、探望。直到第二天早晨又碰到一起,互相看一眼,笑一笑,才心安理得。

这天早晨,有雾。他们从街心扫起,背靠背地各自朝街口扫去。真是万籁俱寂,街道上只响着他们的竹枝扫把刮在青石板上的沙沙沙,沙沙沙……秦书田扫到供销社门市部拐角的地方,身子靠在墙上歇了一歇,忽然听得供销社小巷围墙那边的侧门吱呀一声开了,他忍不住侧出半边脸块去看了看,但见一个身坯粗大的黑影,从侧门闪了出来,还反手把门带严。"小偷!"秦书田吓了一跳。但是不对,那人两手空空,身上也不鼓鼓囊囊,哪有这样的小偷?他心里好生奇怪,眼睁睁地看着那黑影顺着墙根走远了。他晓得供销社的职工们都是住在后院宿舍里,楼上只有女主任李国香住着。这溜走的人背影有些眼熟。这是什么好事呢?他没有吱声,时,全公社召开万人大会进行动员。各大队的五类分子也被带到大会会场示众,一串一串的就像圩场上卖的青蛙一般。示众之后,他们被勒令停靠在会场四周的墙角上接受政策教育。可是后来大会散了,人都走光了,芙蓉镇大队的二十三名五类分子却被丢弃在墙角,被押解他们来的民兵忘记了。严肃的阶级斗争场合出现了一点儿不严肃。可是当初宣布大会纪律时有一条:没有各大队党支书的命令,各地的五类分子一律不准乱说乱动,否则以破坏大会论处。这可怎么好?难道真要在这墙角待到牛年马月?后来还是秦癫子想出了一个办法,他叫同类们站成一行,喊开了口令:"立正!向左看齐!向前看!报数,稍息!"紧接着,他煞有介事地来了个向后转,走出两步,双脚跟一碰,立正站定,向着空空如也的会场,右手巴掌齐眉行了个礼,声音响亮地请示说:"报告李书记!王支书!芙蓉镇大队二十三名五类分子,今天前来万人大会接受批判教育完毕,请准许他们各自回到生产队去管制劳动,悔过自新!"他请示完毕,稍候一刻,仿佛聆听到了谁的什么指示、答复似的,才又说:"是!奉上级指示,老实服法,队伍解散!"这样,他算手续完备,把大家放回来了。

大清早,雾气蒙蒙。芙蓉镇青石板街上,狗不叫,鸡不啼,人和六畜都还在睡呢,秦书田就拖着竹枝扫帚去喊胡玉音。彼此都是每天早起见到的第一个人。他们总要站在老胡记客栈门口,互相望一眼,笑一笑。

虽说上级文件上要求不搞形式主义,但每次五类分子游街示众,黑牌子还是要挂,高帽子也是要戴。芙蓉镇地方小,又是省边地界,遥远偏僻。听讲人家北京地方开斗争大会,还给批斗对象挂黑牌,插高标,五花大绑呢。有些批斗对象还是大干部、老革命呢。北京是什么地方,芙蓉镇又是什么地方,算老几?半边屋壁那么大的地图上,都找不到火柴头大的一粒黑点呢。不用说,本镇大队二十三个五类分子的黑牌子,又是出自秦癫子的高手。为了表现一下他大公无私的德行,他自己的黑牌子特意做得大一点。他在每块黑牌上都写明每个五类分子的"职称","职称"下边才是姓名,并一律用朱笔打上个"×",表示罪该万死,应当每游街示众一次就枪毙一回。他这回又耍了花招,"新富农分子胡玉音"的黑牌没打红叉叉。好在人多眼杂眼也花,他的这一"阴谋"竟也一直没有被革命群众雪亮的眼睛所发现,蒙混过了关。摆小摊卖米豆腐出身的新富农分子胡玉音,每回游街示众时都眼含泪花,对他的这番苦心感恩不尽。同是运动落难人啊。在这个冷漠的世界上,她还是感受到了一点儿春天般的温暖。

镇上的人们说,秦癫子十多年来被斗油了,斗滑了,是个老运动员。每逢民兵来喊他去开批斗会,他就和去出工一样,脸不发白心不发颤,处之泰然。牵他去挂牌游街,他也是熟门熟路,而且总是走在全大队五类分子的最前头,俨然就是个持有委任状的黑头目。"秦书田!""有!""铁帽右派!""在!""秦癫子!""到!"总是呼者声色俱厉,答者响亮简洁。"一批两打、清理阶级队伍"运动开始有许多人围观、评议、指点。他兢兢业业,加班加点。不出一月,二十二户五类分子家门口,就塑起了二十二尊泥像。有男有女,有高有矮,有胖有瘦。每尊泥像下边还标出每个黑鬼的名号职称,并多少具备一点那分子的外貌特征。这一时成了本镇大队的一大奇闻。大人小孩自动组织起鉴赏、评比。一致认为,以秦癫子自己屋门口的狗像塑得最为生动,最像他本人形状。

"癫子老表!你家伙自私自利,把工夫都花到捏你自己的狗像上!"

"嘿嘿,不是自私自利……最高指示讲,生活是文学艺术的唯一源泉……当然是我自己最熟悉我自己啰,也就捏得最像啰。"

但秦癫子的"艺术性劳动"有个重要的遗漏,竟忘了在老胡记客栈门口替年轻的富农寡妇胡玉音塑一尊泥像。这一"阴谋"过了好长一段时间才被人发觉,立即对他组织了一次批斗,审问他为什么要包庇胡玉音,和胡玉音到底有些什么勾结。他后颈窝一拍,连忙低头认罪,原来他只是记下了本镇大队五类分子的老人数,而忘记了"四清"中新划的富农。他嘴巴答应以实际行动悔过,却又拖了好些时日。不久上级就传下精神来,对敌斗争要讲质量和政策,对五类分子要从思想上批深批透,批倒批臭,而不要流于形式。因此,老胡记客栈门口才一直没有出现泥像。胡玉音对秦书田自是十分感激。据说秦书田挨批斗那晚上,她躲在屋里哭肿了眼睛。秦大哥是在代她受过啊,救了她一命啊。要不,她见到自己门口的泥像被小娃娃们扯起裤子尿尿,真会寻短见的。

么来抓这一头等重大的历史使命？在广大的乡村，基层干部们都拿工分不拿薪金，谈不到什么"走资派"、"资产阶级代理人"。基层干部、社员群众只能从五类分子及其子女身上，来看待、认识阶级和阶级斗争的历史延续性，来年年唱、月月讲、天天念。要不然，这关系到"党和国家前途命运"的百年大计、万年大计，又怎么讲？谁又讲清楚过？老天爷！诚然，土地改革后在广大乡镇进行的历次运动中，也曾经重新划分过阶级成分。可是生产资料公有了，不存在私有制人剥削人的问题了，就以伸缩性极大的政治态度为依据。但仍然存在着遗产的继承问题，即各个阶级的子孙世袭上辈祖先的阶级成分问题……唉唉，子孙的问题就留给子孙去考究吧。如果祖先把下辈的问题都解决了，子孙们岂不会成为头脑简单、无所作为的白痴？危言耸听，不可思议。我们还是言归正传，来看看铁帽右派秦癫子这些年来的各色表演吧。

一九六七年，正是红色竞赛、"左派"争斗的鼎盛时期，不知从哪里刮来一股风，五类分子的家门口，都必须用泥巴塑一尊狗像，以示跟一般革命群众之家相区别，便于群众专政。就跟当时某些大城市的红五类子女佩红袖章当红卫兵，父母有一般历史问题的子女佩黄袖章当"红外围"，黑八类子女佩白符号当"狗崽子"一样。本镇大队共有二十二个五类分子，必须塑二十二尊狗像。这是一项义务工，没有工分补贴，自然就又派到了能写会画的铁帽右派秦癫子头上。秦癫子领下任务后，就从泥田里挖上了一担担黏泥巴，一户五类分子家门口堆一担。这简直是一项艺术性劳动。每天都样,一摆一摆地挥洒自如;两脚则是脚尖落地,一前一后地移动着,也像在舞台上合着音乐节拍滑行一般。由于动作轻捷协调,他总是扫得又快又好,汗都少出。而且每天都要帮着胡玉音扫上一长截。胡玉音则每天早晨都是累出一身汗,看着秦癫子挥动扫帚的姿态感到羡慕。这本是一件女人要强过男人的活路。

说起秦癫子这些年来的表演,也是够充分的了,令人可鄙又可笑。在"四清"运动时,他是本镇大队五类分子里被斗得最狠的一个。之后,改组后的大队党支部征得工作组的同意,继续由他担任五类分子的小头目。这叫以毒攻毒。只是在他的"右派"一词前边还加上"铁帽"二字,意思是形容这顶帽子是不朽的,注定要戴进棺材里去。千万年以后发掘出来做文物,让历史学家去考证,研究撰写二十世纪中下叶中国乡村阶级斗争的学术论文。好在秦癫子没有成过家,没有后人。要不,他的这笔政治遗产还要世代相传呢。就是秦癫子自己也懂得:运动就要有对象,斗争就要有敌人。每村每镇,不保留几只死老虎、活靶子,今后一次次的群众运动,阶级斗争,怎么来发动,拿谁来开刀?每次上级发号召抓阶级斗争,基层干部们就开上几次大会,把五类分子往台上一揪,又揭又批又斗,然后向上级汇报,运动中批斗了多少个(次)阶级敌人,配合吃忆苦餐,忆苦思甜,教育了群众,提高了觉悟等等。有些五类分子死光了的生产队,就让他们的子女接位,继续他们的反动老子没有完成的职责。要不,你叫基层干部、贫下中农怎么来理解整个社会主义历史时期,始终存在着阶级、阶级矛盾和阶级斗争?不理解,又怎只花猫一样。女主任心里一热，忍不住俯下身子，抚了抚他的头发：

"起来，啊，起来。一个大男人……新理了发？一股香胰子气。你的脸块好热……我要休息了。今晚上有点醉了。日子还长着呢，你请回……"

王秋赦站起身子，睁着痴迷的眼睛，依依不舍地看着女主任，像在盼着某种暗示或某项指令。

五 扫街人秘闻

秦书田和胡玉音两个五类分子，每天清早罚扫青石板街，已经有两三个年头了。两人都起得很早。他们一般都是从街心朝两头扫，一人扫一半。也有时从两头朝街心扫，到街心会面。好在青石板街街面不宽，又总共才三百来米长。一年三百六十五天，闰年三百六十六天，当镇上的人们还在做着梦、睡着宝贵的"天光觉"时，他们已经挥动竹枝扫把，在默默地扫着、默默地扫着了。好像春天、夏天、秋天、冬天，都是在他们的竹枝扫帚下，一个接一个地被扫走了，又被扫来了。

秦书田扫街还讲究一点姿态步伐，大约跟他当年当过歌舞剧团的编导有关系。他将扫帚整得和人一般高，腰杆挺得笔直的，右手在上，左手在下，握着扫帚就和舞蹈演员在台上握着片船桨一住,稳住他,还是要他在你手下当大队秘书。今天革命的一个核心任务,就是要防止谷燕山他们复辟,重新在镇上掌权,搞阶级调和,推行唯生产力论、人性论、人情味那一套……我这意思,你懂吗?"

王秋赦对女主任的见地、胆识,真要佩服得五体投地了。他脑壳点动得像啄木鸟。

李国香回到圆桌对面的藤围椅上坐下。她双手扶着藤围椅边,眼睛一眨不眨地望着吊脚楼主,仿佛有了几分醉意:"我们实话实说,王支书,对你的悔改、交心,我很满意。我们既往不咎吧。俗话讲,一个篱笆三个桩,一个好汉三个帮。我不是好汉,但我手下需要几个得力的人。我还要考验考验你……我不是跟你许愿,只要你经得起考验,我可以在适当时候,对县革委杨主任他们提出,看看能不能让你当个脱产的公社革委会副主任……"

真是一声春雷!王秋赦心都颤抖了起来。妈呀,再不能错过这个机遇,错过这个决定他后半生命运的天赐良缘了。为了表示自己的决心,他不由得站起身子,扑通一声就跪倒在女主任的身前:

"李主任,李主任!我、我今后就是你死心塌地的……哪怕人家讲我是一条……我就是你忠实的……"

李国香起初吃了一惊,接着是一脸既感动又得意的笑容,声音里难免带着点陶醉的娇滴:"起来,起来!没的恶心。你一个干部,骨头哪能这么不硬,叫人家看了……"

王秋赦没有起来,只是仰起了脸块。他的脸块叫泪水染得像

"啊啊,这是三。新情况,新情况。"李国香不动声色,"你看看,一个领导干部,不走群众路线,不多几根眼线、耳线,就难以应付局面……你还掌握了一些什么动向,都讲出来,领导上好统筹解决。"

"暂时就是这些。"王秋赦这时舌头不打结了,喝酒夹菜的举止,也不再那样战战兢兢、奴颜婢膝了。仿佛已经在女主任面前占了一席之地。

"王秋赦!"女主任忽然面含春威,眉横冷黛,厉声喝道。

"李主任……"王秋赦浑身一震,腿肚子发抖,站了起来,"我、我……"一时,他在女主任面前又显得畏首畏尾。

"坐下,坐下。你不错,你不错……"李国香离开藤椅,在王秋赦身边踱来踱去,仿佛在考虑着重要决策,"我要一个一个来收拾……你们大队的基干民兵多少枪?"

"一个武装排。"王秋赦摸不着头脑,又感到事关重大。

"这个排是不是你控制着?"李国香又问。

"还消讲?我是大队支书!"王秋赦胸口一拍。

"好!不能让坏人夺了去。今后没有我的命令,谁也不准动!"

"我拿我的脑壳作保,我只对你主任负责,听你主任指挥!"

"坐下,坐下。我们还没有必要这样紧张嘛。"李国香的双手按在王秋赦肩膀上。王秋赦顺从地坐下。他一时有点心猿意马,感觉到了女主任的双手十分的温软细滑。"权在我们手里,我们就要用文斗。只有手里无权的人,才想着要武斗。我这意思,你懂吗?动刀动枪,是万不得已的下策……还有个黎满庚,我们要把他拉身子,双手接了过来。

"队上、镇上还有些什么动静、苗头?"女主任边满意地欣赏王秋赦有滋有味地咬着那鸡骨头的馋相,边问。

"镇上是庙小妖风大啊。特别是近几年来搞大民主,就鲤鱼、鳙鱼、跳虾都浮了头……你主任没听讲,抓'小邓拓'那年被开除回家的税务所长,如今正在省里、地区告状,要求给他平反。"王秋赦放低了声音,眼睛不由得瞟了瞟房门。

"这是一。官僚地主出身、'四清'下台的原税务所长闹翻案。"李国香脸色沉静,扳开了手指头。

"青石板街又成立了一个造反兵团,立山头……听说供销社主任暗里抻的头……他们还想请谷燕山出马当顾问,但谷燕山醉醉糊糊的,不感兴趣。"

"这是二。新情况,造反兵团,主谋是供销社主任,谷燕山醉生梦死,倒是不感兴趣。"

李国香已经拿出那个贴身的笔记本,记起来了。

"粮站打米厂的小伙计……"

"怎么?"

"偷了信用社会计的老婆!"

"呸呸!放你娘的屁!谁要你汇报这个!"

李国香身子朝后一躲,竟也绯红了脸,头发也有些散乱。

"不不,是信用社会计的老婆无意中对米厂的小伙计讲,她老公准备到县里去告你主任的黑状……"

出一点诱饵,逗引一下这条"秋蛇":"作为一个革命干部,眼睛不能光盯着定了性、戴了帽的,更重要的是要盯住那些没有定性、戴帽,混在群众里头的……镇上原先的几个人物,谷燕山他们都有些什么新活动,嗯?"

王秋赦不由地心里一紧,要是女主任已经掌握了谷燕山、黎满庚打狗肉平伙的材料,自己再汇报,岂不是一个屁钱都不值?他咬了咬牙,还是硬着头皮把自己了解的"北方大兵"和前任支书那晚上的有关言论,添油加醋地披露了出来。还提出黎满庚继续担任大队秘书不合适。

"王支书!你和我坐到这圆桌边上来,陪我也喝杯酒!"出乎王秋赦的意外,李国香对他呈告的情报大感兴趣,立时就对他客气了许多,并转身从柜子里拿出一瓶酒,两只玻璃杯,一碟油炸花生米。"莫以为只你们男人才有海量,来来,我们比一比,看看谁的脸块先变色!"

对于这个"突变",王秋赦真有点眼花缭乱,受宠若惊。他立即从李国香手里接过了酒瓶,哗剥哗剥地筛满两只玻璃杯,才侧着身子在圆桌边坐下,恭敬地、眼睛一眨不眨地看着女主任。

"来!我们干了这一杯!"李国香十分懂行地把杯子端得高过眉头,从杯底看了王秋赦一眼。吊脚楼主也举起杯,从杯底回了女主任一眼。接着两只玻璃杯一碰,各自痛快地干了。

"给你这只鸡腿。你牙齿好,把它咬干净!"为了表示信赖和亲热,李国香把一只自己咬了一半的鸡腿夹给王秋赦。王秋赦欠欠帮助。你倒是这么一提再提,又是认错啦,又是检讨啦,我可没要你这样做……你吃不吃什么后悔药,我也不感兴趣……"

"李主任,我是诚心诚意的……我晓得,你最是心软,肯饶人……"王秋赦留神到女主任仍然打着官腔,拒他于千里之外,心里扑通扑通,捏了两手冷汗,感到一种痛苦的失望。但他不能到此为止,知难而退。一定要讲出点有吸引力的东西来,使女主任意识到自己也还有点使用的价值……这时刻他倒是头脑十分冷静。他想起前些时听人讲过,大队秘书黎满庚和"四清"下台干部谷燕山深更半夜打狗肉平伙,两人喝得烂醉,讲了不少反动话,"北方大兵"还在雪地里骂了大街……对了,就先呈上这个"情况"。反正这年月,你不告人家,人家还告你呢。

"李主任,我想趁便向你反映点本镇的新动向……"

"新动向?什么新动向?"

果然,李国香一听,就侧过身子转过脸,眼睛都闪闪发亮。

"秦书田这些五类分子,最近大不老实啊。"话宜曲不宜直,王秋赦有意绕了个弯子汇报说,"大队勒令他们每天早请罪、晚悔过,他们竟比贫下中农还到得迟!如今全大队百分之八十的人都参加做忠字操、跳忠字舞了。就是一些老倌子、老太婆顽固,不肯做操、跳舞。他们宁肯对着光辉形象打拱作揖……"

"你不要东拉西扯。五类分子是些死老虎、死蛇。问题在一些活老虎、活蛇。"李国香眯缝起眼睛,凝视着王秋赦。这冰冷的目光使得王秋赦心里打着哆嗦,直发冷。李国香忽然来了兴趣,决定放喊口号,是只丑八哥,学舌都学不像……"王秋赦不知深浅地试试探探,留神观看着女主任脸上的表情。

"你有话就讲吧。我一贯主张言者无罪,半吞半吐倒霉。"李国香又看了他一眼。女主任忽然发觉王秋赦今晚上的长相、衣着都颇不刺目,不那么叫人讨嫌。

"我向你当主任的认罪,我是个坏坯!忘恩负义的坏坯!我对不起你主任,对不起县里杨书记……是你和杨书记拉扯着我,才入党,当支书,像个人……可我,可我,也跟人学舌,在讲用会上牙黄口臭批过杨书记和你,我是跟形势……如今我天天都吃后悔药……我真恨不得自己捆了自己,来听凭你领导处置……"王秋赦就像一眼缺了口子的池塘,清水浊水哗哗流。提起旧事,辛酸的热泪扑扑掉,落在楼板上滴答响。"……我亏了你主任的苦心栽培……我对不起上级。我这一跤子跌得太重……我如今只想着向你和杨书记悔过,请罪……我真该在你面前掌自己一千回嘴……"

李国香听着听着,先是蹙了一会儿眉头,接着闷下脸来。王秋赦的哭泣痛悔,仿佛触动了她心灵深处的某根孤独、寂寞的神经,唤醒了几丝丝温热的柔情……她的脸色有些沮丧,用帕子抹了抹双手上的油腻,身子跌坐在藤围椅里,一副软塌无力的样子。她神思有些恍惚……但只恍惚了几秒钟,就又坐直了身子,扬了扬眉头,仍以冷漠、鄙夷的目光盯住了王秋赦:

"都过去了!过去就过去了。是你记性好,有些什么事,我都记不得了……我才不在乎呢。人家骂几声,批几句,对我是教育、今下午客人多,像从旱灾区来的,把三壶开水都喝干了。"

李国香只看了他一眼,就又把注意力集中到清焖鸡上去了。可是这一眼,给王秋赦的印象很深,觉得女主任是居高临下望了望他,眼神里充满了冷笑、讥讽,而又不失她作为一位领导者对待下级那种满不在乎的落落气度。

"李主任,我、我想向领导上做个思想汇报,检讨……"关键时刻,王秋赦的舌头有点不争气,打结巴。

"思想汇报?检讨?你一个全县有名的标兵,到处讲用,表现很好嘛!"李国香略显惊讶地又看了王秋赦一眼,积怨立即像一股胡椒水袭上了心头,忍不住挖苦说,"王支书,你也不要太客气,太抬举我了。俗话讲,强龙斗不过地头蛇。只怕我这当公社干部的,想巴结你们还巴结不上哪!我头上这顶小小的乌纱帽,还拿在你这些人手里,随时喊摘就摘哪!"

"李主任,李书记……你就是不笑我,骂我,我都没脸见人……特别是没脸来见你……我是个混蛋,得意了几天,就忘记了恩人……"王秋赦的脑壳垂下来,像一穗熟透了的谷子。他自己弓着身子找了张骨牌凳坐下,双膝并拢,双手放在膝盖上,坐得规规正正。

"那你怎么还来见我?这样不自爱、自重?"李国香这时仿佛产生了一点好奇心,边斜着脸子咬鸡腿,边饶有兴味地问。作为领导人,她习惯于人家在她面前低三下四。

"我、我……文化低,水平浅,看不清大好形势……只晓得跟着攻破么。

"李主任,李书记……"这天,他又轻轻敲了敲门板。"谁呀?"李国香不知在里头和谁笑嘻嘻的。"我、我……王秋赦……"他喉咙有些发干,声音有些打结。"什么事呀?"李国香和悦的声音一下子就变得又冷又硬。"我有点子事……""有事以后再讲。我这里正研究材料,不得空!"

王秋赦霉气地回到吊脚楼,真是茶饭无心。好在他大小仍是个大队的"一把手",来找他请示汇报工作的队干部,来向他反映各种情况的社员,还是一天到晚都有;上传下达的"最新指示"、"重要文件"也多,所以他的日子颇不寂寞。过了几天的一个下午,他着意地修整打扮一番,他先去镇理发店理了发,刮了胡子修了面。在白衬衣外头罩了件"涤卡",裤子也是刚洗过头水的,鞋子则是那双四季不换的工农牌猪皮鞋。一直挨到镇上人家都吃晚饭了,窗口上闪出了灯光,他才朝供销社楼上走去。这回他下了决心,不跟李主任碰上头,把当讲的话都讲讲,他就不回吊脚楼了。

鬼晓得为什么,当他从供销社高围墙的侧门进去时,心口怦怦跳,就像要做什么见不得人的事情似的,蹑手蹑脚。幸好,他没有碰上任何人。他在"主任住所"门口站了站,才抬手敲了敲门:

"李主任,李书记……"

"谁呀?请进来!"屋里的声音十分和悦。

王秋赦推门进屋。李国香正坐在圆桌旁享用着一只清焖鸡。

"你?什么事?你最近来过好几次吧,是不是?有话就讲吧。

栽培了吊脚楼主而悔恨,一年后吊脚楼主因在一些公开场合揭批过李国香而痛悔。这都怨得了谁啊,大运动风风雨雨,反反复复,使得臣民百姓紧跟形势翻政治烧饼……有时王秋赦真恨不得要咬掉自己的舌头!多少次自己掌自己的嘴:"蠢东西!混蛋!小人得志!狗肉上不得大台盘!是谁把你当根子,是谁把你送进了党,是谁放你到北方去取经参观?人家养条狗还会摇尾巴,你却咬主人,咬恩人……"王秋赦苦思苦想,渐渐地明白了过来,今后若想在政治上进步,生活上提高,还是要接近李国香,依靠杨民高。就像是宝塔,一级压一级,一级管一级。他不是木脑壳,虽是吃后悔药可悲,但总比那些花岗岩脑壳至死不悔改的好得多。

且说李国香主任在芙蓉镇供销社门市部楼上,有一个安静的住处。一进两间,外间办公、会客,一张办公桌,一张藤靠椅,几张骨牌凳。墙上挂着领袖像,贴着红底金字语录,"老三篇"全文。还有宝书柜,忠字台,一架电话机。整个房间以红色为主,显示出主人的身份和气度。至于里间卧室,不便描述。我们不是天真好奇的红卫兵,连一个三十几岁单身女人的隐私也去搜查,于心何忍。这房间一到下午六点后,楼下的门市部一关门,供销社职工回了后院家属宿舍,就僻静得鬼都打死人。

王秋赦开始一次又一次地到这"主任住所"来汇报、请示工作,而且总要先在门口停一下,抹抹头发,清清喉嗓,战战兢兢。李国香却一直不愿私下接待他,所以他一直没有能进得门。他也没有气馁,相信只要自己心诚,总有一天会感动女主任。是座碉堡也会之危到处去控诉舅舅和自己……王秋赦,真是一条蛇,一条刚要进洞的秋蛇……"

当时,在一些靠边站、受审查的干部们中间,流传着这样一支歌谣:"背时的凤凰走运的鸡,凤凰脱毛不如鸡。有朝一日毛复起,凤还是凤来鸡还是鸡。"这支歌谣,李国香经常念在口头,默在心头,给了她信念和勇气。大约只过了不到一年,李国香果然就应验了这首歌谣。县革委会成立时,杨民高被结合为县革委第一副主任,她则当上了女常委,并仍兼任公社革委主任。凤凰身上的美丽羽毛又丰满了,恢复了山中百鸟之王的身份。

王秋赦呢,对不起,脚杆上的泥巴还没有洗干净,没有能升格成为吃国家粮、拿国家钱、坐国家车子的专职讲用人员。跑红了一两年,一花引来百花香,全县社社队队、角角落落都普及了"早请示"、"晚汇报"的"三忠于"活动,而且涌现了一批新的活学活用标兵,人家念诵"誓词"时普通话不杂本地腔,挥动红宝书的姿态比他优美,还会做语录操,跳忠字舞。相比之下,他这在全县最早传授崇拜仪式的标兵,就自惭形秽,完成了历史使命。因而在一般革命群众、干部眼里,他也不似先时那样稀有、宝贵了。不久,上级号召"三结合"领导班子里的群众代表要实行"三不脱离",回原单位抓革命、促生产。他也就回到了芙蓉镇,担任本镇大队革委主任一职。这一来他就又成了李国香同志的下级。凤还是凤来鸡还是鸡。

人是怕吃后悔药的。这是生活的苦果。一年前李国香曾经为自己喝,老、老子可是醉了,要睡了……呱哒,呱哒,你们只管自己吃,自己喝,……"

谷燕山没有冻死,甚至奇迹似的也没有冻病。天还没有大亮,青石板街两边的铺门还没有打开,他就被人送回粮站楼上的宿舍里去了。谁送的?不晓得。

四　凤和鸡

王秋赦在全县各地巡回讲用,传授"早请示"、"晚汇报"的款式程序,大受欢迎。所到之处,无不是鞭炮锣鼓接送。精神变物质,物质变精神,日日都有酒宴,他生平没有见过如此众多的鸡鸭鱼肉。油光水滑,食精腻肥,他算真正品尝到了活学活用、活鸡活鱼的甜头。俗话讲,"鸡吃叫,鱼吃跳"呢。传经授宝时,他也紧跟大批判运动,声讨、控诉全县最大的当权派杨民高及其本公社书记李国香的反革命修正主义罪行。当时李国香正在"靠边站",接受革命群众的教育、批判。吊脚楼主的翻脸不认人,使女书记恨得直咬牙巴骨,恨自己瞎了眼,蒙了心,栽培了一个坏坯。"活该!搬起石头砸自己的脚!"李国香自怨自艾,"是你把他当根子,介绍他入党,提拔他当大队支书,还打算进一步把他培养成国家干部,甚至对这个比自己年纪大不了几岁的单身男人,有过亲密的意念……可是,一番苦心喂了狗!他不独忘恩负义,还恩将仇报,过河拆桥,乘人站楼上去。我还没有'下楼'……老子就在楼上住着,管它'下楼'不'下楼'!"

雪,落着,静静地落着。仿佛大地太污浊不堪了,腌臢垃圾四处都堆着撒着,大雪才赶来把这一切都遮上、盖上,藏污纳垢……一道昏黄的电筒光,照着一行歪歪斜斜的脚印,朝青石板街走去。好在公路大桥已通,五更天气不消喊人摆渡。

谷燕山回到镇上,叫老北风一吹,酒力朝头上涌。他已经醉得晕天倒地了。他站在街心,忽然叫骂开来:

"你听着!婊子养的!泼妇!骚货!你、你把镇子搞成什么样子了,搞成什么样子了?街上连鸡、鸭、狗都不见了!大人、娃儿都哑了口,不敢吱声了!婊子养的!泼妇!骚货!你有胆子就和老子站到街上来,老子和你拼了!……"

青石板街两边的居民们都被他闹醒了,都晓得"北方大兵"在骂哪个。天寒地冻的,没有人起来观看,也没有人起来劝阻。只有镇供销社的职工、家属感到遗憾,李国香回县革委开会去了,不曾听得这一顿好骂。

在这个风雪交加的黎明,谷燕山竟不能自制,时而在街头,时而在街尾,时而回到街心,叫骂不已。后来,他大约是骂疲了,烂醉如泥地倒在供销社门口的街沿上。他在雪地里呕了一地的狗肉和酒。不知从哪里跑来两条狗,在他身边的雪地里舔吃着他呕吐出来的食物,呱哒,呱哒……他打着鼾,在睡梦里晃着手:

"……王支书,李主任,不要吵!呱哒,呱哒,你们只顾自己吃,弟,一千五百块钱交你保管,你却上缴工作组,成了她转移投机倒把的赃款,窝藏资本主义的罪证……兄妹好比同林鸟,大难来时各自飞!"

"老谷!老谷!我求求你……你住口!"黎满庚忽然捶着胸口,眼泪双流,哭了起来,"你老哥的话,句句像刀子……我也是没办法,没有办法哇!在敌人面前,我姓黎的可以咬着牙齿,不怕死,不背叛……可是在党组织面前,在县委工作组面前,你叫我怎么办?怎么办?我怕被开除党籍呀!妈呀,我要跟着党,做党员……"

"哈哈哈!黎满庚!我今天晚上,花六十块钱,买了这坛酒、这条狗,还有就是你的这句话!"谷燕山听前任大队支书越哭越伤心,反倒乐了,笑了,大喊大叫:"看来,你的心还没有全黑、全硬!芙蓉镇上的人,也不是个个都心肠铁硬!"

"……你老哥还是原先的那个'北方大兵',一镇的人望,生了个蛮横相,有一颗菩萨心……"

"你老弟总算还通人性!哈哈哈,还通人性……"

两人哭的哭,笑的笑,一直胡闹到五更鸡叫。

他们都同时拿碗到坛子里去舀酒时,酒坛子已经干了底。两人酒碗一丢,这才东倒西歪地齐声哈哈大笑了起来:

"你他妈的酒坛子我留把明天再来打!"

"你他妈的醉得和关公爷一样了!带上这腿生狗肉,明天晚上到你楼上再喝!"

"满庚!生狗肉留着,留着……我、我还要赶回镇上去,赶回粮没少检讨啊！悔过书,指头大一个的字,写了一回又一回,不深刻。工作组就差点没喊我跪瓦碴、砖头……我他妈的今后管他妈的,也只好心狠点,手辣点,管他妈的五类分子变猪变狗,是死是活……要紧的是我自己,我的'五爪辣'、女娃们不要死,要活……"

"满庚,人还是要讲点良心。芙蓉镇上,如、如今只有一个年轻寡婆最造孽,你都会看不出来么？你的眼睛都叫你'五爪辣'的裤裆,给兜起来了么？"

酒醉心清。酒醉心迷。谷燕山眼睛红红的,不知是叫苞谷烧酒灌的,还是叫泪水辣的。

听老谷提到胡玉音,黎满庚眼睛发呆,表情冷漠,好一会儿没有吭声……"干妹子！不不,如今她是富农婆,我早和她划清了界限……苦命的女人……我傻！我好傻！哈哈哈……"黎满庚忽然大笑了起来,笑了几声,忽又双手巴掌把脸孔一抹,脸上的笑容就抹掉了,变成了一副呆傻、麻木的表情。"我傻,我傻……那时我年轻,太年轻,把世上的事情看得过于认真……没有和她成亲,党里头不准,其实……只要……"

"其实什么？你讲话口里不要含根狗骨头！"谷燕山睁圆眼睛盯着他,有点咄咄逼人。

"其实,其实,我和你大兵哥讲句真心话,我一想起她,心里就疼……"

"你还心疼她？我看你老弟也是昧了天良,落井下石……你、你为了保自己过关,心也够狠、手也够辣的啦！人家把你当作亲兄两人越喝越对路,越喝越来劲。

"满庚!你讲讲,李国香那婆娘,算不算个好货?一个饮食店小经理,摇身一变,变成了工作组组长,把我们一个好端端的芙蓉镇,搞得猫弹狗跳,人畜不宁!又摇、摇身一变,当上了县常委、公社书记……真不懂她身上的哪块肉,那样子吃香……搭帮红卫兵无法无天,在她颈脖上挂了破鞋,游街示众……"

谷燕山酒力攻心,怒气冲天,站起身子晃了几晃,一边叫骂,一边拳头重重地擂着桌子。桌子上的杯盘碗筷都震得跳起碎步舞来。

黎满庚把嘴里的狗骨头呸的一声朝地下一吐,哈哈哈大笑起来:

"那女人……不会跳'黑鬼舞',却会学狗爬……哈哈哈,她样子倒不难看,就是手头辣,想得到,讲得出,也做得出……当初,我当区政府的民政干事,他舅佬当区委书记硬要保媒,要把这骚货做把我……我那时真傻……要不,她今、今天,不就、不就困在我底下!我今、今天,最低限度也混、混到个公社一级……"

"你、你堂堂一个汉子不要泄气,骚娘儿们爬到男人头上拉屎撒尿,历朝历代都不多,你们大队秦癫子就和我讲、讲过,汉朝有个吕雉,唐朝有个武则天,清朝有个西太后……老弟,讲、讲句真心话,秦癫子这右派分子,不像别的五类分子那样可厌、可恶……"

"老谷,你一个老革命,南下干部,还和我讲这号话?你大兵哥真是大会小会,左批右批,都没有怕过场合……为了秦癫子,我可错……都是为了一个女人,最毒妇人心……喝起!这坛子烧酒算老子请客!"黎满庚喝干了酒,把空碗重重地朝桌上一蹾。

"女人?女人也分几姓几等。应该讲,天底下最心好的是女人,最歹毒的也是女人……你不要狗腿三斤,牛腿三斤,鸡把子也是三斤!来,筛酒,筛酒!"谷燕山把空碗伸了过去。

其时,两人都还只半醉半醒。黎满庚觉得自己差点就乱说三千了,连忙收了口。谷燕山则望着他,心里暗自好笑,这小子空口讲大话,搞浮夸。他明明已经收过了六十块钱,却夸口"这坛子烧酒算老子请客"!龟儿子,如今是谷大爷请你的客,谷大爷才是你老子!

他们一人一碗,相劝相敬,又互不相让地喝了下去。渐渐地,两人都觉得身子轻飘了起来,却又浑身都是力气,兴致极高,信心极大,仿佛整个世界都被他们踩到了脚下,被他们占有了似的。他们开始举起筷子,夹起肥狗肉朝对方的嘴巴里塞:

"老谷!我的大兵哥,这一块,你他妈的就是人肉,都、都要给我他妈的吃、吃下去!"

"满庚!我的小老表!如今有的人,心肠比铁硬,手脚比老虎爪子还狠!他们是吃得下人肉啊!……可、可是上级,上级就看得起这号人,器重这号人……人无良心,卵无骨头……这就叫革命?叫斗争?"

"革命革命,六亲不认!斗争斗争,横下一条心……"

"哈哈哈,妙妙妙!干杯,干杯!"

黑货"。

　　这年冬天,谷燕山听说大队秘书黎满庚的女人"五爪辣"烤出了一坛子点得燃火的苞谷烧酒,又养了一条十几斤重的黑狗,就在一个大雪纷飞的晚上,来到黎满庚家,一手交出六十块钱,要买下这坛子酒和这条黑狗,当夜就在黎家来个开怀痛饮,尽醉方休。而且由他做东,请黎满庚作陪。黎满庚近些年来也是倒霉,在吊脚楼主王秋赦手下当一名秘书,跑脚办事,听话受气。于是两人立即动手,用一个旧麻袋把黑狗装了,抬到芙蓉河边的浅水滩里,按入水中,将黑狗活活淹死。然后提回屋来,将生石灰撒在黑狗身上揉搓煺毛,不一会儿,黑狗就变成一条白白胖胖的肉狗了。立即架锅生火,把狗肉剁成三指大一块,先用茶油煎炒,再配上五香炖烂……

　　雪天打狗,历来为五岭山区人家一件美事,大人小孩无不雀跃鼓舞。正好这晚上黎满庚女人"五爪辣"又带着四个妹儿回娘家去了,任凭两条汉子胡喝一气,无人劝阻。谷燕山和黎满庚面对面地紧吃慢喝,来了豪兴。一个说,大兵哥,今晚上一定把你老酒桶灌醉;一个说,小老表,今晚上非敲烂你的酒坛子不可。开始他们用酒碗,嫌不过瘾,就换茶杯,又不过瘾,干脆换成饭碗。

　　"干!娘的干!老子这大半辈子还从来没有真醉过。自己也不晓得自己的酒量究竟有多大!"老谷举着酒碗,和黎满庚碰了碰碗,就一仰脖子咕嘟咕嘟喝干了底。

　　"喝起,对,喝起!我黎满庚这十多年,一步棋走错,就步步走嫩的声音在轻声问(大约是个奶气未尽的卫校实习生):"他是不是阴阳人? 有时变成女的,有时变成男的?"白大褂们就像听到了一句妙不可言的喜剧台词似的哈哈大笑了起来。笑声震得玻璃门窗都在沙沙作响。谷燕山真恨不得老天爷立即发生一次强级地震,把这些笑声连同自己都一起毁灭。

工作组呈报县委,鉴于谷燕山严重丧失阶级立场,长期助长乡镇资本主义势力,情节恶劣,影响极坏,建议开除他的党籍、干籍,清洗回老家劳动。但县委的一些老同志念及他是个南下干部,在这之前没有犯过别的错误,这次虽然认错态度不好,检讨不深刻,但还是要给出路,才决定给予党内严重警告、降薪一级处分,以观后效。

不久后,上级给芙蓉镇粮站派来了一个新的"一把手"。谷燕山虽然未被宣布免职,但实际上还是没有"下楼"。好在他本来就在楼上住着,早习惯了,也没有自杀。

无官一身轻。第二年就来了雨急风狂、浊浪滔天的"文化大革命"。谷燕山百事不探,借酒浇愁,逍遥于运动之外。他经常喝得半醉半醒,给镇上的小娃娃们讲故事,也尽是些"酒话"。什么青梅煮酒论英雄,关公杯酒斩华雄啦;花和尚醉打山门,拿吃剩的狗肉往小和尚嘴巴上涂啦;武松醉卧景阳冈,碰上了白额大虫啦;吴用智取生辰纲是在酒里放了蒙汗药啦;宋江喝醉了酒在浔阳楼题反诗啦,等等。古代的英雄传奇,大都离不开一个酒字,所以他讲也讲不完,娃娃们听也听不厌,也没有揭发他"贩卖封、资、修的他和新富农分子胡玉音是否长期私通鬼混,工作组经请示有关部门同意,在县人民医院对他进行了一次体格检查。这无异于受了一次刑罚。多少年来,老谷渴想成家立室,品尝天伦乐趣,都没有付出这个代价。这回是身不由己,劫数难逃。在一间雪白的屋子里,一间好像满世界的阳光都聚集在一起的、亮得眼睛都睁不开的屋子里,命令他赤身裸体,"暴露在光天化日之下"。由着一大群穿着白大褂、戴着大口罩的人们(后来他听说还有卫校实习的男女学生),挨着个儿来低着头看看,摸摸,捏捏,然后交换着眼色(各种各样的眼色啊)……他就像一匹被阉掉了的公马似的一动不动地躺在那里,浑身起着鸡皮疙瘩,冒着冷汗,打着冷颤。他像失去了知觉似的闭上眼睛,脑子里是一片冷寂的空白……平津战役时在天津附近,他被傅作义的部下射中了,大腿上流着血,棉裤都浸透了,他以为自己要死了,要与这行将胜利、解放的土地告别了,他脑壳里也是一片冷寂的空白……和这次一样。那一次他被战友救活了,没有死。在一个老大娘家养了四十几天伤,就又重返了部队。这一次当然也不会死……这次又是被谁的子弹射中的?谁的子弹?又是一个什么样的战场?反修防修,灭资兴无,党不变修,国不变色,千百万人头不落地。所以人人都要过关,人人都要从灵魂到肉体,进行一次由上而下、由表及里的检查。这样的战场,比过去拿枪打敌人要深广、复杂,也玄妙得多啦……不知过了多久,一个男护士朝他走来,叫他到外间去穿上衣服。门敞开着。他听见那些白大褂们在做着科学结论:"此人已丧失男性功能"。有个稚物,谁要置之不理谁该倒大霉、受大罪。于是立即由县革筹做出决定,把王秋赦提拔为全县活学活用标兵,首先请到县革筹机关来讲用、传授"早请示""晚汇报"仪式。接着又派出吉普专车一辆,配上三用机,到全县各条战线和各区、社去讲用,去传经授宝。王秋赦一跃而成为全县妇孺皆知、有口皆碑的人物……但这时,他头脑膨胀,忘乎所以,加上文化水平、政治阅历有限,估错了形势,他竟在各地讲用时,鹦鹉学舌地声讨走资派,连汤带水地批判开了业已靠边站了的原县委书记杨民高和原公社书记李国香……这一着棋,在吊脚楼主后来的政治生涯中造成了恶果。此是后话。

写到这里,笔者要申明一句:中国大地上出现的这场现代迷信的洪水,是历史的产物,几千年封建愚昧的变态、变种。不能简单地归责于某一位革命领袖。不要超越特定的历史环境去大兴魏晋之风,高谈阔论。需要的是深入细致的、冷静客观的研究,找出病根,以图根治。至于现代迷信的各种形式究竟始于何年何月,何州何府,倒不一定去做烦琐考证。芙蓉镇大队吊脚楼主王秋赦表演出来的一鳞半爪,权且留作质疑。

三 醉眼看世情

"北方大兵"谷燕山,如今成了芙蓉镇有名的"醉汉"。皆因那一年,为了查实他盗卖一万斤国库粮食的犯罪动机,也是为了证实秋赦大声宣布。整个会场的人立即依他所言,站了起来。

王秋赦接着做开了示范的姿态、动作,但见他立正站好,挺胸抬头,双目平视,看着远方,左手下垂,右手则手臂半屈,握着红宝书紧贴在胸口上,然后侧身四十五度,斜对着光辉形象,嘴里朗诵道:

"首先,敬祝我们最最敬爱的伟大领袖、伟大导师、伟大统帅、伟大舵手,我们心中最红最红的红太阳,万寿无疆!万寿无疆!万寿无疆!敬祝林副统帅身体健康!永远健康!永远健康!"

当王秋赦朗诵到"万寿无疆、万寿无疆"、"永远健康、永远健康"时,他手里的红宝书便举平头顶,打着节拍似的来回晃动,来回晃动。……王秋赦在向群众传授了这套崇拜仪式之后,真是豪情澎湃,激动万分,喉咙嘶哑,热泪盈眶。他觉得自己无比高大,无比自豪,无比有力量。他就像个千年修炼、一朝得道的圣徒,沉湎在自己的无与伦比的幸福、喜悦里。这时刻,你就是叫他过刀山,下火海,抛头颅,洒热血,他都会在所不辞……接着他还发表了热情的讲演,号召贫下中农、革命群众、干部立即行动起来,家家户户做忠字牌,设宝书台。每个生产队都要搞"早请示""晚汇报",为把芙蓉镇大队办成红彤彤、亮堂堂的革命化大学校而努力……这回可是苦了黎满庚,他举着光辉形象,手痛了,腿酸了,可一动都不敢动:忠不忠,看行动。

芙蓉镇大队支书王秋赦从北方取回的这本真经,不几天就由公社革筹小组汇报给了县革筹领导小组。县革筹负责人政治嗅觉十分灵敏,懂得这是"无产阶级文化大革命"中涌现出来的最新事海、国内国外都去学习。人家的宝贵经验一套又一套，千条又万条。比方记政治工分，办政治夜校。比方贫下中农管学校、管供销、管卫生、管文化、管体育，取消自留地，取消集市贸易等等。千条万条，突出政治第一条！阶级斗争是根本，'老三篇'天天读是关键，忠于领袖是标准。这些经验里头，最最重要的一项，是六个字：'三忠于'、'四无限'。什么叫做'三忠于'、'四无限'？我们芙蓉镇是个大山里的深沟沟，大家都没有听过，更没有见过。我这回取了经回来，可以讲给大家听，做给大家看，大家都要学。学会了都要照着做，要搞'早请示'、'晚汇报'。"

社员们越听越新鲜，也越听越觉得神奇。王秋赦讲到这里，停了一停。他回过头去看了一眼戏台的正墙上空无一物，便十分气愤地责问黎满庚："怎么搞的？台上为什么不挂光辉形象？快去取一幅光辉形象来！小学校里就有，越快越好！当秘书的人，这种大事都不预先准备好！"

黎满庚晓得事关重大，立即纵身跳下戏台，奔往小学校去了。王秋赦则继续沙哑着嗓音，详详细细地给大家讲解着"三忠于"、"四无限"的内容，讲解着"早请示"、"晚汇报"的仪式程序。不一会儿，黎满庚就一头汗、一身灰、气喘吁吁地双手举着一幅光辉形象回来了。因为现场等着急用，又临时找不到浆糊、图钉，王秋赦就命黎满庚双手举着光辉形象，规规矩矩、恭恭敬敬地在戏台中央站定。

"现在，请同志们都手捧红宝书，面向红太阳，统统站起来！"王格的主席台。黎满庚秘书则站在煤气灯下,一个一个生产队地喊着队长们的名字,清点参加大会的队别人数。直到路途最远的一个生产队的人马都进了场,黎秘书才宣布大会开始,由地、县农业参观团成员、大队党支部王秋赦书记给贫下中农、革命群众传经授宝。

在一派热烈的掌声中,王秋赦气度庄重地站到了台前,矜持地朝大家招了招手,点了点头。直等巴掌声停歇下来后,他才以沙哑的声音,开口说话:

"贫下中农同志们,革命的同志们!听了广播通知,大家来开大会,你们都带了红宝书来没有?"

出语不凡,台下立即响起了一片摸索口袋的窸窣声。接着有很多人响亮地回答:"带了!带了!""我们还是大语录本!""强烈要求大队给每个社员发本袖珍本!"

"好!现在,带了红宝书的,都请举起来!"王秋赦目光扫视着整个会场。社员们纷纷把红宝书举过了头顶。"好!这就是红海洋!今后,我们要养成习惯,无论出工收工,大会小会,红宝书都要随身带!这叫做身不离红宝书,心不离红太阳!唱歌要唱语录歌,读书要读红宝书!"

王支书的几句开场白,一下子使得整个会场鸦雀无声,呈现出一种庄严肃穆的气氛。

"这次,我光荣地参加了地、县农业参观团,到北方取经,上下几千里,来回个多月。人家是全国的红旗,农业的样板。五湖四汽车站、机关、学校都在搞……"

王秋赦的话,立即把满屋的人都吸引住了。这真是山里人见所未见,闻所未闻。

"你这本真经,安排什么时候给干部群众贯彻、传达?"黎满庚也兴致颇高地问。

"革命不等人,传达不过夜!我看这回也不搞'先党内后党外'、'先干部后群众'那老一套了。"王秋赦沙着喉咙,当机立断地对黎满庚布置开了工作,"老黎,你去大队部放广播,立即在圩场坪里开大会,社员群众都要带红宝书,五类分子和他们的家属不准参加!"

"你路上辛苦了,又刚喝了酒,是不是改天……"黎满庚迟疑着没有动身。

"黎秘书!政治大于一切,先于一切!传达不过夜。通知每个人都带红宝书!"王秋赦眼睛直瞪着黎满庚,威严地重复着自己的命令。

一个多钟头后,圩场坪古老的戏台上,悬挂着雪白通亮的煤气灯。戏台下是一片黑压压的人头,一片星星点点的火光。那是社员群众在吸着烟斗、纸烟,或是"喇叭筒"。近些年来,山里人也习惯了闻风而动,不分白日黑夜,召之即来,参加各种紧急、重要的群众大会,举行各种热烈欢呼、衷心拥护某篇"两报一刊"社论发表、某项"最新指示"下达的庆祝游行……王秋赦支书在几位大队干部的随同下,登上戏台,在两排长条凳上一一就座。这是大队一级规多少条"最高指示"啦,画下了多少幅光辉形象啦,等等。

"可是,我看镇里群众的思想有些乱啊。"王秋赦严肃地看了黎满庚一眼,"突出政治不够!刚才就有人在这里把我到北方取经,比作唐僧去西天取经,气人不气人?还有人讲全国的农业红旗不需要买化学肥料,每天一万多人参观学习,拉下的屎尿就会把苞谷、麦子肥倒,好笑不好笑?这话虽然都是从贫下中农的嘴巴里讲出来的,但有没有五类分子、阶级敌人在背后煽阴风?这是阶级斗争的新动向!我们不斗阶级敌人,阶级敌人可在斗我们。"

王秋赦讲一句,黎满庚点一下头。陪坐在他们身边的人则有的跟着点头,有的则挤眉眨眼暗自发笑。

"支书老王,你这回取了什么宝贵经验回来?"黎满庚毕竟听不惯王秋赦的这本阶级斗争歌诀,便岔开话题问。

"什么经?丰富得很,够我们这些人几辈子受用。其中有一项,是大家从没听过、见过的!我要不是这回去开了眼界,硬是做梦都想不出呢!"王秋赦又呷了一口红薯酒说。

"呵呵,王支书,快讲把大家听听!"黎满庚陪着端了端酒杯,嚼了两粒花生米。

"叫'三忠于'、'四无限',整整一套仪式!"说着,王秋赦站起身来,双目炯炯,兴致勃勃,右手从口袋里拿出了一本红宝书,紧贴着放到胸口上,仿佛立时进入到了一个神圣的境界,连他头上都仿佛显出了一圈圣灵的光环。"人家的经验千条万条,突出政治是第一条,一早一晚都要举行仪式,叫做'早请示'、'晚汇报'。火车上、

"全国的典型,头面红旗,国家当然会保证供应。"王秋赦不晓得这青皮后生问话的用意,"话讲回来,人家主要依靠自力更生……"

"我算了一下,每天一万人参观、取经、学习,就算每人只住一晚,每人屙一次屎、撒两泡尿,一万人每天要留下多少人粪尿?那大队才八九百亩土地,只怕肥过了头,会清风倒伏,不结谷子只长苗,哪里还要什么化学肥料!"

青皮后生的话,引得吊脚楼里的人都哈哈大笑。

王支书正要正言厉色,把这出身虽好但思想不正的青皮后生狠狠教训一顿,却见大队秘书黎满庚进楼来了。依黎满庚的错误,"四清"运动中工作组本要开除他的党籍,后因他主动交出了替新富农婆胡玉音窝藏的一千五百元赃款,认错、认罪态度较好,才受到了宽大处理,保留了党籍,降为大队秘书。

"黎秘书!怎么这时刻才来?被你婆娘拖得脱不开身?你再不来,我就要打发人去请啦!"王秋赦满面红光,并不起身,拿腔拿调地说。他指了指旁边的一张凳子,倒了一杯红薯酒:"我到北方去了个把月,镇里没有出过什么事吧?"

黎满庚如今成了王秋赦的下级。可他从前是十分看不起王秋赦这吊脚楼主的。所以这位置一上一下的变动,他总感到不舒服、不适应。但他又不能不当干部。他已经不是十多年前的那个头脑单纯的复员军人了,而是个有家有室的人。他向王支书简单汇报了一下本镇大队近一月来的工作,比如各生产队举行"天天读"的情况啦,有多少社员能背诵"老三篇"了啦,村头路口,又刷写下了

"你老人家这回出远门,见了大世面,取经得宝,可要给我们传达传达!"

"人家是农业的红旗,全国都要学习,经验一套又一套。我学习回来,当然要给大家传经送宝,把我们芙蓉镇也办成一个典型!"

"一朝一法。从前唐僧骑匹白马,到西天取经,只带了孙悟空、猪悟能、沙悟净三个徒弟,经了九九八十一难……如今我们王支书去北方取经,是机械化开路,而且成千上万的人都去,五湖四海的人都去……"

"什么?什么?你老伯喝了红薯烧酒讲酒话,怎么拿唐僧上西天取经来打比,那是封建迷信,我们这是农业革命!你这话要叫上级听去了,嘿嘿……"

"王支书,天下那么大,我们芙蓉镇地方只怕算片小指甲……"

"天下大,我们芙蓉镇也不小,而且很重要。这回全县去取经的人里,就只三个大队一级的领导……"

对于这些热情的问候、赞誉,王秋赦笑眯眯地品着红薯酒,嚼着香喷喷的油炸花生米,沙哑着喉咙一一予以回答。

"王支书,听讲从全国各地,每天都有上万人到那地方去参观学习?"这时,有个青皮后生插进来问。

"对啊,天南海北,云南、新疆、西藏的少数民族,都去学习。学校、礼堂、招待所都住得满满登登的。光那招待所,就恐怕有我们芙蓉镇青石板街这样长。"王秋赦回答。

"那,他们还用不用化肥?"青皮后生又问。

手拿袖珍红宝书,举平头顶不停地晃动着。他这动作,大家一看就晓得是从电影里向副统帅学下来的。他嘴里还琅琅有声、合着节拍地喊着:"红太阳,万岁!红太阳,万岁!红太阳,万万岁!……"据说县革委派了专车到火车站去迎接。他坐上吉普车后,在一百多里的归途中,嘴里也一直呼喊着"万岁,万万岁"。吉普车开进县革委会,主任、副主任来接见,握手,他口里轻轻呼喊的也是"万岁,万万岁"。在县革委吃过中饭,吉普车一直把他送到芙蓉镇,口里也没离"万岁,万万岁"。只是他的声音已经沙哑了,伤了风。

冬天的日头短。天黑时分,吊脚楼里灯火通明。本镇大队的干部、社员们,有来请安道乏的,有来汇报情况、请示工作的,也有纯粹是来凑凑热闹、看个究竟的。人们走了一批又来一批。还有户人家因女儿等着大队推荐招工,把一大缸新烤的红薯烧酒和几样下酒菜都贡献了出来,摆在吊脚楼火塘边上的八仙桌上,给王支书接风洗尘。王支书也兴致极高,忘掉了旅途劳顿,凡本镇干部、贫下中农来看望他的,他一定让陪他喝上一小杯红薯酒。至于中农、富裕中农,他就只笑着点点头,算打个招呼。于是,够得上喝红薯烧酒资格的人们,就纷纷举起酒杯,借花献佛,热烈庆贺王支书北方取经胜利归来:

"王支书!听讲你老人家坐了专车又坐专列,还吃了专灶,上下几千里,来去一个月,只差没坐飞机了!"

"是啊,是啊,这回只差没有坐飞机。不过,听讲坐飞机不安全,怕三个轮子放不下。如今领导人都兴坐专车、专列……"

坐的专列。什么叫专车、专列？山镇居民们没有出过远门，只好又去询问铁帽右派秦书田。铁帽右派喝劳动人民血汗读了那么多书，见了那么多世面，好像什么都懂。他有责任、有义务回答大家的问题。他说，专车一般是指专供首长单独乘坐的小卧车，也泛指重要会议包乘的大轿车。过去讲看老爷看轿子，轿子有爵位品级，从龙凤御驾到一品当朝，到七品县官，都有讲究。如今看首长看车子，也分三等九级。县一级领导坐的是黄布篷篷的吉普车。"听听这家伙，茅坑里的石头又臭又硬！问他个事，他就以讲授知识为名，总是不忘攻击社会主义！"有人大声斥责，及时指出。"不懂的，你们又爱问。我一讲，又是诬蔑加攻击。唉唉，今后还是你们不懂的莫问，我懂的莫讲，免得祸从口出……"秦书田苦着眉眼，做出一副可怜巴巴的相。"那专列呢？哪样的车叫专列？"还是有人问。秦书田只好又回答，专列是火车，一列客车十一节车厢本来可以坐一千多旅客。为了保证像林副统帅这些伟人的行动方便和安全，这种编成专列的火车只坐首长和工作人员、医务人员、警卫人员。可以在火车上办公、开会、食宿。车站道口、交通枢纽、桥梁隧洞，都为它开绿灯。来往车辆都要让路、回避……后来把某些重要参观团、会议代表包乘的列车，也称为专列。所以这一回，本镇大队支书王秋赦去北方取农业真经，坐上了专车、专列，就不是一般的规格，享受到了省革委头头一级的待遇呢。

芙蓉镇上的居民们还听说，王秋赦支书在地区一下火车，就面对着前来欢迎参观团取经归来的革命群众，面对着鼓乐鞭炮彩旗，来自己也被整。佛家叫"因果报应","循环转替"。

一九六八年底县革命委员会成立时,李国香的政治派属问题终于搞清楚了,恢复了她一贯就是革命左派的身份,被结合为县革委常委、公社革委会主任。她原是不应当有什么怨言、牢骚的。她自己不就在历次政治运动的动员会上指出过:在运动初期,广大群众刚刚发动起来的时候,是难免有点过火行动的,问题在于如何控制、引导。不能去吹冷风,泼冷水。何况这是场"史无前例"的"无产阶级文化大革命",更是难免出现"左派打左派、好人打好人"之类的小小偏差呢。

二 "传经佳话"

奇特的年代才有的奇特的事。但这些事的确在神州大地、天南海北发生过,而且是那样的庄严、神圣、肃穆。新的时代里降生的读者们一定会觉得不可思议,视为异端邪说。然而这正是我们国家的一页伤心史里的支流末节。

芙蓉镇大队党支部书记王秋赦参加地、县农业参观团,迢迢千里从北方取经回来,这在偏僻的五岭山脉腹地里真是算得一件石破天惊的大事。听说参观团从县里出发到地区所在地集中时,坐的是扎了红绸、插了彩旗的专车,一路上都是鞭炮锣鼓相送。从地区所在地的火车站出发时更是举行了隆重的欢送仪式。来去都是

红卫兵小将们偏偏不放过她,偏偏要把她归入牛鬼蛇神的行列:

"站住!你哪里去?"

"你这破鞋!向后——转,目标门口,正步走!"

一个女红卫兵手里呼呼地挥转着一根宽皮带,在后边逼住了她。她怕挨打,赶快退到了门边,脸上挤出了几丝丝笑容:"小将、战友、同志!我、我饱了,不加饭了!"

"鬼跟你是'同志','战友'!饱了?你饱了?你刚才为什么那样威风?你向谁示威?向谁挑战?你以为你比旁的牛鬼蛇神高贵?现在,不管你加不加饭,我们都要勒令你,从这门口,向那窗口,学秦右派的样,跳一段'黑鬼舞'给大家看看!"

"对!就要她这'战友'跳!就要她这'战友'跳!"

"你看她瓜子脸,水蛇腰,手长脚长,身段苗条,是个跳舞的料子!"

"她不跳就叫她爬,爬一段也可以!"

红卫兵小将们叫闹了起来。不知为什么,这些外地来的小闯将,这些好玩恶作剧的"飞天蜈蚣",特别看不起这个女人,也特别憎恨这个女人。

"小将、战友、同志们,我实在不会跳,我从来没有跳过舞……你们不要发火,不要用皮带抽,我爬,我爬,爬到那窗口下……"

李国香含着辛酸的泪水,爬了下去,手脚并用,像一条狗。

连续地向左转,事物走向了自己的反面。以整人为乐事者,后讨厌的积极主动。他把"黑鬼舞"的基本动作、要领重新问了一遍,又在心里默想了一回,便看也不看大家一眼,跳了起来。但见他:一手举着饭钵,一手举着筷子,双手交叉来回晃动,张开双膝半蹲下身子,两脚一左一右地向前跳跃,嘴里则合着手足动作的节拍,喊着:"牛鬼蛇神加钵饭,牛鬼蛇神加钵饭,牛鬼蛇神加钵饭……"

这可把红卫兵小将们乐坏了,拍着巴掌大声叫好。围观的社员们也忍不住哈哈大笑。"秦癫子,再来一次!""秦癫子,你每天跳三次,就算改造好了,给你摘帽!"

五类分子们却叫秦癫子的"舞蹈"吓傻了。有的脸色发青,像刚从坟地里爬出来的;有的则低下头转过身子,生怕被小将们或是革命群众点了名,像秦癫子那样地去跳"黑鬼舞"。但谁都没有张皇失措,更没有哭。这些家伙是茅坑里的石头,又硬又臭,早已经适应惯了各式各样的侮辱了。他们哪里还晓得人间尚有"羞耻"二字!

食堂大师傅没有笑,而是看呆了。啊啊,"文化大革命",有红宝书、语录歌、"老三篇"天天读、破"四旧"、打菩萨、倒庙宇、抄家搜查,还有这种"黑鬼舞"……这就是新文化?这就是新思想,新风俗,新习惯?大师傅大约是心肠还没有铁硬,思想还没有"非常无产阶级化",他在往秦书田的钵子里头扒饭时,双手在发抖,眼里有泪花。

这天,李国香的肚子实在太饿了。她等红卫兵小将和革命群众笑闹的高潮过去后,就端了空饭钵径直朝窗口走去。她就像要以此举动来表示自己和真正的右派、黑五类们相区别似的。可是那是什么样的年月？一切真善美和假恶丑、是与非、红与黑全都颠颠倒倒光怪陆离的年月，牛肝猪肺、狼心狗肚一锅煎炒、蒸熬的年月。正义含垢忍辱、苟且偷生，派性应运而生、风火狂阔。

这时芙蓉河上正在架设着一座石拱大桥，芙蓉镇快要通汽车了。五类分子、牛鬼蛇神都被押到拱桥工地上去出义务工，抬片石，筛沙子。工地上供一顿中饭。李国香死也不肯和新富农婆胡玉音共一个铁筛筛沙子，更不肯和老右派秦书田共一根扁担抬片石。她宁可咬着牙齿搞单干，背片石上脚手架。她时时刻刻注意着自己的身份，即便在坏人堆里，黑鬼群中，自己也是个上等人。总有一天会澄清自己的政治分野、左右派别。

中饭按规定每人三两，这是牛鬼蛇神的定量。太阳大，劳动强度大，汗水流得多，三两米加一勺子辣椒茄子或是煮南瓜怎么够？下午干活又不能偷懒，黑鬼们纷纷要求加饭。只有胡玉音历来食量小，三两米尽够了。李国香则因过去很少参加体力劳动，如今是饭量跟着劳动量猛增，吃下三两米还觉得肚子饿得慌。监督他们劳动的红卫兵小将，想出了一个惩治这些社会渣滓的办法：加饭是可以，但必须从食堂工棚门口到食堂窗口，大约十五米的距离，跳一段"黑鬼舞"，并把"黑鬼舞"的基本动作、姿态要领讲解了一遍。

"秦书田！划右派前你当过州立中学的音体教员，又做过歌舞团的编导。现在，由你来给你的同类们做一次示范。"

秦书田这铁帽右派得到小将们的命令，立即站到了工棚门口。对于这一类的表演，他从来不迟疑，还显出一种既叫人嬉笑又令人那天随同李国香一起挂了黑牌游街的,有全镇的黑五类。当镇上的五类分子们发现李国香也加入了他们牛鬼蛇神的队伍时,那一颗颗低垂着的花岗岩脑壳,那一双双盯着脚下青石板的贼溜溜的眼睛,鬼晓得是在想些什么,呈现出一些什么样的表情。只有铁帽右派秦书田回过头来望了李国香一眼。四目相视,立即碰出了火星子来。秦书田射过来的目光里含有嘲弄、讥讽的针刺;李国香回击过去的目光是寒光闪闪的利剑。只有两秒钟,秦书田就把目光缩回去了,转过身子继续朝前走了。真正的阶级敌人、右派分子退却了,因为红卫兵的铜头牛皮带已经呼啸了过来。李国香好伤心啊,颈脖上除了黑牌子还吊了一双破鞋……

"红卫兵小将、战友、同志!肯定是闹误会了。"她一次又一次地找红卫兵们申辩、解释,"我怎么会和他们五类分子、牛鬼蛇神搞到一起?我从来就没有当过右派。一九五七年,我在县商业局搞专案抓右派。五九年,我参加县委反右倾。六四、六五两年,我是工作组组长,揪五类分子,抓新富农,斗老右派……我从参加革命工作起,就是个左派,真正的左派!所以小将、战友、同志们,你们抓我,肯定是闹误会了,是新左派抓了老左派……"

"哈哈!她妈的,破鞋!不要脸!你还有口讲什么左派?我们批斗反革命修正主义分子,是新左派抓了你老左派?恶毒诬蔑,疯狂反扑!"

红卫兵莽莽撞撞,头脑膨胀,一口北方腔,用牛皮带抽得李国香这个自封的"真正的左派"有口难言,一时无从申辩。

芙蓉镇被列为全县乡镇革命化的典型，李国香则成为"活学活用政治标兵"。不久，因革命需要年轻有为的女闯将，她被提拔担任了县委常委兼公社书记。为了巩固"四清"成果，她大部分时间仍住在芙蓉镇供销社的高围墙里。

可是没出半年，她在县常委、公社书记的靠背椅上屁股还没有坐热，一场更为迅猛的大运动，洪水一般铺天泼地而来。李国香惊惶不安了几天，但立即就站到了这场新的大运动的前列，领导运动主动积极。首先在芙蓉镇抓出了税务所长等几个"小邓拓"，把"小邓拓"和五类分子们串在一起，绕着全镇大队进行了好几次"牛鬼蛇神大游斗"。但她还是没有把本公社、本镇运动的舵把稳，还是有人跳出来捣乱、造反，糊她的大字报。她查出了供销社主任、信用社会计是"黑后台"，就又立即组织王秋赦这些革命干部、群众反击了过去，抓出了好几个"假左派，真右派"。你死我活、如火如荼的阶级大搏斗啊，谁稍事犹豫，谁心慈手软，谁就活该被打翻在地，被踏上一万只脚。可是，在全国上上下下大串连、煽风点火的红卫兵小将，就像天兵天将似的突然出现在芙蓉镇上。真是无法无天啊，仗着中央首长支持他们，踢开党委闹革命，把小小的芙蓉镇也闹了个天翻地覆。口号是"右派不臭，左派不香"。他们竟然对李国香进行了一次突击搜查。不搜则已，一搜叫小将们傻了眼，红了脸。没有结过婚的女书记的床上竟有几件男子汉用的不可言传的东西。小将们接着怒气填膺，把一双破鞋挂在李国香颈脖上，游街示众！

免了浪费;圩场治安委员会有了一点经济收入做活动经费;每位佩黄袖章的成员在一圩奔走争吵之后,分点时鲜山货、水产改善生活。过去当乡丁还有点草鞋钱呢。当然王秋赦主任也没有忘记,每圩都从收缴上来的物资中送些到公社食堂去,给李国香书记改善生活。后来圩场管理委员会更名为"民兵小分队",威信就更加高,权力就更加大。资本主义的浮头鱼们,贩卖山货、水产的小生产者们,见了民兵小分队就和老鼠见了猫一样,恨不得化作土行孙钻入地缝缝里去躲过"对资产阶级的全面专政"。但民兵小分队的队员们有时黄袖章并不佩在手臂上,而是装在口袋里搞微服私访,一当拿着了赃物,才把黄袖章拿出来在你眼前一晃:哈哈,狐狸再狡猾逃不过猎人的眼睛,资本主义再隐蔽逃不出小分队的手掌心!"违禁物品"被查缴、没收后,物主一般不敢吭声,一顽抗就扣人,打电话通知你所在的生产队派民兵来接回……久而久之,有些觉悟不高、思想落后的山里人,就背地里喊出了一个外号:"公养土匪",真是脑后长了反骨呢。

芙蓉镇上还有一项小小的革命化措施值得一提,就是罚铁帽右派秦书田和新富农寡婆胡玉音每天清早,在革命群众起床之前,打扫一次青石板街。

然而历史是严峻的。历史并不是个任人打扮的小姑娘。当代的中国历史常有神来之笔出奇制胜,有时甚至开点当代风云人物的玩笑呢。

离不脱……啊呀,供销社主任也不是个好东西,资本家的女婿,还管我们镇上的商店哩!下回若还吵架,就指着鼻子骂他资本家的代理人、狗腿子!再比如镇信用社会计,在一次交心会上讲到自己虽然是个城市贫民出身,但解放前被抓过壮丁,当过三年伪兵。于是镇上的人们就给他起了个野名:伪兵会计……如此等等。镇上有人编了个歌谣唱:"干部交心剥画皮,没有几个好东西,活农民管死地主,活地主管我和你!"

芙蓉镇的圩期也有变化,从五天圩改成了星期圩,逢礼拜天,便利本镇及附近厂矿职工安排生活。至于这礼拜天是怎么来的,合不合乎革命化的要求,因镇上过去只信佛经而不知有《圣经》,因而无人深究。倒是有人认为,礼拜天全世界都通用,采用这一圩期,有利于今后世界大同。镇上专门成立了一个圩场治安委员会,由"四清"入党、并担任了本镇大队党支书的王秋赦兼主任。圩场治安委员会以卖米豆腐发家的新富农分子胡玉音为黑典型,进行宣传教育,严密注视着资本主义的风吹草动。圩场治安委员会下拥有十位佩黄袖章的治安员,负责打击投机倒把,查缴私人高价出售的农副产品、山货水产,没收国家规定不准上市的一、二、三类统购统销物资。这一来,圩场治安委员会的办公室里,每一圩都要堆放着些查缴、没收来的物品,如鲜菇、活鱼、石蛙、兽肉之类。这类东西又不能上交国库,去增加国民经济总收入。开初时确也烂掉、臭掉一些,颇为浪费。后来渐渐地悟出了一个办法:凡查缴、没收上来的违禁物资,一律做劣质次品削价处理。这一来一举三得:避位优于贫农,贫农的地位优于下中农,下中农的地位优于中农,中农的地位优于富裕中农,依此类推,三等九级。街坊邻居吵嘴,都要先估量一下对方的阶级高下,自己的成分优劣。只有十多岁的娃娃们不知利害,不肯就范。但经过几回鼻青额肿的教训后,才不再做超越父母社会级别的轻举妄为。小小年纪就晓得叹气:"唉,背霉!生在一个富裕中农家里,一开口人家就讲我爷老倌搞资本主义,想向地主富农看齐!""你还不知足?你看看那些地富子女,从小就是狗崽子,缩得像乌龟脑壳!""祖宗作恶,子孙报应,活该!""唉,我爷老倌是个贫下中农就好了,这回参军就准有我哥的份儿!""你晓得?贫下中农里头也还有蛮多差别呢,政治历史清不清白,社会关系掺没掺杂,五服三代经不经得起查……"

至于"干部历史真相大白",就更是兴味无穷了。运动中工作组曾有个规定,就是每个干部都要向党组织和本单位革命群众交心,"过社会主义关"。比方原来大家对镇税务所所长都比较尊敬,是位打过游击的老同志。但他在交心时,讲出了自己出生在官僚地主家庭,参加游击队前和家里的一个使女通奸过,参加革命后再没有犯过类似的错误……天啊,税务所长原来是个这样的坏家伙,老实巴交的样子,玩女人是个老里手!下回他要催个什么税,老子先骂他个狗血喷头!比如镇供销社主任就在诉苦大会上啼啼哭哭,自己虽然出身贫苦,祖祖辈辈做长工,当牛马,但翻身忘本,解放初讨了个资本家的小姐做老婆,没保住穷苦人的本色,家庭和社会关系都复杂化,又已经矮子上楼梯样的生了五个娃娃,想离婚都彩旗一面,斜插在各自临街的阁楼上,无风时低垂,有风时飘扬,造成一种运动胜利、成果丰硕的气氛。还有个规定,镇上人家一律不得养狗、养猫、养鸡、养兔、养蜂,叫做"五不养",以保持街容整洁、安全,但每户可以养三只母鸡。对于养这三只母鸡的用途则没有明确规定,大约既可以当作"鸡屁股银行"换几个盐油钱,又好使上级干部下乡在镇上人家吃派饭时有两个荷包蛋。街上严禁设摊贩卖,摊贩改商从农,杜绝小本经营。

以上是街容的革命化。更深刻的是人和人的关系的政治化。镇上制定了"治安保卫制度",来客登记,外出请假,晚上基干民兵查夜。并在街头、街中、街尾三处,设有三个"检举揭发箱",任何人都可以朝里边投入检举揭发材料,街坊邻居互相揭发可以不署名,并保护揭发人。知情不报者,与坏人同罪。检举有功者,记入"居民档案",并给予一定的精神和物质奖励。"检举揭发箱"由专人定期开锁上锁。确立了检举揭发制度后,效果是十分显著的,每天天一落黑,家家铺面都及早关上大门,上床睡觉,节省灯油,全镇肃静。就是大白天,街坊邻居们也不再互相串门,免得祸从口出,被人检举,惹出是非倒霉。原先街坊们喜欢互赠吃食,讲究人缘、人情,如今批判了资产阶级人性论、人情味,只好互相竖起了觉悟的耳朵,睁大了雪亮的眼睛,警惕着左邻右舍的风吹草动。原先是"我为人人,人人为我"。如今是"人人防我,我防人人"。

再者,如今镇上阶级阵线分明。经过无数次背靠背、面对面的大会、中会、小会和各种形式的政治排队,大家都懂得了:雇农的地

第三章　街巷深处
（一九六九年）

一　新风恶俗

"四清"运动结束后,芙蓉镇从一个"资本主义的黑窝子"变成为一座"社会主义的战斗堡垒"。深刻的变化首先从窄窄的青石板街的"街容"上体现出来。街两边的铺面原先是一色的发黑的木板,现在离地两米以下,一律用石灰水刷成白色,加上朱红边框。每隔两个铺面就是一条仿宋体标语:"兴无灭资"、"农业学大寨"、"保卫'四清'成果"、"革命加拚命,拚命干革命"。街头街尾则是几个"万岁",遥相呼应。每家门口,都贴着同一种规格、同一号字体的对联:"走大寨道路","举大寨红旗"。所以整条青石板街,成了白底红字的标语街、对联街,做到了家家户户整齐划一。原先每逢天气晴和,街铺上空就互搭长竹竿,晾晒衣衫裙被,红红绿绿,纷纷扬扬如万国旗,亦算本镇一点风光,如今整肃街容,予以取缔。逢年过节,或是上级领导来视察,兄弟社队来取经,均由各家自备想开些,要爱惜你自己,日子还长着呢……"

"我不要你跑到这地方来怜惜我……昏天黑地的,你是坏分子,右派……"

"姐子……黎桂桂被划成了新富农,你就是……"

"你造谣!哪个是新富农?"

"我不哄你……"

"哈哈哈!我就是富农婆!卖米豆腐的富农婆!你这个坏人,你是想吓我,吓我?"

"不是吓你,我讲的是真话,铁板上钉钉子,一点都不假。"

"不假?"

"乌龟不笑鳖,都在泥里歇。都是一样落难,一样造孽。"

"天杀的……富农婆……姓秦的,都是你,都是你!我招亲的那晚上,你和那一大班妖精来反封建,坐喜歌堂……败了我的彩头,喜歌堂,发灾堂,害人堂……呜呜呜,呜呜呜,你何苦收集那些歌?何苦反封建?你害了自己一世还不够,还害了桂桂,还害了我……"

蜡烛点火绿又青,烛火下面烛泪淋,
蜡烛灭时干了泪,妹妹哭时哑了声。

蜡烛点火绿又青,陪伴妹妹唱几声,
唱起苦情心打颤,眼里插针泪水深……

秦癫子真是个癫子,竟坐在坟堆上唱起他当年改编的大毒草《女歌堂》里的曲子来了。

看中了这块风水宝地,都在这里找到了三尺黄土安息。

"桂桂!你在哪里?你在哪——里——"

月黑风高,伸手不见五指。上千个土包包啊,分不清哪是旧坟,哪是新坟。

"桂——桂!你在哪里?你答应我呀——,你的女人找你来了呀!——"

胡玉音凄楚地叫喊着,声音拖得长长的,又尖又细。这声音使世界上的一切呼叫都黯然失色,就像黑暗里的绿色磷火,一闪一闪地在荒坟野地里飘忽……胡玉音一脚高,一脚低,在坟地里乱窜。她一路上都没有跌倒过,在这里却是跌了一跤又一跤。跌得她都在坟坑里爬不起来了。仿佛永生永世就要睡在这坟坑里了……

"芙蓉姐子!你不要喊了,不要找了,桂桂兄弟他不会答应你了!"

不晓得过了多久,有人在坟坑里拉起了她。

"你是哪个?你是哪个?"

"我是哪个?你……都听不出来?"

"你是人还是鬼?"

"怎么讲呢?有时是鬼,有时是人!"

"你、你……"

"我是秦书田,秦癫子呀!"

"你这个五类分子!快滚开!莫挨我,快滚开!"

"我是为了你好,不怀半点歹意……芙蓉姐子,你千万千万,要厮敬,相好得过了头,把'子路'都好断了……也该像别的人家那样,吵吵架,骂一骂……唉唉,桂桂呀,桂桂!你怎么不讲话?你总是皱着副眉头,有什么不高兴的?你是怪我不该卖米豆腐,不该起了那栋发灾的新楼屋?为这事,我们争了嘴,我还用筷子头戳了你一下,因为你竟想贱价卖掉它……"

胡玉音在黑夜里奔跑着。她神志狂乱,思绪迷离。世界是昏昏糊糊的,她也是昏昏糊糊的。她都记不起回来的路上她坐没坐渡船,谁给她摆的渡。她跑啊,跑啊。她仿佛在追赶着前面的什么人。前面的那个人跑得真快,黎桂桂跑得真快,她怎么也追不到他的跟前去了。"桂桂!没良心的,你等等我!等等我!"她大喊大叫了起来,"我还有话和你讲,我的话还只讲了一小半,顶顶要紧的事都还没有和你打商量……"

她身后,仿佛有人在追赶她,脚步响咚咚的,不晓得是鬼,还是人。她顾不上回过头去看,她追上自己的男人要紧。听人讲鬼走路是没有脚步声的,那就大约是人。他们还来追赶什么?胡玉音什么都没有了,什么都没有了!只剩下四两命。难道四两命都不放过,还要拿去批,拿去斗,拿去捆?我要和桂桂在一起,和桂桂在一起……你们就是捉到了我,捆住了我的手脚,我也会用牙齿咬断麻索、棕绳……

她终于爬上了坟岗背。人家讲这里是一个鬼的世界,她一点都不怕。从古至今,镇上的子孙们在这里堆了上千座坟。好鬼,冤鬼,长寿的,短命的,恶的,善的,男的,女的,上天堂、下地狱的,都对不对？解放前我们镇上只演过影子戏、花灯。我还记得,幻灯片放的是《小二黑结婚》。片子上那一对青年男女长得真好看。他们为了自由对象,晚上在树林子里会面,还被村公所的坏人捆起来送到区政府去呢。看着,看着,我的身子就紧紧挨着你。你看,那才叫封建呢,父母要包办,媒婆要说亲,村干部随便捆人。啊啊,还是我们生在新社会里好,没有封建,男的女的坐在一起,没有人来捆。那天场子上真黑,天上星子都没有一颗。我记得你看着看着,就把手搂在我的腰上了。但你马上又怕烫似的要缩回手去,可叫我把你捉住了,还轻轻拍了你一下。搂着就搂着,我是你的女人,你是我的男人,又不是哪里来的野老公……你也就再没有松开我……

"桂桂,桂桂！我们在一起,事事都合得来。因为你总是依着我,顺着我,听我的。你还讲我是你的司令官、女皇上哩。你都打了些什么蠢比方？看了几出老戏、新戏,就乱打比方。我也对你好,没有使过性子。那些年,我们脸都没有红过……可是我们也有烦心事,成亲六七年了,还没有生崽娃……桂桂！我们多么想要一个崽娃啊！没有崽娃,我们两个再好再亲,也总是心里不满足,不落实,觉得不长久啊。崽娃才是我们树上结出的果子,身上掉下的肉啊。崽娃才能使我们永生永世在一起,不分离……为了这事,我常常背着你哭,你常常背着我唉声叹气。彼此的心情,其实都晓得,却又都装做没看见……也就是为了这事,我们后来才轻轻吵过几句,可隔壁邻居都没有听见。其实你也没有怪我。是我自己怪自己……后来我都有点迷信了。我想,大约是我们两个傻子厮亲样不好？脚勤手快,文文静静,连哼都很少哼一声。她和桂桂成亲时多排场、多风光啊,县里歌舞团的一群天仙般的妹儿们都来唱戏,当伴娘,唱了整整一晚的《喜歌堂》。后来镇上的一些上了岁数的姑嫂们都讲,芙蓉镇方圆百里,再大的财主家收亲嫁女,都没有像玉音和桂桂的亲事办得风光、排场……

风呼呼,草向两边分,树朝两边倒,胡玉音在没命地奔跑……

黎桂桂就在她身边,陪伴着她,和她讲着话……"桂桂,还记得吗？成亲的那晚上,歌舞团那些天仙般的人儿把我们两个推进洞房里,就都走了。我们两个都累了。唱了一晚的歌,好累啊。你这个蠢子,还在脸红,还在低着脑壳,连看都不敢看我一眼。你上床,连衣服都不敢脱。我好气又好笑。你那样怕丑,倒像个新娘子哩……你当我就不怕丑？你这个傻子却像比我还怕丑。我忽然觉得,你不像我男人,倒像我弟弟。(唉唉,那时一提起'男人'两个字就脸臊心跳。)我想,你这样脾气的人,今后大约不会骂我,不会凶我打我,会在我面前服服帖帖……一夜晚,我们都和衣睡着,谁都没挨谁。想起来都好笑呢。第二天早晨,你天不亮就起去了,挑水,做饭,把吵闹了一夜的堂屋、铺门口打扫得连一片瓜子皮、花生壳都见不到。我都不晓得。我还在睡懒觉。桂桂啊,我还在做女呢,我还有点撒娇呢。过去是在爷娘边撒娇,今后是在你身边撒娇呢……

"是的,桂桂,我就想在你身边撒娇呢……可是你这个傻子,当了新郎公,比我还怕丑哩。还记得吗？成亲的第二天的晚上,镇上来了幻灯队。那时我们镇上还没有电影,却一个月要看次把幻灯,户,杀生为业……开始时也是傻,总是在心里拿他和满庚哥去相比,而且总是桂桂比不赢。玉音一想就有气,觉得心酸、委屈,就不理睬桂桂。见了面就低脑壳,噘嘴巴,心里骂人家"不要脸"。可是桂桂是个实在人,不声不气,每天来铺里挑水啊,劈柴啊,扫地啊,上屋顶翻瓦检漏啊,下芙蓉河去洗客栈里的蚊帐、被子啊。每天都来做一阵,又快又好,做完就走。爸妈过意不去留他吃饭,他总是不肯,嘴巴都不肯打湿……便是邻居们都讲,老胡记客栈前世修得好啊,白白地捡了一个厚道的崽娃啰。又讲玉音妹子有福分啊,招这么个新郎公上门,只怕今后家务事都不消她沾手,比娘边做女还贵气哟……怪哩,玉音越不喜欢这个桂桂,爸妈和街坊们却越夸他、疼他。他呢,也好像憋了一股子劲,要做出个样子给玉音看似的。后来,这个勤快得一刻都闲不住手脚的人,就连玉音的衣服、鞋袜都偷偷地拿了去洗。你洗,你洗!勤快就洗一世,玉音反正装做没看见,不理你……

她和黎桂桂不战不和,怕有整整半年那么久。鬼打起,慢慢地,不知不觉,玉音觉得桂桂长相好看,人秀气,性子平和,懂礼。看着顺眼,顺心了。日久见人心嘛。这一来,只要偶尔哪天桂桂没到胡记客栈来,玉音就坐立不安,十次八次地要站到铺子门口去打望……惹得爸妈好欢喜,街坊邻居都挤眉挤眼地笑。笑什么?在玉音心里,桂桂已经把满庚哥比下去了……而且满庚哥已经成家了,讨了个和他一样武高武大、打得死老虎的悍妇。桂桂为什么比他不赢?桂桂才是自己的,自己的老公,自己的男人……桂桂有哪的大门好厚好重。

胡玉音就要倒下去了,倒下去了……不能倒下,要倒也不能倒在人家的大门口,真的像个下贱的叫花子那样倒在人家的大门口……她没有倒下去,居然没有倒下去!她自己都有些吃惊,哪来的这股力气……她脚下轻飘飘的,又走起来了,脚下没有一点声响,整个身子又像要飘飞起来一样……

桂桂,你在哪里?刚才"五爪辣"讲你想暗杀工作组女组长,你不会,不会……你胆子那样小,在路上碰到条松毛狗、弯角牛,你都会吓得躲到一边去的……不会,不会。桂桂,天底下,你是最后的一个亲人了……可你不在铺子里等着我,而是在门上挂了把老铜锁。你跑到坟岗背去做什么?做什么……傻子,自古以来,那是镇上埋人的地方,大白天人都不敢去,你黑天黑地地跑去做什么?你胆子又小,坟岗背那地方岂是随便去得的!

她迷迷糊糊……但还是有一线闪电似的亮光射进她黑浪翻涌的脑子里……啊啊,桂桂,好桂桂,难道、难道你……桂桂,桂桂,你不会的,不会的!你还没有等着我回来见一面哪……

她大喊大叫了起来,在坑坑洼洼的泥路上跑,如飞地奔跑,居然也没有跌倒……看看,真傻,还哭,还喊,还空着急呢,桂桂不是来了?来了,来了……是桂桂!桂桂啊,桂桂哥……

桂桂才二十二岁,胡玉音才满十八岁。是镇上一个老屠户做的媒。桂桂头次和自己见面,瘦高瘦长的,清清秀秀,脸块红得和猴子屁股一样,恨不得躲到门背后去呢……爸妈说,这回好,小屠我……满庚哥,满庚哥,你要救救妹妹,救救我……

她不晓得怎样过的渡,不晓得怎样爬的坡……她敲响了黎满庚支书家的门。这条门她进得少,但她熟悉、亲切。有的地方只要去过一次,就总是记得,一生一世都会记得。

开门的是满庚哥那又高又大的女人"五爪辣"。"五爪辣"见了她,吓得倒退了一步,就像见了鬼一样。过去镇上的妹子、嫂子,碰到自己总要多看两眼,有羡慕,有嫉妒。女人就是爱嫉妒、吃醋。可如今怎么啦,怎么镇上的男人女人,老的少的,见了自己就和见了鬼、见了不吉利的东西一样。

"满庚哥在屋吗?"胡玉音问。她不管满庚的女人是一副什么脸相,她要找的是那个曾经爱过她、对她起过誓的人。

"请你不要再来找他了!你差点害了他,他差点害了一屋人……一屋娘崽差点跟着他背黑锅……如今上级送他到县里反省、学习去了,背着铺盖去的……告诉你了吧,你交把他的那一千五百块钱赃款,被人揭发了,他上缴给县里工作组去了……"

"啊啊……男人,男人……我的天啊,男人,没有良心的男人……"

就像一声炸雷,把胡玉音的耳朵震聋了,脑壳震晕了。她身子在晃荡着,她站不稳了。

"男人?你的男人贼大胆,放出口风要暗杀工作组女组长,如今到坟岗背去了!"

说着,"五爪辣"像赶叫花子似的,咣当一声关紧了大门。她家尽？不能,不能！老谷啊,你要想宽些,准定是有人搞错了,搞反了。人家冤枉不了你,芙蓉镇上的人都会为你给县里、省里出保票,上名帖。你的为人,镇上大人小孩哪个不清楚,你只做过好事,没有做过坏事……有一刻,胡玉音都忘记了自己的恐怖、灾祸,倒是在为老谷的遭遇愤愤不平。

啊啊……想起来了,三个多月前,工作组女组长李国香来她的新楼屋,坐在楼上那间摆满了新木器的房子里,给她算过一笔账,讲她两年零九个月,卖米豆腐赚了六千多块钱,也提到有人为她提供了一万斤大米做原料……看看,老谷如今被看守,肯定就是因了这个……啊啊,一人犯法一人当,米豆腐是自己卖的,钱是自己赚的,怎么要怪罪到老谷头上？卖米豆腐的款子,还有一笔存放在满庚哥的手里呢。

去找满庚哥。满庚哥大约是个如今还在镇上管事的人。满庚哥早就认了自己做干妹子。胡玉音还有靠山哪,在镇上还找得着人哪。满庚哥比自己的嫡亲哥哥还亲哪……胡玉音转身就走,就走。她哪里是在走,是在奔,在跑。她思绪有些混乱,却又还有点清晰。她脚下轻飘飘的,走路没有一点声响,整个身子都像要离开地面飘飞起来一样……啊啊,满庚哥,满庚哥,当初你娶不了我……你是党里的人,娶不了我这样的女人……可你在芙蓉河边的码头岩板上,抱过我,亲过我。你抱得好紧呀,身上骨头都痛。你起过誓,今生今世,你都要护着我,护着我……满庚哥,满庚哥,河边的码头没改地方,那块青岩板也还在……你还会护着我,护着不出。当机立断,她要先去找谷燕山主任。老谷是南下干部,为人忠厚,秉事公正,又肯帮助人。在镇上就只他是个老革命,威信高,讲话作得了数……她觉得自己走在青石板街上,一点声音都没有,脚下轻飘飘,身子好像随时要离开地面飞起来一样。她走到镇粮站大门口,大门已关,一扇小门还开着。那守门的老倌子见了她,竟后退了一步,就跟见了鬼一样……这又是怎么了?过去街上的人,特别是那些男人们,见了自己总是眼睃睃、笑眯眯的,恨不得把双眼睛都贴到自己身上来……"伯伯,请问老谷主任在不在?"她不管守门老倌子把自己当鬼还是当人,反正要找的是老谷主任。"胡家女子,你还来找老谷?"老倌子回转头去看了看围墙里头,又探出脑壳看了看街上,左近没人,才压低了沙哑的嗓门说:"你不要找老谷了,他被连累进大案子里头去了,你也有份。讲是他盗卖了一万斤国库大米,发展资本主义……他早就白日黑夜地被人看守起来了,想寻短路都找不到一根裤带绳……这个可怜人……"

胡玉音的心都抽紧了……啊啊,老谷,老谷都被人看守起来了……这是她怎么也料想不到的。在她的心目中,在镇上,老谷就代表新社会,代表政府,代表共产党……可如今,他都被人看起来了。这个老好人还会做什么坏事?这个天下就是他们这些人流血流汗打出来的,难道他还会反这个天下?

胡玉音退回到青石板街上。她抬眼看见了老谷住的那二层楼上尽西头那间屋子,还亮着灯光。她眼睛一眨不眨地看着。老谷是坐在灯下写检讨,还是在想法子如何骗过看守他的人,要寻自子,你真狠心!""滚滚滚,爷娘死早了,少了教头的!"……对了,如今搞运动,大约镇上的风头子还没有过去,所以晚上都站了哨。连这种流里流气的后生崽,都出息了,背上枪了。

"啊,是你呀,自己回来了?"打米厂的后生家也认出她来,但声音又冷又硬,就像鞭子在夜空里抽打了一声那样。接着,后生子没再理会她,背着枪走到一边去了。要在平常,早又说开了不三不四的话、牛马畜生样地动手动脚了呢。

她心里不由地一紧:"自己回来了?"什么话?难道自己不回来,就要派人去捉回来吗?她几乎是奔跑着走进青石板街的。街两边一家家铺面的木板上,到处刷着、贴着一些大标语。写的是些什么,她看不大清楚。她在自己的老铺子门口被青石阶沿绊了一下,差点跌了一跤。门上还是挂着那把旧铜锁,男人不在家。但铜锁是熟悉的,还是爹妈开客栈时留下来的东西。她略微喘了一口气。但隔壁的新楼屋呢?新楼屋门口怎么贴满了白纸条?还有两条是交叉贴着的。这么讲来,这新楼屋不但被查抄过,还被封过门。天呀,这算哪样回事呀?她慌里慌张地从挎包里摸出手电筒,照在红漆大门上。大门上横钉着一块白底黑字木牌:"芙蓉镇阶级斗争现场展览会"。怎么?自己的新楼屋被公家征用了,办了展览会?桂桂的信里连一个字都没有提……桂桂,桂桂!你这个不中用的男人,黑天黑地野到哪里去了?你还有心事野,你女人回来了,你都不来接,而是门上四两铁。

但她马上明白了过来,找桂桂不中用,这个死男人屁话都讲句怎么就没想到,越是这种时刻,越应该和男人在一起呀!就是头顶上落刀子,也要和男人一起去挨刀子呀!就是进坟地,也要和男人共一个洞眼。玉音哪,玉音!你太坏了!整整两个月,把男人丢在一边不管,你太狠心了……赶快,赶快,赶快……

从大清早,走到天擦黑。一路上,她嘴里都在叨念着"赶快赶快",就像心里有面小鼓在敲着节拍。她随身只背了个工作干部背的那种黄挎包,里头装了几件换洗衣服,一只手电筒。她在路上只打了两次点心,一次吃的是蛋炒饭,一次吃的还是两碗米豆腐。米豆腐的碱水放得重了点,颜色太黄。还不如自己卖的米豆腐纯白、嫩软,油水作料也没有自己给顾客配的齐全。围着白围裙的服务员就像在把吃食施舍给过路的人一样……哼,哪个上自己的米豆腐摊子上去,不是有讲有笑,亲亲热热的,吃罢喝足,放碗起身,也会喊一声:"姐子,走了,下一圩会。""好走,莫在路上耍野了,叫你堂客站在屋门口眼巴巴地望……"

天黑时分,胡玉音走到了芙蓉镇镇口。"哪个?"突然,从黑墙角里闯出一个背枪的人问。这人胡玉音认得,是打米厂的小后生。原先胡玉音去米厂买碎米谷头子,这后生崽总是一身白糠灰,没完没了地缠着她:"姐子,做个介绍吧,单身公的日子好难熬呀!""做个哪样的?""就和姐子样白净好看、大眉大眼的。""呸!坏东西,我给你做个瓜子脸,梅花脚①!""我就喜欢姐子的水蛇腰,胸前鼓得高!""滚开点!谁和你牛马手脚……我要喊你们老谷主任了!""姐

---

① 指狗。

总是太粗心了,太粗心,连封信都写不清。男人后来再没有给她来信。桂桂是被抓起来了?胡玉音越想越猜,越心惊肉跳。她像一只因屋里来了客人而被关进笼子里的母鸡,预感到了有大祸临头。但这"大祸"将是什么样的,她没有听人讲过,也没有亲眼见过。是不是和五类分子那些人渣、垃圾一样,一身穿得邋里邋遢,脸块黑得像鬼,小学生一碰见他们就打石子、扔泥团,圩镇上一有什么运动、斗争,就先拿他们示众,任凭革命群众骂、啐、打……

　　天啊,假若"大祸"要使自己也沦落成这一流的人,那怎么活得下去啊!不会的,不会的。自己又没有做过坏事,讲过反话,骂过干部。自己倒是觉得老谷主任、满庚哥他们是自己一屋人,父老兄弟。圩镇上一个卖米豆腐的女人,能对新社会有什么仇、记什么恨呢,新社会对她胡玉音有哪样不好!解放后没有了强盗拐子,男人家也不赌钱打牌,宿娼讨小,晚上睡得了落心觉,新社会才好哪。要不是新社会,像自己这样一个人家,自己这么一副长相,早就给拐骗到大口岸上哪座窑子里去了哪!……不,不,五类分子才坏哪,他们是黑心黑肺黑骨头,是些人渣、垃圾,自己怎么也跟他们牵扯不到一起去。

　　这时,她寄居的秀州县城,也在纷纷传说,工作队就要下来了,像搞土改那样的运动就要铺开了。的确已经有人来远房叔伯家里问过:"这位嫂子是哪里人啦?家里是什么阶级?住了多少日子啦?有没有公社、大队的证明?"她知趣、识相,她还要自爱自重,不能再死皮赖脸地在叔伯家里挨日子,连累人。"躲脱不是祸,是祸躲不脱。"她决定违背男人的劝告,回到芙蓉镇上去。也真是,原先

七　年纪轻轻的寡妇

胡玉音在秀州一个远房叔伯家里住了两个月,想躲过了风头再回芙蓉镇。"风头子上避一避",这原也是平头百姓们对付某些灾难经常采用的一种消极办法。岂知"跑了和尚跑不了庙",人世间的有些灾难躲避得了吗?何况如今天下一统,五湖四海一个政策,不管千里万里,天边地角,一个电话或一封电报就可以把你押送回来。

两个月来,胡玉音日思夜想着的是芙蓉镇上的那座"庙"。她只收到过男人黎桂桂的一封信,信上讲了些宽慰她的话,说眼下镇上的运动轰轰烈烈,全大队的五类分子都集中在镇上训话,游行示威时把他们押在队伍的前面。原来镇上主事的头头都不见露面了,由工作组掌管一切。官僚地主出身的税务所长被揪了出来批斗。民兵还抄了好些户人的家,他的杀猪刀也被收缴上去了。收上去也好,那是件凶器……听讲这次运动,还要重新划分阶级成分。信的末尾是叫她一定在外多住些日子,也千万不要回信。

看看这个不中用的男人,自己家里的事,除了那把杀猪屠刀,一句实在的话都没有,一切都靠胡玉音自己来猜测。比方讲镇上的管事头头都不露面了,是不是指老谷主任、满庚哥他们?抄了好些户人的家……都是哪几户人家?是不是也抄了自己的新楼屋?要重新划阶级成分,会不会给自己划个什么成分?男人呀,男人,黎满庚作为她的政治靠山,长期庇护她在芙蓉镇上牟取暴利。再讲,黎满庚和秦书田什么关系?秦书田和胡玉音什么关系?胡玉音和官僚地主出身的镇税务所长是什么关系?我们查了一下,税务所每圩只收胡玉音一块钱的营业税,而胡玉音每月的营业额都在三百元以上。这是什么问题?所以你们这一小帮子人,实际上长期以来党内党外,气味相投,互相利用,互相勾结,抱成一团,左右了芙蓉镇的政治经济,实际上是一个小集团……"

讲到这里,李国香有意停了一停。

谷燕山额上汗珠如豆:"镇上有什么小集团!有什么小集团!这是血口喷人,这是要置人于死地……"

"怎么?害怕了!你们是一个社会存在。"李国香抬高了音调,变得声色俱厉,"当然啰,只要你们一个一个认识得好,交代得清楚,也可以考虑不划作小集团。冰冻三尺,非一日之寒啦!去年,镇上就有革命群众向县公安局告了你们的状……不做小集团处理,工作组可以尽力向县委反映……但主要看你们这些人的态度老不老实。胡玉音就不老实,她畏罪潜逃了。可我们抓住了她丈夫黎桂桂问罪。……老谷,你不是镇上有名的大好人、和事佬吗,一镇的人望哪,就带个头吧。还是敬酒好吃哪,把这么多人牵扯了进去,身家性命,可不是好玩的……"

真是苦口婆心,仁至义尽。

"天呀!我以脑袋作保!镇上没有什么小集团……"

谷燕山仿佛一下子老了十岁,浑身都叫冷汗浸透了。

"讲实话，这还差不多。"李国香听这个男人在自己面前讲出了隐私，不胜惊讶，又觉得新鲜。她感到一种略带羞涩的喜悦，觉得自己是个强者，终于从精神上压倒了这个男性公民，"老谷，坐下来，我们都坐下来。不要沉不住气嘛。我一直没有对你发过什么脾气嘛。你犯了错误，怎么还能耍态度呢？我们工作组按党的政策办事，对干部要惩前毖后，治病救人；除非对那种对抗运动的死硬分子，我们才给予无情打击……"

说着，李国香示范似的仍旧回到书桌边坐下来。谷燕山也回到原来的椅子上坐下。他感到四肢无力，一股凄楚、悲痛的寒意，袭上了他的心头。

这时门口的两个运动骨干在探头探脑，李国香朝门口挥了挥手，示意他们缩回去。

"老谷，我们还是话讲回来，在工作组面前，你什么事情都可以讲清楚，我可以直接在县委面前替你负责。"李国香又恢复了那一口聊家闲似的清晰悦耳的腔调，继续施行攻心战术，决定扩大缺口，趁热打铁，把这个芙蓉镇群众心目中的领袖人物彻底击败。"你的问题还远不止这些哪，可能比我们想象的要严重得多哪！就算你和胡玉音不是奸夫奸妇的关系，但这经济上、思想上的联系，总是存在的吧。你用国家的一万斤碎米，就算是你讲的碎米，支持她弃农经商，大搞资本主义，成了芙蓉镇地方的头号暴发户。这个女人不简单哪。胡玉音和黎满庚是什么关系？干哥干妹哪，黎满庚总没有你的那种所谓男子病了吧？要晓得，胡玉音是金玉其外，是个没有生育的女人。

"米豆腐姐子是芙蓉镇上的西施,有一身白白嫩嫩的好皮肉!"

"亏你还是个女同志,这话讲得出口!"

"你不要装腔拿势了。天下哪只猫不吃咸鱼?你现在交代还不晚。你们两个的关系,是从哪一年开始的?做这号生意,她是有种的,她母亲不是当过妓女?"

"我和她有关系?"谷燕山急得眼睛都鼓了出来,摊开双手朝后退了两步。

"嗯?"李国香侧起脸庞,现出一点儿风骚女人特有的媚态,故作惊讶地反问了一声。

"李组长!我和她能有什么关系?我能么?我能么?"谷燕山额头上爬着几条蚯蚓似的青筋,他已经被逼得没有退路了,身后就是墙角。"李国香!你这个娘儿们!把你的工作组员叫了来,我脱、脱了裤子给你们看看……哎呀,该死,我怎么乱说这些……"

"谷燕山!你耍什么流氓!"李国香桌子一拍站了起来,她仿佛再也没有耐心,不能忍受了,睁大两只丹凤三角眼,竖起一双柳叶吊梢眉,满脸盛怒。"你在我面前耍什么流氓!好个老单身公!要脱裤子,我召开全镇大会,叫你当着群众的面脱!在工作组面前耍流氓,你太自不量力!"

"我、我、我是一时急得,叫你逼、逼得没法……这话,我算没说……"谷燕山毕竟是个老实厚道人,斗争经验不丰富,一旦被人抓住了把柄,态度很快就软了下来。他双手捂着脸块,"我别的错误犯过,就是这个错误犯不起,我、我有男人的病……"

事实？"

"一万多斤！"果然，谷燕山一听这个数字，就陡地站了起来。这个数字，对他真是个晴天霹雳，他可从没有这么想过、这么算过啊！

"数目不小吧？嗯！"李国香眼里透出了冷笑。又仿佛是在欣赏着：看看，才轻轻刺了这么一下，不就跳起来了，有什么难对付的。

"可那是碎米谷头子，不是什么国库里的大米。"谷燕山再也沉不住气，受不了冤枉似的大声申辩着。

"碎米谷头也好，大米也好，粮站主任，你私人拿得出一万斤？你什么时候种过水稻？不是国库里的又是哪里的？你向县粮食局汇过报？谁给了你这么大的权利？"李国香仍旧坐着一动没动，嘴里却在放出连珠炮。

"碎米谷头就是碎米谷头，大米就是大米。我按公家的价格批卖给她，也批卖给街上的单位和个人，都有账可查，没有得过一分钱的私利。"

"这么干净？没有得过一分钱，这我们或许相信。可是你一个单身男人有单身男人的收益……"李国香不动声色，启发地说。她盯着谷燕山，心里感到一阵快意，就像一个猎户见着一只莽撞的山羊落进了自己设置的吊网里。"难道这种事，还用得着工作组来提醒你？"

"什么单身男人的收入？"

级斗争,"四清""四不清"。讲三两个钟头,水都不消喝一口,嗽都不会咳一声,就像是从一所专门背诵革命词句的高等学府里训练出来的。

"怎么样?这些天来都有些什么想法?我看,再是重大的问题,只要向组织上交代清楚了,总是不难解决的。同时,从我个人来讲,是愿意你早点洗个温水澡,早点'下楼',和全镇革命群众一起投入当前这场重新教育党员、干部,重新组织阶级队伍的伟大运动。"李国香为了表示自己的诚意,打动这个"北方大兵",又特别加了一句:"你看,我只想和你个别谈谈,都没有叫别的工作组员参加。起码,我对你,算是没有什么个人成见的吧!"

谷燕山还是没有为她的诚心所动,只是抬起眼睛来瞟了她一眼,那眼神仿佛在说:你爱怎么讲你就怎么讲,反正我是什么都不会跟你讲。

李国香仿佛摸准了他的对抗情绪,决定抛点材料刺他一下,看他会不会跳起来。于是从口袋里拿出那本记得密密麻麻的小本本,不紧不慢地一页页翻着,然后在某一页上停住,换成一种生硬的、公事公办的口气说:

"谷燕山,这里有一笔账,一个数字,你可以听听!经工作组内查外调核实,自一九六一年下半年以来,在两年零九个月的时间里,也就是说,芙蓉镇五天一圩,一月六圩,总共一百九十八圩,你每圩卖给本镇女摊贩、新生资产阶级分子胡玉音六十斤大米,做成米豆腐当商品,一共是一万一千八百八十斤大米。这是不是渐渐地,他心平气静了些。他晓得自己一月两月脱不了"反省","下"不了"楼",撒尿拉屎都会被人监视着。这日子却是难熬、难过啊。原先,他每天早晨起来,都要挥动竹枝扫把,打扫粮站门口这一段青石板街,跟赶早出工的社员们笑一笑,把某个背书包去上学的娃娃搂一搂,抱一抱。每天傍黑,他习惯沿着青石板街走一走,散散心,在某个铺子门口站一站,聊一聊。或是硬被某个老表拖进铺里去喝杯红薯烧酒,嚼着油炸花生米,摆上一回说古论今的龙门阵……可如今,这些生活的癖好、乐趣都没有了。他和本镇街坊们是近在咫尺,远在天涯!

谷燕山被宣布"停职反省"后的第五天,李国香组长"上楼"来找他做了一次"政策攻心"的谈话。

"老谷呀,这几天精神有点紧张吧?唉,你一个老同志,本来我们只有尊敬、请教的份儿,想不到问题的性质这么严重,县委可能要当作这次运动的一个典型来抓啦!"李国香仍是那么一口清晰悦耳的腔调。每当听她讲话,谷燕山就想,这副金嗓子多可惜,没有用到正经地方啊,为什么不到县广播站去当广播员?

谷燕山只是冷漠地朝李国香点了点头。他对这个女组长有着一种复杂的看法,既有点鄙视她,又有点佩服她,还有点可怜她。可是偏偏这么一个女人,如今代表县委,一下子就掌握了全镇人的命运,其中也包括了自己的命运……人家能耐大啊,上级看得起啊,大会小会聊家闲、数家珍似的,一口一个马列主义,一口一个阶通,小得不能再小……唉唉,怎么回事嘛,难道今天这革命斗争,已经需要在内部爆发,开始自己斗自己,自己打自己,自己动手来把自己的战士消灭?动不动就"你死我活",多么地可怕,不近人情。那么,是自己真的做了什么对不起革命、对不起党的事吗?啊,"盗卖国库粮食","盗卖国库粮食",或许就是指他两年多来,每圩从打米厂批卖了六十斤碎米谷头给"芙蓉姐子"做米豆腐生意……你看,你看,自己也真混,这样一件全镇人人都晓得的事,摆明摆白的,他却花了三天时间去苦思苦想。

对上了这个码单,他心里有些轻松,觉得问题并不像工作组宣布的、县里下的公文里讲的那么严重。这些年来,镇上的一些单位和个人,谁不在粮站打米厂买过碎米谷头子啊,喂猪喂鸭,养鸡养兔。当然啰,批碎米谷头子给胡玉音做米豆腐卖,或许真的是他办事欠妥……碰鬼,这个念头是怎么来的?讲良心话,自己虽然对妇女没有什么邪念,一镇的人也都晓得自己是个正派的人,可是,自己是有些喜欢那个胡玉音,喜欢看看她的笑脸,特别是那双黑白分明的大眼睛,喜欢听听她讲话的声音。一坐上她那米豆腐摊子,自己就觉得舒服、亲切。漂亮温柔的女人总是讨人喜欢啊,男人喜欢,女人也喜欢啊。难道这也算是罪过?自己这辈子不能享受女人的温存,难道就连在心里留下一片温存的小天地都不许可吗?既不存在什么道德问题,也不影响胡玉音的婚姻家庭,他才决定帮这"芙蓉姐子"一把。难道碎米谷头子变成了米豆腐卖,就是从量变到质变,铸成了大错?

可人家彭德怀元帅，彭副总司令，用老戏里的话讲算一品当朝，开国元勋，五九年在庐山开会，都为了替老百姓讲话，反对大炼钢铁，吃公共食堂，被罢了官，上缴了元帅服，当了右倾机会主义分子……天底下的人哪个不晓得他受了委屈，背了冤枉，批他斗他是昧了良心，违了民意。后来我们国家过了三年苦日子，不再搞全民炼钢煮铁，不再发射牛皮卫星，不再吃公共食堂，还不是采纳了他的建议……可是如今的运动算什么？苦日子刚过完，百姓刚喘过一口气，生产、生活刚恢复了一点元气，就又来算三年困难时期的账，算困难时期政策放宽的账，算"右倾翻案"的账！真是过河拆桥，翻脸不认人……彭元帅啊，彭老总，比起你来，谷燕山算什么？小小一个镇粮站的站长，一个普通"北方大兵"，而且不过被宣布停职反省，交代问题。又没有真的抓你去坐牢，脚镣手铐地去坐牢……哈哈哈，共产党员去坐共产党的牢，天底下真会有这等怪事！胡说八道，胡思乱想……当然，谷燕山也明白，自己的思想出轨了，走火了，很危险，很危险。搭帮这思想是装在脑壳里，捣腾在心里。要是这"思想"真的是根辫子，或是长出个尾巴来，被人揪住了，那就倒霉了，真的要去坐牢了。

  谷燕山情绪时好时坏，思想反反复复。对这场落到他身上来的斗争，他想来想去还是不通。彭老总是为民请命，仗义执言，面折廷争。他谷燕山什么时候想过朝政、议过朝政？他够得上吗？十万八千里哪。他忠诚老实，从来都是党叫干啥就干啥。他不过是个五岭山脉腹地的芙蓉镇上的老好人，和事佬，普通得不能再普谷燕山拉门,踢门,门从外边上了锁,大约是因为他态度恶劣。两个运动骨干不理他,一人抱一枝"三八枪"在抽烟,扯谈。这"三八枪"说不定还是老谷和战友们从日本鬼子手里缴获的呢,如今却被人用来看守老谷自己。

"把门狗!把门狗!开门!开开门!我来教你们放枪,教你们瞄准……你们凭什么把我锁在这屋里?这算什么牢房?要坐牢就到县里坐去,我不坐你们这号私牢!"

没有人理会他,没有给他戴上铐子就算客气的。斗争是无情的,来不得半点"人情味"、"人性论"这些资产阶级的玩意儿。不知过了多久,他疲乏了,他声音嘶哑,喉咙干得出烟。他喝了一杯冰凉的水,眼皮像灌了铅,就顺着门背跌坐在地板上,不知不觉睡了一觉。到了半夜,他被冻了醒来,昏天黑地的,伸手不见五指。他摸到床边去,扯了床棉毯披在身上。他在楼板上踱过来,踱过去,像一位被困或是被俘的将领……这时他仿佛头脑清醒了些,开始冷静下来思考白天发生的事情。他立即就有些后悔,感到羞愧:一个共产党员,一个战士出身的人,受了一点委屈,背了一点冤枉,就擂墙捶门,对着整条青石板街大喊大叫,像个老娘们耍泼似的,成何体统!谷燕山呀,谷燕山,你参加革命二十几年了,入党也二十几年了,还经不起这点子考验?你以为和平时期就总是风和日暖、晴空万里,没有乌云翻滚、暴雨倾盆?你复员到地方工作时才是个排长,芝麻大的官……他脑子里冒出些平日隐蔽得很深的念头来,是些平日想想都怕犯罪的念头啊。你还是华北野战军出来的哪,工大会宣布的。谷燕山本人没有出席。真是晴天霹雳,迅雷不及掩耳啊。谷燕山被勒令"上楼",在自己的宿舍里画地为牢,失去了行动自由。工作组派了两个运动骨干在他门口日夜看守,说是防止他畏罪自杀。他起初简直不相信自己的耳朵,不相信自己的眼睛,不相信这听到、看到的一切,以为自己在做一场荒唐的、不可思议的梦。假的,假的!这一切都是在演戏、演电影……编戏、编电影的人没有上过火线,没有下过乡,一看就是假的。有一回他看一部战斗故事片,指导员站在敌人的阵地前面,振臂高呼:"同志们,为了祖国和人民,为了全世界千千万万受苦受难的阶级弟兄,冲啊——!"天啊,战场上,哪有时间来这样一番演说?这不是给敌人当活靶子?一看就是假的,好笑又好气。可是,谷燕山这回碰到的"停职反省、交代问题"的指令,却是实实在在,半点不假的。自己不聋不瞎,也没有做梦。于是,这个以好脾气、老好人而在芙蓉镇上享有声誉的"北方大兵",从混混沌沌中清醒了过来,他暴怒了,他拍桌、打椅、捶墙壁。他大声叫喊,怒吼:

"工作组!你们算什么东西!算什么东西!你们假报材料,欺骗了县委!李国香,你好个娘养的,真下得手,真撕得开脸皮!你当了我的面,一口一声老革命、老同志,你背地里却搞突然袭击……突然袭击是战场上的战术,我们打小日本、打老蒋的时候用过,你们,你们却用来对付自己的同志……我们钻地道、挨枪子儿的时候,你们还毛黄屎臭,毛黄屎臭!血流成河,尸骨成山,打出了这个天下,你们却胡批乱斗,不让人过安生日子,不让人活命……"

辛辛苦苦,跟自己的女人喜鹊做窝样的,柴柴棍棍,一根根,一枝枝,都是用嘴衔来的……

他搂住了"五爪辣"。"五爪辣"的心也软了,化了。她忽然翻身起来,双膝跪在男人面前,把男人的双手,按在自己的胸口上:

"满庚,满庚,你听我一句话……你是当支书的,你懂政策,也懂这场运动,叫什么你死我活……我们不能死,我们要活……纸包不住火……那笔款子,你收留不得……你记得土改的时候,有的人替地主财老倌藏了金银,被打得死去活来,还戴上了狗腿子帽子……你把它交出去,交给工作组……反正你不交,到时候人家也会揭发……反正,反正,不是我们害了她……我们没有害过她。她要怪只有怪自己。新社会,要富大家富,要穷大家穷,不兴私人发家,她偏偏自己寻好路,要发家……"

黎满庚又一把紧紧抱住了自己的女人。他心里仍在哭泣。他仿佛在跟原先的那个黎满庚告别。原先的那个黎满庚,是过不了"你死我活"这一关的。

六　老谷主任

县委组织部和县粮食局下来一件公文:鉴于芙蓉镇粮站主任谷燕山丧失阶级立场,盗卖国库粮食,情节严重,性质恶劣,令其即日起停职反省,交代问题。公文是县委工作组来粮站召开全体职心……人就是人,不是牛马畜生……日后,日后连我自己,都不晓得保不保得住哇……在这世上,不你踩我,我踩你,就混不下去啦……"

男子的哭声,草木皆惊。黎满庚活了三十几岁,第一次这么伤心落泪。他把"五爪辣"都吓着了。但"五爪辣"心里还憋着气。她听了一会儿,男人却越哭越伤心。她忍不住翻身坐起,正话反讲,半怨半劝了起来。男人再丑,还是自己的男人:

"怎么啦,你把我打到了地下,像你们常对五类分子讲的,再踏上一只脚,还不解恨?没良心的!我再丑,再贱,也是你的女人,给你当牛当马,生了六胎,眼面前四个妹儿……你就真的下得手,一巴掌把我打下地,打得我眼发黑……还膝盖跪在我胸口上……呜呜呜……我好命苦!娘呀,我好命苦!……"

"五爪辣"本来想劝慰一下男人,没想到越劝越委屈,越觉得自己可怜,就呜呜呜地也低声抽泣了起来。她还狠狠地在男人的肩膀上掐了一把,又掐一把:

"你良心叫狗吃了……我也是气头子上,乱骂了几句……呜呜呜,你就一点都不疼我……呜呜呜,你不疼我,我还疼你这个没良心的……呜呜呜,女人的嘴巴是抹桌布,你又不是不晓得,骂是骂,疼是疼……呜呜呜……你就是不看重我这丑婆娘,也该看在四个乖乖妹儿的分上……呜呜呜!"

黎满庚的心软了,化了。他泪流满面,一把搂住了自己的女人。是的,这女人,四个妹儿,这个家,才是他的,他的!他八年来身上：

"你还耍不耍泼？深更半夜的还骂不骂大街？是你厉害还是老子厉害？老子真的一拳就收了你这条性命，反正我也不想活啦！"

说着，黎满庚愤不欲生地挥拳就朝自己的头上一击。

"五爪辣"躺在地上，嘴角流血，鼻头青肿。但她到底被吓坏了，被镇住了。

这时，四个妹儿全都号哭着，从隔壁屋里"妈妈呀——爸爸呀——"地跑过来了。

娃儿们的哭叫，仿佛是医治他们疯狂症的仙丹妙药。黎满庚立即放开了自己的女人。"五爪辣"也立即爬了起来，慌里慌忙乱抓了件衣服把身子捂住。人是有羞耻心的，在自己的女儿面前赤身裸体，成何体统。

街巷上猫嚎狗叫，四邻都惊动了，都来劝架了。他们站在屋外头敲的敲窗子，打的打门，喊的喊"支书"，叫的叫"嫂子"。

邻居们好说歹说，婆婆妈妈地劝慰了一番后，暴风雨总算停歇了，过去了。关好门，重新上床睡觉。"五爪辣"不理男人，面朝着墙壁。"五爪辣"不号哭了，黎满庚却低声抽泣了起来：

"老天爷……这日子怎么过得下去呀！人人都红眼睛啦！牙齿咬出血啦……不铁硬了心肠，昧了天良，就做不得人啦……苦命的女人……我从前没有对你做过亏心事，我是凭了一个人的良头的怒火,怕吵闹开去,叫隔壁邻居听了去,不好收场。

"你和我讲清楚,你和胡玉音那骚货究竟是什么关系?她是你老婆,还是我是你老婆?你们眉里眼里,翘唇翘嘴狗公狗婆样的,我都瞎了这些年的眼睛,早看不下去啦!"

"老子打扁你这臭嘴巴!混账东西!我清清白白一个人,由着你来满口粪渣渣地胡天乱骂!"

"你打!你打!我给你生了四个女娃,你早就想休了我啦!我不如人家新鲜白嫩啦!家花没得野花香啦!你打!我送把你打!你把我打死算啦!你好去找新鲜货,吃新鲜食啦!"

"五爪辣"边骂,边一头撞在黎满庚的胸口上,使他身子贴到了墙上。"五爪辣"的蛮力气又足,黎满庚推了几下都推不开,气得浑身发颤,眼睛出火。

"天杀的!给野老婆藏起赃款来啦!这个家还要不要啦?昨天晚上开大会,工作组女组长在戏台上是怎么讲的,你要把我们一屋娘娘崽崽都拖下水,跟着你背时鬼、打炮子的去坐黑屋?你今天不把一千五百块钱赃款交出来,我这条不抵钱的性命就送在你手上算啦!……天杀的,打炮子的,你的野老婆把你的心都挖走啦!她的骑马布你都可以用来围脖子啦!我要去工作组告发,我要去工作组告发,叫他们派民兵来搜查!"

啪的一巴掌下来,"五爪辣"被击倒在地。黎满庚失去了理智,巴掌下得多重啊,"五爪辣"就和倒下一节湿木头似的,倒在了墙角落。黎满庚怕她再爬起来撒野,寻死寻活,又用一只膝盖跪在她灰尘下来时,却被"五爪辣"发觉了。"五爪辣"追问了他好久,他都没开口。"五爪辣"越问越疑心,哭了,抽抽咽咽数落着自己进这楼门七八年了,生下了四个妹儿,男人家还在防贼一样地提防着她……哭得黎满庚都心软了,觉得女人抱怨得也是,既是在一个屋里住着,就没有讲不得的事。连自己的婆娘都信不得了,还去信哪个?

可是他错了。都已经上床睡下了,当他打"枕头官司"似的把"绝密"透露给"五爪辣"听时,"五爪辣"竟像身上装了弹簧似的,一下子蹦下了床:

"好哇!这屋里要发灾倒灶啦!白虎星找上门来啦!没心肝的,打炮子的,我这样待你,你的魂还是叫那妖精摄去了哇!啊,啊,啊——"

"五爪辣"竟然嚎啕大哭起来,天晓得为什么一下子中了魔似的,撒开了泼。

"好好生生的,你嚎什么丧?你有屁放不得,不自重的贱娘儿们!"

黎满庚也光火了,爬起来大声呵斥。

"好好生生!还好好生生!我都戴了绿帽子、当乌龟婆啦!看我明天不去找着那个骚婊子拼了这条性命!""五爪辣"披头散发,身上只穿了点筋吊吊的里衣里裤,拍着大腿又哭又骂。

"你到底闭嘴不闭嘴?混账东西!和你打个商量,这天就塌下来啦,死人倒灶啦!"黎满庚鼓眼暴睛,气都出不赢。但他强压下心干妹子胡玉音卖了几年米豆腐,就是包庇、纵容了资本主义?玉音她赚钱盖起了一栋新楼屋,全镇第一号,就算搞了剥削,成了暴发户?摆米豆腐摊子摆成了新富农?还有秦书田的成分,从右派分子改成坏分子,自己的确在群众大会上宣布过。自己办事欠严肃。但并没办过什么正式的手续。依女组长的讲法,坏分子难道比右派分子真要好一点,罪减一等?在自己看来,都是一箩蛇。花蛇黑蛇都是蛇。还有,派秦书田的义务工,叫他到山坡、岩壁、圩场上刷过几条大标语,就算是对阶级敌人的重用?难道自己真的犯了这许多条律?

第二天天黑时分,"五爪辣"正好提着潲桶到猪栏里喂猪去了,黎满庚正从公社开完批斗会回来,在屋门口洗脚,就见胡玉音慌慌张张地走了来,把一包用旧油纸布包着的东西交给他,说是一千五百块钱,请干哥代为保管一下,手头紧时,可以从里头抽几张花花。胡玉音失魂落魄的,头发都有些散乱,穿了一身青布大裰,模样儿也不似平常那么娇媚,连坐都没有坐,就慌慌忙忙地走了,好像生怕被人发现行踪似的。黎满庚晓得这款子进不得银行,就依乡下古老的习惯,立即把这油布包藏进了楼上的一块老青砖缝缝里,连数都没有数一下。在品德、钱财问题上,一向是干妹信得过干哥,干哥也信得过干妹。至于这种藏钱的法子,在镇上也不是什么秘密,一般人家都是这样。即便小偷进了屋,不把四面砖墙拆除,是难得找到金银财宝的。倒是要提防虫蛀鼠咬。

这事,本来可以不让"五爪辣"晓得。黎满庚从楼上沾了一身嘛,要在外边去耍威风,斗输赢!""五爪辣"不肯相让。

"你到底肯不肯闭嘴?"黎满庚转过身子来,露出一脸的凶相,"你头皮发痒了,是不是?"

女人有女人的聪明处。每当男人快要认真动肝火时,"五爪辣"总是适时退让。所以七八年来,家里虽然常有点小吵小闹,但黎满庚晓得"五爪辣"一旦撕开了脸皮是个惹不起的货色,"五爪辣"则提防着男人的一身牛力气,发作起来自己是要吃亏的,所以很少几回酝酿成家庭火并。"五爪辣"这时身子忽然恶作剧地一闪,跳离了长条凳,长条凳失重,翻翘了起来,使坐在另一头的黎满庚一屁股跌坐到地下。

"活该!活该!""五爪辣"闪进睡房里,露出张脸块来幸灾乐祸。

黎满庚又恼又恨,爬起来追到睡房门口:"骚娘们,看看老子敲不敲你两丁更①!"

"五爪辣"把房门关得只剩下一条缝:"你敢!你敢!你自己屁股坐到哪边去了?跌了跤子又来赖我哟!"

伸手不打笑脸人。每当女人和他撒娇卖乖时,他的巴掌即便举起来,也是落不下去的,心里还会感到一种轻松。

但这晚上黎满庚却轻松不了。刚才女人无意中重复了县委工作组女组长的一句话:屁股坐到哪边去了!哪边去了?难道自己的屁股真的坐到地、富、反、坏、右、资产阶级一边去了?自己支持

---

① 屈起食指、中指敲人脑瓜。

星子都会眼馋,哪有不把男人带坏的?不过她冷眼看了两年,并没有察觉出"干哥""干妹"有什么不正当的行迹。但女人的这类警惕性是不容易松懈的。她平日嘴里不说,样子却做得明白:规矩点噢,你走到哪个角落里,都有双眼睛在瞄着你噢。有时两口子讲笑,她也来点旁敲侧击:"又在你干妹子那里灌了马尿?人家的婆娘过不得夜,要自爱点。""你呀,你呀,讨打了还是怎么啦?""我不过喊应你一句。自己的屋才是生根的屋。她男人虽是不中用,手里的杀猪刀可是吓人!""牙黄屎臭的,你胡讲些什么?""狗婆的牙齿才白哪,你爱不爱?"直到黎满庚把拳头亮出来,他女人才笑格格住口。

那天晚上,从圩场坪开完大会回来,"五爪辣"嘴里哗哗剥剥,煮开了潲水粥:

"党支书喂!今晚上县里工作组女组长的话,有一多半是冲着你来的呀!不晓得你聪明人听没听出?"

黎满庚阴沉着脸,斧头斧脑地坐在长条凳上卷"喇叭筒"。

"你和你那卖米豆腐的干妹子到底有些哪样名堂?你对秦癫子怎么丢了立场?人家女组长只差没有道你的姓,点你的名!那女人也是,不老不少,闺女不像闺女,妇人不像妇人!""五爪辣"在长条凳的另一头坐下来问。

"你少放声屁好不好?今晚上的臭气闻得够饱的了!"黎满庚横了自己的女人一眼。

"你不要在婆娘面前充好汉,臭虫才隔着席子叮人。男子汉在家里养猪打狗、操持家务更是个泼悍妇。从去年起,黎满庚在社员大会上开始宣传晚婚、节育,口水都讲干了,可他女人"五爪辣"却和月月兔似的,早已生过了六胎,活了四个,全是妹儿。妹儿们站在一起,是四级阶梯。有的社员笑话他女人:"支书嫂子,节制生育你带了好头啊!"他女人双手在粗壮的腰身上一叉:"我没带好头?嗯,要依我的性子,早生下一个女民兵班了!人家养崽是过鬼门关,我养崽却是过门坎一样!"

黎满庚刚成亲那年把,有点嫌自己的女人样子鲁,粗手粗脚的,衣袖一卷,裤腿一扎,有一身男子汉似的蛮力气。相形之下,他颇为留恋胡玉音的娇媚。但老辈人讲,自古红颜多薄命,样子生得太好的女人往往没有好命。胡玉音会不会有好命?当初他一个复员军人,大队党支书又不是算命先生,哪能晓得日后要出些什么事情?自他女人给他生下两个"千金妹儿"以后,他渐渐感觉到了自己女人的优越性,出工、收工、奶妹儿、做家务,简直就不晓得累似的,还成天哼哼"社员都是向阳花"呢。每天天不亮起床,每晚上和男人一样地打鼾,像头壮实的母牛。后来又连着生了四胎,也都连公社医院的大门都没有进过。"唉唉,陪着这种女人过日子,倒是实实在在的,当丈夫的要少操好多心⋯⋯"黎满庚后来想。要说他女人有什么缺点,就是生娃娃的瘾太重了一点。

"五爪辣"很少撒泼。她对男人在外干工作一直不大放心。特别是结婚前他所认的那个"干妹",那样灵眉俊眼的女人,连天上的一家两口人都是虱婆子胆,老鼠见了猫一样,岂不只能各人备下一根索,去寻短路?

"这样吧,事情拖不得了,讲不定哪晚上就会来抄家。我把我们剩下的那笔款子,交给满庚哥去保管。放在屋里迟早是个祸胎……"胡玉音眼睛盯着门口,压低了声音。

"满庚?你没听出来,他好像犯在秦癫子的事上了……女组长的报告里,有一多半是对着他来的,杀鸡给猴子看……"黎桂桂提醒自己的女人说。

"不怕。他在党。顶多吃几顿批评,认个错,写份悔过书。你怕还能把他一个复员军人哪样的?"

"唉,就怕连累别人……"

"他是我干哥。我们独门独户的,就只这么一个靠得住的亲戚。"

"好吧。米豆腐摊子也莫等人家来收缴,自己先莫摆了。你哪,也干脆出去避避风头。我在广西秀州有门子远亲戚,十几年没往来过,镇上的人都不晓得……"

五　满庚支书

大队支书黎满庚家里,这些天来哭哭闹闹,吵得不成样子了。黎满庚的女人五大三粗,外号"五爪辣",在队上出工是个强劳力,

"现在,阶级敌人离开会场了,我还要补充几句。"她姿势优美地掠了掠头发,声音也柔和多了,"贫下中农同志们,社员同志们,轰轰烈烈、尖锐复杂、你死我活的阶级斗争,就要在我们芙蓉镇展开了。我们搞的虽然是面上的'四清',但工作组准备和大家一起,全力以赴地投入这场斗争。我们有些党员,有些干部,有些社员,前些年过苦日子,由于各项政策比较放得松,或多或少犯有这样那样的错误,那不要紧。我们的方针是:有错认错,有罪认罪,贪污退赔,洗手洗澡,回头是岸。有的人不回头怎么办?那就要根据情节轻重,用党纪国法来制裁。要不然,地富反坏右一起跑了出来,党内党外互相勾结,而我们贫下中农、干部群众又麻木不仁,不闻不问,那么不要多久,党就变修,江山变色,地主资产阶级就重新上台!"

散会后,胡玉音和黎桂桂回到老胡记客栈里,真是魂不着体,五内俱焚。他们感觉到了,一颗灾星已经悬在他们新楼屋的上空。这栋新楼屋,他们连一晚上都还没有搬进去住过,却成了祸害。就是继续心甘情愿的住烂木板屋,也缺乏安全感了。使夫妻俩尤为伤心的是,看来在这场运动中,老谷主任、满庚支书他们都会逃不脱女组长的巴掌心,他们是泥菩萨过河自身难保,也就不可能对旁人提供什么保护。

黎桂桂吓得浑身打哆嗦,只晓得睁着神色迷乱的眼睛,望着自己的女人。

到底胡玉音心里还有些主见,她坐在竹椅子上出神。唉,要是的。这是一起严重的违法乱纪行为!"

讲到这里,李国香停了一停。她像一切有经验的报告人那样,总要留出个简短的间隙,来让听众思考、消化某个极其重要的问题,或是来记取某一段精辟的座右铭式的词句。

会场上出现了一派嗡嗡的议论声和啧啧的惊叹声。

"贫下中农同志们,社员同志们!"李国香的音调又降了下来,恢复了原先那一口聊家闲似的本地官话,"芙蓉镇上的怪事还多的是呢。还是这个秦书田,他还有个特殊身份,是全大队五类分子的头目。也就是说,他负责监管全大队的五类分子。请看看,我们的某些干部,对这个右派分子是多么地信任和器重。监督、改造五类分子,本来是我们贫下中农的职责和权利。可是,我们少数个别的干部,把这职责和权利拱手送给了阶级敌人。同志们,这是什么问题?这是严重的敌我不分,丧失了阶级立场。以上这些怪事,都出在我们镇上。今天,我们工作组把秦书田揪出来,当一个活靶子、反面教员,也当一面镜子,把我们有些干部、党员的脸块照一照,看看他们的屁股是坐在哪一边!"

接着,李国香下了一道命令:呼口号,把右派分子秦书田押下去!所有的五类分子及其家属子女退出会场。

在一片"打倒秦书田"、"秦书田不低头认罪,死路一条"、"坦白从宽,抗拒从严"的震耳欲聋的口号声中,秦癫子被王秋赦和另一个民兵押出了会场,五类分子的家属、子女也纷纷退出会场。之后,工作组组长李国香讲了一通,作为大会的结束语:

故事吗,有个好汉叫圣手书生萧让。是不是?这个秦书田,也是一条好汉,被我们某些基层干部当成了本镇大队的'圣手书生'!我们来看看吧,这圩场上,街上墙上,我们全大队的山坡、石壁上,到处写着'全党动手,大办农业''三面红旗万岁','农业以粮为纲,工业以钢为纲','一定要解放台湾'等等。这些大幅标语都是出自谁的手笔?出自这个五类分子的手笔!我们一个芙蓉镇百十户人家,难道都是清一色的文盲吗?连个刷标语口号的人都找不出了吗?这是长了谁的威风,灭了谁的志气?秦书田,你讲讲,这些光荣任务,都是谁派给你的?"

秦癫子缩着颈脖,看了台下的黎满庚支书一眼:"是是大队、大队……"

"结结巴巴,心里有鬼,算了!"李国香挥了挥手,适可而止地制止住了秦书田。她驾轻就熟地掌握、调节着会场的火候。接着提出了一个更为叫人胆战心惊的问题:"秦书田!现在你当着广大贫下中农、革命群众的面,报一报你自己的阶级成分!"

"坏分子,我是坏分子。"秦癫子说。

"好一个坏分子!同志们,今天工作组要来戳穿一个阴谋。"李国香这时像一部开足了音量的扩音器,声音嘹亮地宣布:"根据我们内查外调掌握的材料,秦书田根本不是什么坏分子,而是一个罪行严重、编写反动歌舞剧向党向社会主义进攻的极右分子。他从一个遭到双开、清洗的右派分子,变成了一个搞男女关系的坏分子,这都是谁干的好事啊?五类分子的名单,是由县公安局掌握人民公社是天堂,是乐园,本身就是无限风光,怎么要让私有制来添社会主义的风光?这是想变天!同志们,这是反社会主义,反党。这么一副反动对联,公然用大红纸写了贴在我们镇上!新楼屋的主人来了没有?这副对联不要撕了,要留着当个反面材料,让大家一天看上三遍。同志们,可不要小看了写写画画呀,这常常是阶级敌人向党、向社会主义进攻的一种武器,一种手段!"

秦癫子听到这里,不服气地抬起头来看了李国香一眼。站在一旁看押着他的王秋赦,立即在他颈脖上重重拍了一掌,把他的脑壳往下一按。台下马上有几个运动骨干吼了起来:"秦癫子不老实!喊他跪下!""秦癫子跪下!""秦癫子不跪下,我们答应不答应?"

整个会场稍稍迟疑了一下,才做出了反应:"不答应!"

秦癫子浑身抖索,求救似的看了一眼台下的本大队支书黎满庚。黎满庚低着头,哪会顾得上答理他。满庚支书身后,"芙蓉姐子"胡玉音两口人更是丢魂失魄,张皇四顾。他双膝发软,识时务地扑通一声跪了下去。

"秦书田,你可以站起来。"李国香却出乎大家意外地向秦癫子摆了摆手。这也没有什么奇怪,上级派来的干部总是比较讲政策。

秦癫子依言站了起来。他恢复了原有姿态,面对群众双手下垂,低头认罪。只是他双膝上,添了两个鲜明的尘土印。

"秦书田,现在继续批斗你,在群众雪亮的眼睛下,把你的画皮剥开来。"李国香说,"镇上老一辈的人,不是都晓得梁山泊好汉的术是成功的。对于自己这驾驭群众、控制气氛的能力,她颇为得意。"前不久,我们镇上一个小摊贩盖起了一栋新楼屋。有人指出这楼屋比解放前本镇最大的两家铺子'茂源商号'、'海通盐行'还气派。顺便提一句,这个卖米豆腐的摊贩几年来究竟赚了多少钱?她是赚了谁的钱?她五天一圩做米豆腐的大米又是哪里来的?这些,我们都暂且不去说它。新楼房红漆大门上有一副对子,是谁写的?秦书田,你念一遍给大家听听。"

秦癫子微微抬了抬头,斜看了女组长一眼,回答道:"是我写的,我写的……上联是'勤劳夫妻发社会主义红财',下联是'山镇人家添人民公社风光',横联是……"

"这是一副反动对联,同志们!"李国香朝秦癫子挥了挥手,示意他住口,并稍稍抬高了一点声调说,"'勤劳夫妻发社会主义红财',大家嗅出这反动气味来没有?搞社会主义怎么是个人发财?过去讲'人无横财不富,马无夜草不肥',他却提出了'发红财'这种蛊惑人心的反动口号,是对人民公社集体经济的反动!现在我们芙蓉镇,富的起楼屋,穷的卖地皮,说明了什么问题?大家好好想一想,同志们!还有下联'山镇人家添人民公社风光'就更加露骨!'山镇人家'是什么样的人家?是正经八百的贫下中农,还是别的出身历史复杂、社会关系七七八八的人家?据反映,这户人家早在五十年代就诬蔑过我们的农村政策、我们的阶级路线,是什么'死懒活跳,政府依靠;努力生产,政府不管;有余有赚,政府批判'!这难道是一般的落后话、怪话?让这种人家来添人民公社的风光?

他睁不开眼睛。灯光把他瘦长的影子投射到天棚板上，黑糊糊的一片，像尊魔影。

一直坐在戏台上唯一的一张八仙桌旁的女组长李国香，这才走到台前来，习惯地拢了拢额前的几丝乱发后，指着秦癫子，以一口和悦清晰的本地官话说：

"这就是芙蓉镇上大名鼎鼎的秦书田，秦癫子。本镇大队的贫下中农、革命群众，对于老地主、富农，是晓得仇恨的。可是对于这个阶级敌人，你们恨不恨呢？特别要问一句国家干部、共产党员、共青团员们，你们认为秦书田是香还是臭？这样一个阶级敌人，在三年困难时期，竟然成了芙蓉镇一带的红人，仗着他会舞文弄墨，吹拉弹唱，活跃得很。年年冬下社员家里讨亲嫁女，做红白喜事，请的鼓乐班子里头有他。每年春节、元宵节，本镇大队舞龙灯、耍狮子贺新春有他。平日在路上、街上会了面，你们有多少人和他打招呼，给他纸烟抽？在田边、地头，你们多少人听他讲过那些腐朽没落、借古讽今的故事？你们家里的娃娃，那些没有受过剥削压迫的小学生，有多少叫过他做'秦叔叔'、'秦伯伯'的？"

李国香声调不高，平平和和，有理有节地讲着、问着。整个会场的空气都仿佛凝结住了，寂静得会场上的人全都屏声住息了似的。坐在台下的谷燕山、黎满庚和胡玉音两口子，则开始感觉到某种强度的地震。

"怪事多着呢，同志们，贫下中农们，社员们！"李国香继续不紧不慢地说，那语气就仿佛是在和人聊家闲似的。显然，她的斗争艺大会跟往时不同的是,主持大会的李国香组长没有来一个开场白,像原先那些头头那样,从国际国内大好形势讲到本省本县大好形势,讲到本镇本地的大好形势,最后才讲到开会的旨意,几个具体问题;而是先由一位工作组组员,宣读了省、地、县的三份通报。省里的通报是:某地一个坏分子,出于仇恨党和人民的反动阶级本性,疯狂对抗"四清"运动,唆使、煽动部分落后群众围攻、殴打工作队队员,罪行严重,依法判处有期徒刑十五年。地区的通报是:某县一名公社党委委员、大队党支部书记,几年来利用职权包庇地、富、反、坏、右,作恶多端,"四清"工作组进驻后,大吵大闹,拍桌打椅,拒不交代问题,态度十分恶劣,经研究决定撤销其党内外职务,开除党籍,交群众管制劳动。县委的通报是:某公社一个解放前当过妓女的小摊贩,长期搞投机倒把牟取暴利,利用酒色拉拢腐蚀当地干部,妄图在运动中蒙混过关。经批准,将这个女摊贩在全公社范围内进行游斗,以教育广大干部、党团员……

三份通报念将下来,马上产生了神效,一时会场上鸦雀无声,仿佛突然来了一场冰雪,把所有参加大会的人都冻僵了。谷燕山、黎满庚等几个平日在镇上管事的头头都瞠目结舌,像哑了口似的。

"把资产阶级右派分子秦书田揪上台来!"突然,一个工作组组员以一种冰雪崩裂似的声音喊道。

立时,王秋赦和一个基干民兵,就一左一右地像提着只布袋似的,把秦癫子扔到台上来。整个会场都骚动了一下,随即又肃穆了下来。秦癫子垂着双手,低着脑壳站在台前,雪亮的煤气灯光射得五类分子,他们反倒臭狗粪臭到底,不怕了。胡玉音两夫妇是在新社会里攒了点钱,难道也要重新划成分,定为新的地主、富农?

至此,胡玉音和黎桂桂夜夜难合眼。他们认定了自己只是个住烂木板屋的命。住烂木板屋虽然怕小偷,却有种政治上的安全感似的。他们再不去想什么受不受孕、巴不巴肚,而是暗暗庆幸自己没有后代子嗣。不然娃儿都跟着大人当了小五类分子,那才是活作孽啊。

四　鸡和猴

这天晚上,县委工作组进镇以来第一次召开群众大会。大会在圩场戏台前的土坪里举行。那盏得了哮喘病似的煤气灯修好了,挂在戏台中间,把台上台下照得雪白通亮,也照得人们的脸块都有些苍白。跟往时不同的是,本镇原先的几个头面人物都没有坐上戏台,粮站主任谷燕山、大队支书黎满庚、税务所所长等等,都是自己拿了矮凳子或是找了块砖头垫张报纸坐在戏台下边。胡玉音、黎桂桂两口子则紧挨着坐在他们身后,像在寻求依靠、庇护。在台上坐着的只有工作组组长李国香和她手下的两个组员。本镇群众对这一变化十分敏感,既新奇又疑惧,都想朝前边挤挤看看。有的人甚至特意绕个大圈子钻到戏台下,看看"北方大兵"和满庚支书他们究竟坐在什么地方。

圩都要从里头选出砂子,筛出谷壳、稗子、土。而且,碎米谷头子老谷主任也不只批给我一个,镇上好多单位和私人,都买来喂猪……我开初也买来喂猪,后来才做了点小本生意……"一听关连到了粮站的老谷主任,胡玉音就像从冷漠麻木中清醒了过来,大声申辩。老谷是个好人,自己就算犯了法,也不能把人家连累了。

"所以我先前每圩只算了你五十斤米的米豆腐。除去十斤的谷壳、砂子、稗子、土,总够了吧。我是给你留了宽余哪。再说,人家买碎米谷头子是喂了肥猪卖给国家,你买碎米谷头子是变成了商品,喂了顾客!"

李国香组长的话产生了威力,一下子把胡玉音镇住了。接着,女组长又稳住了自己的声调,继续念着本本里的账目说:

"一月六圩,每圩六十斤,两年零九个月,一百九十八圩。就是说,粮站主任谷燕山总共批给你大米一万一千八百八十斤!这是一个什么数字?当然,这是另外一个问题,虽和你有关系,但主要不在你这里……"

算过账,李国香组长在笔记本上写了一行:"经和米豆腐摊贩胡玉音本人核对,无误。"就走了。胡玉音相送到大门口。她心里像煎着一锅油,连请"李组长打了点心再走"这样的客气话都没有讲一句。

晚上,胡玉音把女组长李国香跟她算的一本账,一万多斤大米和六千六百元纯收入的事,告诉了黎桂桂。两口子胆战心惊,果然就像财老倌面临着第二次土改一样。但旧社会的财老倌已经成了百元。三百元中,我们替你留有余地,除掉一百元的成本花销,不算少了吧?你每月还纯收入两百元!顺便提一句,你的收入达到了一位省级首长的水平。一年十二个月,你每年纯收入二千四百元!两年零九个月,累计纯收入六千六百元!"

胡玉音怎么也没有料到,女组长会替她算出这么一笔明细账来!她的收入达到了一位省长级干部的水平,累计六千六百元!天啊,天啊,自己倒是从没这样算过哪……真是五雷轰顶!她顿时就像被闪电击中了一样。

"小本生意,我从没这么算过账……糊里糊涂过日子,钱是赚了一点,都起这新屋花费了……李组长,我卖米豆腐有小贩营业证,得到政府许可,没有犯法……"

"我们并没有认定你就犯了法、搞了剥削呀!"李国香还是一副似笑非笑的脸色,"你门口不是贴着副红纸对联,'发社会主义红财'吗?听说这对联还是出自五类分子秦书田的大手笔。你不要紧张,我只不过是来摸个底,落实一下情况。"

胡玉音的神情一下子由惊恐变成了麻木冷漠,眼睛盯着楼板,抿紧了嘴唇。李国香倒是没有计较她的这态度,也不在乎她吱声不吱声。

"还有个情况。粮站主任谷燕山,每一圩都从打米厂批给你六十斤大米做米豆腐原料,是不是?"李国香的脸色越来越严肃,一时间,真有点像是在讯问一个行为不正当的女人一样。

"不不!那不能算大米,是打米厂的下脚,碎米谷头子。我每胡玉音点了点头。其实她心里蒙着雾,什么都不懂。

"我这里替你初步算了一笔账,找你亲自落实一下。有出入,你可以提出来。"李国香说着,以她黑白分明的眼睛注视了胡玉音一下。

胡玉音又点了点头。她糊糊涂涂地觉得,这倒省事,免得自己来算。若还女组长叫自己算,说不定还会慌里慌张的。而且女组长态度也算好,没有像对那些五类分子训话样的,眼光像刀子,锋寒刃利。

"从一九六一年下半年起,芙蓉镇开始改半月圩为五天圩。这就是讲,一月六圩,对不对?"李国香又注视了胡玉音一眼。

胡玉音仍旧点点头,没做声。她不晓得女组长为什么要扯得这么远,像要翻什么老案。

"到今年二月底止,一共是两年零九个月,"李国香组长继续说,不过她眼睛停留在记事本上了,"也就是说,一共是三十三个月份,正好,逢了一百九十八圩,对不对?"

胡玉音呆住了。她没有再点头。她开始预感到,自己像在受审。

"你每圩都做了大约五十斤大米的米豆腐卖。有人讲这是家庭副业,我们暂且不管这个。一斤米的米豆腐你大约可以卖十碗。你的定价不高,量也较足。这叫薄利多销。你的作料香辣,食具干净,油水也比较厚。所以受到一些顾客的欢迎。你一圩卖掉的是五百碗,也就是五十块钱,有多无少。一月六圩,你的月收入为三柜、书桌、圆桌、靠背椅,整套全新的家具,油漆泛出枣红色的亮光,把四壁雪白的粉墙都映出了一种喜气洋洋的色调。李国香嘴里没再夸赞什么"不错,不错"了,而是抿住嘴巴点着头,露出一脸惊叹、感慨之色。胡玉音一直在留神观看着她脸上的表情变化,但估不透女组长心里想着、窝着的是些什么。最后,她们打开落地窗,站在阳台上看了看山镇风光。李国香倚靠着栏杆,就像一位首长站在检阅台上。她站在阳台这个高度,才看清楚了四周围的古老发黑的土砖屋、歪歪斜斜的吊脚楼、靠斜桩支撑着的杉皮木板屋,和这幢鹤立鸡群似的新楼屋之间的可怕的差异,贫富悬殊的鸿沟啊。

回到卧室,李国香径自在书桌前坐了下来。书桌当窗放着,土漆油的桌面像镜子,照得清人影。胡玉音在一旁陪站着。她见女组长已经在书桌上摊开了笔记本,手里的钢笔旋开了笔帽。

"坐呀,你先坐下来呀。就我们两个人,谈一谈……"这时,李国香倒成了屋主似的,招呼着胡玉音落座了。

胡玉音拉过一张四方凳坐下来。在摆着笔记本、捏着钢笔的女组长面前,她不由地就产生了一种自卑感。所以女组长坐靠背椅,她就还是坐四方凳为宜。

"胡玉音,我们县委工作组是到镇上来搞'四清'运动的,这你大约早听讲了。"李国香例行公事地说,"为了开展运动,我们要对各家各户的政治、经济情况摸一个底。你既不是头一家,也不是最末一户。对工作组讲老实话,就是对党讲老实话。我的意思,你懂了吧?"

是心到神知啊！她连忙把客人迎进屋来。李国香比上一年当饮食店经理时略显富态些,脸上的皱纹也少了点。工作上的同志,劳心不劳力,日子过得爽畅,三十三岁上当黄花女,还不现老相。

黎桂桂见李组长没有带手下的人,又和和气气的,一颗悬着的心,也就落下来一半。他赶忙筛茶,端花生、瓜子。这时,他抛给他女人一个眼色,羞愧地笑了笑。摆好茶盘杯子,他说了声"李组长好坐",就从门背后拿出把锄头,上小菜园子去了。

"你的爱人见了生客,就和个野老公一样,走都走不赢?"李国香组长呷了一口茶,似笑非笑地问。

"他呀,是个没出息的。"胡玉音却脸一红,一边劝李组长剥花生,嗑瓜子,一边在心里想:你个没出嫁的老闺女,大约男人的东西都不分倒顺,却是"野老公"、"野老公"的也讲得出口。

"今天,我是代表工作组,特意来参观这新楼屋的。顺便把两件事,和你个别谈谈。你放心,我们是熟人熟事,公事公办……"李国香说着就抓了一把瓜子站起身来。

胡玉音脸色有些发白,脑壳里有些发紧。女组长今天大约是来者不善,善者不来啊。她来看新楼屋,总不会是个人的兴趣啊。但胡玉音还是强打起精神,赔着笑脸,领着女组长出了老客栈铺子,开开新楼屋的红漆大门。进得门来,李国香就闻到了一股新木香和油漆味。女组长把过厅,厢房,厨房,杂屋,后院的猪栏、鸡埘、厕所,一一地看了看,口里不停地夸赞着"不错,不错"。接着又踏着板梯,上楼看了宽大敞亮的卧室,里头摆着大衣柜、高柱床、五屉身子去擦眼泪。

"玉音,玉音,我是讲把你听的,讲把你听的……又没有真的就要去杀哪个……"

"可你,要就是卖掉新楼屋,要就是去拼性命……如今镇上只传出点风声,就把你吓成这样子……若还日后真的有点什么事,你如何经得起?"

"左不过是个死。另外,还能把我们怎么的?"

黎桂桂随口讲出的这个"死"字,使得胡玉音眼冒火星子。她真想扬手抽男人一个嘴巴子,但手举到半路又落不下去了。就像有座大山突然横到了她眼前,要压到她身上来,她感到了事情的严重和紧迫。她是个外柔内刚的人,当即在心里拿定了一个主意:

"我就去找找李国香,问问她工作组组长,收缴米豆腐摊子和杀猪刀的话,是真是假……我想,大凡上级派来的工作同志,像老谷主任他们,总是来替我们平头百姓主事、讲话的……"

黎桂桂以敬佩的目光看着自己的女人。每逢遇事,女人总是比他有主见,也比他有手腕,会周旋。在这个两口之家里,男人和女人的位置本来就是颠了倒顺的。

胡玉音梳整了一下,想了想该和女组长说些什么话,才不致引起人家的反感,或是不给人家留下话把。她正打算出门,门外却有个女子和悦的声气在问:

"胡玉音!胡玉音在屋吗?今天不是逢圩的日子嘛!"

胡玉音连忙迎出门去,一看,竟是一脸笑容的李国香组长。真细的血珠子。胡玉音含着眼泪,这才发觉,自己气头子上没轻没重……鬼打起,听到点风声,遇上点事,自己也发了癫啰,人都不抵钱了!她和桂桂结婚八年了,还没起过高腔红过脸。由于没有生育,她把女人的一腔母爱都倾注在男人身上,连男人的软弱怕事,都滋长了她对他袒护、怜爱的情感。桂桂既是她丈夫,又是她兄弟,有时还荒唐地觉得是自己的崽娃……可如今,把男人的额头都戳出了血!她赶忙放下碗筷,站起身子绕过去,双手捧住了桂桂的头:"你呀,蠢东西,就连痛都不晓得喊一声。"

桂桂非但没有发气,反而把脑壳靠在她的胸脯上:"又不大痛。玉音,卖新楼屋,我不过随便讲讲,还是你拿定见……反正我听你的,你哪样办我就哪样办。你就是我的家,我的屋……只要你在,我就什么都不怕……真的,当叫花子讨吃,都不怕……"

胡玉音紧紧搂着男人,就像要护着男人免受一股看不见的恶势力的欺凌,她不觉地就落下泪来。是的,一个摆小摊子为业的乡下女人的世界就这么一点大,她是男人的命,男人也是她的命。他们就是为了这个活着,也是为了这个才紧吃苦做,劳碌奔波。

"玉音,你不要以为我总是老鼠胆子……其实,我胆子不小。如果为了我们的新楼屋,你喊我去杀了哪个,我就操起杀猪刀……我的手操惯了刀,力气蛮足……"桂桂闭着眼睛像在做梦似的咕咕哝哝,竟然说出这种无法无天的话来。

胡玉音赶紧捂住了桂桂的嘴巴:"要死了!看看你都讲了些什么疯话!这号事,连想想都有罪过,亏你还讲得出……"说着,背过压力,一种惶恐气氛。这可把胡玉音急坏了,也把她男人黎桂桂吓蒙了。桂桂脸色呆滞,吃早饭时连碗都不想端了。难怪政治家们把舆论当武器,要办一件事总是先造舆论,放风声。

"祖宗爷!人家的男人像屋柱子,天塌下来撑得起!我们家里一有点事,你就连个女人都不如,碗筷都拿不起?"胡玉音对自己不中用的男人又恼又气又恨。

"玉音,我、我们恐怕原先就没想到,新社会,不兴私人起楼屋。土改前几年,不是也有些新发户紧穿省用,捆紧裤带买田买土买山场,后来划成了地主、富农……"桂桂眼睛里充满了惊恐,疑惧地说。

"依你看,我们该哪样办?"胡玉音咬了咬牙关,问。

"趁着工作组还没有找上门来,我们赶快想法子把这新楼屋脱手……哪怕贱卖个三两百块钱……我们只有住这烂木板屋的命……"桂桂目光躲躲闪闪地说。

"放屁!没得出息的东西!"胡玉音听完男人的主意,火冒三丈,手里的筷子头直戳了过去,在男人的额头上戳出了两点红印。"地主富农是收租放债、雇长工搞剥削!你当屠户剥削了哪个?我卖米豆腐剥削了哪个?卖新屋!只有住烂木板屋的命!亏你个男人家讲得出口!抓死抓活,推米浆磨把子都捏小了,做米豆腐锅底都抓穿了,手指头都抓短了,你张口就是卖新屋!天呀,人家的男人天下都打得来,我家男人连栋新屋都守不住……"

黎桂桂伸手摸了摸额头,额头上的两个筷子头印子沁出了细不一会儿,王秋赦就一头一身灰蒙蒙的,提着一筐东西出来了,给女组长过目。原来是一床千疮百孔的破棉絮,一件筋吊吊、黑油油的烂棉袄,一只破篮筐,缺口碗。只少一根打狗棍,那倒随处可找了。

"呵呵,得来全不费功夫!还是你老王有办法。"女组长十分高兴、赞赏。

"只是要报告上级,这破棉絮,烂棉袄,都是解放后政府发给我的救济品……"王秋赦苦着眉眼,有实道实。

"你开什么玩笑?这是严肃的政治任务!还有什么心三心四的?"女组长声色俱厉地批评教育说,"我到衡州、广州看过一些大博物馆,大玻璃柜里摆着的,好多都是模型、仿制品呢!"

三 女人的账

镇上传出了风声:县委工作组要收缴"芙蓉姐子"的米豆腐摊子和她男人的杀猪屠刀。这风声最初是从哪里来的,谁都不晓得,也无须去过问。而人们对于传播新鲜听闻的爱好,就像蜂蝶在春天里要传花授粉一样,是出于一种天性和本能。还往往在这新鲜听闻上添油加醋,增枝长叶,使其疑云闷雨,愈传愈奇,直到产生了另一件新鲜传闻,目标转移为止。

街坊们的挤眉弄眼,窃窃私语,无形中给胡玉音夫妇造成一种搞展览,进行回忆对比呢。可见,凡事都应当有远见,烂东烂西自有烂东烂西的用处。越穷越苦的地方,就越要搞回忆对比。叫做物质的东西少一点,精神的东西就要多一些。比方,有的生产队集休生产暂时没有搞上去,分下的口粮不够吃,少数社员就骂娘,不满;再比方,有的地方工分值低,年终分配兑不了现,就有社员撕扯记工本,骂队长会计吃了冤枉;又比方,公社、县里的领导,统一推行某种耕作制,规定种植某个外地优良品种,因水土不服,造成了大面积减产,社员们就叫苦连天等等。不搞回忆对比行吗?不忆苦、不思甜行吗?解放才十四五年,就把旧社会受过的苦、遭过的罪,忘得精光?三面红旗、集体经济,纵使有个芝麻绿豆、鸡毛蒜皮的毛病、缺点,你们也不应发牢骚、泄怨气。不要这山望着那山高,端着粗碗想细碗,吃了糠粑想细粮,人心不足蛇吞象。所以忆苦思甜是件法宝,能派很多用场。

当然李国香组长要办忆苦思甜阶级教育展览会,是为了发动群众,开展运动。她为着寻找几件解放前的展品走访了好些人家,都一无所获。她忽然心里一亮:对了!眼前放着个百事通、活谱子不去问!或许吊脚楼主能想出点子来。一天吃中饭时,她把这事对王秋赦讲了讲。王秋赦面有难色,犹豫了一会儿,才说:

"东西倒有几样,不晓得用得用不得……"

"什么用得用不得,快去拿来看看!"

李国香心里一块石头落了地,笑眯眯地看着她的"依靠对象"到门弯楼角里捣腾去了。

本事大着呢。镇上的男女老少,没有几个不跟她相好。就是干部们对她,对她……"

"对她怎么啦?"女组长有些不耐烦,又怀有强烈的好奇心。

"喜欢她那张脸子、那双眼睛呀!大队黎支书认了她做干妹子,支书嫂子成了醋罐子。粮站主任供她碎米谷头子,税务所长每圩收她一块钱的税,像她大舅子。连秦癫子这坏分子跟她都有缘,从她口里收集过老山歌,骂社会主义是封建,可恶不可恶?"

这席谈话,使得李国香大有收获,掌握了许多宝贵的第一手材料。吊脚楼主确是镇上一个人才,看看通过这场运动的斗争考验,能不能把他培养起来。

半个月后,工作组把全镇大队各家各户的情况基本上摸清楚了。但群众还没有发动起来,于是决定从忆苦思甜、回忆对比入手,激发社员群众的阶级感情。具体措施有三项:一是吃忆苦餐,二是唱忆苦歌,三是举办大队阶级斗争展览。阶级斗争展览分解放前、解放后两部分。解放前的一部分需要找到几样实物:一床烂棉絮,一件破棉袄,一只破篮筐,一根打狗棍,一只半边碗。

但解放都十四五年了,穷人都翻了身,生活也有所提高,如今还到哪里去找这些烂东烂西!唉唉,土地改革那阵,只顾着欢天喜地庆翻身,土地还老家,只想着好好种种分得的好田好土,只顾着奔新社会的光明前程,那些破破烂烂,当初只怕扔都扔不赢呢,谁还肯留下来叫人见了伤心落泪,又哪里料想得到十几年以后还要人的天下……"

王秋赦讲的倒是真话。镇上这几个头头平日老是讲他游手好闲啊,好吃懒做啊,怕下苦力啊。黎满庚最可恶,克扣过他的救济粮和救济衣服,全无一点阶级感情!哼哼,这种人在本镇大队掌印当政,他王秋赦怎么彻底翻得了身?这回政府算开了恩,体察下情,派下了工作组,替现时最穷最苦的人讲话,革那些现时有钱有势人的命!

李国香边问边记,把镇上十几个干部的情况都大致上摸了个底。王秋赦真是本活谱子呀,这家伙晓得的事多,记性又好,谁跟谁有什么亲戚,什么瓜葛,什么口角不和,什么明仇暗恨,甚至谁爬过谁的阁楼,谁摸过谁家的鸡笼,谁被谁的女人掌过嘴,谁的妹儿吃过哑巴亏,出嫁时是个空心萝卜,谁的崽娃长相不像爷老倌,而像谁谁谁。他都讲得头头是道,有根有叶。而且还有地点、人证、年月日。听着记着,女组长不禁对这"根子"产生了几分好感和兴趣,觉得王秋赦好比一块沉在水里的大青石,把什么水草啦、游丝啦、鱼虾、螺蛳、螃蟹啦,都吸附在自己身上。

"这几年,趁着国家经济暂时困难,政策放得比较宽,圩场集市比较混乱,而做生意赚了钱、发了家的,镇上要算哪一户?"女组长又问。

"还消问?你上级比我还清楚呀!"王秋赦故作惊讶地反问,"你上级听到的反映还少吗?就是东头起新楼屋的胡玉音!这姐子靠了她的长相摆米豆腐摊子,招徕顾客,得了暴利……而且她的她严肃地对"根子"说：

"坐下来！不像话，这么没上没下、没大没小的，动手动脚，可要注意影响，啊？"

王秋赦红了红脸，顺从地坐了下来。他搓着刚才曾经捏过女组长手臂的一双巴掌，觉得有些儿滑腻腻的：

"我该死！只顾着拥护上级文件，拥护上级政策，就、就忘记了李组长是个女的……"

"少废话，还是讲正事吧。"李国香倒是有海量，没大介意地笑了笑，掠了掠额上的一缕乱发，没再责备他。"你本乡本土的，讲讲看，镇上这些人家，哪些是近些年来生活特殊的暴发户？"

"先讲干部？还是讲一般住户？镇上的干部嘛……有一个人像那河边的大树，荫庇着不少资本主义的浮头鱼，他每圩卖给胡玉音六十斤米头子做米豆腐卖，赚大钱起新楼屋。只是人家资格老，根底厚，威望高。就是工作组想动他一动，怕也是不容易。"

"他？哼哼，如果真有问题嘛，我们工作组这回可要摸摸老虎屁股喽！还有呢？"

"还有就是税务所长。听讲他是官僚地主出身，对贫下中农有仇恨，他多次讲我是'二流子'，'流氓无产者'……"

"嗯嗯，诬蔑贫农，就是诬蔑革命。还有呢？"

"还有就是大队支书黎满庚。他立场不稳，重用坏分子秦书田写这刷那，当五类分子小头目。还认了卖米豆腐的胡玉音做干妹子，又和粮站主任、供销社主任勾通一气……芙蓉镇就是他们几个队伍,组织阶级阵线。老王,你听了文件,倒动了点脑筋,不错,不错。"

"我还有个事不懂,清经济这一条,是不是要清各家各户的财产?"

王秋赦睁大了眼睛,一眨不眨地瞪着女组长。他差点就要问出"还分不分浮财"这话来。女组长被这个三十几岁的单身汉盯得脸上有点发臊,就移开了自己的视线,继续讲解着政策界限:

"要清理生产队近几年来的工分、账目、物资分配,要清理基层干部的贪污挪用,多吃多占,还要清查弃农经商、投机倒把分子的浮财,举办阶级斗争展览,政治账、经济账一起算。"

"好好!这个运动我拥护!哪怕提起脑壳走夜路,我都去!"

王秋赦呼的一下站了起来,兴奋得心都在怦怦跳。娘卖乖!哈哈,早些年曾经想过、盼过,后来自己都不相信会再来的事,如今说来就来!乖乖,第二次土改,第二次划成分,第二次分浮财……看看吧!王秋赦有先见之明吧?你们这些蠢东西,土改时分得了好田好土,耕牛农具,就只想着苦吃勤做,只想着起楼屋,置家产,发家致富……哈哈,王秋赦却是比你们看得远,仍是烂锅烂灶烂碗,当着"现贫农",来"革"你们的"命","斗"你们的"争"!他一时浑身热乎乎、劲鼓鼓的,情不自禁一把抓住了女组长的双手臂:

"李组长!我这百多斤身坯,交给工作组了!工作组就是我亲爷娘,我听工作组调遣、指挥!"

李国香抽回了自己的双手,竟也有点儿心猿意马。没的恶心!

秋赦进行重点培养,亲自念文件给"根子"听。她自去年和王秋赦有过几次交往后,对吊脚楼主印象不坏,觉得可塑性很大:首先是苦大仇深,立场坚定,对上级指示从无二话;再就是此人长相也不差,不高不矮,身子壮实,笑笑眯眯,和蔼可亲;更重要的是王秋赦思想灵活,反应快,嘴勤脚健,能说会道,有一定的组织活动能力。所谓"人不可貌相",眼下王秋赦不过穿着破一点,饮食粗一点,要是给他换上一身干部制服,衬个白领子,穿双黄解放鞋,论起气度块头来,就不会比县里的哪个科局级干部差了去。她初步打算把王秋赦树成一个社教运动提高觉悟的"典型",先进标兵,从而使自己抓的这个镇子的运动,也可以成为全县的一面红旗……

李国香嘴里念着文件,心里想着这些,不时以居高临下的眼光看王秋赦一眼。王秋赦当然体察不到工作组女组长的这份苦心。当女组长念到"清阶级、清成分、清经济"的条款时,他心里一动,眼睛放亮,喉咙痒痒的,忍不住问:

"李组长,这次的运动,是不是像土地改革时那样……或者叫做第二次土改?"

"第二次土地改革?对对,这次运动,就是要像土改时那样扎根串连,依靠贫雇农,打击地富反坏右,打击新生的资产阶级分子!"

李国香耐心地给"根子"解答,流畅地背着政策条文。

"李组长,这回的运动要不要重新划分阶级成分?"

"情况复杂,土地改革搞得不彻底的地方,就要重新建立阶级沤得发黑了,长了凤尾草,生了虫蚁。凤尾草倒是不错,团团围围就像给木楼镶了一圈绿色花边一样。还有楼后的杂草藤蔓,长得蓬蓬勃勃,早就探着楼上的窗口了。

歪斜的楼屋,荒芜的院子,使李国香组长深有感触,感到自己的责任重大啊,解放都十四五年了,王秋赦这样的"土改根子"还在过着穷苦日子,并没有彻底翻身。这是什么问题?三年苦日子,城乡资本主义势力乘机抬了头啊。不搞运动,不抓阶级斗争,农村必然两极分化,还是富的富,穷的穷,国变色,党变修,革命成果断送,资本主义复辟,地主资产阶级上台,又要重新进山打游击,搞农村包围城市……当李国香在楼下火塘里看到王秋赦的烂锅烂灶缺口碗,都红了眼眶掉了泪!多么深厚的阶级情感。女组长和两个工作组员做好人好事,每人捐了两块钱人民币,买回一口亮堂堂的钢精锅、一把塑料筷子、十个饭钵。工作组还身体力行出义务工,组长组员齐动手,把吊脚楼后藏蛇窝鼠的藤蔓刺蓬来了次大铲除,拯救了半死不活的芭蕉丛、柚子树,改善了环境卫生。李国香手掌上打起了血泡,手臂上划了些红道道。临街吊脚楼却是面貌一新,楼口贴了副红纸对联:千万不忘阶级斗争,永远批判资本主义。

为了在镇上把"根子"扎正扎稳,工作组没有急于开大会,刷标语,搞动员,追求表面的轰轰烈烈。而是注重搞串连,摸情况,先分左、中、右,对全镇干部、居民"政治排队",确定运动依靠谁,团结谁,教育争取谁,孤立打击谁。一天,李国香派两个工作组员分头深入镇上的几户"现贫农"家"串连"去了,她则留在吊脚楼里,对王

场空,觉得伤心、委屈,流出了眼泪:

"从前山霸有吃有喝有女人……如今轮着爷们……却只做得梦……"

有段时间,街坊邻居听见吊脚楼上乒乒乓乓,还夹杂着嬉笑声、叫骂声,就以为楼上出了狐狸精了,王秋赦这不学好、不走正路的人是中了邪,被精怪迷住了。原先有几位替王秋赦提亲做媒、巴望他成家立业、过正经日子的老婶子们,都不敢再当这媒人了。而一班小媳妇、大妹娃们,则大白天经过吊脚楼前,也要低下脑壳加快脚步,免得沾上了"妖气"。后来就连王秋赦本人,也自欺欺人,讲他确实在楼上遇到了几次狐狸精,那份标致,那份妖媚,除了镇上卖米豆腐的胡玉音,再没一个娘儿们能相比。从此,王秋赦也不上楼去睡了。他倒不是怕什么狐狸精,而是怕弄假成真得"色癫",发神经病。不久,镇上倒是传出了一些风言风语,说是吊脚楼主没有遇上什么精怪,倒是迷上了卖米豆腐的"芙蓉姐子",连着几次去钻老胡记客栈的门洞,都挨胡玉音的耳刮子,后来还是黎桂桂亮出了杀猪刀,他才死了心。但胡玉音夫妇都是镇上的正派人,苦吃勤做,老实本分。因之这些街言巷语,都不足凭信。

屋靠保养楼靠修。李国香带着三个工作队员住进来时,吊脚楼已经很不成样子了。整座木楼都倾斜了,靠了三根粗大的斜桩支撑着。每根斜桩的顶端撑着木墙的地方,都用铁丝吊着块百十斤重的大青石。要是在月黑星暗的晚上,猛然间抬头看去,就像吊着三具死尸,叫人毛骨悚然。吊脚楼的屋脚,露出泥土的木头早就级下来的男女工作同志借宿。早先楼上的金红镂花高柱床没有变卖时,王秋赦也曾在楼上住过两三年,睡在镂花高柱床上做过许多春梦。唉唉,那时他就像中了魔、入了邪似的,在脑子里想象出原先山霸身子歪在竹凉床上,如何搂着卖唱的女人喝酒、听曲、笑闹的光景。有时就是闭着眼睛躺在被褥上,脑子里浮现的也是些不三不四的思念:娘卖乖,就是这张床,这套铺盖,山霸玩过多少女人?年少的,中年的,胖的,瘦的……山霸后来得了梅毒,死得很苦、很惨。活该!娘卖乖!可是,他总是觉得床上存有脂粉气,枕边留有口角香。

牡丹花下死,做鬼也风流!他慢慢地生出一些下作的行径来。在那些天气晴和、月色如水的春夜、夏夜、秋夜,竟不能自禁,从床上蹦跳到客厅楼板上,模仿起老山霸当日玩乐的情景,他也歪在竹凉床上,抱着个枕头当妍头:"乖乖,唱支曲儿给爷听!听哪支?还消问?你是爷的心肝儿,爷是你的摇钱树……"他搂着枕头有问有答。从前有身份的乡绅总以哼几句京戏为时髦,他不会唱京戏,只好唱出几句老花灯来:"哎呀依子哥喂,哎呀依子妹,哥呀舔住了妹的舌,妹呀咬住了哥的嘴……"有时他还会打了赤脚,满客厅、卧室里追逐。追逐什么?只有他自己心里有数。他追的是一个幻影。时而绕过屋柱,时而跳过条凳,时而钻过桌底,嘴里骂着:"小蹄子!小妖精!看你哪里跑,看你哪里躲!嘻嘻嘻,哈哈哈,你这个小妖精,你这个坏蹄子……"他一直追逐到精疲力竭,最后气喘吁吁地扑倒在镂花高柱床上,一动不动地像条死蛇。但他毕竟是扑了一

二 吊脚楼啊

吊脚楼原是富裕殷实的山里人家的住所,全木结构,在建筑上颇有讲究。或依山,或傍水,或绿树掩映,或临崖崛起,多筑在风景秀丽处。它四柱落地,横梁对穿,圆筒杉木竖墙,杉木条子铺楼板,杉皮盖顶。一般为上下两层,也有沿坡而筑,高达四层的:第一层养猪圈牛。第二层为库房,存放米谷、杂物、农具。第三层为火塘,全家饮食起居、接待客人、对歌讲古的场所。第四层方为通铺睡房。在火塘一层,有长廊突出,底下没有廊柱,用以日看风云,夜观星象,称为"吊脚"。初到山区的人,见吊脚楼衬以芭蕉果木,清溪山石,那尖尖的杉木皮顶,那四柱拔起的黄褐色形影,有的屋顶和木墙上还爬着青藤,点缀着朵朵喇叭花,倒会觉得是个神秘新奇的去处呢。

王秋赦土地改革时分得的这栋胜利果实——临街吊脚楼,原是一个山霸逢圩赶场的临时住所。楼前原先有两行矮冬青,如今成了两丛一人多高的刺蓬;楼后原先栽着几棵肥大的芭蕉,还有两株广橘。如今芭蕉半枯半死,广橘树则生了粉虫。楼分上下二层。下一层原先为火塘、佣人住房。上一层方为山霸的吃喝玩乐处。整层楼面又分两半,临街一半为客厅,背街一半则分隔成三间卧室。如今王秋赦只在底下一层吃住,故楼上一层经常空着,留把上咱镇上的草顶土砖房,杉皮木板房,歪歪斜斜的吊脚楼,门板都发黑、发霉了的老铺子,逐步换成楼上楼下,电灯电话!那一来,咱芙蓉镇的青石板街的两旁,就新楼房一幢挤着一幢,就和大城市里的一条整齐漂亮的街道一样……"

因为不是在会场上,大家对于"北方大兵"的这席祝酒词,不是报以热烈的掌声,而是报以笑声、叫好声,杯盏相碰的叮当声。当然,也有少数人在心里嘀咕,这个老谷,两杯酒落肚,就讲开了酒话?家家住新屋,过好日子,就是共产主义?可如今上头来的风声很紧,好像阶级和阶级斗争,才是革命的根本,才是通向共产主义的路径。

接着下来,镇税务所长也举起酒杯讲了几句话。当他提议祝新楼屋的主人早生贵子、人丁兴旺时,获得了满堂的喝彩、叫好。

酒,是家做的杂粮烧酒,好进口,有后劲。菜是鸡、鸭、鱼、肉十大碗。老谷和黎满庚两人来了豪兴,开怀畅饮。

也有细心的人冷眼旁观看出来,吊脚楼主王秋赦,破天荒头一回没有加入这场合,来跑堂帮忙,一享口福。真有点使人觉得反常。是王秋赦心疼自己"贱价"卖掉的地皮,不愿看到人家在那块本来是属于他的胜利果实上盖起了新楼屋?还是社教工作组住进了他的吊脚楼,如今他又成了红人,当了"根子",协助工作组忙运动,抓中心,实在抽不开身?还有一种令人担忧的猜测,就是或许他已经听到了什么消息,摸着了什么风头,提高了觉悟,有了警惕性。

是的，胡玉音没吃没喝，听着乡邻们的恭贺声，看着张张笑脸，就喜饱了，醉倒了。

"北方大兵"谷燕山今日兴致特别高，第一轮酒喝下肚，在大队党支部书记黎满庚的催促下，他端着酒杯站起，来了段即兴祝辞。他讲的是一口纯正的北方话，没有杂一点本地土腔。在一切正规、严肃的场合，他都坚持讲一口北方话，好像用以显示其内容的重要性。

"同志们！今天，咱都和主人一样高兴，来庆祝这幢新楼房的落成！一对普通的劳动夫妻，靠了自己的双手，积蓄下款子，能盖这么一幢新楼房，说明了什么问题呢？劳动可以致富，可以改善生活。咱不要苦日子，咱要过幸福生活。这就是社会主义制度的优越性，咱共产党领导的英明！这是今天大家端着酒杯，吃着鸡鸭鱼肉，应当想到的第一点。第二一点，大家都是在一个镇子上住着，对这幢新楼房和它的主人，咱应当抱什么态度呢？是羡慕，还是嫉妒？是想向他们看齐，还是站在一旁风言风语？我觉得应当向他们看齐，应当向这对勤劳夫妇学习。当然不是叫咱人人都去摆摊子卖米豆腐。发展集体生产和家庭副业，门路多得很！第三一点，咱不是经常讲要建成社会主义、进入共产主义吗？我想共产主义社会嘛，坐着是等不来的，伸着手也没有人给。前几年吃公共食堂大锅饭，也没有吃得成……我想共产主义嘛，在咱芙蓉镇，是不是可以先来一点具体的标准，每户人家除了吃好穿好外，都盖这么一幢新楼房，而且比这幢楼房还要盖得好，盖得高，盖得有气派！把不同,待人接物,讲话办事的水平也不同。胡玉音见她和和气气,心里自是宽慰感激。

三月初一,天一放亮,新楼屋门口就响起了噼噼啪啪的鞭炮声,有五百响的,有一千响、两千响的,把芙蓉镇吵醒了。红漆大门洞开,贴着一副惹眼醒目的红纸金字对联。上联:勤劳夫妻发社会主义红财。下联:山镇人家添人民公社风光。横联:安居乐业。不用说,这副对联是出自秦书田的手笔。

整整一上午,亲戚朋友,街坊邻里,同行小贩,来"恭喜贺喜"的,送镜框匾额、送"红包"、打鞭炮的络绎不绝。新楼屋门口的青石板上,红红绿绿的鞭炮纸屑天女散花似的撒了一层。通街都飘着一股喜庆的硝烟味、酒肉香。中午一时,人客到齐,新楼旧铺,摆下了十多桌酒席,济济两堂,热闹非凡。老谷主任、满庚支书、税务所长、供销社主任等镇上的头面人物,坐了首席。

开席前,满面红光却又是一脸倦容的胡玉音拉着满庚哥说:"我是滴酒不沾的,桂桂又是个见不得场合、出不得众的人,你有海量,就给妹子做个主,劝谷主任他们多吃几杯。一生一世,也难得这么热闹两回……""放心,放心,这回,我头一个就替你把'北方大兵'灌醉!""秦癫子也来帮过忙,他成分高,我打算另外谢他一下。"胡玉音周到地说。"对,对,秦癫子要入另册。""另外,满庚哥,住进新楼屋后,拆了老屋,我和桂桂想收养一个崽娃,到时候请大队上做个主……""哎呀,妹子,你今日是喜饱了?你还有没有个完?席上正等着我哪……"

还没有完全拆除,本镇居民们就天天在围观、评价、感叹了。社教工作组组长李国香同志也杂在人群中来观看过几回,并在小本本里记下了几条"群众反映":

"攒钱好比针挑土,想不到卖米豆腐得厚利,盖起大屋来!"

"比解放前的茂源商号还气派,比海通盐行还排场!"

"人无横财不富,马无夜草不肥……没个三千两千的,这楼屋怕拿不下。"

"黎桂桂这屠户杀生出身,入赘在胡氏家,不晓得哪世人积下的德!"

"胡玉音真是本镇女子的头块牌,不声不气,票子没有存进银行,不晓得是夹在哪块老砖缝缝里……"

新屋落成,破旧的老客栈还没拆除,就碰上芙蓉河岸老芙蓉树春日里开花的异事,胡玉音决定办十来桌酒席冲一冲。也是对街坊父老、泥木师傅的一种酬谢。她先去请教了义兄满庚哥。大队支书既没有点头,也没有摇头。胡玉音懂得这在头头们来说叫做"默认"。接着,她挨家挨户,从老谷主任、税务所长到供销社主任、信用社会计,百货、南货、饮食各单位头头,一些相好的街坊邻里,都请到了。大都满口应承,也有少数托词回避的。她还特意去请了请那位跟她面目不善的社教工作组组长李国香以及两位组员。李国香倒是客客气气的,开口就是"好的,好的",说工作组新来,运动还没有展开,吃喜酒不好去,怕违犯社教工作队员的纪律,倒是日后一定到新楼屋去看看,坐坐,扯扯家闲。李国香这回确是身份来的。加上这段时间,谷燕山为着粮站发放一批早稻优良品种,黎满庚为着大队的春耕生产,忙还忙不赢呢。

工作组住进王秋赦的吊脚楼这件大事,暂时还没有成为本镇的重要新闻。本镇居民的注意力都被另一件事情吸引去了:摆米豆腐摊的胡玉音夫妇即将落成新楼屋了。新楼屋涣散了人心,干扰了运动。胡玉音两口子却为了这新楼屋请人描图、备料,请木匠泥匠,忙了一冬一春,都瘦掉了一身肉。逢圩赶场的人却讲,"芙蓉姐子"人瘦点,倒越发显得水灵鲜嫩了。她的老胡记客栈已经十分破旧,打算盖起新屋后拆除。新楼屋就盖在老胡记客栈的隔壁,屋基就是买得吊脚楼主王秋赦的。据说王秋赦花掉两百块钱地皮款后又有些翻悔:卖贱了,黎桂桂夫妇起码占了他一百块钱的便宜。就算他赊吃了两年多的米豆腐,但一百块钱就是一千碗呀!天啊,一千碗!他王秋赦就是牛肠马肚也装不下这许多呀。可见生意人是放长线钓大鱼,打的是铁算盘……可如今,管你翻悔不翻悔,人家新楼屋已经盖起了,一色的青砖青瓦,雪白的灰浆粉壁。临街正墙砌成个洋式牌楼,水泥涂抹,划成一格格长方形块块,给人一种庄重的整体感。楼上开着两扇门窗两用玻璃窗,两门窗之间是一道长廊阳台,砌着菱花图案。楼下是青石阶沿,红漆大门。一把会旋转的"牛眼睛"铜锁嵌进门板里。这座建筑物,真可谓土洋并举、中西合璧了。在芙蓉镇青石板街上,它和街头、街中、街尾的百货商店、南货店、饮食店互相媲美,巍然耸立于它古老、破旧的邻居们之上,可以称为本镇的第四大建筑,而且是属于私人所有!脚手架生也不易找见,因之有些人便去找"天上的事情晓得一半,地上的事情晓得全"的五类分子秦书田求教。秦书田这家伙却假装积极,好像比一般社员群众觉悟还高、思想还进步似的,竟唱开了高调,说以上言论都是不读书,不懂生物学、生态学为何物造成的,硬把世事变迁、自然灾害和草木花卉的变异现象扯在一起,做出了种种迷信解释,等等。最后还引用了革命导师关于"在一个文盲充塞的国度里是不可能建设共产主义"的教导,来说服大家,来上政治课,妄图以此来抬高身价,显示他有文化知识的优越性,贬低社员群众的思想觉悟呢。

然而自然界的某些变异现象,却往往不迟不早地和社会生活里的某些重大事件巧合在一起。二月下旬,县委社教工作组进驻了芙蓉镇。组长就是原先国营饮食店的女经理。李国香这回来,衣着朴素,面色沉静,好些日子都不大露面,住在镇上的一户"现贫农"家——王秋赦的吊脚楼上,学当年土改工作队搞"扎根串连"。山镇上的居民对上级派来的工作同志向来十分敬重。对于政治,对于形势,却表现出一种耳目闭塞的顽愚。死水一般平静的生活,旧有的风俗人情,就像一剂效用长久的蒙汗药,使他们麻木、迟钝。就连谷燕山、黎满庚这些见过世面的头面人物,也以为生活的牛车轮子还会吱吱嘎嘎、不紧不慢地照常转动。对于李国香的重新出现,他们虽然心里也掠过了几丝阴云,但没有十分介意。她在客位,自己在主位。神仙下来问土地公。他们就是这镇上的土地公。不管哪个仙姑奶奶、官家脑壳来,外礼外法的事,大约是难以办起

第二章　山镇人啊
（一九六四年）

一　第四建筑

　　转眼就是一九六四年的春天。这年的春天，多风多雨，寒潮频袭，是个霉种烂秧的季节。芙蓉河岸上，仅存的一棵老芙蓉树这时开了花，而街口那棵连年繁花满枝的皂角树却赶上了公年，一朵花都不出。镇上一时议论纷纷，不晓得是主凶主吉。据老辈人讲，芙蓉树春日开花这等异事，他们经见过三次：头次是宣统二年发瘟疫，镇上人丁死亡过半，主凶；二次是民国二十二年发大水，镇上水汪汪，变成养鱼塘，整整半个月才退水，主灾；三次是一九四九年解放大军南下，清匪反霸，穷人翻身，主吉。至于皂角树不开花，不结扁长豆荚，老辈人也有讲法，说是主污浊，世事流年不利。至于今年芙蓉树春日开花和皂角树逢公年两件异事碰在一起，水火相克，或许大吉大利，或许镇上人家会有不测祸福等等。一时镇上人心惶惶，猫狗不安。可是毕竟解放都十三四年了，圩场上连个测字先台灯光圈下,他像日理万机、心疲力竭的人们那样,眼皮有些浮肿,一脸的倦容。他大约批示过县公安局的这份材料,就可以到阳台上去活动活动一下身骨,转动几下发酸发硬的颈脖,擦把脸,烫个脚,去短暂地睡三五个钟头了。他终于拉过一本公函纸,握起笔。这笔很沉,关系到不少人的身家性命啊。他字斟句酌地批示道:

芙蓉镇三省交界,地处偏远,情况复杂,历来为我县政治工作死角。"小集团"一说,不宜草率肯定,亦不应轻易否定、掉以轻心。有关部门应予密切注意,发现新情况,立即报告县委不误。

这年秋末,芙蓉镇国营饮食店的女经理调走了,回县商业局当科长去了。镇上的居民都松了一口气,好像拨开了悬在他们头顶上的一块铅灰色的阴云。

但山镇上的人们哪能晓得,就在一个他们安然熟睡、满街鼾声的秋夜里,一份由县公安局转呈上来的手写体报告,摆在县委书记杨民高的办公桌上。办公室里没有开灯,只亮着办公桌上的一盏台灯。台灯在玻璃板上投下一个圆圆的光圈。杨民高书记靠坐在台灯光圈外的藤围椅里,脸孔有些模糊不清。他对着报告沉思良久,不觉地转动着手里的铅笔,在一张暗线公函纸上画出了一幅"小集团"草图。当他的力举千钧的笔落到"北方大兵"谷燕山这个名字上时,他写上去,又打一个"?"然后又涂掉。他在犹豫、斟酌。"小集团"草图是这样的:

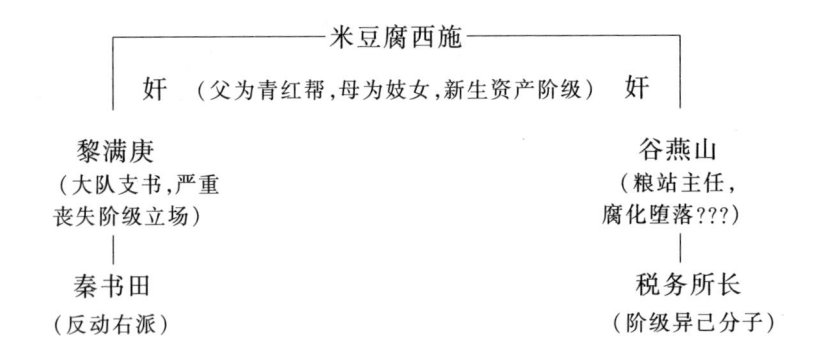

```
            ┌──────── 米豆腐西施 ────────┐
            奸  (父为青红帮,母为妓女,新生资产阶级)  奸
            │                                      │
         黎满庚                                  谷燕山
      (大队支书,严重                          (粮站主任,
       丧失阶级立场)                           腐化堕落???)
            │                                      │
         秦书田                                  税务所长
        (反动右派)                             (阶级异己分子)
```

画毕,杨民高书记双手拿起欣赏了一会儿,就把这草图揉成一团,扔进办公桌旁的字纸篓里。想了想,又不放心似的,将纸团从字纸篓里捡出、展开、擦了根火柴,烧了。

税务所长笑问黎满庚:"卖米豆腐的'芙蓉姐子'是你干妹子,你们大队同不同意她继续摆摊营业?"

黎满庚递给税务所长一支"喇叭筒":"公事公办,不论什么'干''湿'。玉音每圩都到税务所上了税吧?她也向生产队交了误工投资。她两口子平日在生产队出集体工也蛮积极。我们大队认为她经营的是一种家庭副业,符合党的政策,可以发给她营业证。"

老谷主任朝黎满庚点了点头,仿佛在赞赏着大队支书通达情理。

散会时,老谷主任和满庚支书面对面地站了一会儿。两人都有点心事似的。

"老表,你闻出点什么腥气来了么?"老谷性情宽和,思想却还敏锐。

"谷主任,胡蜂撞进了蜜蜂窝,日子不得安生了!"满庚哥打了个比方说。

"唉,只要不生出别的事来就好……"老谷叹了口气,"常常是一粒老鼠屎,打坏一锅汤。"

"你是一镇的人望,搭帮你,镇上的事务才撑得起。要不然,吃亏的是我干妹子玉音他们……"

"是啊,你干妹子是个弱门弱户。有我们这些人在,就要护着他们过安生日子……我明后天进城去,找几位老战友,想想法子,把母胡蜂请走……"

彼此落了心,两人分了手。

"有的人自己拿了国家薪水，吃了国家粮，还管百姓有不有油盐柴米、肚饱肚饥哩！"

"上回出了条'反标'，搞得鸡犬不宁。这回又下来一道公文，麻纱越扯越不清了！"

只有大队支书黎满庚没有做声，觉得事情都和那位饮食店的女经理有关。上回女经理和胡玉音斗嘴，是他亲眼所见。前些时他又了解到，原来这女经理就是当年区委书记杨民高那风流爱俏的外甥女。但这女工作同志老多了，脸色发黄，皮子打皱，眼睛有些发泡，比原先差远了，难怪见了几面都没有认出。听讲还没有成家，还当老姑娘，大约把全部精力、心思都投到革命事业上了。前些天，女经理、王秋赦还陪着两个公安员召集本镇大队的五类分子训话，对笔迹。可见人家不单单是个饮食店的萝卜头。事后公安员安排吊脚楼主王秋赦当青石板街的治安员，都没有征求过大队党支部的意见。这回县商业局又下来公文……事情有些蹊跷啊！至于女经理通过这纸公文，还要做出些旁的什么学问来，他没有去细想。都是就事论事地看问题，委员们也没有去做过多的分析。

委员们商议的结果，根据中央、省、地有关开放农村集市贸易的政策精神，觉得小摊小贩不宜一律禁止、取缔，应该允许其合法存在。于是决议：由税务所具体负责，对全镇大队小摊贩进行一次重新登记，并发放临时营业许可证。然后将公文的执行情况、政策依据，写成一份报告，上报县商业局，并转呈县委财贸办、县委财贸书记杨民高。

的打字公文:

> 查你镇近几年来,小摊小贩乘国家经济困难时机,大搞投机贩卖,从中牟利。更有不少社员弃农经商,以国家一、二类统购统销物资做原料,擅自出售各种生熟食品,扰乱市场,破坏人民公社集体经济。希你镇圩场管理委员会,即日起对小摊贩进行一次认真清理。非法经商者,一律予以取缔。并将清理结果,呈报县局。
>
> 一九六三年×月×日

公文的下半截,还附有县委财贸办的批示:"同意。"还有县委财贸书记杨民高的批示:"芙蓉镇的问题值得注意。"可见这公文是有来头的了。

公文首先被送到粮站主任谷燕山手里。因当时芙蓉镇还没有专职的圩场管理委员会,所以委员们大都为兼职,在集市上起个平衡、调节作用,处理有关纠纷,也兼管发放摊贩的《临时营业许可证》。谷燕山是主任委员。他主持召集了一次委员会议,参加的有镇税务所所长,供销社主任,信用社主任,本镇大队党支书黎满庚。税务所所长提出:国营饮食店女经理近来对圩场管理、街道治安事务都很热心,是不是请她参加一下。谷主任委员说:人多打烂船,饮食店归供销社管辖,供销社主任来了,就没有必要劳驾她了。

谷燕山首先把公文念了一遍。镇上的头头们就议论、猜测开了:

"不消讲,是本镇有人告了状了!"

"国以民为本,民以食为天,总要给小摊贩一碗饭吃嘛!"

薄的贺礼。镇上有的人家甚至家里来了上年纪、有身份的客人,办了有鳞有爪的酒菜,也习惯于请他作陪,并介绍:"这是镇上谷主任,南下的老革命……"好像以此可以光耀门庭。随着岁月的增长,老谷的存在对本镇人的生活,起着一种安定、和谐的作用。有时镇上的街坊邻里,不免要为些鸡鸭猫狗的事闹矛盾,挂在人们口边的一句话也是:"走走!去找老谷,喊他评评理,我怕他不骂你个狗血喷头才怪呢!""老谷是你一家人的老谷?是全镇人的老谷!只要他断了我不是,我服!"而鼓眼睛、连鬓胡、样子颇凶的老谷,则总是乐于给街坊们评理、断案,当骂的骂,当劝的劝。他的原则是大事化小,小事化了,不使矛盾激化,事态闹大。若涉及到经济钱财的事,还根据情况私下贴腰包。所以往往吵架的双方都同时来赔礼道乏,感激他。他若是偶尔到县里去办事或开会,几天不回,天黑时,青石板街的街头巷尾,端着饭碗的人们就会互相打听:"看见老谷了么?""几天了,还不回?""莫非他要高升了,调走了?""那我们全镇的人给县政府上名帖。给他个官,在我们镇上就做不得?"

至于老谷为什么要主动向"芙蓉姐子"提出每圩批给米豆腐摊子六十斤碎米谷头子,至今是个谜。这事后来给他造成了很大的不幸,而他从没认错、翻悔。"芙蓉姐子"后来成了富农寡婆,他对她的看法也没有改变,十几二十年如一日。这是后话。

县商业局给芙蓉镇圩场管理委员会下达了一个盖有鲜红大印

汉娶了媳妇,某些病就自自然然会好起来的。他权衡了很久,才打定主意,不娶本地女人,讨个老家娘儿们,一旦不合适,好留个退步,起码不在本地方造成不良影响……后来事情的发展,证明他是办了一件稳妥事,又是一件负心事。因为他拒科学于门外,科学也就没有对他表示出应有的友善。他一直给那女人寄生活费,赎回良心上的罪责。

对于这件事,本镇街坊们纳闷了多半年,才悟出了一点原由:大约老谷主任身上有那种再贤淑的女人都不能容忍、又不便声张的病。后来有些心肠虽好但不通窍的傻娘们,还给他当过几回介绍,都被他一口一个地回绝了。渐渐地一镇上的成年人都达成了默契,不再给他做媒提亲。因而上两月国营饮食店的女经理向他频送秋波、初试风骚也碰了壁。当然没有人把底细去向女经理学舌。

话又讲回来,老谷这人虽然不行"子路"①,却有人缘。如今芙蓉镇上那些半大的男伢妹娃,多半都认了他做"亲爷"。他也特喜欢这些娃儿。因之他屋里常有妹娃嬉戏,床上常有男伢打滚。什么小人书、棒棒糖、汽车、飞机、坦克、大炮,摆了一桌,摊了一地。他还代有的娃娃交书籍课本费,买铅笔、米突尺什么的。据镇上的几位民间经济学家心算口算,他大约每月都把薪水的百分之十几花在这些"义崽义女"身上了。镇上的青年人娶亲或是出嫁,也总要请他坐席,讲几句有分量又得体的话。他也乐于送一份不厚不

---

① 没有后代的意思。

走了,再也不肯回来。也没听他两口子吵过架,真是蚊子都没有嗡过一声。这使老谷多丢脸,多难堪啊。他不责怪那媳妇,原因在自己。他觉得自己像犯有哄骗妇女罪似的,在芙蓉镇上有好几个月不敢抬头见人。当时镇上的人不知底细,以为他是丢失了某种至关紧要、非找回来不可的证件呢。还是在北方打游击、钻地道时,他大腿上挂过一次花,染下一种可厌的病。娘儿们得了这类性质相同的病,有人医,有药治。可是男子汉得了这类病,提都很少有人敢提,一提起来也会引起哄堂大笑,给人逗趣取乐儿呢。何况那时枪子儿常在耳边呼啸,手榴弹常在身边爆炸,埋你一身土,呛你满嘴泥,半夜醒来还要摸摸是否四肢俱在。正是提着脑袋打江山、夺天下,拖几年再说吧。谁还不是带着某种伤疤和隐痛在干革命?有的战斗英雄身上留着枪子儿、弹片头都没顾上取出来呢。原想着,只要能活下来迎接胜利,过上太平日子,病就不难治,问题就不难解决。连指导员是个个头粗、心眼细的人,(唉唉,战争年代的指导员啊,是战士的兄长,甚至像战士的母亲啊!)终于在行军路上发现了这个年近三十的老排长的痛苦。当南下路过芙蓉镇时,就把他留在这山清水秀的地方,转了地方工作。但他还是羞于去寻医看病,却是偷偷地吃了十来服草药,也不见效用。这位参加推翻了封建主义大山的战士,脑壳里却潜伏着封建意识。科学要在大白天里把人的身子剥得一丝不挂,由着那些穿着白大褂、戴着大口罩的男男女女来左观右看,捏捏摸摸,比比划划,就像围观着一匹公马。他是怎么也接受不了这种"奇耻大辱"。后来他听人讲,男子沉闷的气氛,一种精神上的惶恐。渐渐地,只要她一在街头出现,人们就面面相觑,屏声住息。真是一鸟进山,百鸟无声,连猫狗都朝屋里躲。仿佛她的口袋里操着一本镇上生灵的生死簿。芙蓉镇上一向安分守己、颇讲人情人缘的居民们,开始朦朦胧胧地觉察、体味到:自从国营饮食店来了个女经理,原先本镇群众公认的领袖人物谷燕山已经黯然失色,从此天下就要多事了似的。

七　"北方大兵"

粮站主任谷燕山自从披着老羊皮袄,穿着大头鞋,随南下大军来到芙蓉镇,并扎下来做地方工作,已经整整十三年了。就是他的一口北方腔,如今也入乡随俗,改成镇上人人听得懂的本地"官话"了。跟人打招呼,也不喊"老乡"而喊"老表"了。还习惯了吃整碗的五爪辣、羊角辣、朝天辣,吃蛇肉、猫肉、狗肉。他生得武高武大,一脸连鬓胡子,眼睛有点鼓,两颊有横肉,长相有点凶。刚来时,只要他双手一叉,在街当中一站,就吓得娃娃们四下里逃散。甚至嫂子们晚上吓唬娃娃,也是:"莫哭!胡子大兵来捉人了!"其实他为人并不凶,脾气也不恶。镇上的居民们习惯了他后,倒是觉得他"长了副凶神相,有一颗菩萨心"。

解放初,他结过一次婚。白胖富态、脑后梳着黑油油独根辫子的媳妇也是北方下来的。但没出半个月,媳妇就嘴嘟嘟、泪含含地审查。后来公安员把这块臭木板当作罪证实物拿走了，但这一反革命政治悬案却没有了结。这就是说，疑云黑影仍然笼罩在芙蓉镇上空，鬼蜮幽魂仍在青石板街巷深处徘徊。

案虽然没有破，王秋赦却当上了青石板街的治安协理员，每月由县公安局发给十二元钱的协理费。国营饮食店女经理在本镇居民中的威信，也无形中一下子树立了，并且提高了。这是本镇新出现的一个领袖人物，在和老的领袖人物——粮站主任谷燕山抗衡。从此，女经理喜欢挺起她那已经不太发达的胸脯，仰起她那发黄的隐现着胭脂雀斑的脸盘，在青石板街上走来走去，在每家铺面门口站个一两分钟：

"来客了？找王治安员登记一下，写清客人的来镇时间，离镇时间，阶级成分，和你家是什么关系，有没有公社、大队的证明……"

"你门口这副对联是哪年哪月贴上去的？'人民公社'这四个字风吹雨打得不成样子，而且你还在毛主席像下钉了竹钉挂牛蓑衣？"

"老人家，你看那米豆腐姐子一圩的生意，大约进多少款子，几成利？听讲她男人买砖置瓦寻地皮，准备起新楼屋？"

"你隔壁的土屋里住着右派分子秦书田吧？你们要经常注意他的活动，有些什么人往来出进……镇里王治安员会专门来向你布置。"

如此等等。女经理讲这些话时，态度和好，带着一种关照、提醒的善意。但事与愿违，她的这些关照、提醒，给人留下的是一种粗又大，端端正正，和印板印出来的一样，把两张纸都写满了。其实公安员完全可以到街墙、石壁上去对他写的那些标语的笔迹。凡是会写字的五类分子都留下了笔迹之后，公安员和女经理分别训了几句要老实守法的话，才把这些入另册的家伙们遣散了。

秦癫子最可疑。可是公安员找大队干部一了解，又得到的是否定的答复，说"秦癫子几年来老老实实，劳动积极，没有做过什么坏事"，而且笔迹也不对。女经理李国香和吊脚楼主王秋赦又提出"卖米豆腐的胡玉音"出身历史复杂，父亲入过青红帮，母亲当过妓女，本人妖妖调调，拉拢腐蚀干部，行踪可疑。公安员依他们所言，在逢圩那天，特意到米豆腐摊子上去吃了两碗，坐了半天，左看右看，米豆腐姐子无论从哪个侧面看都是一表人才，笑笑微微的，待人热情和气，一口一声："大哥"、"兄弟"，服务态度比我们多数国营饮食店的服务员不知要好到哪里去了呢。胡玉音又没有什么文化，哪里像个写"反标"的？人家做点小本生意和气生财，为什么要骂你这个三面红旗？三面红旗底下还允许她摆米豆腐摊子嘛，哪来的刻骨仇恨？

后来实在没有别的线索，女经理又给公安员出了主意：通过各级党团组织，出政治题目，发动群众写文章谈对三面红旗的认识，让全镇凡是有点文墨的人，都写出一纸手迹来查对。真是用心良苦，兴师动众。结果还是没有查到什么蛛丝马迹。

镇国营饮食店厕所的一块千刀万剐的杉木板，搅得全镇疑神疑鬼，草木皆兵，人心惶惶。每个人都觉得自己被揭发、被怀疑、被头、烂瓦片坐下,女经理李国香和"运动根子"王秋赦才陪着两个公安员进来。公安员手里拿着一本花名册,喊一个名字,让那被喊的分子站起来亮个相。公安员目光如剑,严威逼人,寒光闪闪,坏人坏事,往往一眼洞穿。当喊到一个历史反革命分子的名字时,一声稚嫩的"有",来自屋角落。站起来的是个十一二岁的小娃子。公安员有些奇怪,十一二岁的小娃子解放以后才出生的,怎么会是历史反革命?秦癫子连忙代为汇报:他爷老倌犯了咳血病,睡在床上哼哼哼,才叫崽娃来代替;上级有什么指示,由他崽娃回去传达。王秋赦朝那小历史反革命啐了一口:"滚到一边去!娘卖乖,五类分子有了接脚的啦!看来阶级斗争还要搞几代!"

接着,女经理李国香拿着一叠白纸,每个五类分子发一张,叫每人在纸上写一条标语:"大跃进、总路线、人民公社三面红旗万岁!"而且写两次,一次用右手写,一次用左手写。五类分子们大约也有了一点经验,预感到又是镇上什么地方出了"反标"了,叫他们来对笔迹。胆子大的,对公安人员这套老套子,不大在乎,因为不管你做不做坏事,一破什么案子总要从你这类人入手、开刀。胆子小的却吓得战战兢兢,丢魂失魄,就和死了老子老娘一样。

使公安员和女经理颇为扫兴、失望的是,二十二名五类分子中,竟有十人声称没有文化,不会写字,而且互相作保、证明。王秋赦在旁做了点解释:"镇上凡是有点名望的地主老财解放前夕都逃到香港、台湾去了,剩下的大都是些土狗、泥猪!"只有坏分子秦书田,还多从女经理手里讨了一张纸,右手左手,写出来的字都是又几句马列主义、唯物史观。使得山镇上一些没有文化的人如听天书一般,尊他为"天上的事情晓得一半,地上的事情晓得全";有的人讲他伪装老实,假积极,其实是红薯坏心不坏皮;有的人讲他鬼不像鬼,人不像人,穷快活,浪开心,活作孽;也有的人讲,莫看他白天笑呵呵,锣鼓点子不离口,山歌小调不断腔,晚上却躲在草屋里哭,三十几岁一条光棍加一顶坏分子帽,哭得好伤心。还有民兵晚上在芙蓉河边站哨,多次见他在崖岸上走过来,走过去,是想投河自尽?又不像是要自尽,大概是在思虑着他的过去和将来的一些事情……

反正本镇上的人们,包括卖米豆腐的"芙蓉姐子"在内,包括镇粮站主任谷燕山在内,不管对秦癫子有哪样的看法,却都不讨嫌他。逢圩赶集碰了面,他跟人笑笑,打个招呼,人家也跟他笑笑,打个招呼。田边地头,大家也肯和他坐在一起纳凉、歇气,卷"喇叭筒"抽:"癫子老表!唱个曲子听听!""癫子,讲个古,刘备孙权、岳飞梁红玉什么的!""上回那段樊梨花还没有讲完!"就是一班年轻媳妇、妹子也不怕他,还敢使唤他:"癫子!把那把长梯子背过来,给我爬到瓦背去,晒起这点红薯皮!""癫子!快!我娘发蚂蟥痧,刚放了血,你打飞脚到卫生院请个郎中来!"至于那班小辈分的娃娃,阶级观念不强,竟有喊他"癫子叔叔"、"癫子伯伯"的。

秦癫子领着全大队的二十二名五类分子,一个个勾头俯脑地来到镇国营饮食店楼下的一间发着酸咸菜气味的屋子里,捡了砖扯宽"地念几句锣鼓经。前几年过苦日子,乡下阶级斗争的弦绷得不那样紧,芙蓉镇大队一带的山里人家招郎嫁女,还请他参加鼓乐班子,在酒席上和贫下中农、社员群众平起平坐,吃吃喝喝,吹吹打打地唱花灯戏呢。这叫艺不碍身,使得他和别的五类分子在人们心目中的身价有所不同。还有,就是本镇大队根据上级布置搞各项中心,需要在墙上、路边、岩壁上刷大幅标语,如"大办钢铁,大办粮食"、"反右倾、反保守"、"共产主义是天堂,人民公社是桥梁"、"三面红旗万万岁"等,也大都出自他将功赎罪的手笔。

去年春上,不晓得他是想要表现自己脱胎换骨的改造决心还是怎么的,他竟发挥他音乐方面的歪才,自己编词、谱曲,自己演唱出一支《五类分子之歌》来:"五类分子不死心,反党反国反人民,公社民兵紧握枪,谁敢捣乱把谁崩!坦白吧,交代吧!老实服法才光明,老实服法才光明!"他对这支既有点进行曲味道、又颇具民歌风的《五类分子之歌》,颇为自负、得意,还竟然要求在大队召集的训话会上教唱。但五类分子们态度顽固,死也不肯开口,加上大队支书黎满庚也笑着制止,才作罢。后来倒是让村镇上的一些小娃娃们学去了,到处传唱开来,算是有了一点社会影响。

对于秦癫子,本镇大队的干部、社员们有各种各样的看法。有的人把他当本镇的"学问家",读的书多,见的世面大,古今中外,过去未来,天文地理,诸如鸡生蛋还是蛋生鸡,美国的共产党为什么不上山打游击、工人为什么不起义,地球有不有寿命,月亮上有不有桂花树、广寒宫等等,他都讲得出一些道道来,而且还要捎带上一律低下脑壳,如同一排弯钩似的,才请大队领导查点、过目。

在五类分子中间,秦书田还有一套自己的"施政纲领"。他分别在同类们中间说:

"虽讲大家都入了另册,当了黄种黑人,但也'黑'得有深有浅。比方你是老地主,解放前喝血汗,吃剥削,伤天害理,是头等的可恶;比方你是富农,从前自己也劳动,也放高利贷搞剥削,想往地主那一阶梯上爬,买田买土当暴发户,是二等的可恶;再比方你反革命分子又不同,你不光是因财产、因剥削戴的帽子,而是因你的反动思想、反动行为,与人民为敌。所以五类分子中,你是最危险的一类。你再要轻举妄动,先摸摸你颈脖上长了几个脑壳。"

"你呢?你自己又算个什么货?"有的地、富、反分子不服,回驳他。"我?我当然是坏分子。坏分子么,就比较复杂,有各式各样的。有的是偷摸扒抢,有的是强奸妇女,有的是贪污腐化,有的是流氓拐骗,有的是聚众赌博。但一般来讲,坏分子出身成分还是不坏。在五类分子中,是罪行较轻的一类。嘿嘿,日后,我们这些人进地狱,还分上、中、下十八层呢!"

他讲得振振有词,好像要强调一下他"坏分子"在同行们中间的优越性似的。但他只字不提"右派分子",也从没分析过"右派分子反党反社会主义的罪行",百年之后进地狱又该安置在哪一层。

秦癫子当过州立中学的音体教员,又任过县歌舞团的编导,因而吹、打、弹、唱四条板凳都坐得下,琴、棋、书、画也拿得起。舞龙耍狮更是把好角。平常日子嘴里总是哼哼唱唱的,还常"宽大大宽五类分子头目就是"秦癫子"。

秦癫子三十几岁,火烧冬茅心不死,是个坏人里头的乐天派。他出身成分不算差,仗着和黎满庚支书有点转弯拐角的姑舅亲,一从剧团开除回来就要求大队党支部把他头上的右派分子帽子改作坏分子帽子。他坦白交代说,他没有反过党和人民,倒是跟两个女演员谈恋爱,搞过两性关系,反右派斗争中他这条真正的罪行却没有被揭发,所以给他戴个坏分子帽子最合适。黎满庚支书被他请求过几回,心里厌烦:坏分子,右派分子,半斤八两,反正是一箩蛇,还不都一样。就在一个群众会上宣布秦癫子为坏分子。过了不久,黎支书见秦癫子文化高,几个字写得好,颇有组织活动能力,就指定他当了五类分子的小头目。

秦癫子当上五类分子小头目后,的确给黎满庚支书的"监、管、改"工作带来了许多便利。每逢大队要召集五类分子汇报、训话,只要叫一声:"秦癫子!"秦癫子就会立即响亮答应一声:"有!"并像个学堂里的体育老师那样双臂半屈在腰间摆动着小跑步前来,直跑到党支书面前才脚后跟一并,来一个"立正"姿势,右手巴掌平举齐眉敬一个礼:"报告上级!坏分子秦书田到!"接着低下脑壳,表示老实认罪。黎满庚和大队干部们起初见了他的这套表演颇觉好笑,后来也就习惯了。"秦癫子,竖起你的耳朵听着!晚饭后,全体五类分子到大队部门口集合!""是!上级命令,一定完成!"他立即来一个向后转,又像个体育老师那样小跑步走了。晚上,他准时把五类分子们集合到大队部门口的禾坪上,排好队,点好名,报了数,因王秋赦出身贫苦,政治可靠,又善于跑腿,公安员自然就把他当作办案的依靠对象。至于"反标"写的什么?只有店经理李国香和两个公安员才心里有数,因为不能扩大影响,变成"反宣传"。吊脚楼主王秋赦虽然也晓得个一鳞半爪,但关系到上级领导的重大机密,自是人前人后要遵守公安纪律,守口如瓶的。至于镇上的平头百姓们,就只有惶惑不安、既怀疑人家也被人家怀疑的份儿。

李国香和王秋赦向公安员反映,莫看芙蓉镇地方小,人口不多,但圩场集市,水路旱路,过往人等鱼目混珠,龙蛇混杂。就是本镇大队戴了帽、标了号的地、富、反、坏、右分子,也有二十几个;出身成分不纯、社会关系复杂、不戴帽的内专对象及其亲属子女,就更不止这个数。圩镇上的人,哪个不是旧社会吃喝嫖赌、做生意跑码头过来的?有几个老实干净的人?还有就是镇上的国家干部和职工,党团员,也成年累月和这些居民厮混在一起,藤藤蔓蔓,瓜葛亲朋,拜姊妹结老表,认干爹干娘,阶级阵线也早就模糊不清了。

两个公安员倒是颇为冷静地估计了一下镇上的阶级阵线、敌我状况,没有撒大网。他们依历来办案的惯例,和女经理、王秋赦一起,首先召集了一个"五类分子训话会"。

镇上的五类分子,历来归本镇大队治保主任监督改造。一九六二年夏天,台湾海峡局势紧张,上级规定大队治保主任由大队党支部书记兼任。黎满庚支书定期召开五类分子训话会。他还在五类分子中指定了一个头目,负责喊人、排队、报数,以毒攻毒。这个邪气,光明战胜了黑暗。

不久,秦书田带着演员们回到城里,把这次进五岭山区采风的收获,编创成一个大型风俗歌舞剧《女歌堂》,在州府调演,到省城演出,获得了成功。秦书田还在省报上发表了推陈出新反封建的文章,二十几岁就出了名,得了奖,可谓少年得志了。可是好景不长,第二年的反右派斗争中,《女歌堂》被打成一支射向新社会的大毒箭,怨封建礼教是假,恨社会主义是真。借社会主义舞台图谋不轨,用心险恶,猖狂已极,反动透顶。紧接着,秦书田就被戴上右派分子帽子,开除公职,解送回原籍交当地群众监督劳动。从此,秦书田就圩圩都在圩场上露个面,有人讲他打草鞋卖,有人讲他捡地下的烟屁股吃。人人都喊他"秦癫子"。

唉唉,事情虽然没有祸及胡玉音和她男人黎桂桂,但两口子总觉得和自己有些不光彩的联系。新社会了,还有什么封建?还反什么封建?新社会都是反得的?解放都六七年了,还把新社会和"封建"去胡编乱扯到一起。你看看,就为了反封建,秦书田犯了法,当了五类分子;胡玉音呢,有所牵连,也就跟着背霉,成亲七八年了都巴不了肚,没有生育。

六 "秦癫子"

芙蓉镇国营饮食店后头,公共厕所的木板上出现了一条反动标语。县公安局派来了两个公安员办案,住在王秋赦的吊脚楼里。

那晚上,胡记客栈张灯结彩,灯红火绿,艺术和生活融于一体,虚构和真实聚会一堂,女演员们化了妆,胡玉音也化了妆,全镇的姐妹、姑嫂、婶娘们都来围坐帮唱:

> 青布罗裙红布头,我娘养女斛猪头。
> 猪头来到娘丢女,花轿来到女忧愁。
> 石头打散同林鸟,强人扭断连环扣,
> 爷娘拆散好姻缘,郎心挂在妹心头……

> 团团圆圆唱个歌,唱个姐妹分离歌。
> 今日唱歌相送姐,明日唱歌无人和;
> 今日唱歌排排坐,明日歌堂空落落;
> 嫁出门去的女,泼出门去的水哟,
> 妹子命比纸还薄……

有歌有舞,有唱有哭。胡玉音也唱,也哭。是悲?是喜?像在做梦,红红绿绿,闪闪烁烁,浑浑噩噩。一群天仙般的演员环绕着她,时聚时散,载歌载舞……也许是由于秦书田为了强调反封建主题,把原来"喜歌"中明快诙谐的部分去掉了,使得整个歌舞现场表演会,都笼罩着一种悲愤、哀怨的色调和气氛,使得新郎公黎桂桂有些扫兴,双亲大人则十分忧虑,怕坏了女儿女婿的彩头。后来大约秦书田本人也考虑到了这一点,表演结束时,他指挥新娘新郎全家、全体演员、全镇姑嫂姐妹,齐唱了一支《东方红》,一支《解放区的天是明朗的天》。内容上虽然有点牵强附会,但总算是正气压了不论贫富,凡是黄花闺女出嫁的前夕,村镇上的姐妹、姑嫂们,必来陪伴这女子坐歌堂,轮番歌舞,唱上两天三晚。歌词内容十分丰富,有《辞姐歌》《拜嫂歌》《劝娘歌》《骂媒歌》《怨郎歌》《轿夫歌》等等百十首。既有新娘子对女儿生活的留连依恋,也有对新婚生活的疑惧、向往,还有对封建礼教、包办婚姻的控诉。如《怨郎歌》中就唱:"十八满姑三岁郎,新郎夜夜尿湿床,站起没有扫把高,睡起没有枕头长,深更半夜喊奶吃,我是你媳妇不是你娘!"如《骂媒歌》中就唱:"媒婆,媒婆!牙齿两边磨,又说男家田庄广,又说女子赛嫦娥,臭说香,死说活,爹娘、公婆晕脑壳!媒婆,媒婆!吃了好多老鸡婆,初一吃了初二死,初三埋在大路坡,牛一脚,马一脚,踩出肠子狗来拖……"《喜歌堂》的曲调,更有数百首之多,既有山歌的朴素、风趣,又有瑶歌的清丽、柔婉。欢乐处,山花流水;悲戚处,如诉如怨;亢奋处,回肠荡气。洋溢着一种深厚浓郁的泥土气息。

秦书田是本地人,父亲当过私塾先生。他领着女演员们来搜集整理《喜歌堂》,确定了反封建的主题。他和乡政府的秘书两人,找胡玉音父母亲多次做工作,办交涉,才决定把胡玉音的招亲仪式,办成一个《喜歌堂》的歌舞现场表演会。玉音的母亲虽然年纪大了,却是个坐歌堂的"老班头"。玉音呢,从小跟着母亲坐歌堂,替人伴嫁,从头到尾百十首"喜歌"都会唱。加上她记性好,人漂亮,嗓音圆亮,开口就动情,所以在芙蓉镇的姐妹、媳妇行中,早就算得一个"小班头"。就是秦书田,就是那些女演员,都替她惋惜,这么个人儿,十八九岁就招郎上门……

略带封建色彩的精神财富,却看得比自己的性命还要紧。

日子久了,胡玉音——这个只在解放初进过扫盲识字班的青年妇女,对于自己的不育,悟出了两个深刻的根由:一是自己和男人的命相不符。她十三岁那年,一个身背月琴、手拄黄杨木拐杖的瞎子先生给她算了个"灵八字",讲她命大,不主子,克夫。必得找着一个属龙或是属虎、以杀生为业的后生配亲,才能家事和睦,延续后人。父母亲为了这个"灵八字",从十五岁起就替她招郎相亲,整整找了四年。"杀生为业,属龙属虎"总也凑不到一起。另外既是"招郎",男人的地位在街坊邻里眼中就低了一等,因此也还要人家愿意。后来父母亲总算放宽了尺寸,破除了一半迷信,找到了黎桂桂。杀生为业倒是对上了,是个老屠户的独生子。人长得清秀,力气也有。就是生庚不合,属鼠,最是胆子小,见了女人就脸红。人倒是忠厚实在,划个圈圈都把他圈得住。箩里选瓜,挑来挑去,只有桂桂算是中意的……还有一个根由,就是玉音认定自己成亲时,热闹是热闹,但彩头不好。唉,讲起来这芙蓉镇上百十户人家,哪家娶亲嫁女,都没有她的那份风光、排场。时至今日,青石板街上的姑娘媳妇们,还常常以羡慕的口气,讲起当年的盛况……

那是一九五六年,州县歌舞团来了一队天仙般的人儿,到这五岭山脉腹地采风,下生活。领队的就是剧团编导秦书田——如今叫做"秦癫子"的。一个个都是从画里走出来的仙子啊。又习歌,又习舞,把芙蓉镇人都喜饱了,醉倒了。盘古以来没有开过的眼福。原来芙蓉镇一带山区,解放前妇女们中盛行一种风俗歌舞——《喜歌堂》。

迟,推石磨就要推四五个小时。一人站一边,一人出只手,握住磨把转呀,转呀。胡玉音还要均匀准确地一下一下地朝旋转着的磨眼喂石灰水泡发的米粒……两口子脸块对着脸块,眼睛对着眼睛,也常常不约而同地把心里的麻纱事,扯出来消磨时光。这时刻,玉音是不会哭的,而且有点顽皮:

"哼,依我看,巴不起肚,不生毛毛,也不能全怪女的……"

"天晓得,我们两个都体子巴壮的,又没得病。"桂桂多少有点男子汉的自尊心,不肯承认自己有责任。

"听学校的女老师讲,如今医院兴检查,男的女的都可以去化验。"玉音红起脸,看着男人说。

"怎么检查?不穿一根纱?要去你去!我出不起那个丑!"桂桂的脸比女人的红得更厉害,像圩上卖的秋柿子一样。

"我不过顺口提一句,又没有讲硬要去,你也莫发脾气。"玉音也收了口。他们都觉得,人是爹娘所生,养儿育女是本能,就是一世不生育,也不能去丢一次人。有时玉音心里也有点野,有点浪,眼睛直盯着自己的男人,有句话,她讲不出:

"你是要子嗣?还是要我的名声、贞节?或许吊脚楼主王秋赦开的玩笑也是一个法子,请个人试一试……妈呀!坏蹄子,不要脸,都胡乱想了些什么呀?"桂桂这时仿佛也看出了她心里在野什么,就拿冷冷的眼神盯住她:"你敢!你敢?看看我打不打断你的脚杆!"当然这话,他们都是在心里想的,互相在眼神里猜的。山镇上的平头百姓啊,他们的财产不多,把一个人的名声贞节——这点

"你还讲！你还讲！"

"怎么？我讲错了？"

"想毛毛都想癫了！呜呜呜，没良心的，存心来气我，呜呜呜……"玉音哭起来了。

桂桂是男人家，他哪里晓得，生不下毛毛，女人家总以为是自己的过失。就像鸡婆光啄米不下蛋一样没有尽到职分。"算了，算了，玉音。啊，啊，啊，好玉音，我又没怪你……还哭？哭多了，眼睛会起雾。看看枕头帕子都湿了。"桂桂心里好反悔，把自己的女人惹哭了，有罪。他像哄毛毛一样地哄着、安慰着自己的女人：

"你就是一世不生育，我都不怪你。我们两双手做，两张口吃，在队上出工，还搞点副业，日子过得比镇上哪户人家都差不到哪里去。就是老了，也是我服侍你，你服侍我。你不信，我就给你赌咒起誓……"

一听忠厚的男人要起誓，玉音怕不吉利，连忙止住哭泣，坐起身子来捂住了桂桂的嘴巴，轻声骂："要死了！看我不打你！多少吉利的话讲不得？不生毛毛，是我对不起你……就是你不怪罪我，在圩上摆米豆腐摊子，也有人指背脊……"胡玉音自从那年热天经过了和黎满庚的一番波折，当年冬下和黎桂桂成亲后，就一副痴情、痴心，全交给了男人。她觉得自己命大、命独，生怕克了丈夫，因之把桂桂看得比自己还重。

每逢赶圩的前一晚，因要磨米浆，下芙蓉河挑水烧海锅，熬成米豆腐倒在大瓦缸里，准备第二天一早上市，两口子总是睡得很人评说。

　　一九六三年的春夜,在老胡记客栈里,芙蓉姐子胡玉音和男人黎桂桂,在进行另一种"精神会餐"。他们成亲六七年了,夫妻恩爱,却没有子嗣信息。黎桂桂比胡玉音年长四岁,虽说做的是白刀子进去、红刀子出来的屠户营生,却是出名的胆小怕事。有时在街上、路上碰到一头红眼睛弯角水牛,或是一条松毛狗,他都要身子打哆嗦,躲到一边去。有人笑话他:"桂桂,你怎么不怕猪?""猪?猪蠢,既不咬人,又没长角,只晓得哼哼!"人家笑他胆子小,他不在意。就是那些好心、歪心的人笑话他不中用,崽都做不出,那样标致能干的婆娘是只空花瓶,他就最伤心。他已经背着人(包括自己女人),偷偷吃下过几副狗肾、猪豪筋了。桂桂身体强壮,有时晚上睡不着,又怕叹得气,惹玉音不高兴。

　　"玉音,我们要生个崽娃就好了,哪怕生个妹娃也好。"

　　"是哪,我都二十六了,心里急。"

　　"要是你生了个毛毛,家务事归我做,尿布、屎片归我洗,晚上归我哄着睡。""奶子呢? 也归你喂?"玉音格格笑。

　　"还是你做娘嘛!我胸面前又没鼓起两坨肉。"你听,桂桂有时也俏皮,也有点痞。

　　"你坏,你好坏……"

　　"我呀,每晚上把毛毛放到我胁肋窝下,'啊,啊,啊,宝宝快睡觉,啊,啊,啊,宝宝睡着了。'白日里,我就抱着毛毛,就在小脸上亲个不停,亲个不停。给毛毛取个奶名,就叫'亲不过'……"

代"打马虎眼,真不知要做何感叹了。山区的社员们怎么搞得清、懂得了这些藏匿在楼阁嵯峨的广厦深宫里的玄论呢?玄理妙论有时就像八卦图、迷魂阵。民以食为天,社员们只晓得肚子饿得痛,嘴里冒清口水。蕨根糠粑吃下去,粪便凝结在肛门口,和铁一样硬,出生血。要用指头抠,细棍挑,活作孽。他们白天还好过,到了晚上睡不着。于是,人们的智慧就来填补物质的空白。人们就来互相回忆、讲述自己哪年哪月,何处何家所吃过的一顿最为丰盛的酒席,整鸡整鱼、肥冬冬的团子肉、皮皱皱的肘子、夹得筷子都要弯下去的四两一块的扣肉、粉蒸肉、回锅肉等等。当然山里人最喜欢的还是落雪天吃肥狗肉。正是一家炖狗肉,四邻闻香气。吃得满嘴油光,肚皮鼓胀,浑身燥热,打出个饱嗝来都是油腻腻的。狗肉好吃名气丑,上不得大席面,但滋阴壮阳,男人家在外边跑生意,少吃为佳,多吃生事……于是,讲着的,听着的,都仿佛眼睛看到了佳肴,鼻子闻到了肉香,满嘴都是唾液。日子还长着呢,机会还多的是……将口腹享受,寄望于日后。解放十余年了的山镇,总不乏几个知书识字、粗通文墨的人,就拟定下一个文绉绉的词儿:精神会餐。这词儿使用的期限不长,有的村寨半载,有的乡镇一年。上下五千年,纵横千万里啊,神州大地发生过的大饥荒还少吗?那时饿殍载道,枯骨遍野。在茫茫的历史长河中,"精神会餐"之类的支流末节,算得了什么?一要分清延安和西安,二要分清九个指头和一个指头。何况新中国才成立十一二年。白手起家,一切都在探索。进入现代社会,国家和百姓都要付学费。俱往矣,功与过,留给后白吃食,叫做"记账"。原来他又有个不景气的打算:土改时他分得的胜利果实中还有一块屋基,就在老胡记客栈隔壁。吊脚楼尽够他一个单身汉住的了,还要这屋基做什么?他已经向胡玉音夫妇透露过,只要肯出个一二百块现钞,这块地皮可以转让。同时,也算两年来没有在米豆腐摊子上白吃食。更何况王秋赦堂堂一条汉子,岂能以他一时的贫酸貌相?赵匡胤还当过几年泼皮,薛仁贵还住过三年茅房呢!

五 "精神会餐"和《喜歌堂》

同志哥啊,你可曾晓得什么是"精神会餐"吗?那是一九六〇、一九六一年乡下吃公共食堂时的土特产。那年月五岭山区的社员们几个月不见油腥,一年难打一次牙祭,食物中植物纤维过剩,脂肪蛋白奇缺,瓜菜叶子越吃心里越慌。肚子瘪得贴到了背脊骨,喉咙都要伸出手。当然账要算到帝修反身上、老天爷身上。老天爷是五类分子,专门和人民公社公共食堂捣蛋。后来又说账要算到彭德怀、刘少奇、邓小平的路线上,他们反对三面红旗吃大锅饭。吃大锅饭有什么不好?青菜萝卜煮在一起,连油都不消放,天天回忆对比,忆苦思甜。"苦不苦,想想红军两万五!"当年那些为着中国人民的翻身解放、幸福安乐而牺牲在雪山草地上的先烈们,如若九泉有灵,得知他们吃过的树皮草根竟然在为公共食堂的"瓜菜在不成样子啊。王秋赦则认为政府不救济他,便是"出的新社会的丑"啊。冬天他冻得嘴皮发乌,流着清鼻涕,跑到公社去,找着公社书记说:

"上级首长啊,一九五九年公社搞阶级斗争展览会,要去的我那件烂棉衣,比我如今身上穿的这件还好点,能不能开了展览馆的锁,给我斟换一下啊?"

什么话?从阶级斗争展览馆换烂棉衣回去穿?今不如昔?什么政治影响?王秋赦身上露的是新社会的相啊!公社书记觉得责任重大,关系到阶级立场和阶级感情问题,上级民政部门又一时两时地不会发下救济物资来,只好忍痛从自己身上脱下了还有五成新的棉袄,给"土改根子"穿上,以御一冬之寒。

"人民政府,衣食父母。"这话王秋赦经常念在嘴里,记在心上。他也晓得感恩,每逢上级工作同志下来抓中心,搞运动,他打铜锣,吹哨子,喊土广播,敲钟,跑腿送材料,守夜站哨,会场上领呼口号,总是积极肯干,打头阵,当骨干。工作同志指向哪,他就奔向哪。他依靠工作同志,工作同志依靠他。本也是政治运动需要他,他需要政治运动。

胡玉音的男人黎桂桂,是个老实巴交的屠户,平日不吭不声,三锤砸不出一个响屁。可是不叫的狗咬人。他为王秋赦总结过顺口溜,当时流传甚广,影响颇坏,叫做:"死懒活跳,政府依靠;努力生产,政府不管;有余有赚,政府批判。"

这里,捎带着介绍两句:胡玉音摆米豆腐摊子,王秋赦圩圩来的红白喜事,他总是不请自到,协助主家经办下庚帖、买酒肉、备礼品、铺排酒席桌椅一应事宜。他尽心尽力,忘日忘夜,而且也没有什么非分之想,只是随喜随喜,跟着吃几回酒席,外加几餐宵夜。就是平常日子,谁家杀猪、打狗,他也最肯帮人当个下手,架锅烧水啦,刮毛洗肠子呀,跑腿买酒买烟啦,等等。因而他无形中有了一个特殊身份:镇上群众的"公差人"。他自己则把这称之为"跑大祠堂"。

他除了在镇上有些"人缘"外,还颇得"上心"。他一个单身汉,住着整整一栋空落落的吊脚楼,房舍宽敞,因而大凡县里、区里下来的"吃派饭"的工作同志,一般都愿到他这楼上来歇宿。吊脚楼地板干爽,前后都有扶手游廊,空气新鲜,工作同志自然乐意住。这一来王秋赦就结识下了一些县里、区里的干部。这些干部们下乡都讲究阶级感情,看到吊脚楼主王秋赦土改翻身后婆娘都讨不起,仍是烂锅、烂碗、烂灶,床上仍是破被、破帐、破席,仍是个贫雇农啊,农村出现了两极分化啊。于是每年冬下的救济款,每年春夏之交青黄不接时的救济粮,芙蓉镇的救济对象,头一名常是王秋赦。而且每隔两三年他还领得到一套救济棉衣、棉裤。好像干革命、搞斗争就是为着王秋赦们啊,"一大二公"还能饿着、冻着王秋赦们?前些年因大跃进和过苦日子,民穷国困,救济棉衣连着四五年都没有发给王秋赦。王秋赦身上布吊吊,肩背、前襟露出了板膏油①,胸前扣子都没有一颗,他艰苦朴素地搓了根稻草索子捆着,实

---

① 破棉衣露出花絮。

落相来了。本镇上的居民们给他取下了几个外号:一是"王秋赊",一年四季赊账借钱度日;一是"王秋蛇",秋天的蛇在进洞冬眠前最是忌动,懒蛇;一是"王秋奢",讲他手指缝缝流金走银,几年工夫就把一份产业吃花尽了。他则讲这些给他取外号的人没有一丝一毫的阶级感情。而另一些跟他一起当"土改根子"的翻身户,几年里却大出息了,买的买水牛,添的添谷仓,起的起新屋,全家老小穿的戴的都是一色新。他看了好眼红。他盼着有朝一日又来一次新的土地改革,又可分得一次新的胜利果实。"娘卖乖!要是老子掌了权,当了政,一年划一回成分,一年搞一回土改,一年分一回浮财!"他躺在吊脚楼的破席片上,双手枕着头,美滋滋地想着谁该划地主,谁该划富农,谁该划中农、贫农。他自己呢?"农会主席!除了老子,娘卖乖,谁还够这个资格!"当然他自己也晓得,这是穷开心。分浮财这等美差,几代人都难得碰上一回呢。一九五四年,镇上成立了几个互助组。他提出以田土入组。人家看他人不会入组,不会下田做活路,岂不是秋后吃地租?因此谁都不肯收容他。直到成立农业社,走合作化道路,他才成为一名农业社社员。农业社有社委会,社委会有主任、副主任若干人,下属若干生产队、专业组,不免经常开会呀,下通知呀,派差传话呀等等,就需要启用本质好、政治可靠、嘴勤腿快的人才。王秋赦这才生逢其时,适得其位,有了用武之地。

  王秋赦为人处世还有另外一面,就是肯在街坊中走动帮忙。镇上人家,除了五类分子之外,无论谁家讨亲嫁女、老人归天之类斗，乐不可支。

可是土改翻身后的日子，却并不像他睡在吊脚楼的红漆高柱床上所设想的那样美妙。从小住祠堂他只习惯了"吃活饭"：跑腿，打锣，扫地；而没有学会"做死事"：犁田，整土，种五谷。好田好土不会自己长出谷子、麦子来，还得主家下苦力，流黑汗。人不哄地皮，地不哄肚皮。可是栽秧莳田面朝泥土背朝天，腰骨都勾断，挖土整地红火厉日头晒脱背脊皮，而且和泥土、土块打交道，一天到晚嘴巴都闭臭，身上的汗水干了又湿，湿了又干，真是一粒谷子千滴汗啊。他乏味，受不了这份苦、脏、累。他生成就不是个正经八板的作田佬，而生成是个跑公差吃活水饭的人。两三年下来，他田里草比禾深，土里藏得下鼠兔。后来他索性算它个毬，门角落的锄头、镰刀都生了锈。他开始偷偷地、暗暗地变卖土改时分得的胜利果实，箱箱柜柜的，都是人民币。人民币虽说是纸印的，哗哗响，却比解放前那叮叮当当的"袁大头"还顶事呢。他上馆子，下酒铺，从不敢大吃大喝，大手大脚，颇为紧吃慢用，细水长流，却也吃喝得满脸泛红，油光嘴亮，胖胖乎乎的发了体。有时本镇上的居民，半月一月都不见他的吊脚楼上空冒一次炊烟，还以为他学了什么道法，得了什么仙术，现成的鸡鸭酒席由着他招手即来，摆手则去，连杯盘碗筷都不消动手洗呢。

常言道："攒钱好比金挑土，花钱好比浪淘沙"，"坐吃山空"。几年日子混下来，王秋赦媳妇都没讨上一个，吊脚楼里的家什已经十停去了八停。就连衣服、裤子也筋吊吊的，现出土改翻身前的破这种"翻身观"当然是人民政府的政策不允许、工作队的纪律所不容忍的。那小姨太太因向贫雇农施"美人计"受到了应得的惩罚,他"土改根子"也送掉了升格为"工作同志"的前程。要不,王秋赦今天就可能是位坐吉普车、管百十万人口的县团级了呢。他在工作队面前痛哭流涕、自己掌嘴,打得嘴角都出了血。工作队念及他苦大仇深、悔过恳切,才保住了他的雇农成分和"土改根子"身份,胜利果实还是分的头一等。他分得了四时衣裤、全套铺盖、两亩水田、一亩好土不说,最难得的是分得了一栋位于本镇青石板街的吊脚楼。

吊脚楼本是一个山霸早先逢圩赶集时宿娼纳妓的一栋全木结构别墅,里头描龙画凤金漆家具一应俱全。王秋赦唯独忘记了要求也应当分给他农具、耕牛。得到了这份果实,他高兴得几天几夜合不上嘴、闭不了眼,以为是在做梦,光怪陆离的富贵梦。接着又眼花缭乱晕了头,竟生出一种最不景气、最无出息的想法:他姓王的如今得着了这份浮财,就是睡着吃现成的,餐餐沾上荤腥,顿顿喝上二两,这楼屋里的家什也够变卖个十年八年的了。如今共产党领导有方,人民政府神通广大,新社会前程无量,按工作同志大力宣传的文件、材料来判断推算,过上十年八年,就建成社会主义,进入共产社会了呢。那时吃公家的,穿公家的,住公家的,要公家的,何乐而不为?连自己这百十斤身坯,都是公家的了呢,你们谁要?哈哈哈,嘻嘻嘻,谁要?老子都给,都给!他每每想到新社会有如此这般的美妙处,就高兴得在红漆高柱床上打手打脚,翻跟只算农村里的半无产者。黄金无假,麒麟无真,他王秋赦是个十足成色的无产阶级。查五服三代,他连父母亲都没有出处,不知是何年月从何州县流落到芙蓉镇这省边地角来的乞丐孤儿。更不用提他的爷爷、爷爷的爹了。自然也没有兄嫂、叔伯、姑舅、岳丈、外公等等复杂的亲戚朋友关系。真算得是出身历史清白,社会关系纯洁。清白清白,清就是白,白就是没得。没得当然最干净,最纯洁,最适合上天、出国。可惜驾飞机他身体太差,也缺少文化。出国又认不得洋字,听不懂洋话。都怪他生不逢时在旧社会,从小蹲破庙、住祠堂长大。土地改革那年,才二十二岁,却已经在本镇祠堂打过五年铜锣了。他嘴勤脚健,头脑不笨,又认得几个字,在祠堂跑腿办事,看着财老倌们的脸色、眼色应酬供奉,十分尽心费力。当然少不了也要挨些莫名其妙的冷巴掌,遭些突如其来的暗拳脚。用他自己在诉苦大会上的话来讲,是嚼的眼泪饭,喝的苦胆汤,脑壳给人家当木鱼敲,颈脖给人家做板凳坐,穷得十七八岁还露出屁股蛋,上吊都找不到一根苎麻索。

他被定为"土改根子"。依他的口才、肚才,本来可以出息成一个制服口袋上插金笔的"工作同志"的。但刚从"人下人"翻做"人上人"时没有经受住考验,在阶级立场这块光洁瓦亮、照得见人影的大理石台面上跌了一跤:工作队派他到本镇一户逃亡地主家去看守浮财,他却失足落水,一头栽进象牙床,和逃亡地主遗弃的小姨太太如鱼得水,仿佛这才真正尝到了"翻身"的滋味,先前对姨太太这流人儿正眼都不敢看一看,如今却被自己占有、取乐儿。他的河,可还是在一个镇子上住着。今生今世,我都要护着你……"

这是生活的承诺,庄严的盟誓。

镇国营饮食店女经理李国香要找本镇大队党支书,了解米豆腐摊贩胡玉音的阶级成分、出身历史、现行表现,她是找错了人。她已经走到了河边,下了码头,才明白了过来:大队支书黎满庚,就是当年区政府的民政干事!妈呀,碰鬼哟!都要上渡船了,她缩回了脚。

"李经理!你当领导的要下哪里去?"她迎面碰到了刚从渡船上下来的"运动根子"王秋赦。

王秋赦三十五六岁年纪,身子富态结实,穿着干净整洁。李国香礼节性地朝他笑了笑,忽然心里一亮:对了!王秋赦是本镇上有名的"运动根子",历次运动都是积极分子,找他打听一下胡玉音的情况,岂不省事又省力。

于是他们边走边谈,一谈就十分相契,竟像两个多年不见的亲朋密友似的。

四　吊脚楼主

说起李国香在渡口码头碰到的这位王秋赦,的确算得上本镇一个人物。论出身成分,他比贫下中农还优一等:雇农。贫下中农波光水影里,她明净妩媚的脸庞,也和天上的圆月一个样。

"玉音,你莫哭。我心里好痛……"黎满庚高高大大一条汉子,不能哭。部队里锻炼出来的人,刀子扎着都不能哭。

"满庚哥!我晓得了……党,我,你只能要一个……我不好,我命独。十三岁上瞎子先生给我算了个'灵八字',我只告诉你一人,我命里不主子,还克夫……"胡玉音呜呜咽咽,心里好恨。长这么大,她没有恨过人,人家也没有恨过她。她只晓得恨自己。

什么话哟,解放都六七年了,思想还这么封建迷信!但满庚哥不忍心批评她。她太可怜,又太娇嫩。好比倒映在水里的木芙蓉影子,你手指轻轻一搅,就乱了,碎了。

"满庚哥,我认了你做哥哥,好吗?你就认了我做妹妹。既是我们没有缘分……"

妹儿的痴心、痴情,是块铁都会化、会熔。黎满庚再也站不住了,他都要发疯了!他扑了上来,一把抱住了心上的人,嘴对着嘴地亲了又亲!

"满庚哥,好哥哥,亲哥哥……"过了一会儿,玉音伏在满庚肩上哭。

"好哥哥","亲哥哥"……这是信任,也是责任。黎满庚松开了手,一种男子汉的凛然正气,充溢他心头,涨满他胸膛。就在这神圣的一刹那间,他和她,已改变了关系。山里人纯朴的伦理观占了上风,打了胜仗。感情的土地上也滋长出英雄主义。

"玉音妹妹,今后你就是我的亲妹妹……我们虽是隔了一条妓女。你该明白了吧,妓女的妹儿,才会那样娇滴妖艳……"杨民高书记又半躺半仰到睡椅里去了,在本地工作了多年,四乡百姓,大凡出身历史不大干净、社会关系有个一鳞半爪的,他心里都有个谱,有一本阶级成分的账。

民政干事耷拉着脑壳,只差没有落下泪来了。

"小黎,根据婚姻法,搞对象你有你的自由。但是党组织也有党组织的规矩。你可以选择:要么保住党籍,要么去讨客栈老板的小姐做老婆!"

杨民高书记例行的是公事,讲的是原则。当然,他一个字也没再提到自己那熟透了的水蜜桃似的亲外甥女。

从部队到地方,从简单到复杂。民政干事像棵遭了霜打的落叶树,几天工夫瘦掉了一身肉。事情还不止是这样。区委书记在正式宣布县委的撤区并乡、各大乡领导人员名单时,民政干事没有挂上号。倒是通知他到一个乡政府去当炊事员。因为他从部队转地方时,本来就不可以做干部使用,只能做公务员。

黎满庚没有到那乡政府去报到。他回到芙蓉镇的渡头土屋,帮着年事已高的爷老倌摆渡。本来就登得不高,也就算不得跌重。艄公的后代还当艄公,天经地义。行船走水是本分。

一个月白风清的晚上,黎满庚和胡玉音又会了一次面。还是老地方:河边码头的青岩板上。如今方便得多了,黎满庚自己撑船摆渡,时常都可以见面。

"都怪我!都怪我!满庚哥……"胡玉音眼泪婆婆。月色下,民政干事利用工作之便,回了一转芙蓉镇。摆渡艄公的后代和客栈老板的独生女,是不是又在码头下的青岩板上会的面,打了些什么商量,不得而知。当时,不晓得根据哪一号文件的规定,凡共产党员,甚至党外积极分子谈恋爱,都必须预先向党组织如实汇报情况,并经组织同意后,方可继续发展感情,以保障党员阶级成分、社会关系的纯洁性、可靠性。几天后,民政干事老老实实、恭恭敬敬向区委书记做了汇报。

"恭喜恭喜,看上芙蓉镇上的小西施了。"杨民高书记不动声色,半躺半仰在睡椅里,二郎腿架起和脑壳一样高,正好成个虾公形。他手里拿一根火柴棍,剔除酒后牙缝缝里的肉丝菜屑以及诸如此类的剩余物质。

"我们小时候扯笋、捡香菇就认得……"民政干事的脸也红得和熟虾公一个色。

"她家什么阶级成分?"

"大概是小业主,相当于富裕中农什么的……"

"大概?相当于?这是你一个民政干事讲的话?共产党员是干什么的?"杨民高书记精神一振,从睡椅上翻坐起来,眼睛瞪得和两只二十五瓦的电灯泡似的。

"我、我……"民政干事羞惭得无地自容,就像小时候钻进人家的果园里偷摘果子被园主当场捉拿到了似的。

"我以组织的名义告诉你吧,黎满庚同志。芙蓉镇的客栈老板,解放前参加过青红帮,老板娘则更复杂,在一个大口岸上当过甥女究竟是位见过世面的人,落落大方,一双会说话、能唱歌似的眼睛在民政干事的身上瞄来扫去,真像要把人的魂魄都摄去似的。黎满庚从来没有被女同志波光闪闪的眼睛这样"扫描"过,常常脸红耳赤,笨手笨脚,低下脑壳去数凳子脚、桌子脚。

总共就这么在一张饭桌上吃了四顿饭,彼此只晓得个"小黎"、"小李"。第三天,杨书记送走外甥女后,就笑眯眯地问:"怎么样?嗯?怎么样?"黎满庚头脑不灵活,反应不过来,不知所问:"杨书记,什么事?什么'怎么样'?"真是对牛弹琴!一个二十好几的复员军人,这么蠢,这么混账。明明刚送走了一位花儿朵儿的人儿,他却张大嘴巴来反问舅老爷"什么'怎么样'"?

当晚,区委书记找民政干事进行了一次严肃的谈话。这在杨民高来讲,已经是够屈尊赏光的了。要是换了别的青年干部,早就把"五粮液"、"泸州老窖"孝敬上来了,洗脸水、洗脚水都打不赢了。杨民高书记以舅老兼月老的身份,还以顶头上司的权威身份,不由分说地把两个年轻人的政治前程、小家庭生活安排,详细地布置了一番。也许是出于一种领导者的习惯,他就像在布置、分派下属干部去完成某项任务一样。"怎么样?嗯,怎么样?"区委书记又是上午的那口腔调。没想到民政干事嘴里结结巴巴,眼睛躲躲闪闪,半天才挤出一个阴屁来:"多谢首长关心,宽我几天日子,等我好好想想……"把区委书记气的哟,眼睛都乌了,真要当即拉下脸来,训斥一顿:狂妄自大,目无领导,你个芝麻大的民政干事,倒像个状元爷,等着做东床驸马?

一步步沿着石阶朝上走,三步一回头。

民政干事回到区政府,从头到脚都是笑眯眯的。

区委书记杨民高是本地人,很注意培养本地干部。在区委会、区政府二十几号青年干部里,他最看重的就是民政干事黎满庚。小黎根正苗正,一表人才,思想单纯作风正,部队上的鉴定签得好,服役五年立过四次三等功。当时,县委正在布置撤区并乡,杨民高要被提拔到县委去管财贸。他向县委推荐,提拔小黎到山区大乡——芙蓉乡当乡长兼党总支书记。县委组织部已经找黎满庚谈了话,只等着正式委任。这时,杨民高书记那在县商业局工作的宝贝外甥女,来区政府所在地调查供销工作。当然啰,三顿饭都要来书记舅舅宿舍里吃。杨书记不知出于无心还是有意,每顿饭都派民政干事到厨房里打了来一起吃。民政干事隐约听人讲过,区委书记的外甥女在县里搞恋爱像猴子掰苞谷,掰一个丢一个,生活不大严肃。饭桌上,不免就多打量了几眼:是啊,穿着是够洋派的,每到吃饭时,就要脱下米黄色丝光卡罩衣,只穿一件浅花无领无袖衫,裸露出一对圆圆滚滚、雪白粉嫩的胳膊,细嫩的脖子下边也现出来那么一片半遮不掩的皮肉,容易使人产生奇妙的联想呢。高耸的胸脯上,布衫里一左一右顶着两粒对称的小纽扣似的。就连杨民高书记这种长年四季板着脸孔过日子的领导人,吃饭时也不免要打望一下外甥女的一对白胖的手巴子,盯两眼她脖子下细嫩的一片,嘴角也要透出几丝丝不易被人察觉的笑意。杨书记的外得见。

胡玉音有点委屈地嘟起腮帮,想向满庚哥伸出巴掌去。巴掌却不听话,要伸不伸的,麻起胆子才伸出去一半。

满庚哥歉意地笑了笑,伸出手去想把那巴掌上的茧子摸一摸,但手臂却不争气,伸到半路又缩了回来。

"玉音,你……"满庚哥终于鼓起了勇气,眼睛睁得好大,一眨不眨地盯着秀丽女子,眼神里充满了讯问。

玉音吃了灵芝草,满庚哥的心事,她懂:

"我?清清白白一个人……"她还特意添加了一句,"就是一个人……"

"玉音!"满庚哥声音颤抖了,紧张得身上的军装快要胀裂了,张开双臂像要扑上来。

"你……敢!"胡玉音后退了一步,眼睛里立即涌出了两泡泪水,像个受了欺侮的小妹娃一样。

"好,好,我现在不……"满庚哥见状,心里立即生出一种兄长爱护妹妹般的感情和责任,声音和神色都缓和了下来。"好,好,你回家去吧,老叔、婶娘在铺里等久了,会不放心的。你先替我问两个大人好!"

胡玉音提起洗衣篮筐,点了点头:"爹娘都年纪大了,病病歪歪的……"

"玉音,改天我还要来看你!"对岸,渡船已经划过来了。

胡玉音又点了点头,点得下巴都挨着了衣领口。她提着篮筐

"满庚哥,你回来了……"

原来他们从小就认识。满庚哥是摆渡老倌的娃儿。玉音跟着他进山去扯过笋子、捡过香菇、打过柴禾。他们还山对山、崖对崖地唱过耍歌子,相骂着好玩。小玉音唱:"那边徕崽站一排,你敢砍柴就过来,镰刀把把打死你,镰刀嘴嘴挖眼埋!"小满庚回:"那山妹子生得乖,你敢扯笋就过来,红绸帕子把你盖,花花轿子把你抬!"一支一支的山歌相唱相骂了下去,满庚没有输,玉音也没有赢。她心里恨恨地骂:"短命鬼!哪个稀罕你的红绸帕子花花轿?呸,呸!"有时她心里又想:"缺德少教的,看你日后花花轿子来不来抬……"后来,人,一年年长大了,玉音也一年年懂事了。满庚哥参了军。胡玉音一想到"花花轿子把你抬"这句山歌,就要脸热,心跳,甜丝丝地好害臊。

一对青梅竹马,面对面地站在一块岩板上。可两人又都低着头,眼睛看着自己的鞋尖尖。玉音穿的是自己做的布鞋,满庚穿的是部队上发的解放鞋。好在是红火历日的正中午,树上的知了吱—呀、吱—呀只管噪,对河的艄公就是满庚的爹,不知是在阴凉的岩板上睡着了,还是在装睡觉。

"玉音,你的一双手好白净,好像没有搞过劳动……"还是民政干事先开了口。开过口又埋下眼皮好后悔,没话找话,很不得体。

"哪个讲的?天天都做事哩。不戴草帽不打伞,不晓得哪样的,就是晒不黑……不信?你看,我巴掌上都起了茧……"客栈老板的独生女声音很轻,轻得几乎只能自己听见。但民政干事也听倾机会主义分子的乡长同志,执意要留给过渡群众歇气、纳凉。有的说就是到了尽吃尽喝的共产主义社会,大热天大约也还要用冰凉的井水磨几碗凉粉解解油腻,留下凉粉树,是看到了长远利益……你看看,才过了四五年,对这么件小事就各执一词,众说纷纭,可见中国历史的复杂性。难怪历朝历代都有那么多大学问家做"考证"。凉粉树啊,薜荔藤,在码头石级两旁,形成了烈日射不透的夹道浓荫,荫庇着上下过往行人。树上吊满了凉粉公、凉粉婆,就像吊满一只只小小的青铜钟。它们连同浓荫投映在绿豆色的河水里,静静的河水都似乎在叮咚、叮咚……

大队支书满庚哥,一九五六年从部队上复员下来,分配在区政府当民政干事,就是在这渡口码头边,见到了镇上客栈胡老板的独生女的。那女子洗完了一篮筐衣服,正俯着脸盘看水下岩缝缝里游着的尾尾花灯鱼玩。满庚哥从岸上下来等渡船,首先看到的是那张倒映在河水里的秀丽的鹅蛋脸……他心里迷惑了一下:乖!莫非自己大白天撞上了芙蓉树精啦?镇上哪家子出落个这么姣好的美人儿?民政干事出了神。他不怕芙蓉树精,不觉地走拢过去,继续打量着镜子一般明净的河水里倒映出的这张迷人的脸盘。

这一来,河水里就倒映出了两张年轻人的脸。那女子吓了一大跳,绯红了脸,恨恨地一伸手先把河水里的影子搅乱了,捣碎了;接着站起身子,懊恼地朝后生子身上斜了一眼。可是,两个人都立时惊讶、羞怯得和触了电一样,张开嘴巴呆住了:

"玉音!你长这么大了?……"

用空余时间先去找本镇大队党支部调查调查,掌握些基本情况,再来从长计议。

三 满庚哥和芙蓉女

芙蓉河岸上,如今木芙蓉树不多了。人说芙蓉树老了会成芙蓉精,化作女子晚上出来拉过路的男人。有人曾在一个月白风清的后半夜,见一群天姿国色的女子在河里洗澡,忽而朵朵莲花浮玉液,忽而个个仙姑戏清波……每个仙姑至少要拉一个青皮后生去配偶。难怪芙蓉河里年年热天都要淹死个把洗冷水澡的年轻人。搞得镇上那些二百五后生子们又惊又怕又喜,个别水性好、胆子大的甚至想:只要不丢了性命,倒也不妨去会会芙蓉仙姑。站在领导者的立场上,从长远利益着眼,这可对镇上人口、民兵建设都是个威胁。因而河岸上的芙蓉老树从一镇风水变成了一镇迷信根源。后来乡政府布置种蓖麻籽,说是可以提炼保卫国家的飞机润滑油,镇上的小学生们就刨了芙蓉树根点种蓖麻,既巩固了国防,又破除了迷信。正跟镇背后的方方湖塘,原先种着水芙蓉,公社化后以粮为纲,改成了水稻田一样。不过河岸码头边,还幸存着十来株合抱大的凉粉树,树上爬满了薜荔藤。对于这十来株薜荔古树何以能够逃脱全民炼钢煮铁运动,镇上的人说法不一。有的说是因它的木质差,烧成木炭不厉火。有的说是乡政府的一个后来被划成右第二天早晨起来眼睛肿得和水蜜桃一样,看什么人都不顺眼,看见馒头、花卷、包子、面条都有气。还平白无故就把一位女服务员批了一顿:

"妖妖调调的,穿着短裙子上班,要现出你的腿巴子白白嫩嫩?没的恶心!你想学那摆米豆腐摊的女贩子?还是要当国营饮食店的营业员?你不要脸,我们国营饮食店还要讲个政治影响!先向你们团支部写份检讨,挖一挖打扮得这么花俏风骚的思想根源!"

几天后,女经理自己倒是找到了在老单身公谷燕山面前碰壁的根源:就是那个"米豆腐西施",或如一般顾客喊的"芙蓉姐子"。原来老单身公是在向有夫之妇胡玉音献殷勤,利用职权慷国家之慨,每圩供给六十斤碎米谷头子!什么碎米谷头子?还不是为了障人耳目!里边还不晓得窝着、藏着些什么不好见人的勾当呢。"胡玉音!你是个什么人?李国香又是个什么人?在小小芙蓉镇,你倒事事占上风!"有好些日子,她恼恨得气都出不均匀,甚至对胡玉音婚后不育,她都有点幸灾乐祸。"空有副好皮囊!抱不出崽的寡蛋!"相形之下,她不免有点自负,自己毕竟还有过两回西医、草药打胎的记录……谷燕山,胡玉音!天还早着呢,路还远着呢。只要李国香在芙蓉镇上住下去,扎下根,总有一天叫你们这一对不清不白的男女丢人现眼败相。

她是这样的人:常在个人生活的小溪小河里搁浅,却在汹涌着政治波涛的大江大河里鼓浪扬帆。"神仙下凡问土地",她决定利试探,如同易燃物,一碰就着。谷燕山这老单身汉却像截湿木头,不着火,不冒烟。没的恶心!李国香只好进一步做出牺牲,老着脸子采取些积极行动。

有天晚上,全镇供销、财粮系统联合召开党员会,传达中央文件。镇上那时还没有发电,会场上吊着一盏时明时灭像得了哮喘病似的煤气灯。女经理等候在黑洞洞的楼梯口。粮站主任进来时,她自自然然地挨过身子去:"老谷呀,慢点走,这楼口黑得像棺材,你做点好事牵着我的手!"粮站主任没介意,伸过手臂去让女经理拉住,也就是类似大口岸地方那种男女"吊膀子"的款式。谁知女经理得寸进尺,"吊膀子"还嫌不足,竟然整个身子都贴了上来。粮站主任口里喷出酒气,女经理身上喷出香气。反正黑咕隆咚的木板楼梯上,谁也看不清谁。"你呀,又喝了?嘻嘻嘻,酒臭!"女经理又疼又怨像个老交情。"你怎么像根藤一样地缠着我呀?来人了,还不赶快松开?"粮站主任真像棵树,全无知觉。气得女经理恨恨地在他的膀子上掐了一把:"老东西!不懂味,不知趣!送到口边的菜都不吃?"粮站主任竟反唇相讥:"女经理可不要听错了行情估错了价,我懂酒味,不知你趣!"天啊,这算什么话?没的恶心!好在已经来到了会场门口,两人都住了口。彼此冷面冷心,各人有各人的尊严。进了会场各找各的地方坐下,好像什么事都没有发生过。

在一个四十出头的单身汉面前碰壁!李国香牙巴骨都打战战,格格响。饮食店的职工们当然不知女经理的这番挫折,只见她酸。原先黑白分明的大眼睛,已经布满了红丝丝,色泽浊黄。原先好看的双眼皮,已经隐现一晕黑圈,四周爬满了鱼尾细纹。原先白里透红的脸蛋上有两个逗人的浅酒窝,现在皮肉松弛,枯涩发黄……天哪,难道一个得不到正常的感情雨露滋润的女人,青春就是这样的短促,季节一过就凋谢萎缩?人一变丑,心就变冷。积习成癖,她在心里暗暗嫉妒着那些有家有室的女人。

李国香急于成家。有了法定的男人,她在县上闹下的秘闻就会为人们淡忘。谁成家前没有一两件荒唐事哟。今年年初来到芙蓉镇后,她留心察看了一下,在"共产党员、国家干部"这个起码标准下,入选目标可怜巴巴,只有粮站主任谷燕山那个"北方佬"。"北方佬"一脸胡子拉碴,衣着不整,爱喝二两,染有一般老单身汉诸如此类的癖好积习。可是据山镇银行权威人士透出风声,谷主任私人存折是个"千字号"。谷燕山政治、经济条件都不差,就是年龄上头差一截……唉唉,事到如今,只能顾一头了。俗话说:"老郎疼婆娘,少郎讲名堂。"当然话讲回来,李国香有时也单相思地想到:一旦真的搂着那个一嘴胡子拉碴的黑雷公睡觉,没的恶心,不定一身都会起鸡皮疙瘩……一个果子样熟过了的女人,不能总靠单相思过日子。她开始注意跟粮站主任去接近,亲亲热热喊声"老谷呀,要不要我叫店里大师傅替你炒盘下酒菜?"或是扯个眉眼送上点风情什么的:"谷大主任,我们店里新到了一箱'杏花村',我特意盼咐给你留了两瓶!""哎呀,你的衣服领子都黑得放亮啦,做个假领子就省事啦……"如此这般。本来成年男女间这一类的表露、工作需要被安排到千里之外的洞庭湖区搞"血防"去了。李国香也暂时受点委屈，下到芙蓉镇饮食店来当经理。可怜巴巴的连个股级干部都没够上呢。

女经理今年三十二岁。年过三十二对于一个尚未成家的女人来说，是一个复杂的年纪，叫做上上不得，下下不得。唉唉，都怨得了谁呢？恋爱史就是她的青春史。李国香二十二岁那年参加革命工作，在挑选对象这个问题上，真叫尝遍了酸甜苦辣咸。她初恋谈的是县兵役局一位肩章上一颗"豆"的少尉排长，可是那年月时髦姑娘们流行的歌诀是：一颗"豆"太小，两颗"豆"嫌少，三颗"豆"正好，四颗"豆"太老。她很快就和"一颗豆"吹了。不久找了位"三颗豆"，老倒是不老，就是上尉连长刚和乡下的女人离了婚，身边还有个活蹦乱跳的男娃，头次见面不喊"阿姨"，而喊"后妈"！碰他娘的鬼哟，挂筒拉倒。接着发生了第三次爱情纠葛，闪电式的，很有点讲究，这里暂且不表。一九五六年党号召向科学进军，她找了位知识分子——县水利局的一位眼镜先生。两人已经有了"百日之恩"。可是眼镜先生第二年被划成右派分子。"妈呀！"她像走夜路碰见了五步蛇，赶忙把跨出去的脚缩了回来，好险！这一来她发誓要成为一名人事干部，对象则要个科局级，哪怕是当"后妈"。她的愿望只达到了一半。因为世上的好事总难全。不知不觉十年青春年华过去了，她政治上越来越跑红，而在私生活方面却圈子越搞越窄，品位级别也越来越低了。有时心里就和猫爪抓挠着一样干着急。她天天早晨起来的第一件事：照镜子。当窗理云鬓，对镜好心这点小本生意,圩圩都在税务所上了税的。镇上大人娃儿都晓得……""营业证!我要验验你的营业证!"女经理的手没有缩回,"若是没有营业证,就叫我们的职工来收你的摊子!"温顺本分的胡玉音傻了眼:"经理大姐,你行行好,抬抬手,我卖点米豆腐,摆明摆白的,又不是黑市!"这可把那些等着吃米豆腐的人惹恼了,纷纷站出来帮腔:"她摆她的摊子,你开你的店子,井水不犯河水,她又没踩着哪家的坟地!""今天日子好,牛槽里伸进马脑壳来啦!""女经理,还是去整整你自己的店子吧,三鲜面莫再吃出老鼠屎来就好啦!哈哈哈……"后来还是粮站主任谷燕山出面,给双方打了圆场:"算啦算啦,在一个镇上住着,低头不见抬头见,有话到市管会和税务所去讲!"把李国香气的哟,真想大骂一通资本主义尾巴们!芙蓉镇庙小妖风大,池浅王八多,窝藏坏人坏事,对她这个外来干部欺生。

李国香本是县商业局的人事干部,县委财贸书记杨民高的外甥女,全县商业战线以批资本主义出名的女将。据说早在一九五八年,她就献计献策,由县工商行政管理局放出了一颗"工商卫星":对全县小摊小贩进行了一次突击性大清理。她的事迹还登过省报,一跃而成为县里的红人,很快入了党,提了干。人人都有一本难念的经。今年春上,正当要被提拔为县商业局副局长时,她和有家有室的县委财办主任的秘事不幸泄露。因她去医院打胎时不得不交代出肚里孽种畜生的来历。为了爱护典型,秘事当然被严格控制在极小的范围内。就连负责给她堕胎的女医生,都很快因位置上讲,就占着绝对优势,居于控制全镇商业活动的地位。饮食店的女经理李国香,新近才从县商业局调来,对镇上的自由市场有着一种特殊的敏感。每逢圩日,她特别关注各种饮食小摊经售的形形色色零星小吃的兴衰状况,看看究竟有多少私营摊贩在和自己的国营饮食店争夺顾客,威胁国营食品市场。她像个旧时的镇长太太似的,挺起那已经不十分发达了的胸脯,在圩场上看过来,查过去,最后看中了"芙蓉姐子"的米豆腐摊子。她暗暗吃惊的是,原来"米豆腐西施"的脸模长相,就是一张招揽顾客的广告画!更不用讲她服务周到、笑笑微微的经营手腕了。"这些该死的男人!一个个就和馋猫一样,总是围着米豆腐摊子转……"她作为国营饮食店的经理,不觉地就降低了自己的身份,认定"芙蓉姐子"的米豆腐摊子,是镇上唯一能和她争一高下的潜在威胁。

  一天逢圩,女经理和"芙蓉姐子"吵了一架。起因很小,原也和国营饮食店经理的职务大不相干。胡玉音的男人黎桂桂是本镇屠户,这一圩竟捎来两副猪杂,切成细丝,炒得香喷喷辣乎乎的,用来给每碗米豆腐盖码子。价钱不变。结果米豆腐摊子前边排起了队伍,有的人吃油了嘴巴,吃了两碗吃三碗。无形中把对面国营饮食店的顾客拉走了一大半。"这还了得?小摊贩竟来和国营店子抢生意?"于是女经理三脚两步走到米豆腐摊子前,立眉横眼地把戴了块"牛眼睛"①的手伸了过去:"老乡,把你的营业许可证交出来看看!"胡玉音不知她的来由,连忙停住碗勺赔笑说:"经理大姐,我做

---

 ① 山里人对手表的戏称。

摊子上吃米豆腐,总是等客人少的时刻,笑笑眯眯的,嘴里则总是哼着一句"米米梭,梭米来米多来辣多梭梭"的曲子。

"秦癫子!你见天哼的什么鬼腔怪调?"有人问。

"广东音乐《步步高》,跳舞的。"他回答。

"你还步步高?明明当了五类分子,步步低啦!"

"是呀,对呀,江河日下,努力改造……"

在胡玉音面前,秦书田十分知趣,眼睛不乱看,半句话不多讲。"瘦狗莫踢,病马莫欺",倒是胡玉音觉得他落魄,有些造孽。有时舀给他的米豆腐,香油和作料还特意下得重一点。

逢圩赶集,跑生意做买卖,鱼龙混杂,清浊合流,面善的,心毒的,面善心也善的,面善心不善的,见风使舵、望水弯船的,巧嘴利舌、活货说死、死货说活的,倒买倒卖、手辣脚狠的,什么样人没有呢?"芙蓉姐子"米豆腐摊子前的几个主顾常客就暂且介绍到这里。这些年来,人们的生活也像一个市场。在下面的整个故事里,这几个主顾无所谓主角配角,生旦净丑,花头黑头,都会相继出场,轮番和读者见面的。

二 女经理

芙蓉镇街面虽小,国营商店却有三家:百货店、南杂店、饮食店。三家店子分别耸立在青石板街的街头、街中、街尾。光从地理告诉逢圩赶场的人们,米豆腐摊子是得到党支部准许、党支书支持的。

吃米豆腐不数票子的人物还有一个,就是本镇上有名的"运动根子"王秋赦。王秋赦三十几岁年纪,生得圆头圆耳,平常日子像尊笑面佛。可是每逢政府派人下来抓中心,开展什么运动,他就必定跑红一阵,吹哨子传人开会啦,会场上领头呼口号造气氛啦,值夜班看守坏人啦,十分得力。等到中心一过,运动告一段落,他也就像个泄了气的皮球。嘴巴又好油腻,爱沾荤腥,人家一个钱当三个花,他三个钱当一个钱吃。来米豆腐摊前一坐,总是一声:"弟嫂,来两碗,记账!"一副当之无愧的神气。有时还当着胡玉音的面,拍着她男人的肩膀开玩笑:"兄弟!怎么搞的?你和弟嫂成亲七八年了,弟嫂还像个黄花女,没有装起窑?要不要请个师傅,做个娃娃包靠!"讲得两口子脸块绯红,气也不是,恼也不是,骂也不是。对于这个白吃食的人,胡玉音虽是心里不悦,但本镇上的街坊,来了运动又十分跑红的,自然招惹不起,白给吃还要赔个笑脸呢。

每圩必来的主顾中,有个怪人值得特别一提。这人外号"秦癫子",大名秦书田,是个五类分子。秦书田原先是个吃快活饭的人,当过州立中学的音体教员,本县歌舞团的编导,一九五七年因编演反动歌舞剧,利用民歌反党,划成右派,被开除回乡生产。他态度顽固,从没有承认过自己反党反社会主义的罪行,只承认自己犯过两回男女关系的错误,请求大队支书黎满庚将他的"右派分子"帽子换成"坏分子"帽子。自有一套自欺欺人的理论。他来胡玉音的了好走路。"

"下锅就熟。贫嘴呱舌,你媳妇大约又有两天没有喊你跪床脚、扯你的大耳朵了!"

"我倒想姐子你扯扯我的大耳朵哩!"

"缺德少教的,吃了白水豆腐舌尖起泡,舌根生疮,保佑你下一世当哑巴!"

"莫咒莫咒,米豆腐摊子要少一个老主顾,你舍得?"

就是骂人、咒人,胡玉音眼睛里也是含着温柔的微笑,嗓音也和唱歌一样的好听。对这些常到她摊上来的主顾们,她有讲有笑,亲切随和得就像待自己的本家兄弟样的。

的确,她的米豆腐摊子有几个老主顾,是每圩必到的。

首先是镇粮站主任谷燕山。老谷四十来岁,北方人,是个鳏夫,为人忠厚朴实。不晓得怎么搞的,谷燕山前年秋天忽然通知胡玉音,可以每圩从粮站打米厂卖给她碎米谷头子六十斤,成全她的小本生意!胡玉音两口子感激得只差没有给谷主任磕头,喊恩人。从此,谷燕山每圩都要来米豆腐摊子坐上一坐,默默地打量着脚勤手快、接应四方的胡玉音,仿佛在细细品味着她的青春芳容。因他为人正派,所以就连他对"芙蓉姐子"那个颇为轻浮俗气的比喻,都没有引起什么非议。再一个是本镇大队的党支书满庚哥。满庚哥三十来岁,是个转业军人,跟胡玉音的男人是本家兄弟,玉音认了他做干哥。干哥每圩来摊子上坐一坐,赏光吃两碗不数票子的米豆腐去,是很有象征意义的,无形中印证了米豆腐摊子的合法性,油水也比旁的摊子来得厚,一角钱一碗,随意添汤,所以她的摊子面前总是客来客往不断线。

"买卖买卖,和气生财。""买主买主,衣食父母。"这是胡玉音从父母那里得来的"家训"。据传她的母亲早年间曾在一个大口岸上当过花容月貌的青楼女子,后来和一个小伙计私奔到这省边地界的山镇上来,隐姓埋名,开了一家颇受过往客商欢迎的夫妻客栈。夫妇俩年过四十,烧香拜佛,才生下胡玉音一个独女。"玉音,玉音",就是大慈大悲的观音老母所赐的意思。一九五六年公私合营,也是胡玉音招郎收亲后不久,两老就双双去世了。那时还没有实行顶职补员制度,胡玉音和新郎公就参加镇上的初级社,成了农业户。逢圩赶场卖米豆腐,还是近两年的事呢。讲起来都有点不好意思启齿,胡玉音做生意是从提着竹篮筐卖糠菜粑粑起手,逐步过渡到卖蕨粉粑粑、薯粉粑粑,发展成摆米豆腐摊子的。她不是承袭了什么祖业,是饥肠辘辘的苦日子教会了她营生的本领。

"芙蓉姐子!来两碗多放剁辣椒的!"

"好咧——,只怕会辣得你兄弟肚脐眼痛!"

"我肚脐眼痛,姐子你给治?"

"放屁。"

"女老表!一碗米豆腐加二两白烧!"

"来,天气热,给你同志这碗宽汤的。白酒请到对面铺子里去买。"

"芙蓉姐,来碗白水米豆腐,我就喜欢你手巴子一样白嫩的,吃三天一圩变成了星期圩,变成了十天圩,最后成了半月圩。逐渐过渡,达到市场消灭,就是社会主义完成,进入共产主义仙境。可是据说由于老天爷不作美,田、土、山场不景气,加上帝修反捣蛋,共产主义天堂的门槛太高,没跃进去不打紧,还一跤子从半天云里跌下来,结结实实落到了贫瘠穷困的人间土地上,过上了公共食堂大锅青菜汤的苦日子,半月圩上卖的净是糠粑、苦珠、蕨粉、葛根、土茯苓。马瘦毛长,人瘦面黄。国家和百姓都得了水肿病。客商绝迹,圩场不成圩场,而明赌暗娼,神拳点打,摸扒拐骗却风行一时……直到前年——公元一九六一年的下半年,县政府才又行下公文,改半月圩为五天圩,首先从圩期上放宽了尺度,便利物资交流。因元气大伤,芙蓉镇再没有恢复成为三省十八县客商云集的万人集市。

近年来芙蓉镇上称得上生意兴隆的,不是原先远近闻名的猪行牛市,而是本镇胡玉音所开设的米豆腐摊子。胡玉音是个二十五六岁的青年女子。来她摊子前站着坐着蹲着吃碗米豆腐打点心的客人,习惯于喊她"芙蓉姐子"。也有那等好调笑的角色称她为"芙蓉仙子"。说她是仙子,当然有点子过誉。但胡玉音黑眉大眼,面如满月,胸脯丰满,体态动情,却是过往客商有目共睹的。镇粮站主任谷燕山打了个比方:"芙蓉姐的肉色洁白细嫩得和她所卖的米豆腐一个样。"她待客热情,性情柔顺,手头利落,不分生熟客人,不论穿着优劣,都是笑脸迎送:"再来一碗?添勺汤打口干?""好走好走,下一圩会面!"加上她的食具干净,米豆腐量头足,作料香辣,女，腊月初八制"腊八豆"，十二月二十三日送灶王爷上天……构成家家户户吃食果品的原料虽然大同小异，但一经巧媳妇们配上各种作料做将出来，样式家家不同，味道各个有别，最乐意街坊邻居品尝之后夸赞几句，就像在暗中做着民间副食品展览、色香味品比一般。便是平常日子，谁家吃个有眼珠子、脚爪子的荤腥，也一定不忘夹给隔壁娃儿三块两块，由着娃儿高高兴兴地回家去向父母亲炫耀自己碗里的收获。饭后，做娘的必得牵了娃儿过来坐坐，嘴里尽管拉扯说笑些旁的事，那神色却是完完全全的道谢。

芙蓉镇街面虽小，居民不多，可是一到逢圩日子就是个万人集市。集市的主要场所不在青石板街，而在街后临河那块二三十亩见方的土坪，旧社会留下了两溜石柱撑梁、青瓦盖顶、四向皆空的长亭。长亭对面，立着个油彩斑驳的古老戏台。解放初时圩期循旧例，逢三、六、九，一旬三圩，一月九集。三省十八县，汉家客商，瑶家猎户、药匠，壮家小贩，都在这里云集贸易。猪行牛市，蔬菜果品，香菇木耳，懒蛇活猴，海参洋布，日用百货，饮食小摊……满圩满街人成河，嗡嗡嘤嘤，万头攒动。若是站在后山坡上看下去，晴天是一片头巾、花帕、草帽，雨天是一片斗篷、纸伞、布伞。人们不像是在地上行走，倒像汇流浮游在一座湖泊上。从卖凉水到做牙行捐客，不少人靠了这圩场营生。据说镇上有户穷汉，竟靠专捡猪行牛市上的粪肥发了家呢……到了一九五八年大跃进，因天底下的人都要去炼钢煮铁，去发射各种名扬世界的高产卫星，加上区、县政府行文限制农村集市贸易，批判城乡资本主义势力，芙蓉镇由铜锣一样圆圆盖满湖面的肥大叶片,也可让蜻蜓立足,青蛙翘首,露珠儿滴溜;采摘下来,还可给远行的脚夫包中伙饭菜,做荷叶麦子粑子,盖小商贩的生意担子,遮赶圩女人的竹篮筐,被放牛娃儿当草帽挡日头……一物百用,各个不同。小河、小溪、小镇,因此得名"芙蓉河"、"玉叶溪"、"芙蓉镇"。

芙蓉镇街面不大。十几家铺子、几十户住家紧紧夹着一条青石板街。铺子和铺子是那样的挤密,以至一家煮狗肉,满街闻香气;以至谁家娃儿跌跤碰脱牙、打了碗,街坊邻里心中都有数;以至妹娃家的私房话,年轻夫妇的打情骂俏,都常常被隔壁邻居听了去,传为一镇的秘闻趣事、笑料谈资。偶尔某户人家弟兄内讧,夫妻斗殴,整条街道便会骚动起来,人们往来奔走,相告相劝,如同一河受惊的鸭群,半天不得平息。不是逢圩的日子,街两边的住户还会从各自的阁楼上朝街对面的阁楼搭长竹竿,晾晒一应布物:衣衫裤子,裙子被子。山风吹过,但见通街上空"万国旗"纷纷扬扬,红红绿绿,五花八门。再加上悬挂在各家瓦檐下的串串红辣椒,束束金黄色的苞谷种,个个白里泛青的葫芦瓜,形成两条颜色富丽的夹街彩带……人在下边过,鸡在下边啼,猫狗在下边梭窜,别有一种风情,另成一番景象。

一年四时八节,镇上居民讲人缘,有互赠吃食的习惯。农历三月三做清明花粑子,四月八蒸莳田米粉肉,五月端午包糯米粽子、喝雄黄艾叶酒,六月六谁家院里的梨瓜、菜瓜熟得早,七月七早禾尝新,八月中秋家做土月饼,九月重阳柿果下树,金秋十月娶亲嫁

第一章 山镇风俗画
（一九六三年）

一 一览风物

芙蓉镇坐落在湘、粤、桂三省交界的峡谷平坝里，古来为商旅歇宿、豪杰聚义、兵家必争的关隘要地。有一溪一河两条水路绕着镇子流过，流出镇口里把路远就汇合了，因而三面环水，是个狭长半岛似的地形。从镇里出发，往南过渡口，可下广东；往西去，过石拱桥，是一条通向广西的大路。不晓得是哪朝哪代，镇守这里的山官大人施行仁政，或者说是附庸风雅图个县志州史留名，命人傍着绿豆色的一溪一河，栽下了几长溜花枝招展、绿荫拂岸的木芙蓉，成为一镇的风水；又派民夫把后山脚下的大片沼泽开掘成方方湖塘，遍种水芙蓉，养鱼，采莲，产藕，作为山官衙门的"官产"。每当湖塘水芙蓉竞开，或是河岸上木芙蓉斗艳的季节，这五岭山脉腹地的平坝，便颇是个花柳繁华之地、温柔富贵之乡了。木芙蓉根、茎、花、皮，均可入药。水芙蓉则上结莲子，下产莲藕，就连它翠绿色的

唱一曲严峻的乡村牧歌

——自　序

六	老谷主任	100
七	年纪轻轻的寡妇	111

第三章 街巷深处 125
一	新风恶俗	125
二	"传经佳话"	135
三	醉眼看世情	145
四	凤和鸡	154
五	扫街人秘闻	165
六	"你是聪明的姐"	178
七	人和鬼	188

第四章 今春民情 201
一	芙蓉河啊玉叶溪	201
二	李国香转移	207
三	王镇长	212
四	义父谷燕山	219
五	吊脚楼塌了	228
六	"郎心挂在妹心头"	235
七	一个时代的尾音	245

后　记　　　　　　　　　　249

话说《芙蓉镇》　　　　　　252

目 录

第一章　山镇风俗画　　　1
　　一　一览风物　　　1
　　二　女经理　　　8
　　三　满庚哥和芙蓉女　　　15
　　四　吊脚楼主　　　24
　　五　"精神会餐"和《喜歌堂》　　　31
　　六　"秦癞子"　　　39
　　七　"北方大兵"　　　48

第二章　山镇人啊　　　57
　　一　第四建筑　　　57
　　二　吊脚楼啊　　　64
　　三　女人的账　　　74
　　四　鸡和猴　　　83
　　五　满庚支书　　　91

出版说明

一九八一年三月十四日，病中的中国作家协会主席茅盾致信作协书记处："亲爱的同志们，为了繁荣长篇小说的创作，我将我的稿费二十五万元捐献给作协，作为设立一个长篇小说文艺奖金的基金，以奖励每年最优秀的长篇小说。我自知病将不起，我衷心地祝愿我国社会主义文学事业繁荣昌盛！"

茅盾文学奖遂成为中国当代文学的最高奖项，自一九八二年起，基本为四年一届。获奖作品反映了一九七七年以后长篇小说创作发展的轨迹和取得的成就，是卷帙浩繁的当代长篇小说文库中的翘楚之作，在读者中产生了广泛的、持续的影响。

人民文学出版社曾于一九九八年起出版"茅盾文学奖获奖书系"，先后收入本社出版的获奖作品。二〇〇四年，在读者、作者、作者亲属和有关出版社的建议、推动与大力支持下，我们编辑出版了"茅盾文学奖获奖作品全集"，并一直努力保持全集的完整性，使其成为读者心目中"茅奖"获奖作品的权威版本。现在，我们又推出不同装帧的"茅盾文学奖获奖作品全集"，以满足广大读者和图书爱好者阅读、收藏的需求。

获茅盾文学奖殊荣的长篇小说层出不穷，"茅盾文学奖获奖作品全集"的规模也将不断扩大。感谢获奖作者、作者亲属和有关出版社，让我们共同努力，为当代长篇小说创作和出版做出自己的贡献，为广大读者提供更多的优秀作品。

人民文学出版社编辑部

图书在版编目（CIP）数据

芙蓉镇/古华著．—北京：人民文学出版社，2018（2025.10重印）
（茅盾文学奖获奖作品全集）
ISBN 978-7-02-013989-7

Ⅰ.①芙… Ⅱ.①古… Ⅲ.①长篇小说—中国—当代 Ⅳ.①I247.5

中国版本图书馆CIP数据核字（2018）第054962号

责任编辑　向心愿
装帧设计　刘　远
责任印制　张　娜

出版发行　人民文学出版社
社　　址　北京市朝内大街166号
邮政编码　100705

印　　刷　三河市鑫金马印装有限公司
经　　销　全国新华书店等

字　　数　163千字
开　　本　890毫米×1290毫米　1/32
印　　张　8.375　插页2
印　　数　148001—153000
版　　次　1981年11月北京第1版
印　　次　2025年10月第32次印刷

书　　号　978-7-02-013989-7
定　　价　29.00元

如有印装质量问题，请与本社图书销售中心调换。电话：010-59905336

芙蓉镇

古华 著